Cuentos de los Hermanos GRIMM
para todas las edades

PHILIP PULLMAN

Cuentos de los Hermanos GRIMM
para todas las edades

Traducción de
Enrique Murillo

B DE BLOK

Barcelona • Madrid • Bogotá • Buenos Aires • Caracas • México D.F.
Miami • Montevideo • Santiago de Chile

Título original: *Grimm Tales for Young and Old. A New Version*
Traducción: Enrique Murillo
1.ª edición: noviembre 2012

© 2012 by Philip Pullman
© Ediciones B, S. A., 2012
 para el sello B de Blok
 Consell de Cent 425-427 - 08009 Barcelona (España)
 www.edicionesb.com

Printed in Spain
ISBN: 978-84-15579-08-3
Depósito legal: B. 10.358-2012

Impresión y Encuadernación Rotabook/Larmor

$\mathcal{I}$ndice

CUENTOS DE LOS HERMANOS GRIMM
PARA TODAS LAS EDADES

Introducción

> *Alimentado*
> *variada y prolongadamente por*
> *los curiosos brebajes narrativos de nuestros días,*
> *yo anhelaba volver a esa forma más pura de contar*
> *propia de las leyendas y los cuentos de hadas, ese tono*
> *lamido y pulido una y otra vez por muchísimas lenguas*
> *durante siglos y siglos, señoriales unas, sencillas otras,*
> *ese tono sereno y anónimo.*
> *... De forma que mi modo de contar*
> *fuese transparente y no fragmentario,*
> *y mis personajes convencionales y corrientes*
> *apenas doblados bajo la carga de*
> *la personalidad o la experiencia pasada:*
> *una bruja, un ermitaño, unos jóvenes e inocentes amantes,*
> *la clase de seres que recordamos de los Grimm,*
> *de Jung, Verdi y la comedia del arte.*

Así dice el poeta norteamericano James Merrill en el arranque de «El libro de Efraín», primera parte de su extraordinario poema *The Changing Light at Sandover* (1982). Al explicar cómo desearía contar la historia que en ese poema va a ocuparle, subraya dos de las más importantes características de los cuentos populares, según su punto de vista: el tono de voz «sereno y armonioso» con que se cuentan, y el tipo de personajes «convencionales y corrientes» que los pueblan.

Cuando Merrill menciona a «los Grimm» no necesita añadir nada más: todos sabemos a qué se refiere. Para la mayoría de los lectores y escritores occidentales de los doscientos últimos años, los *Kinder-und Hausmärchen* [Cuentos para la infancia y el hogar] de los hermanos Grimm constituyen la fuente y el origen principales de los cuentos populares de nuestro ámbito, la más gran recopilación, la más asequible en el mayor número de idiomas, el lugar en donde todos estamos de acuerdo en que se encuentra lo que caracteriza la esencia misma de esta clase de cuentos.

Ahora bien, si los hermanos Grimm no hubiesen recopilado estos cuentos, sin duda lo hubieran hecho otros. En realidad, durante aquella época ellos no eran los únicos que se estaban dedicando a esta misma tarea. Los primeros años del siglo XIX fueron en Alemania un periodo de enorme entusiasmo intelectual, una época en la que los estudiosos del derecho, la historia, la lengua examinaban y discutían en primer lugar qué significaba ser alemán, en un momento en el que Alemania como tal no existía, sino que había unos trescientos estados independientes: reinos, principados, grandes ducados, ducados, landgraviatos, margraviatos, electorados, obispados, etcétera, que eran los fragmentados detritus del Sacro Imperio romano germánico.

No hay nada notable en los detalles de la biografía de los hermanos Grimm. Jacob (1785-1863) y Wilhelm (1786-1859) eran los hijos supervivientes mayores de Philip Wilhelm Grimm, un próspero abogado de Hanau, principado de Hesse, y de su esposa Dorothea. Recibieron una formación clásica y crecieron educados en la fe de la Iglesia reformada calvinista. Eran serios, diligentes y listos, y decidieron seguir la profesión de su padre, y sin duda hubiesen podido llegar a ser unos destacados hombres de leyes; pero la repentina muerte de su padre en 1796 hizo que la familia, que a estas alturas ya integraban nada menos que seis hijos, tuviese que vivir gracias a la ayuda que les prestaban los parientes de su madre. Henriette Zimmer, tía de los Grimm, y dama de compañía de la corte del príncipe de Kassel, ayudó a Jacob y Wilhelm a encontrar sendas plazas de alumnos en el *Lyzeum*, o instituto, de la ciudad, y ambos lograron terminar allí sus estudios con el número uno de su respectivo curso. Pero apenas disponían de dinero, y cuando posteriormente fueron a estudiar a la Universidad de Marburgo, tuvieron que vivir allí de manera muy frugal.

En la universidad se vieron pronto sometidos al influjo del profesor Friedrich Carl von Savigny, quien explicaba que las leyes naturales derivaban de la lengua y la historia de los pueblos, y no debían ser aplicadas de manera arbitraria desde arriba. Esta visión del universo de las leyes hizo que los hermanos Grimm se pusieran a estudiar filología. Gracias a Von Savigny y a su esposa Kunigunde Brentano, los Grimm conocieron al círculo de estudiosos que se reunía en torno a dos personalidades muy fuertes: el hermano de ella, Clemens Brentano, y Achim von Arnim, que se casó con Bettina, la otra hermana de Brentano, que era escritora. El entusiasmo de los integrantes de ese círculo intelectual por esta clase de temas fue la causa de que dos de sus miembros, Arnim y Brentano, publicaran la recopilación de canciones y versos populares titulada *Des Knaben Wunderhorn* [El cuerno mágico de la juventud], cuyo primer volumen apareció en 1805 y obtuvo enseguida una gran difusión.

Todo esto interesaba de forma natural a los hermanos Grimm, que, sin embargo, no se abstenían de hacer comentarios críticos al respecto. En mayo de 1809 Jacob escribió a Wilhelm una carta en la que mostraba su desaprobación por el tratamiento que habían dado a sus materiales Brentano y Von Arnim, a los que censuraba por haberlos cortado, completado, modernizado y reescrito a su manera. Más tarde, los Grimm (y sobre todo Wilhelm) fueron también criticados por esos mismos criterios debido al método que utilizaron para manipular los materiales sobre los que se basaron los *Kinder-und Hausmärchen*.

En cualquier caso, que los hermanos Grimm tomaran la decisión de recopilar y publicar los cuentos de hadas no constituyó un hecho aislado, sino que formaba parte de un interés muy amplio y característico de la época.

Los Grimm se basaron simultáneamente en fuentes orales y escritas. Una cosa que no hicieron fue irse de excursión a las zonas rurales, tratando de localizar a los campesinos en los lugares donde vivían, con la idea de registrar palabra por palabra las historias que ellos conocían y recordaban. Algunos de los cuentos reunidos por los Grimm fueron tomados directamente de textos escritos. Dos de los mejores cuentos, «El pescador y su esposa» (pág. 119) y «El enebro» (pág. 217), les fueron remitidos en forma escrita por el pintor Philipp Otto Runge, y los Grimm decidieron reproducirlos exactamente en el mismo dialecto bajo alemán en que Runge los redactó. La mayor parte de los demás cuentos les llegaron en la forma de relato oral narrado por personas de diversos estratos de la clase media urbana, entre ellos varios amigos de su propia familia, uno de los cuales, Dortchen Wild, hija de un farmacéutico, acabó convirtiéndose en la esposa de Wilhelm Grimm. Al cabo de doscientos años resulta del todo imposible saber hasta qué punto fueron exactas las transcripciones que los Grimm realizaron, pero también puede afirmarse eso mismo de todas las colecciones de cuentos o canciones populares registradas antes de la era de las grabaciones magnetofónicas. Lo que importa es el vigor y la fuerza narrativa de las versiones publicadas.

A lo largo de sus respectivas carreras, los hermanos Grimm hicieron otras grandes y duraderas contribuciones al mundo de la filología. La Ley de Grimm, formulada por Jacob, describe ciertos cambios ocurridos en los sonidos de las lenguas germánicas a lo largo de su historia; y los dos hermanos trabajaron de forma conjunta en la creación del primer gran diccionario del idioma alemán. En 1837 se produjo un problema político que marcó el momento más grave de sus vidas; junto con otros cinco colegas de la universidad, los dos hermanos se negaron a jurar fidelidad a Ernest August, el nuevo rey de Hannover, debido a que había suspendido ilegalmente la constitución del reino. Como castigo por esta dura reacción, fueron expulsados de los puestos que ocupaban en la universidad. Al cabo de cierto tiempo fueron invitados a ocupar sendas cátedras en la Universidad de Berlín.

Sin embargo, sus nombres son recordados sobre todo por los *Kinder-und Hausmärchen*. La primera edición se publicó en 1812, y luego siguieron otras seis ediciones de su antología (en las que el trabajo de editor fue en su mayor parte realizado personalmente por Wilhelm), y finalmente una séptima y definitiva publicada en 1857. A esas alturas su recopilación de cuentos había alcanzado una inmensa popularidad. De hecho, su preeminencia mundial es compartida solo con *Las mil y una noches*. Son las dos colecciones más importantes e influyentes de cuentos populares que hayan sido publicadas jamás. No solamente las recopilaciones de los Grimm fueron posteriormente aumentando de volumen, sino que, además, los propios cuentos fueron cambiando a medida que avanzaba el siglo XIX, pues en manos de Wilhelm adquirieron un desarrollo mayor, en algún caso se hicieron algo más complejos, a veces también se hicieron más puritanos, y sin duda más beatos de lo que eran en su primera versión.

En estos doscientos diez cuentos han encontrado inmensas riquezas dignas de ser analizadas los estudiosos de la literatura y el folclore, los especialistas en historias cultural y política, los teóricos de las escuelas freudiana, junguiana, cristiana, marxista, estructuralista, postestructuralista, feminista, postmodernista, y también los de todas las especialidades y tendencias imaginables. Algunos de los libros en que se estudian estos cuentos, y me han resultado especialmente útiles e interesantes a la hora de realizar mi propio trabajo, aparecen mencionados en la bibliografía, y sin duda tanto esos como otros han ejercido una notable influencia en mis lecturas y mi reelaboración de los relatos que he seleccionado hasta extremos de los que no tengo siquiera conciencia.

Pero lo que más me ha interesado a mí en todo momento ha sido el modo en que estos cuentos funcionaban como relatos. Lo único que me he propuesto con este libro era narrar los mejores y los más interesantes, limpiándolos de todo lo que pudiese impedir que fluyeran libremente. No he pretendido adaptarlos a la época moderna, ni hacer interpretaciones personales ni crear variaciones poéticas a partir de los modelos originales. Lo que he pretendido hacer es escribir una versión que fuera transparente como el agua. Lo que me ha guiado a lo largo de esta labor ha sido la pregunta: ¿cómo contaría yo esta historia si se la hubiese oído contar a alguien y decidiera luego contársela a otros? Si he osado introducir algunos cambios ha sido con la idea de que la historia fluyera de forma más natural al contarla con mi voz. Si, tal como ha ocurrido en alguna ocasión, me parecía que se podían aplicar ciertas mejoras, he hecho alguna que otra modificación en el propio texto, o he sugerido alguna modificación más amplia en la nota que sigue a cada cuento. (Un ejemplo de esto último se puede ver en «Milpieles», pág. 281, que me parece la única historia que en el original queda solo a medias terminada.)

«Figuras convencionales y corrientes»

En los cuentos de hadas no hay psicología. Los personajes apenas tienen vida interior; sus motivaciones son claras y evidentes. Si son buenos, son buenos; y si son malos, son malos. Incluso cuando la princesa de «Las tres hojas de la serpiente» (pág. 113) se convierte en la peor enemiga de su esposo y lo hace de forma inexplicable y demostrando una gran ingratitud, lo sabemos desde el momento mismo en que eso está ocurriendo. Ningún elemento de esta clase queda escondido. Los miedos y los misterios de la conciencia humana, los susurros de la memoria, los impulsos del arrepentimiento solo a medias comprendido, o los que proceden de la duda o del deseo, y que forman parte tan esencial de los asuntos tratados por la novela moderna, brillan aquí por su ausencia. Podríamos llegar a afirmar que los personajes de los cuentos de hadas carecen por completo de conciencia.

Casi nunca tienen nombre. Es muy corriente que se les conozca por la ocupación que desempeñan o por su posición social, o por cierta peculiaridad de su forma de vestir: el molinero, la princesa, el capitán, Piel de Oso o Caperucita Roja. Si tienen nombre, suele ser Hans, de la misma manera que en los cuentos tradicionales en lengua inglesa el protagonista siempre se llama Jack.

La más adecuada representación en imágenes de todos y cada uno de los personajes de los cuentos de hadas no me parece que sea fácil de encontrar en ninguna de las ediciones maravillosamente ilustradas de los cuentos de los Grimm que han sido publicadas a lo largo de los años. Más bien opino que no hay ninguna que supere la que ofrecen las figuritas de cartón recortado que suelen encontrarse en los teatrillos de juguete. No tienen volumen, sino que son planas. Solo es visible desde el público una de sus caras, porque esa es la única que necesitamos. El otro lado no está ni siquiera dibujado. Se representa a esas figuras en poses que denotan una actividad o una pasión muy intensas, para que de esta manera se pueda leer incluso desde lejos cuál es su papel en el drama que se representa.

Algunos de los personajes de los cuentos de hadas vienen integrados en grupos formados por individuos uniformes. Como ocurre, por ejemplo, en los doce hermanos de la historia que lleva ese título, las doce princesas de «Los zapatos que se rompieron de tanto bailar» (pág. 385), los siete enanitos de la historia de Blancanieves (pág. 239), etcétera. En esos casos hay pocos detalles, si acaso alguno, que diferencie entre sí a los individuos que forman parte del grupo. La referencia de James Merrill a la *commedia dell'arte* viene aquí muy a cuento: el personaje de Pulcinella fue objeto de una serie de dibujos de Giandomenico Tiepolo (1727-1804) donde no lo representaba como un único personaje sino como una serie de una docena o más de Pulcinellas que tratan, todos, de hacer la sopa al mismo tiempo, que miran boquiabiertos, todos, a un avestruz. Con los criterios del realismo no podemos hacer frente al concepto de los múltiples: las doce princesas que salen todas las noches y bailan sin cesar hasta destrozar sus zapatos, o los siete enanitos que duermen en otras tantas camitas dispuestas una al lado de la otra, no existen en el reino de lo realista sino en otro universo completamente distinto, situado entre lo absurdo y lo extraordinario y misterioso.

Rapidez

La rapidez es una de las grandes virtudes de los cuentos de hadas. Los buenos cuentos avanzan con la presteza propia del mundo de los sueños y saltan de un acontecimiento al siguiente a toda velocidad, sin más pausa que la necesaria para decir lo que hay que decir y nada más. Los mejores cuentos son ejemplos perfectos de qué cosas son necesarias y cuáles no. Por decirlo con la imagen de Rudyard Kipling:[*] fuegos que arden con llamas muy vivas porque antes se ha rastrillado toda la ceniza.

Baste como ejemplo de lo que digo el arranque de un cuento cualquiera. No necesitamos más que decir: «Érase una vez...», y ya estamos en marcha:

> Érase una vez un pobre hombre que ya no podía mantener a su único hijo. Cuando el muchacho se dio cuenta de ello, dijo: «Padre, no sirve de nada que siga viviendo aquí. Para ti no soy más que una carga. Me iré de casa y veré si soy capaz de ganarme la vida...»
>
> «Las tres hojas de la serpiente», pág. 113

Y al cabo de unos párrafos el chico ya se ha casado con la hija del rey. Veamos este otro ejemplo:

> Érase una vez un campesino que tenía tanto dinero y tantas tierras como pudiera desear, pero que pese a su riqueza echaba

---

[*] En su autobiografía, *Algo de mí mismo*, Pretextos, Valencia, 2009. *(N. del T.)*

en falta una cosa importante. Su esposa y él no habían tenido ningún hijo. Cuando se reunía con otros campesinos en el mercado o la ciudad, a menudo se mofaban de él y le preguntaban por qué motivo su esposa no había sido nunca capaz de hacer algo tan sencillo que su ganado hacía todos los días. ¿Acaso no sabía cómo se hacía? Al final el hombre perdió por completo el temple, y cuando volvió a casa juró lo siguiente: «Tendré un hijo, aunque sea un erizo.»

«Hans-medio-erizo», pág. 351

Esta rapidez resulta estimulante. Pero para poder viajar a esa velocidad hay que ir ligero de equipaje. Por eso, toda la información que uno espera encontrar en una obra de ficción contemporánea —nombres, aspectos, pasado, contexto social, etc.— brilla en estos cuentos por su ausencia. Y eso explica en parte que los personajes sean tan planos. El relato está sobre todo interesado por lo que les ocurre, o en lo que ellos hacen que ocurra, y no presta atención a su individualidad.

Al elaborar un cuento de esta clase no resulta fácil estar completamente seguro en todo momento de cuáles son los acontecimientos necesarios y cuáles resultan superfluos. Si alguien deseara aprender a contar cuentos, no hay cosas mucho más útiles que estudiar «Los músicos de Bremen» (pág. 171), que es a la vez un cuentecillo absurdo y una obra maestra en la que no hay ni un gramo de nada que no sea estrictamente necesario. Cada párrafo sirve para hacer que la historia avance.

Imágenes y descripciones

No hay imágenes en los cuentos de hadas, aparte de las más obvias. Blanca como la nieve, rojo como la sangre: las imágenes llegan hasta ahí, y poco más. Tampoco encontramos en estos cuentos descripciones detalladas del mundo natural o de las personas. Los bosques son profundos, las princesas bellas y tienen el cabello dorado; no hace falta añadir nada más. Lo que el lector desea saber es qué pasó luego, y toda la verborrea descriptiva que se añada, por bella que sea, solo consigue fastidiarle.

Hay un cuento, sin embargo, en el que aparece un pasaje que

combina felizmente una descripción bella con el relato de los acontecimientos, y está construido el relato de un modo que una cosa no funciona sin la otra. El cuento se titula «El enebro», y el fragmento al que me refiero llega después de que la esposa haya manifestado su deseo de tener un hijo rojo como la sangre y blanco como la nieve (pág. 217). Y vincula su embarazo con el paso de las estaciones:

> Pasó un mes y la nieve se desvaneció.
> Pasaron dos meses y el mundo se volvió de color verde.
> Pasaron tres meses y surgieron flores por todas partes.
> Pasaron cuatro meses y los brotes de todos los árboles se hicieron más fuertes y más abundantes y apretujados, y los pájaros cantaron tan fuerte que los bosques comenzaron a resonar, y los pétalos cayeron al suelo.
> Pasaron cinco meses y la mujer se plantó junto al enebro. El árbol tenía un olor tan dulce que ella notó cómo le brincaba el corazón en el pecho, y de tanta alegría se hincó de rodillas en el suelo.
> Pasaron seis meses y el fruto ganó firmeza y volumen, y la mujer se quedó muy quieta.
> Transcurridos siete meses la mujer arrancó las bayas del enebro y comió tantas que se sintió indispuesta y triste.
> Cuando pasó el octavo mes, llamó a su esposo y, llorando, le dijo: «Si muero, quiero que me entierres al pie del enebro.»

Es un fragmento precioso, pero (tal como insinúo en la nota que escribo al final del relato, pág. 227) es precioso de una manera bastante peculiar: cualquiera que narre este cuento apenas podría añadir nada para mejorar el citado fragmento. Hay que contarlo exactamente igual que aquí, o al menos hay que dar a los sucesivos meses características diferentes, cuidosamente vinculadas de manera significativa al crecimiento del niño en el vientre de su madre, y vinculando también ese crecimiento con el del enebro, que desempeñará un papel importante en su posterior resurrección.

Ahora bien, se trata de una excepción tan importante como rara en esta clase de cuentos. En la mayor parte de estos relatos de origen oral, y de la misma manera en que los personajes son planos, no hay descripciones. En las ediciones más tardías, desde luego, la forma adoptada por el relato de Wilhelm se fue haciendo algo más inventiva, su estilo adquirió un grado más notable de ornamentación, pero lo que de verdad interesa sigue siendo qué fue lo que ocurrió, qué es lo que pasó después. Las fórmulas son tan comunes, y tan firme el nulo interés que suscitan las cosas desde el punto de vista de sus especificidades, que resulta una auténtica conmoción leer una frase como esta en «Jorinda y Joringel» (pág. 291):

La tarde era preciosa. El sol brillaba en los troncos de los árboles y arrancaba de ellos unos tonos cálidos que producían un fuerte contraste con el verde oscuro del follaje. En las ramas de los viejos abedules las tórtolas hacían oír sus arrullos. Aunque no sabía por qué, Jorinda se ponía a llorar de vez en cuando. Se sentó en un rincón iluminado directamente por el sol, soltó un suspiro, y Joringel suspiró también.

De repente la historia deja de sonar como un cuento tradicional y parece más bien algo narrado con el estilo característico del romanticismo por un escritor como Novalis o Jean Paul. La relación serena y anónima de acontecimientos ha dado paso, apenas durante una única frase, a una sensibilidad individual: una mente única ha sentido la impresión que produce la naturaleza, ha visto estos detalles con el ojo de la mente, y ha tomado nota por escrito de todo ello. El dominio de las imágenes y el don para las descripciones, propios de tal o cual escritor, son algunos de los elementos que lo convierten en un autor único, pero los cuentos tradicionales no brotan completos y sin alteraciones futuras en la mente de tal o cual escritor individual; en esa clase de cuentos, la originalidad y lo individual no importan nada.

Esto no es un texto

El preludio de William Wordsworth, el *Ulises* de James Joyce o cualquier otra obra literaria existen primordialmente como texto. Lo que esa obra es, está constituido justamente por las palabras que leemos en la página.

La tarea del editor del texto, la del crítico literario, consisten en prestar atención exactamente a esas palabras del texto, comprobar cuáles son, aclarar aquellos momentos en los que hay diferentes lecturas según cuál sea la edición del texto, y asegurarse de que el lector pueda encontrar exactamente el texto en el que consiste esa obra.

Pero un cuento popular no es un texto de esa clase. Se trata de la transcripción, realizada en una o varias ocasiones, de las palabras pronunciadas por las numerosísimas personas que han contado ese mismo cuento. Y, naturalmente, toda clase de circunstancias acaban afectando a las palabras que finalmente termina escribiendo quien transcribe el relato oral. Hay narradores orales que cuentan la historia con mayor riqueza de detalles, de forma más extravagante, dependiendo del humor del que estén el día en que la cuentan, según si están más o menos cansados, o más o menos en vena, o contentos o animados. A quien realiza la transcripción pueden fallarle sus propias condiciones de narrador cierto día determinado; si la persona que va poniendo el relato oral por escrito tiene ese día un resfriado, tal vez le cueste más esfuerzo oír bien lo que dice el narrador, o es posible que la tos y los estornudos interrumpan el trabajo que consiste en ir escribiendo conforme se escucha. También puede verse afectada la transcripción por otra clase de accidentes: que un buen cuento sea contado por un narrador menos bueno que otros.

Todo esto importa mucho, porque los narradores orales no todos tienen el mismo talento, y su técnica narrativa y su actitud al contar el cuento, en relación con el proceso de transcripción, pueden mostrar muchas variaciones. A los hermanos Grimm les causó mucha impresión la capacidad que demostraba una de sus fuentes, Dorothea Viehmann, para contar el mismo cuento cada vez con las mismas palabras utilizadas exactamente en la ocasión anterior, haciendo así más fácil la tarea de transcribir el relato; y los cuentos que ella les contó se caracterizan por estar precisa y perfectamente estructurados. También yo me quedé muy impresionado por ese mismo talento cuando trabajé para este libro con los cuentos contados por ella.

Del mismo modo, un narrador puede tener un talento especial para los efectos cómicos, otro para los de suspense y dramatismo, y un tercero para graduar el patetismo o el sentimiento. Como es natural, cada narrador elegirá aquella historia que encuentra más adecuada a sus propias cualidades. Cuando el famoso cómico X cuenta un cuento, inventa detalles especialmente ridículos o episodios muy divertidos, que luego serán recordados y transmitidos por otros, de manera que la historia quedará ligeramente alterada por su forma personal de contarla. Y cuando la reina del suspense Y cuenta una historia de miedo, también, del mismo modo, añadirá detalles inventados por ella, y esas adiciones y cambios entrarán a formar parte de la tradición que después será adoptada por los narradores futuros de ese cuento, hasta que, a su vez, esas versiones queden olvidadas, embellecidas o mejoradas por otras aportaciones futuras.

Los cuentos de hadas se encuentran en un estado perpetuo de consolidación y alteración. Conservar una sola versión o una sola traducción equivale a meter a un petirrojo en una jaula.* Si el lector de esta antología desea alguna vez contar alguno de los cuentos que la integran, confío en que se sienta libre de no ser más fiel de lo necesario. Goza de toda la libertad para inventar detalles distintos de los que yo he transmitido, o inventado, en mi versión. De hecho, no solo goza de esa libertad: tiene más bien el deber positivo de apropiarse de cada historia y hacerla suya.**

Un cuento popular no es un texto

«Ese tono lamido y pulido una y otra vez por muchísimas lenguas.»

¿Podrá alguna vez, quien escriba una versión cualquiera de un cuento tradicional, aproximarse verdaderamente al tono ideal «sereno, anónimo» que pide James Merrill? Cabe, por supuesto, la posibilidad de que el escritor no desee alcanzar ese objetivo. Hay, y seguirá habiendo en el futuro, muchísimas versiones de estos cuentos que sacan a la luz las más oscuras obsesiones de sus autores, que dan muestras constantes de su brillante personalidad, o de sus pasiones políticas. Estos cuentos lo soportan perfectamente. Pero incluso si deseamos ser serenos y anónimos, creo que es imposible alcanzar esas virtudes de forma completa, y seguramente

---

* Lo cual hace «que el Cielo entero se enfurezca» (William Blake, «Augurios de Inocencia», 1803). *(N. del A.)*

** «La historia solo es bella si le añades alguna cosa», reza el proverbio toscano que cita Italo Calvino en su introducción a los *Cuentos populares italianos*, Siruela, Madrid, 2011. *(N. del A.)*

nuestras huellas digitales estilísticas acabarán quedando grabadas en cada párrafo que escribimos, incluso sin que nos demos cuenta.

Me parece pues que lo único que podemos hacer es esforzarnos por conseguir narrar con la mayor claridad posible, y dejar de preocuparnos por todo lo demás. Contar estas historias es una pura delicia que sería una pena malograr por culpa del nerviosismo de quien las reescribe. El escritor, al comprender que no hay necesidad alguna de inventar, siente un alivio y un placer tan inmensos como la bocanada de aire templado que refresca al joven cuando se tiende a descansar en «La cuidadora de ocas» (pág. 319). La sustancia de la historia ya está ahí, de la misma manera que para un músico de jazz la secuencia de acordes ya está en la canción, de modo que no tenemos que hacer otra cosa que ir saltando de acorde en acorde, de acontecimiento en acontecimiento, tan ligera y vivamente como podamos. De la misma manera que el jazz es un arte del momento en el que se interpreta la música, contar historias es un arte del momento en el que se cuentan.

Añadiré finalmente que nadie que trate de contar estas historias debería negarse a seguir ninguna clase de supersticiones personales. Si tienes una pluma de la suerte, úsala. Si hablas con más fuerza y más ingenio los días en que te has puesto un calcetín rojo y otro azul, viste de esa manera. Cuando me pongo a trabajar, siempre soy muy supersticioso. Mi superstición principal tiene que ver con la voz a través de la cual se cuenta la historia. Creo que cada historia tiene su propio duendecillo, y que encarnamos la voz de ese duendecillo cuando la contamos, y creo que la contamos mejor si mostramos por ese duendecillo cierto grado de respeto y cortesía. Esos duendecillos son viejos los unos y jóvenes los otros, masculinos y femeninos, sentimentales y cínicos, escépticos y crédulos, y así sucesivamente; es más, son totalmente amorales: como los espíritus del aire que ayudan a Hans *el Fuerte* a huir de la cueva (pág. 423), los duendecillos de los cuentos están dispuestos a ponerse al servicio de quienquiera que tenga el anillo, quienquiera que esté contando el cuento. Si alguien nos acusa de que todo esto carece de sentido, que lo único que se necesita para contar una historia es tener imaginación, yo replico: «Por supuesto que sí, y esta es la forma en que funciona mi imaginación.»

Pero cabe la posibilidad de que nos esforcemos al máximo y comprobemos que todavía no hemos contado bien estas historias.

Me da la sensación de que las mejores poseen esa cualidad que el pianista Arthur Schnabel atribuía a las sonatas de Mozart: son demasiado sencillas para los niños y demasiado difíciles para los adultos.

Creo que los cincuenta cuentos aquí reunidos son los mejores de los *Kinder-und Hausmärchen*. He atendido lo mejor que he sabido a los duendecillos que cuidan de cada uno de ellos, de la misma manera que lo hicieron Dorothea Viehmann, Philip Otto Runge, Dortchen Wild, y todos los demás narradores cuyo trabajo fue preservado por los hermanos Grimm. Y espero que todos nosotros, los que contamos las historias y los que las escucháis, seamos felices para siempre.

PHILIP PULLMAN, 2 de junio de 2012

$\mathcal{B}$ibliografía

Para elaborar esta antología he trabajado a partir de la edición alemana más fácil de conseguir de la obra de Jacob y Wilhelm Grimm. Se trata de *Kinder-und Hausmärchen* [Cuentos para la infancia y el hogar], en la séptima edición de 1857, publicada por Wilhelm Goldmann Verlag. Los números de la «tipología» que proporciono en las notas que siguen a cada uno de los cuentos se basan en *The Types of International Folktales*, el gran índice de tipos de cuentos que fue compilado originalmente por Antti Aarne, y publicado en 1910; su obra fue luego revisada por Stith Thompson en 1928 y 1961, y ha sido sometida a revisión recientemente (2004) por Hans-Jörg Uther (véanse todos los detalles más abajo): utilizo como indicativo las iniciales de los apellidos de estos tres autores, ATU. En esta bibliografía incluyo las obras que me han resultado más interesantes y de mayor ayuda en mi trabajo.

AFANASIEV, Alexander, *Russian Fairy Tales*, trad. Norbert Guterman, Pantheon, 1945. [*Cuentos populares rusos*, trad. española de Isabel Vicente, Anaya, Madrid, 1983.]

ASHLIMAN, D. L., *A Guide to Folktales in the English Language*, Greenwood Press, 1987.

BETTELHEIM, Bruno, *The Uses of Enchantment*, Peregrine Books, 1978. [*Psicoanálisis de los cuentos de hadas*, Crítica, Madrid, 1977.]

BRIGGS, Katharine M., *A Dictionary of Fairies, Hobgoblins, Brownies, Bogies and other Supernatural Creatures*, Allen Lane, 1976. [*Quién es quién en el mundo mágico: hadas, duendes y otras criaturas sobrenaturales*, Olañeta, Palma de Mallorca, 2006.]

— *Folk Tales of Britain*, Folio Society, 2011. [*Cuentos populares británicos*, Siruela, Madrid, 2001.]

CALVINO, Italo, *Italian Folktales*, trad. George Martin, Penguin, 1982. [*Cuentos populares italianos*, Siruela, Madrid, 2011.]

CHANDLER HARRIS, Joel, *The Complete Tales of Uncle Remus*, Houghton Mifflin, 1955.

ESOPO, *The Complete Fables*, trad. Olivia Temple, Penguin, 1998. [*Fábulas de Esopo*, Gredos, Madrid, 1985.]

GRIMM, Jacob y Wilhelm, Hermanos Grimm: *Selected Tales*, trad. David Luke, G. McKay and Ph. Schofield, Penguin, 1982. [Edición comparable en español: *Cuentos*, Alianza, Madrid, 1976.]

— *The Penguin Complete Grimm's Tales for Young and Old*, trad. Ralph Manheim, Penguin, 1984. [*Cuentos completos* (basada en la edición original de 1812-1817), Alianza, Madrid, 2009.]

— *The Complete Fairy Tales*, trad. Jack Zipes, Vintage, 2007.

LANG, Andrew, *Crimson Fairy Book*, Dover, 2008. [*El libro carmesí de los cuentos de hadas,* Neo-Person, Madrid, 2002.]

— *Pink Fairy Book*, Dover, 2008.

PERRAULT, Charles, *Perrault's Complete Fairy Tales*, trad. A-E. Johnson y otros, Puffin, 1999. [*Los cuentos de Perrault seguidos de los cuentos de Madame d'Aulnoye y de Madame Leprince de Beaumont*, Crítica, Madrid, 1980.]

PHILIP, Neil, *The Cinderella Story*, Penguin, 1989.

RANSOME, Arthur, *Old Peter's Russian Tales*, Puffin, 1974. [*Cuentos rusos del abuelo Pedro I*, Miñón, Valladolid, 1985.]

SCHMIESSING, Ann, «Des Knaben Wunderhorn and the German Volkslied in the Eighteen and Nineteenth Centuries» (*http://mahlerfest.org/mfXIV/schmiesing_lecture.html*)

TATAR, Maria, *The Hard Facts of the Grimms' Fairy Tales*, Princeton University Press, 1987.

The Arabian Nights, Tales of 1001 Nights, trad. Malcolm C. Lyons y Ursula Lyons, Penguin, 2008. [*Las mil y una noches*, Juan Vernet, ed., 3 vols., Galaxia Gutenberg-Círculo de Lectores, Barcelona, 2005.]

UTHER, Hans-Jörg, *The Types of the International Folktales: A Classification and Bibliography Based on the System of Antti Aarne and Stith Thompson*, vols. 1-3, Academia Scientiarum Fennica, 2004.

WARNER, Marina, *From the Beast to the Blode: Of Fairy Tales and their Tellers*, Vintage, 1995.

— *No Go to the Bogeyman: Scaring Lulling, and Making Mock*, Vintage, 2000.

ZIPES, Jack, *The Brothers Grimm: From Enchanted Forests to the Modern World*, Palgrave Macmillan, 2002.

— *Why Fairy Tales Stick: The Evolution and Relevance of a Genre*, Routledge, 2006.

— (ed.) *The Great Fairy Tale Revolution: From Straparola and Basile to the Brothers Grimm*, Norton, 2001.

— (ed.) *The Oxford Companion to Fairy Tales*, Oxford University Press, 2000.

CUENTOS DE LOS HERMANOS GRIMM PARA TODAS LAS EDADES

El rey sapo, o Heinrich el de los hierros

En aquellos tiempos dorados en los que el deseo aún tenía poder, vivía un rey cuyas hijas eran todas muy bellas; pero la más pequeña era tan adorable que incluso el sol, que tantas cosas ha visto, se quedaba maravillado cada vez que brillaba sobre su rostro. No lejos del palacio del rey había un bosque muy profundo y oscuro, y al pie de un tilo se encontraba un pozo. Cuando hacía mucho calor, la princesa solía meterse en el bosque y sentarse al borde del pozo, del cual parecía emanar un frescor maravilloso.

Para entretenerse jugaba con una canica de oro, la lanzaba al aire y la cazaba al vuelo. Era su juego preferido. Cierto día la lanzó de forma algo descuidada, y no logró cazarla. La canica se alejó rodando por el suelo camino del pozo, alcanzó el borde, y allí desapareció de la vista.

La princesa corrió en pos de la canica y miró al fondo del agua; pero era un pozo tan profundo que no consiguió divisarla. Ni siquiera alcanzaba a vislumbrar el fondo del pozo.

Se puso a llorar, y siguió llorando cada vez más fuerte, inconsolablemente. Pero mientras seguía llorando y sollozando, oyó una voz que le hablaba.

—¿Qué te ocurre, princesa? Lloras tan amargamente que incluso las piedras se apiadarían de ti.

La princesa volvió la cabeza para ver de dónde salía esa voz, y vio un sapo cuya fea cabeza asomaba por la superficie del agua.

—Ah, eres tú, el que siempre anda chapoteando —dijo ella—. Lloro porque se ha caído al agua mi canica de oro, y es tan hondo que no alcanzo a verla.

—Entonces, ya puedes dejar de llorar, ahora mismo —dijo el

sapo—. Yo puedo ayudarte a recuperarla. Pero, dime, ¿qué me darías si bajo a buscar tu canica?

—¡Todo lo que me pidas, sapo! ¡Cualquier cosa! Mi ropa, mis perlas, mis joyas, hasta la corona de oro que llevo en la cabeza.

—No quiero tu ropa, y tus joyas y tu corona no me servirían de nada, pero si me quieres y me llevas contigo para que sea tu compañero de juegos y tu amigo, si dejas que me siente a la mesa junto a ti y que coma de tu plato y beba de tu copa y duerma en tu cama, me zambulliré hasta el fondo y te traeré tu canica de oro.

La princesa se puso a pensar: «¿Se puede saber qué tonterías está diciendo este sapo estúpido? Da lo mismo lo que anhele, porque tendrá que permanecer en el agua, que es donde él vive. Aunque tal vez sí pueda traerme mi canica.» Naturalmente, la princesa no dijo nada de lo que pensaba. Sino que dijo:

—Sí, sí. Tráeme la canica y te prometo todo eso que me pides.

En cuanto el sapo oyó decir «sí», metió la cabeza en el agua y se zambulló hasta el fondo. Al cabo de un momento ya había nadado de regreso hasta la superficie, con la canica sujeta en la boca, y la escupió y la hizo llegar a la hierba.

La princesa se sintió tan feliz al verla que salió corriendo hacia ella, la cogió y se fue corriendo de allí.

—¡Espera, espera! —gritó el sapo—. ¡Llévame contigo! ¡Avanzando a saltos no soy tan rápido como tú! ¡No corras!

Pero ella no le hizo caso. Corrió a casa y olvidó por completo al pobre sapo, que terminó regresando al pozo donde vivía.

Al día siguiente la princesa estaba sentada a la mesa con su padre el rey y toda la corte, y comía los alimentos que le habían servido en el plato de oro, cuando se oyó que algo ascendía a brincos por los peldaños de mármol: *plip plop, plip plop*. Una vez en lo alto, llamó a la puerta y gritó:

—¡Princesa! ¡La más pequeña! ¡Ábreme la puerta!

Ella corrió a ver quién podía ser, abrió la puerta, y se encontró ante el sapo.

Asustada, cerró de un portazo sin esperar un momento, y regresó corriendo a la mesa.

El rey advirtió que el corazón de la princesa latía con mucha fuerza, y dijo:

—¿De qué tienes miedo, mi pequeña? ¿Has visto a un gigante al otro lado de la puerta?

—¡Qué va! No es un gigante, es un sapo horrible.

—¿Y qué pretende ese sapo de ti?

—Mira, padre, ayer, cuando estaba jugando en el bosque cerca del pozo, se me cayó al agua mi canica de oro. Y me puse a llorar, y como lloraba tanto el sapo bajó a recogerla, y como insistió tanto, tuve que prometerle que le dejaría ser amigo mío. Pero yo creí que no iba a poder alejarse del agua. ¡Y ahora resulta que ha venido hasta aquí y pretende que le deje entrar!

Entonces se oyó que llamaban otra vez a la puerta, y que una voz entonaba:

> *¡Princesa, princesa, del rey la hija menor,*
> *abre y déjame entrar!*
> *O la promesa que me hiciste junto al pozo*
> *valdrá tanto como una aguja oxidada.*
> *¡Hija del rey, cumple tu promesa,*
> *abre y déjame entrar!*

El rey dijo entonces:

—Si haces una promesa, tienes que cumplirla. Ve a abrir y déjalo que pase.

La princesa abrió la puerta y el sapo entró dando saltos en la estancia. Y, sin dejar de saltar, se acercó a la silla de la princesa.

—Levántame —dijo el sapo—. Quiero sentarme a tu lado.

Ella no quería, pero el rey le dijo:

—Venga, haz lo que te pide.

Así que la princesa cogió al sapo y lo levantó. Cuando ya estaba en la silla él pidió que lo subiera a la mesa, y ella no tuvo más remedio que ponerlo allí, y entonces él dijo:

—Acerca un poco tu plato de oro para que pueda comer contigo.

Ella accedió, y todo el mundo se dio cuenta de lo mucho que a ella le repugnaba aquello. Todo lo contrario que al sapo. Este comió del plato de ella con sumo placer, y cada vez que el sapo daba un bocado era como si la comida se le quedase pegada a la garganta de la princesa.

Finalmente dijo el sapo:

—Muy bien, me he hartado, muchas gracias. Ahora me gustaría ir a la cama. Llévame a tu cuarto y prepara tu cama de seda para que podamos dormir juntos.

La princesa rompió a llorar, porque la piel del sapo le daba pavor. Se puso a temblar de solo imaginarse el cuerpo del sapo metido en su cama limpísima. Pero el rey frunció el ceño y dijo:

—¡No deberías despreciar a quien te prestó su ayuda cuando más apurada estabas!

La princesa cogió al sapo con la punta de los dedos y se lo llevó a su cuarto, pero al llegar lo dejó en el suelo y cerró la puerta.

Pero el sapo siguió llamando y diciendo a gritos:

—¡Quiero entrar! ¡Quiero entrar!

Así que ella abrió la puerta y dijo:

—¡De acuerdo! Te permito entrar, pero tendrás que dormir en el suelo.

Puso al sapo al pie de la cama, pero él siguió insistiendo:

—¡Déjame subir! ¡Déjame subir! ¡Estoy tan cansado como tú!

—¡Será posible! —dijo ella, y lo recogió y lo puso al otro extremo de la almohada.

—¡Más cerca! ¡Más cerca! —dijo él.

Aquello era intolerable. Presa de un ataque de furia, la princesa cogió al sapo y lo arrojó contra la pared. Pero, ¡oh, sorpresa! El sapo, al deslizarse sobre la cama, ya no era un sapo. Se había convertido en un joven, un príncipe que la miraba con unos bellos y sonrientes ojos.

Y ella le amó y lo aceptó como compañero, exactamente tal como había deseado el rey. El príncipe le contó que una bruja malvada le había lanzado un maleficio, y que solo ella, la princesa, podía rescatarle del pozo. Es más, le contó que al día siguiente llegaría un carruaje para llevárselos a los dos al reino del príncipe. Y después de eso se quedaron dormidos el uno junto al otro.

Y a la mañana siguiente, tan pronto como el sol les despertó, un carruaje llegó a palacio, exactamente como había dicho el príncipe. Tiraban de él ocho caballos sobre cuyas cabezas ondeaban muchas plumas de avestruz y entre cuyas guarniciones se veían destellos de cadenas de oro. Sentado en la parte trasera del carruaje viajaba el fiel Heinrich. Era el criado del príncipe, y cuando supo que su amo había sido transformado en un sapo, se llevó tal disgusto que enseguida fue a casa del herrero y le pidió que le pusiera tres flejes de hierro en el pecho para evitar que el corazón le estallara de dolor.

El fiel Heinrich les ayudó a instalarse en el carruaje y volvió a ocupar su puesto en la parte de atrás. Estaba loco de alegría al ver de nuevo al príncipe.

Cuando apenas habían recorrido un corto trecho, el príncipe oyó a su espalda un fortísimo estallido. Se dio la vuelta y exclamó:

—¡Heinrich, el coche se está partiendo en dos!

—No, no, señor. No es más que mi corazón. Cuando vivíais en el pozo, cuando erais un sapo, sentí semejante dolor que sujeté mi corazón con unos flejes de hierro para impedir que me estallara, porque el hierro es más fuerte que el dolor. Pero el amor es más fuerte que el hierro, y ahora que volvéis a ser una persona los flejes de hierro se están rompiendo y caen en pedazos.

Otras dos veces oyeron el mismo fortísimo estallido, y en cada ocasión creyeron que se partía el carruaje, pero todas las veces se equivocaron: era otra cadena de hierro de las que sujetaban el pecho del fiel Heinrich, que liberaban su corazón al saber que su amo volvía a estar a salvo.

Tipo de cuento: ATU 440, «El rey sapo».
Fuente: Este cuento se lo narró la familia Wild a los hermanos Grimm.
Cuentos similares: Katharine M. Briggs: «El sapo», «El príncipe sapo», «El novio sapo», «El Paddo» (*Folk Tales of Britain*).

Es uno de los cuentos más difundidos. La idea central, que consiste en que el sapo, tan repulsivo, se convierta en príncipe, resulta tan atractiva y tiene tal grado de implicaciones morales, que se ha convertido en una metáfora de una de las experiencias esenciales de la humanidad. La memoria colectiva suele recordar que el sapo se convierte en príncipe cuando lo besa la princesa. El narrador de los Grimm cuenta la historia de otra forma, y lo mismo ocurre entre los narradores orales citados por Briggs, que cuentan que el sapo debe ser decapitado por la muchacha a fin de convertirse en príncipe. Pero hay mucho que podríamos decir en defensa del beso. Se trata, finalmente, de otro elemento tradicional, de la misma manera que lo es el deseo del sapo de compartir la cama con la princesa.

No hay duda de que el sapo se convierte en príncipe (*ein Königssohn*) a pesar de que el título del cuento lo llama rey («*Der Froschkönig*»). Es posible que habiendo sido sapo conservara la vinculación al sapo una vez llegó a convertirse en rey, cuando heredó de su padre la corona. Una experiencia así no es fácil de olvidar.

El personaje de Heinrich el de los hierros aparece de la nada solo al final del cuento, y apenas tiene conexión alguna con el resto de la historia, de modo que suele ser fácilmente olvidado. Pero debía de tener su importancia ya que aparece también en el título. Los flejes de hierro constituyen una imagen tan impactante que merecerían un cuento especial.

El gato y la ratita montan su hogar

Érase una vez un gato que trabó amistad con una ratita. Tan grande era el caluroso afecto que sentía por ella, por la amabilidad que ella le mostraba, y por su prudencia, y lo bien que enroscaba su cola y todo lo demás, que finalmente la rata aceptó su idea de compartir la casa con él.

—Pero necesitamos provisiones para el invierno —dijo el gato—. De lo contrario, pasaremos mucha hambre justo cuando más necesidad de comer tendremos. Y una rata pequeñita como tú no puede ir a buscar comida por ahí en pleno invierno. Incluso suponiendo que no murieras de frío, seguro que terminarías cayendo en alguna trampa.

A la ratita le pareció que era un excelente consejo, de modo que juntaron el dinero que tenía cada uno de ellos y compraron un tarro de manteca. El siguiente problema era dónde guardar el tarro. Estuvieron discutiéndolo largamente y al final el gato dijo:

—Sabes, me parece que no hay ningún lugar más seguro que la iglesia. Allí no habrá nadie que se atreva a robar nada. Podemos guardarlo en un escondrijo al pie del altar, y no lo tocaremos hasta que tengamos verdadera necesidad.

Y así fue como escondieron el tarro en la iglesia. Pero no transcurrió mucho tiempo sin que el gato sintiera verdaderos deseos de comer esa deliciosa manteca, de modo que le dijo a la ratita:

—Ah, por cierto. Pensaba decírtelo: mi prima acaba de tener un gatito, es blanco con manchas marrones.

—¡Ay, pero qué bonito! —dijo la ratita.

—Sí lo es, seguro, y me han pedido que yo sea el padrino. ¿Te importa si te dejo un día al cuidado de la casa para que yo pueda sostenerle encima de la pila bautismal?

—Claro que no me importa —dijo la ratita—. Seguro que os servirán después comida de la mejor. Acuérdate de mí si te dan un bocado especialmente bueno. Y me encantaría tomar un sorbo de ese vino dulce que dan en los bautizos.

Naturalmente, lo que contó el gato era un montón de mentiras. No tenía ninguna prima, y nadie que le conociera un poquito le pediría jamás que fuese padrino de un hijo suyo. Lo que hizo el gato fue dirigirse directamente a la iglesia, reptar al pie del altar, abrir el tarro de manteca y ponerse a lamer la capa de grasa que protegía la manteca.

Después salió tan tranquilo como el ser más inocente del mundo, y se dedicó como siempre a andar de cacería por encima de los tejados. Se tumbó allí arriba a tomar el sol y relamerse los bigotes, disfrutando de paso del recuerdo de la grasa. Ya había anochecido cuando volvió a casa.

—¡Bienvenido! —dijo la ratita—. ¿Has pasado un buen día? ¿Qué nombre le han puesto al recién nacido?

—«Lo de encima se acabó» —respondió el gato con la mayor frialdad, mientras se miraba las uñas.

—¿«Lo de encima se acabó»? Qué nombre tan raro para un gatito —dijo la rata—. ¿Se trata de un viejo nombre familiar?

—No le encuentro nada raro a este nombre —dijo el gato—. No es más raro que Ladrón de Migas, que es como se llama tu ahijado.

Apenas transcurrió un breve tiempo antes de que el gato sintiera ganas de comer manteca, y entonces le dijo a la ratita:

—Amiga mía, ¿puedes hacerme un favor? Me han pedido que sea padrino de otro gato recién nacido, y como tiene un collar de pelo blanco en torno al cuello, no sería buena idea negarse. ¿Te importa cuidar tú sola de la casa una vez más? Estaré de regreso por la noche.

La buena ratita dijo que sí, que no le importaba lo más mínimo, y despidió al gato deseándole que se lo pasara bien. El gato se fue enseguida, se coló bajo el muro de la aldea para entrar en la iglesia, y una vez allí empezó a lamer furtivamente la manteca hasta comerse la mitad del tarro.

«Cuando uno come solo, todo sabe mucho mejor», pensó.

Una vez de regreso en casa, la ratita le preguntó:

—¿Qué nombre le han puesto a la criatura?

—«Solo queda la mitad» —dijo el gato.

—¿«Solo queda la mitad»? ¿Qué clase de nombre es ese? Jamás había oído nada parecido. Estoy segura de que no consta en el almanaque de los santos.

La manteca le había gustado tantísimo al gato, y la había encontrado tan deliciosamente untuosa, que la boca se le hizo agua de nuevo.

—Las cosas buenas siempre vienen de tres en tres —dijo el gato a la ratita—. ¿No lo sabías? Mira, me han pedido otra vez que haga de padrino. Esta vez se trata de una criatura completamente negra. Aparte de las garras, no tiene un solo pelo blanco. No sé si sabes que esto es rarísimo, ocurre apenas una vez cada muchísimos años. ¿Te importará que vaya?

—¿«Lo de encima se acabó»? ¿«Solo queda la mitad»? —dijo la ratita—. ¡Qué nombres tan raros eligen en tu familia! ¡Me da qué pensar, sabes!

—Vaya, vaya, vaya —dijo el gato—. Te pasas de la mañana a la noche sin hacer nada, sentada por ahí y agitando la cola, y por eso se te ocurren las mayores tonterías. Tendrías que salir de vez en cuando a respirar aire fresco.

La ratita no parecía muy convencida de que esa fuese una buena idea, pero aprovechando la ausencia del gato trabajó duramente hasta dejar la casa bien limpia y ponerlo todo bien ordenado.

Entretanto el gato estaba en la iglesia, muy atareado lamiendo el tarro de manteca. Cuando, utilizando sus garras, logró sacar hasta el último resto de manteca, se quedó sentado, admirando el reflejo de su cara en el fondo del tarro.

«Qué dulce pesar te entra cuando ves el tarro vacío», pensó.

Cuando llegó paseando de vuelta a casa, ya se había hecho de noche. Tan pronto como entró, la rata le preguntó qué nombre le habían puesto al tercer gatito.

—Imagino que este nombre tampoco te va a gustar —dijo el gato—. Le han puesto «Ya no queda nada».

—¡«Ya no queda nada»! —exclamó la ratita—. Vaya, vaya, no sabes lo mucho que me preocupa esto, de verdad te lo digo. Jamás he visto este nombre escrito en ningún lugar. ¿Qué debe de significar?

Dicho esto, envolviéndose por completo en su cola, se puso a dormir.

Después de esta ocasión, no hubo nadie más que pidiera al gato que fuera padrino de una cría. Y cuando se presentó el invierno, y ya no hubo modo de encontrar comida por el exterior de la casa, la ratita se acordó del tarro de deliciosa manteca que habían guardado en lugar seguro en la iglesia, justo al pie del altar.

—Venga, Gato —dijo la ratita—. Vamos a buscar ese tarro de manteca que dejamos escondido. Piensa en lo buena que va a estar.

—Seguro —dijo el gato—. Te va a gustar tanto como sacar esa lengüecilla tuya por la ventana.

Y fue así como se pusieron de camino. Y al llegar a la iglesia el tarro seguía estando donde lo dejaron, pero naturalmente se encontraba vacío.

—¡Ay, ay, ay! —dijo la ratita—. ¡Empiezo a entenderlo todo! Ahora ya sé la clase de amigo que eres tú. ¡Nadie te pidió que fueras el padrino de su cría! Lo que hiciste fue venir aquí y zamparte toda la manteca. Primero se acabó lo de encima...

—¡Cuidado con lo que dices! —dijo el gato.

—Luego quedó solo la mitad...

—¡Te lo advierto!

—Y luego ya no queda...

—¡Una sola palabra más, y te como a ti también!

—... nada —dijo la ratita, pero ya era demasiado tarde: el gato saltó sobre ella y se la tragó en un instante.

Y bien, ¿qué esperabais? Estas son las cosas que pasan en este mundo.

Tipo de cuento: ATU 15, «Robar la comida haciéndote pasar por padrino».
Fuente: La historia se la contó Gretchen Wild a los hermanos Grimm.
Cuentos similares: Italo Calvino: «La señora zorra y el señor zorro» (*Cuentos populares italianos*); Joel Chandler Harris: «El señor Conejo mordisquea la manteca» (*The Complete Tales of Uncle Remus*).

Se trata de una fábula sencilla y corriente. Algunas de las variantes utilizan elementos escatológicos bastante groseros: el verdadero culpable pringa con manteca la parte inferior de la cola de su compañera de hogar a fin de demostrar que la culpable es ella. Tomé prestada la idea del reflejo de la cara del gato en el fondo del tarro del cuento del Tío Remus, que, como esta versión, termina con un comentario escéptico que habla de lo injusta que es la vida: «Tribbalashum parece estar esperando a la vuelta de la esquina para pillarnos a todos nosotros.» (*The Complete Tales of Uncle Remus*, pág. 53.)

El muchacho que se fue de casa para averiguar qué son los escalofríos

Érase una vez un padre que tenía dos hijos. El mayor era espabilado y brillante y capaz de enfrentarse a cualquier cosa, mientras que el menor era tan lerdo que no entendía nada ni aprendía tampoco nada. Todos los que conocían a esta familia decían: «Su padre va a tener problemas con el pequeño.»

Si había que encargarse de hacer alguna cosa, siempre tenía que hacerla el mayor. Pero había algo que el mayor era incapaz de hacer: si su padre le pedía que saliera de casa para hacer un encargo cuando caía la noche, o cuando ya estaba completamente a oscuras, y si tenía que pasar por el cementerio o algún sitio de los que dan miedo, solía responder:

—No, padre. No pienso ir. Me da escalofríos.

Al anochecer, cuando la gente tomaba asiento en torno al fuego y contaba historias de hechizos o fantasmas, los oyentes solían decir: «Siento escalofríos.»

El pequeño se quedaba escuchando, sentado en un rincón, pero no entendía qué cosa eran los escalofríos.

—Todo el mundo anda diciendo a menudo: «¡Me da escalofríos! ¡Me da escalofríos!» Pero no entiendo de qué están hablando. Yo no he sentido nunca ningún escalofrío, y eso que he prestado tanta atención como el que más.

Un día su padre le dijo:

—Escucha, muchacho, te estás haciendo mayor y muy fuerte. Estás creciendo, y ya es hora de que comiences a ganarte la vida. ¡Fíjate en tu hermano! Ha aprendido a trabajar duro mientras que tú aún no sabes hacer nada.

—Sí, padre —dijo el pequeño—. Me gustaría ganarme la vida. Lo digo de verdad. Me gustaría aprender a tener escalofríos. Porque eso de los escalofríos es algo que no entiendo en absoluto.

Al oírle decir eso, su hermano mayor se puso a reír. «¡Menudo cabezón! —pensó—. No valdrá nunca para nada bueno. No se puede hacer una bolsa de seda con una oreja de puerca.»

El padre no tenía más remedio que suspirar.

—Pues no creo que te haga ningún daño averiguar en qué consiste eso de sentir escalofríos —dijo—, pero no te ganarás la vida por mucho que te estremezcas.

Al cabo de unos días pasó por allí el sepulturero, con ganas de conversación. El padre no pudo evitarlo y empezó a contarle lo mucho que le preocupaba su hijo menor. Le consideraba un tonto, era incapaz de aprender nada y tampoco parecía entender nada de nada.

—Por ejemplo —dijo el padre—. Cuando le pregunté a qué quería dedicarse para ganarse la vida, dijo que quería averiguar en qué consistía eso de sentir escalofríos.

—Si lo que quiere es eso —dijo el sepulturero—, mándamelo conmigo. Y así aprenderá lo que es sentir escalofríos. Ya es hora de que se haga un hombre.

—Me parece una buena idea —dijo el padre—. Tal vez las lecciones le entrarán mejor en la mollera si se las da otra persona. Sea como fuere, seguro que al muchacho le irá bien.

Y así fue como el sepulturero se llevó consigo al hijo menor de aquel hombre, y le encargó el trabajo de tañer la campana de la iglesia.

«Ahora te vas a enterar de lo que significa sentir escalofríos», pensó, y mientras el chico se iba vistiendo, él se adelantó y se dirigió a la torre.

Cuando el chico llegó a la torre y se volvió para coger la cuerda, vio que en lo alto de la escalera, justo enfrente del hueco de resonancia del campanario, había una figura blanca.

—¿Quién está ahí? —dijo.

La figura no habló ni se movió.

—Mejor será que me contestes —gritó el chico—. No tienes nada que hacer por aquí en plena noche.

El sepulturero permaneció completamente quieto. Estaba seguro de que el chico acabaría pensando que era un fantasma.

—¡Te lo advierto! —gritó nuevamente el chico—. Contéstame o te tiro escaleras abajo. ¿Quién eres y qué quieres?

El sepulturero pensó: «Seguro que no me tira escaleras abajo.» Y permaneció inmóvil como una piedra, sin emitir sonido alguno.

De modo que el chico volvió a gritar y, como no obtuvo respuesta, chilló bien fuerte:

—¡Tú te lo has buscado, así que ya puedes prepararte!

Y se fue escaleras arriba a por la figura blanca, y cuando la alcanzó le dio un empujón que la lanzó escaleras abajo. El fantasma cayó rebotando por los peldaños hasta el suelo, y allí se quedó gimiendo en un rincón. Viendo que no iba a causarle más problemas, el chico tocó la campana tal como le habían pedido, y luego regresó a la cama.

Durante todo este rato la esposa del sepulturero se había quedado esperándole, y viendo que su marido no regresaba empezó a sentir preocupación. Se levantó y despertó al chico.

—¿Dónde está mi marido? —dijo—. ¿Le has visto? Se fue a la torre antes de que tú salieras.

—No sé —dijo el chico—. No le he visto por ahí. Había alguien escondido debajo de una sábana, junto al hueco de resonancia, y como no quería contestar ni moverse, le he empujado escaleras abajo. Vaya a echar una ojeada, seguramente quienquiera que sea estará todavía allí. Y lo sentiré mucho si ha sido él. Se dio un golpe tremendo.

La esposa salió corriendo y encontró a su marido gimiendo de dolor porque se había roto una pierna. Consiguió ayudarle a regresar a casa, y después salió corriendo a ver al padre del chico y se puso a gritarle:

—¡Menudo chiflado es tu hijo! ¿Sabes qué ha hecho? ¡Ha tirado a mi marido desde lo alto de la torre del campanario! ¡Mi pobre esposo se ha roto una pierna, y no me extrañaría que no le quedara ni un hueso sano! Anda, llévate de nuestra casa a ese inútil, antes de que nos tire todo el edificio encima. No quiero volver a verle en la vida.

El padre se quedó horrorizado. Corrió a casa del sepulturero y tiró del chico hasta levantarlo de la cama.

—¿Qué diablos hiciste anoche? —dijo el padre—. ¡Profanaste al sepulturero! ¡Seguro que ha sido el demonio el que te ha dicho que lo hicieras!

—Pero, padre... —dijo el chico—. ¡Soy inocente! Yo no tenía ni idea de que fuese el sepulturero. Vi una figura cubierta por una sábana, ahí arriba, junto al hueco de resonancia. No podía adivinar quién era. Le advertí tres veces.

—¡Santo Cielo! —dijo el padre—. No me traes más que problemas. Aléjate de mi vista, anda. No quiero volver a poner la vista en ti.

—Me iré, no te preocupes —dijo el chico—. Espera a que se haga de día, y entonces saldré de esta casa y te dejaré en paz. Me dedicaré a buscar el modo de que me den escalofríos, y así sabré algo y por fin podré ganarme la vida.

—¡Escalofríos, ya te daré yo escalofríos! Haz lo que te venga en gana, me importa un comino. Toma, quédate estos cincuenta táleros. Puedes quedártelos, pero lárgate para siempre de aquí, y no le digas jamás a nadie de dónde vienes ni quién es tu padre. Me avergüenzo de ti.

—De acuerdo, padre. Haré lo que dices. Si no quieres de mí otra cosa, lo recordaré fácilmente.

Y tan pronto como amaneció, el chico se metió los cincuenta táleros en el bolsillo y partió, sin dejar de repetir para sí: «¡Ojalá me dieran unos buenos escalofríos! ¡Ojalá me dieran unos buenos escalofríos!»

Un hombre que casualmente iba en la misma dirección que el chico, oyó sus palabras. Siguieron andando ambos y no mucho más adelante el camino pasaba junto a una horca.

—Mira —dijo el hombre—. Ahí tienes una cosa que te va a ayudar. ¿Ves esa horca? Siete hombres se casaron con la hija del cordelero, y ahora todos están ahí arriba, aprendiendo a volar. Si te sientas al pie de la horca y esperas a que se haga de noche, ya verás como sientes escalofríos de verdad.

—¿En serio? —dijo el chico—. ¿Así de fácil? Entonces, pronto sabré de qué se trata. Si averiguo qué es eso de tener escalofríos antes del amanecer, le daré mis cincuenta táleros. Regrese en cuanto vea amanecer y venga a verme.

El chico se acercó a la horca, se sentó al pie, y esperó a que se hiciera de noche. Como tenía frío, hizo una hoguera, pero al llegar la medianoche se levantó bastante viento y ni siquiera al lado de los troncos ardiendo podía combatir el frío. El viento empujaba a los ahorcados de un lado para otro de modo que sus cuerpos chocaban entre sí, y el chico pensó: «Si yo, que estoy junto al fuego, paso tanto frío, no quiero ni pensar cómo deben de sentirse esos que cuelgan ahí arriba.» Cogió una escalera, subió y fue descolgándolos uno por uno, hasta que dejó a los siete en el suelo.

Después puso otro par de troncos en el fuego, y dispuso a los muertos alrededor de la hoguera para que se calentaran un poco; pero todos ellos se limitaron a permanecer sentados, y ni siquiera se movieron cuando las llamas prendieron sus ropas.

—¡Eh, vigilad! —dijo el chico—. Si no vais con cuidado os colgaré ahí arriba otra vez.

Naturalmente, los muertos no le hicieron el menor caso. Siguieron con sus miradas perdidas mientras sus prendas comenzaban a arder.

Esto hizo que el chico se enfureciese.

—¡Os he dicho que tuvierais cuidado! —dijo—. No quiero que me alcancen las llamas solo porque sois tan perezosos que ni siquiera se os ocurre encoger las piernas para que las llamas no os alcancen.

De modo que los colgó a todos de nuevo, se tumbó luego junto al fuego, y se durmió.

A la mañana siguiente, cuando despertó, encontró a su lado al hombre, que reclamaba sus cincuenta táleros.

—¿Tuviste escalofríos esta noche, a que sí? —dijo el hombre.

—No —dijo el chico—. ¿Cómo quería que estos tipos tan necios pudiesen enseñarme alguna cosa? No dijeron ni media palabra, y cuando las llamas prendieron sus pantalones, siguieron sentados como si tal cosa.

Como el hombre vio que no había modo de conseguir los cincuenta táleros, alzó los brazos con desesperación y se fue. «¡Vaya necio! —se dijo a sí mismo—. ¡En mi vida he encontrado a un tonto tan tonto como este!»

El chico continuó su camino, sin dejar de murmurar en voz baja: «¡Ojalá me dieran unos buenos escalofríos! ¡Ojalá me dieran unos buenos escalofríos!»

Seguía sus pasos un carretero, y al oírle decir una y otra vez esas palabras, avanzó rápido hasta alcanzarle y le dijo:

—¿Quién eres?

—No lo sé —dijo el chico.

—¿Y de quién eres hijo?

—No me permiten decirlo.

—¿Y qué es eso que andas murmurando bajito una y otra vez?

—Ah, eso —dijo el chico—. Quiero que me den unos buenos escalofríos, pero no encuentro a nadie capaz de enseñarme.

—Eres un pobre tonto —dijo el carretero—. Ven conmigo y al menos buscaré un lugar donde puedas vivir.

El chico se fue con él, y esa noche llegaron a una posada y decidieron quedarse allí a pasar la noche. Cuando entraron en la estancia donde estaba la chimenea, el chico volvió a repetir: «¡Ojalá me dieran unos buenos escalofríos! ¡Ojalá me dieran unos buenos escalofríos!»

El posadero rio al oírle, y dijo:

—Si eso es lo que quieres, estás de suerte. Muy cerca de aquí tendrás una buena oportunidad de conseguirlo.

—Chitón —dijo la posadera al oírle pronunciar esas palabras—. ¡De eso, ni media palabra! Piensa en todos esos pobres hombres que perdieron la vida. ¡Sería horrible que esos ojos tan bonitos de este muchacho no volvieran a ver jamás la luz del día!

—¡Pero si lo que yo quiero precisamente es sentir unos buenos escalofríos! —dijo el chico—. Por eso me fui de casa. ¿Qué quieren decir vuestras palabras? ¿Dónde se encuentra esa oportunidad? ¿En qué consiste?

Y no hubo modo de que dejara de insistir ante el posadero, hasta que este le dijo que cerca de allí había un castillo embrujado en el que si alguien quería saber lo que se siente cuando te dan los escalofríos podría averiguarlo con tal de que fuese capaz de permanecer tres noches seguidas en el interior de sus muros.

—El rey ha prometido que si hay alguien capaz de aguantar tres noches allí dentro, le dará su hija en matrimonio —dijo—, y juro que la princesa es la muchacha más bella del mundo. No solo eso. En el castillo, guardados por los espíritus malignos, se esconden montones de tesoros. Y además podrás quedarte con ellos si eres capaz de aguantar tres noches seguidas allí: suficientes como para hacer rico a cualquiera. Muchos jóvenes han entrado en el castillo a probar suerte, pero ninguno de ellos ha vuelto a salir vivo de allí dentro.

A la mañana siguiente el chico fue a ver al rey y le dijo:

—Si me lo permitís, querría pasar tres noches en el castillo embrujado.

El rey le miró fijamente, y le gustó su aspecto. De manera que le dijo:

—Te permitiré llevar contigo al castillo tres cosas, pero tendrán que ser tres cosas que no estén vivas.

—En ese caso —dijo el chico—, me gustaría llevarme cosas para hacer un fuego, un torno y un banco de carpintero con su cuchilla.

El rey ordenó que llevaran todo eso al castillo mientras aún fuese de día. Cuando anocheció, el chico entró y encendió un fuego muy vivo en la chimenea de una de las estancias, arrastró el banco de carpintero con su cuchilla hasta ponerlo al lado de la hoguera, y se sentó al torno.

—¡Ah, ojalá pudiera sentir unos buenos escalofríos! —dijo—. Pero este lugar tampoco parece muy prometedor.

Cuando se aproximaba la medianoche avivó el fuego. Estaba soplándolo cuando escuchó unas voces que procedían de un rincón de la estancia.

—¡*Miauuu, miauuu!* ¡Qué frío tenemos! —decían.

—¿Puede saberse de qué os quejáis? —dijo el chico volviendo la cabeza hacia atrás—. Si tenéis frío, venid a sentaros junto a la lumbre.

Al instante siguiente, un par de gatos enormes salieron de entre las sombras dando grandes brincos, se sentaron uno a cada lado del chico, y se quedaron mirándole con unos ojos en los que brillaban destellos rojos.

—¿Te apetece jugar una partida de naipes? —preguntaron.

—¿Por qué no? —repuso él—. Pero antes quiero que me dejéis ver vuestras garras.

Y los gatos extendieron sus patas.

—¡Santo Cielo! —dijo él—. Qué uñas tan largas tenéis. Antes de ponernos a jugar tendré que recortároslas.

Agarró a los gatos por el pescuezo, los alzó hasta colocarlos sobre el banco de carpintero, y les atornilló las patas.

—No me gusta nada el aspecto de estos gatos —dijo—. Me han quitado las ganas de jugar a los naipes.

Y los mató a los dos y arrojó los cadáveres al foso.

Acababa de sentarse de nuevo cuando, saliendo simultáneamente de todas las esquinas de la estancia, surgieron unos gatos negros y unos perros negros, y cada uno de ellos llevaba al cuello un collar al rojo vivo del que pendía una cadena al rojo vivo. Se fueron amontonando a su alrededor hasta que le rodearon y no le permitían ni siquiera moverse de donde estaba. Y empezaron a maullar, a ladrar, a soltar espantosos gañidos, a saltar dentro del fuego y esparcir los troncos encendidos en todas direcciones.

El chico se quedó mirándolos unos minutos, y al final se le acabó la paciencia. Agarró la cuchilla y les gritó:

—¡Largo de aquí, sinvergüenzas!

Y, muy animado, comenzó a lanzar cuchilladas por todas partes. Mató a algunos animales, y los demás salieron huyendo. Cuando no quedaba en la estancia ninguno vivo, lanzó a los muertos al foso, y se instaló otra vez junto al fuego para entrar en calor.

Pero no lograba mantener los ojos abiertos, de modo que fue a tenderse a una cama muy grande situada en una esquina de la estancia.

«¡Parece muy cómoda! ¡Justo lo que necesitaba!», pensó.

Sin embargo, tan pronto como se tendió en la cama, esta comenzó a moverse. Traqueteando, se encaminó hacia la puerta, que se abrió de golpe, y luego comenzó a recorrer todo el castillo, avanzando cada vez más deprisa.

—No está nada mal —dijo el chico—, pero podría correr mucho más.

Y la cama corrió como si tirasen de ella seis buenos corceles, recorrió los pasillos, subió escaleras y volvió a bajarlas, hasta que de repente brincó y se puso boca abajo, atrapándole bajo su peso. Era como estar debajo de una montaña.

Pero se libró de las mantas y almohadas, y reptó por el suelo hasta salir de debajo de ella.

—Ya no quiero esta cama —dijo en voz bien alta—. Si alguien la quiere, que se la quede.

Se fue junto al fuego y allí se tumbó hasta quedar pacíficamente dormido.

A la mañana siguiente el rey fue a verle, le descubrió tumbado en el suelo y dijo:

—Qué lástima. Lo han matado los fantasmas. ¡Y mira que era un chico agraciado!

El chico le oyó y se puso en pie al instante:

—Todavía no me han matado, majestad —dijo.

—¡Ah! ¿Estás vivo? —dijo el rey—. Bien, me alegro de verte. ¿Qué tal te fue?

—Muy bien, gracias —dijo el chico—. Ya ha pasado una noche, solo quedan otras dos.

El chico regresó a la posada, donde el posadero le miró con incredulidad.

—¡Estás vivo! Creí que no volvería a verte nunca más. ¿Sentiste escalofríos?

—No, ni una sola vez. Espero que esta próxima noche por fin pueda sentir escalofríos.

Cuando se aproximaba la medianoche oyó una tremenda conmoción en lo alto de la chimenea. Con estruendo de golpes y gritos, refriegas, chillidos y, finalmente, acompañado de un alarido tremendo, cayó en mitad del hogar la mitad inferior de un hombre.

—¿Eh, qué haces ahí? —dijo el chico—. ¿Dónde ha quedado tu otra mitad?

Pero como el medio hombre no tenía orejas ni ojos, no podía oírle ni ver dónde estaba, y se puso a correr por toda la estancia dándose porrazos contra todas las cosas, cayendo al suelo y levantándose después de darse cada uno de los trompicones.

En ese momento se volvió a escuchar un gran estruendo en la chimenea, y en medio de una nube de hollín cayó en el hogar la otra mitad del hombre, que se apresuró a salir de entre las llamas.

—¿Qué te pasa? ¿No está lo bastante caliente para ti? —dijo el chico.

—¡Piernas! ¡Piernas! ¡Venid para acá! —gritó la mitad superior, pero como la mitad inferior no oía nada siguió dándose trompicones por todas partes hasta que el chico la agarró por las rodillas y consiguió detenerla. La mitad superior se colocó encima de un salto, y las dos mitades juntas volvieron a ser un hombre entero. Era espantoso. Se sentó en el banco del chico, al lado del fuego, y no le dejaba sitio, hasta que el chico se enfadó y le pegó un empujón, lo echó de allí y él ocupó su sitio.

Hubo entonces otra conmoción, y cayó por la chimenea media docena de hombres muertos, el uno después del otro. Llevaban consigo nueve huesos del muslo y dos calaveras, y empezaron a jugar a los bolos.

—¿Me dejáis jugar con vosotros? —dijo el chico.

—Depende. ¿Tienes dinero?

—Mucho —dijo él—. Pero las pelotas con las que jugáis no son muy redondas que digamos.

Y cogió las calaveras, las colocó en el torno, y se puso a tornearlas hasta redondearlas del todo.

—Así irán mejor —dijo—. Y rodarán muy bien. ¡Será divertido!

Pasó un buen rato jugando con los muertos y perdió parte del dinero que llevaba. Finalmente, a medianoche el reloj tocó las doce y todos los muertos, desde el primero hasta el último, desaparecieron. El chico se quedó la mar de tranquilo y se echó a dormir.

A la mañana siguiente se presentó otra vez el rey a ver qué tal le había ido.

—¿Cómo has pasado la noche esta vez? —dijo el rey.

—He estado jugando a los bolos —dijo el chico—. Y he perdido algo de dinero.

—¿Y sentiste escalofríos?

—Nada de nada —repuso él—. Me he divertido jugando, pero nada más. ¡Ojalá me dieran unos buenos escalofríos!

Al llegar la tercera noche volvió a sentarse junto al fuego y suspiró:

—Solo me queda una noche —dijo—. ¡Espero que esta sea la noche en la que sienta escalofríos!

Cuando ya se acercaba la medianoche oyó retumbar unos pasos muy fuertes que se acercaban lentamente hacia la estancia, y al poco entraron seis hombres enormes que arrastraban entre todos un ataúd.

—¡Vaya! ¿Se ha muerto alguien? —dijo el chico—. Supongo que debe de ser mi primo. Murió hace unos días.

Pegó un silbido y se dirigió a su primo:

—¡Hola, primo! ¡Sal y saluda!

Los seis hombres dejaron el ataúd en el suelo y se fueron. El chico abrió la tapa y se quedó observando al muerto que había dentro. Tocó su rostro, que naturalmente estaba frío como el hielo.

—No importa —dijo—. Yo te haré entrar en calor.

Se acercó al fuego, calentó allí las palmas de sus manos, y después las apoyó en las mejillas del muerto, pero el rostro permaneció igual de frío.

Después cogió el cuerpo y lo sacó del ataúd, lo puso junto al fuego, apoyando en su regazo la cabeza del muerto, y empezó a frotarle los brazos tratando así de que volviera a circularle la sangre. Y tampoco obtuvo ningún resultado.

—¡Ah, ya se me ha ocurrido una idea! —dijo el chico—. Si dos personas se tienden con los cuerpos bien juntos, se dan calor mutuamente. Así que lo que voy a hacer es llevarte a la cama y tenderme a tu lado.

Cogió al muerto, lo puso en la cama y se tumbó a su lado y tiró de las mantas hasta que ambos quedaron bien tapados. Al cabo de unos minutos el muerto comenzó a moverse.

—¡Muy bien! —dijo el chico para animarle—. ¡Venga, primo! Ya estás casi vivo otra vez.

De repente el muerto se enderezó, se sentó en la cama y gruñó:

—¿Se puede saber quién eres tú? ¿Eh? ¡Voy a estrangularte, sucio diablillo!

Estiró los brazos lanzándose al cuello del chico, pero este era mucho más veloz que el muerto, y tras pelear un rato con él consiguió meterlo otra vez en el ataúd.

—Pues sí que eres agradecido —dijo mientras clavaba unos clavos para que la tapa no pudiera abrirse.

En cuanto la tuvo bien cerrada volvieron a presentarse los seis hombres. Cogieron el ataúd y lentamente se lo llevaron.

—¡No hay manera! —se quejó el chico, desesperado—. Estando aquí tampoco conseguiré averiguar qué son los escalofríos.

Y mientras pronunciaba estas palabras, un viejo surgió de entre la penumbra de un rincón de la estancia. Era más grande incluso que los hombres que llevaban el ataúd, y tenía una barba blanca muy larga, y unos ojos en los que brillaba la maldad.

—¡Miserable gusano! —gritó al chico—. Enseguida te vas a enterar de lo que significa sentir escalofríos. Esta noche morirás.

—¿Lo crees de verdad? ¡Antes tendrás que atraparme! —dijo el chico.

—¡Por mucho que corras, no lograrás evitar que te alcance!

—Soy tan fuerte como tú, quizás incluso más que tú —dijo el chico.

—Ya lo veremos —dijo el viejo—. Si al final resulta que eres más fuerte que yo, dejaré que te vayas. Pero no será así. Venga, sígueme.

El chico siguió al viejo por todo el castillo, corrieron por pasillos oscuros y bajaron escaleras sombrías, hasta que llegaron a una herrería que se encontraba en las profundidades de un sótano.

—Veamos ahora cuál de los dos es más fuerte —dijo el viejo, y cogió un hacha y de un solo golpe hundió el yunque en la tierra.

—Puedo derrotarte —dijo el chico. Cogió a su vez el hacha y

golpeó con ella el otro yunque, y le dio con tanta fuerza que lo partió por la mitad, y el chico aprovechó ese momento para agarrar la larga barba del viejo y meterla entre las dos partes del yunque que, al cerrarse de nuevo la una contra la otra, dejaron al viejo atrapado por la barba entre sus dos mitades.

—Ya te tengo —dijo el chico—. Veremos ahora cuál de los dos va a morir.

Y dicho esto agarró una barra de hierro y golpeó despiadadamente con ella al viejo, y los golpes llovieron sobre su cuerpo hasta que se puso a gemir y sollozar y gritar:

—De acuerdo. ¡Para de golpearme! ¡Tú ganas!

Y prometió darle al chico grandes tesoros con tal de que le soltara. El chico introdujo el hacha en la grieta y la giró para que se soltara la barba del viejo, y este condujo al chico a una estancia situada en el lugar más profundo del castillo, y allí le mostró tres arcones llenos de oro.

—Uno de los arcones es para los pobres —dijo—. El otro es para el rey, y el tercero es tuyo.

Justo en ese momento sonaron las campanadas de la medianoche, y el viejo desapareció, y el chico se quedó a oscuras.

—Bueno —dijo el chico—. Ahora encontraré el camino de regreso en medio de esta oscuridad.

Tanteando las paredes, logró regresar a la estancia donde estaba la cama y se quedó dormido junto al fuego.

A la mañana siguiente se presentó el rey.

—A estas alturas seguro que ya has averiguado en qué consiste sentir escalofríos —dijo.

—No —dijo el chico—. Aún me pregunto qué debe de ser eso de los escalofríos. Primero he dormido al lado del cadáver de mi primo, y luego vino un hombre que tenía una barba muy larga y me mostró un tesoro, pero no ha venido nadie a enseñarme en qué consiste eso de tener escalofríos.

Fueron a buscar el oro y lo subieron, y el chico y la princesa se casaron. Pero por mucho que amaba a su esposa, por muy feliz que llegó a ser el joven rey, siguió diciendo a menudo:

—¡Ojalá me entraran unos buenos escalofríos! ¡Ojalá consiguiera averiguar en qué consiste eso de sentir escalofríos!

De tanto oírselo decir, al final la joven reina se hartó y se lo comentó a su doncella, y esta respondió:

—Dejadlo en mis manos, majestad. ¡Veréis como yo consigo que le den unos buenos escalofríos!

La doncella bajó al arroyo y llenó un balde de pececillos. Aquella misma noche, cuando el rey dormía, la doncella le dijo a la reina que apartara las mantas y le vertiera el balde encima.

Y eso fue lo que la reina hizo. El joven rey notó primero el agua fría y después los pececillos que serpenteaban y se meneaban por todo su cuerpo.

—¡Oh, oh, oh! —exclamó—. ¡Ooooh! ¿Se puede saber qué es lo que me produce tantos escalofríos? ¡Uy! ¡Sí, tengo escalofríos! ¡Por fin siento escalofríos por todo el cuerpo! ¡Dios te bendiga, querida esposa mía! ¡Has conseguido lo que nadie hasta ahora había logrado! ¡Tengo escalofríos!

Tipo de cuento: ATU 326, «El chico que deseaba saber qué es el miedo».
Fuente: Una versión más breve de este cuento fue publicada en la primera versión del libro de los Grimm, el año 1812, pero la historia tal como se cuenta aquí solo fue reproducida en la edición de 1819, después de que Ferdinand Siebert, habitante de Treysa, cerca de Kassel, les remitiese una versión escrita del cuento.
Cuentos similares: Alexander Afanasyev: «El hombre que no conocía el miedo» (*Cuentos populares rusos*); Katharine M. Briggs: «El chico que no le tenía miedo a nada», «La muchacha que no se acobardaba», «Ganar una apuesta» (*Folk Tales of Britain*); Italo Calvino: «Juanito el valiente», «El brazo del muerto», «El tonto sin miedo», «La reina de las tres montañas de oro» (*Cuentos populares italianos*).

Es una historia muy difundida, y hay otra versión de la misma que incluyeron los Grimm en un volumen de anotaciones de los *Cuentos para la infancia y el hogar* que publicaron en 1856. «El brazo del muerto», cuento recogido por Italo Calvino, es la versión más vivaz y divertida de esta misma historia, pero en ella el protagonista no parte en busca de la experiencia del miedo y por esta razón no necesita al final aprender la lección del balde lleno de pececillos. Tampoco la necesita la protagonista del cuento «La muchacha que no se acobardaba», recogido por Katharine M. Briggs, y que es un bello relato procedente de Norfolk, y que, sin embargo, sí contiene la desdichada historia del sepulturero y la escena en la que el fantasma muestra los tesoros de la profunda bodega. Creo que la versión de los Grimm es la mejor de todas ellas.

En la mayor parte de las variantes de este cuento abundan los momentos cómicos; los fantasmas y los muertos no resultan aterradores, sino que tienen un efecto humorístico. Marina Warner, en *From the Beast to the Blonde*, sugiere que el balde lleno de pececillos podría ser objeto de una interpretación sexual.

El fiel Johannes

Érase una vez un rey viejo que se puso enfermo, y cuando yacía en el lecho de dolor se puso a pensar: «Esta cama en la que yazco será mi lecho de muerte.» Y entonces dijo:

—Id a buscar al fiel Johannes, quiero hablar con él.

El fiel Johannes era su criado favorito. Le llamaban así porque se había mostrado fiel al rey a lo largo de toda su vida. Cuando se presentó en el dormitorio real el rey le indicó que se acercara a su cama y le dijo:

—Mi buen y fiel Johannes, ya no voy a seguir en este mundo por mucho tiempo. Y solo me preocupa una sola cosa: mi hijo. Es un buen chico, pero es muy joven aún, y no siempre sabe elegir lo mejor. No podré cerrar en paz los ojos a no ser que me prometas que serás para él como un padre adoptivo, y que le enseñarás todo lo que debería saber.

—Lo haré con mucho gusto —dijo el fiel Johannes—. No voy a dejarle desamparado en ningún momento y aunque me cueste la vida le serviré fielmente.

—Lo que dices es para mí un gran consuelo —dijo el rey—. Ahora puedo morir en paz. Cuando yo ya no esté aquí, debes hacer lo siguiente: muéstrale todo este castillo, llévale a todos los sótanos y todas las estancias, que entre en todas las salas y vea todos los tesoros que contienen. Pero no le permitas entrar en la estancia que se encuentra al final de la galería larga. Allí hay un retrato de la Princesa del Techo de Oro, y si viese ese retrato se enamoraría de ella. Sabrás que le ha ocurrido eso porque se caerá al suelo y perderá por completo el sentido. Y después correrá toda clase de peligros por ella. Líbrale de todo eso, Johannes. Es la última cosa que voy a pedirte.

El fiel Johannes prometió cumplir lo que le pedía, y el viejo rey se recostó en la almohada y murió.

Después de los funerales el fiel Johannes le dijo al joven rey:

—Es hora de que conozcáis todas vuestras posesiones, majestad. Vuestro padre me pidió que os enseñara el castillo entero. Ahora os pertenece, y debéis conocer todos los tesoros que alberga.

Johannes le acompañó en un recorrido completo, escaleras arriba y escaleras abajo, hasta las azoteas y los sótanos. Le abrió todas las magníficas estancias. Todas, excepto una, porque el fiel Johannes no permitió que el joven rey entrara en la habitación situada al final de la galería larga, la que contenía el retrato de la Princesa del Techo de Oro. El cuadro estaba colgado en una pared de tal manera que bastaba con entrar en la sala para verlo inmediatamente, y estaba pintado tan bien y de forma tan vívida que la princesa parecía respirar y estar viva. No podía nadie imaginar ninguna cosa tan bella.

El joven rey notó que el fiel Johannes pasaba siempre de largo cuando cruzaban delante de la puerta de esa estancia, o que intentaba distraerle cuando se aproximaban, y un día le dijo:

—Johannes, ya he notado que siempre tratas de impedirme que entre ahí. ¿Por qué no abres nunca esa puerta?

—Ahí dentro hay una cosa aterradora, majestad. No es bueno que la veáis.

—¡Pues quiero verla! Ahora ya he visto todo el castillo, y esa estancia es la única que me queda por ver. ¡Quiero saber qué hay dentro!

Y diciendo esto trató de forzar la puerta y abrirla, pero el fiel Johannes se lo impidió.

—Le prometí a vuestro padre, el rey, que no os permitiría ver lo que hay dentro de esta estancia —dijo—. Porque eso solo nos acarrearía desgracias a los dos.

—Pues te equivocas —dijo el joven rey—. Siento tanta curiosidad por ver lo que hay ahí dentro que, si no consigo entrar, será eso lo que me traerá la mala suerte. No tendré paz ni de día ni de noche, hasta que sepa lo que hay ahí dentro. ¡Abre esta puerta, Johannes!

El fiel Johannes comprendió que no tenía elección. Muy compungido y suspirando, cogió la llave de la anilla donde colgaban todas, y abrió la puerta. Entró él por delante, pensando así bloquear la mirada del joven rey e impedirle ver el cuadro, pero no lo consiguió. El rey se puso de puntillas y miró por encima de él. Y ocurrió exactamente lo que el viejo rey dijo que ocurriría; el joven vio el retrato y al instante cayó sin sentido al suelo.

El fiel Johannes lo levantó y se lo llevó a sus habitaciones. «Dios mío —iba pensando—, qué mal comienzo para su reinado. ¿Qué golpe de mala suerte nos alcanzará ahora?»

Pero el rey recuperó el sentido al poco rato y enseguida dijo:

—¡Qué cuadro tan bonito! ¡Qué joven tan bonita! ¿Quién es?

—Es la Princesa del Techo de Oro —dijo el fiel Johannes.

—¡Estoy enamorado, Johannes! Estoy tan enamorado de ella que si todas las hojas de todos los árboles fuesen lenguas, ni siquiera uniendo sus fuerzas podrían expresar todo lo que siento. Correría cualquier riesgo, incluso el de perder la vida, por conquistar su amor. ¡Johannes, mi fiel servidor, tienes que ayudarme! ¿Cómo podríamos ir a donde está?

El fiel Johannes pensó mucho acerca de lo que le decía el rey. Era conocido el carácter poco comunicativo de la princesa. Pero luego se le ocurrió un plan, y fue a contárselo al rey.

—Todo lo que tiene esta princesa, todo lo que la rodea, es de oro —explicó—. Las mesas, las sillas, los platos, los asientos, los cuchillos y los tenedores, todo es de oro macizo. Pues bien, entre vuestros tesoros, majestad, como sin duda recordáis, hay cinco toneladas de oro. Sugiero que les pidamos a los orfebres de la corte que utilicen por ejemplo una tonelada de oro y con ella fabriquen toda clase de cosas preciosas como pájaros y leones y animales extraños y cosas así. Puede que a ella le apetezca tenerlos, y podríamos probar suerte de esta manera.

El rey convocó a todos los orfebres y les dijo lo que quería. Ellos comenzaron a trabajar día y noche y fueron fabricando una cantidad muy grande de piezas tan bellas que el joven rey fue de la opinión que la princesa no habría visto jamás nada parecido.

Cargaron todas las piezas en un velero, y el fiel Johannes y el rey se disfrazaron de mercaderes hasta quedar irreconocibles. Luego levaron anclas y navegaron por el mar hasta llegar al país de la Princesa del Techo de Oro.

El fiel Johannes le dijo al rey que pensaba que sería mejor que él se quedara a bordo del barco.

—Yo desembarcaré —dijo— y averiguaré si la princesa está interesada en nuestro oro. Lo mejor sería que preparaseis una selección de piezas para que ella pueda verlas. Decorar con ellas el barco.

El rey comenzó encantado a seleccionar y disponer esa muestra mientras el fiel Johannes se dirigía a palacio, llevando consigo unos pocos objetos de oro. En el patio del palacio vio a una joven que sacaba agua de dos pozos con sendos baldes de oro, el uno para agua normal y el otro para agua con burbujas. Iba a darse media vuelta y volver al palacio cuando captó la presencia del fiel Johannes y le preguntó quién era.

—Soy un comerciante —dijo él—. Vengo de unas tierras lejanas para ver si alguien se interesa por nuestro oro.

Y abrió su ropaje y le mostró lo que traía.

—¡Qué cositas tan bellas! —dijo ella, dejando los baldes en el suelo y cogiendo una por una las figuritas de oro—. Tengo que ir a ver a la princesa y contárselo. Ya sabéis que a ella le gusta el oro, y estoy segura de que querrá comprar todo lo que traéis.

Cogió de la mano al fiel Johannes y le condujo escaleras arriba, pues se trataba de la primera doncella de la mismísima princesa. Cuando esta vio los objetos de oro se mostró encantada.

—Jamás en la vida había visto cosas tan preciosas como estas —dijo—. No me puedo resistir a poseerlas. ¡Dime su precio! Las compraré todas.

—Alteza real —dijo Johannes—, en realidad no soy más que un criado. El comerciante es mi señor, y generalmente es él quien fija los precios. Además, las pequeñas muestras que traía conmigo no son nada en comparación con todo lo que él tiene en el barco. Jamás se habían hecho piezas de oro tan bonitas como esas.

—¡Traedlas todas! —dijo ella.

—Me gustaría satisfacer vuestros deseos, pero son abundantísimas. Para traerlas todas necesitaríamos muchos días y, además, es tal su número que todo este castillo no sería suficiente para mostrarlas, a pesar de que es tan grande y espléndido.

Johannes pretendía picar la curiosidad de la princesa, y había acertado, pues ella le dijo:

—Entonces, yo iré al barco. Llévame ahora mismo y allí veré todos esos tesoros de tu señor.

El fiel Johannes la condujo al barco, satisfecho de haber conseguido su objetivo. Cuando el joven rey bajó a recibir a la princesa en el muelle, comprobó que era más bella incluso que en el retrato, y a punto estuvo su corazón de reventarle en el pecho. Pese a todo la llevó primero a cubierta y después guio sus pasos hasta la bodega, mientras el fiel Johannes permanecía arriba.

—Suelta amarras y pon todo el trapo que puedas —le dijo Johannes al timonel—. Y vuela como un pájaro en el aire.

Entretanto, en la bodega, el joven rey empezó a mostrar a la princesa las vasijas de oro y todos los demás objetos, los pájaros, los animales, los árboles y las flores, tanto los de estilo realista como los fantásticos. Transcurrieron las horas y ella no se dio cuenta de que estaban navegando. Tras haberlo visto todo, soltó un suspiro de alegría.

—Gracias, señor —dijo—. ¡Qué colección tan bella! Jamás había visto nada parecido. ¡Es realmente exquisita! Pero es hora de que regrese a casa.

Y entonces se volvió a mirar por la escotilla, y comprobó que se encontraban en alta mar.

—Pero ¿puede saberse qué habéis hecho? —exclamó—. ¿Dónde estamos? ¡He sido traicionada! ¡He caído en manos de un comerciante..., aunque seguro que no sois ningún comerciante, sino un pirata! ¿Me habéis secuestrado? ¡Oh, preferiría morir!

El rey tomó su mano y dijo:

—No soy un comerciante. Soy un rey, y mi cuna es tan buena como la vuestra. Y si os he traído a bordo con engaños solo ha sido porque vivo dominado por el amor que me inspiráis. El día en que vi vuestro retrato en mi palacio, caí al suelo sin sentido.

Los amables modales del rey tranquilizaron a la Princesa del Techo de Oro, y al final incluso su corazón se sintió conmovido, y finalmente aceptó convertirse en su esposa.

Mientras el velero seguía surcando los mares, el fiel Johannes se sentó junto al timón y se puso a tocar el violín. Y mientras lo hacía vio de repente que tres cuervos volaban alrededor del barco y se posaron en el bauprés, de modo que dejó de hacer música y se puso a escuchar lo que decían, pues él entendía el lenguaje de los pájaros.

—¡*Craac!* —dijo el primero—. ¡Pero si es la Princesa del Techo de Oro! ¡Y él se la lleva consigo a su casa!

—Sí —dijo el segundo—, pero aún no la ha conquistado del todo.

—Ya lo creo que sí —dijo el tercero—. *¡Craac!* Mírala, sentada en cubierta al lado de él.

—Nada de esto le servirá al rey. En cuanto bajen a tierra —dijo el primero—, un caballo alazán galopará hacia ellos para darles la bienvenida y el rey intentará montarlo. *¡Craac!* Y si lo hace, el caballo dará un salto hacia el cielo y se lo llevará montado hacia arriba, y ella no volverá a ver al rey nunca más.

—*¡Craac!* —dijo el segundo—. ¿Y no hay modo de impedirlo?

—Claro que sí. Pero ellos lo desconocen. Si salta sobre la silla del caballo cualquier otra persona, saca la pistola de la cartuchera que llevará en la silla y mata de un tiro al caballo, el rey no correrá ningún peligro. *¡Craac!* Pero quienquiera que lo haga jamás debe decirle al rey por qué lo hizo, porque si se lo dijera se convertiría en una roca y caería a los pies del rey.

—Y yo sé otra cosa además —dijo el segundo cuervo—. Ni siquiera después de que maten al caballo podrá considerarse que el rey está a salvo. Cuando entren en palacio encontrarán un precioso traje de bodas dispuesto para él, muy bien doblado encima de una bandeja de oro. En apariencia, será un traje bordado de oro y plata, pero en realidad está hecho de azufre y brea, y si se viste con él le quemará toda la piel, hasta el mismísimo tuétano. *¡Craac!*

—Entonces seguro que nadie podrá salvarle de eso —dijo el tercero.

—Sí podrían, porque es fácil, pero no sabrán cómo. Alguien que lleve guantes debería coger el traje y arrojarlo al fuego, y allí se quemará hasta consumirse, y el rey no correrá riesgo alguno. *¡Craac!* Pero si quien lo hace le cuenta al rey por qué lo hizo, todo él se convertirá en piedra, de pies a cabeza.

—¡Vaya destino! —dijo el tercero—. Y tampoco acaban ahí los peligros. Incluso después de que el traje haya ardido por completo, creo que este rey no está destinado a tener a la novia. Después de la ceremonia, cuando empiece el baile, de repente la joven reina se pondrá pálida y caerá al suelo como muerta.

—¿Y podría salvarse? —preguntó el primero.

—Facilísimamente, si alguien supiera cómo. Bastaría con levantarla del suelo, darle un mordisco en el pecho derecho, chuparle tres gotas de sangre y luego escupirlas. Así volverá a la vida. Pero si quien lo haga le cuenta al rey por qué lo ha hecho, su cuerpo se convertirá en piedra, desde la coronilla hasta las plantas de los pies. *¡Craac!*

Y en este momento los cuervos levantaron el vuelo. El fiel Johannes había comprendido todas y cada una de las palabras, y a partir de ese momento se quedó muy callado y triste. Si no hacía lo que los cuervos habían dicho, su señor iba a morir, pero si le explicaba al rey por qué hacía todas esas cosas tan extrañas, se convertiría en piedra.

Finalmente, sin embargo, se dijo a sí mismo: «Él es mi amo, y salvaré su vida, aunque para ello tenga que perder la mía.»

Cuando desembarcaron pasó exactamente lo que había dicho el cuervo que iba a ocurrir. Un magnífico caballo alazán apareció galopando, con silla y guarniciones de oro.

—¡Qué buen presagio! —dijo el rey—. Este caballo me llevará a palacio.

Ya estaba a punto de montar en la silla cuando el fiel Johannes le echó a un lado de un empujón y saltó él sobre la silla. Momentos más tarde sacó la pistola de la cartuchera de la silla y mató de un tiro al caballo.

A los demás criados del rey no les importaba mucho lo que pudiera ocurrirle a Johannes, pero dijeron:

—¡Qué barbaridad, matar a un caballo tan bello! ¡Y empujar de esa manera al rey, y justo cuando iba a montarlo para que le llevara a palacio!

—¡Callad! —dijo el rey—. Estáis hablando del fiel Johannes. Si ha hecho eso, seguro que tenía un buen motivo para hacerlo.

Se dirigieron todos a palacio, y nada más entrar vieron un precioso traje con bordados de oro y dispuesto sobre una bandeja dorada, tal como había dicho el cuervo. El fiel Johannes vigilaba muy de cerca lo que ocurría, y en cuanto vio que el rey se acercaba a la bandeja para coger las prendas, Johannes se puso los guantes, agarró la ropa y tiró de ella, y la arrojó al fuego. Y allí ardieron rápidamente las prendas.

Los demás criados volvieron a murmurar entre sí:

—¿Habéis visto lo que ha hecho ese? ¡Ha quemado el traje de bodas del rey!

Pero el joven rey dijo:

—¡Ya basta de comentarios! Seguro que Johannes tenía un buen motivo para hacerlo. Dejadle tranquilo.

Y finalmente se celebró la boda. Tras la ceremonia comenzó el baile, y el fiel Johannes permaneció a un lado del salón de baile, sin apartar la vista de la reina ni un solo momento. De repente ella empalideció y cayó redonda al suelo. Johannes corrió a su lado, la cogió en brazos y la llevó a la cámara real. La tendió en la cama y luego se arrodilló, mordió su pecho derecho, chupó tres gotas de sangre y enseguida las escupió. Al instante ella abrió los ojos y miró a su alrededor, y luego se incorporó y se quedó sentada en la cama, respirando tranquilamente y del todo repuesta.

El rey, que lo había visto todo y no entendía por qué motivo Johannes se había comportado de esa manera, se enfureció y dio órdenes de que los guardias se lo llevasen y le metieran de inmediato en una celda.

A la mañana siguiente el fiel Johannes fue condenado a muerte y conducido a la horca. Cuando ya se encontraba en el patíbulo con el nudo en torno al cuello, dijo:

—A todo condenado a muerte se le permite decir unas últimas palabras. ¿Se me concede este derecho?

—Sí —dijo el rey—. Se te concede.

—He sido condenado injustamente —dijo el fiel Johannes—. Siempre os he sido fiel, majestad, del mismo modo que fui fiel a vuestro padre.

Y se puso a contar la conversación de los cuervos que se habían posado en el bauprés del barco, y explicó que había tenido que hacer todas esas cosas tan extrañas a fin de salvar de la muerte al rey y la reina.

Al escucharle, el rey exclamó:

—¡Ay, mi fiel Johannes! ¡Quedas perdonado! ¡Bajadle de ahí ahora mismo!

Pero a Johannes le estaba ocurriendo algo muy extraño. Cuando pronunciaba sus últimas palabras, primero sus pies y después sus piernas, y luego el tronco y los brazos, y finalmente también su cabeza se fueron convirtiendo en piedra.

El rey y la reina le miraron aterrados.

—¡Qué terrible recompensa ha merecido por habernos sido fiel! —dijo el rey, y ordenó que llevaran la figura de piedra a su dormitorio y la dejaran al lado de la cama. Cada vez que el rey la miraba, se le llenaban los ojos de lágrimas y decía:

»¡Ay! ¡Si pudiera devolverte la vida, querido y fiel Johannes!

Pasó el tiempo, la reina dio a luz a unos gemelos, que nacieron sanos y felices y se convirtieron en la principal alegría de su vida.

Un día, cuando la reina estaba en la capilla, los chicos jugaban en el dormitorio de su padre, y su padre el rey, mirando la figura de piedra, dijo las mismas palabras que le oían pronunciar a menudo:

—¡Ay, mi querido y fiel Johannes, si pudiera devolverte la vida!

Ante su asombro, la piedra comenzó entonces a hablar y dijo:

—Podéis devolverme a la vida si sacrificáis lo que más queréis.

—Daré cualquier cosa por volver a tenerte a mi lado.

—Si cortáis las cabezas de vuestros hijos con vuestras propias manos —dijo la figura de piedra—, y si salpicáis mi figura con su sangre, volveré a la vida.

El rey se quedó horrorizado. ¡Matar a sus queridos hijos! ¡Qué precio tan terrible! Pero se acordó de que su fiel Johannes había estado dispuesto a dar su propia vida por aquellos a quienes servía, y el rey hizo de tripas corazón, sacó la espada, y en un instante cortó las cabezas de sus hijos. Y cuando salpicó su sangre sobre la figura de piedra, la piedra volvió a convertirse en carne, empezando por la cabeza y bajando por todo el cuerpo hasta los dedos gordos de los dos pies, y allí reapareció, sano y salvo, el fiel Johannes.

Y le dijo al rey:

—Por haberme sido fiel, tendréis vuestra recompensa.

Y Johannes cogió las cabezas de los niños y las colocó en su sitio otra vez, y frotó con su propia sangre las junturas de los cuellos, y los niños se enderezaron, parpadearon y regresaron de nuevo a la vida, y siguieron saltando y jugando como si nada les hubiese ocurrido.

El rey se sintió rebosante de alegría. Y luego oyó a la reina que regresaba de la capilla, y les dijo a Johannes y a los niños que se escondieran en el armario, y cuando entró la reina le preguntó:

—¿Has estado rezando?

—Sí, pero no he podido quitarme de la cabeza ni un solo momento al fiel Johannes y aquello tan horrible que le ocurrió por culpa nuestra.

—Pues bien —dijo el rey—, podemos devolverle la vida, pero el precio es muy elevado. Tendremos que sacrificar a nuestros dos hijitos.

La reina se puso pálida, y al sentir tanto horror casi se le paró el corazón. Pero al final dijo:

—Le debemos eso y más, por su enorme lealtad.

El rey se puso muy contento al oírle decir estas palabras, pues era la misma respuesta que había dado él, y entonces abrió la puerta del armario y salieron de dentro el fiel Johannes y los dos niños.

—¡Que el cielo sea alabado! —dijo el rey—. El fiel Johannes se ha salvado, ¡y nuestros dos hijos también están vivos!

Y le contó entonces a la reina todo lo que había ocurrido. Y después de eso vivieron felices todos juntos hasta el final de sus días.

Tipo de cuento: ATU 516, «El fiel Juan».
Fuente: Esta historia se la contó Dorothea Viehmann a los Grimm.
Cuentos similares: Alexander Afanasiev: «Koschey el inmortal» (*Cuentos populares rusos*).

En este cuento hay unos aspectos que me intrigan mucho: el retrato que es necesario que permanezca oculto, el conocimiento fatal que se adquiere escuchando la conversación de los pájaros, el terrible destino del pobre Johannes y el espantoso dilema al que el rey se enfrenta.

El cuento de Afanasiev no está construido de manera tan compacta ni tan perfecta como el recopilado por los Grimm, que avanza con mayor rapidez y salta con magnífica habilidad de un acontecimiento al siguiente. Al igual que ocurre en otros cuentos de los Grimm, podemos ver en este relato la capacidad narrativa de Dorothea Viehmann (véase también la nota a «La adivinanza», pág. 155).

$\mathcal{L}$os doce hermanos

Érase una vez un rey y una reina que vivían felices y gobernaban muy bien su reino. Tenían doce hijos, y todos y cada uno de ellos eran varones.

Un día el rey le dijo a su esposa:

—Llevas en tu vientre a nuestro decimotercer hijo. Si resulta ser una niña, los otros doce deben morir. Quiero que esa hija herede todo el reino y toda mi fortuna.

Y para demostrarle a ella que hablaba muy en serio, hizo construir doce ataúdes. Los llenó todos de virutas de madera, y en la cabecera de cada uno hizo poner una almohada de plumas y un sudario doblado. Ordenó que los guardaran en una habitación cerrada con llave y le entregó la llave a la reina.

—No se lo cuentes a nadie —dijo el rey.

La madre se pasó días enteros llorando, hasta que el menor de sus hijos, que se llamaba Benjamín, como el chico de la Biblia, le preguntó:

—Madre, ¿por qué estás tan triste?

—No te lo puedo decir, querido hijo —respondió ella.

Pero él no se conformó con esta respuesta. Y no la dejó en paz hasta que ella abrió el cerrojo y le mostró los doce ataúdes puestos en fila y llenos de virutas de madera y con la almohada y el sudario doblado en cada uno.

Sin dejar de llorar, la reina explicó:

—Mi dulce Benjamín, estos ataúdes son para ti y tus hermanos. Si el hijo que espero fuese una chica, todos vosotros seréis ejecutados y enterrados dentro de ellos.

Benjamín abrazó a su madre y dijo:

—No llores, madre. Huiremos y sabremos cuidar de nosotros mismos.

—¡Sí! —dijo ella—. Es una buena idea. Internaros en el bosque y buscad el árbol más alto de todos. Vigilad la torre del castillo. Si doy a luz a un chico izaré una bandera blanca, pero si es chica izaré una bandera roja, y en ese caso tenéis que huir lo más lejos posible. ¡Y que Dios os proteja! Cada noche me levantaré a rezar por cada uno de vosotros. En invierno pediré que no os falte un buen fuego para calentaros, y en verano pediré que no os agobie el calor.

Tras recibir su bendición, los doce hermanos penetraron en el bosque. Hicieron turnos para vigilar desde un árbol alto y frondoso, y cuando habían transcurrido once días y le correspondía el turno a Benjamín, esa noche vio que se izaba una bandera, que no era blanca, sino roja.

Bajó corriendo del árbol e informó a sus hermanos, que se pusieron furiosos.

—¿Y por qué tenemos que sufrir por culpa de una chica? —dijeron—. ¡Debemos vengarnos! Toda chica que se cruce en nuestro camino lo lamentará. ¡Haremos correr su sangre!

Caminaron hacia el interior del bosque y cuando llegaron al corazón mismo, allí donde había mayor espesura, encontraron una choza. Sentada allí, con un morral al lado, se encontraba una anciana mujer.

—¡Por fin llegáis! —dijo ella—. He mantenido limpia y caliente la choza para vosotros. Y he plantado una docena de lilas al pie de la ventana. Si las lilas florecen, significará que no corréis peligro. Bien, debo irme.

Cogió su morral y, antes de que ninguno de ellos pudiese pronunciar palabra, desapareció caminando por un sendero muy oscuro.

—Podemos quedarnos a vivir aquí —dijeron los chicos—. Parece una casa bastante confortable, y ella ha dicho que estaba preparada para nosotros. Benjamín, siendo el más pequeño y el más frágil de todos, tú te quedarás en la casa y la cuidarás. Los demás saldremos a cazar para proporcionarnos algo que comer.

Y fue así como los hermanos mayores salieron cada día al bosque y trataron de cazar conejos, ciervos, pájaros, todos los animales comestibles. Regresaban a casa con las presas cazadas y Benjamín cocinaba y servía la mesa para todos. Transcurrieron así diez años y vivieron todo ese tiempo allí, y no corrieron peligro y el tiempo pasó para ellos muy deprisa.

Entretanto, la niña iba creciendo. Era una criatura con un corazón muy tierno, bella de rostro, y una estrella dorada en la frente. Un día, cuando en palacio habían estado lavando la ropa, vio tendidas en el alambre doce camisas de hilo, cada una de ellas un poco más pequeña que la anterior, y preguntó a su madre:

—¿De quién son esas camisas, madre? Son muy pequeñas para que le quepan a padre.

—Son de tus doce hermanos, pequeña —dijo su madre con el corazón compungido.

—¡No sabía que tuviera doce hermanos! —dijo la niña—. ¿Y dónde están?

—Solo el Cielo lo sabe. Se fueron hacia lo más profundo del bosque y nadie sabe dónde pueden haber ido a parar a estas horas. Ven conmigo, pequeña, y te lo contaré con detalle.

Condujo a la niña a la habitación cerrada con llave donde estaban los doce ataúdes rellenos de virutas de madera, con su almohada y su sudario cada uno de ellos, y se los mostró a su hija.

—Los hicieron para tus hermanos —explicó la reina—, pero los chicos huyeron antes de que tú nacieras. —Y le explicó cómo había ocurrido.

—¡No llores, madre! —dijo la niña—. Yo misma iré a buscar a mis hermanos. Seguro que les encontraré.

Y planchó y dobló cada una de las doce camisas de hilo, hizo un paquete con ellas, y partió hacia el corazón del bosque. Se pasó el día entero caminando y, al anochecer, llegó a donde estaba la choza.

Cuando entró, vio que había allí un muchacho, que le preguntó:

—¿Quién eres? ¿De dónde vienes?

El muchacho dedujo, al ver que vestía ropas tan refinadas, que era una princesa, pero además se quedó atónito contemplando su belleza y al ver la estrella dorada que brillaba en su frente.

—Soy una princesa —dijo ella—, y he salido en busca de mis doce hermanos. He jurado seguir caminando sin detenerme hasta los confines del mundo bajo el cielo azul y no parar hasta encontrarles.

Entonces le mostró las doce camisas de hilo, cada una de ellas ligeramente más pequeña que la anterior.

Enseguida Benjamín comprendió que la niña era su hermana y dijo:

—¡Ya nos has encontrado! Yo soy el menor de los chicos, y me llamo Benjamín.

La niña lloró de alegría, y también lloró él, y se besaron y se abrazaron.

Solo entonces recordó Benjamín el juramento que habían hecho sus hermanos, y dijo:

—Hermanita mía, he de advertirte de un peligro. Mis hermanos se juramentaron para matar a todas las chicas que se cruzasen en su camino, ya que fue una chica la culpable de que tuviésemos que abandonar nuestro reino.

—Daré gustosamente mi vida —repuso ella— si puedo liberar de su exilio a mis hermanos.

—No —dijo él—. No debes morir. No voy a permitirlo. Espera sentada debajo de este barreño mientras regresan mis hermanos, y yo me las arreglaré para salvarte.

Y así lo hicieron. Al anochecer, cuando ellos volvieron de cazar, se sentaron a cenar y le preguntaron a Benjamín si había habido alguna novedad.

—¿No os habéis enterado? —repuso él.

—¿De qué teníamos que habernos enterado?

—Os habéis pasado todo el día en el bosque y yo me he quedado en la casa, y en cambio sé más que vosotros.

—¿Qué es lo que sabes? ¡Cuéntanoslo!

—Os lo contaré —dijo él— a condición de que me prometáis que no vais a matar a la primera chica que se cruce en vuestro camino.

A estas alturas sentían todos tanta curiosidad por saber lo ocurrido, que exclamaron a la vez:

—¡Prometido! ¡Tendremos piedad! Pero, anda, ¡cuéntanos qué novedades tienes!

Y entonces Benjamín les dijo, levantando el barreño:

—Aquí tenéis a vuestra hermana.

La princesa, vestida con sus galas reales, emergió de debajo y estaba preciosa con su estrella dorada brillando en la frente, y era toda ella delicada, hermosa y perfecta.

Enseguida se pusieron todos a llorar de alegría, y la abrazaron y la besaron y todos la amaron desde el primer instante.

A partir de ese día ella se quedó en la choza con Benjamín, ayudando a hacer el trabajo de la casa. Los otros once hermanos siguieron saliendo cada día al bosque para cazar y sus presas eran ciervos y gamos y palomas y jabalíes, y la hermana y Benjamín cocinaban y servían la mesa. También salían a recoger leña para el fuego y hierbas para la olla y tenían la cena preparada cuando los otros volvían a casa, y ponían orden y barrían el suelo y hacían las camas, y la hermana se encargaba siempre de lavar las camisas y tenderlas a secar al sol, cada una de ellas algo más pequeña que la anterior.

Un día prepararon una comida especial, y ya estaban sentados todos a la mesa dispuestos a comer cuando la hermana pensó que aquel asado necesitaba un poco de perejil para estar incluso más bueno. De manera que salió, cogió un ramito del huerto donde cultivaban hierbas aromáticas y entonces vio que había doce lilas en flor junto a la ventana. Creyó que sería una buena idea cortar las ramas floridas para decorar con ellas la mesa.

Pero en cuanto cortó las ramas en flor, la choza entera desapareció, y los doce hermanos se transformaron en doce cuervos que se fueron volando por encima de los árboles, lanzando tristes graznidos, y enseguida se esfumaron en el aire. La pobre niña se quedó completamente sola en el claro del bosque.

Miró desesperada a su alrededor, y vio que cerca de allí se encontraba una mujer anciana.

—¡Pero qué has hecho, hija! —dijo la mujer—. Ahora tus hermanos se han transformado en cuervos, y no hay modo de convertirles de nuevo en los doce chicos.

—¿Seguro que no hay modo alguno? —preguntó la niña.

—Bueno, sí que existe una manera —dijo la anciana—, pero es tan complicada que no creo que haya nadie en el mundo capaz de hacerlo.

—¡Dime qué hay que hacer! ¡Dímelo! —pidió la niña.

—Tienes que permanecer siete años en silencio, sin hablar ni reír. Si pronuncias una sola palabra, aunque lo hagas en el último instante del último día del último año, todo el esfuerzo anterior será inútil, porque esa sola palabra bastará para que tus hermanos mueran.

Y dicho esto la anciana se fue por un sendero que se adentraba en el bosque antes de que la niña pudiese decir una sola palabra. Pero dentro de su corazón la niña dijo: «¡Seré capaz de hacerlo!

¡Estoy segura de poder! Redimiré a mis hermanos, seguro que lo haré.»

Eligió entonces un árbol muy alto, trepó por el tronco y en lo alto de la copa se sentó y se puso a pensar: «¡No hables! ¡No rías!»

Ocurrió que de vez en cuando había un rey que penetraba en esa zona del bosque cuando salía de caza. El rey tenía un galgo que era su perro favorito, y cierto día, cuando avanzaban juntos por un sendero, el galgo se puso a ladrar y corrió hasta el pie de un árbol, y allí se puso a ladrar y saltar por el tronco. El rey se acercó hasta ese sitio y cuando vio a la princesa con la estrella dorada en la frente se quedó tan fascinado por su belleza que se enamoró de ella al instante. Así que alzó la voz y le preguntó si quería casarse con él.

Ella no dijo ni una palabra, pero asintió con la cabeza, y el rey supo que la muchacha le había entendido. Trepó hasta lo alto del árbol para ayudarla a descender, la colocó en la silla de su caballo y se fueron juntos a su casa.

Se celebró la boda con grandes alegrías y festejos, pero el pueblo notó el extraño silencio de la novia. No solamente no decía nada, tampoco rio ni una sola vez.

Sin embargo, aquel fue un matrimonio feliz. Cuando ya llevaban unos cuantos años viviendo juntos, la madre del rey empezó a decir cosas muy horribles de la joven reina. Se acercaba al rey y le decía:

—Menuda desdichada trajiste contigo a esta casa. Es peor que un mendigo. Vete a saber qué cosas tan espantosas debe de estar pensando. Y es posible que sea muda, pero las personas decentes son al menos capaces de reír de vez en cuando. Si una persona no ríe nunca, seguro que tiene un peso horrible sobre su conciencia. Tiene que ser eso.

Al principio el rey se negó en redondo a hacer ningún caso cuando oía esta clase de habladurías, pero a medida que pasaba el tiempo la madre siguió insistiendo, una y otra vez; comenzó a inventar acusaciones terribles que iba lanzando contra la joven reina y finalmente el rey acabó pensando que tal vez tuviera razón. La joven reina fue llevada ante un tribunal formado por los favoritos de la vieja reina, y ninguno de los miembros del tribunal dudó a la hora de pronunciar contra la joven reina sentencia de muerte.

En el patio del castillo construyeron una gran hoguera donde debían quemar a la joven reina. El rey contemplaba todo aquello desde una ventana situada en un piso alto, sin poder contener las lágrimas, porque aún la amaba profundamente. Ella fue atada al poste de la hoguera, y las llamas comenzaron a arder y ya le lamían sus ropas cuando, en cierto momento, transcurrió el último instante de los siete años.

Y entonces bajaron volando al patio doce cuervos, y el batir de sus alas resonó en todo el recinto. En cuanto posaron sus patas en el suelo se transformaron de nuevo en los doce hermanos, y todos corrieron hacia la hoguera, apartaron los troncos en llamas dándoles patadas, soltaron las ataduras que sujetaban a su hermana, apagaron a manotazos las chispas que ya comenzaban a prender sus vestiduras, y la besaron y abrazaron mientras se la llevaban lejos de la hoguera.

Y la joven reina comenzó a reír y hablar como había hecho antiguamente. El rey se quedó pasmado. Como ya podía hablar, la joven reina le explicó por qué razón había permanecido tantísimo tiempo callada. El rey sintió un enorme júbilo al saber que era inocente de todas las cosas horribles de las que su madre había estado acusándola.

Cuando llegó el momento de acusar a la vieja madre del rey, el tribunal no tuvo dificultades para hallarla culpable. La metieron en un tonel lleno de serpientes venenosas y aceite hirviendo, y no duró mucho tiempo viva allí dentro.

Tipo de cuento: ATU 451, «La chica que busca a sus hermanos».

Fuente: Este cuento se lo contaron Julia y Charlotte Ramus a los hermanos Grimm.

Cuentos similares: Alexander Afanasiev: «El cisne mágico» (*Cuentos populares rusos*); Katharine M. Briggs: «Los siete hermanos» (*Folk Tales of Britain*); Italo Calvino: «El ternero de cuernos dorados», «Los doce bueyes» (*Cuentos populares italianos*); Jacob y Wilhelm Grimm: «Los siete cuervos» (*Cuentos para la infancia y el hogar*).

Este cuento tiene muchos primos, y resulta fácil entender el porqué. El encantamiento de los doce hermanos casi iguales, que acaban convertidos en aves; el de la hermana que sin querer provoca su transformación, y que se ve sometida a una prohibición casi imposible de cumplir; el hechizo que significa su fidelidad y su valentía, y el terrible destino que parece hacer presa de ella, y el instante perfecto en el que se produce el regreso de los hermanos y el aleteo de sus alas... son elementos que contribuyen a dar cuerpo a una bella historia.

La versión de los Grimm da un tratamiento bastante torpe al asunto de la casita hechizada y las lilas. Yo he introducido a la anciana mujer antes del momento de la historia original en donde aparece, porque había que encontrar un momento más adecuado para su intervención.

Un detalle interesante es que a la madre del rey se la llama al principio *Mutter* [madre] y luego, unas frases más adelante, *Stiefmutter* [madrastra], como si de esta forma se pretendiese corregir un cierto descuido. Entonces, ¿es la madre o la madrastra? No es la única vez en la que se va a plantear esta misma pregunta. Tiene que decidirlo quien cuenta la historia; y solo él puede hacerlo.

$\mathcal{H}$ermanito y Hermanita

El Hermanito cogió a su Hermanita de la mano.

—Escucha —susurró—, desde que murió nuestra madre no hemos sido felices ni un momento. Nuestra madrastra nos da azotes todos los días, y su hija la tuerta nos aleja a patadas siempre que tratamos de acercarnos. Además, solo nos dan de comer mendrugos rancios de pan seco. El perro que se tira debajo de la mesa come mejor que nosotros. Muchas veces le ofrecen un pedazo de carne sabrosa. Dios sabe que nuestra madre no consentiría que nos pasara todo esto si ella pudiese verlo. Vayámonos juntos de aquí, el mundo es grande y nos espera. No viviríamos peor ni que tuviéramos que hacerlo como vagabundos.

La Hermanita asintió con la cabeza, porque todo lo que había dicho su Hermanito era cierto.

Esperaron hasta que vieron que su madrastra daba una cabezada, y entonces abandonaron la casa, cerrando silenciosamente la puerta a su espalda, y estuvieron el día entero caminando por prados y sembrados, por pastos y lugares pedregosos. Se puso a llover, y Hermanita dijo:

—Dios se ha puesto a llorar y nuestros corazones lloran con él.

Al anochecer llegaron a un bosque. Estaban tan cansados, hambrientos y apenados, y les daba tanto miedo la oscuridad que empezaba a cernerse a su alrededor, que no fueron capaces de hacer nada más que subir a un lugar donde vieron el tronco hueco de un árbol y quedarse dormidos.

Cuando despertaron a la mañana siguiente, el sol ya brillaba e iluminaba el interior del árbol.

El Hermanito dijo:

—¡Despierta, Hermanita! Brilla el sol, hace buen tiempo y tengo mucha sed. Me parece que oigo el ruido del agua de un arroyo. ¡Anda. Vamos a beber!

La Hermanita se despertó y cogidos de la mano fueron en busca del arroyo que oían correr entre los árboles.

Pero lo malo era que su madrastra era una bruja. Era capaz de ver con los párpados cerrados, y estuvo mirando a los niños cuando se iban de puntillas y abandonaban la casa. Salió tras ellos, reptando como suelen hacer las brujas, con todo el cuerpo pegado al suelo, y antes de regresar a casa de la misma manera lanzó un embrujo y dejó hechizados todos los arroyos del bosque.

Los dos niños encontraron muy pronto el arroyo cuyas aguas habían oído correr, y vieron el agua fresca que lanzaba destellos y brincaba por encima de las piedras. Era tan apetecible que los dos se arrodillaron a beber de la corriente.

Pero la Hermanita había aprendido a comprender lo que decían las aguas de los arroyos al deslizarse por el cauce, y entendió lo que el arroyo decía. Cuando su Hermanito estaba a punto de llevarse a los labios el agua que había recogido haciendo un cuenco con la palma de la mano, ella exclamó:

—¡No la bebas! Este arroyo está embrujado. Quien pruebe su agua se convertirá en un tigre. ¡Deja el agua! ¡Déjala! ¡Si no lo haces, me descuartizarás!

Aunque tenía mucha sed, su Hermanito la obedeció. Se pusieron a caminar otra vez y al poco rato encontraron otro arroyo. Esta vez fue ella la primera que se arrodilló a la orilla, y agachó la cabeza para oír bien.

—¡No, tampoco podemos beber del agua de este! —dijo—. Le he escuchado decir que quien beba su agua se convertirá en un lobo. Me temo que nuestra madrastra lo ha embrujado.

—¡Y con la sed que tengo! —dijo él.

—Si te convirtieras en lobo, me comerías en unos instantes.

—¡Te prometo que no voy a comerte!

—Los lobos olvidan sus promesas. Tiene que haber por aquí algún arroyo que ella no haya embrujado. Sigamos buscando.

No tardaron mucho en encontrar un tercer arroyo. La Hermanita se adelantó y se agachó junto al agua, y le oyó decir:

—El que beba de mis aguas se convertirá en ciervo. El que beba de mis aguas se convertirá en ciervo.

La Hermanita se volvió hacia su hermano para explicárselo, pero esta vez ya era demasiado tarde. Tenía el pobre tantísima sed que se había arrojado al arroyo cuan largo era y había sumergido la cara en el agua. Y al instante le cambió la cara, se le alargó, se le fue cubriendo de pelos finos, y sus miembros se transformaron en las patas de un ciervo, después se levantó, se tambaleó sobre sus patas con torpeza, y ella vio que se había transformado en ciervo, y era un pequeño cervatillo. También se fijó en que el animal miraba en derredor muy nervioso, y estaba a punto de salir huyendo, de modo que le abrazó rodeándole el cuello con los brazos.

—¡Soy yo, Hermanito! ¡Soy tu Hermanita! ¡No huyas, porque si te vas no volveremos a encontrarnos nunca más! Pobre Hermanito, ¿se puede saber qué has hecho?

Y se puso a llorar, y su Hermanito lloró también, hasta que ella empezó a recobrarse poco a poco y dijo:

—Deja de llorar, mi cervatillo precioso. No te abandonaré nunca, nunca jamás. Venga, tratemos de sacarle el mayor provecho a esta situación.

Utilizando la liga dorada que llevaba, la Hermanita enlazó con ella el cuello del cervatillo, y después cogió unos cuantos juncos, los trenzó, e hizo así una correa con la que sujetó la liga. Y tirando del cervatillo de esta manera, comenzó a caminar, internándose hacia lo más profundo del bosque.

Después de caminar un largo trecho, alcanzaron un claro en el que había una casita.

La Hermanita se detuvo y miró primero alrededor. Estaba todo tranquilo. El jardín que rodeaba la casita estaba muy bien cuidado, y la puerta de entrada se encontraba abierta.

—¿Hay alguien en casa? —gritó la Hermanita.

No hubo respuesta. Tiró del cervatillo y ambos entraron, y comprobaron que era la casita más limpia y bonita que habían visto jamás. A su madrastra no le gustaba encargarse de la casa, y el sitio donde vivían estaba siempre frío y sucio. En cambio, este lugar era precioso.

—¿Sabes qué vamos a hacer? —le dijo la Hermanita al cervatillo—. Cuidaremos de esta casa lo mejor que sepamos y la tendremos siempre limpia y ordenada para quienquiera que sea su dueño. Y así no le importará que nos quedemos viviendo aquí.

Hablaba constantemente con el cervatillo, y él la entendía muy bien y la obedecía. Por ejemplo, cuando ella le dijo:

—No comas las plantas del jardín, y si tienes ganas de hacer pipí o de hacer lo otro, sal fuera de la casa.

Le preparó una cama con musgo fresco y hojas, al lado del hogar. Cada mañana ella salía a buscar comida para sí misma: bayas y frutas silvestres y raíces dulces. En el huerto había zanahorias y coles, y además recogía una gran cantidad de hierba fresca para el ciervo, que disfrutaba comiendo de su misma mano. Al ciervo le gustaba jugar alrededor de ella y al anochecer, después de que la Hermanita se hubiese lavado y dicho sus oraciones, se tumbaba y apoyaba la cabeza en el cervatillo, y lo usaba de almohada. Si el cervatillo hubiera sido todavía humano, aquella hubiese sido una vida perfecta.

Vivieron de esta manera durante algún tiempo. Pero ocurrió que cierto día el rey organizó una gran cacería en el bosque. Resonaron los árboles con el sonido de los cuernos de caza, los ladridos de los perros y los gritos excitados de los cazadores. El cervatillo puso las orejas muy tiesas, ansioso por participar en la cacería.

—¡Déjame ir, Hermanita! —suplicó—. ¡Daría cualquier cosa por participar yo también!

Y era tanta la pasión de sus ruegos, que al final ella cedió.

—Ahora bien —dijo ella cuando le abrió la puerta—, no te olvides de volver a casa cuando anochezca. Tendré la puerta cerrada para librarme de los cazadores, no sea que se vuelvan locos como de costumbre. Así que, cuando regreses, avísame de que eres tú, llama a la puerta y di: «Hermanita, tu hermano ha vuelto a casa.» Porque si no dices eso, no abriré la puerta.

El cervatillo partió como un rayo y entró brincando en la espesura del bosque. Jamás se había sentido tan bien, tan feliz, tan libre, pero los cazadores le avistaron y comenzaron a perseguirle, pero no consiguieron atraparle. Cada vez que se le aproximaban, y estaban convencidos de que esta vez no se les escaparía, el ciervo brincaba veloz y desaparecía en la espesura.

Al anochecer, corrió hacia la casita y llamó a la puerta.

—Hermanita, ¡tu hermano ha regresado!

Su Hermanita abrió la puerta y el cervatillo entró trotando alegremente y se puso a contarle cuanto había ocurrido durante la cacería. Y luego durmió profundamente toda la noche.

Cuando amaneció y oyó la música de los cuernos de caza a lo lejos, no pudo resistir la tentación.

—¡Por favor, Hermanita! ¡Te lo ruego, abre la puerta! ¡Si no voy al bosque y participo en la cacería, me moriré de pena!

No muy convencida, la Hermanita le abrió la puerta y dijo:

—¡Y no te olvides de la contraseña cuando regreses!

Sin tomarse siquiera la molestia de contestar, el cervatillo salió trotando camino de la cacería. Cuando el rey y los cazadores que le acompañaban vieron al cervatillo con el collar dorado, salieron en pos de él inmediatamente. Cruzando campos de helechos y zarzales, a través de las espesuras y de los claros, el cervatillo se pasó el día entero corriendo, y enloqueció a los cazadores que se pasaron horas en pos de él. En varias ocasiones estuvieron a punto de alcanzarle, y cuando el sol estaba ya poniéndose le hirieron en la pata con el disparo de una escopeta. Por culpa de eso ya no corría tan veloz como antes, y uno de los cazadores logró seguir su rastro, fue tras él, y le vio llegar a la casita y llamar a la puerta y pronunciar las palabras: «Hermanita, ¡tu hermano ha regresado!»

Entonces el cazador vio que la puerta se abría, que una chica dejaba entrar al cervatillo y que cerraba la puerta tras él. Y el cazador regresó a donde estaba el rey y se lo contó todo.

—¿De verdad que ha sido como lo cuentas? —dijo el rey—. Pues con mayor ahínco le daremos caza mañana.

La Hermanita se asustó mucho al ver la herida del ciervo. Le lavó la sangre que manchaba su pata y preparó un atado de hierbas curativas para ayudarle a curar la herida. No se trataba de una herida grave, y a la mañana siguiente, cuando el cervatillo despertó, ya lo había olvidado todo. Y por tercera vez suplicó que le permitiera salir.

—Hermanita, ¡no tengo palabras para explicarte lo mucho que me apasiona la cacería! ¡Si no vuelvo a salir, me voy a volver loco!

Su Hermanita comenzó a sollozar:

—Ayer te hirieron —dijo entre lágrimas—, y hoy te matarán. Y yo me quedaré completamente sola en medio de estos bosques salvajes. ¡Piensa en eso! ¡No tendré a nadie a mi lado! No puedo permitir que te vayas. ¡No puedo!

—Entonces, me moriré aquí, delante de tus narices. Cuando oigo las notas del cuerno de caza, cada pedazo de mi cuerpo se pone a brincar de alegría. ¡Hermanita, no resistiré el deseo de salir! ¡Permíteme que me vaya, te lo ruego!

Ella fue incapaz de seguir negándose ante la intensidad de

aquellas súplicas, y con el corazón en un puño abrió finalmente la puerta. Sin volver la vista atrás el cervatillo partió brincando, salió de casa y se esfumó en el bosque.

El rey había ordenado a los cazadores que no causaran el menor daño al cervatillo del collar dorado.

—El que lo aviste, que levante el arma hacia el cielo y que retenga a los perros. ¡Ofrezco diez táleros de oro al que le vea primero!

Estuvieron persiguiendo al ciervo por todo el bosque y a lo largo del día entero, y cuando el sol ya se estaba poniendo el rey llamó al cazador que le había contado la historia y le dijo:

—Quiero que me lleves a esa casita. Si no podemos cazarle en los bosques, le atraparemos de otra manera. ¿Qué frase fue la que le oíste decir?

El cazador repitió las palabras ante el rey. Cuando llegaron a la casita, el rey llamó a la puerta y dijo:

—Hermanita, ¡tu hermano ha regresado!

La puerta se abrió al instante. El rey entró y encontró en pie junto a la puerta a la muchacha más bella que había visto en su vida. La muchacha estaba asustada porque esperaba al ciervo y en lugar de él había entrado un desconocido en la casita, pero aquel hombre llevaba en la cabeza una corona de oro, y le dirigía una amable sonrisa. Luego adelantó una mano y cogió la de la muchacha.

—¿Querrás venir a palacio conmigo y ser mi esposa? —dijo.

—¡Claro que sí! —respondió la Hermanita—. Pero tendrá que venir conmigo mi cervatillo. Si él no me acompaña, no puedo aceptar.

—Desde luego. También puede venir contigo —dijo el rey—. Vivirá tanto tiempo como tú, y jamás le faltará de nada.

Y justo cuando pronunciaba estas palabras llegó el ciervo brincando y entró en la casita. La Hermanita le sujetó del collar dorado y lo ató con una cuerda de juncos trenzados.

El rey hizo que la muchacha subiera a lomos de su caballo, y regresaron a palacio, y el ciervo se mantuvo trotando, muy orgulloso, en pos de su Hermanita y el rey.

Poco después se celebró la boda, y la Hermanita se convirtió en reina. En cuanto a su Hermanito, el ciervo, le dejaron jugar por toda la extensión del jardín de palacio, y pusieron a su servicio a un montón de criados. Un mozo de caballerías se encargaba de proporcionarle hierba, el ayuda de cámara del cuerno de caza se encargó de cuidar sus pezuñas, y a la doncella del cepillo dorado le dieron la misión de peinarle a fondo todas las tardes antes de que se echara a dormir, y le espantaba las moscas y garrapatas y piojos que se le hubiesen podido enganchar a la piel. De manera que fueron todos muy felices.

Pues bien, durante todo este tiempo la malvada madrastra estaba convencida de que Hermanita y Hermanito habían sido pasto de las alimañas. Pero cuando leyó en el diario que la Hermanita era la nueva reina, y que su compañero de todos los días era un ciervo, dedujo enseguida lo que había ocurrido.

—¡Ese muchacho desdichado debió de beber agua del arroyo donde puse el maleficio que convertía a quien bebiera en un ciervo! —dijo a su hija.

—No es justo que la reina sea ella, en lugar de serlo yo —gimoteó su hija.

—Deja de gimotear —dijo la madre—. Cuando llegue el momento, llegarás a ser lo que tú mereces.

Pasó mucho tiempo, la reina dio a luz a un niño muy guapo. Ese día el rey había ido a cazar. La bruja y su hija entraron en palacio disfrazadas de damas de compañía, y consiguieron abrirse paso hasta llegar a los aposentos de la reina.

—Preparaos, majestad —dijo la bruja a la reina, que estaba muy débil y agotada en la cama—. Vuestro baño está a punto. Después de tomarlo os vais a sentir mucho mejor. ¡Acompañadnos!

Se la llevaron al baño y la metieron en la tinaja. Luego encendieron debajo de la tinaja un gran fuego, tan grande que la reina comenzó a sentir asfixia de tanto humo. Para que su crimen permaneciera oculto a los ojos de todos, utilizaron la magia para hacer desaparecer la puerta del sitio donde había estado la reina metida en la tinaja, y colgaron un tapiz para ocultar aquel lugar.

—Ahora debes meterte tú en su cama —dijo la madrastra a su hija, y en cuanto la muchacha se metió dentro, la bruja la hechizó de manera que su aspecto fuese exactamente igual al de la reina. Pero había algo que no pudo arreglar, y era el ojo que le faltaba a su hija.

—Apoya en la almohada ese lado de la cara —dijo—, y si alguien te dirige la palabra, limítate a murmurar.

Cuando el rey regresó a palacio esa noche y le dijeron que había tenido un hijo, se sintió feliz. Subió al dormitorio de su querida esposa, e iba a abrir las cortinas para ver qué tal se encontraba, cuando la falsa dama de compañía dijo:

—¡No las abráis, majestad! ¡Dejad cerradas las cortinas y no las abráis bajo ningún pretexto! ¡La reina necesita descansar, y nadie debe molestarla!

El rey se retiró caminando de puntillas, y por eso no descubrió que en la cama yacía una reina falsa.

Esa noche el ciervo no quiso de ningún modo dormir en el establo donde solía hacerlo. Subió las escaleras y se encaminó a la estancia donde dormía el recién nacido, y se negó a salir de allí. No pudo dar ninguna clase de explicaciones ya que, desde la muerte de la reina, había perdido el don del habla, de manera que se limitó a tumbarse junto a la cuna y se durmió.

Al llegar la medianoche, la doncella que dormía en esa habitación despertó de repente y vio que la reina entraba allí, y le pareció que estaba empapada de los pies a la cabeza, como si acabara de salir del baño. La reina se inclinó sobre la cuna, besó al pequeño, y después acarició al ciervo y canturreó:

¿Cómo está mi pequeño? ¿Y mi cervatillo, cómo está?
Volveré otras dos veces, y nadie me verá nunca más.

Y dicho esto, se fue.

La doncella se asustó tanto que no se atrevió a contarle nada a nadie. Ella estaba segura de que la reina se había quedado tendida en la cama, recuperándose del parto.

Pero la noche siguiente volvió a ocurrir lo mismo, solo que en esta ocasión la reina parecía estar cubierta de pequeñas llamas, y dijo:

¿Cómo está mi pequeño? ¿Y mi cervatillo, cómo está?
Volveré otra vez, y nadie me verá nunca más.

La doncella pensó que debía decírselo al rey. Así, la noche siguiente ambos esperaron en la habitación del recién nacido, y a la medianoche la reina se presentó de nuevo allí. En esta ocasión estaba envuelta en una espesa nube de humo negro.

—Oh, Dios, ¿qué es esto? —gritó el rey.

La reina hizo caso omiso de él, y acercándose al niño y al ciervo como ya había hecho antes, dijo:

¿Cómo está mi pequeño? ¿Y mi cervatillo, cómo está?
Volveré otra vez, y nadie me verá nunca más.

Esta vez el rey trató de abrazarla, pero ella desapareció en una nube de humo, se escabulló del abrazo, y se fundió en el aire.

El ciervo tironeó de la manga del rey, y lo arrastró hasta el sitio donde colgaba un tapiz. Entonces le dio un tirón al tapiz hasta que cayó al suelo y golpeó la pared con sus cuernos. El rey entendió lo que quería decirle, y ordenó a sus criados que derribaran esa pared. Con todo aquel estruendo, la falsa reina se levantó de la cama y se fue de puntillas sin que nadie se fijara en ella. Una vez derribada la pared descubrieron al otro lado el baño, que estaba completamente ennegrecido de hollín, y dentro de la tinaja encontraron el cuerpo de la reina, muy limpio y pálido.

—¡Esposa mía! ¡Mi amada esposa! —exclamó el rey.

Se inclinó para abrazarla, y por la gracia de Dios la reina recobró la vida. Le contó enseguida el horrible crimen que había sido cometido contra ella, y el rey envió al más veloz de sus mensajeros a la puerta de palacio, justo a tiempo para decir a los guardias que debían detener a la bruja y a su hija cuando las sorprendieran tratando de escapar.

Ambas mujeres fueron conducidas ante un tribunal. Y se dictó la sentencia: la hija fue condenada a ser conducida al bosque y abandonada allí para que se la comieran las alimañas, y la bruja fue condenada a morir en la hoguera. En cuanto la vieja quedó reducida a cenizas, su embrujo perdió toda fuerza y el ciervo se transformó en el Hermanito, recuperando así la forma humana. Y él y su Hermanita vivieron juntos y felices el resto de sus vidas.

Tipo de cuento: ATU 450, «Hermanito y Hermanita».

Fuente: Esta historia fue narrada a los hermanos Grimm por la familia Hassenpflug.

Cuentos similares: Alexander Afanasiev: «Hermana Alionushka, Hermano Ivanushka» (*Cuentos populares rusos*); Giambattista Basile: «Ninnillo y Nennella» (*The Great Fairy Tale Tradition*, Jack Zipes, ed.); Jacob y Wilhelm Grimm: «El corderito y el pececito», «Los tres hombrecillos de los bosques» (*Cuentos para la infancia y el hogar*); Arthur Ransome: «Alenoushka y su hermanito» (*Cuentos rusos del tío Peter*).

Es uno de los escasos cuentos de fantasmas recogidos aquí, y en este sentido es similar a «Los tres hombrecillos de los bosques» (pág. 91).

Según David Luke, que escribe este comentario en la introducción a su antología de cuentos de los hermanos Grimm, en la primera transcripción de este cuento, la de 1812, no había más que un solo arroyo embrujado, y allí el niño se transformaba en ciervo a la primera; pero en posteriores ediciones Wilhelm Grimm añadió los otros tres en armonía con la tradición de los tríos en esta clase de cuentos.

El cuento, tal como lo recogen los Grimm, empieza bien y tiene un final no muy correctamente narrado. En la parte final se producen algunos saltos y cambios de situación que no contribuyen al buen funcionamiento de la historia, y que dejaron a este lector algo perplejo: si la bruja y su hija asesinaron a la Hermanita en el baño, ¿qué pasó con el cadáver? ¿Por qué el ciervo no dice nada cuando aparece el fantasma de la Hermanita? Es más, ¿por qué el ciervo no interviene en absoluto en esos momentos? ¿Por qué la doncella a cargo del cuidado de la reina no dijo nada acerca de la aparición de su fantasma hasta después de que transcurriesen muchas noches? Y la hija de la bruja, ¿permaneció todo ese tiempo sin levantarse de la cama?

Ninguna de estas cuestiones pertenece al grupo de las cosas que no interesan a quienes cuentan esta clase de cuentos de hadas. En un cuento bien contado, todas ellas tendrían su respuesta. Al contrario, son muestras de torpeza narrativa. Por eso decidí resolver esos interrogantes y mejorar el final del cuento.

$\mathcal{R}$apunzel

Había una vez un esposo y una esposa que anhelaban tener un hijo, pero que estuvieron bastante tiempo sin que ese deseo se cumpliera. Al final, sin embargo, la esposa notó señales inconfundibles de que Dios les había concedido su deseo.

Pues bien, en la pared de su casa había un ventanuco que se asomaba a un magnífico huerto rebosante de frutos y verduras. El huerto estaba rodeado por un muro bastante alto, y nadie se atrevía a entrar porque era propiedad de una bruja muy poderosa a la que todo el mundo temía. Cierto día la mujer, estando asomada al ventanuco, vio un arriate en el que crecían unos hermosos rapónchigos o lechugas de cordero. Parecían tan frescas y verdes que la mujer tuvo ganas de probarlas, y día a día estas ganas fueron haciéndose más intensas, de modo que al final se puso enferma de verdad.

Al marido le alarmó el estado de su mujer, y le dijo:

—Amada esposa, ¿puede saberse qué te ocurre?

—Ay —dijo ella—, creo que voy a morirme como no pueda comer uno de los rapónchigos que crecen en el huerto que hay detrás de casa.

El hombre amaba muchísimo a su esposa, y pensó: «No voy a dejarla morir. He de conseguir uno de esos rapónchigos. Cueste lo que cueste.»

Así que al caer la noche trepó a lo alto del muro y saltó al huerto de la bruja, y allí cogió unos cuantos rapónchigos. Trepó de nuevo muy deprisa, le llevó las lechugas a su mujer, y ella preparó al momento una ensalada, y se la comió vorazmente.

Estaban muy buenas. De hecho, su sabor le gustó tantísimo

que lo único que logró con ese plato fue aumentar su deseo de comer rapónchigos, y empezó a suplicar a su marido que le llevase otro montón. Así que, de nuevo, cuando volvió a anochecer, él salió de casa y subió a lo alto del muro. Pero en cuanto saltó al suelo y se encaminó al arriate de rapónchigos, se llevó un tremendo sobresalto, pues estaba esperándole la bruja, que se plantó delante de él en actitud desafiante.

—¡Vaya, vaya! ¡Conque tú eres el granuja que me roba los rapónchigos! —dijo, lanzándole una mirada terrible—. Pues te advierto que te lo haré pagar muy caro.

—Me parece justo —dijo el hombre—. No voy a discutirlo, pero permíteme que te pida clemencia. No he tenido más remedio que hacerlo. Mi esposa vio los rapónchigos de tu huerto desde esa ventanita de ahí arriba, y eso le produjo un antojo. Ya sabes lo que les ocurre a las embarazadas. Un antojo tan tremendo que temía morir si no podía comerse algunos. Por eso no tuve más remedio que hacer lo que hice.

La bruja comprendió las razones. Su rostro, hasta ese momento rebosante de furia, se calmó, e hizo un ademán de asentimiento con la cabeza.

—Entiendo —dijo—. Si es así, puedes llevarte todos los rapónchigos que quieras. Pero con una condición: que el hijo del que está embarazada tu esposa me pertenezca en cuanto nazca. No le pasará nada malo al pequeño. Yo cuidaré de él como lo haría una madre.

El pobre hombre estaba tan atemorizado que no tuvo otro remedio que acceder y volvió corriendo a su casa cargado de rapónchigos. Y cuando, a su debido tiempo, su mujer dio a luz a una niña, la bruja se presentó de golpe junto al lecho, cogió a la recién nacida y se la llevó consigo, diciendo:

—De nombre le pondré Rapunzel.[*] —Y desapareció cargando con la criatura.

Rapunzel fue creciendo y llegó a convertirse en la niña más bonita sobre la que habían brillado los rayos del sol. Cuando cumplió los doce años, la bruja se la llevó a lo más profundo del bosque y la dejó encerrada en una torre sin puerta, sin escaleras y sin más ventana que una muy pequeñita que se abría en una habitación situada

---

[*] «Rapónchigo» en alemán. (N. del T.)

en lo alto de la torre. Cuando la bruja quería entrar en la torre, gritaba desde abajo:

Rapunzel, mi pequeña,
deja caer tu melena.

Rapunzel tenía una melena preciosa, tan fina como si estuviese hecha de hilos de oro, y del mismo color luminoso. Cuando la niña oía la llamada de la bruja, se soltaba la melena, la sujetaba a un gancho situado en la ventana, y la lanzaba afuera, dejando que gracias a su gran longitud cayera hasta el suelo, veinte metros más abajo, y entonces la bruja usaba la melena para trepar hasta la habitación.

Tras haber permanecido Rapunzel unos cuantos años en la torre, cierto día el hijo del rey salió a caballo y se fue a pasear por ese mismo bosque. Cuando se acercó a la torre oyó una canción tan bella que tuvo que pararse a escucharla. Era, naturalmente, la pobre Rapunzel, que trataba de aliviar su soledad cantando, cosa que hacía con una voz muy dulce.

El príncipe quiso subir a verla, pero no encontró ninguna puerta por más que buscó. Se quedó perplejo, y cabalgó de vuelta a casa pensando en regresar otro día y mirar si había algún otro modo de subir a la torre.

Regresó al día siguiente, pero tampoco encontró la manera de subir. ¡Solo pensaba en aquella canción tan bonita! ¡Y que no hubiese modo de ver a quién la cantaba! Mientras se preguntaba cómo resolver el problema, oyó que alguien se acercaba, y fue a esconderse detrás de un árbol. Era la bruja. Cuando llegó al pie de la torre, el príncipe la oyó entonar:

Rapunzel, mi pequeña,
deja caer tu melena.

Ante el asombro del joven, desde lo alto de la ventana cayó una larguísima melena dorada. La bruja la agarró y comenzó a trepar por ella hasta llegar a lo alto, y una vez arriba se coló por la ventana.

«Bien —pensó el príncipe—. Si esa es la forma de subir, yo también probaré, a ver si tengo suerte.»

De modo que al día siguiente, cuando se hacía de noche, fue a la torre y canturreó:

Rapunzel, mi pequeña,
deja caer tu melena.

Y al punto cayó de lo alto el cabello, y el príncipe cogió con ambas manos la gruesa y perfumada melena, trepó hasta lo alto y saltó por la ventana hasta el interior.

Al principio Rapunzel sintió pánico. Era la primera vez en su vida que veía a un hombre. No se parecía en lo más mínimo a la bruja, y por eso mismo era para ella completamente nuevo y extraño, pero como al propio tiempo era muy agraciado, Rapunzel se sintió confundida y no supo qué decir. Pero a los príncipes no les faltan nunca las palabras, y él le rogó a la muchacha que no tuviese miedo. Explicó que había oído su voz preciosa cantando desde la torre, y que ya no pudo descansar hasta conocer a quien cantaba así. Y que, ahora que ya la había visto, le parecía que tenía una cara más preciosa incluso que su bonita voz.

Rapunzel se quedó encantada oyéndole decir esas cosas, y bien pronto dejó de sentir miedo. Todo lo contrario, disfrutó de la compañía del príncipe, y se mostró más que dispuesta a permitirle que la visitara de nuevo. Al cabo de no muchos días, su incipiente amistad se había convertido en amor, y cuando el príncipe le pidió que se casara con él, Rapunzel le dio al instante su consentimiento.

La bruja por su parte tardó mucho tiempo en sospechar lo que ocurría. Pero cierto día Rapunzel le dijo:

—Es curioso, pero toda la ropa que tengo ha dejado de irme a mi medida. Todos los vestidos me van muy apretados.

Al punto, la bruja entendió lo que eso significaba.

—¡Ah, malvada niña! —dijo—. ¡Me has engañado! Llevas mucho tiempo teniendo un amante, ¡y ahora vemos las consecuencias! Pues voy a impedir que esto continúe.

Cogió la preciosa melena de Rapunzel con la mano izquierda, agarró unas tijeras con la derecha, y tris-tras, aquella larga melena tan bonita por la que trepaba el príncipe rodó por los suelos.

Después de eso, la bruja se llevó a Rapunzel a un lugar lejano y silvestre. Allí, la pobre joven sufrió muchísimo y, al cabo de unos meses, dio a luz a una pareja de gemelos, chico y chica. Tuvieron que vivir los tres como vagabundos, no tenían casa ni dinero, y solo contaban con las monedas que pedían a la gente que estaba de paso y oían cantar a Rapunzel. A menudo padecían hambre: en invierno casi perecían de frío, y en verano les quemaba un sol abrasador.

Volvamos ahora a la torre.

La noche del día en que le cortaron la melena a Rapunzel, el príncipe se acercó a la torre y cantó como siempre:

Rapunzel, mi pequeña,
deja caer tu melena.

La bruja estaba esperándole. Había atado la melena de Rapunzel al gancho de la ventana, y cuando oyó canturrear al joven la tiró afuera tal como hacía siempre la muchacha. El príncipe trepó hasta arriba y, en lugar de encontrarse junto a la ventana a la dulce Rapunzel, vio a una vieja fea, loca de furia, cuyos ojos lanzaban llamas iracundas mientras empezaba a gritarle:

—Así que eres tú, el chico del que se ha enamorado, ¿eh? ¡Has estado subiendo como un gusano a la torre, has estado colándote como un gusano hasta conquistar su afecto, has estado metiéndote en su lecho como un gusano, maldito pícaro, sanguijuela, lagarto inmundo, perro callejero, malnacido! ¡Pues debes saber que el pájaro ha volado del nido! ¡Se la ha llevado el gato! ¿Qué te parece? Y ese gato le arañará los ojos primero y se la zampará entera después. Rapunzel ya no está aquí, ¿queda entendido? ¡No volverás a verla jamás!

Y la bruja empezó a darle empujones al príncipe, le obligó a retroceder paso a paso, hasta que lo forzó a precipitarse por la ventana. Las ramas de un espino amortiguaron su caída, pero pagó un precio terrible ya que los pinchos le perforaron los dos ojos. Y así, ciego y destrozado, el príncipe se alejó de allí.

Durante un tiempo vivió como un vagabundo, y ni siquiera sabía en qué país se encontraba. Hasta que un día oyó una voz familiar, una voz que él adoraba, y a tientas se acercó al lugar donde sonaba. Y cuando estuvo más cerca oyó otras dos voces que cantaban a coro, las voces de unos niños, hasta que de repente dejaron de cantar porque su madre, Rapunzel, había reconocido al príncipe y había salido corriendo hacia él.

Se abrazaron, lloraron los dos de alegría; y dos lágrimas de Rapunzel cayeron sobre los ojos del príncipe, y este volvió a recuperar la vista. Y vio a su amada Rapunzel, y por vez primera vio a sus dos hijos.

Y así, una vez reunidos, viajaron de regreso al reino del príncipe, y allí fueron muy bien recibidos; y allí también vivieron felices el resto de sus vidas.

Tipo de cuento: ATU 310, «La muchacha en la torre».
Fuente: Cuento narrado a los hermanos Grimm por Friedrich Schultz, basándose en «Persinette» de Charlotte-Rose de Caumont de La Force, en *Les Contes des contes* [Cuentos de los cuentos], 1698.
Cuentos similares: Giambattista Basile: «Petrosinella» (*The Great Fairy Tale Tradition*, ed. Jack Zipes); Italo Calvino: «Prezzemolina» (*Cuentos populares italianos*).

Al igual que «El rey sapo» (pág. 29), «Rapunzel» sobrevive en la memoria popular como un único acontecimiento más que como una sucesión de hechos. La imagen de toda esa cantidad de metros de melena cayendo al suelo desde la ventana situada en lo alto de la torre resulta inolvidable. En el musical de Stephen Sondheim titulado *Into the Woods* [Hacia el corazón de los bosques], 1986, la característica definitoria es la larga melena: «En lo alto de la torre se pasa las horas / cuidando de su cabello...»

En cambio, suele olvidarse todo lo que ocurre antes y después de la escena del cabello cayendo por la ventana. Por ejemplo, ¿qué pasa con los desdichados padres de la muchacha? Se pasan años anhelando tener un hijo, y luego nace esa niña, la bruja se la arrebata, y no volvemos a saber nada de ellos. Esta clase de descuidos es uno de los aspectos en los que los cuentos de hadas no se parecen mucho a las novelas.

En versiones posteriores de la colección de cuentos reunida por los hermanos Grimm, Wilhelm se dedicó a expurgar el diálogo entre Rapunzel y la bruja tal como aparecía en todas las versiones anteriores, incluyendo la primera versión de los Grimm, la de 1812. En lugar de revelar que la joven está embarazada diciendo que la ropa le queda estrecha, Rapunzel pregunta a la bruja por qué razón le resulta mucho más difícil tirar hacia arriba de ella que del príncipe. Esta modificación no hace que la muchacha resulte más inocente, sino que parece bastante tonta. Además, todo el cuento muestra una notable preocupación por el tema del embarazo. Así, Marina Warner, en *From the Beast to the Blonde*, señala que la planta concreta que constituye el antojo de la esposa no es una lechuga sino el perejil, una planta cuyas propiedades abortivas se conocían desde hacía mucho tiempo. De hecho, el título del cuento recogido en francés por De la Force, y en el que se basa «Rapunzel», se titula «Persinette» que significa «Perejilito».

$\mathcal{L}$os tres hombrecillos de los bosques

Érase una vez un hombre cuya esposa falleció, y una mujer cuyo esposo también falleció; y el hombre tenía una hija, y también tenía una hija la mujer. Las dos muchachas se conocían, y un día salieron juntas a caminar y llegaron a casa de la mujer.

La mujer se llevó a un rincón a la hija del hombre, y cuando su propia hija no alcanzaba a oírla, dijo:

—Me gustaría casarme con tu padre. Díselo, a ver qué le parece. En caso que diga que sí, te prometo que podrás lavar con leche fresca tu rostro todas las mañanas, y eso le irá muy bien a tu piel, y además tendrás vino para beber en las comidas. Y a mi hija solo le voy a dar agua. Para que veas lo mucho que deseo casarme con él.

Al llegar a su casa la muchacha le contó a su padre lo que había dicho la mujer.

—¿Casarme con ella? —dijo el hombre—. Santo Cielo. No sé qué hacer. El matrimonio puede ser delicioso, pero también convertirse en una tortura, ¿sabes?

El hombre no era capaz de decidirse. Finalmente se sacó la bota y le dijo a su hija:

—Coge la bota. Tiene un agujero en la suela. Cuélgala en el altillo y llénala de agua. Si no pierde el agua, me casaré con esa mujer. Pero si se vacía, no lo haré.

La muchacha cumplió esas instrucciones. Una vez la llenó de agua, el cuero de la bota se hinchó y acabó cerrando el agujero de la suela, de modo que toda el agua con la que llenó la bota permaneció en su interior. La muchacha se lo dijo a su padre, y este subió al altillo para verlo con sus propios ojos.

—¡Vaya, vaya! Eso quiere decir que tendré que casarme —dijo—. Cuando uno ha hecho una promesa, tiene que cumplirla.

Se puso el mejor traje que tenía y fue a cortejar a la viuda y al cabo de un tiempo se casaron.

Al día siguiente de la boda, cuando las dos muchachas se levantaron, la hija del hombre comprobó que le habían dejado leche para cuidar de la piel de su rostro y vino para beber. Para la hija de la mujer solo había agua.

Cuando amaneció el segundo día, las dos chicas solo tenían agua para lavarse y beber.

Cuando amaneció el tercer día, la hija del hombre tenía agua, mientras que la hija de la mujer disponía de leche para lavarse y vino para beber, y así siguió ocurriendo todas las mañanas posteriores.

La cuestión es que la mujer detestaba a su hija adoptiva, y cada día se le ocurrían nuevas formas de atormentarla. La raíz del odio que sentía por ella era la envidia, porque su hija adoptiva era bella y de carácter muy dulce, mientras que su hija era fea y egoísta, y la piel de su cara no mejoraba ni siquiera cuidándola cada día utilizando leche con toda su crema.

Cierto día de invierno, cuando el mundo estaba cubierto de hielo, la mujer hizo un vestido de papel. Llamó entonces a su hija adoptiva y dijo:

—Anda, ponte este vestido. Vete luego al bosque y tráeme unas cuantas fresas silvestres. Quiero comer un buen montón, y no hay otra comida que pueda satisfacerme.

—¿Fresas? ¡Pero si en invierno no crecen fresas en ninguna parte! —dijo la muchacha—. La nieve lo cubre todo y el suelo está helado y duro como el hierro. Además, ¿por qué tengo que ponerme este vestido de papel? El viento se colará por todas partes, y las zarzas lo desgarrarán.

—¡No te atrevas a llevarme la contraria! —dijo la madrastra—. Ponte de camino ahora mismo, y no vuelvas hasta que hayas llenado el cesto de fresas. —Entonces le dio a la muchacha un mendrugo seco, duro como la madera—. Llévate esto para comer —añadió la madrastra—. Tendrás que hacerlo durar todo el día, no tenemos dinero para nada más.

Y secretamente, la madrastra pensó: «Si no la mata el frío, el hambre lo hará, y no tendré que volver a verla nunca más.»

La muchacha obedeció las órdenes. Se puso aquel vestido de papel que no la abrigaba en lo más mínimo y salió afuera con su cesto. Naturalmente, estaba todo cubierto de nieve, no se veía ni una sola hoja verde, y por supuesto no había ninguna fresa por ningún lado. No sabiendo por dónde buscar, penetró en los bosques siguiendo un sendero que no conocía y al poco rato llegó a una casita tan pequeña que su frente era tan alta como el techo. Encontró, sentados en un banco de la fachada, a tres hombrecillos que fumaban en pipa, y que eran tan bajitos que apenas si le llegaban, puestos en pie, hasta la rodilla. Los tres se levantaron al verla y la saludaron con una reverencia.

—Buenos días —dijo ella.

—¡Qué muchacha tan bonita! —dijo uno de ellos.

—¡Y qué buenos modales tiene! —dijo otro.

—Invitadla a entrar —dijo el tercero—. Hace mucho frío.

—Lleva un vestido de papel —dijo el primero.

—Será que está de moda —dijo el segundo.

—Pero abriga muy poco —dijo el tercero.

—¿Quieres entrar en casa? —preguntaron los tres a la vez.

—¡Sois muy amables! —respondió ella—. Me encantaría.

Antes de abrir la puerta dieron unos golpecitos a sus pipas, para vaciarlas.

—No hay que fumar cuando tienes cerca algo de papel —dijo uno de ellos.

—Se prendería el fuego en un instante —dijo otro.

—¡Menudo peligro! —dijo el tercero.

Le ofrecieron una sillita para que se sentara, y ellos tres ocuparon el banco situado delante del hogar. Como la muchacha tenía hambre, sacó el mendrugo.

—¿Os importa que desayune ahora? —dijo ella.

—¿Qué has traído?

—Un pedazo de pan, solo eso.

—¿Me das un poco?

—Claro —dijo ella, y partió en dos el pan. Estaba tan duro que tuvo que darle un buen golpe contra el canto de la mesita. Le dio al hombrecillo la mitad más grande, y ella empezó a roer su mitad.

—¿Se puede saber qué estás haciendo en estos bosques tan silvestres? —dijeron ellos.

—Se supone que debo recoger fresas —dijo ella—. Y no se me

ocurre dónde podría encontrarlas, pero no me permiten volver a casa hasta que tenga lleno el cesto.

El primer hombrecillo susurró alguna cosa al segundo, y el segundo susurró alguna cosa al tercero, y luego el tercero susurró alguna cosa al primero. Después, se quedaron los tres mirándola fijamente.

—¿Te importaría limpiar de nieve el camino? —dijeron—. Hay una escoba recia en ese rincón. Solo hace falta que limpies un poco la nieve del camino de entrada a la puerta de atrás.

—Me encantaría, claro está —dijo ella, y cogiendo la escoba salió de la casa.

Cuando ella hubo salido, se dijeron los unos a los otros:

—¿Qué podríamos ofrecerle? Es una muchacha muy educada. Nos ha dado un buen pedazo del pan que traía, ¡y ese pan era todo lo que le habían dado para comer! ¡Y nos ha dado el pedazo más grande! No es solamente educada, además es muy amable. ¿Qué podríamos darle?

Y el primer hombrecillo dijo al fin:

—Haré que cada día que pase sea más bonita que el anterior.

Y el segundo dijo:

—Haré que cada vez que hable, salga de su boca una moneda de oro.

Y el tercero dijo:

—Haré que un rey vaya a buscarla y se case con ella.

Entretanto la muchacha se puso a limpiar de nieve el camino, y al hacerlo encontró allí mismo nada menos que fresas, fresas y más fresas, tan rojas y tan maduras como si fuese verano. Volvió la vista hacia la casita y se encontró que en una ventana se amontonaban las caras de los tres hombrecillos, que le dijeron que las cogiera y las metiera todas en su cesto. Que se llevara todas las que quisiera.

La muchacha llenó por completo el cesto, y entró en la casita para darles las gracias a los tres hombrecillos. Y los tres su pusieron en fila, la saludaron con una reverencia, y le estrecharon la mano.

—¡Adiós, adiós, adiós!

La muchacha volvió a casa y entregó el cesto a su madrastra.

—¿Se puede saber de dónde has sacado estas fresas? —le espetó la mujer.

—He encontrado una casita... —empezó a decir, pero en ese

momento cayó de su boca una moneda de oro. Y mientras seguía contando lo ocurrido, le fueron cayendo una tras otra muchas monedas de oro que fueron formando una montaña que acabó llegándole hasta los tobillos.

—¡Mírala! ¡Menuda forma de alardear! —dijo su hermanastra—. Si me da la gana, yo también puedo hacerlo. No es tan difícil.

Naturalmente, su hermanastra estaba loca de envidia, y en cuanto se quedó sola con su madre le dijo:

—¡Quiero ir también al bosque a buscar fresas! ¡Quiero ir! ¡De verdad!

—No, hija mía —dijo su madre—. Hace demasiado frío. Podrías morir congelada.

—¡Anda ya! ¡Déjame ir, por favor! ¡Te daré la mitad de las monedas de oro que salgan de mi boca! ¡Anda!

La madre finalmente terminó cediendo. Cogió su mejor abrigo de pieles, lo adaptó a las medidas de su hija, le dio unos bocadillos de paté de hígado de pollo y un buen pedazo de pastel de chocolate, y así su hija pudo salir bien preparada.

Tras caminar por el bosque la hermanastra encontró la casita. Había en su interior, mirando todos por la ventana, tres hombrecillos, pero ella ni siquiera se fijó en ellos. Abrió la puerta y entró sin más.

—Levantaros de ahí —dijo sin siquiera saludar—. Quiero sentarme junto al fuego.

Los hombrecillos se quedaron mirándola mientras ella sacaba sus bocadillos de paté de hígado de pollo.

—¿De qué son esos bocadillos? —dijeron los tres.

—Eso es mi comida —dijo la chica, hablando con la boca llena.

—¿Nos das un poco?

—Naturalmente que no.

—¿Y del pastel, nos darías un poco? Es una porción muy grande. ¿Querrás comértela toda tú sola?

—Apenas basta para mí. ¿Por qué no coméis vuestra propia comida?

Cuando terminó de comer, los tres hombrecillos dijeron:

—Ahora puedes limpiar de nieve el sendero.

—No pienso limpiar ningún sendero —dijo ella—. ¿Qué pasa, creéis que soy vuestra criada? Menudo descaro.

Los tres hombrecillos siguieron fumando sus pipas y mirándola, y como era evidente que no tenían intención de darle nada, ella salió de la casita y se puso a buscar fresas.

—¡Qué muchacha tan mal educada! —dijo el primer hombrecillo.

—¡Y qué egoísta! —dijo el segundo.

—No tiene punto de comparación con la que vino antes —dijo el tercero—. ¿Qué podríamos darle a esta?

—Haré que se vuelva más fea cada día que pase.

—Haré que le salga de la boca un sapo cada vez que hable.

—Haré que muera de una muerte muy dolorosa.

La muchacha fue incapaz de encontrar una sola fresa, y volvió a casa dispuesta a quejarse. Cada vez que abría la boca le salía un sapo, y muy pronto el suelo quedó cubierto de sapos que reptaban, saltaban, tiraban cosas, y hasta a su madre le parecieron repulsivos.

Después de que ocurriera eso, la madrastra comenzó a obsesionarse. Era como si un gusano estuviera royéndole todo el día el cerebro. No pensaba en nada que no fuera encontrar nuevas maneras de conseguir que la vida de su hijastra fuese un infierno. De modo que el hecho de que su hijastra fuese más bonita cada día no hizo más que atormentar todavía más a su madrastra.

Finalmente a la madrastra se le ocurrió coger una madeja de hilo, ponerla a hervir y colgarla del hombro de su hijastra.

—Toma —dijo la madrastra—. Coge el hacha y haz un agujero en el hielo que cubre el río. Luego metes la madeja en el agua y la aclaras bien. Y no te pases todo el día para hacerlo.

Naturalmente, la madrastra confiaba en que la muchacha se cayera en el agua por el agujero y muriese ahogada.

La hijastra obedeció. Cogió el hacha y la madeja de hilo y se dirigió al río, y estaba a punto de dar el primer paso sobre el hielo cuando un carruaje que pasaba por allí se detuvo de golpe. En ese carruaje viajaba, casualmente, un rey.

—¡Detente! ¿Qué vas a hacer? —gritó el rey—. ¡Es muy arriesgado pisar el hielo!

—Tengo que aclarar esta madeja de hilo —explicó la muchacha.

El rey se fijó entonces en lo bella que era y abrió la puerta de su carruaje.

—¿Te gustaría venir conmigo? —dijo él.

—Desde luego —respondió ella—. Me encantaría —dijo, porque se alegró mucho de la idea de librarse de su madrastra y su hija.

De modo que subió al carruaje y se fue con el rey.

—Pues resulta que estoy buscando esposa —dijo el rey—. Dicen mis consejeros que ya es hora de que me case. ¿Y tú, estás casada?

—No —dijo la muchacha, y cogió la moneda de oro y se la guardó en el bolsillo.

—¡Qué bien lo has hecho, me gusta mucho este truco de magia! —dijo el rey, que estaba fascinado—. ¿Quieres casarte conmigo?

Ella accedió, y la boda se celebró muy pronto. De modo que se cumplió todo lo que habían dicho los hombrecillos.

Al cabo de un año la joven reina dio a luz a un niño varón. Todo el reino lo celebró, y los periódicos difundieron la buena nueva. La madrastra se enteró, y ella y su hija se dirigieron a palacio con la excusa de ir a visitar en plan amistoso a la reina. Aquel día el rey no estaba en palacio, y cuando vieron que no había ningún testigo, la mujer y su hija agarraron a la reina y la tiraron por la ventana pensando que de esta manera caería de cabeza en el río que pasaba al pie de palacio, y así fue, y la reina se ahogó al instante. Su cuerpo se fue hundiendo hasta llegar al fondo, donde quedó atrapado entre las algas.

—Ahora, tiéndete tú en la cama real —dijo la mujer a su hija—. Y pase lo que pase, no digas nada.

—¿Y por qué no debo hablar?

—Por los sapos —dijo su madre, agachándose a recoger el que acababa de salir de la boca de su hija y arrojándolo enseguida por la misma ventana por donde habían tirado a la reina—. Quédate tendida en la cama y haz lo que te he dicho.

La mujer tapó también la cara de su hija, porque, además de los sapos que salían de su boca, cada día que pasaba se iba haciendo más fea. Cuando el rey regresó, la mujer le explicó que la reina tenía fiebre.

—Hay que dejar que descanse —añadió—. Nada de conversaciones. No debe hablar. Dejad que repose.

El rey murmuró algunas palabras cariñosas al bulto que había debajo de las mantas y se fue. A la mañana siguiente acudió de nuevo a visitarla, y antes de que la mujer pudiese impedírselo, la hija contestó al saludo del rey. Y de su boca saltó un sapo.

—¡Santo Cielo! ¿Qué ha sido eso?

—No lo puedo evitar —dijo la hija, y al decirlo, de su boca saltó otro sapo—. La culpa no es mía —y saltó un nuevo sapo.

—¿Se puede saber qué ocurre? —preguntó el rey—. ¿Qué está pasando?

—Tiene la gripe —dijo la mujer—. Es una enfermedad muy contagiosa. Pero bien pronto se recobrará. Solo es necesario que nadie la moleste.

—Espero que se cure pronto —dijo el rey.

Esa misma noche, cuando el pinche de la cocina estaba fregando los últimos cacharros, vio un pato blanco que subía nadando por la conducción de agua que bajaba del fregadero al río.

—El rey está dormido —dijo el pato—, y yo tengo que llorar.

El chico no supo qué responder. El pato volvió a dirigirle la palabra:

—¿Qué hacen mis invitados?

—Ahora descansan —dijo el chico.

—¿Y mi hijito querido?

—También duerme —dijo el chico—. Seguramente.

El pato se sumergió entonces en el agua y al salir había cambiado de aspecto y ahora era la reina. Enseguida subió a sus aposentos, fue directamente a la cuna de su hijo, lo cogió, lo acunó en sus brazos, y luego volvió a dejarlo en la cuna con mucha ternura, lo arrebujó con la manta y le dio un beso. Después regresó corriendo a la cocina, adoptó de nuevo la forma de un pato, salió nadando por el fregadero y se zambulló otra vez en el río.

Como el pinche de la cocina la siguió a todas partes, vio todo lo que fue pasando.

A la noche siguiente ella regresó y ocurrió lo mismo. La tercera noche, el fantasma le dijo al chico:

—Anda a contarle al rey lo que has visto. Dile que traiga su espada y que la pase por encima de mi cabeza tres veces, y que después de hacerlo me la corte.

El chico de la cocina fue a ver al rey y se lo contó todo. El rey quedó aterrado. Fue de puntillas a la habitación de la reina, le destapó por completo la cabeza y soltó un respingo nada más ver a la muchacha feísima que dormía y roncaba en esa cama, con un sapo a su lado.

—¡Llévame junto al fantasma! —le dijo al pinche mientras agarraba la espada.

Una vez en la cocina el fantasma de la reina se plantó delante del rey, y el rey alzó la espada y la pasó por encima de su cabeza tres veces. En cuanto adoptó la forma del pato blanco, el rey descargó la espada y de un tajo le cortó la cabeza. Instantes después desapareció el pato y apareció en su lugar la reina, que volvía a estar viva.

Se saludaron ambos con gran alegría. Pero el rey había trazado un plan, y la reina accedió a esconderse en una estancia que no era la suya durante los días que faltaban hasta el domingo, que era la fecha prevista para el bautizo del hijo de los reyes. En la ceremonia, la falsa reina se presentó con el rostro oculto bajo varios velos y con su madre pegada a ella, y ambas fingieron que la falsa reina estaba aún tan enferma que no podía hablar.

—¿Qué castigo debería recaer sobre alguien que arranca de su lecho a una víctima inocente y que la arroja al río para que muera ahogada? —preguntó el rey.

—¡Es un crimen espantoso! —dijo la madrastra al punto—. Habría que coger al criminal, introducirlo en un tonel repleto de clavos, empujar el tonel y hacer que bajase rodando hasta el río.

—Pues eso mismo es lo que vamos a hacer —dijo el rey.

Ordenó que preparasen un tonel de esa manera, y en cuanto estuvo listo metieron dentro de él a la mujer y a su hija, le pusieron la tapa y la clavaron. Luego empujaron el tonel colina abajo y fue descendiendo hasta el río y allí se sumergió en el agua, y ese fue el final para ambas.

Tipo de cuento: ATU, 403, «La novia blanca y negra».
Fuente: Dortchen Wild contó este cuento a los hermanos Grimm.
Cuentos similares: Italo Calvino: «Belmiele y Belsole», «El rey de los pavorreales» (*Cuentos populares italianos*); Jacob y Wilhelm Grimm: «Hermanito y Hermanita», «La novia blanca y la novia negra» (*Cuentos para la infancia y el hogar*).

La segunda parte de esta historia es similar a la de «Hermanito y Hermanita» (pág. 73), pero la primera mitad, con las escenas cómicas de los tres hombrecillos, posee un tono muy distinto. En mi versión he concedido a los enanitos algo más de diálogo que los hermanos Grimm.

Hansel y Gretel

En las proximidades de un gran bosque vivían un pobre leñador con su esposa y sus dos hijos, un chico llamado Hansel y una niña llamada Gretel. Incluso cuando los tiempos eran buenos, a esta familia no le alcanzaba para comer, y además en ese momento todo el país estaba padeciendo una terrible hambruna y muy a menudo el padre ni siquiera alcanzaba a ganar lo suficiente para que tuviesen al menos una ración de pan diaria para cada uno.

Cierta noche, cuando el pobre hombre le daba vueltas a la preocupación que sentía debido a su extrema pobreza, se dirigió a su mujer y le dijo:

—¿Qué va a ser de nosotros? ¿Cómo podremos alimentar a nuestros hijos si no nos alcanza ni para comer nosotros?

—Te diré qué podríamos hacer —dijo ella—. Verás. Mañana por la mañana a primera hora les llevaremos hasta lo más profundo del bosque, les dejaremos bien instalados, con un fuego que les libre del frío, un poquito de pan para comer, y los abandonaremos a su suerte. Como no encontrarán el camino de regreso a casa, nos libraremos de ellos.

—No, no, no —dijo el padre—. No pienso hacer nada de eso. ¿Pretendes que abandone a nuestros hijos en el bosque? ¡Jamás! Las alimañas les atacarían y descuartizarían.

—Eres tonto —dijo ella—. Si no nos libramos de ellos, moriremos de hambre los cuatro. Ya puedes empezar a preparar los tablones para construir todos nuestros ataúdes.

E insistió una y otra vez, sin dejarlo tranquilo, hasta que el hombre cedió.

—De todos modos, no me gusta nada esta idea —dijo él—. Siguen dándome muchísima pena...

En la habitación contigua los niños estaban aún despiertos. El hambre que sentían era tan intensa que no lograban dormirse, y oyeron todas y cada una de las palabras que pronunció su madrastra.

Gretel lloró amargamente y dijo en voz muy baja:

—¡Ay, Hansel! ¡Esto será nuestro final!

—Calla —dijo Hansel—. Se me ha ocurrido una idea, deja de preocuparte.

Tan pronto como los mayores se quedaron dormidos, Hansel se levantó de la cama, se puso su vieja chaqueta, abrió la parte inferior de la puerta y, reptando, salió afuera. La luna brillaba con mucha intensidad, y los guijarros blancos que había delante de la casa relucían como monedas de plata. Hansel se puso en cuclillas y cogió todos los guijarros que cupieron en sus bolsillos.

Después volvió a entrar, se metió en la cama y susurró:

—No te preocupes, Gretel. Duérmete. Dios cuidará de nosotros. Además, tengo un plan.

Al amanecer, antes de que empezara a salir el sol, la mujer se acercó a los niños y les quitó las mantas.

—¡Venga, en pie, gandules! —gritó—. Saldremos al bosque a buscar leña.

Les dio sendos pedazos de pan seco y dijo:

—Esto es lo que tenéis para el almuerzo, así que no os lo zampéis deprisa y corriendo, que luego no tendréis nada más.

Gretel metió los dos trozos de pan en el bolsillo de su delantal, porque los bolsillos de Hansel estaban atiborrados de piedras. Y enseguida partieron hacia el interior del bosque. De vez en cuando Hansel se detenía y miraba hacia atrás para ver si aún divisaba la casa, hasta que su padre le preguntó:

—Oye, chico, ¿se puede saber qué haces? Camina. Usa las piernas.

—Estaba mirando a mi gatito blanco. Se ha subido al techo y se ha sentado ahí —dijo Hansel—. Me está diciendo adiós.

—Serás necio —dijo la mujer—. Eso no es tu gatito. Es el reflejo en la chimenea de un rayo de sol.

En realidad, Hansel se había dedicado a ir tirando piedrecitas a su paso, una por una, y miraba atrás porque quería asegurarse de que dejaban un rastro visible.

Una vez alcanzaron el corazón del bosque su padre les dijo:

—Coged unas cuantas ramas. Encenderé un fuego para que no os congeléis.

Los niños cogieron unas ramas, hicieron con ellas un gran montón, y su padre encendió el fuego. Cuando ya ardía con buena llama, la mujer dijo:

—Poneos cómodos, pequeños. Tumbaos junto al fuego y aprovechad el calor para dormir un rato. Nosotros iremos entretanto a talar algunos troncos, y vendremos a buscaros cuando hayamos terminado.

Hansel y Gretel se tendieron junto al fuego. Cuando calcularon que era la hora del almuerzo, se comieron sus trozos de pan. Alcanzaban a oír los ruidos de un hacha no lejos de allí, y dedujeron que su padre trabajaba en un lugar cercano; pero en realidad lo que oían no eran hachazos, sino el ruido que hacía una rama que el padre había dejado atada a un tronco para que se moviera con el viento, que la hacía balancear, y era eso lo que producía el golpeteo que ellos tomaron por hachazos.

Los dos niños permanecieron largo rato allí sentados, y poco a poco notaron que los párpados se les iban cerrando. Cuando pasó la tarde y comenzó a oscurecer, se colocaron muy juntitos y se quedaron dormidos.

Cuando despertaron reinaba la noche alrededor de ellos. Gretel se puso a llorar.

—¡Nunca conseguiremos encontrar la salida! —dijo la niña sollozando.

—Espera a que salga la luna —dijo Hansel—, y verás en qué consiste mi plan.

Cuando por fin salió, la luna era muy grande y brillaba con intensidad, y las piedras blancas que Hansel había ido tirando relucían como monedas recién acuñadas. Cogidos de la mano, los niños siguieron el rastro durante toda la noche y justo cuando amanecía llegaron a casa de su padre.

La puerta estaba cerrada, y llamaron muy fuerte. Cuando salió la mujer a abrir la puerta, también sus ojos se abrieron mucho, reflejando su disgusto.

—¡Menudo par de desdichados! ¡No sabéis lo mucho que nos hemos preocupado por vosotros! —Y los abrazó con tal fuerza que casi no les dejaba respirar—. ¿Por qué habéis dormido tanto tiempo? ¡Creíamos que no queríais regresar!

Y les pellizcó las mejillas como si estuviese verdaderamente contenta de verlos allí de nuevo. Un momento después, cuando salió su padre, y mostró en el rostro auténtica alegría, supieron que él no había querido abandonarles.

De modo que esa vez se salvaron. Pero al cabo de no mucho tiempo, la comida volvió a escasear y hubo muchísima gente que pasaba hambre. Una noche los niños oyeron a la mujer hablar con su padre y decirle:

—Esto va de mal en peor. Solo nos queda una hogaza de pan, y cuando se termine vamos a morirnos todos de hambre. Tenemos que librarnos de los niños, y esta vez debemos asegurarnos de que nos libramos de ellos de verdad. La otra vez debieron de usar alguna clase de truco, pero si les llevamos a un lugar del bosque que sea muy remoto, entonces no encontrarán la salida.

—No me gusta esa idea —dijo el padre—. En el bosque no hay solamente alimañas sino que también abundan los duendes, las brujas y Dios sabe qué más. ¿No sería mejor repartirnos esta última hogaza con los niños?

—No seas necio —dijo la mujer—. Eso que dices es una insensatez. Lo malo de ti es que eres demasiado blando. Blando y necio.

Y siguió criticándole e insultándole, y él no fue capaz de defenderse. Cuando has cedido una vez, seguirás cediendo siempre.

Los niños estaban despiertos, y oyeron la conversación. Cuando los mayores ya dormían, Hansel se levantó e intentó salir de nuevo afuera, pero la mujer había cerrado el cerrojo y escondido la llave. Sin embargo, cuando Hansel volvió a la cama trató de consolar a su hermana, diciéndole:

—No te preocupes, Gretel. Ahora, duerme. Dios nos protegerá.

El día siguiente, al amanecer, la mujer les despertó, tal como había hecho aquella otra vez, y dio a cada uno un pedazo de pan, aunque esta vez era más pequeño incluso. Y mientras se internaban en el bosque Hansel fue desmigajando el pan y dejando caer migas por el camino, deteniéndose a menudo para comprobar que eran visibles.

—Camina, Hansel, no te pares —decía su padre—. Y deja de mirar atrás todo el rato.

—Trataba de ver si divisaba a mi paloma en el techo de casa —dijo Hansel—. Ha subido allí para despedirse de mí.

—Serás bobo —dijo la mujer—. No es tu paloma. Es el sol que hace brillar la chimenea. Venga, camina a buen paso.

Hansel no volvió a mirar atrás, pero siguió desmigajando el pan dentro del bolsillo y dejando caer migas de vez en cuando. La mujer les obligó a caminar más deprisa, y aquel día penetraron en lo más profundo del bosque, hasta lugares a los que jamás habían llegado.

Al final la mujer dijo:

—Así está bien.

Y de nuevo encendieron un fuego para dejar a los niños esperando.

—No se os ocurra moveros de aquí —les dijo la mujer—. Sentaos y no os mováis hasta que volvamos. Bastantes preocupaciones tenemos ya. Solo falta tener que buscaros. Al atardecer estaremos de regreso.

Los niños permanecieron allí sentados hasta que les pareció que era mediodía, y a esa hora se repartieron el pedazo de pan que le había correspondido a Gretel, porque a Hansel no le quedaba ni una sola miga del suyo. Después de comer se quedaron dormidos, y pasó el día entero, y nadie fue a buscarles.

Cuando despertaron ya se había hecho de noche.

—Tranquila, Gretel, no llores —dijo Hansel—. Cuando salga la luna se verán las migas y entonces encontraremos el camino de vuelta a casa.

Salió la luna, empezaron a buscar el rastro de migas, pero no encontraron ninguna. Los miles de pájaros que viven en el bosque y en los campos se las habían comido todas.

—Ya verás como encontramos el camino —dijo Hansel.

Pero, tras probar en muchas direcciones, les resultó imposible encontrar el camino de regreso a casa. Se pasaron toda la noche caminando, y luego caminaron durante todo el día, pero no sirvió de nada. Se habían perdido. Y además estaban hambrientos, terriblemente hambrientos, pues en todo el día solo pudieron comer un puñado de bayas que encontraron por el bosque. Y al final se sintieron tan cansados que se tumbaron al pie de un árbol y allí mismo se quedaron dormidos. Cuando, el tercer día, despertaron de nuevo, y trataron con mucho esfuerzo de ponerse en pie, seguían estando perdidos, y tenían la sensación de que cada paso que daban hacía que se internaran más y más hacia el corazón del bosque. Si no encontraban pronto alguien que les ayudara, acabarían muriendo allí.

Pero a mediodía vieron un pájaro blanco como la nieve que estaba posado en la rama de un árbol. Cantaba de una manera tan bella que se pararon a escuchar sus trinos. Luego abrió las alas, remontó el vuelo y se posó en otro árbol algo más alejado, y ellos dos le siguieron. Una vez colgado en la nueva rama el pájaro volvió a cantar, y después voló otro trecho, y como no volaba muy veloz les permitía ir siguiendo su avance, y casi parecía que estuviese guiándoles.

Hasta que de repente se encontraron delante de una casita. El pájaro se había posado esta vez sobre el techo, y el aspecto del techo era bastante extraño.

—¡Ese techo es de pastel! —dijo Hansel.

En cuanto a las paredes:

—¡Están hechas de pan! —dijo Gretel.

Y las ventanas eran de azúcar.

Los pobres niños tenían tanta hambre que ni siquiera se les ocurrió llamar primero y pedir permiso. Hansel rompió un pedazo del techo, y Gretel rompió una ventana, y los dos se sentaron y empezaron a comer sin esperar nada más.

Al cabo de unos cuantos bocados, oyeron una voz suave procedente del interior de la casa que decía:

> *Come, come ratoncillo,*
> *¿quién se come mi tejadito?*

Y los niños respondieron:

> *Es una ráfaga de viento*
> *porque sopla el Niño del Cielo.*

Y tras decir eso siguieron comiendo, porque su hambre era voraz. A Hansel le gustó tantísimo el sabor del techo que cogió otro pedazo, tan largo como uno de sus brazos, y Gretel arrancó con cuidado otro de los cristales de la ventana y se puso a darle un mordisco tras otro.

De repente se abrió la puerta y apareció una mujer vieja, viejísima, que cojeaba mucho al andar. Hansel y Gretel se quedaron tan pasmados que pararon de comer y se la quedaron mirando de hito en hito y con la boca llena.

La vieja, sin embargo, meneó la cabeza y les dijo:

—¡No os asustéis, pequeños! ¿Quién os trajo hasta este lugar? Andad, chiquillos, entrad y descansad en este lugar tan sabroso. ¡Os sentiréis tan seguros como en casa!

Les dio unos pellizquitos cariñosos en las mejillas, los cogió a cada uno de una mano y los condujo al interior de la casita. Y fue como si la vieja hubiera sabido que estaban a punto de llegar, pues encontraron dentro una mesa preparada con dos sillas, y ella les sirvió una comida deliciosa a base de leche y buñuelos espolvoreados de azúcar y especias, y también manzanas y nueces.

Después les indicó un cuarto donde había un par de camas preparadas con unas sábanas blancas como la nieve. Hansel y Gretel se durmieron al instante.

Pero el trato amistoso de aquella vieja era solo una apariencia. En realidad se trataba de una bruja malvada, y había construido esa casa para atraer y atrapar a los niños. Cada vez que capturaba a uno de ellos, tanto si era chico como si era chica, lo mataba, lo cocinaba y luego se lo comía. Cada vez que pillaba a un crío, aquello era para ella como la mayor de las fiestas. Al igual que todas las brujas, sus ojos eran rojos y su vista no tenía mucho alcance. Pero tenía muy buen olfato, y en cuanto había algún ser humano en las cercanías, se enteraba enseguida. Cuando vio que Hansel y Gretel se habían arrebujado bien en sus camas, la bruja soltó una risotada y se frotó con fruición las nudosas manos.

—¡Ya los tengo! —cacareó con una risilla aguda—. ¡Ya no podrán escapar!

A la mañana siguiente se levantó y fue al cuarto de los niños. Se quedó unos instantes contemplándolos. Aún dormían. Aquellas mejillas sonrosadas de los críos le resultaban tan apetitosas que tuvo que contenerse para no agarrarlas en ese mismo instante. «¡Qué bocados tan sabrosos!», pensó.

Luego cogió a Hansel y, antes de que el crío pudiese chillar, lo sacó de la casa a rastras y lo dejó encerrado en una jaula que había dentro de un cobertizo. Cuando ya estaba enjaulado, el niño se puso a gritar, pero no servía de nada, pues nadie podía oírle.

Luego la bruja despertó a Gretel diciéndole:

—¡Despierta, holgazana! Vete a buscar agua al pozo y luego cocinarás alguna cosa para tu hermano. Está en el cobertizo, y quiero engordarlo. Y cuando ya esté lo bastante gordito, me lo voy a comer.

Gretel se puso a llorar, pero de nada le sirvió: no tenía más remedio que cumplir todas las órdenes de la bruja. Y así fue como cada día le sirvieron a Hansel los manjares más deliciosos, mientras que ella tenía que conformarse con chupar caparazones de cangrejos.

Con su paso cojitranco, y apoyándose en el bastón, la bruja iba todas las mañanas al cobertizo y le decía a Hansel:

—¡Eh, chico! Saca el dedo, a ver si ya has engordado lo suficiente.

Pero Hansel, que era muy listo, sacaba por entre los barrotes un hueso mondo y lirondo que había encontrado en el suelo, y la bruja, con sus ojos rojos, lo miraba y creía que era el dedo del niño. Y no lograba entender por qué Hansel seguía sin engordar.

Pasaron cuatro semanas y la bruja aún creía que Hansel estaba demasiado flaco. Pero al pensar en lo sonrosadas que tenía las mejillas, no pudo seguir esperando y dijo a Gretel:

—¡Eh! ¡Niña! Ve a buscar agua. Trae mucha. Llena hasta arriba la marmita, y pondremos el agua a hervir. Gordo o flaco, rollizo o delgaducho, voy a sacrificarlo mañana mismo y lo herviré y haré con él un buen guiso.

La pobre Gretel se puso a llorar y llorar, pero no tuvo más remedio que obedecer a la bruja e ir a buscar agua.

—¡Dios mío, ayúdanos! —sollozaba—. ¡Si se nos hubiesen comido los lobos en el bosque, al menos habríamos muerto juntos!

—Deja ya de lloriquear —dijo la bruja—. No te servirá de nada.

Al día siguiente Gretel tuvo que encender el fuego en una cavidad situada debajo del horno.

—Primero hornearemos el pan —dijo la bruja—. Ya he amasado la harina. A ver ese fuego, ¿está lo suficientemente vivo?

Arrastró a Gretel hasta la puerta del horno. Debajo de la base, que era una reja de hierro, el fuego ardía vivamente lanzando chispas y llamas muy rojas.

—Métete ahí dentro y mira si el fuego arde bien —dijo la bruja—. Anda, no te entretengas. ¡Adentro!

Por supuesto, lo que la bruja quería hacer era encerrarla en el horno en cuanto Gretel se asomara, para de paso cocinarla también a ella. Pero la niña adivinó las intenciones de la bruja y dijo:

—No acabo de entenderlo. ¿Tengo que asomarme ahí? ¿Cómo tengo que hacerlo? No sé cómo.

—Serás necia —dijo la bruja—. Échate a un lado. Te voy a enseñar yo. Es la mar de fácil.

La bruja agachó la cabeza y la introdujo en el horno. Y en cuanto lo hizo, Gretel le dio semejante empellón que la bruja perdió el equilibrio y cayó dentro. Gretel cerró enseguida la puerta y la aseguró con una barra de hierro. De dentro del horno empezaron a oírse toda clase de gritos espantosos, terribles chillidos y gemidos, pero Gretel se tapó las orejas y salió corriendo afuera. La bruja murió quemada en el horno.

Gretel corrió al cobertizo y gritó:

—¡Estamos salvados, Hansel! ¡Esa vieja bruja ha muerto!

Hansel salió de un brinco, feliz como un pájaro cuando le abren la jaula. ¡Qué felices eran los dos niños! Se abrazaron, saltaron de contento, se besaron en las mejillas. Ya no tenían que temer nada más, de manera que entraron en la casa y empezaron a mirar por todas partes. En todos los rincones encontraron baúles y cajones llenos de piedras preciosas.

—¡Son mejores que las piedrecillas! —dijo Hansel, metiéndose unas cuantas piedras muy bellas en los bolsillos.

—Yo también voy a coger —dijo Gretel, y se guardó un montón en los bolsillos del delantal.

—Y ahora ya podemos irnos de aquí —dijo Hansel—. Alejémonos de estos bosques infestados de brujas.

Se pusieron a caminar y al cabo de unas horas llegaron a orillas de un lago.

—No vamos a poder cruzarlo —dijo Hansel—. No veo ningún puente.

—Ni hay tampoco ningún bote —dijo Gretel—. Mira allí, ¡un pato blanco! Voy a ver si nos puede ayudar a cruzar.

Y le gritó:

¡Eh, pato, pato guapo y fuerte!
¿Podrías darnos un poco de suerte?
Ayúdanos a llegar a la otra orilla
de estas aguas profundas y frías.

El pato nadó hacia ellos y Hansel se montó encima.

—¡Venga, Gretel, sube tú también! —dijo.

—¡No! ¡Sería demasiado peso! —dijo Gretel—. Mejor que nos lleve de uno en uno.

Y eso hizo el buen pato, primero cruzó a uno y después al otro.

Cuando ya estaban sanos y salvos en la otra orilla, siguieron caminando y, poco a poco, comenzaron a reconocer el bosque en el que se encontraban. Finalmente distinguieron a lo lejos su casa, y fueron corriendo hacia ella.

Y se arrojaron en brazos de su padre.

El pobre hombre no había tenido ni un instante de calma desde que abandonó en el bosque a sus hijos. Poco después de esa triste jornada, su mujer falleció, y él se quedó completamente solo, y más pobre que nunca. Pero Gretel le mostró las joyas que llevaba guardadas en los bolsillos de su delantal, y Hansel también lanzó sobre la mesa los puñados de piedras preciosas que él había cogido.

De manera que todas sus penas terminaron en ese momento y vivieron felices el resto de sus días.

Colorín colorado,
este cuento se ha acabado.

Tipo de cuento: ATU 327, «Hansel y Gretel».
Fuente: Se lo contó a los hermanos Grimm la familia Wild.
Cuentos similares: Alexander Afanasiev: «Baba Yaga y el Joven Valiente» (*Cuentos populares rusos*); Giambattista Basile: «Ninnillo y Nennella», (*The Great Fairy Tale Tradition*, ed. Jack Zipes); Italo Calvino: «Chiquilla» y «La bruja del jardín» (*Cuentos populares italianos*); Charles Perrault: «Pulgarcito» (*Cuentos de hadas completos de Charles Perrault*).

Los cuentos más conocidos, entre los que sin duda se incluye este, han sobrevivido en innumerables antologías, libros ilustrados y adaptaciones teatrales (y también, en este caso, en una adaptación a la ópera), y esa familiaridad excesiva de la historia acaba siendo una amenaza que podría menoscabar sus magníficas cualidades. Sin embargo, se trata de un clásico tan brillante como terrible. El maravilloso invento de la casa comestible, junto con la implacable crueldad de la bruja y el ingenio y la valentía de Gretel, cuando consigue librarse tan fácilmente de ella, lo convierten en un cuento inolvidable.

Por cierto, ¿madre o madrastra? En la primera edición de los Grimm, la de 1812, la mujer es sencillamente «la madre». A la altura de la séptima edición, de 1857, se ha convertido ya en madrastra, y así ha seguido desde entonces. Marina Warner, en *From the Beast to the Blonde*, da una explicación muy interesante acerca de los motivos que tuvieron los Grimm para introducir este cambio (a fin de mantener una imagen ideal de la Madre, no tenían más remedio que expulsarla de esta historia y reemplazarla por la madrastra), y lo mismo puede decirse de la interpretación freudiana que da Bruno Bettelheim (la separación entre madre y madrastra permite que los niños se libren de sentirse culpables por su actitud crítica ante los aspectos amenazadores de su propia madre). Desde el punto de vista narrativo, yo opto por la simplicidad.

En su libro *Why Fairy Tales Stick*, Jack Zipes subraya que, por debajo de la superficie, en este cuento, que a muchos les parece no ser más que un mero ejercicio de fantasía, se encuentra la triste realidad de la pobreza en el medio rural, así como la posibilidad verídica de que la gente se muera de hambre. En tiempos de auténtica desesperación surgen sin duda remedios desesperados. No obstante, y dejando eso al margen, ¿no debería el cuento condenar de manera algo más contundente al padre? Por otro lado, la muerte de la madrastra resulta una salida fácil, sobre todo si pensamos en que los actuales narradores de cuentos (yo incluido) hemos vinculado la figura de la madrastra con la de la bruja. Habría sido terrible que los niños volvieran a casa y se encontraran con que ella seguía allí, controlándolo todo. ¿Y si la mató el padre? Eso es lo que hubiera hecho este personaje si yo tuviese que escribir esta historia en forma de novela.

El episodio del pato es un incidente que, curiosamente, solo aparece en la última versión de los Grimm. Hasta ese momento no había ningún pato salvador, pero me pareció que la escena funcionaba muy bien, de modo que la he incluido en mi versión. El lago se presenta como una barrera que no hay modo de cruzar y que separa el bosque amenazador de la seguridad del hogar, y siempre va bien que haya barreras en las historias, a no ser que estés del lado malo. Pero aquí se puede cruzar gracias a la suma de la benevolencia de la naturaleza y el ingenio humano.

Las tres hojas de la serpiente

Érase una vez un pobre hombre que ya no podía mantener a su único hijo. Cuando el muchacho se dio cuenta de ello, dijo:

—Padre, no sirve de nada que siga viviendo aquí. Para ti solo soy una carga. Me iré de casa y veré si soy capaz de ganarme la vida.

El padre le dio su bendición, se despidieron, y ambos sintieron mucha pena.

El rey de un país vecino era muy poderoso, y en esa época había iniciado una guerra. El joven se alistó en su ejército y bien pronto se encontró en pleno combate, pues se estaba librando una encarnizada batalla. Llovían los balazos, la situación era terriblemente peligrosa, y a su alrededor los camaradas caían muertos a docenas. Cuando murió el general que estaba al mando, el resto de la tropa iba a huir, pero en ese momento el joven ocupó el lugar del comandante y gritó:

—¡No nos van a derrotar! ¡Seguidme, y Dios salve al rey!

Los soldados le siguieron cuando lanzó la siguiente carga contra el enemigo, al que pronto obligaron a huir en desbandada. Cuando el rey se enteró de la importancia que había tenido el arrojo del joven en la consecución de la victoria, le ascendió a mariscal de campo, le dio oro y tesoros, y le otorgó los más altos honores de su reino.

Este rey tenía una hija que era una joven muy bella, pero que era víctima de una extraña obsesión. Había jurado que jamás se casaría a no ser que encontrara a un hombre dispuesto a jurar que, si ella moría primero, estaría dispuesto a ser enterrado al lado de ella.

—Al fin y al cabo —decía la princesa—, si ese hombre me amara de verdad, ¿acaso querría seguir viviendo?

Y dijo además que ella estaría también dispuesta a ser enterrada al lado de él en caso de que fuese él el primero en morir.

Esta terrible condición había impedido que muchos jóvenes quisieran casarse con ella, a pesar de que, sin esa exigencia, todos le hubieran pedido matrimonio incluso de rodillas. Pero al soldado le cautivó tantísimo su belleza que no había nada que pudiera disuadirle, de modo que pidió su mano al rey.

—¿Sabes qué tendrás que prometer? —dijo el rey.

—Que si muere antes que yo, tendré que acompañarla a la tumba —dijo el soldado—. Pero la amo tanto, que estoy dispuesto a correr ese riesgo.

Así que el rey dio su consentimiento, y se celebró una boda esplendorosa.

Durante un tiempo vivieron felices, pero un día la princesa cayó enferma. Acudieron a visitarla médicos de todos los rincones del reino, pero ninguno de ellos pudo ayudarla, y al final la princesa murió. Y entonces el soldado se estremeció de pies a cabeza, porque recordó la promesa que había tenido que hacer. No iba a poder librarse de su destino aunque él decidiera romper la promesa, porque el rey había dicho que pondría centinelas junto a la tumba y alrededor del cementerio por si él trataba de escapar. Cuando llegó el día en que había que enterrar a la princesa, llevaron su cadáver a la cripta real, metieron junto a ella al soldado, y el rey se encargó personalmente de cerrar la puerta con llave.

Les habían dejado dentro algunas provisiones: una mesa con cuatro velas, cuatro hogazas de pan y cuatro botellas de vino. El soldado se quedó sentado al lado del cadáver de la princesa y los días fueron pasando uno tras otro y él se limitó a comer cada día apenas un trocito de pan y beber un solo sorbo de vino, pensando que así le duraría la comida y la bebida mucho más tiempo. Cuando ya se había bebido todo el vino y le quedaba un solo sorbo, y cuando se había comido todo el pan y le quedaba un solo trocito, y cuando la última de las velas ya se había consumido hasta dejar apenas un dedo de cera, supo que le había llegado también la hora a él.

Pero cuando más desesperado estaba, mientras se hallaba sentado en la silla dentro de la cripta vio que una serpiente asomaba la cabeza, salía reptando de una grieta situada en una de las esquinas y avanzaba hacia el cadáver. Convencido de que la serpiente pretendía comerse el cadáver de su mujer, el joven sacó la espada:

—¡Mientras yo siga vivo, no te permitiré tocarla! —dijo, y descargó tres veces la espada y cortó la serpiente en tres partes.

Poco después, una segunda serpiente salió reptando desde una esquina. Se acercó al cadáver de la primera serpiente y la miró, primero una parte y después las otras dos, y luego se alejó de nuevo reptando por donde había entrado. Poco más tarde entró de nuevo y esta vez llevaba en la boca tres hojas. Con mucho cuidado, juntó las tres partes de la primera serpiente, colocó una hoja encima de cada una de las heridas, y al instante la serpiente recobró la vida, sus heridas cicatrizaron y volvió a convertirse en una serpiente entera. Y ambas serpientes huyeron a toda prisa de allí.

Las hojas, sin embargo, quedaron abandonadas tras ellas, y el joven pensó que si sus poderes milagrosos habían devuelto la vida a la serpiente, tal vez también podrían devolverle la vida a una persona. Recogió las hojas del suelo y las colocó sobre el pálido rostro de la princesa, una en la boca y las otras dos en los ojos.

Y en cuanto las puso así, la sangre comenzó a correr por las venas de la princesa. Su rostro recuperó un tono sonrosado y saludable, comenzó a respirar y abrió los ojos.

—¡Santo Cielo! ¿Dónde estoy? —dijo.

—Conmigo, querida esposa mía —dijo el soldado, que enseguida le contó todo lo ocurrido.

Le dio el último trocito de pan y el último sorbo de vino, y comenzaron a aporrear la puerta de la cripta y a gritar con todas sus fuerzas, hasta que los centinelas que montaban guardia en el exterior les oyeron y corrieron a avisar al rey.

El rey bajó personalmente a la tumba y él mismo descorrió los cerrojos y abrió la puerta de la cripta. La princesa, tambaleándose, cayó en sus brazos; el rey estrechó la mano del joven, y todo el mundo se alegró del milagro que había devuelto la vida a la princesa.

Como el joven era prudente, no contó a nadie el papel que habían desempeñado las hojas en la resurrección de la princesa. Pero uno de sus criados le era muy fiel y podía confiar en él, de modo que le entregó las tres hojas de la serpiente y le pidió que las guardase.

—¡Cuida mucho estas tres hojas —dijo— y llévalas contigo a donde quiera que vayas! No sabemos en qué momento podríamos necesitarlas otra vez.

Tras haber sido devuelta a la vida, la princesa experimentó un cambio profundo. Todo el amor que sentía antes por su esposo se desvaneció por completo. De todos modos, siguió fingiendo que le quería, y cuando él le pidió que le acompañara en un viaje por mar al lugar donde su padre vivía, ella aceptó de inmediato.

—¡Será un placer conocer al noble padre de mi querido esposo! —dijo.

Pero en cuanto se hicieron a la mar la princesa olvidó del todo la gran devoción que el joven había mostrado por ella, pues sintió un gran deseo lujurioso por el capitán de la nave. Nada le bastaba. Quería acostarse con él fuera como fuese, y muy pronto se convirtieron en amantes. Una noche, mientras estaba en brazos del capitán, la princesa susurró:

—¡Ojalá muriese mi marido! ¡Cómo me gustaría casarme contigo!

—Eso es fácil de arreglar —dijo el capitán.

Cogió una cuerda y, acompañado por la princesa, se coló en el camarote donde dormía el joven soldado. La princesa sujetó un extremo de la cuerda y el capitán deslizó el otro alrededor del cuello del esposo de ella, y luego tiraron los dos, uno de cada extremo. Y tiraron ambos tan fuerte que, por mucho que el joven forcejeó, no logró impedir que le estrangularan.

La princesa cogió a su esposo muerto de la cabeza y el capitán le cogió de los pies, y lo arrojaron por la borda.

—Volvamos ahora a casa —dijo la princesa—. Le diré a mi padre que murió en alta mar, y luego le contaré toda clase de alabanzas acerca de ti y nos autorizará a casarnos y tú heredarás la corona.

Pero el fiel criado del joven había visto todo lo que había hecho la pareja, y tan pronto como se volvieron de espaldas, soltó las amarras de un bote salvavidas y se puso a remar hacia donde había quedado flotando el cadáver de su señor. Logró encontrarlo enseguida y tras izarlo a bordo del bote soltó el lazo de cuerda que aún llevaba en torno al cuello y le puso las tres hojas sobre los ojos y la boca, y el joven volvió de inmediato a la vida.

Se pusieron los dos a remar con todas sus fuerzas. Remaron de día y de noche, sin parar por ningún motivo, y el bote voló sobre las olas tan veloz que llegaron a la costa un día antes que el velero, y se dirigieron directamente a palacio. Cuando les vio, el rey se quedó pasmado.

—¿Qué ha ocurrido? ¿Dónde está mi hija? —dijo el rey.

Le contaron todo lo ocurrido, y él se quedó escandalizado al enterarse de la traición de su hija.

—¡No puedo creer que haya hecho una cosa tan horrible! —dijo—. Pero pronto se sabrá la verdad.

Y así fue. El velero fondeó en el puerto muy pronto, y cuando se enteró de la noticia el rey les dijo al joven y su criado que esperasen escondidos en una estancia donde podrían oír todo cuanto se dijera.

La princesa, que iba completamente vestida de negro, se acercó sollozando a su padre.

—¿Cómo es que regresas tú sola? —dijo el rey—. ¿Dónde está tu esposo? ¿Y por qué vistes de luto?

—¡Porque mi dolor no encuentra consuelo, querido padre! Mi esposo contrajo la fiebre amarilla y murió. El capitán y yo tuvimos que darle sepultura en el mar. Si el capitán no me hubiese ayudado, no sé qué habría sido de mí. Este capitán es un hombre muy bueno, y cuidó de mi querido esposo cuando tenía la fiebre muy alta, sin miedo al peligro de contagio. Él mismo puede contártelo todo.

—Entonces, ¿tu esposo ha muerto? —dijo el rey—. Veamos si soy capaz de hacerle regresar a la vida.

Y abrió la puerta e invitó a entrar a los dos que habían estado escondidos en el cuarto de al lado.

Cuando la princesa vio al joven, cayó al suelo como si la hubiese alcanzado un rayo. Empezó a decir que su esposo seguramente había tenido alucinaciones durante las fiebres altas, dijo que tal vez había quedado en un estado de coma tan profundo que ellos creyeron que había muerto, pero el criado les mostró a todos la cuerda, y ante aquella prueba ella tuvo que admitir su culpa.

—Es cierto, lo hicimos nosotros —sollozó—. Pero, padre, ¡ten clemencia!

—No me hables de clemencia —dijo el rey—. Tu esposo estuvo dispuesto a morir contigo en la tumba, y logró devolverte la vida, y en cambio tú le mataste mientras dormía. Tendrás el castigo que mereces.

Y la princesa y el capitán fueron enviados a la mar en plena tormenta, en un bote con el casco lleno de vías de agua. El bote se hundió y nunca volvió nadie a verles.

Tipo de cuento: ATU 612, «Las tres hojas de la serpiente».
Fuente: La historia se la contaron a los Grimm Johan Friedrich Krause y la familia Von Haxthausen.
Cuentos similares: Italo Calvino: «El capitán y el general», «La hierba del león» (*Cuentos populares italianos*).

Este es un cuento muy intenso e inquietante, que tiene dos mitades, la primera mágica y la segunda de tipo romántico/realista. La versión de los Grimm consigue enlazar hábilmente esas dos mitades por medio de las hojas a las que se refiere el título. Aparte del asesinato del joven, no he alterado absolutamente nada. En el original el soldado es meramente arrojado por la borda de la nave, pero en los dos cuentos similares recogidos por Calvino el protagonista es ejecutado, en el primero por un pelotón de fusilamiento y en el segundo muere en la horca. De este modo está indudablemente muerto cuando las hojas mágicas logran devolverle a la vida. Me ha parecido que el joven de este cuento debía morir también de manera inequívoca y dramática, y por eso inventé su estrangulamiento, que además permite que el criado presente la cuerda como prueba de su versión de los hechos.

La pregunta es: ¿en cuántos trozos queda cortada la serpiente? Esta pregunta esencial parece haber confundido a todo el mundo, incluso a los mismos hermanos Grimm. El texto dice de forma inequívoca «*und hieb sie in drei Stücke*» («y la cortó en tres partes»). En sus respectivas traducciones del cuento, David Luke, Ralph Mannheim y Jack Zipes lo dejan así.[*] Para eso el joven soldado tendría que descargar solamente dos golpes con la espada y por lo tanto solo habría dos cortes a los que aplicar las hojas. Tenemos que centrarnos en lo esencial, y lo esencial es el número tres (las tres hojas, la suma de los dos ojos y la boca de la princesa, el clásico «tres» de los cuentos de hadas), de modo que tiene que haber tres puntos en donde la segunda serpiente ha de poner las hojas, para lo cual la serpiente primera debería quedar cortada en cuatro partes en lugar de tres. Pero entonces habría que meter en la mente del lector o de quien escucha contar el cuento la idea del «cuatro». Creo que la mejor solución es la que he adoptado aquí.

---

[*] También son tres en la versión de María Antonia Seijo, *Cuentos completos*, vol. 1, pág. 160, Alianza, Madrid, 2009. *(N. del T.)*

&l pescador y su esposa

Érase una vez un pescador que vivía con su esposa en una cabaña tan sucia como un orinal. Cada día el pescador salía a pescar, y
pescaba y pescaba sin parar. Un día se quedó mirando las aguas
transparentes del mar y permaneció muy quieto mirando el mar
fijamente, sin moverse, y el sedal comenzó a bajar y bajar hasta que
llegó al fondo. Y cuando finalmente lo sacó del agua llevaba enganchado en el anzuelo un enorme rodaballo.

Y el rodaballo dijo:

—Oye, pescador, ¿qué te parece si me devuelves vivo al mar?
No soy un rodaballo cualquiera. En realidad, soy un príncipe
encantado. ¿Qué sacarías de bueno si me mataras? No tendría
muy buen sabor precisamente. Anda, buen hombre, devuélveme
al agua.

—Entendido —dijo el pescador—. No se hable más. La palabra de un pez que habla es más que suficiente para mí.

Y arrojó el rodaballo al agua, y el pez salió nadando hacia el
fondo, dejando en pos de sí un rastro de sangre.

Después el pescador regresó a la sucia cabaña donde vivía con
su esposa.

—¿Y hoy, no has pescado nada? —preguntó ella.

—Pues sí —respondió él—. He pescado un rodaballo muy grande. Pero como me dijo que era un príncipe encantado, al final lo solté.

—¡Eso sí que es típico de ti! —dijo su esposa—. ¿Y no le has
pedido nada a cambio?

—Pues, no sé —dijo él—. ¿Qué podría haberle pedido?

—Todos los príncipes encantados pueden hacer cualquier cosa
—dijo la esposa—. Mira esta cabaña. Apesta, tiene goteras, y los

estantes se van cayendo de las paredes. Hay pocos sitios tan horribles para vivir como este. Anda, regresa, llama al rodaballo, y dile que asome y le dices que queremos una casa bonita, limpia y ordenada. Anda, ya puedes irte para allá ahora mismo.

El pescador tenía muy pocas ganas de hacer lo que su esposa le exigió, aunque por otro lado pensó en lo que le esperaba si no cumplía sus deseos, de modo que regresó a la orilla del mar. Cuando llegó, las aguas ya no eran transparentes, sino que tenían un color verde oscuro mezclado de amarillo mugriento.

El pescador se plantó junto a la orilla y dijo:

> *Rodaballo, rodaballo, yo al mar te devolví.*
> *Escúchame bien y asómate aquí.*
> *Ilsebill, mi querida esposa,*
> *me envía a pedirte una cosa.*

El rodaballo asomó la cabeza en la superficie y dijo:

—¿Y qué es lo que quiere tu esposa?

—¡Ah, ya has venido! No se me ha ocurrido a mí, ¿sabes?, pero ella dice que tendría que haberte pedido que me concedieras un deseo. Y me ha dicho lo que tengo que desear. Dice que está harta de vivir en una cabaña sucia como un orinal, y que quiere vivir en una casa.

—Regresa a tu casa —dijo el rodaballo—. El deseo de tu esposa ya se ha cumplido.

El pescador regresó a casa y al llegar vio a su esposa delante de una casita pulcra y hermosa.

—¿Lo ves? —dijo ella—. ¿No está mucho mejor así?

Delante de la casita había un jardín, y en la fachada un porche, y dentro un dormitorio con un colchón de plumas, y además una cocina y una despensa. Todas las habitaciones tenían muebles bonitos y los tazones de estaño y los platillos de cobre estaban tan limpios y lustrados que incluso centelleaban. En el patio de atrás había gallinas y un estanque con patos, y un huerto con verduras y árboles frutales.

—¿Qué te había dicho yo? —dijo la esposa.

—Es cierto —dijo el pescador—. Qué bonito es todo. Aquí viviremos muy felices.

—Ya veremos —dijo la esposa.

Cenaron y se fueron a la cama.

Durante un par de semanas todo les fue muy bien. Hasta que la esposa dijo:

—Mira, esta casita es muy pequeña. Apenas logro darme la vuelta sin tropezar con algo cuando estoy cocinando. Y el jardín, apenas caminas doce pasos, y ya has llegado al final. No nos basta. Si hubiese querido, ese rodaballo nos habría podido dar un sitio bastante más grande. ¿Qué más le da a él? Quiero vivir en un palacio de mármol. Anda, ve a verle otra vez y dile que quieres un palacio.

—Ay, esposa, ¿de qué te quejas? —dijo él—. Pero si esta casita es más que suficiente. ¿Para qué necesitamos un palacio? ¿Qué haríamos en un sitio tan enorme?

—Podríamos hacer montones de cosas —dijo ella—. Lo que pasa es que tú eres un conformista. Anda, ve a pedirle un palacio.

—Ay señor, no sé qué decirte... ¡Pero si nos acaba de dar esta casita! No quiero molestarle de nuevo. ¿Y si se enfada conmigo?

—¡Mira que eres cobarde! Lo puede hacer casi sin pensarlo siquiera. Además, a él no le va a importar. Ve ahora mismo.

El pescador no quería ir de nuevo, no se sentía cómodo pidiéndole otra cosa al rodaballo. «No está bien», pensó. Y sin embargo acabó yendo tal como ella le exigía.

Una vez junto al mar vio que el color de las aguas había cambiado de nuevo. Ahora eran azul oscuro y violeta y gris. Se plantó justo en la orilla y empezó a decir:

> Rodaballo, rodaballo, yo al mar te devolví.
> Escúchame bien y asómate aquí.
> Ilsebill, mi buena esposa,
> me envía a pedirte una cosa.

—¿Qué quiere esta vez? —dijo el rodaballo.

—Verás, dice que la casita es demasiado pequeña. Le gustaría vivir en un palacio.

—Vuelve a casa. Ya está en la puerta de su palacio.

El pescador regresó a casa y cuando llegó ya no había ninguna casita sino, en su lugar, un gran palacio de mármol. Su esposa se encontraba en lo alto de la escalinata, a punto de abrir la puerta.

—¡Venga, hombre! —exclamó ella—. ¿Por qué andas tan

despacio, arrastrando los pies? Aprisa, vamos a ver cómo es por dentro.

El pescador la acompañó. La entrada era enorme y el suelo era un damero blanco y negro. A lo largo de las paredes había unas puertas enormes, y al lado de cada puerta les saludaba con una reverencia un criado que, al llegar ellos, abría las puertas de par en par. Vieron que había habitaciones por todas partes, con las paredes pintadas de blanco y cubiertas de bellos tapices. Las sillas y las mesas de todas las habitaciones estaban hechas de oro puro, y de cada uno de los techos colgaban grandes arañas de cristal en las que centelleaban auténticos diamantes. Las alfombras eran tan gruesas que los pies del pescador y su esposa se sumergían en ellas hasta los tobillos, y la enorme mesa del comedor estaba tan cargadísima de manjares que necesitaban el refuerzo de unos puntales de roble para no hundirse bajo el peso del festín. Al otro lado del palacio había un patio muy grande con el suelo de grava blanca purísima, y cada una de las piedrecitas había sido bruñida cuidadosamente, y en medio del patio vieron una fila de carrozas de color rojo escarlata, de los más diversos tamaños, y delante de cada una de ellas había un tiro de caballos blancos. Cuando el pescador y su esposa aparecieron en el patio, todos los caballos les saludaron inclinando la cabeza y haciendo una reverencia. Al final del patio empezaba un jardín cuya belleza resultaba indescriptible, y sus flores lanzaban sus perfumes a muchas millas a la redonda, y había también frutales cargados de manzanas y peras y naranjas y limones, y después se extendía un parque boscoso de quinientos metros de largo por lo menos, y por él correteaban alces y gamos y liebres y todos los animales más bellos.

—¿No te parece bonito? —dijo la esposa.

—Mucho —respondió él—. Es más de lo que necesito. Podemos vivir aquí y nunca pasaremos necesidades.

—Ya veremos —dijo ella—. Ahora dormiremos aquí, y mañana por la mañana sabremos qué tal nos sentimos en este palacio.

A la mañana siguiente despertó primero la esposa. El sol estaba empezando a salir, y ella se enderezó y permaneció sentada en la cama viendo el jardín y el parque, y también las montañas que se elevaban más allá. Su marido roncaba plácidamente a su lado, pero ella le dio unos golpes entre las costillas y dijo:

—¡Marido! Despierta de una vez. Levántate y mira por la ventana.

Él bostezó, se desperezó, y finalmente miró como ella por la ventana.

—¿Qué pasa? —preguntó él.

—Bueno. Tenemos el jardín y el parque. Todo es muy bonito y muy grande, es cierto. Pero fíjate en lo que hay más allá. ¡Montañas! Si fuésemos los reyes, ¡esas montañas también serían nuestras!

—Ay, esposa —dijo el pescador—. ¡Yo no quiero ser rey! ¿Para qué me haría falta ser rey? ¡Si ni siquiera hemos visto aún todas las habitaciones de este palacio!

—¿Ves lo que te digo siempre? —dijo ella—. Lo que a ti te pasa es que te falta ambición. Aunque tú no quieras ser rey, yo sí quiero serlo.

—Pero, esposa mía. No puedo pedirle algo así. Ya se ha mostrado muy generoso. Ahora no voy a decirle que quieres ser rey.

—Claro que puedes. Anda, ya estás yendo a verle.

—¡Oooohhh! —gimió el pescador.

Y se fue, muy compungido. «Seguro que a ese pez no le va a gustar nada», pensaba mientras iba camino del mar, y sin embargo allá se dirigió.

Cuando llegó a la orilla, el mar se había puesto de color gris oscuro, y se alzaban en él unas olas muy grandes que emitían un olor nauseabundo.

Y el pescador dijo:

Rodaballo, rodaballo, yo al mar te devolví.
Escúchame bien y asómate aquí.
Ilsebill, mi dulce esposa,
me envía a pedirte una cosa.

—¿Y bien? —dijo el rodaballo.

—Disculpa, pero dice que quiere ser rey.

—Vuelve a casa. Ella ya es el rey.

De modo que el pescador se encaminó de regreso. Cuando llegó, el palacio era el doble de grande que antes, y en la entrada se alzaba una gran torre sobre la que ondeaba una bandera de color rojo escarlata. Unos centinelas montaban la guardia en las puertas, y cuando con mucha cautela el pescador se acercó hacia ellas, los soldados le saludaron militarmente, con tal estrépito de rifles que el pobre hombre casi se muere del susto. Redoblaron luego unos tambores y sonó la fanfarria de unas trompetas, y se abrieron las puertas de par en par.

De puntillas, el pescador entró en palacio y comprobó que ahora todos los muros y paredes estaban cubiertos de oro y que todo era el doble de enorme que antes. Todos los almohadones estaban cubiertos de terciopelo carmesí y llevaban bordados de oro. Colgaban borlas doradas de todas las manijas, en las paredes había cuadros enmarcados en oro con el retrato del pescador y su esposa vestidos como emperadores romanos, como reyes y reinas, dioses y diosas, y conforme el hombre avanzaba resonaban campanas dándole la bienvenida. Y al final se abrieron unas puertas muy grandes y comprobó que toda una corte estaba esperándole.

—¡Su majestad el Pescador! —dijo la voz atronadora de un chambelán real.

El pescador entró en el salón, cientos de señores y damas se inclinaron haciendo profundas reverencias, y le abrieron camino hacia el trono. Y arriba en el trono se encontraba sentada su esposa, que iba vestida con un traje de seda cubierto de perlas, zafiros y esmeraldas. Adornaba su cabeza una corona de oro y sostenía en la mano un cetro también de oro y tachonado de rubíes, cada uno de los cuales era tan grande como el dedo gordo del pie del pescador. A cada lado del trono vio sendos grupos de damas de compañía puestas por orden de estatura, y cada una de ellas era una cabeza más baja que la anterior, y cuando él se aproximó, todas ellas le saludaron haciéndole reverencias.

—Vaya, esposa mía —dijo él—. ¿Ya eres el rey?

—Sí, ya soy el rey —dijo ella.

—Me alegro de oírlo —dijo él—. ¡Qué bonito! Ahora ya no vamos a desear nada más.

—Hummm —dijo ella, haciendo repicar los dedos en los brazos del trono—. Pues yo no estaría tan segura. Hace tanto tiempo que soy rey, que esto empieza a resultarme aburrido. Vuelve a ver al rodaballo y dile que quiero ser emperador.

—Pero, esposa mía —dijo él—. Eso no podrá conseguirlo el rodaballo. Ya existe un emperador, y no puede haber más que uno.

—¡No te atrevas a hablarme de este modo! ¡No olvides que soy el rey! Cumple lo que se te ordena y vete a hablar con ese rodaballo. Si ha podido convertirme en rey, también podrá hacerme emperador. Para él, es lo mismo. ¡Anda, ya puedes irte!

Y el pescador se fue, pero estaba muy intranquilo. Pensaba que esto no iba a acabar bien de ninguna de las maneras. Seguro que el rodaballo iba a hartarse de tantos deseos.

Cuando llegó a la orilla el mar estaba negro, denso, y algo hervía desde las profundidades en su interior. Soplaba un fuerte viento que batía las olas y les arrancaba mucha espuma. El pescador se plantó allí y dijo:

Rodaballo, rodaballo, yo al mar te devolví.
Escúchame bien y asómate aquí.
Ilsebill, mi gentil esposa,
me envía a pedirte una cosa.

—Pues bien, dime qué es —dijo el rodaballo.
—Quiere ser emperador.
—Vuelve a casa. Ya es el emperador.

Así que el hombre volvió de nuevo a casa y vio que ahora el palacio era todavía más alto y enorme que antes, y tenía torreones en cada esquina, y en la fachada se alineaba una fila de cañones detrás de los cuales marchaba primero hacia un lado y luego hacia el otro todo un regimiento de soldados en uniforme rojo escarlata. En cuanto vieron al pescador se pusieron en posición de firmes y luego le saludaron, y la salva que lanzaron los cañones a modo de bienvenida le dejó casi sordo. Se abrió la compuerta y él entró, y descubrió que todas las edificaciones estaban recubiertas de oro, y que a lo largo de las paredes había esculturas de alabastro que les representaban a él y a su esposa en actitudes heroicas. Y conforme avanzaba, los duques y princesas se apresuraban a ir abriéndole las puertas y hacerle reverencias hasta el suelo. En el salón del trono su esposa permanecía sentada en un sitial de cientos de metros de altura, construido de una sola pieza en oro macizo, y apenas si logró distinguirla porque llevaba puesta una corona que medía tres metros de altura y dos de anchura. También estaba hecha de oro macizo con incrustaciones de rubíes y esmeraldas. En una mano su esposa sostenía el cetro y en la otra el orbe terráqueo, signo del imperio. Dos hileras de soldados formaban su guardia personal, y cada uno de ellos era una cabeza más bajo que el anterior, y empezaban las dos hileras gigantes auténticos, altos como el mismísimo trono, y al final había unos enanos tan pequeños como el meñique del pescador, y todos iban cargadísimos de armas diversas. A los lados del salón permanecían en actitud respetuosa multitud de duques, condes y barones.

El pescador se acercó al pie del trono y gritó con todas sus fuerzas:

—¿Esposa, ya eres el emperador?

—¿No lo ves con tus propios ojos? ¿Qué te parece?

—Estoy impresionadísimo. Espero que ahora ya no sigas deseando nada más.

—Eres el mismo de siempre. No aspiras a nada. Pues permíteme que te diga que todo esto no me parece suficiente.

—¡Por favor, esposa mía! ¡No, otra vez no!

—Ya puedes volver a visitar al rodaballo. ¡Dile que quiero ser papa!

—¡Eso sí que no puede ser! ¡Solo hay un único papa en toda la cristiandad!

—Quien te habla es el emperador —dijo ella, chillando—, y te ordeno que vayas a ver al rodaballo y que le ordenes que me haga papa.

—Eso es una barbaridad. No puedo hacerlo. Por favor.

—¡Tonterías! ¡Te ordeno que vayas a ver al rodaballo! ¡Ahora mismo!

El pescador sentía esta vez verdadero miedo. Le dieron ganas de vomitar, le temblaban las rodillas, y soplaba un viento muy violento cuyas ráfagas arrancaban las hojas de los árboles. El mundo estaba oscureciéndose rápidamente. Cuando el pescador llegó a la orilla, las olas altísimas rompían contra la tierra con explosiones fuertes como cañonazos. En alta mar, había peces disparando cohetes para pedir que alguien fuese a socorrerles, porque estaban siendo revolcados como juguetes a merced del oleaje. En el cielo quedaba un poquito de azul en un rincón, pero incluso esa mancha más clara estaba rodeada de nubes teñidas de rojo sangre desde las que salían los destellos de los relámpagos.

Sumido en la mayor desesperación, el pescador gritó:

Rodaballo, rodaballo, yo al mar te devolví.
Escúchame bien y asómate aquí.
Ilsebill, mi tierna esposa,
me envía a pedirte una cosa.

—Y bien, ¿qué quiere ahora?

—Quiere ser papa.

—Vuelve a casa. Ya es papa.

Al llegar a casa encontró una gigantesca iglesia que ocupaba el lugar donde anteriormente se alzaba el castillo. Estaba rodeada por palacios de todos los tamaños y formas imaginables, pero dominaba el conjunto la aguja de la iglesia, mucho más alta que todo lo demás. Una enorme multitud de personas se agitaba por allí, tratando todos de entrar en la iglesia, pero dentro de ella había una multitud incluso mayor, de manera que el pescador no tuvo más remedio que tratar de abrirse paso a empujones. La iglesia estaba iluminada por miles y miles de velas, y en cada rincón había un confesionario en el que un sacerdote escuchaba las culpas de los penitentes. En el centro mismo del templo se elevaba un trono dorado en el que estaba sentada su esposa. Sobre su cabeza se elevaban tres coronas, una encima de la otra, y en sus pies llevaba unas zapatillas de color rojo escarlata. Una cola de obispos esperaba el turno para postrarse en el suelo ante ella y besarle la zapatilla derecha, y una cola igual de larga formada por abades esperaba al otro lado a que les llegara el turno de postrarse ante ella y besarle la zapatilla izquierda. La esposa del pescador llevaba en la mano derecha un anillo grande como un gallo, y en la mano izquierda un anillo grande como un ganso, y una larga cola de obispos esperaban a besarle el anillo de la derecha, y otra larga cola de arzobispos a besarle el de la mano izquierda.

—Esposa mía, ¿ya eres papa? —gritó el pescador.

—¿Qué te parece? ¿Tengo el aspecto adecuado?

—No lo sé. Jamás he visto a ningún papa. Y tú, ¿eres feliz por fin?

Ella permaneció muy quieta en su trono, sin decir palabra. Todo aquel montón de besos en sus manos y sus pies eran como si una enorme bandada de gorriones estuviese picoteando el suelo. El pescador creyó que ella no había alcanzado a oír su voz, de modo que volvió a preguntar:

—Esposa mía, ¿eres feliz por fin?

—No sé. No estoy del todo segura. Tendré que pensarlo.

Se fueron ambos a dormir, y el pescador durmió como un tronco porque había tenido un día muy atareado. Su esposa, en cambio, se pasó la noche dando vueltas, muy agitada. No sabía a ciencia cierta si era feliz o no, y tampoco se le ocurría qué más podía pedir después de haberse convertido en papa, así que pasó muy mala noche.

Finalmente salió el sol, y en cuanto notó la luz la esposa del pescador se despertó y se sentó en la cama.

—¡Ya lo sé! —dijo ella—. Esposo, despierta. ¡Venga! ¡Despierta de una vez!

Y se puso a darle codazos en las costillas hasta que consiguió que él soltara un gruñido y abriera los ojos.

—¿Qué pasa? ¿Qué quieres?

—Que te vayas ahora mismo a ver al rodaballo. ¡Quiero ser Dios!

Al oír esas palabras el pescador se despertó de golpe y se levantó:

—¿Cómo dices?

—Quiero ser Dios. Quiero hacer que salgan el sol y la luna. No soporto que salgan sin que yo haya intervenido. En cambio, si fuera Dios sería yo quien los haría salir. Y si quisiera podría hacer que se pusieran en cualquier momento. Así que ya puedes ir ahora mismo a ver al rodaballo y le dices que quiero ser Dios.

El pescador se frotó los ojos y se puso a mirarla, y ponía semejante cara de chiflada que le cogió miedo y se puso inmediatamente en pie.

—¡Venga! —dijo ella—. ¡Vete ya!

—Por favor, esposa mía —suplicó el pobre hombre, cayendo de rodillas en el suelo—, piénsatelo bien, esposa mía. Piénsatelo dos veces. El rodaballo te convirtió en rey y te convirtió en papa, pero no podrá convertirte en Dios. Eso es del todo imposible.

Ella se levantó de la cama y empezó a pegarle. La melena se agitaba sobre su cabeza, y sus ojos se le salían de las órbitas. Se rasgó el camisón hasta destrozarlo, y se puso a chillar sin parar, y le iba gritando a su marido:

—¡No soporto la espera! ¡Estás volviéndome loca! ¡Vete ahora mismo y obedece mis órdenes!

El pescador se puso los pantalones a duras penas, salió corriendo del cuarto y se fue camino de la orilla. Una tormenta terrible estaba cayendo sobre el mar, y apenas consiguió mantenerse de pie junto a la orilla porque el viento le empujaba hacia atrás. La lluvia repicaba en su rostro con la fuerza de unos latigazos, por todos lados salían volando los árboles que el huracán arrancaba del suelo, y las casas se partían en pedazos porque volaban grandes rocas que se habían desprendido de los acantilados, y caían sobre todas las cosas y las destrozaban. Retumbaban los truenos, llameaban los relámpagos, y las olas del mar eran altas como iglesias y castillos y montañas, y de la cresta del oleaje salían volando sábanas enteras de espuma.

Rodaballo, rodaballo, yo al mar te devolví.
Escúchame bien y asómate aquí.
Ilsebill, mi humilde esposa,
me envía a pedirte una cosa.

—¿Y qué quiere ahora?
—Bueno, verás. Quiere ser Dios.
—Vuelve a casa. La encontrarás otra vez en esa cabaña que está sucia como un orinal.

Y así ocurrió, y el pescador y su esposa han seguido viviendo desde entonces en esa sucia cabaña.

Tipo de cuento: ATU 555, «El pescador y su esposa».
Fuente: Cuento escrito por Philipp Otto Runge.
Cuentos similares: Alexander Afanasiev: «El pececillo dorado» (*Cuentos populares rusos*); Italo Calvino: «El dragón de las siete cabezas» (*Cuentos populares italianos*); Jacob y Wilhelm Grimm: «Los niños de oro» (*Cuentos para la infancia y el hogar*).

Es un cuento muy popular y muy difundido. El que recoge Calvino, «El dragón de las siete cabezas», muestra de qué manera se puede desarrollar, a partir de un comienzo parecido, una historia muy diferente.

La versión de los Grimm rebosa energía y detalles llenos de imaginación. Al igual que «El enebro» (pág. 217), fue escrita por el pintor romántico Philipp Otto Runge (1777-1810), que utilizó para ello el Plattdeutsch o bajo alemán, que es el dialecto de su Pomerania natal: «*Dar wöör mal ens en Fischer un syne Fru, de waanden tosamen in'n Pißputt, dicht an der See...*»

El texto escrito llegó a manos de los Grimm a través de la ayuda de Clemens Brentano y Achim von Arnim, escritores que también sentían un gran interés por los cuentos tradicionales. Si nos basamos en la prueba representada por estos dos cuentos, Runge era un hombre tan dotado para la escritura como para la pintura. El clímax final se va aproximando a un ritmo rápido y con efectos muy intensos, y la tormenta funciona a modo de comentario celestial a la cada vez más enloquecida obsesión de la esposa.

La mayor parte de los traductores ponen «pocilga», o algún término similar, en su versión de la palabra *Pißputt*. Yo no he encontrado ningún término más adecuado que «orinal».

El sastrecillo valiente

Una mañana muy soleada, un sastrecillo estaba sentado en el taller con las piernas cruzadas, como de costumbre, junto a la ventana que miraba a la calle desde el piso superior de su casa. Y estaba muy animado, cosiendo con todas sus fuerzas, cuando pasó por la calle una vieja que vendía mermelada.

—¡Vendo mermelada muy sabrosa! ¿Quién me compra mi sabrosa mermelada?

Al sastrecillo le interesó oír ese anuncio, y se asomó a la ventana y dijo:

—¡Sube la mermelada, quiero ver lo que vendes!

La vieja cargó con su cesto y subió los tres tramos de escalera. Una vez arriba el sastrecillo le pidió que abriera los tarros, uno tras otro del primero al último, los examinó detenidamente, los sopesó, los analizó a la luz, olisqueó la mermelada, y así hasta estar del todo satisfecho. Al final dijo:

—Esta de fresas parece bastante buena. Mira si tienes tres onzas, y si alcanza para un cuarto de libra, mejor que mejor.

—¿No prefieres el tarro entero?

—Santo Dios, ¡qué va! No puedo permitirme un gasto tan grande.

Murmurando, la vieja pesó la cantidad que él le pedía, y luego continuó su camino.

—¡Muy bien, y que Dios bendiga esta mermelada, y que dé mucha salud y fuerza a todos los que la prueben! —dijo el sastre, y se fue a por un cuchillo y una hogaza de pan. Cortó una rebanada grande y la untó con mermelada.

»Seguro que estará muy buena —murmuró—, pero antes de comer voy a terminar de coser esta casaca.

Se fue a la mesa, cogió la aguja, y siguió cosiendo, cada vez más deprisa. Entretanto comenzó a flotar por el aire el aroma de la mermelada, y tras llenar la habitación el olor salió por la ventana. Captó el aroma un enjambre de moscas que se había dado un festín con el cadáver de un perro muerto que estaba tirado en la calle, y enseguida salieron volando hacia el cuarto del sastre a ver cuál era la causa de ese olor. Entraron por la ventana y se posaron sobre el pan.

—¡Eh! ¿Se puede saber quién os ha invitado? —dijo el sastrecillo, y descargó una palmada en la mesa para alejarlas de allí. Pero las moscas no entendieron ni palabra de lo que él había dicho, y además ya estaban muy atareadas con la mermelada, así que no le hicieron ni caso.

Al final el sastrecillo se puso de muy mal humor:

—De acuerdo, ¡vosotras os lo habéis buscado! —dijo, y agarró un trozo de tela y se lanzó a fustigarlas furiosamente. Cuando inspiró con fuerza para recobrar el aliento y dio un paso atrás para ver el resultado de su acometida, vio que habían quedado en la mesa siete moscas muertas con las patas al aire.

»¡Soy un héroe! —dijo el sastrecillo—. Voy a contarles mi hazaña a todos los vecinos de la ciudad.

Cogió las tijeras, cortó un buen trozo de tela de color carmesí, y cosió en él unas letras doradas que decían: «¡Siete de un solo golpe!»

Se lo puso a manera de fajín y contempló el efecto en el espejo. «¿Toda la ciudad? —pensó—. ¡Debería enterarse de esta hazaña el mundo entero!»

Y el corazón le pegó unos brincos de alegría tan veloces como veloz mueve la cola de contento un corderito. Antes de partir para que el mundo entero se enterase de su hazaña, miró a su alrededor, a ver qué podía llevar consigo, y solo encontró un poco de queso fresco. Lo cogió, se lo guardó en el bolsillo, corrió escaleras abajo y salió a la calle. A las puertas de la ciudad encontró un pájaro atrapado en un zarzal, y también se lo metió en el bolsillo. Y de este modo partió camino del ancho mundo.

Era ligero y ágil, de modo que no se cansaba apenas caminando. Siguió avanzando, llegó a lo alto de un monte, y una vez arriba encontró a un gigante que estaba tranquilamente sentado sobre una roca, contemplando el paisaje.

El sastrecillo se le acercó y dijo:

—¡Buenos días, amigo mío! ¿También tú has salido a recorrer el mundo? Eso es lo que yo me propongo hacer. ¿Qué te parece si unimos fuerzas y lo hacemos juntos tú y yo?

El gigante lanzó a aquel ser diminuto una mirada cargada del más profundo desdén.

—¿Contigo, mequetrefe? ¿Contigo, enano? ¿Pretendes que una fuerzas contigo, que no eres más que un insecto?

—¿Eso crees, eh? —dijo el sastre, que se desabrochó al punto la chaqueta para que se pudiese ver el fajín—. Ahora verás qué clase de hombre soy yo.

El gigante se puso a leer con dificultad lo que allí decía, y letra a letra fue diciendo: «S I E T E D E U N S O L O G O L P E!» Al terminar, se le salían los ojos de las órbitas.

—Eso infunde respeto —dijo. Pero no estando todavía convencido de la clase de hombre que le hablaba, añadió—: Alardeas de haber matado a siete hombres de un solo golpe, pero no me parece que eso sea una gran hazaña. Porque seguro que eran tan chiquitines como tú. Demuéstrame cuánta fuerza tienes. A ver si eres capaz de hacer esto...

Y cogió una piedra, la apretó con todas sus fuerzas, tanto que le temblaba la mano, la cara se le puso toda roja y las venas de la cabeza parecían a punto de reventarle, e hizo tantísima fuerza que consiguió que la piedra soltara unas gotas de agua.

—Si eres tan fuerte como dices, ¡a ver si eres capaz de hacer lo mismo que yo! —dijo.

—¿Nada más que eso? —dijo el sastrecillo—. Fácil. Fíjate en mí.

Sacó el queso fresco del bolsillo y lo apretó muy fuerte. Como estaba lleno de suero, al cabo de un momento comenzó a chorrear, y el líquido fue cayendo al suelo.

—¡Tengo más fuerza que tú! —dijo el sastrecillo.

El gigante se rascó la cabeza.

—Bueno, sí —dijo—. A ver si eres capaz de hacer esto.

Cogió otra piedra y la lanzó al aire, tan alto como fue capaz. Y, en efecto, la piedra subió tantísimo que casi desapareció.

—No está mal —dijo el sastrecillo—. Aunque, vaya. Mírala, ya está cayendo otra vez a tierra. Me parece que puedo superarte.

Agarró el pájaro que llevaba en el bolsillo y lo tiró al aire, y el pájaro, en cuanto notó que estaba libre, se puso a volar hacia el cielo y desapareció.

—Siempre que tiro algo al cielo —dijo el sastrecillo—, llega tan lejos que jamás vuelve a bajar. Y bien, ¿qué dices a eso, mi amigo de talla supergrande?

—Huuummm —murmuró el gigante—. Has demostrado que tienes fuerza para apretar y que tienes fuerza para lanzar. Pero la prueba principal es otra: vamos a ver qué peso eres capaz de cargar sobre tus hombros.

Y el gigante condujo al sastrecillo hasta el borde del bosque, en donde yacía el tronco de un gran roble que acababa de ser talado.

—Ayúdame a llevarlo —dijo el gigante.

—Naturalmente. Coge tú el tronco y yo llevaré la copa, con todas las ramas y las hojas, que como todo el mundo sabe pesan muchísimo.

El gigante se agachó, inspiró profundamente y luego alzó el tronco hasta apoyárselo en el hombro. Como el gigante no podía mirar atrás cargado de esa manera, el sastrecillo dio un brinco, se instaló tan cómodamente como pudo entre las ramas de la copa, y se puso a silbar «Un día tres sastres osados salieron de casa», mientras a trompicones el gigante avanzaba por el camino cargando con el tronco encima del hombro.

El árbol era tan enorme que el gigante no llegó muy lejos, y al poco se plantó donde estaba.

—Eh, yo no puedo dar un paso más —gritó.

Y al punto el sastre saltó al suelo, antes de que el gigante pudiera volverse a mirar, agarró unos montones de hojas y ramitas con ambos brazos, como si hubiese estado llevándolos, y dijo:

—¡Con lo grandote que eres! ¿Y ni siquiera has podido cargar con la mitad del árbol? Vaya, vaya. Me parece que te conviene hacer más ejercicio.

Siguieron caminando un trecho hasta llegar junto a un cerezo. El gigante agarró la copa por la parte superior, dobló el árbol, y puso al alcance del sastre las frutas más maduras.

—Cógelo bien. Tengo que quitarme una piedra del zapato —dijo el gigante.

El sastre agarró una rama, y cuando el gigante soltó la copa el árbol salió proyectado hacia arriba, y como el sastre no pesaba lo suficiente para sujetar la copa, salió despedido por el aire.

Pero el sastrecillo era muy ágil, y tuvo suerte porque aterrizó en una zona tapizada de hierba y allí dio unas volteretas y no se hizo daño. En realidad, con un último salto mortal, se las arregló para terminar de pie.

—¡Eres poco fuerte, y no has sido capaz de sostener el árbol doblado! ¡Jajajá! —dijo el gigante.

—Qué va —dijo el sastre—. El hombre que ha sido capaz de matar a siete de un solo golpe puede sostener no uno sino varios árboles. Pero he visto que esos cazadores que están allí iban a disparar contra la copa, y me ha parecido que iba a ser mejor no hacer de blanco para sus escopetas. Además, seguro que no puedes saltar tanto como yo. Venga, inténtalo.

El gigante tomó carrerilla y lo intentó, pero tenía que hacer volar un cuerpo grande y pesado, así que se estrelló contra la copa del cerezo y se quedó enredado entre sus ramas. Y así fue como el sastrecillo ganó también esta competición.

—Bien —dijo el gigante cuando consiguió bajarse otra vez del cerezo—. Ya que te lo tienes tan creído, a ver si eres capaz de pasar una noche en nuestra cueva. Vivo con otros dos gigantes, y te aseguro que no somos fáciles de impresionar.

El sastrecillo dijo que le acompañaría a la cueva con sumo placer, y allá se fueron los dos. Cuando llegaron ya era de noche, y los otros dos gigantes estaban sentados junto a una hoguera que ardía vivamente. Tenían bien agarrados en las manos sendos corderos asados, los dos de una pieza, y pegaban vigorosos mordiscos a la carne, y comían haciendo espantosos ruidos, royendo y chupando sin parar.

El sastrecillo echó una ojeada alrededor.

—Esto es bastante más grande que mi taller —dijo—. ¿Dónde puedo dormir?

El gigante que iba con él señaló una cama enormísima. El sastrecillo se encaramó a ella y luego se tumbó, pero no estaba cómodo por mucho que se esforzara, y mientras los gigantes seguían junto al fuego murmurando en voz baja, él se bajó y buscó un rincón de la cueva donde quedar bien abrigado.

A medianoche, el primer gigante, creyendo que el sastrecillo estaba dormido, agarró un palo muy grande y descargó un golpe brutal en la cama, y la partió en dos.

—Así ese saltamontes quedará bien espachurrado —dijo.

Cuando a la mañana siguiente los gigantes despertaron y caminaron desperezándose hacia el bosque, parecían haber olvidado por completo al sastrecillo. Pero este se había despertado, se encontraba descansado y con muchos ánimos, y caminó en pos de ellos silbando y cantando. Cuando los gigantes le vieron se quedaron aterrados.

—¡Sigue vivo!

—¡Socorro!

—¡Huyamos!

Y salieron los tres corriendo.

«Bien. Estos gigantes ya no dan más de sí —pensó el sastrecillo—. A ver qué otra aventura encuentro por el camino.»

Siguiendo su instinto, estuvo caminando varios días sin rumbo fijo, hasta que llegó a un palacio espléndido. Ondeaban en él las banderas, se estaba produciendo el cambio de guardia, y el sastrecillo se sentó en un prado para admirar el espectáculo. Como tenía un poco de sueño, se tumbó en la hierba, cerró los ojos, y al momento se quedó profundamente dormido.

Mientras permanecía durmiendo, la gente que pasaba por allí se fijó en él, y algunos leyeron las palabras doradas cosidas a su fajín de color rojo, y vieron que allí decía: «¡Siete de un solo golpe!» Y empezaron a comentarlo entre sí:

—¡Debe de ser un grandísimo héroe!

—Pero ¿qué está haciendo aquí?

—Vivimos en tiempos de paz.

—No me extrañaría que fuese un duque o algo parecido. Fíjate en su rostro. ¡Qué rasgos tan nobles!

—No, no. Debe de ser un hombre del pueblo, pero sin duda ha combatido en batallas encarnizadas. Incluso dormido, su semblante demuestra el orgullo de los soldados.

—¡Siete de un solo golpe! ¿Te lo imaginas?

—Mejor será que vayamos a contárselo al rey.

—¡Buena idea! ¡Vamos!

Algunas de aquellas personas fueron a pedir enseguida que el rey las recibiera en audiencia, y el monarca las escuchó con gran atención. En caso de que ocurriese lo peor y estallara la guerra, dijeron, había que conseguir a toda costa que aquel hombre sirviese al lado de las tropas del rey.

—Tenéis toda la razón, sin duda —dijo el rey.

Y de inmediato llamó al primer oficial de su ejército.

—Ve a donde se encuentra ese caballero durmiendo, espera a su lado hasta que se despierte —le ordenó—, y ofrécele el cargo de mariscal de campo. No podemos permitir que ningún otro reino se haga con sus servicios.

El primer oficial fue allí y esperó a que el sastrecillo despertara.

—Su majestad desearía ofreceros el cargo de mariscal de campo —dijo—, y eso significa que estaríais al mando de todos sus ejércitos desde el primer instante.

—¡Para eso exactamente había venido aquí! —dijo el sastrecillo—. Estoy dispuesto a entrar al servicio del rey y a poner toda mi valentía a su disposición.

Se formó una guardia de honor, y el sastrecillo fue recibido con todo el ceremonial propio de su nuevo cargo, y además le ofrecieron un apartamento en palacio para él solo. Y también fue autorizado a diseñar su propio uniforme.

Sin embargo, los soldados que debían ponerse a sus órdenes tenían bastantes dudas al respecto.

—¿Y si le caemos mal?

—¿Y si nos da órdenes que no nos gustan, y tratamos de discutírselas?

—Como ocurriera eso, podría matarnos a siete de un solo golpe. Solo somos soldados normales y corrientes. No podemos enfrentarnos contra alguien como él.

Hubo muchas conversaciones así en los cuarteles, y al final decidieron enviar una delegación para hablar con el rey.

—Majestad, ¡solicitamos ser relevados de vuestro servicio! No podemos soportar la idea de estar bajo las órdenes de un hombre capaz de matar a siete de un solo golpe. ¡Ese hombre es un arma terrorífica!

—Dejádmelo pensar —dijo el rey.

Aquella situación le dejó consternado. ¡Perder a todos sus fieles soldados por culpa de un solo hombre! Pero, por otro lado, si trataba de librarse del sastrecillo, ¿qué podía ocurrir? El sastre podía matarles sin ayuda de nadie a él y a todo su ejército, y luego se quedaría con el trono.

De modo que pensó mucho acerca de todo ello, y finalmente se le ocurrió una idea. Hizo llamar al sastrecillo y le dijo:

—Mariscal de campo, tengo una tarea que solo está al alcance de alguien como tú. Y estoy convencido de que no rehusarás acometer esa empresa porque ningún héroe se negaría a intentarlo. En uno de los bosques del reino habita una pareja de gigantes que anda por todas partes asolando los campos, robando y asesinando y saqueando a todo el mundo, y quemando las casas de los campesinos, y vete a saber qué más. Nadie se atreve a acercarse siquiera a ellos, pues todos temen por sus vidas. Si consigues librarnos de esos gigantes, te daré en matrimonio a mi hija, y también tendrás, además de su dote, la mitad del reino. Y puedes llevar a cien soldados a caballo para que te respalden en esa aventura.

«Esta es justamente la oferta que yo estaba esperando», pensó el sastrecillo.

—Majestad, ¡acepto encantado el encargo! —dijo—. Sé muy bien cómo enfrentarme a gigantes. Pero no me hacen falta los soldados de caballería. Cuando has matado a siete de un solo golpe, no necesitas ninguna ayuda para hacer frente a dos solamente.

Y así se puso en camino, y al final dejó que le acompañaran cien soldados a caballo, aunque solo porque daban un magnífico espectáculo. Cuando llegaron a la orilla del bosque, les dijo a los soldados:

—Vosotros esperad aquí. Yo me encargaré de esos gigantes. Y cuando no haya peligro, os llamaré para que os adentréis en el bosque.

El sastrecillo, muy osado, se internó en la espesura vigilando a ambos lados del camino. Y encontró muy pronto a los gigantes. Estaban dormidos al pie de un roble, y sus ronquidos eran tan fuertes que las hojas del árbol subían y bajaban con sus resoplidos. El sastre no perdió ni un momento. Se llenó los bolsillos de piedras, trepó a la copa del árbol y avanzó por una rama gruesa hasta un extremo que quedaba situado justo encima de donde dormían los gigantes.

Y entonces comenzó a tirar piedras, de una en una, apuntando al pecho de uno de ellos. Al principio, ese gigante no se apercibió de nada, pero finalmente despertó y le dio unos tortazos a su compañero.

—Pero ¿qué te has pensado? ¿Por qué me tiras piedras? —dijo.

—¡No te estoy tirando piedras! —dijo el otro gigante—. Seguro que estabas soñando.

Se durmieron otra vez, y entonces el sastre empezó a tirar piedras al otro gigante, que se despertó y le dio un puñetazo a su compañero.

—¡Ay! ¡Ya basta!

—Ya basta de qué, si no estoy haciendo nada —dijo el otro—. ¿Qué pasa?

Discutieron un poco, pero estaban tan cansados de pasarse el día entero dedicados al pillaje y el saqueo, que se quedaron otra vez dormidos. Entonces el sastre cogió la mayor de las piedras que tenía, apuntó con mucho cuidado, y le dio al primero de los gigantes en plena nariz.

El gigante se despertó con un grito de dolor:

—¡Esto ya me parece demasiado! —gritó—. ¡No pienso soportarlo ni un momento más!

Y le dio tal empujón al otro gigante que su cuerpo fue a dar contra el tronco del árbol y lo agitó violentamente. El sastre se agarró muy fuerte a la rama para no caer, y luego se quedó mirando a los gigantes, que habían comenzado a pelearse furiosamente. Se propinaron puñetazos y empellones y patadas y mamporrazos, y fueron enfadándose el uno con el otro de tal manera que acabaron dedicándose a arrancar árboles del suelo y golpearse con ellos tan fuerte que ambos cayeron muertos en el mismo instante.

El sastrecillo bajó del árbol y pensó: «Menos mal que no han arrancado mi árbol. Hubo un momento en que pensé que iba a tener que salir de aquí corriendo como una ardilla. Menos mal que vengo de una familia que siempre ha destacado por ser gente muy veloz.»

Luego sacó la espada e hizo unos cortes en el pecho a cada uno de los gigantes, y después salió del bosque a buscar a los jinetes que estaban esperándole.

—Ya está —dijo—. Me los he cargado a los dos. Durante un minuto más o menos me han dado bastante trabajo, porque trataron de defenderse arrancando árboles y atacándome con ellos, pero ni siquiera así han podido conmigo. Puedo matar a siete de un solo golpe.

—¿Y no estás herido?

—Ni un solo rasguño. Bueno, tengo algún que otro desgarrón en la chaqueta, ¿lo veis? Y ahora, entrad a ver los cadáveres de los gigantes y sabréis que no miento.

Los soldados de caballería se adentraron en el bosque y comprobaron que los gigantes habían quedado tal cual él les había dicho, muertos los dos y bañados en su propia sangre, y rodeados de montones de árboles arrancados de raíz.

De modo que el sastrecillo volvió a palacio, se presentó ante el rey y esperó a que le dieran el premio. Pero el rey había tenido tiempo de volver a pensar en todo ello, lamentaba haberle prometido la mano de su hija a aquel hombre, que al final podía resultar bastante peligroso.

—Antes de entregarte a mi hija y la mitad de mi reino —dijo—, he de hablarte de otra tarea que solo podrá desempeñar un héroe. Habita en un bosque cercano un enorme rinoceronte que atemoriza a la gente y está causando muchos destrozos. Quiero que lo captures.

—Ningún problema, majestad —dijo el sastre—. Un rinoceronte resulta para mí más sencillo que un par de gigantes.

El sastre cogió un hacha y un rollo de cuerda y salió caminando hacia el bosque. De nuevo le dijo al regimiento que le acompañaba que no entrase, sino que le esperara a la entrada del bosque. No tardó mucho en localizar al rinoceronte. La fiera se lanzó contra él, cargando con el cuerno por delante, como si tuviese la intención de clavárselo y atravesarle de parte a parte con él. Pero el sastre se quedó muy quieto hasta que el rinoceronte se encontró apenas a un metro de distancia, y en ese momento saltó hacia un lado. Justo detrás de donde se había situado el sastre había un árbol. El rinoceronte se precipitó de cabeza contra el tronco, y el cuerno se le quedó profundamente clavado en él.

—Vaya, vaya —dijo el sastrecillo—. Querida fiera del bosque, parece que estás completamente atrapada.

El sastre le ató la cuerda alrededor del cuello y después sacó el hacha y taló el tronco del árbol hasta que el cuerno quedó libre. A estas alturas el rinoceronte se mostró muy dócil, y le dejó sacarlo del bosque tirando de la cuerda, manso como un perrillo.

Se dirigió con el rinoceronte hasta palacio y se lo mostró al rey.

—Ah, caramba —dijo el rey—. Huuummm. Muy bien. He de pedirte una cosa más antes de que puedas casarte con mi hija. Me gustaría que dieras caza a un jabalí que está destrozando con sus colmillos las raíces de los árboles y los huertos y sembrados y lo deja todo hecho una pena. Ve a por él y diré que te acompañe una partida de cazadores. Ellos te ayudarán.

—No voy a necesitar a ningún cazador —dijo el sastrecillo para gran alivio de los cazadores, porque ellos ya se habían cruzado algunas veces con este jabalí y no sentían deseos de repetir la experiencia.

Pero salieron en busca del jabalí junto con el sastrecillo, solo porque así daban mucho más espectáculo, y se quedaron a la orilla del bosque jugando a los dados y esperando que el sastre les dijera que ya estaba todo hecho. En el bosque había una capillita. El sastre entró en ella y esperó allí a que se acercara el jabalí, sabiendo que en cuanto notara su olor la fiera se lanzaría al ataque. La enorme bestia se presentó muy pronto. Avanzaba destrozando a su paso todos los matorrales y zarzales, y se lanzó a la carga contra el sastrecillo, con la boca espumeante y lanzando arremetidas con sus colmillos, que eran tan afilados como un buen cuchillo. En cuanto le vio aparecer, el sastrecillo dio media vuelta y se metió en la pequeña capilla, y naturalmente el jabalí no se detuvo sino que se lanzó adentro para arremeter contra él.

Pero el sastrecillo dio un brinco, salió por la ventanita, corrió hacia la puerta y la cerró desde fuera, antes de que el jabalí pudiese comprender dónde se había metido. Y el animal quedó atrapado allí dentro. Cuando le vieron con el jabalí, los cazadores le aplaudieron y durante todo el camino de vuelta a palacio estuvieron haciendo sonar triunfalmente sus cuernos de caza.

El héroe le contó su hazaña al rey, que esta vez debía finalmente cumplir su promesa, tanto si quería hacerlo como si no. Se organizó así la boda con toda pompa y esplendor, pero muy poca alegría, y el sastre se convirtió en rey.

Al poco tiempo la joven reina oyó a su marido que, en plena noche, gritaba:

—¡Venga, chico! ¡Termina de coser esa casaca y remienda los pantalones, o te atizaré en las orejas con un bastón!

A la mañana siguiente fue a ver a su padre.

—Padre —dijo ella—. Me parece que mi marido no es más que un simple sastre. —Y le contó lo que había oído gritar a su marido mientras dormía.

—¿Sabes qué? Yo sospechaba algo así —dijo el rey—. Te diré lo que vamos a hacer. Esta noche deja abierta la puerta del dormitorio; les diré a mis criados que esperen fuera. En cuanto él se quede dormido, sal de puntillas, avísales, y ellos entrarán, le atarán y lo cargarán en un velero que zarpará hacia China.

Parecía un plan inmejorable, y así lo pensó la joven reina. Pero el escudero del rey, que admiraba mucho al sastre, lo había oído todo y corrió a contarle el complot.

—Yo solo podré arreglarlo —dijo el sastre—. Déjalo en mis manos.

Aquella noche se fue a la cama a la misma hora de siempre, y cuando su esposa creyó que ya se había dormido, se levantó y, de puntillas, se encaminó a la puerta. Pero el sastre, que solo fingía dormir, dijo a voz en grito:

—¡Venga, chico! ¡Termina de coser esa casaca y remienda los pantalones o te atizaré en las orejas con un bastón! ¡Pude con siete de un solo golpe y maté a dos gigantes, domé a un rinoceronte, y capturé al jabalí! ¡Y, sin embargo, hay quien piensa que puedo tenerles miedo a un puñado de criados muertos de miedo que se esconden al otro lado de la puerta!

Cuando le oyeron decir esto, los criados, presas del terror, dieron media vuelta y salieron corriendo como si les persiguiera una fiera salvaje. Ninguno de ellos se atrevió nunca más a espiar al sastrecillo.

Y así fue como el sastrecillo se convirtió en rey y siguió siendo rey el resto de sus días.

Tipo de cuento: ATU 1640, «El sastrecillo valiente».
Fuente: Relato incluido en la obra de Martinus Montanus, *Wegkürtzer* (en torno a 1557).
Cuentos similares: Alexander Afanasiev: «Foma Berennikov», «Iván el tonto» (*Cuentos populares rusos*); Katharine M. Briggs: *«John Glaick, the Brave Tailor»* (*Folk Tales of Britain*); Italo Calvino: «Juan el Fuerte, que mató a quinientos», «Juan Balento» (*Cuentos populares italianos*).

Es un cuento muy popular que tiene muchos primos en muchos idiomas. El personaje pequeño, frágil y listo siempre es el preferido del auditorio cuando ha de enfrentarse a los torpes y enormes gigantes. El ejemplo mejor de esta clase de enfrentamientos es la historia de David y Goliat. La versión de los Grimm es una de las mejores y más animadas.

«Hacen falta nueve sastres para hacer un solo hombre», dice el proverbio británico, pero no resulta fácil entender el porqué.

Cenicienta

Érase una vez un hombre rico cuya esposa enfermó. Cuando sintió que se acercaba la hora de la muerte, llamó a su hija única y le pidió que se acercara a su lecho.

—Querida hija mía —dijo—, quiero que seas buena como el oro y mansa como un cordero, y de esta forma el buen Señor te protegerá en todo momento. Además, yo misma te vigilaré desde el cielo y permaneceré cerca de ti.

Después de pronunciar estas palabras, la mujer cerró los ojos y murió.

A partir de entonces la hija fue todos los días a visitar la tumba de su madre, que estaba junto al palomar, y allí se ponía a llorar. Y fue buena siempre como el oro y mansa como un cordero. Cuando llegó el invierno la nieve extendió un manto blanco sobre la tumba; y cuando al llegar la primavera el sol salió y su calor se llevó la nieve, el hombre se casó con otra mujer.

Su nueva esposa tenía dos hijas. Eran bellas, pero sus corazones eran duros, egoístas y arrogantes. Después de la boda las tres mujeres se mudaron a la casa del hombre, y las cosas comenzaron a ir de mal en peor para la pobre hijastra.

—¿Se puede saber por qué esa tontuela tiene que sentarse al lado de nosotras en la sala? —decían las hermanas—. Si quiere comer pan, que se lo gane. Su lugar está en la cocina.

Las hermanastras se quedaron todos los preciosos vestidos que la madre de la muchacha había cosido para ella, y le dieron un vestido gris muy feo, y le dijeron que calzase unos zuecos de madera.

—¡Fijaos en la Princesa Perfecta! ¡Menudo aspecto tiene ahora! —rieron las dos hermanas, conduciéndola hacia la cocina.

La hicieron trabajar como una esclava de la mañana a la noche. Tenía que levantarse de la cama al amanecer, ir a buscar agua al pozo, encender el fuego, cocinar y lavar los platos. Pero eso no era suficiente, pues las hermanas hicieron todo lo que estuvo en su mano por hacer la vida todavía más imposible a la muchacha. Se burlaban de ella, le tomaban el pelo cuando se reunían con un grupo de amigas muy tontas, y además inventaron una forma de atormentarla que no fallaba nunca y les hacía reír a carcajadas: lanzaban a las cenizas del hogar guisantes o lentejas, y la obligaban a sentarse en el suelo a recogerlos de uno en uno. Y cuando al llegar el final de la jornada ella estaba cansadísima, ¿acaso podía ir a descansar a una cama confortable? Todo lo contrario. Tenía que tumbarse a dormir frente al hogar, en medio de la ceniza. Y nunca tenía tiempo de lavarse ni adecentarse, y su aspecto era siempre polvoriento y desaseado.

Fue por eso que le cambiaron el nombre y le pusieron uno nuevo adecuado a su aspecto.

—¿Cómo podríamos llamarla? ¿Cara de ceniza?

—¿Culo de hollín?

—Cenicienta. ¡Eso es!

Cierto día en que su padre debía ir a resolver algunos asuntos a la ciudad, les preguntó a sus hijastras qué querían que les trajera de regalo.

—¡Vestidos! —dijo una de ellas—. ¡Muchos vestidos preciosos!

—Y para mí, joyas —dijo la otra—. Perlas y rubíes y cosas así.

—¿Y tú, Cenicienta, qué quieres?

—Me bastará con que me traigas la primera rama que roce tu sombrero durante el viaje de regreso a casa.

El hombre volvió de la ciudad cargado de vestidos preciosos para una y costosas joyas para la otra. Y como en el camino de regreso a casa su caballo se metió por entre unos matorrales y una rama de avellano le rozó el sombrero, él la cogió, la partió, y se la llevó a Cenicienta.

Ella se lo agradeció y al punto salió a plantar esa rama junto a la tumba de su madre. La regó con sus lágrimas, y aquella rama terminó creciendo y convirtiéndose en un árbol muy bonito. Cenicienta iba a cuidarlo tres veces al día, y también se convirtió en el lugar preferido por los pájaros, y en sus ramas solían posarse las parejas de palomas.

Cierto día llegó una invitación de palacio. El rey iba a celebrar una gran fiesta que debía durar tres días, e invitaba a participar en ella a todas las jóvenes que vivían en su reino, pues así el joven príncipe podría elegir pareja. Cuando se enteraron las dos hijastras, se mostraron emocionadísimas, y al instante comenzaron a realizar los preparativos.

—¡Ven acá, Cenicienta! ¡Anda, chica, corre un poquito! ¡Cepíllame el cabello! ¡Eh, no te he dicho que me des tirones! ¡Hazlo con más cuidado! Y ahora debes sacar brillo a las hebillas de los zapatos de las dos. Arregla la sisa de mi vestido. Dame ese collar que era de tu madre. Hazme un peinado alto, como el de la chica de ese cuadro. No, boba, sin tensar tanto el cabello.

Cenicienta cumplió todas las órdenes que le daban, pero lo hacía llorando pues a ella también le habría gustado ir al baile real. Así se lo suplicó a su madrastra.

—¿Tú? ¿Pretendes ir tú al baile? Pero ¿quién te has creído que eres? No eres más que una chica sucia y dejada. ¿Cómo crees que te dejarían participar en un baile de alta sociedad? ¡Pero si careces de todo encanto y eres fea y no tienes ni siquiera conversación! Anda, chica, vuelve a la cocina.

Sin embargo, Cenicienta insistió y al final su madrastra perdió la paciencia y lanzó un bote entero de lentejas a las cenizas.

—Recógelas todas —dijo—, y además separa las buenas de las malas, y si lo haces todo en menos de dos horas, podrás ir al baile.

Cenicienta salió de casa por la puerta trasera y se fue al huerto. Y se dirigió al avellano y debajo de sus ramas dijo:

> *Tórtolas y palomas,*
> *aves que voláis por el cielo,*
> *¡ayudadme a recoger las lentejas*
> *que a las cenizas ha tirado esa vieja!*
> *Echad las buenas al tarro*
> *y guardad en el buche las malas.*

Un par de tórtolas entraron en la casa por la puerta trasera y fueron volando a la cocina, y allí empezaron a recoger de entre las cenizas todas las lentejas. Iban haciendo que sí con la cabeza, y no pararon un instante de recoger lentejas. Y luego entraron unas palomas torcaces, y varias palomas zuritas, y todas se pusieron a trabajar entre las cenizas y no paraban de picotear. Al cabo de menos de una hora ya habían terminado, y entonces todas ellas emprendieron el vuelo y salieron por la puerta.

La muchacha llevó a su madrastra el tarro con las lentejas buenas, convencida de que ahora sí iba a ser autorizada a participar en el baile.

—Ni siquiera así podrás ir. No tienes nada decente que ponerte —dijo la mujer—, y ni siquiera sabes bailar. ¿Pretendes que se ría de ti todo el mundo? —Y dicho esto arrojó dos tarros de lentejas a las cenizas y dijo—: Anda, ya puedes ponerte a recogerlas y separar las buenas de las malas. Si consigues terminar antes de que pase una hora, te dejaré ir al baile.

«Eso sí que será imposible», pensó la muchacha.

De nuevo Cenicienta salió al huerto por la puerta trasera. Una vez al pie del avellano empezó a decir:

¡Aves del cielo, vosotras que sabéis volar!,
¿a la sombra del avellano os podéis acercar?
Picotead luego en las cenizas
y recoged las lentejas buenas.
Al tarro de cristal las podéis echar,
pero guardad en el buche las malas.

Volaron al punto unas palomas blancas que se dirigieron al hogar y allí se pusieron a picotear. Después hicieron lo mismo dos petirrojos, y luego una pareja de mirlos, y después un par de lavanderas, y después un par de ruiseñores, y luego un par de zorzales y luego un par de chochines, y no pararon de picotear.

Apenas había transcurrido media hora cuando Cenicienta pudo llevar a su madrastra dos tarros llenos de lentejas. Y la pobre muchacha era tan ingenua que esta vez estaba segura de que iban a permitirle ir al baile.

—¡Ni siquiera así podrás ir! —dijo la madrastra—. No tienes zapatos adecuados para ir a un sitio tan elegante. ¿Crees que puedes ir al baile calzada con esos zuecos de madera? ¿No te das cuenta de que la gente va a pensar que eres medio boba? Nos avergonzarías si vieran que vas con nosotras.

De modo que se fue al baile con sus hijas y dejó a Cenicienta en casa.

Cenicienta fue primero a asearse de pies a cabeza, se cepilló el pelo y no paró hasta que quedó libre de todas las motas de polvo y de toda la ceniza que llevaba siempre encima. Luego salió al huerto de atrás y fue al avellano y susurró:

¡Sé bueno conmigo, avellano!
¡Hazme libre agitando tus ramas!
Aunque pobre soy yo declaro
que querría llevar un vestido caro.

—¿De qué color? —susurraron a su vez las ramas.

—¡Ay, cómo me gustaría un vestido del color de las estrellas!

Las ramas se agitaron un poquito. Y de repente, colgado de la rama más baja, justo al lado de ella, apareció un precioso vestido de baile del mismo color que las estrellas, y al pie había unas zapatillas de seda.

—¡Gracias! —dijo Cenicienta y corrió adentro a vestirse.

Todo le iba a la medida. Como no tenía espejo, no llegó a saber que vestida así estaba extraordinariamente bonita, y al llegar al baile se llevó una gran sorpresa ya que todos la trataban con extrema amabilidad, todos le abrían paso, las damas la invitaban a sentarse con ellas a tomar un té y los caballeros le pedían que bailase con ellos. Casi nunca la gente la había tratado amablemente, y no había tenido nunca la sensación de caerle bien a todo el mundo ni que todos quisieran disfrutar de su compañía.

Pero se negó a bailar con ninguno de los caballeros, fueran jóvenes o viejos, ricos o guapos. Solo cuando el príncipe en persona la saludó con una reverencia y le pidió que bailara con él, ella se puso en pie y caminó hacia el centro de la pista de baile. Danzó con semejante ligereza y encanto que todos los demás dejaron de bailar y se quedaron quietos viéndola, incluso sus dos hermanas. Estas no fueron capaces de reconocerla, porque entre otras cosas pensaban que Cenicienta seguía en casa, tumbada junto a las cenizas, y creyeron que la encantadora desconocida era una princesa de algún lejano país. De hecho, su belleza les causó efectos muy extraños a las hermanas, pues por un rato se desvaneció toda la envidia que acostumbraban a sentir en sus duros corazones y fueron capaces de admirarla de verdad.

Pero Cenicienta no se quedó en la fiesta mucho tiempo. Tras

haber bailado con el príncipe, y después de que él le hiciera prometer que no bailaría con nadie más que él, aprovechó una pausa de los músicos para salir sin que la viese nadie y regresar corriendo a casa.

El príncipe trató de seguirla, pero ella corría tanto que no consiguió alcanzarla. Cuando llegaron a su casa, Cenicienta desapareció, y el príncipe se quedó esperando, hasta que salió el padre de ella.

—¿Has visto a una princesa misteriosa? —preguntó el príncipe—. Tengo la sensación de que se ha metido en el palomar de esta casa.

«¿Y si se tratase de mi Cenicienta?», pensó el padre, y fue a buscar la llave del palomar, abrió la puerta, pero allí no había ni rastro de ella. De modo que el príncipe no tuvo más remedio que regresar solo al baile.

Cenicienta había salido por la puerta trasera del palomar, se había quitado el vestido color de estrellas y las zapatillas de seda, lo colgó todo en una percha y la suspendió en el avellano. Enseguida se produjo una especie de estremecimiento y todo desapareció. Luego, con su ropa de siempre, fue a sentarse junto a la chimenea, donde no había fuego alguno. Cuando su madrastra y sus hermanastras volvieron a casa, la despertaron para que las ayudase a quitarse el corsé, porque estaban que apenas si podían respirar.

—¡Uuuufff! Ahora se está mejor —dijo una de ellas.

—Ay, Cenicienta, ¡no sabes lo que te has perdido! —dijo la otra.

—¡Fue impresionante! —prosiguieron—. Se presentó una princesa que venía de un país lejano y nadie conocía su nombre, y el príncipe se negó a bailar con ninguna otra. Era preciosa, increíblemente preciosa. ¡Todavía soy capaz de recordar su imagen! Llevaba el vestido más bonito que te puedas imaginar, era del mismo color que las estrellas. No entiendo dónde se puede conseguir un vestido así. Nadie en este reino podría hacer un vestido tan bello. Imagina, Cenicienta. Era tan preciosa esa princesa, que todo el mundo, incluidas nosotras mismas, parecíamos poco atractivas y elegantes a su lado.

El día siguiente dedicaron más tiempo incluso a prepararse. Cenicienta tuvo que cepillarles el cabello, tieso como alambre, muchas más veces, hasta cien pasadas del cepillo a cada una, y tuvo que apretarles más incluso el corsé, y abrillantar los zapatos hasta que podían ver su rostro reflejado en ellos.

Tan pronto como sus hermanastras se fueron, Cenicienta corrió junto al avellano y susurró:

¡Avellano, mi buen avellano!
¡Vuelve a agitar tus ramas!
Quiero vestir como una dama
¡y que tú me eches una mano!

—¿De qué color lo quieres? —preguntaron las ramas.

—Del color de la luz de la luna —dijo ella.

Se escuchó un ruido en el follaje y de pronto apareció una percha justo a su lado, y en ella había un vestido plateado del mismo color que la luz de la luna, y un par de zapatillas de seda.

—¡Gracias! —susurró ella, y corrió a vestirse y después se fue muy aprisa al baile.

Esta vez el príncipe había estado esperando su llegada, y tan pronto como la vio corrió a su lado y le pidió que bailara con él. Y cuando los demás caballeros le pidieron su turno de baile, el príncipe les dijo:

—Esta dama tiene comprometidos todos los bailes conmigo.

De modo que la noche transcurrió como la anterior, solo que entre las damas y caballeros asistentes no cesaron los comentarios y averiguaciones acerca de quién podía ser ella. Decían que era una princesa de un reino muy lejano y poderoso. Pero nadie sabía de cuál, y nadie se dio cuenta de que, de repente, ella se fue. Solo se dio cuenta el príncipe. Este salió corriendo en pos de ella a través de la oscuridad de la noche, y la siguió hasta su casa. En el jardín había un bonito peral cargado de fruta, y Cenicienta trepó en él con agilidad, se escondió entre sus ramas, y el príncipe quedó desconcertado, sin saber dónde podía estar.

Y allí seguía esperando el príncipe cuando el padre de Cenicienta volvió a casa.

—Me parece que ha trepado a ese árbol de allí —dijo el príncipe.

«No es posible que sea Cenicienta», pensó el padre.

Fue a buscar un hacha y taló el árbol, pero entre sus ramas no había nadie. Cenicienta había bajado por el otro lado, llevó el vestido de color luz de luna hasta el avellano, y se metió en casa y se acurrucó como de costumbre al lado del hogar.

La tercera noche ocurrió igual que las anteriores. La madrastra y sus hijas salieron camino del baile y Cenicienta susurró al avellano:

Avellano, mi buen avellano,
¡otro vestido has de regalarme!
Esta noche por última vez bailaré,
¡haz que sea de todas la mejor bailando!

—¿De qué color lo quieres? —susurraron las hojas.

—Esta vez querría que fuese del color de la luz del sol —dijo ella.

Y de nuevo se estremeció el árbol, y enseguida cayó un nuevo vestido tan precioso que Cenicienta no se atrevía casi ni a tocarlo. Era de oro puro, y brillaba y resplandecía como el sol de la mañana. Y a juego con él, había unas zapatillas doradas.

—¡Gracias! —dijo Cenicienta.

En el baile, el príncipe no tenía ojos para nadie más. Bailaron toda la noche, y el príncipe no la dejó ni un momento. Cuando ella dijo que ya era hora de irse, él quiso acompañarla, pero ella se escapó sin que él pudiese detenerla. Pero esta vez él le había tendido una trampa. Les dijo a sus criados que embadurnasen de pez los peldaños, de modo que cuando Cenicienta bajó corriendo por ellos una de sus zapatillas se quedó pegada al suelo y tuvo que seguir huyendo descalza de un pie.

El príncipe recogió la zapatilla y no permitió que nadie la tocara siquiera. Limpió la pez y comprobó que estaba tejida con hilos de oro puro.

A la mañana siguiente se hizo oír por todo el reino una proclama real. Los pregoneros dijeron por todas las calles:

—Quien haya perdido una zapatilla en el baile real, que vaya a palacio y la reclame. ¡Y, sea quien sea esa persona, el rey se casará con ella!

Las más nobles damas y las criadas, las campesinas y las princesas, procedentes de todos los rincones del reino, corrieron a palacio, pero ninguno de sus pies cabía en aquella zapatilla. Finalmente les correspondió el turno de probar a las hermanastras de Cenicienta. Resulta que lo mejor de ellas eran precisamente los pies, pues los tenían muy bonitos y bien torneados, y las dos estaban convencidas de que esa zapatilla les iría a la medida. Por si acaso, la madre se llevó a la primera de las hermanas a un lado, y en voz muy baja le dijo:

—Si no te cupiera, coge este cuchillo y corta un pedazo de tu talón. Apenas te va a doler, y de este modo serás reina.

La primera hermana se fue al dormitorio a probar. No logró meter el pie, y siguió el consejo de su madre y se rebanó un pedazo del talón. Luego metió por la fuerza el pie en la zapatilla y, cojeando, salió con ella puesta forzando como pudo una sonrisa.

El príncipe tenía que cumplir su palabra, la aceptó como novia suya y la ayudó a montar en su caballo. Pero cuando se alejaban de allí al trote, oyó que las palomas decían desde una rama del avellano:

Fíjate bien, príncipe amable,
verás que ese pie está sangrando
porque es demasiado grande:
¡No es la novia que estás esperando!

El príncipe bajó la vista y comprobó que las palomas tenían razón. Había sangre goteando de la zapatilla. Detuvo el caballo, le hizo dar media vuelta, y regresó.

Entonces la madre le dijo a la segunda hija:

—Si no te cabe el pie, córtate el dedo gordo. No te hará daño apenas, solo un poquito, y te casarás con el príncipe.

La segunda hermana hizo lo que su madre le dijo, y el príncipe la subió a su caballo y partió de allí con la segunda hermana. Pero de nuevo oyó a las palomas, que desde el avellano decían:

Fíjate bien, príncipe amado,
verás que ese pie está sangrando
porque es demasiado largo:
¡No es la novia que estás esperando!

El príncipe regresó con ella a la casa y le dijo al padre:

—Estoy seguro de haber seguido a la misteriosa joven hasta esta casa. ¿Estás seguro de que no tienes otra hija?

—Bueno, solo queda Cenicienta —dijo su padre—, pero es imposible que sea ella.

—¡Del todo imposible! —dijo la madrastra—. No vamos a permitir que salga, alteza. Va tan sucia que resulta desagradable verla.

—Si tienes otra hija, quiero verla —dijo el príncipe—. Que salga ahora mismo.

Y así fue como entraron en la cocina a buscar a Cenicienta. Se negó a salir hasta haberse lavado, y como además tenían que limpiar de sangre la zapatilla, el príncipe la esperó. Al final apareció Cenicienta, hizo una reverencia, y en cuanto la vio el príncipe notó los fortísimos latidos de su corazón. Después Cenicienta tomó asiento, se probó la zapatilla y comprobó que le iba a la medida, pues encajó su pie desde el primer instante.

—¡Esta es mi novia! —exclamó el príncipe. Y la cogió en sus brazos.

La madrastra y las hermanas contuvieron la respiración, se quedaron muy pálidas, y aquello las mortificó tantísimo que casi se mordieron los dedos de pura rabia.

El príncipe instaló a Cenicienta en la silla de su caballo y se fue de allí al trote, y las palomas del avellano dijeron:

La zapatilla está limpia de sangre,
no le va apretada,
ella es la novia soñada.

Y remontaron el vuelo y se posaron en los hombros de Cenicienta, una a cada lado, y allí permanecieron.

El día de la boda las hermanastras se mostraron muy serviles con la pareja real, pensando que así Cenicienta compartiría su suerte con ellas.

Cuando el príncipe y su novia entraron en la iglesia, la hermana mayor caminó a su diestra, y la menor a la izquierda de la pareja, y entonces las palomas salieron volando de los hombros de Cenicienta y picotearon un ojo de cada una de las hermanas, hasta arrancárselos. Después de la ceremonia, al salir de la iglesia, la hermana mayor caminaba a la izquierda de la pareja y la menor a la derecha, y las palomas volaron hacia ellas y les arrancaron el ojo que le quedaba a cada una de ellas.

Y de este modo su maldad y falsedad fueron castigadas con la ceguera por el resto de sus días.

Tipo de cuento: ATU 510ª, «Cenicienta».

Fuente: Un narrador anónimo del hospital Elizabeth de Marburgo, con material adicional proporcionado por Dorothea Viehmann.

Cuentos similares: Giambattista Basile: «La gata Cenicienta» (*The Great Fairy Tale Tradition*, ed. Jack Zipes); Katharine M. Briggs: «Ashpitel», «La niña de las cenizas», «Abrigo musgoso», «Rashin Coatie» (*Folk Tales of Britain*); Italo Calvino: «Gràttula-Bedàttula» (*Cuentos populares italianos*); Charles Perrault: «Cenicienta» (*Cuentos de hadas completos de Charles Perrault*); Neil Philip: *The Cinderella Story* (recoge veinticuatro versiones diferentes del cuento, y sus comentarios son excelentes).

El cuento de la Cenicienta es, sin duda, uno de los más y mejor estudiados de todo el corpus de los cuentos populares. Se han escrito libros enteros acerca de esta historia y de sus variantes. Es la pantomima más popular de todas. Y lo más importante de todo es que se trata de una historia que parece funcionar muy bien.

Gran parte de su popularidad se la debe a Charles Perrault, cuya capacidad de invención y habilidad para narrar de forma cautivadora lograron fascinar a los lectores desde el momento mismo en que se publicaron sus *Histoires ou contes du temps passé* (Historias o cuentos de tiempos remotos), libro que se hizo famoso sobre todo con el nombre del subtítulo, *Cuentos de la Mamá Oca*, en 1797. Lo único en que todo el mundo coincide acerca de Perrault es que confundió *vair*, piel, por *verre*, cristal, pero yo no me lo creo. Perrault era lo bastante imaginativo para inventarse unos zapatos de cristal, algo absurdo, imposible, mágico e infinitamente más memorable que unos zapatos de piel. También fue Perrault quien transformó el principio de ayuda de la historia (que es siempre una madre sustituta, tanto si se trata de un avellano que crece junto a la tumba de la madre verdadera, como de una cabra, una vaca o una paloma) en una madrina, cuya función resulta muy fácil de entender.

Es frecuente que haya críticas a este cuento porque hay quienes lo ven como la historia de alguien muy pobre que alcanza la riqueza. Y en este cuento hay mucha pobreza y mucha riqueza, pero según explica Bruno Bettelheim en su clásico *Psicoanálisis de los cuentos de hadas*, el tema principal del cuento es la rivalidad entre hermanas, al que se añade en este caso la llegada a la madurez sexual por parte de la muchacha, que queda simbolizada por el matrimonio. Por eso es tan importante la función del hada madrina: representa a la madre porque hace lo que se supone que debería hacer una madre buena, y contribuye a que la muchacha sea tan bonita por fuera como lo es por dentro.

Para esta versión he tomado prestada la idea de que los vestidos son de diferentes colores. La saqué del cuento británico «Capa de musgo», que es en mi opinión la mejor de todas las cenicientas.

En la primera versión publicada por los Grimm, en 1812, las hermanastras no reciben castigo alguno. La historia termina con las palomas diciendo que esta es la verdadera novia. El castigo en forma de ceguera se añadió en la versión de 1819 y se mantuvo en todas las posteriores. La ceguera queda muy bien en una historia, pero no resultaría nada fácil llevarla a la escena. No estamos hablando de *Rey Lear*. No hay hermanas repugnantes que quedan ciegas en una pantomima, ni las hay en ópera alguna: tanto *Cendrillon*, de Massenet (1899) como *La Cenerentola*, de Rossini (1817) tienen un final feliz. En la versión de Perrault, donde predomina siempre la bondad, las hermanastras terminan casándose con señores de la corte real.

La muchacha adopta muchos nombres. Los Grimm la llaman *Aschenputtel*, y en inglés es *Cinderella*. En nuestros actuales hogares dotados de calefacción por radiadores, y en los que los niños que han visto cenizas de un hogar son escasos, y ni siquiera saben qué es eso, Cenicienta suena solo a nombre bonito, pero me pareció buena idea ofrecer en esta versión un poco de contexto.

La adivinanza

Érase una vez un príncipe que se empeñó en viajar por el mundo sin otra compañía que su más fiel criado. Un día llegaron a un gran bosque y al anochecer no lograron encontrar un sitio donde guarecerse. Siguieron caminando sin saber dónde acabarían pasando la noche.

Hasta que el príncipe vio una casita, y a una muchacha que caminaba hacia la casa, y cuando ya estaban muy cerca de ella comprobaron que era joven y bella.

El príncipe avanzó aprisa hasta ponerse a su altura y dijo:

—Dime, ¿podríamos mi criado y yo guarecernos durante la noche en esa casita?

—Sí, podríais —dijo ella, y su voz sonaba muy triste—. Pero no me parece que sea una buena idea. Si estuviera en vuestro lugar, yo no entraría ahí.

—¿Y se puede saber por qué? —preguntó el príncipe.

—Ahí vive mi madrastra —dijo la muchacha con un suspiro—, y practica artes malévolas. Y, además, no le gustan los extraños. En caso de que decidáis finalmente entrar ahí, negaos a comer y beber cuanto ella pueda ofreceros.

El príncipe comprendió que en esa casita habitaba una bruja. Pero ya era de noche, no podían seguir su camino, y, además, era un joven que no le tenía miedo a nada, de modo que llamaron a la puerta y entraron.

La mujer estaba sentada en un sillón, al lado del fuego, y al ver al príncipe los ojos le brillaron como brasas al rojo vivo.

—Buenas noches, jóvenes —dijo la mujer poniendo un tono muy amistoso—. Tomad asiento y descansad.

La mujer atizó el fuego y revolvió algo que hervía en una ollita. Debido a la advertencia de la muchacha, el príncipe y su criado habían decidido no comer ni beber nada. Así que se envolvieron en sendas mantas y durmieron profundamente hasta la mañana siguiente.

Cuando amaneció, se prepararon para partir. El príncipe ya había montado en su caballo cuando la mujer salió y le dijo:

—Espera un momento, te daré una bebida para el camino.

Mientras ella entraba de nuevo en la casita, el príncipe se alejó cabalgando, pero el criado aún tenía que apretar las cinchas de su silla de montar, y todavía estaba ante la casita cuando salió la mujer con la bebida.

—Toma —dijo ella—. Llévasela a tu señor.

Pero no tuvo tiempo de hacer lo que le decían porque tan pronto como lo cogió, el vaso que ella estaba dándole reventó, y la bebida salpicó al caballo. Era un veneno, naturalmente, y tan fuerte que el pobre caballo murió al instante. El criado corrió en pos de su señor y le contó lo que había ocurrido; pensaba irse a pie con el príncipe sin volver a casa de la bruja, pero no quería dejarse allí su silla de montar, y regresó a buscarla. Cuando llegó junto a su caballo, un cuervo se había posado sobre la cabeza de este, y comenzaba a picotear sus ojos.

«Quién sabe, tal vez hoy no encontremos nada mejor para comer», pensó el criado, y mató al cuervo y se lo llevó.

Avanzaron por el bosque todo el día, y no fueron capaces de encontrar una salida. Cuando anochecía encontraron una posada, y el criado le entregó el cuervo al posadero y le pidió que lo preparase para la cena.

Ni el príncipe ni su criado sabían que habían ido a parar a un refugio utilizado por los bandidos que, en realidad, eran además unos asesinos. Y justo cuando el príncipe y su criado estaban sentándose, apareció un grupo formado por una docena de aquellos pícaros, dispuestos a robarles, pero justo entonces les llevaron la cena de modo que los asesinos pensaron que sería mejor comer un poco primero. Fue la última vez que comieron alimento alguno, pues apenas habían tragado un mordisco del cocido de cuervo cuando todos ellos cayeron muertos. El veneno que mató al caballo era tan fuerte que el cuervo se contagió, y eso bastó para matarlos a todos y cada uno de ellos.

El posadero, viendo lo que había ocurrido, decidió huir de allí, y en la posada no quedó más que su hija. Era una buena muchacha que no tenía nada que ver con los bandidos ni con su maldad. Abrió el cerrojo que cerraba una puerta y le mostró al príncipe un tesoro que era el producto de los robos de aquellos bandoleros. Había montañas de oro y plata, y grandes cantidades de joyas. El príncipe le dijo a la hija del posadero que se lo quedara todo ella, que él no quería saber nada de todo eso.

Y una vez más él y su criado se pusieron en camino.

Viajaron largo tiempo, y un día llegaron a una ciudad donde vivía una princesa que era tan bella como orgullosa. Y había comunicado a todo el mundo que solo se casaría con un caballero capaz de proponerle una adivinanza que ella no fuese capaz de resolver. Ahora bien, si ella resolvía el acertijo, y su respuesta era encontrada satisfactoria por doce sabios expertos en adivinanzas, le cortarían la cabeza al caballero que se lo hubiese planteado. Tenían que concederle tres días para encontrar la solución, pero era tan lista que solía adivinarla mucho antes de que pasaran tres días. Nueve hombres habían tratado de vencerla, y todos ellos habían terminado con la cabeza cortada.

Eso, sin embargo, no fue suficiente para que el príncipe se sintiera preocupado. La belleza de la princesa era tan grande que estaba deslumbrado por ella, y decidió que no le importaba poner su vida en peligro. De manera que fue a palacio y planteó su adivinanza:

—¿Qué cosa es uno que no mató a ninguno —dijo— y sin embargo mató a doce?

La princesa no tenía ni idea de cómo encontrar la respuesta a esa adivinanza. Estuvo piensa que te pensarás durante muchas horas, y no se le ocurrió nada. Consultó todos los libros de adivinanzas, pero en toda la historia no había habido ninguna que se pareciese a esta ni siquiera remotamente. Era como si por fin hubiese encontrado a su pareja.

Pero no pensaba darse por vencida tan fácilmente, y esa noche envió a su dama de compañía a colarse secretamente en la habitación del príncipe. Le indicó que permaneciera allí en silencio y escuchando todo lo que se decía, incluso mientras el príncipe dormía, por si se le escapaba desvelar la respuesta a la adivinanza mientras soñaba. Pero eso no produjo el menor resultado ya que el criado del príncipe se había echado a dormir en la cama de su señor, y cuando la doncella entró, dio un tirón al velo con el que se escondía ella, y sacó un bastón y la persiguió hasta que la muchacha abandonó el dormitorio. Así que esta treta no funcionó.

La segunda noche envió a otra doncella, a ver si esta tenía más suerte. También esta vez el criado del príncipe le quitó el velo, y sacó un bastón más grande incluso y de este modo la echó del dormitorio. Así que esta nueva treta tampoco funcionó.

La tercera noche el príncipe decidió quedarse a vigilar él mismo. Esta vez la que fue a espiar era la propia princesa. Se había puesto un traje de color gris como la niebla, y se sentó en la misma cama que él, justo a su lado, sin hacer ruido, y esperó hasta estar convencida de que el príncipe dormía profundamente.

Pero él permanecía despierto, y cuando ella susurró: «Uno no mató a ninguno. ¿Qué cosa es?», el príncipe respondió:

—Un cuervo comió carne de un caballo que había sido envenenado, y el cuervo murió.

—Pero mató a doce —siguió ella—. ¿Qué quiere decir?

—Doce asesinos —respondió él— comieron de un cocido hecho con la carne del cuervo, y murieron.

La princesa ya estaba segura de conocer la respuesta a la adivinanza, y trató de salir del cuarto andando de puntillas, pero el príncipe la agarró de la cola de su vestido y lo hizo con tanta fuerza que la princesa tuvo que dejarlo atrás al irse.

A la mañana siguiente la princesa anunció que ya sabía la respuesta a la adivinanza. Llamó a los doce expertos en adivinanzas y les comunicó su respuesta. Parecía que el destino del príncipe ya estaba trazado, pero pidió que le dejaran hablar.

—Ayer noche la princesa entró en mi cuarto creyendo que yo dormía —dijo—, y me preguntó cuál era la respuesta a la adivinanza. Si no llega a ser por eso, habría sido incapaz de encontrarla ella sola.

—¿Tienes alguna prueba de lo que dices? —preguntaron los expertos en adivinanzas tras haber hablado un rato entre sí.

En ese momento el príncipe sacó tres vestidos. Cuando los expertos vieron el vestido de color gris niebla, como sabían que nadie que no fuese la princesa se lo había puesto jamás, dijeron:

—Princesa, debéis hacer que hagan bordados de oro y plata en este vestido, porque, alteza, será el que os pongáis el día de vuestra boda. ¡El joven ha ganado!

Tipo de cuento: ATU 851, «La princesa que no sabía resolver la adivinanza».

Fuente: Dorothea Viehmann les contó este cuento a los Grimm.

Cuentos similares: Alexander Afanasiev: «La princesa que quería resolver adivinanzas» (*Cuentos populares rusos*); Katharine M. Briggs: «El joven príncipe» (*Folk Tales of Britain*); Italo Calvino: «El hijo del mercader de Milán» (*Cuentos populares italianos*).

Este cuento responde a una tipología muy difundida, una variación de la cual la encontramos, por ejemplo, en la ópera *Turandot*, de Puccini (1926). La versión de los Grimm es mejor que casi todas las demás, en especial por la pulcritud y claridad de su estructura tripartita. Cuando cuentas un cuento la pulcritud y la claridad son virtudes esenciales. La fuente que les transmitió a los Grimm este cuento fue Dorothea Viehmann, vendedora de frutas de Zwehrn, una aldea próxima a la ciudad de Kassel, donde vivían los hermanos Grimm. Ella misma les proporcionó unos cuantos relatos más que también incluyeron en su antología, y varios de ellos han sido seleccionados para este libro. Esta mujer tenía no solamente la habilidad excepcional de contar cuentos de forma viva y fluida, sino de ser capaz de volver a contarlos palabra por palabra otra vez, siempre igual. Gracias a eso, los Grimm pudieron tomar nota de sus cuentos con la máxima precisión. En el prólogo a la primera edición de su obra, los Grimm decidieron rendirle tributo:

> Quienes piensan que los cuentos que se narran de viva voz suelen ser siempre falsificados, y que no han sido conservados con auténtico cuidado, y que la regla es que nadie sea capaz de recitar largas historias siempre igual, deberían poder disfrutar de la precisión con la que ella cuenta siempre cada uno de esos cuentos, y cómo se esfuerza por contarlos correctamente; cuando vuelve a contar alguno, jamás cambia la substancia, corrige los errores tan pronto como los detecta, y lo hace aunque eso suponga que haya de interrumpir la narración.
>
> (Frase citada en la traducción inglesa por Maria Tatar en *The Hard Facts of the Grimms' Fairy Tales*.)

La ratita, el pájaro y la salchicha

Una ratita, un pájaro y una salchicha decidieron irse a vivir los tres juntos. Durante mucho tiempo fueron felices, vivieron de acuerdo con los medios de que disponían e incluso lograron ahorrar un poco. El pájaro se encargaba de ir cada día al bosque y traía ramitas para el fuego; la ratita iba a sacar agua del pozo, encendía el fuego y ponía la mesa, y la salchicha era la cocinera.

Pero cuando vivimos bien no estamos contentos si creemos que podríamos vivir mejor. Un día, cuando el pájaro estaba en el bosque, encontró a otro pájaro y alardeó de lo bien organizada que estaba su vida. El otro pájaro le escuchó y al final le dijo que era un auténtico primo.

—¿Por qué lo dices?

—A ver, ¿hay uno de los tres que trabaja mucho más que los otros? La respuesta es que sí. Y ese eres tú. Tienes que volar de la casa al bosque y de nuevo hasta la casa cargando siempre con ramitas muy pesadas, mientras que ellos dos viven sin necesidad de grandes esfuerzos. Se aprovechan de ti, te lo aseguro.

El pájaro se quedó pensando en lo que le habían dicho. Era cierto que, después de encender la lumbre y sacar el agua del pozo, la ratita solía irse a su cuarto y dormitaba un buen rato hasta que le llegaba el momento de poner la mesa. La salchicha se pasaba todo el día en la cocina, echando una ojeada a las verduras, y si faltaba condimento, sumergía uno de sus extremos en la olla para darle sabor. Si hacía falta un poco más, sumergía la punta un ratito más. Y prácticamente no tenía que hacer ningún otro esfuerzo. Cuando el pájaro volvía a casa con unas cuantas ramas, las ponían en una pila ordenada al lado del hogar, después se sentaban todos a comer, y por la noche dormían profundamente hasta el día siguiente. Esta era su forma de vivir, y era una buena vida para todos.

Pero el pájaro no podía dejar de pensar en lo que le había dicho el otro pájaro, y al día siguiente dijo que no tenía ganas de seguir yendo a buscar leña.

—Hace ya mucho tiempo que trabajo como un esclavo —declaró—. Creéis que soy un pobre tonto. Ya es hora de que nos reorganicemos de una manera más justa.

—¡Pero si tal como lo hacemos ahora todo va muy bien! —dijo la ratita.

—Es lógico que lo digas, precisamente tú.

—Además, esta forma de organizarnos es la más adecuada para las capacidades de cada uno de nosotros.

—Lo dices porque nunca hemos probado de organizarlo de ninguna otra manera.

La ratita y la salchicha se pusieron a discutir con él, pero no hubo modo de que el pájaro cambiase de opinión. Finalmente los otros dos cedieron y lo echaron a suertes. La tarea de recoger leña recayó en la salchicha, la de cocinar en la ratita, y al pájaro le correspondió sacar agua del pozo y encender la lumbre.

¿Y qué ocurrió entonces?

Después de que la salchicha recogiera un poco de leña, el pájaro encendió la lumbre y la ratita puso la olla al fuego. Después aguardaron a que la salchicha regresara con más leña, pero tardó tanto que comenzaron a preocuparse y pensar que le había podido pasar alguna cosa, y el pájaro voló a ver qué ocurría.

No muy lejos de la casa encontró a un perro que se relamía los labios.

—¿Has visto por casualidad a una salchicha?

—Sí, acabo de comérmela. Estaba deliciosa.

—¿Cómo dices? ¡No puedes comerte esa salchicha! ¡Qué horroroso! ¡Haré que la justicia se encargue de ti!

—No había veda para la caza de salchichas, que yo sepa.

—¡Serás capaz! ¡Está prohibido cazar salchichas! ¡Esa pobre iba inocente y tranquilamente haciendo sus cosas! ¡Ha sido un asesinato!

—Pues siento decirte que te equivocas, amigo. Llevaba documentos falsos, y eso la convertía en reo de la pena capital.

—¿Papeles falsos? Jamás en la vida he oído una tontería semejante. ¿Dónde están esos documentos que dices? ¡Muéstrame las pruebas!

—Me los comí también.

El pájaro no podía hacer absolutamente nada. En las peleas entre un perro y un pájaro, siempre hay un solo ganador, y no es el pájaro. De modo que el pájaro volvió a casa y le contó lo ocurrido a la ratita.

—¿Que se ha comido a la pobre salchicha? ¡Que horror! ¡Voy a echarla mucho de menos!

—Es muy triste. Tendremos que arreglárnoslas como podamos sin la salchicha —dijo el pájaro.

Y este empezó a poner la mesa mientras la ratita le daba los últimos toques al cocido. Recordó lo sencillo que era para la salchicha sumergir uno de sus extremos en la olla y darle mejor sabor, y pensó que seguramente ella podía hacer igual, así que se encaramó al asa de la olla y se tiró de cabeza al cocido. Pero o bien el agua estaba a una temperatura demasiado elevada, o bien la ratita era una ignorante. Por cualquier causa que fuese, tanto si se asfixió y quemó como si se ahogó, la cuestión es que jamás salió de allí dentro.

Cuando el pájaro vio que el cocido de verduras hervía con la ratita dentro, fue presa del pánico. En ese momento estaba atizando el fuego, y tuvo tal arrebato de miedo y horror, que acabó desordenando los troncos, algunos se escaparon del hogar, y terminó prendiéndole fuego a la casa. Salió corriendo hacia el pozo para sacar agua, pero una de sus patas tropezó en la cuerda y el balde se precipitó hacia el fondo, y el pájaro iba metido dentro de él. Y así acabó sus días, ahogado, y este fue el final de todos ellos.

Tipo de cuento: ATU 85, «La rata, el pájaro y la salchicha».
Fuente: Este cuento estaba recogido en la compilación de Hans Michael Moschrosch titulada *Wunderliche und Wahrhafftige Gesichte Philanders von Sittewald* [«La verdadera y maravillosa historia de Philander von Sittewald», 1650].

A diferencia del cuento del gato y la ratita (pág. 35), en este caso los que comparten la casa no encajan mal entre sí. Y hubiesen podido vivir juntos y felices durante mucho tiempo, hasta que la sensación de bienestar del pájaro recibió un ataque fatal. Es la única moraleja de la historia, que es una especie de fábula, como el cuento del gato y la ratita, de forma que es de esperar que tenga una moraleja.

Algunos lectores de mente curiosa querrán saber qué clase de salchicha era la del cuento, ya que, al fin y al cabo, y según he averiguado por internet, en Alemania hay más de mil quinientas clases de salchichas. ¿De cuál de ellas podíamos esperar que poseyera esta actitud generosa y hogareña? Pues bien, la salchicha era del tipo Bratwurst. Pero por algún motivo la palabra *bratwurst* no hace tanta gracia como la palabra «salchicha». Según un cómico famoso cuyo nombre no consigo recordar, *sausage* [salchicha] es la palabra más graciosa de la lengua inglesa. Esta historia tendría menos fuerza si hubiese contado el cuento de la ratita, el pájaro y la costilla de cordero.

Caperucita Roja

Érase una vez una niña tan dulce y amable que todo el mundo la quería. Su abuela, que la quería más que nadie, le dio una caperuza de terciopelo rojo, y le iba tan a medida que la niña decidió ponérsela siempre. Por eso al poco tiempo la gente acabó llamándola Caperucita Roja.

Un día su madre le dijo:

—Caperucita Roja, quiero que me hagas un favor. Tu abuela no se encuentra muy bien, y quiero que le lleves este pastel y una botella de vino. Así se sentirá mucho mejor. Cuando la veas, muéstrate educada, y dale un beso de mi parte. Ándate con cuidado por el camino, no te apartes nunca del sendero, no vayas a tropezar y romper la botella y tirar el pastel, porque entonces no podrías darle nada a la abuela. Y cuando entres en su casa, no te olvides de decir «Buenos días, abuelita», y no andes metiendo las narices por todos los rincones.

—Lo haré todo tal como dices, no te preocupes —dijo Caperucita Roja, y dio un beso a su madre y se despidió de ella.

La abuela vivía en el bosque, a media hora de camino. Caperucita Roja llevaba andando apenas unos minutos cuando vio que se le acercaba un lobo. Como ella no sabía que era un animal malvado, no tuvo ningún miedo de él.

—¡Buenos días, Caperucita Roja! —dijo el lobo.

—Gracias, lobo. Muy buenos días.

—¿Y adónde vas esta mañana tan temprano?

—A casa de mi abuelita.

—¿Y qué llevas en esa cesta?

—Mi abuelita no se encuentra muy bien y le llevo pastel y una botella de vino. El pastel lo horneamos ayer y está hecho de cosas muy buenas, como huevos y harina, y le sentará bien y hará que se encuentre mejor.

—¿Dónde vive tu abuelita, Caperucita Roja?

—Tengo que seguir este camino hasta llegar a un sitio donde hay tres robles muy grandes, y allí, detrás de un bosquecillo de avellanos, está su casa. No está muy lejos de aquí. Tardaré un cuarto de hora andando, me parece. Seguro que conoces su casa —dijo Caperucita Roja.

«Vaya bocado sabroso debe de ser esta niña tan joven y tierna. Seguro que está mucho más buena que la vieja abuela, y si me espabilo, me las podría comer a las dos.»

Durante un ratito caminó al lado de Caperucita Roja, y entonces dijo:

—¡Mira esas flores, Caperucita Roja! ¡Qué bonitas! Esas que crecen ahí, al pie de los árboles. Acércate a mirarlas y verás lo bonitas que son. Y, oye, parece que estés yendo a la escuela, tan seriecita y decidida. Si no te apartas del sendero, no oirás los trinos de los pájaros. Dentro del bosque se les oye cantar todo el rato, y es maravilloso. Qué lástima que no quieras disfrutarlo.

Caperucita Roja miró al lugar que señalaba el lobo, y cuando vio cómo bailaban los rayos de sol bajo las copas de los árboles, y la cantidad de flores preciosas que crecían por todas partes, pensó: «¡Podría recoger unas cuantas flores y llevárselas a la abuelita! Seguro que le van a encantar. Y es todavía muy temprano. Tengo tiempo de sobra para coger flores y llegar a casa a buena hora.»

Así que abandonó el sendero y entró corriendo en el bosque dispuesta a recoger unas cuantas flores. Pero cada vez que cogía una, veía otra aún más bonita un poco más allá, y corría hacia ese otro lugar para coger también la otra flor. Y de esta manera fue internándose cada vez más en la espesura.

Pero mientras ella se entretenía así, el lobo corrió directamente a casa de la abuelita y llamó a la puerta.

—¿Quién es?

—Caperucita Roja —dijo el lobo—. Te he traído pastel y vino. ¡Ábreme!

—Basta con que levantes el pestillo —dijo la abuela—. Estoy tan débil que ni siquiera puedo levantarme a abrir la puerta.

El lobo levantó el pestillo y la puerta se abrió. Entró al punto, miró por todas partes para ver dónde estaba, y en cuanto la descubrió, saltó sobre la cama y se zampó a la abuela de un único y enorme bocado. Después se vistió con la ropa de la abuela, se cubrió la cabeza con su gorro de dormir, cerró del todo las cortinas y se metió en la cama.

Durante todo este tiempo Caperucita Roja había estado correteando por el bosque, recogiendo flores. Cuando ya tenía tantas que no podía sostener ni una sola más, se acordó de lo que le había pedido su madre que hiciera, y solo entonces partió a casa de su abuela. Cuando llegó, se llevó una sorpresa pues la puerta estaba abierta y la habitación a oscuras.

«¡Madre mía! —pensó—, ¡qué poco me gusta esto! Hoy me da miedo entrar, y lo normal es que me encante estar en casa de la abuelita.»

—¡Buenos días, abuelita! —gritó, pero no obtuvo respuesta.

Se acercó a la cama y descorrió las cortinas. Y allí estaba la abuela, tendida en la cama con el gorro de dormir tapándole la cara. Y la verdad es que tenía un aspecto bastante extraño.

—Pero, abuelita, ¡qué orejas tan grandes tienes!

—Son para oírte mejor.

—Y, abuelita, ¡qué ojos tan grandes tienes!

—Son para verte mejor.

—Y, abuelita, ¡qué manos tan grandes tienes!

—Son para abrazarte mejor.

—Y, abuelita, ¡ay! ¡Qué boca tan grande y horrible y espantosa tienes...!

—¡Es para comerte mejor!

Y tan pronto dijo esto, el lobo saltó de la cama y de un bocado se tragó entera a Caperucita Roja. Después de hacerlo se sintió saciado y contento, y como la cama era bonita y muy blanda, se quedó profundamente dormido y comenzó a soltar unos ronquidos fuertísimos.

Justo entonces pasaba por allí un cazador.

«Vaya ruido que hace esta anciana —pensó—. Será mejor que entre a ver cómo se encuentra.»

Entró y al acercarse a la cama lo que vio le dejó pasmado.

«¡Ah, malvado! —pensó—. Hace mucho tiempo que andaba buscándote. ¡Por fin te he encontrado!»

Se llevó la escopeta al hombro, volvió a bajarla porque se le ocurrió que era posible que el lobo se hubiese comido a la anciana, y que si era así antes debía tratar de rescatarla. Dejó la escopeta a un lado, cogió unas tijeras y empezó a dar tijeretazos a la hinchada tripa del lobo. Apenas había cortado dos veces la piel cuando vio asomar la caperucita roja de terciopelo, y con unos cuantos cortes más la niña salió de un salto.

—¡Ha sido horrible! —dijo la niña—. ¡Qué miedo he pasado! ¡Qué oscuro estaba en la panza del lobo!

Y enseguida comenzó a salir poco a poco la abuela, y aunque le costaba mucho respirar, la experiencia no había sido para ella demasiado insoportable. El cazador la ayudó a sentarse y descansar en una silla. Mientras, Caperucita Roja corrió al jardín y se puso a recoger unas cuantas piedras bastante pesadas. Llenaron con ellas la tripa del lobo, y después Caperucita Roja dio unas cuantas puntadas muy bien hechas para coserle la herida, y entonces le despertaron.

Viendo al cazador con la escopeta, el lobo fue presa del pánico y trató de alejarse corriendo, pero no llegó demasiado lejos. Le pesaban tantísimo todas esas piedras que a los pocos pasos cayó muerto en tierra.

Los tres se sintieron muy felices. El cazador desolló al lobo y se fue a casa cargando con la piel, la abuelita se comió el pastel y bebió el vino, y Caperucita Roja pensó: «¡Por qué poquito me he librado! Jamás en la vida haré nunca nada igual. Si mi madre me dice que no abandone el sendero, la obedeceré.»

Tipo de cuento: ATU 333, «Caperucita Roja».
Fuente: Esta historia se la contaron Jeanette y Marie Hassenpflug a los hermanos Grimm.
Cuentos similares: Italo Calvino: «La abuela falsa», «El lobo y las tres muchachas» (*Cuentos populares italianos*); Charles Perrault: «Caperucita Roja» (*Cuentos de hadas completos de Charles Perrault*).

Creo que este cuento y «Cenicienta» (pág. 143) son los dos cuentos de hadas más conocidos (por lo menos en Gran Bretaña), y ambos le deben gran parte de su popularidad a Charles Perrault (ver la nota a «Cenicienta», pág. 153). La versión de Perrault difiere de la de los Grimm sobre todo en que termina cuando el lobo se zampa a Caperucita Roja. En Perrault no aparece el cazador que la salva junto a su abuela; en lugar de esta escena, hay unos versos de tono moralista que advierten de que no todos los lobos son tan salvajes: algunos tienen muchísima labia y son capaces de seducir a cualquiera.

El detalle del cazador me parece interesante. Los bosques alemanes no eran completamente silvestres, y además a menudo tenían propietario. Muchos de ellos pertenecían a príncipes y otros aristócratas. Estos propietarios, después de haberlos esquilmado debido a la tala para construir barcos, y tras arrasarlos a fin de ampliar los campos de cultivo y los pastos para el ganado debido a la gran necesidad de alimentos que supuso la guerra de los Treinta Años, llegó un momento en que los utilizaban solo como lugar de diversión, es decir, como cotos de caza exclusivos de sus dueños. Tal como dice John Eliot Gardiner en su libro sobre J. S. Bach, de próxima aparición: «Desde el punto de vista de la forma en que se utilizaban los bosques [propiedad de los príncipes], el cazador eclipsó al guardabosques (del mismo modo que hoy en día se hace más caso a los encargados de los faisanes y los gamos para la caza que a los leñadores).»

Tal vez un guardabosques, que no se fiaba tanto de los animales salvajes como un cazador, y que no llevaba casi nunca una escopeta al hombro, se hubiera ido de puntillas dejando al lobo dormido mientras hacía la digestión de Caperucita Roja y su abuela.

Sea probable o no lo que digo, lo cierto es que tanto Perrault como los Grimm refuerzan con el relato la moral propia de la respetabilidad burguesa. En la versión de los Grimm, Caperucita Roja no necesitará nunca que le vuelvan a recordar lo importante que es no abandonar jamás el sendero trazado: ya ha aprendido la lección. (Durante el pánico social británico en torno a la pedofilia, era corriente oír mencionar este cuento para recordarles a los niños «los peligros que entrañan los desconocidos».) La niña no se apartará nunca del camino.

El famoso grabado de Gustave Doré, publicado en 1863 como ilustración de una edición de la versión de Perrault, y en la que se ve a Caperucita Roja tendida en la cama junto al lobo, nos recuerda parte del hechizo que produce esta historia. Pues, en efecto, los lobos son sexis. Y lo mismo puede decirse de los zorros, como Beatrix Potter sabía muy bien cuando creó y dibujó al afable «caballero de pelo color arena» de *El cuento de la pata Jemina* (1908), una variación de *Caperucita Roja*. Perrault se habría reconocido al instante.

Tal vez el comentario de Charles Dickens acerca de la heroína de esta historia sea el mejor resumen del atractivo que ella produce siempre: «Caperucita Roja fue mi primer amor.» Bruno Bettelheim cita esta frase de Dickens: «Me pareció que si me hubiese casado con Caperucita Roja habría conocido la felicidad perfecta.» (*Psicoanálisis de los cuentos de hadas*, edición inglesa, pág. 23.)

$\mathscr{L}$os músicos de Bremen

Érase una vez un hombre que tenía un asno, y durante muchos años ese asno le había servido para llevar sin una sola queja los sacos de grano al molino; pero las fuerzas del animal empezaban a flaquear, ya no trabajaba tanto como antes, y su amo decidió que había llegado la hora de dejar de alimentarle. El asno se dio cuenta de lo que pasaba, y no le gustó en absoluto el trato que recibía, así que huyó de allí y buscó el camino que llevaba a la ciudad de Bremen, con la intención de convertirse en músico callejero.

Cuando apenas había recorrido un trecho, se encontró tirado en el camino a un podenco. El pobre estaba jadeando como si hubiese estado corriendo horas y horas.

—Eh, cazador, ¿qué te pasa? —dijo el asno.

—Nada, que me estoy haciendo viejo —explicó el podenco— y ya no puedo correr tanto ni tanto tiempo como antes. Mi amo cree que ya no sirvo de nada, y quería matarme, así que he huido. Pero empiezo a tener hambre, y no sé cómo voy a poder ganarme la vida.

—Pues yo te lo voy a decir —dijo el asno—. Estoy más o menos en la misma situación que tú, pero tengo un plan. Voy camino de Bremen porque sé que allí pagan un salario decente a los músicos callejeros. Ven conmigo y hazte músico. Yo tocaré el laúd, no parece tan difícil, y tú podrías tocar el tambor.

—Me parece una buenísima idea —dijo el perro, y se fue con el asno.

Caminaron juntos otro trecho, y por el camino vieron a un gato que estaba sentado a la orilla del camino. Por su aspecto se diría que había perdido una moneda grande de oro y solo había encontrado otra de bronce, y encima muy pequeña.

—¿Qué te ocurre, Lamedor de Bigotes? —dijo el asno.

—Ay señor, ay de mí —dijo el gato—. Estoy en un aprieto. Supongo que ni siquiera se me nota, pero la verdad, los años van pasando, ya no soy tan joven como antaño, y tengo los dientes mucho menos afilados que antes. Yo había cazado de todo, ratas y ratones y bichos de todas clases, pero últimamente me apetece más sentarme al lado de la estufa y dormitar el día entero. Mi ama tenía intención de ahogarme, pero me he escapado. Y no tengo ni idea de qué hacer a partir de ahora. ¿Se os ocurre algo a vosotros?

—Ven con nosotros a Bremen —dijo el asno—. Vamos allí para formar parte de la orquesta municipal. Sé que cantas bien, he oído a tus hermanos cantar dulcemente durante muchas noches, así que te aconsejo que nos acompañes.

Al gato le pareció que era una idea excelente, y siguieron adelante los tres. Al cabo de un tiempo pasaron junto a una granja. Encima del tejado vieron a un gallo que cantaba con todas sus fuerzas.

—¿No te parece que ya no son horas de cantar la salida del sol? —dijo el asno.

—Anuncio qué tiempo hará —dijo el gallo—. Es el día de Nuestra Señora, y hoy lava las camisas del Niño Jesús y las tiende a secar. Y le anuncio a la familia que va a hacer un día seco y soleado. ¿Y crees que me están agradecidos por eso? No lo están. Nada de nada. Mañana reciben a unos invitados, y tienen intención de comérseme, y la mujer del granjero le ha dicho al cocinero que me corte la cabeza esta noche. Así que pienso seguir cantando sin parar mientras me quede un poco de aire en los pulmones.

—Vaya, vaya. Es una pena desgañitarse así —dijo el asno—. ¿Por qué no vienes con nosotros a Bremen? Nos haremos músicos. Tienes una magnífica voz, y cuando hagamos música todos juntos, la gente se quedará encantada.

El gallo accedió. Siguieron caminando, pero cuando el día estaba terminando vieron que no lograrían llegar a Bremen, y al anochecer decidieron buscar algún lugar donde cobijarse en el bosque que atravesaban a esa hora. El asno y el perro se tumbaron al pie de un grueso árbol, el gato se encaramó a sus ramas y el gallo voló hasta lo alto de la copa. Poco después el gallo bajó de nuevo para informarles de lo que había visto. Antes de quedarse dormido estuvo mirando alrededor, al norte y al sur, a oriente y a occidente, y como vio que brillaba una luz supuso que había una casa no lejos de allí.

—Vamos a la casa —dijo el asno—. Peor que este rincón del bosque, no será.

—Y si hay una casa —dijo el perro—, seguramente habrá algunos huesos con un poquito de carne que roer.

Partieron hacia donde estaba la luz, y muy pronto la vieron brillar por entre los árboles. La luz se iba haciendo cada vez más grande, hasta que se encontraron justo enfrente. El asno, que era el más alto de todos, se acercó a la ventana y miró adentro.

—Caragris, dinos si ves algo —dijo el gallo.

—Una mesa servida con mucha comida y bebida, pero...

—Pero ¿qué?

—Sentados a la mesa he visto a doce ladrones, y están comiendo vorazmente.

—¡Ojalá estuviésemos nosotros en su lugar! —dijo el gallo.

Se pusieron a discutir entre ellos a ver cuál era la mejor idea para lograr que los ladrones se fuesen de allí corriendo, y al final se pusieron de acuerdo; el asno se levantaría de manos y se apoyaría en el alféizar de la ventana; el perro se sentaría sobre su lomo; el gato se pondría de pie encima del perro, y el gallo se posaría encima del gato, y entonces empezarían a hacer música. De manera que se prepararon, el asno contó hasta tres y empezaron todos a cantar con todas sus fuerzas: el asno rebuznó, el perro ladró, el gato maulló y el gallo cantó. Al terminar, saltaron todos al interior de la casa por la ventana, con gran estrépito de cristales y ruidos varios.

Los ladrones se pusieron todos en pie al instante, convencidos de que se trataba del diablo, o como mínimo de alguna clase de fantasma, y salieron aterrorizados hacia la espesura del bosque. Los cuatro músicos se sentaron a la mesa y comieron a gusto toda la comida que quedaba, y viéndoles cualquiera habría dicho que comían como si eso fuera lo último que iban a tragar durante todo un mes.

Al terminar se sintieron cansados, porque habían tenido una larga jornada, y se tumbaron a dormir, cada uno en el lugar que le pareció más adecuado: el asno se tumbó en el montón de estiércol de la entrada de la casa, el perro se enroscó detrás de la puerta, el gato se tiró junto al fuego del hogar y el gallo se subió a la viga del techo.

A medianoche, los ladrones, que se habían quedado vigilando la casa desde cierta distancia, comprobaron que se apagaba la luz.

—No deberíamos haber permitido que nos asustaran de esta manera —dijo el jefe de la banda—. No hemos sido muy valientes, me parece. Venga, tú, Zurdo. Anda y echa una ojeada a la casa. Ve y nos cuentas qué está ocurriendo ahora.

El Zurdo se arrastró por el bosque y se acercó a la casa. Como no se oía nada, entró de puntillas en la cocina y miró por allí, y solo vio los ojos fieros de un gato. El Zurdo los confundió por unas brasas medio apagadas, y prendió una cerilla para encender de nuevo la lumbre, pero al hacerlo rozó con la llama el hocico del gato, lo cual no le gustó al gato en lo más mínimo. Así que dio un brinco, soltó un bufido, maulló, y le pegó un buen arañazo al ladrón en plena cara.

—¡Aaaaayyyy! —gritó el Zurdo, y salió corriendo, pero al llegar a la puerta tropezó con el perro, que le pegó un buen mordisco en la pierna.

»¡Uuuuuyyy! —chilló el Zurdo, y salió corriendo al patio. Entonces despertó al asno, que le dio una tremenda coz en la espalda.

»¡Eeeeeyyyy! —soltó el Zurdo, y así despertó al gallo, que se puso a cantar.

»¡Nooooo! —gimió el Zurdo, y salió corriendo bosque adentro. Jamás en la vida había pasado tantísimo miedo.

—¿Qué ocurre en la casa? —preguntó el jefe de los ladrones.

—¡Mejor será que no volvamos por allí! —dijo el Zurdo—. En la cocina hay una bruja terrible, que me ha arañado con sus uñas. Y detrás de la puerta se esconde un hombre armado con un cuchillo, y me lo ha clavado en la pierna. Y fuera de la casa hay una bestia con un palo enorme, y ha descargado contra mi espalda semejante golpe que creí perder el sentido. Y arriba en el tejado hay un juez que se ha puesto a gritar: «¡Traedme al prisionero!» Así que he corrido lo más rápido que podían mis piernas...

Nunca más se atrevieron los ladrones a acercarse siquiera a la casa. Los cuatro músicos de Bremen, por su parte, decidieron que allí se estaba muy bien, y no la abandonaron nunca más. Aún viven allí, y el último narrador de esta historia sigue vivo para contarla otra vez.

Tipo de cuento: ATU 130, «Los animales en la casa nocturna».
Fuente: Sendos relatos que les fueron contados a los Grimm por los Von Haxthausen y por Dorothea Viehmann.
Cuentos similares: Katharine M. Briggs: «El buey, el topo, el gallo y el ciervo», «De cómo Jack salió en busca de fortuna» (*Folk Tales of Britain*).

Los pobres animales que están al final de su existencia, y dispuestos a ganarse la vida haciendo música en la ciudad de Bremen, acaban triunfando en un final muy feliz. Me encanta este cuento por su forma sencilla y eficaz. Cuando una historia está tan bien contada, y su hilo narrativo parece no tener más remedio que seguir la dirección en la que la historia se va desarrollando, y cuando parece que llega al final habiendo resuelto todos los aspectos del cuento con igual pericia, no te queda más que rendir pleitesía a su magnífico narrador.

El hueso cantor

Había una vez en cierto país mucha gente preocupada por un jabalí que destrozaba los cultivos, mataba el ganado y clavaba sus colmillos en los cuerpos de las personas. El rey proclamó que quienquiera que librase al reino de esta fiera recibiría una gran recompensa, pero era un animal tan enorme y tan fuerte que nadie se atrevía siquiera a entrar en el bosque donde se guarecía. Al final el rey anunció que si alguien era capaz de matarlo o capturarlo, le daría su hija en matrimonio.

En ese país vivían un par de hermanos, hijos de un hombre pobre, que dijeron que estaban dispuestos a emprender esa tremenda tarea. El mayor de los dos hermanos, un chico astuto y listo, se ofreció a llevarla a cabo porque era muy arrogante, mientras que el menor, que era menos listo y muy ingenuo, se vio impelido a ofrecerse porque tenía, simplemente, muy buen corazón.

—Si queréis estar seguros de encontrar a esa fiera —dijo el rey—, será mejor que entréis en el bosque cada uno por un extremo.

Siguieron su consejo, y el hermano mayor entró en el bosque del lado de poniente, y el menor lo hizo por oriente.

El joven apenas había andado un corto trecho cuando vio en mitad del camino a un hombre cargado con una lanza negra.

—Voy a entregarte esta lanza porque eres un joven de buen corazón —dijo el hombre—. Si la utilizas para matar al jabalí, no te fallará, te lo aseguro. Y tú no sufrirás el menor daño.

Tras darle las gracias al hombre, el hermano pequeño siguió adentrándose en el bosque con la lanza apoyada en el hombro. Y muy pronto se encontró de frente con la mismísima fiera. El jabalí arremetió a la carrera contra él, pero el muchacho sostuvo con firmeza la lanza, y en su ciega furia el jabalí se arrojó de lleno contra la lanza y con semejante fuerza que la punta de la lanza le partió en dos el corazón.

El muchacho cargó con la fiera a la espalda y emprendió el camino de regreso para llevarle el jabalí al rey; pero cuando alcanzó la orilla del bosque vio una taberna en la que había mucha gente disfrutando de la bebida y el baile. En medio del jolgorio distinguió a su hermano mayor. El muy pícaro ni siquiera se había atrevido a penetrar en el bosque, y como pensaba que el jabalí no iba a irse a otro lado de momento, decidió beber un poco de vino a fin de reforzar su valor. Viendo a su hermano pequeño que salía del bosque con el jabalí cargado sobre los hombros, su corazón, que era malvado y estaba cargado de envidia, empezó a tentarle.

—¡Hermano! —gritó—. ¡Qué gran proeza has conseguido realizar! ¡Te felicito! Entra y siéntate con nosotros, y brindaremos por tu triunfo.

El joven era tan ingenuo que no se le ocurrió abrigar ninguna sospecha. Y le contó a su hermano el encuentro con el hombre del bosque y el regalo de la lanza negra que había empleado para matar al jabalí.

Permanecieron en la taberna hasta que oscureció, y entonces se pusieron los dos en camino. Ya había anochecido del todo cuando llegaron a un puente que cruzaba un río.

—Cruza tú primero —dijo el hermano mayor.

Y el pequeño así lo hizo. Cuando había llegado al centro del puente, el mayor descargó semejante golpe sobre la cabeza del pequeño que quedó muerto allí mismo. El asesino le enterró en la orilla del río, debajo del puente, cargó el jabalí sobre sus hombros, y se lo llevó al rey.

—Lo he matado yo —dijo el hermano mayor—. Y no he vuelto a ver a mi hermano pequeño. Espero que no le haya pasado nada.

El rey cumplió su palabra, y el hermano mayor se casó con la princesa. Al cabo de un tiempo, y como el hermano pequeño aún no regresaba, el mayor solía decir:

—Seguro que el jabalí lo mató. ¡Pobrecito hermano mío!

Todo el mundo le creyó, y pensaron que esta era toda la historia.

Pero no hay nada que permanezca oculto a la mirada de Dios. Al cabo de muchos años, un pastor que conducía su rebaño por el puente, vio una cosa blanca y centelleante en la orilla, justo al pie del puente. Se le ocurrió que podía ser un objeto valioso, bajó a cogerlo y se encontró con un hueso blanco como la nieve, se lo llevó a su casa y lo talló para hacer con él una boquilla para el cuerno.

Ante su asombro, cuando lo sopló por primera vez, el hueso se puso a cantar por su cuenta:

Sopla el cuerno y haz música, pastor,
que así se vuelva a escuchar mi voz,
y que cuente cómo mi hermano me mató,
se llevó el jabalí y me enterró.
Fue malvado y cruel
y así se casó con la hija del rey.

—¡Vaya boquilla extraordinaria! —dijo el pastor—. Hace que el cuerno cante solo. Voy a llevársela al rey.

Cuando se la llevó al rey, el cuerno cantó la misma canción que la primera vez. Como el rey no era nada tonto, comprendió al punto qué había ocurrido en realidad, y ordenó que desenterraran el cadáver que estaba debajo del puente. Encontraron el esqueleto completo de un hombre, al que le faltaba un solo hueso.

El malvado hermano mayor no pudo negar que la historia era cierta. Por orden del rey, fue introducido en un saco, cuyo extremo cosieron muy fuerte, e hicieron que muriese ahogado en el mismo río y al lado de donde había quedado enterrado el cuerpo de su hermano menor. Los huesos del joven fueron enterrados, pero esta vez en una bella tumba situada en el patio de la iglesia.

Tipo de cuento: ATU 780, «El hueso cantor».
Fuente: Esta historia se la contó Dortchen Wild a los hermanos Grimm.
Cuentos similares: Alexander Afanasiev: «La flauta milagrosa» (*Cuentos populares rusos*); Katharine M. Briggs: «Bonnorie» (*Folk Tales of Britain*); Italo Calvino: «La pluma del pavo real» (*Cuentos populares italianos*).

Si quitásemos los elementos sobrenaturales de este cuento, el detalle del hombre que le da al hermano pequeño la lanza negra y la boquilla que hace que cante el cuerno, podría ser una de las historias reunidas en la popularísima antología de Johann Peter Hebel titulada *Schatzkästlein des Reinische Hausfreund* [El baúl de los tesoros], publicada en 1811, un año antes de la primera edición del libro de los Grimm. La especialidad de Hebel eran las historias de la vida cotidiana, narradas en un tono divertido, espectacular o moral, y el asesinato descubierto por azar que encontramos en este cuento aparece en más de una de sus anécdotas.

Pero es importante, y también muy común, la aparición de elementos sobrenaturales que vemos aquí. A veces el instrumento mágico que canta la verdad está hecho de hueso, otras veces de junco, y a veces es un arpa hecha con las costillas y los cabellos de la víctima, como ocurre en el cuento británico «Binnorie». Pero lo común es que gracias a eso resplandezca la verdad.

$\mathcal{L}$os tres pelos de oro del Diablo

Érase una vez una mujer pobre que tuvo un hijo que nació con una marca en la cabeza. Como eso es señal de buena suerte, en cuanto la echadora de cartas de la aldea tuvo noticia del hecho, hizo una profecía. Dijo que aquel niño, al cumplir los catorce años, se casaría con la hija del rey.

A los pocos días el rey pasó por esa aldea. Viajaba de incógnito, así que no le reconoció nadie, y cuando preguntó cómo iban las cosas en la aldea, si había alguna novedad, de qué hablaba la gente de por allí, y cosas parecidas, le dijeron que había nacido un niño con una marca de la suerte. Le dijeron que esa marca significaba en apariencia que sería afortunado en la vida, y que a los catorce años se casaría con la hija del rey.

Este rey era un hombre malvado al que, además, no le gustó nada esta profecía. Fue a ver a los padres del niño y les dijo:

—Amigos, tenéis en la familia a un niño afortunado, y yo soy rico. Voy a daros una primera prueba de la suerte que le acompaña: confiad el niño a mi custodia y yo cuidaré de él.

Los padres se negaron a aceptar en un primer momento, pero cuando el desconocido les ofreció un buen montón de oro si aceptaban lo que les proponía, acabaron viendo las ventajas de lo que él decía y dijeron:

—Al fin y al cabo, este niño será afortunado, y seguro que le saldrá todo bien.

Y fue así como acabaron aceptando y le entregaron el niño.

El rey metió al pequeño en una caja, se fue a caballo y avanzó hasta llegar a un río profundo. Entonces tiró la caja al agua y pensó: «Un buen día de trabajo eficaz. He salvado a mi hija de un pretendiente indeseable.»

Y regresó a palacio. Si se hubiera quedado un momento junto al río habría visto que la caja no se hundía, tal como él suponía que iba a ocurrir, sino que flotaba como si se tratara de un barquito, sin que se colara dentro de ella ni una gota de agua. Y siguió flotando río abajo hasta unas dos millas de la ciudad que era la capital del reino, llegó al lugar donde había un molino y allí quedó atrapada en la presa. El aprendiz del molinero estaba pescando en sus aguas en ese momento, vio la caja y la acercó a la orilla tirando de ella con un bichero, pensando que había caído en sus manos un tesoro. Sin embargo, cuando abrió la caja se llevó una enorme sorpresa porque dentro de ella había un crío recién nacido y de sonrosadas mejillas. A él ese crío no le servía de nada, así que se lo entregó al molinero y su esposa. Como no tenían hijos, ellos se quedaron encantados ante la llegada del pequeño.

—Nos lo ha proporcionado Dios —dijeron.

Fue así como se lo quedaron y lo cuidaron. Y el niño afortunado creció muy sano, y ellos le enseñaron buenos modales y a ser siempre bueno y honrado.

Pasó el tiempo, y años más tarde el rey que había salido a cazar, se vio atrapado por una gran tormenta y fue a refugiarse precisamente a ese molino. Preguntó al molinero y su esposa si el muchacho de la casa era su hijo y ellos respondieron:

—No es hijo nuestro. Era un niño abandonado. Hace catorce años apareció flotando en la presa, metido dentro de una caja, y el aprendiz logró pescarlo y sacarlo del agua.

El rey comprendió que se trataba ni más ni menos que del niño de la suerte que él había arrojado al río y dijo:

—Buena gente, ¿os importa que mande al niño a ver a la reina y que le lleve una carta mía? Os pagaré a cambio dos monedas de oro.

La pareja aceptó y mandaron al muchacho a prepararse. Mientras, el rey pidió un pedazo de papel y escribió esta nota dirigida a la reina: «Tan pronto como llegue el muchacho portador de esta carta, hay que matarlo y enterrarlo. Y todo eso hay que hacerlo antes de que yo vuelva a palacio.»

El muchacho cogió la carta y emprendió el camino, pero al poco rato se extravió, y cuando cayó la noche estaba caminando por un gran bosque muy espeso. En medio de la oscuridad vio una luz solitaria entre los árboles. No se veía ninguna otra luz, de modo que se puso a caminar en esa dirección, y antes de que pasara mucho tiempo llegó a las puertas de una casita. Dentro, dormitando ante la lumbre, había una anciana. Al verle la mujer se llevó un sobresalto y dijo:

—¿Se puede saber de dónde has salido tú? ¿Qué haces aquí?

—Vengo del molino —dijo él—, y le llevo una carta a la reina. Pero me he perdido en el bosque y desearía, si no le molesta, pasar la noche aquí.

—Pobre muchacho inocente —dijo la anciana—, acabas de caer en una guarida de ladrones. Han salido y están cometiendo alguna fechoría por ahí, pero te aseguro que en cuanto regresen te matarán.

—Pues ya pueden venir —dijo el muchacho—. Los ladrones no me dan miedo. Además, estoy completamente agotado y necesito echarme a dormir.

Se tendió en el banco y se quedó dormido al momento. Poco después regresaron los ladrones y, muy enfadados, preguntaron:

—¿Se puede saber quién es este chico que duerme ahí?

—No es más que un niño inocente —dijo la anciana—. Se ha perdido en el bosque y le he permitido tumbarse. Estaba el pobre agotado. Lleva una carta que ha de entregarle a la reina.

—Con que sí, ¿eh? —dijo el jefe de los ladrones—. Pues veamos qué dice la carta.

Le sacaron la carta del bolsillo, abrieron el sobre y no sin alguna dificultad fueron leyendo letra a letra lo que decía: que el chico debía morir en cuanto entregase la carta.

—Me parece muy mal —dijo el jefe—. Menuda jugada tan sucia.

Pese a que sus corazones estaban endurecidos, incluso los ladrones se quedaron conmovidos por aquello. El jefe cogió otro papel y escribió una carta diferente, en la que decía que en cuanto el muchacho llegara a palacio debía contraer matrimonio con la princesa. Le dejaron dormir tumbado en el banco hasta la mañana siguiente, y cuando despertó le dieron la carta y le empujaron a irse rápidamente a palacio.

En cuanto llegó y entregó la carta a la reina, naturalmente ella organizó al punto una boda esplendorosa, y el muchacho se casó con la princesa. Como era agraciado y muy amable y educado con todo el mundo, a la princesa le pareció tan bien como a todos los demás.

Finalmente el rey volvió a palacio y descubrió que la profecía pronunciada sobre el muchacho cuando nació se había cumplido, pues a pesar de todo acababa de casarse con la princesa.

—¿Se puede saber qué ha ocurrido? —preguntó el rey a la reina—. ¿No leíste mi carta? No decía en ella nada de bodas.

La reina le mostró la carta. El rey la leyó y comprendió lo ocurrido. Llamó entonces al muchacho y dijo:

—¿Puedes explicarme esto? Yo no te di esta carta, sino otra muy diferente. Dime, ¿cómo ha podido ocurrir?

—Me temo mucho que no tengo ninguna explicación que ofrecer —respondió el chico—. Pasé toda la noche en el bosque y supongo que mientras yo dormía alguien cambió la carta.

—Pues no creas que te vas a salir con la tuya —dijo el rey en son de burla—. El que se haya casado con mi hija tendrá que salir de camino y llegar hasta el mismísimo infierno, y traer consigo a su regreso los tres pelos de oro que tiene el Diablo en la cabeza.

—Ah, ¿no es más que eso? —dijo el muchacho—. No le temo al Diablo. Le traeré esos tres pelos.

Dicho esto se puso en camino. Llegó primero a una ciudad en cuyas puertas había un vigilante.

—¿A qué oficio te dedicas? Dime, ¿qué es lo que sabes hacer?

—Lo sé todo —dijo el muchacho—, y lo que no sé, puedo aprenderlo preguntando.

—Si es así, ¿podrías hacernos un favor? En la plaza del mercado hay una fuente de la que salía siempre un buen chorro de vino, pero ahora no da ni siquiera agua. ¿Se puede saber qué le ocurre a la fuente?

—Lo averiguaré, te lo garantizo —dijo el muchacho—. Cuando vuelva por aquí, te lo diré.

Siguió caminando y al cabo de un tiempo encontró un pueblo cuyo vigilante le preguntó lo mismo:

—¿A qué oficio te dedicas? ¿Qué es lo que sabes hacer?

—Lo sé todo —dijo el muchacho—, y lo que no sé, puedo aprenderlo preguntando.

—Entonces, dime una cosa. Teníamos antiguamente en el parque un árbol que daba manzanas de oro. Pero le ocurrió alguna cosa y ahora no le salen ni hojas.

—Déjalo de mi cuenta —dijo el muchacho—. Te lo explicaré cuando pase de regreso por aquí.

Siguió caminando y después de otro trecho llegó a un río donde un barquero esperaba para transbordar gente de una orilla a la otra.

—¿A qué oficio te dedicas? ¿Qué es lo que sabes hacer?

—Lo sé todo —dijo el muchacho—, y lo que no sé, puedo aprenderlo preguntando.

—Entonces, presta atención a esta pregunta: ¿por qué he de seguir cruzando yo el río y no viene nadie a relevarme?

—No te preocupes —dijo el muchacho—. Ya verás cómo averiguo la respuesta.

Poco después de haber cruzado el río, el muchacho encontró la entrada del infierno. Era un sitio oscuro, humeante, abominable. El Diablo había salido de casa, pero en un sillón muy amplio, leyendo el periódico, estaba la abuela del Diablo.

—¿Qué quieres? —preguntó.

Como no parecía muy demoníaca, el muchacho le dijo para qué había ido allí.

—Dijo el rey que si no conseguía los tres pelos de oro que hay en la cabeza del Diablo —explicó— no podré continuar casado con mi esposa.

—Eso no va a ser fácil —dijo la abuela—. Si te encuentra aquí, lo más probable es que se te coma. Pero pareces un buen chico y me das lástima, así que haré lo posible por ayudarte. Primero, te transformaré en una hormiga.

Así lo hizo, y para asegurarse de que le podía oír, lo cogió entre las puntas de los dedos.

—Escóndete en los pliegues de mi falda —dijo—, y yo misma arrancaré los pelos del Diablo.

—Hay otra cosa —dijo la hormiga—. Necesito saber la respuesta a unas cuantas preguntas. ¿Por qué la fuente de la plaza del mercado ya no da ni agua, cuando antes tenía un gran chorro de vino? ¿Y por qué el árbol del parque que daba manzanas de oro ahora ni siquiera tiene hojas? ¿Y por qué el barquero tiene que seguir transbordando gente de una orilla a otra del río?

—No es tan fácil como crees —dijo ella—. No te puedo prometer nada. Pero calla y escucha atentamente todo lo que él diga.

Asintió con su diminuta cabeza de hormiga y la abuela lo metió entre los pliegues de su falda. Y lo hizo justo a tiempo porque en ese preciso instante regresó a casa el Diablo, que enseguida se puso a rugir.

—¿Y ahora qué te pasa? —dijo su abuela.

—¡Huelo a persona humana! ¿Quién ha estado aquí? ¿Eh?

—¡Por todos los diablos! —dijo ella—. ¿No ves que acabo de hacer la limpieza? No andes así, acabarás ensuciándolo y revolviéndolo todo. Anda, siéntate y cena, y deja de armar tanto alboroto por nada.

—Pues lo noto —dijo él—. Lo huelo, clarísimamente.

Sin embargo, terminó tomando asiento y se zampó toda la cena muy deprisa, y luego se tumbó con la cabeza apoyada en el regazo de su abuela.

—Quítame los piojos de la cabeza, abuela —dijo.

Ella se puso a pegarle tironcitos al pelo, y el Diablo acabó durmiéndose y poniéndose a roncar. En cuanto la anciana se dio cuenta, cogió uno de los pelos de oro y se lo arrancó de un tirón.

—¡Uuuuuyyyy! —chilló el Diablo, despertándose de golpe—. ¿Se puede saber qué estás haciendo?

—Me había puesto a soñar —dijo la abuela, dejando el cabello a un lado, en un sitio donde él no pudiese verlo.

—¿Un sueño? ¿Y qué soñabas?

—He soñado en una fuente —dijo ella—. Estaba en mitad de la plaza del mercado. Hace años soltaba chorros de vino, y todo el mundo se servía su vaso, pero ahora de esa fuente ya no mana ni agua.

—¡Serán necios! —murmuró el Diablo, apoyando de nuevo la cabeza en el regazo—. Basta con que caven debajo y saquen de ahí al sapo que se ha escondido al pie de la fuente. Si lo matan, volverá a manar un chorro de vino.

La abuela siguió cazando piojos, y él se puso otra vez a roncar. En medio de aquellos cabellos tan revueltos, la anciana encontró otro pelo de oro y se lo arrancó de un tirón.

—¡Aaayy! ¿No puedes parar de darme tirones?

—Lo siento, nietecito mío —dijo—. Me había puesto otra vez a soñar y no me daba cuenta de lo que hacía.

—¿Así que otro sueño? ¿Y qué soñabas ahora?

—Que había un árbol en el parque que ahora ya no daba ni siquiera hojas, pero que antaño había dado manzanas de oro.

—¡Vaya ignorantes que son en ese lugar! Tendrían que cavar entre las raíces y comprobarían que hay una rata que se pasa el día royéndolas. Si matan a la rata, volverán a tener manzanas de oro.

—Muy bien —dijo ella—. Si yo fuera tan lista como tú, no estaría despertándote todo el rato. Anda, niñito mío, duérmete otra vez.

El Diablo cambió de postura y apoyó de nuevo la cabeza en su regazo. Al poco rato volvieron a escucharse los ronquidos. Esta vez la abuela esperó un poco más de tiempo, y luego tiró del tercer cabello de oro y lo guardó junto a los otros dos.

—¡Uuuyyy! ¿Otra vez lo mismo? Vieja estúpida, ¿se puede saber qué te pasa?

—Tranquilo, tranquilo —dijo ella—. Es por culpa del queso que he cenado. Me está haciendo soñar otra vez.

—Tú y tus malditos sueños. Como vuelvas a pegarme uno de esos tirones, voy a soltarte un bofetón. ¿Y qué soñabas ahora?

—Soñaba con un barquero. Lleva toda la vida transbordando a la gente de una orilla a otra, y no llega nunca nadie a relevarle.

—¿Será posible? ¡Cómo puede ser la gente tan ignorante! Basta con que le entregue la pértiga al primero que quiera cruzar, y ese será quien tendrá que tomar el relevo.

—Anda, pequeño. Duerme otra vez —dijo la abuela—. Ya no voy a soñar más veces, guapito.

Y como le dejó dormir tranquilamente, el Diablo no volvió a despertarse en toda la noche. Cuando lo hizo ya era de día y salió a trabajar. Su abuela esperó a estar segura de que se había ido y entonces cogió a la hormiga que llevaba aún escondida entre los pliegues de la falda y volvió a transformarla en el muchacho.

—¿Oíste bien todo lo que dijo? —preguntó ella.

—Palabra por palabra —dijo él—. ¿Y lograste arrancarle los tres cabellos?

—Aquí los tienes. —Y la abuela se los dio.

Como era un chico muy educado, dio las gracias efusivamente y se fue, muy contento de haber conseguido todo lo que quería.

Al llegar al río el barquero dijo:

—Dime, ¿has encontrado la respuesta?

—Llévame primero a la otra orilla —repuso el muchacho, y cuando ya habían cruzado dijo—: Si quieres liberarte no tienes más que entregarle la pértiga a la primera persona que te pida cruzar el río.

Siguió caminando y llegó a la ciudad del árbol estéril. También el vigilante de la puerta esperaba de él una respuesta.

—Matad la rata que se ha estado comiendo las raíces del árbol y volverá a dar manzanas de oro —le dijo el muchacho.

El alcalde y el municipio sintieron tanto alivio al saberlo, que le premiaron con dos asnos cargados de oro. Siguió su camino de vuelta a casa con los dos asnos, y se detuvo al llegar a la ciudad cuya fuente se había secado.

—Tenéis que picar la piedra sobre la que se encuentra la fuente hasta encontrar al sapo que vive debajo y matarlo enseguida —dijo.

Hicieron al punto lo que les decía y naturalmente la fuente comenzó a manar vino como antes. Bebieron todos a la salud del muchacho y como premio le dieron otros dos asnos cargados de oro.

Y regresó a casa con cuatro asnos. Todo el mundo se alegró mucho de verle, en especial su esposa, y cuando el rey vio los asnos con su rico cargamento, se mostró encantado.

—¡Querido muchacho! —dijo—. ¡Cuánto celebro verte de nuevo! Y los pelos de oro del Diablo... ¡espléndidos! Guárdalos en esa vitrina. Y, ¿podrías explicarme de dónde has sacado tantísimo oro?

—Un barquero me cruzó al otro lado de un río. La otra orilla no es de arena, sino de oro. Y allí puedes coger tanto oro como desees. En vuestro lugar, majestad, iría y cargaría con un montón de sacos.

El rey, que era un hombre muy codicioso, partió de inmediato hacia allí. No paró en todo el día hasta que llegó al río, y una vez allí saludó impaciente al barquero.

—Una vez a bordo, permaneced tranquilo y muy quieto —dijo el barquero viéndole tan inquieto—. Que no se menee el barco. ¿Os importa sostener la pértiga un momento?

Naturalmente, el rey accedió, y el barquero no esperó ni un instante. Y saltó corriendo a tierra. Una vez en la orilla se puso a reír a carcajadas y a cantar y bailar de alegría, y salió de estampida, y el rey se vio obligado a quedarse para siempre en el barco, y tuvo que transbordar a la gente de una orilla a otra el resto de sus días, como castigo por sus pecados.

Tipo de cuento: ATU 930, «La profecía», y continúa en el tipo ATU 461, «Tres pelos de la barba del Diablo».
Fuente: La historia se la contó Dorothea Viehmann a los Grimm.

Cuentos similares: Alexander Afanasiev: «Marco el Rico y Vasily el Infortunado» (*Cuentos populares rusos*); Katharine M. Briggs: «La más bonita de todas», «El pez y el anillo», «La dama de Stepney» (*Folk Tales of Britain*); Italo Calvino: «El ogro de las plumas», «El mercader de Ismailía», «Mandorlinfiore» (*Cuentos populares italianos*); Jacob y Wilhelm Grimm: «El Grifo» (*Cuentos para la infancia y el hogar*).

Al igual que el cuento de «Las tres hojas de la serpiente» (pág. 113) este tiene dos partes bien diferenciadas. En algunos de los cuentos similares, la profecía relativa al niño que acaba de nacer (que suele ser niña), y que le augura que se casará con alguien rico, continúa con un tipo de prueba diferente. En lugar de los tres pelos del Diablo (o de plumas de un ogro, o lo que sea), la protagonista niña debe encontrar un anillo que el novio, a su pesar, había tenido que arrojar a las aguas del mar. Y no puede haber boda hasta que el anillo sea recuperado, cosa que finalmente ocurre, pues aparece en el estómago de un pez. Me gusta en especial esta versión de los Grimm, porque el premio no se obtiene como recompensa de la buena suerte, sino como recompensa del valor.

ℒa muchacha sin manos

Érase una vez un molinero que se iba hundiendo poco a poco en la pobreza, hasta que no le quedó más que el molino y un bonito manzano que crecía al lado. Un día se fue al bosque a buscar leña y de pronto se presentó delante de él un anciano al que no conocía de nada.

—¿Por qué malgastas tus fuerzas cortando leña? —dijo el anciano—. Prométeme que me darás lo que hay detrás del molino y te haré rico.

«¿Lo que hay detrás del molino? —pensó el molinero—. Allí no hay más que el manzano.»

—De acuerdo —dijo—. Te lo daré.

El anciano preparó un contrato y el molinero lo firmó. Y el anciano se lo guardó soltando la más extraña de las carcajadas que nadie pueda imaginar.

—Dentro de tres años vendré a buscarlo —dijo el anciano—. No lo olvides.

El molinero regresó apresuradamente a casa y su esposa salió a recibirle.

—¡Esposo mío! —dijo ella—. ¡En la vida serías capaz de adivinar lo que ha ocurrido mientras estabas fuera! ¡Han aparecido por toda la casa, y de repente, montones de cajas y baúles con tesoros, llenos a rebosar de monedas de oro, toda clase de joyas y dinero y cosas así! ¿De dónde puede haber salido todo eso? ¿Crees que el Señor ha decidido por fin darnos todas estas bendiciones?

—Si es así, el anciano ha cumplido su parte del trato —dijo el molinero, que enseguida le contó a su esposa su encuentro en el bosque—. Solo he tenido que hacer una cosa, firmar un contrato que dice que él se puede quedar con lo que hay detrás del molino. Todos estos tesoros bien valen quedarnos sin el manzano, ¿no te parece?

—¡Ay, esposo mío! ¡No sabes qué has hecho! ¡Seguro que has hablado con el mismísimo Diablo! Porque no se refería al manzano. ¡Se refería a nuestra hija! ¡Estaba ahí atrás, barriendo el patio!

La hija del molinero era una muchacha muy gentil y se pasó los tres años siguientes rezándole a Dios con toda la piedad de su corazón. Cuando llegó el momento en que el Maligno tenía que ir a buscarla y quedársela, se lavó de pies a cabeza, se puso un vestido blanco y trazó en el suelo un círculo de tiza a su alrededor. A la mañana siguiente, muy temprano, se presentó el Diablo y comprobó que no conseguía acercarse a la muchacha.

—¿Se puede saber por qué has permitido que se lavara, viejo estúpido? —dijo al molinero—. No debías permitir que tocara agua, ni una sola gota, porque si toca agua no voy a poder ni rozarla.

El molinero quedó aterrado. Desde ese momento prohibió a su hija que tocara agua y no le permitió beber ni una sola gota, por muy sedienta que estuviera. A la mañana siguiente, el Diablo se presentó de nuevo.

—¡Mira! ¡Tiene las manos limpias! ¿Cómo es que le has permitido que se las lavara?

Ocurrió que durante toda la noche la hija del molinero había estado llorando, y las lágrimas le habían lavado las manos. El Diablo se puso furioso, porque tampoco ese día iba a poder tocarla siquiera.

—Entonces —dijo el Diablo— vas a tener que cortarle las manos.

El molinero se quedó aterrado.

—¡No soy capaz de hacerlo! —sollozó—. ¡Es mi hija! ¡No puedo hacerle una cosa así!

—Entonces, si no le cortas las manos, no tendré otro remedio que cogerte a ti y llevarte conmigo —dijo el Diablo.

El molinero no era capaz de aceptar este canje. Se dirigió a su hija y habló con ella:

—Hija mía, si no te corto las manos el Diablo se me llevará con él, y no sabes el miedo que me da de solo pensarlo. ¿Podrás perdonarme, hija mía? ¡Ayúdame a pasar esta prueba, y perdóname!

—Querido padre, soy tu hija —dijo la muchacha—. Haz conmigo lo que tengas que hacer.

Y tendió las manos hacia el molinero y dejó que se las cortara.

El Diablo volvió al molino, pero la pobre chica había llorado otra vez, y cubrió los muñones de lágrimas abundantes, y le quedaron perfectamente limpios. Y entonces el Diablo tuvo que dejarlo correr, porque ya era la tercera vez, y ese era el máximo de oportunidades que tenía para llevársela.

El molinero dijo luego:

—Hija mía, todas las riquezas que poseemos te las debemos a ti. No te va a faltar de nada, y haré que vivas toda la vida rodeada de lujos.

Pero su hija replicó:

—Ahora ya no puedo seguir viviendo aquí. Voy a irme de casa. Y la amabilidad de los desconocidos bastará para proporcionarme todo cuanto pueda necesitar.

Les pidió a sus padres que le ataran a la espalda sus brazos cortados por la muñeca, y se fue de allí. Caminó el día entero y no paró hasta que anocheció. Brillaba la luna, y gracias a esa luz la muchacha vio un río al otro lado de cuyo cauce se extendía un jardín real en el que los árboles rebosaban de bellas frutas. Aunque anhelaba tener algo que echarse a la boca, el agua le impedía cruzar hasta allí.

No había comido nada en todo el día, y sentía un hambre tremenda. Y pensó: «¡Si al menos me encontrara en ese jardín! Allí podría comer la fruta directamente del árbol. Como no lo consiga, pereceré de hambre.»

Se arrodilló y comenzó a rezar. Y enseguida se le apareció un ángel. El ángel se dirigió al río, cerró una esclusa, el cauce quedó seco, y de esta manera la muchacha pudo cruzar caminando al otro lado.

Seguida por el ángel, comenzó a caminar por el jardín. Vio un árbol lleno de peras preciosas y maduras, y todas las frutas estaban numeradas para que nadie pudiese robarlas, pero ella necesitaba alimento, de manera que se aproximó al árbol y comenzó a comer, pero solo una pera. Ni una sola más, porque con una pudo contener el hambre. Y después de comérsela se dirigió a unos matorrales cercanos, y allí se tendió a dormir.

El jardinero lo vio todo, pero como la muchacha tenía cerca de ella a un ángel, pensó que ella era también un espíritu, y no se atrevió a mover un solo músculo.

A la mañana siguiente el rey salió a pasear y llegó al jardín de los frutales. Enseguida comprobó que se habían comido una de las peras, y ordenó al jardinero que se presentara ante él.

—¡Majestad! ¡Ayer noche vino un espíritu, cruzó el río y se comió la pera sin arrancarla del árbol! Como sentí mucho temor, majestad, lo vi todo pero no dije nada ni se lo impedí. Luego, cuando el espíritu se hubo comido esa pera, se fue y no volví a verlo más.

—Me parece muy poco probable todo eso que cuentas —dijo el rey—. Esta noche me quedaré a vigilar contigo, por si ocurre de nuevo.

Por la noche el rey fue al jardín de los frutales sin hacer ruido, acompañado por un sacerdote a quien había pedido que, en caso de que el espíritu volviese a aparecer, hablara con él. Se sentaron no lejos de allí y estuvieron aguardando un rato y, naturalmente, a medianoche la muchacha salió de su escondite, se acercó al árbol y comió una pera sin arrancarla, mordiéndola directamente en la rama del árbol. A su lado, vigilaba en todo momento un ángel.

El sacerdote se acercó a ellos dos y dijo:

—¿De dónde procedes, hija mía? ¿Vienes directamente de Dios o eres de este mundo? ¿Eres un espíritu o un ser humano?

—No soy un espíritu —dijo ella—. Soy una pobre muchacha, y todo el mundo ha renegado de mí; todos, menos Dios.

El rey estaba escuchándola y dijo:

—Pues aunque el mundo entero haya renegado de ti, yo no lo haré.

Y dicho y hecho, se la llevó consigo a palacio. Era una muchacha tan bella y tan buena, que el rey se enamoró, la tomó por esposa, y encargó que le hicieran unas manos de plata. Y vivieron felices.

Al cabo de un año el rey tuvo que ir a la guerra. Y dejó a su joven esposa a cargo de su madre.

—Si tuviese un hijo —dijo el rey—, cuida bien de la madre y del niño. Y escríbeme para darme la noticia inmediatamente.

Poco después la muchacha dio a luz a un guapo niño. La madre del rey le mandó una carta, siguiendo sus instrucciones y contándole la buenísima noticia.

Pero cuando iba de camino, el mensajero que llevaba la carta se detuvo a descansar junto a un arroyo. El Diablo, que había estado vigilando a la muchacha todo el tiempo, y que estaba decidido a destruir su felicidad, decidió quitarle la carta al mensajero y sustituirla por otra en la que decía que la esposa del rey había dado a luz a un monstruo.

El rey se quedó horrorizado al leer la carta y se sintió muy triste, pero escribió una respuesta donde decía que debían cuidar muy bien de su esposa hasta que él regresara. De nuevo el mensajero se tendió en el suelo a dormir, y otra vez en Diablo se acercó y cambió esa carta por otra escrita por él. En esta nueva carta decía que había que matar a la reina y a su hijo.

La madre del rey sufrió una verdadera conmoción cuando leyó aquello, y sintió mucho miedo. Volvió a escribir a su hijo, pero la respuesta fue la misma, ya que el Diablo vigilaba y volvió a cambiar la carta. En la última llegaba incluso a decir el rey que debían matar a la reina y conservar su lengua y sus ojos como prueba. Cuando lo leyó la reina madre, se puso a llorar amargamente de solo pensar que iba a tener que derramar sangre inocente. Pero entonces se le ocurrió una idea, hizo sacrificar a una corza, le hizo cortar los ojos y la lengua y los guardó en lugar seguro.

—Querida reina —le dijo a la muchacha—, no puedes seguir viviendo aquí. No sé por qué razón el rey ha dado esa orden terrible, pero ya lo ves, está escrita de su puño y letra, y no veo otra solución que cojas a tu hijo y te vayas con él hasta alejarte de aquí por el ancho mundo, para no regresar jamás.

La reina madre ató al pequeño a la espalda de la muchacha, y la pobre mujer no tuvo más remedio que, llorando amargamente, emprender de nuevo el camino. Caminó sin parar hasta que llegó a un bosque muy profundo y oscuro, y allí se puso de rodillas y empezó a rezar.

De la misma manera que la otra vez, se le apareció un ángel, y esta vez la condujo a una casita del bosque. Encima de la puerta había un cartel que decía: «Todo el que llegue a esta casa es bienvenido, y puede vivir libremente en ella.»

Entonces salió de la casita una doncella blanca como la nieve, tan blanca como el ángel, y dijo:

—Majestad, podéis pasar.

Desató al recién nacido de la espalda de su madre y se lo puso junto a sus pechos para que ella lo amamantase, y luego les mostró una cama ricamente dispuesta.

—¿Cómo sabes que soy una reina?

—Soy un ángel, y he sido enviado a cuidar de ti. No tendrás que preocuparte por nada.

Y durante siete años vivieron en la casita donde tanto ella como su hijo estuvieron muy bien cuidados. Durante todo este tiempo, por la intervención de la gracia divina y como premio a su piedad, a la reina le volvieron a crecer las manos.

Finalmente el rey regresó de la guerra, y lo primero que quiso hacer fue ir a saludar a su esposa y a su hijo.

Entonces la madre del rey rompió a llorar:

—¡Eres un hombre malvado! ¿Cómo puedes decir que quieres ir a saludarles, si tú mismo ordenaste que los matásemos?

El rey se quedó atónito, pero su madre le mostró las cartas que habían sido falsificadas por el Diablo.

—¡Y yo tuve que cumplir tus órdenes! ¡Ven y mira las pruebas: los ojos y la lengua de tu esposa!

El rey se puso a llorar y su llanto fue más amargo incluso que el de su madre. Finalmente, la mujer se apiadó de él y dijo:

—Han ocurrido cosas terribles, pero no debes llorar, porque tu esposa sigue viva. Lo que te he mostrado son los ojos y la lengua de una corza. Até al niño a la espalda de su madre y le dije que se alejara todo cuanto pudiera de aquí, y le hice prometer que no regresaría nunca, porque tú estabas furioso con ella.

—Has hecho bien —dijo el rey—. Todo esto ha sido obra del Diablo. Pero saldré en busca de mi esposa, y no voy a comer ni beber, ni dormiré en cama alguna, hasta que encuentre a mi querida esposa y a mi hijo.

Durante los siete años siguientes el rey viajó por todo el mundo, buscó en cada cueva y en cada posada, en cada pueblo y en cada ciudad, y no encontró ni señales de ella, de modo que al final comenzó a pensar que tal vez pudiese haber perecido. Tal como había prometido, el rey no comió ni bebió en todo ese tiempo, pero gracias a un favor especial del cielo se mantuvo con vida. Finalmente llegó a un gran bosque y allí localizó una casita con un cartel sobre la puerta que decía: «Todo el que llegue a esta casa es bienvenido y podrá vivir libremente en ella.»

Un ángel, que era blanco como la nieve, salió a recibirle y le tomó de la mano.

—Majestad, ¡sed bienvenido! ¿De dónde venís?

El ángel le ofreció de comer y beber, pero él se negó a aceptar nada y dijo que solo quería descansar un poco. Y allí se quedó sentado, y se cubrió el rostro con un pañuelo.

El ángel entró en la habitación contigua, donde la reina permanecía sentada con su hijo, al que había terminado llamando Afligido.

—Ve a la sala —dijo el ángel— y lleva contigo a tu hijo. Tu esposo ha llegado y está buscándote.

Ella se apresuró a salir, y al llegar junto a él se cayó el pañuelo con el que el rey se había cubierto la cara.

—Afligido, coge ese pañuelo —dijo ella— y vuelve a colocarlo sobre el rostro de tu padre.

El chico cogió el pañuelo y volvió a ponerlo sobre la cara de su padre. El rey, aunque dormía, lo oyó todo, y deliberadamente dejó que el pañuelo cayese otra vez al suelo.

El chico se impacientó y dijo:

—Madre, ¿cómo voy a cubrir el rostro de mi padre? ¿No me dijiste que no tenía padre en este mundo, que solo tenía un padre en el cielo, ese al que cuando rezo le digo «padre nuestro que estás en los cielos»? ¿Cómo quieres que este hombre salvaje sea mi padre?

Al oír estas palabras, el rey se incorporó en la silla y preguntó a la mujer quién era ella.

—Soy tu esposa —dijo—, y este es Afligido, tu hijo.

Pero el rey miró las manos de la mujer y comprobó que eran unas manos de verdad y que estaban vivas.

—Mi esposa tenía las manos de plata —dijo.

—En su divina compasión, el Señor hizo que me crecieran de nuevo las manos —repuso ella.

El ángel había ido a buscar las manos de plata que estaban en la otra habitación, y eso bastó para convencerle. No cabía la menor duda de que esa mujer y su hijo eran su esposa y el hijo que tuvo con ella, y el rey les besó y abrazó y dijo muy alegre:

—¡Un peso enorme ha dejado de embargar mi corazón!

El ángel les dio de comer a todos, y pronto regresaron a casa junto a la madre del rey. Cuando corrió la noticia por el reino, todos los súbditos se sintieron muy alegres. El rey y la reina volvieron a celebrar su boda y vivieron felices por siempre.

Tipo de cuento: ATU 706, «La doncella sin manos».

Fuente: Historias que les contaron a los Grimm Maria Hassenpflug, Dorothea Viehmann y Johan H. B. Bauer.

Cuentos similares: Alexander Afanasiev: «La doncella sin brazos» (*Cuentos populares rusos*); Katharine M. Briggs: «La madrastra cruel», «La hija Doris» (*Folk Tales of Britain*); Italo Calvino: «Olivo», «La pava» (*Cuentos populares italianos*).

Es una historia que ha circulado muy ampliamente por muchos países. Los elementos combinan la viveza y lo terrible, y el final resulta satisfactorio, ya que la familia real queda restaurada en su totalidad, y no faltan ni las manos. La imagen de la bella muchacha sin manos, vestida completamente de blanco y acompañada por el ángel, y mordisqueando una pera en el jardín iluminado por la luz de la luna, resulta tan extraña como conmovedora.

Sin embargo, el relato en sí habla de cosas repugnantes. El aspecto más repelente del cuento es la cobardía del molinero, que además queda sin ser castigada. El tono de piedad infatigable resulta nauseabundo, y la forma en que la joven recupera sus manos me parece absurda.

«Pero ¿no se supone que los cuentos de hadas hablan de cosas absurdas?»

Aunque podría decirse eso, la respuesta es no. La resurrección del chico en «El enebro» (pág. 217) se cuenta de forma que parece auténtica y correcta. Aquí en cambio esa recuperación de las manos parece una bobada: en lugar de reaccionar sintiéndonos maravillados, más bien nos ponemos a reír. Este cuento y otros parecidos debieron de ser contados muchas veces ante muchos oyentes, y por esa razón se difundió de forma tan amplia. Tal vez sea debido a que hay mucha gente a la que le gustan las historias de mutilaciones, crueldad y piedad sentimental.

$\mathcal{L}$os duendes

Primer cuento

Érase una vez un zapatero que, sin que mediara ninguna culpa por su parte, se fue haciendo cada vez más pobre. Tanto, que apenas si le quedaba ya cuero, pues apenas tenía el suficiente para hacer un solo par de zapatos. Cortó el cuero por la tarde, con idea de ponerse a coser los zapatos a la mañana siguiente, y después se fue a dormir. Estaba muy despejado, de manera que rezó sus oraciones y luego durmió pacíficamente.

A la mañana siguiente se despertó, comió un pedazo de pan seco, y se sentó a su banco de trabajo. Y de repente vio que los zapatos ya estaban hechos. Se quedó deslumbrado. Los cogió y los miró y remiró desde todos los ángulos posibles. Cada puntada estaba hecha a la perfección, cada parte del zapato estaba en su sitio. No habría sido capaz de hacerlos mejor.

Muy pronto entró un comprador, que necesitaba unos zapatos de esa talla exactamente, y ese par le gustó tanto que los compró, pagando por los zapatos un buen precio.

Con ese dinero el zapatero podía comprar cuero para hacer otros dos pares de zapatos, y así lo hizo. Y de la misma manera que la otra vez, cortó el cuero por la tarde, con intención de proseguir el trabajo a la mañana siguiente, esta vez con muy buen ánimo. Pero no tuvo necesidad de continuar: cuando despertó, los zapatos ya estaban hechos, igual que la vez anterior, como si los hubiese cosido un maestro del oficio. Pronto encontró compradores para los dos pares, y de este momento le quedó un beneficio suficiente como para comprar cuero para hacer cuatro nuevos pares. Compró el cuero, y a la mañana siguiente todos los zapatos ya estaban hechos, los vendió también, y así sucesivamente. Por la tarde cortaba el cuero, y al día siguiente los zapatos aparecían hechos, y de este modo muy pronto se encontró con que obtenía unos buenos ingresos, y no transcurrió mucho tiempo antes de que se convirtiera en un hombre rico.

Una tarde, cuando ya se aproximaba la Navidad, cortó como de costumbre el cuero para hacer más zapatos y, cuando ya iban a acostarse le dijo a su mujer:

—¿Qué te parece si esta noche nos quedamos despiertos un rato, a ver si de este modo averiguamos quién ha estado ayudándonos?

A su esposa le pareció buena idea, así que encendieron una lámpara y se quedaron esperando escondidos detrás de un perchero de un rincón del taller, detrás de las perchas con ropa colgada.

A medianoche dos hombrecitos desnudos se colaron por debajo de la puerta, pegaron sendos saltos para subirse al banco de trabajo, y se pusieron de inmediato a trabajar, y cosieron todos los zapatos a una velocidad que al zapatero le parecía increíble. No pararon hasta haber terminado toda la tarea, dejaron después los zapatos en el banco y se fueron otra vez por debajo de la puerta.

A la mañana siguiente, la esposa del zapatero dijo:

—Me parece que deberíamos devolverles el favor a estos hombrecillos. Al fin y al cabo, nos han hecho ricos, y ya les ves a los pobres, andando por ahí sin una ropa adecuada para protegerse del frío. Voy a coser para ellos unas camisas y unas chaquetas, algo de ropa interior y unos pantalones, y además tejeré para ellos dos pares de calcetines. Y tú podrías hacerles unos zapatitos.

—Es una buena idea —dijo el zapatero, y ambos se pusieron a trabajar.

Aquella tarde dejaron en el banco toda la ropa en lugar del cuero para hacer más zapatos, y volvieron a esconderse para ver qué hacían aquellos hombrecillos. Los dos entraron a medianoche, saltaron como la otra vez al banco dispuestos a ponerse a trabajar, pero se quedaron parados de sorpresa viendo toda esa ropa, y empezaron a rascarse perplejos la cabeza. Al fin comprendieron para qué era todo eso, saltaron de alegría, se vistieron al momento, se atildaron lo mejor posible, y acabaron poniéndose a cantar:

En nuestra vida nunca estuvimos mejor.
¡Se acabó lo de ser remendón!

Saltaron del banco, ágiles como mininos, y siguieron saltando y brincando por las sillas, el banco, el hogar, el alféizar de la ventana, y finalmente se colaron por debajo de la puerta y desaparecieron.

Nunca más regresaron, pero el zapatero siguió progresando. A partir de entonces el trabajo siempre fue bien, y él y su esposa vivieron felices el resto de sus vidas.

Segundo cuento

Érase una vez una pobre criada que trabajaba mucho y de forma diligente, y siempre de la mejor manera. Cada día barría la casa y amontonaba los escombros junto a la puerta trasera.

Una mañana, cuando iba a ponerse a trabajar, vio en medio de los escombros una carta. Como no sabía leer, dejó la escoba apoyada en una esquina y fue a ver a la señora y le llevó la carta. Resultó ser una invitación de los duendes, que pedían a la criada que fuese madrina y desempeñara esa función en el bautizo de un hijo recién nacido de unos duendes.

—¡Ay, señora, no sé qué hacer! —dijo la criada.

—Entiendo, Gretchen, no es fácil tomar una decisión —dijo la señora—. Pero he oído decir que no es correcto rechazar una invitación que te hacen los duendes. Me parece que deberías aceptar.

—Si usted lo dice, señora... —dijo Gretchen.

La señora escribió en su nombre una carta aceptando la invitación. La dejó donde había encontrado la primera carta, y en cuanto se volvió de espaldas, desapareció. Y muy poco después se presentaron tres duendes que la condujeron al interior de una montaña vacía por dentro. Para poder entrar Gretchen tuvo que agachar la cabeza, pero una vez dentro se quedó maravillada ante el esplendor de todo lo que se le ofrecía a la vista, que era inimaginablemente delicado y precioso.

La madre que había dado a luz recientemente estaba tendida en una cama de caoba oscurísima, con incrustaciones de perlas. El cobertor estaba bordado con hilo de oro, la cuna era de marfil, y la pequeña bañera de oro puro. El recién nacido era tan pequeño como un dedal.

La muchacha hizo de madrina, y luego pidió permiso para volver a casa, porque iban a necesitarla ya que al día siguiente iba a haber mucho trabajo allí. Pero los duendes le suplicaron que se quedara con ellos al menos tres días. Fueron tan persuasivos y tan amistosos que ella accedió y se lo pasó muy bien con ellos. Y ellos hicieron todo cuanto estuvo en sus manos para que ella disfrutara de su estancia.

Pasaron los tres días y ella les dijo que no tenía más remedio que volver a casa. Llenaron sus bolsillos de oro y la llevaron hasta la salida. Una vez afuera ella comenzó a caminar de regreso a su casa, llegó a media mañana, y vio que la escoba seguía apoyada en el rincón donde ella la había dejado. Se puso enseguida a barrer como de costumbre, y al poco se quedó de piedra porque salieron de la casa unos desconocidos y la preguntaron que qué hacía. Resultó que su antiguo señor había fallecido, y que no había permanecido en la montaña tres días, tal como ella imaginaba, sino siete años.

Tercer cuento

Unos duendes que le robaron a una madre el niño que dormía en la cuna, y dejaron en su lugar a un monstruo cabezón y de ojos con la mirada muy fija, que no hacía nada que no fuera comer y beber todo el día.

En su aflicción, la mujer fue a ver a una vecina y le pidió consejo. La vecina le dijo que cogiera al monstruo que habían dejado en lugar de su hijo en la cuna, que lo llevara a la cocina, le dejara en la chimenea y encendiera la lumbre. Después tenía que coger dos cáscaras de huevo y hervir dentro de ellas un poquito de agua. Eso haría reír al monstruo. Y en cuanto empezara a reír estaría perdido.

La mujer hizo punto por punto todo cuanto le dijo su vecina que hiciera. Y cuando puso en el fuego las dos cáscaras de huevo con agua a hervir, el cabezón empezó a cantar:

> *¡Como el bosque más antiguo, igual soy yo de viejo!*
> *¡Pero en la vida vi a nadie hervir agua*
> *en una cáscara de huevo!*

Y se partió de risa. Y tan pronto como comenzó a reír estentó-reamente, apareció una multitud de duendecillos y llevaban consigo al bebé de verdad. Lo pusieron allí y se llevaron al monstruo, y la mujer no volvió a verles nunca más.

Tipo de cuento: Primer cuento, ATU 503, «Los dones de la gente diminuta»; segundo cuento, ATU 476, «La madrina en el mundo subterráneo»; tercer cuento, ATU 504, «El niño sustituido por otro».
Fuente: Los tres cuentos se los contó Dortchen Wild a los Grimm.
Cuentos similares: Katharine M. Briggs: «Comida, fuego y compañía», «Los duendecillos», «Suficiente para ir tirando», «Ya veremos» (*Folk Tales of Britain*); Italo Calvino: «Los dos jorobados» (*Cuentos populares italianos*).

Este grupo de cuentos forma parte de los muy escasos de la antología de los Grimm que son de hecho cuentos de hadas. No importa el nombre que les demos a esta clase de seres sobrenaturales: podemos llamarles duendes, hadas o con el nombre con que se les suele llamar en las islas Británicas, *brownies*; sea como sea, para relacionarse con ellos hay que cumplir unas estrictas reglas de etiqueta. Katharine M. Briggs, que es la principal autoridad británica en el campo de los cuentos populares, afirma: «Al *brownie* lo alejas de ti en cuanto se te ocurre prometerle cualquier clase de compensación por sus favores. Al parecer, se trataba de un auténtico tabú» (*A Dictionary of Fairies*, pág. 46). No obstante, esta afirmación parece contradecirse con la historia de uno de los cuentos que ella recopila, «Suficiente para ir tirando», en donde unos niños muy bien educados son recompensados, y el rudo campesino recibe un castigo. Tal vez, además de ser cuidadoso, hay que tener suerte.

Los cuentos segundo y tercero son bastante más que meras anécdotas, en estas versiones, aunque ambos admitirían un relato más elaborado. El más conocido es el primero, y algunos lectores habrán visto que recuerda a «El sastre de Gloucester», el cuento de Beatrix Potter de 1902.

El novio bandido

Érase una vez un molinero cuya hija era muy bella. Cuando alcanzó la edad de las jóvenes casaderas, decidió buscarle un novio adecuado. «Si se presenta un hombre respetable, se la entregaré», pensó.

Corrió la voz, y no pasó mucho tiempo sin que un caballero se presentara a preguntar por su bella hija. El molinero le hizo muchas preguntas, no encontró defectos notables, y se comprometió a dársela en matrimonio.

Sin embargo, aquel hombre no le gustó nada a su hija. Había alguna cosa en aquel hombre que no le inspiraba confianza. Es más, cada vez que pensaba en él o que oía pronunciar su nombre, notaba que el corazón se le encogía horrorizado.

Cierto día el novio le dijo:

—Hace tiempo que estamos prometidos pero no has venido nunca a visitarme. ¿Por qué no vienes un día a mi casa? Al fin y al cabo, pronto será también la tuya.

—Ni siquiera sé dónde está tu casa —dijo ella.

—Algo alejada, en medio del bosque —dijo él—. Es un lugar precioso, te gustará.

—Me parece que no seré capaz de encontrar el camino —respondió ella.

—Nada, nada, tienes que venir. Este mismo domingo. He invitado a varias personas y todo el mundo tiene ganas de conocerte. ¿Sabes qué?, tiraré ceniza por el camino a través del bosque, y así llegarás siguiendo ese rastro entre los árboles.

Cuando llegó el domingo la muchacha tuvo un terrible presentimiento, y no sentía el menor deseo de ponerse a caminar por el bosque para ir a casa de su novio. Por si acaso, decidió meter en los bolsillos unos buenos puñados de guisantes, para señalar con ellos el camino. No fuera a ocurrir que necesitara salir de aquel lugar y no supiera cómo hacerlo. Cuando llegó al lugar donde comenzaba el bosque encontró el rastro de cenizas. Y lo siguió, pero después de cada paso tiró un par de guisantes a uno y otro lado del camino que había empezado a seguir. Estuvo caminando casi todo el día y finalmente llegó a una parte del bosque en la que los árboles crecían tan juntos y tan altos que debajo de ellos estaba todo oscuro, y justo allí, en el corazón del bosque, encontró la casa del novio. Y la casa estaba oscura y silenciosa, y parecía encontrarse desierta. Dentro de ella no había nadie, solo un pájaro metido en una jaula, pero el ave no supuso ningún consuelo. Más bien todo lo contrario, pues solo sabía cantar esta canción:

¡Vete de aquí! ¡Mucho cuidado! ¡Regresa!
¡Esta es la casa de un asesino! ¡Alerta!

La joven miró al pájaro y le preguntó:
—¿No podrías explicarme alguna otra cosa?
Pero el pájaro volvió a cantar:

¡Vete de aquí! ¡Mucho cuidado! ¡Regresa!
¡Esta es la casa de un asesino! ¡Alerta!

La novia fue entrando en todas las habitaciones, pero no vio a nadie en ninguna parte. Hasta que bajó a la bodega. Allí encontró a una anciana que sacudía todo el rato la cabeza y estaba sentada junto a la lumbre.
—¿Podría decirme por favor si mi novio vive aquí? —dijo la joven.
—¡Pobrecita niña! —exclamó la anciana—. ¿Cómo se te ha ocurrido venir a esta casa? ¡Es una guarida de asesinos! ¿Novio, dices? ¡Aquí solo encontrarás una pareja, la Muerte! ¿Ves la marmita tan grande que está puesta al fuego? Me pidieron que pusiese agua a hervir. En cuanto esa pandilla regrese, te van a cortar en pedazos y te cocinarán ahí dentro hasta que tu carne esté bien tierna, y se te comerán. Son unos caníbales. Mira, me parece que eres tan inocente y buena, que me das mucha lástima. Además, eres muy bonita. Ven, acércate.

La anciana le dijo que se escondiera detrás de un gran tonel, para que desde el resto de la bodega no se la pudiese ver.

—Quédate detrás del tonel y no hagas ruido —le advirtió—. Como te oigan, tus días se habrán terminado. Luego, cuando se queden dormidos, huiremos las dos.

Y apenas había pronunciado estas palabras cuando llegaron los bandidos, que arrastraban consigo a una muchacha a la que habían capturado ese mismo día. La muchacha gritaba y lloraba, pero ellos estaban tan borrachos que no prestaban oídos a sus súplicas. La obligaron a beber un vaso de vino tinto, después otro de vino blanco, y luego otro vaso de vino dorado, y ese tercer vaso ya no lo soportó, y a la pobre muchacha le reventó de golpe el corazón.

Después los hombres rasgaron sus bonitos vestidos y la tendieron encima de una mesa para allí descuartizarla y echarle sal. La pobre novia del bandido temblaba de pies a cabeza detrás del tonel, al comprobar cuál era el destino que los asesinos le tenían preparado.

Entonces, uno de los hombres vio que la muchacha llevaba en un dedo un anillo de oro. Cogió un hacha y de un solo golpe le cortó el dedo, y este salió volando por los aires, saltó por encima del tonel y fue a caer en el regazo de la novia. Como el bandido no encontraba el dedo, cogió un candil y se puso a buscarlo.

Otro de los asesinos dijo:

—Mira detrás del tonel grande de ahí, me parece que fue a parar detrás de él.

Pero la anciana les dijo a todos:

—Venid a cenar de una vez. No os preocupéis por el dedo, que no se irá solo de aquí. Mañana por la mañana lo encontraréis.

—Tiene razón la vieja —dijeron los demás, y cogieron cada uno una silla y se pusieron a cenar.

La anciana les puso en la jarra de vino un bebedizo capaz de darles mucho sueño, de manera que antes de haber terminado de cenar les entró una fuerte modorra y cayeron todos dormidos al suelo.

Cuando la novia oyó que roncaban, salió de detrás del tonel. Como el suelo estaba sembrado de cuerpos de bandidos dormidos, tuvo que caminar con muchísimo cuidado, pues temía que si pisaba a uno de ellos podía despertar.

—¡Ayúdame, Dios mío! —susurró, y al final alcanzó sana y

salva la escalera, y allí la esperaba la anciana. Subieron a la planta baja, abrieron la puerta de la casa, y salieron corriendo con todas sus fuerzas.

Menos mal que a la joven se le había ocurrido marcar el camino con guisantes, porque las cenizas que señalaban la ruta habían volado arrastradas por el viento. En cambio, los guisantes habían brotado y eran visibles a la luz de la luna, y de este modo siguieron el camino que las conducía de regreso al molino, y llegaron allí justo cuando salía el sol. La joven le contó a su padre todo cuanto había ocurrido, desde el principio hasta el final, y la anciana corroboró sus palabras.

Cuando llegó el día de la boda, el novio se presentó, y se mostro amable y sonriente con todo el mundo. El molinero había invitado a todos sus parientes y amigos, a los que aquel novio, que era un hombre agraciado, les causó muy buena impresión. Cuando se sentaron a comer, cada uno de los presentes tenía que contar una historia. La novia calló mientras los invitados iban contando cada uno su historia, y al final el novio dijo:

—Anda, amada mía, ¿puedes contarnos tú alguna historia? Empieza.

—Muy bien —dijo ella—. Os voy a contar un sueño. Estaba caminando por el bosque cuando llegué a una casa muy oscura. No se veía ni un alma por ningún lado. Solo un pájaro encerrado en una jaula que cantaba: «¡Vete de aquí! ¡Mucho cuidado! ¡Regresa! ¡Esta es la casa de un asesino! ¡Alerta!» Y volvió a cantar esto mismo otra vez. Pero, ay, no era más que un sueño. Entré en todas las habitaciones, y aunque no había nadie, el lugar me daba mucho miedo. Finalmente bajé a la bodega, y allí había una mujer que sacudía la cabeza. Y le dije: «¿Sabe si mi novio vive en esta casa?» Y ella contestó: «¡Ay, pequeña mía! ¡Estás en una casa habitada por asesinos! ¡Sí, tu novio vive aquí, y va a cortarte en pedazos y cocinarte, y después se te va a comer!»

—¡No es cierto! —gritó el novio.

—No te preocupes, no es más que un sueño —dijo la joven—. La anciana me escondió detrás de un tonel, y en cuanto me metí allí detrás llegaron los bandidos, que traían a rastras a una muchacha que gritaba y lloraba pidiendo clemencia. La obligaron a beber tres vasos de vino, tinto, blanco, y dorado, y el corazón le reventó y murió al instante.

—¡No es verdad! ¡No fue así! —gritó el novio.

—Siéntate tranquilamente, querido mío. Solo estoy contando un sueño. Entonces los bandidos le arrancaron los vestidos, la tendieron sobre una mesa, la cortaron en pedazos y salaron su carne.

—¡No es verdad! ¡No fue así! ¡Y que Dios no quiera que sea así! —dijo el novio a gritos.

—Querido mío, siéntate tranquilo. Solo fue un sueño. Entonces, uno de los bandidos vio que la pobre muchacha llevaba un anillo de oro en uno de los dedos. Cogió un hacha y le cortó el dedo de un golpe. El dedo voló por los aires y aterrizó en mi regazo. Y este es el dedo, con el anillo.

Y, diciendo estas palabras, estiró el brazo y mostró sobre la mesa el dedo con el anillo, para que todos los presentes pudiesen verlo.

El novio, que se había quedado blanco como la cera, saltó de su silla y trató de huir, pero los invitados fueron a por él, le atraparon, y luego lo llevaron a la justicia. Unos soldados fueron a detener al resto de los bandidos, y todos ellos fueron condenados a muerte por haber cometido todos esos crímenes.

Tipo de cuento: ATU 955, «La novia del bandido».
Fuente: Esta historia se la contó a los Grimm Marie Hassenpflug.
Cuentos similares: Katharine M. Briggs: «La bodega sangrienta», «Doctor Forster», «Mr. Fox» (*Folk Tales of Britain*); Italo Calvino: «La boda de la reina y el bandido» (*Cuentos populares italianos*).

En este cuento no hay ningún elemento sobrenatural: es un buen cuento de miedo, y la historia ocurre en un mundo tan real que no resulta sorprendente que en una de sus versiones, la recogida por Katharine M. Briggs y titulada «La bodega sangrienta», los padres de la valiente joven decidan llamar a unos detectives de Scotland Yard para que estén presentes en la fiesta cuando cada invitado va contando una historia.

Gran Bretaña es especialmente rica en variantes de este cuento. Algún motivo habrá. Las frases que pronuncia el novio tratando de impedir que la joven siga contando su historia las tomé prestadas de «Mr. Fox», la variante británica de este relato. También las tomó prestadas Shakespeare:

> BENEDICK: Como en el cuento antiguo, Señor; «No es verdad, no fue así, y, ciertamente, que Dios no quiera que sea así.»

> (*Mucho ruido y pocas nueces*,
> acto primero, escena primera.)

El ahijado de la Muerte

Un hombre pobre tenía doce hijos, y necesitaba trabajar todo el día y toda la noche para poder darles al menos algo de comer. Así que cuando su esposa dio a luz al decimotercero, el hombre no supo qué hacer, y salió de casa para ver si encontraba a alguien que quisiera ser el padrino en el bautismo.

La primera persona que pasó por allí era Dios en persona. Como Dios lo sabe todo, no hizo falta que le preguntara al hombre cuál era la causa de su aflicción.

—Pobre hombre, ¡siento piedad de ti! —dijo—. Me gustará mucho sostener a tu hijo sobre la pila bautismal. Yo velaré por él, no te preocupes.

—¿Y quién sois?

—Soy Dios.

—Entonces, sigue tu camino. No quiero que seas padrino de mi hijo. Das a los ricos cosas que ellos no necesitan, porque ya tienen suficiente de todo, y dejas que los pobres muramos de hambre.

Naturalmente, el hombre dijo estas palabras porque no sabía los motivos por los cuales Dios es tan generoso con los ricos y tan cruel con los pobres.

El pobre hombre siguió buscando, y la siguiente persona que encontró era un caballero vestido con suma elegancia.

—Estaré encantado de ayudarte —dijo el caballero—. Si me permites ser el padrino de tu hijo, le concederé todas las riquezas que hay en este mundo, y además cuidaré de que viva contento y feliz.

—Y tú, ¿quién eres?

—Soy el Diablo.

—¿Qué dices? ¡No quiero que seas el padrino de mi hijo! Te dedicas a engañar a la gente e inducirla así a cometer pecados. ¡Sé muy bien qué te propones en todas las ocasiones!

El hombre siguió buscando, y la siguiente persona que encontró era alguien de muchísima edad, que avanzaba hacia él. Caminaba con dificultad porque tenía unas piernas que ya estaban muy marchitas.

—Si me aceptas, yo podría ser el padrino de tu hijo.

—¿Y tú quién eres?

—Soy la Muerte, la que hace que todos los hombres sean iguales.

—Entonces, te buscaba a ti. Te llevas a los pobres y te llevas a los ricos, a todos por igual —dijo el hombre—. Tú serás el padrino de mi hijo.

—Me parece una sabia decisión —dijo la Muerte—. Haré que tu hijo sea rico y famoso. Porque nada le falta a quien me toma por amigo.

—Entonces, ven el domingo próximo. Y asegúrate de ser puntual —dijo el hombre.

La muerte cumplió su promesa y acudió al bautizo, pronunció las palabras adecuadas en la iglesia, y se comportó como es debido.

Y el niño fue creciendo, y cuando se hizo mayor, su padrino se presentó en casa del hombre y dijo:

—Ven conmigo, joven.

El chico se fue con su padrino y se adentró tras él en el bosque, y allí el anciano le mostró una hierba muy especial, y dijo:

—Esto es un regalo de tu padrino. Te voy a convertir en un médico famoso. Si te llaman a cuidar de alguien que está muy enfermo en cama, mira a tu alrededor y enseguida me verás. Si ves que estoy junto a la cabecera de la cama, diles a los familiares que el enfermo se recuperará. Dale luego un poco de esta hierba. No importa la forma: que la mastique, que tome una infusión preparada con las flores, o mueles las raíces hasta hacer una pasta con ellas y conviértelas de esta forma en pastillas. Eso da lo mismo. Tardará un día más o menos, y se recuperará. Pero si ves que estoy al pie de la cama, recuerda: esa persona ya me pertenece. Di entonces que es un enfermo incurable, que ningún médico podría salvar al paciente. Si haces lo que te digo, siempre funcionará bien, pero debes vigilar una cosa: si le das esa hierba a alguien que me pertenece, te ocurrirá a ti algo muy malo.

El joven hizo lo que su padrino le dijo, y no pasó mucho tiempo antes de que se convirtiese en el médico más famoso del mundo entero. A la gente le maravillaba esa capacidad suya de saber al instante si el enfermo moriría o sanaría, y recibía consultas de personas de todo el mundo, y le pagaban tanto dinero que pronto se convirtió en un hombre rico.

Ocurrió un día que el rey de cierto país se puso enfermo. Llamaron al famoso médico, y los cortesanos le preguntaron si le parecía que aquel paciente iba a sobrevivir. Cuando el joven médico entró en la cámara real, vio a su padrino junto a los pies de la cama. El rey iba a morir. Y, naturalmente, la familia del monarca quería oír otra cosa.

«¡Si, aunque solo fuese por esta vez, no siguiera las instrucciones de mi padrino! —pensó el joven médico—. Seguro que se enfadará conmigo, pero como soy su ahijado, tal vez no me lo tenga en cuenta. No importa, correré ese riesgo.»

Y entonces dio la vuelta al cuerpo del enfermo de manera que la Muerte estuviese junto a su cabeza, y le dio a beber al rey una infusión de hojas, y bien pronto el rey se encontró mejor y se sentó en la cama.

Pero, tan pronto como el joven médico se encontró solo, se le presentó la Muerte. Tenía el ceño fruncido y levantaba un dedo muy tieso, y le dijo:

—Has usado trucos para engañarme. Y mi opinión al respecto es muy poco favorable. Lo voy a pasar por alto esta vez, al fin y al cabo eres mi ahijado. Pero si vuelves a las andadas lo vas a lamentar, porque entonces, cuando me vaya, será a ti a quien voy a llevarme conmigo.

Al cabo de no mucho tiempo, quien enfermó esta vez fue la hija del rey. Era hija única, y el rey estuvo llorando día y noche, y al final, de tan hinchados como tenía sus ojos, apenas si veía nada. Anunció por todas partes que la persona que fuese capaz de curarla se casaría con ella y heredaría el reino.

Naturalmente, el joven fue uno de los que fueron a palacio a probar de curarla. Y, una vez más, cuando entró en la habitación de la enferma comprobó que la Muerte se había situado a los pies de la cama. Pero esta vez el joven no se fijó apenas en su padrino, porque le bastó echar una mirada al rostro de la princesa para sentirse perdidamente enamorado de ella. Era tan bella que el joven no lograba pensar en nada más. La muerte, por su parte, ponía un gesto ceñudo, reía con sarcasmo y agitaba el puño en son amenazador. El joven, sin embargo, apenas si le prestó atención. Cambió de posición el cuerpo de la princesa, le suministró un par de pastillas, y poco después la joven estaba sentada en la cama y tenía muy buen color en las mejillas.

Pero la Muerte, que había sido estafada por segunda vez, no tenía ganas de esperar ni un momento. Agarró al médico con su mano huesuda y dijo:

—Bien, muchacho, ya estás listo.

Y se lo llevó lejos de la cama de la princesa, y lejos del palacio, y lejos de la ciudad. La fría mano de la Muerte le agarraba con semejante firmeza que el joven no conseguía librarse de ella, por muy fuerte que tirase hacia el otro lado. La Muerte le llevó a una enorme caverna situada debajo de un monte, y miles y miles de velas ardían allí dentro, las unas bastante altas, otras medianas, y otro grupo eran tan cortitas que estaban a punto de apagarse. De hecho, a cada momento se iban apagando algunas de las más cortas, y otras se iban encendiendo súbitamente, de manera que daba la sensación de que las llamas saltaran de un sitio a otro, en un movimiento constante.

—¿Ves todas estas velas? —dijo el padrino Muerte—. Todas las personas que hay en la tierra y están vivas tienen aquí su correspondiente vela encendida. Las altas son las de los niños, las medianas son de gente casada que se encuentra en lo mejor de la vida, y las pequeñas corresponden a los ancianos. Bueno, la mayoría de las más cortas son de ancianos. Pero hay algunos jóvenes a los que les corresponde una vela muy corta.

—¿Y puedes decirme cuál es la mía? —dijo el joven, confiando en que a su vela le iba a quedar todavía mucho tiempo para arder antes de apagarse.

La Muerte señaló una vela cortísima cuya llama ya empezaba a temblequear. El joven la miró horrorizado.

—¡Padrino, padrino mío! ¡Enciende una nueva vela para mí, te lo ruego! ¡Deseo muchísimo casarme con la princesa: por eso tuve que darle la vuelta a su cuerpo, porque me enamoré de ella al primer instante! ¡Y eso no tiene remedio! ¡Por favor, padrino, permíteme vivir mi vida!

—Es imposible —dijo la Muerte—. Si no dejo que se apague la primera, no puedo encender otra.

—¡Por favor, te lo suplico! ¡Pon ese trocito encima de una vela nueva, y así podrá seguir ardiendo la otra cuando esta se apague!

La Muerte fingió que hacía lo que su ahijado le pedía, cogió una vela nueva y la puso en pie, antes de coger el trocito de vela que estaba apagándose. Pero quería vengarse, y al inclinar el trozo de vela sobre la otra dejó que se apagara del todo. En ese mismo momento el joven médico cayó fulminado, porque era igual que todos los demás: y había caído en manos de la Muerte.

Tipo de cuento: ATU 332, «El ahijado de la Muerte».
Fuente: Esta historia se la contó a los hermanos Grimm Marie Elisabeth Wild.
Cuentos similares: Italo Calvino: «El país en donde nadie muere nunca» (*Cuentos populares italianos*); Jacob y Wilhelm Grimm: «El Padrino», «Los mensajeros de la Muerte» (*Cuentos para la infancia y el hogar*).

El otro cuento de este tipo recogido por los hermanos Grimm, «El Padrino», es breve y chistoso en exceso, y carece de la fuerza del cuento aquí recogido. El cuento de la antología de Calvino se parece a este solo en el final: que nadie puede escapar de las manos de la Muerte. Por supuesto, existen muchísimas variaciones sobre esta misma idea. La más conocida de todas es la historia de Geoffrey Chaucer titulada «El cuento del Perdonador».

El enebro

Hace dos mil años, o en cualquier caso hace mucho, mucho tiempo, vivía un hombre rico con su esposa, que era una mujer buena y bella. Se amaban mucho los dos. Y para completar su felicidad solo les hacía falta una cosa, tener hijos, pero por mucho que desearan tenerlos, por mucho que la mujer rezara día y noche, no llegaba ningún hijo, y pasó el tiempo y ningún hijo llegó.

Delante de su casa había un patio en el que crecía un enebro. Cierto invierno, la mujer estaba pelando una manzana al pie del enebro y de repente se hizo un corte en un dedo, y una gota de sangre cayó en la nieve.

—¡Oh! —dijo ella—. ¡Ojalá tuviera un niño tan rojo como la sangre y tan blanco como la nieve!

Y al pronunciar estas palabras se sintió muy animada y contenta. Entró en la casa, segura de que esta vez todo iba a terminar bien.

Pasó un mes y la nieve se desvaneció.

Pasaron dos meses y el mundo se volvió de color verde.

Pasaron tres meses y surgieron flores por todas partes.

Pasaron cuatro meses y los brotes de todos los árboles se hicieron más fuertes y más abundantes y apretujados, y los pájaros cantaron tan fuerte que los bosques comenzaron a resonar, y los pétalos cayeron al suelo.

Pasaron cinco meses y la mujer se plantó junto al enebro. El árbol tenía un olor tan dulce que ella notó cómo le brincaba el corazón en el pecho, y de tanta alegría se hincó de rodillas en el suelo.

Pasaron seis meses y el fruto ganó firmeza y volumen, y la mujer se quedó muy quieta.

Transcurridos siete meses, la mujer arrancó las bayas del enebro, y comió tantas que se sintió indispuesta y triste.

Cuando pasó el octavo mes, llamó a su esposo y, llorando, le dijo: «Si muero, quiero que me entierres al pie del enebro.»

Esta promesa le sirvió de consuelo a la mujer, y pasó otro mes, y tuvo un niño tan rojo como la sangre y tan blanco como la nieve; cuando la mujer lo vio, su corazón estalló en un arrebato de alegría y murió al instante.

Su esposo la enterró al pie del enebro sin dejar de llorar amargamente ni un instante. Al cabo de un tiempo, la tristeza de los primeros momentos comenzó a ceder, y aunque el hombre seguía llorando mucho, no eran lágrimas tan amargas como al principio. Y pasado cierto tiempo, se casó por segunda vez.

Tuvo una hija de la segunda esposa, pero el hijo de la primera, que era rojo como la sangre y blanco como la nieve, era un chico. La segunda esposa adoraba a su hija, pero se le retorcía de odio el corazón cada vez que veía al primer hijo de su esposo, pues sabía que era él quien iba a heredar la fortuna de su padre, y tenía miedo de que no quedara nada para su hija. Viendo que pensaba de esta manera, el Diablo se coló en su interior y no permitió que pensara en ninguna otra cosa, y a partir de entonces la segunda esposa no dejó nunca en paz al niño. Le daba bofetadas y coscorrones, le reñía a gritos y lo castigaba de cara a la pared en un rincón, y el pobre crío le temía tanto que no quería nunca volver a casa al salir de la escuela, porque en casa no había ningún sitio donde pudiese vivir en paz.

Un día, la madre entró en la alacena y su hija Marleenken la siguió hasta allí y dijo:

—Madre, ¿puedo comer una manzana?

—Claro que sí, pequeña —dijo la mujer, dándole a la niña una preciosa manzana muy roja. La cogió de un gran baúl que tenía una tapadera que pesaba mucho y un cerrojo muy fuerte.

—Madre, ¿y mi hermanito? ¿Puede también comer una manzana?

La mujer se enfadó mucho de solo oír hablar del niño, pero se contuvo y dijo:

—¡Claro que sí! En cuanto regrese de la escuela.

En ese momento preciso miró por la ventana, y casualmente vio que el niño estaba llegando a casa. Y entonces fue como si el

Diablo en persona se metiera en su cabeza, porque cogió la manzana que su hija tenía aún en la mano, y dijo:

—No vas a comer nada hasta que lo haya hecho tu hermano.

Y dicho esto tiró la manzana dentro del baúl, lo cerró, y la pequeña Marleenken subió a su cuarto.

Entonces entró en casa el niño, y el Diablo hizo que la mujer dijese con mucha dulzura:

—¿Quieres una manzana, hijo mío?

Pero en los ojos de la mujer brillaban destellos de ira.

—¡Qué enfadada pareces estar, madre! —dijo el niño—. Sí, claro. Me gustaría mucho comer una manzana.

Y ella no era capaz de contenerse. Tenía que hacer lo que se había propuesto.

—Acompáñame —dijo la mujer. Y abriendo la tapa del baúl añadió—: Elige tú mismo la que más te guste. Las de atrás son las que están más maduras. Inclínate y coge una.

Cuando el niño estaba muy inclinado hacia dentro del baúl, el Maligno la animó a seguir, y ella, ¡pam!, cerró de golpe la tapa, que cortó el cuello del niño. Y la cabeza rodó dentro del baúl como si no fuese más que otra manzana.

Enseguida la mujer sintió pánico y pensó: «¿Qué puedo hacer? Tal vez haya alguna manera de...» Subió corriendo al primer piso, y cuando llegó a su cuarto abrió una cómoda, sacó un pañuelo blanco muy grande, y después cogió al niño, lo sentó en una silla al lado de la puerta de la cocina, le colocó la cabeza en su sitio, y le ató el pañuelo al cuello de forma que no se viese que estaban separados cabeza y cuerpo. Después le puso una manzana en la mano y entró en la cocina y puso agua a hervir en la chimenea.

Entró luego Marleenken en la cocina y dijo:

—¡Madre! Mi hermanito está sentado a la puerta de la cocina y tiene una manzana en la mano... ¡pero está palidísimo! Le he pedido que me diera esa manzana, y no me ha contestado nada. ¡Tengo mucho miedo!

—Vuelve a su lado y háblale —dijo la madre—. Y si esta vez también se niega a contestarte, ya puedes darle un buen cachete.

De modo que Marleenken regresó a donde estaba su hermano sentado y dijo:

—Hermanito, dame la manzana.

Y él siguió tan callado como antes. Así que ella le dio un cachete y la cabeza del niño rodó por los suelos. La niña pegó un grito y salió corriendo hacia su madre y, llorando, dijo:

—¡Ay, madre, madrecita mía! ¡Le he dado tal golpe que le he arrancado la cabeza a mi hermano!

Y no paró de llorar y sollozar, y nada podía consolarla.

—Marleenken, ¡qué mala eres! —dijo su madre—. Pero ¿qué has hecho? Ahora calla, hija, y no digas nada de lo que ha ocurrido. Ya no tiene remedio. No se lo diremos a nadie. Lo vamos a meter en el cocido.

Cogió al niño, lo cortó en pedazos y los fue echando a la marmita. Marleenken no podía parar de llorar. Y cayeron tantas lágrimas suyas en la marmita, que no hizo falta echarle sal.

Después de un rato el padre regresó a casa y se sentó a la mesa. Miró en derredor y preguntó:

—¿Y el niño, dónde está?

La mujer colocó en la mesa una fuente muy grande con el cocido. Y Marleenken no paraba de llorar inconsolablemente.

—¿Dónde está mi hijo? —preguntó otra vez el padre—. ¿Por qué no se ha sentado a la mesa todavía?

—Ha ido a visitar a la familia del tío abuelo de su madre. Se quedará allí algún tiempo —dijo la mujer.

—¿Y por qué razón? ¿Cómo es que ni siquiera se ha despedido de mí?

—Dijo que quería irse. Dijo que se quedaría allí seis semanas. No te preocupes, ellos cuidarán de tu hijo.

—Pues la verdad es que todo esto me molesta mucho —dijo el padre—. No debería haberse ido sin preguntarme qué me parecía. No me gusta nada que se haya ido. Tendría que haberse despedido. —Pero el hombre empezó a comer y paró un momento y dijo—: Y tú, Marleenken, ¿por qué lloras tanto? No te preocupes, tu hermano regresará.

El padre comió otro poco de cocido y luego dijo:

—Esposa mía, ¡es el mejor cocido que he comido en mi vida! ¡Está delicioso! Sírveme otro poco. ¿Y qué os pasa a vosotras, no vais a comer? ¿Es que toda esta comida me la voy a comer yo solo?

Y así fue, se lo fue comiendo todo, hasta el último trocito, y luego fue tirando los huesos debajo de la mesa.

Marleenken fue a la cómoda que había en su cuarto, cogió el

mejor de sus pañuelos de seda, y después se agachó debajo de la mesa, recogió todos los huesos, los metió en el pañuelo, lo ató y salió de casa. Sus pobres ojos habían llorado tantísimo que ya no le quedaba ni una sola lágrima, y ahora solo lloraba sangre.

Dispuso todos los huesos sobre la verde hierba que crecía al pie del enebro, y su corazón sintió algo de alivio mientras lo iba haciendo, e incluso dejó de llorar.

Entonces el enebro empezó a moverse. Primero se abrieron sus ramas, y después volvieron a juntarse, como si fuese una persona aplaudiendo. Justo entonces se formó una neblina dorada entre las ramas del árbol, y esa neblina se alzó como si fuese una llama, y dentro de la llama apareció un pájaro precioso que se elevó en el aire volando y cantando alegremente. Y cuando el pájaro desapareció, el enebro volvió a quedarse tal como estaba siempre, y, en cambio, el pañuelo y los huesos habían desaparecido. Marleenken volvió a sentirse contenta, tan contenta como si su hermano estuviese todavía vivo, entró corriendo en casa y se sentó a cenar.

Entretanto el pájaro seguía volando, y cada vez se alejaba más de allí. Llegó a una ciudad, se posó en el tejado de la casa de un orfebre, y empezó a cantar:

> *Mi madre la cabeza me cortó,*
> *mi padre se me comió entero.*
> *Mi hermana enterró mis huesos,*
> *justo al pie del enebro.*
> *Pío, pío, ¡nunca encontrarás*
> *ningún pájaro tan bello!*

En el taller de su casa, el orfebre estaba haciendo una cadena de oro. Oyó el canto del pájaro y pensó que cantaba muy bien, y se puso en pie dispuesto a salir para ver qué clase de pájaro era el que así cantaba. Pero como se fue a la carrera, una de sus zapatillas se le quedó por el camino, y cuando llegó a la calle y se plantó en mitad de la calzada tenía un aspecto extraño con su delantal de cuero y una sola zapatilla en uno de los pies, las pinzas en una mano y la cadena de oro en la otra. De esta guisa, levantó una mano para hacerse sombra sobre los ojos, porque el brillo del sol era deslumbrante esa mañana, y gritó:

—¡Eh, tú! ¡Pájaro! ¡Me gusta mucho la canción que cantabas! ¿Te importaría repetirla, para que yo la escuche otra vez?

—¡Vaya! He de decirte que no, lo siento. Pero si me das esa cadena de oro, repetiré la canción.

—Pues tómala, te la regalo con gusto —dijo el orfebre—. Baja y cógela, ¡y cántame otra vez esa misma canción!

El pájaro bajó volando a donde estaba el hombre, cogió la cadena de oro con la pata derecha, se posó en la valla del jardín contiguo, y cantó:

> *Mi madre la cabeza me cortó,*
> *mi padre se me comió entero.*
> *Mi hermana enterró mis huesos,*
> *justo al pie del enebro.*
> *Pío, pío, ¡nunca encontrarás*
> *ningún pájaro tan bello!*

Luego el pájaro levantó otra vez el vuelo y encontró la casa de un zapatero, se posó en su tejado y cantó:

> *Mi madre la cabeza me cortó,*
> *mi padre se me comió entero.*
> *Mi hermana enterró mis huesos,*
> *justo al pie del enebro.*
> *Pío, pío, ¡nunca encontrarás*
> *ningún pájaro tan bello!*

El zapatero estaba clavando el último clavo en un zapato, pero se le cayó el martillo al suelo cuando, escuchando la canción, se quedó casi paralizado. Luego salió corriendo a la calle y miró al tejado. El sol brillaba tanto que deslumbraba, y tuvo que ponerse la mano en la frente para hacer de visera.

—¡Qué bien cantas, pájaro! —dijo—. ¡Nunca había oído esta canción tan bonita!

Entró corriendo en su casa, llamó a su esposa y le dijo:

—¡Sal esposa, ven a escuchar a este pájaro! ¡Qué maravilla, cómo canta!

Llamó también a su hija y a sus nietos, y a los aprendices y a la criada, y todos salieron a la calle y miraron asombrados hacia arriba. Brillaban las plumas del pájaro, que eran rojas y verdes, y brillaba también el cuello del ave, que tenía plumas doradas, y le brillaban también los ojos, que centelleaban como estrellas.

—¡Canta, pájaro! ¡Canta otra vez esa canción! —dijo el zapatero.

—No quiero —dijo el pájaro—. He de decirte que no, lo siento. Pero si me das esas zapatillas rojas que he visto en tu banco, repetiré la canción.

La mujer del zapatero corrió al interior de la casa, salió de nuevo con las zapatillas rojas en la mano, y el pájaro bajó volando, las cogió con la pata izquierda, y remontó el vuelo y cantó:

> *Mi madre la cabeza me cortó,*
> *mi padre se me comió entero.*
> *Mi hermana enterró mis huesos,*
> *justo al pie del enebro.*
> *Pío, pío, ¡nunca encontrarás*
> *ningún pájaro tan bello!*

Después se alejó volando de allí, salió de la ciudad y se fue hacia el río, llevando en la pata derecha la cadena de oro y en la izquierda las zapatillas rojas. Y siguió volando y volando hasta llegar a un molino, y la rueda del molino iba haciendo *cataclac, cataclac, cataclac*. Delante del molino, veinte aprendices afilaban la nueva piedra para el molino, *sicsac, sicsac, sicsac*, mientras el molino seguía haciendo *cataclac, cataclac, cataclac*.

El pájaro sobrevoló la zona y se posó en un tilo situado justo frente al molino, y una vez allí empezó a cantar:

> *Mi madre la cabeza me cortó...*

Y uno de los aprendices dejó de trabajar y alzó la cabeza, mientras el pájaro continuaba:

> *mi padre se me comió entero.*

Otros dos aprendices dejaron de afilar y escucharon:

> *Mi hermana enterró mis huesos...*

Y cuatro más dejaron de afilar:

justo al pie del enebro.

Y ocho aprendices bajaron las piedras de afilar:

Pío, pío, ¡nunca encontrarás...

Y otros cuatro aprendices bajaron los brazos para oír bien:

ningún pájaro tan bello!

Finalmente, el único aprendiz que quedaba soltó la piedra, y los veinte a la vez se pusieron a aplaudir, vitorear y lanzar sus sombreros al aire.

—¡Pájaro! —dijo el último de los aprendices—. ¡Nunca había escuchado una canción tan bonita! Pero solo he alcanzado a oír el último verso. ¡Cántala otra vez entera!

—No quiero —dijo el pájaro—. He de decirte que no, lo siento. Pero si me das la piedra de molino que estabais afilando, os cantaré la canción otra vez.

—Si fuese mía, te la daría con gusto —dijo el último aprendiz—. Pero...

—Anda, anda —dijeron los demás—. Si vuelve a cantar se la damos...

De manera que los veinte aprendices cogieron un poste muy largo, colocaron la piedra en uno de sus extremos, y todos a una empezaron levantar el poste con la piedra en lo alto: ¡Ale hop! ¡Ale hop! ¡Ale hop!

El pájaro bajó volando, metió la cabeza por el agujero que la piedra de molino tenía en el centro, y llevándosela puesta como si fuese un collar remontó el vuelo, se posó en la copa del tilo, y volvió a cantar:

Mi madre la cabeza me cortó,
mi padre se me comió entero.
Mi hermana enterró mis huesos,
justo al pie del enebro.
Pío, pío, ¡nunca encontrarás
ningún pájaro tan bello!

Al terminar, abrió las alas y remontó el vuelo hacia lo alto del cielo. Llevaba en la pata derecha la cadena de oro, en la izquierda las zapatillas, y alrededor del cuello la piedra de molino. Y no paró de volar hasta que llegó a casa de su padre.

En la casa, padre, madre y Marleenken estaban sentados a la mesa.

—No sé por qué —estaba diciendo el padre—, pero estoy contento. Hace días que no me encontraba tan bien.

—Pues eso serás tú —dijo la madre—, porque lo que es yo no me encuentro nada bien. Me siento tan mal como si notase que se acerca una tormenta.

Marleenken permaneció sentada, sin dejar de llorar.

Justo en este momento llegó el pájaro. Voló en círculos sobre la casa y finalmente se posó en el tejado, y cuando lo hacía, el padre dijo:

—Pues es cierto que no me había sentido tan bien en mucho tiempo. El sol brilla, y tengo la sensación de que muy pronto voy a ver a un viejo amigo.

—¡Pues yo me siento fatal! —dijo la mujer—. Ni siquiera sé qué me pasa. Siento frío y siento calor al mismo tiempo. Me castañetean los dientes, y tengo las venas como si la sangre me hirviese dentro de ellas.

Y, con las manos temblorosas, se abrió el corpiño. Marleenken permanecía sentada en una esquina, y lloraba y lloraba, y tanto lloraba que tenía el pañuelo completamente empapado.

Entonces el pájaro abandonó el tejado y voló hasta el enebro y se posó en un sitio que estaba a la vista de todos ellos, y empezó a cantar:

Mi madre la cabeza me cortó...

La mujer se tapó los oídos con las manos y cerró fuertemente los ojos. Notaba un estruendo dentro de la cabeza, y debajo de sus párpados veía relámpagos.

mi padre se me comió entero.

—Mira esto, esposa —gritó el hombre—. ¡Qué pájaro tan bello! Seguro que no has visto nunca nada igual. Y canta como un ángel. ¡Y brilla el sol y calienta el aire, y huele a canela!

Mi hermana enterró mis huesos...

Marleenken apoyó la cabeza sobre las rodillas sin dejar de llorar y sollozar, pero el padre dijo:

—Voy a salir, ¡quiero ver de cerca este pájaro!

—¡No salgas! —gritó su esposa—. ¡Es como si la casa entera estuviera moviéndose y ardiendo!

Pero el padre salió al patio y alzó la vista hasta localizar al pájaro, que cantó:

> *justo al pie del enebro.*
> *Pío, pío, ¡nunca encontrarás*
> *ningún pájaro tan bello!*

Mientras cantaba, soltó la cadena de oro que sujetaba con la pata derecha. Y la cadena cayó en la cabeza del padre, se deslizó hasta su cuello, y allí quedó, y le iba tan a la medida como si se la hubiesen hecho para él. El padre entró corriendo en casa, exclamando:

—¡Y, además, este pájaro es bellísimo! Y me ha hecho un regalo. ¡Mirad!

La mujer estaba tan aterrorizada que no se atrevió a mirar. Cayó desplomada al suelo, y le cayó el gorro que llevaba puesto, que rodó hacia una esquina.

Entonces se oyó cantar de nuevo al pájaro:

> *Mi madre la cabeza me cortó...*

—¡No! ¡No lo soporto! ¡Ojalá estuviese a cien pies bajo el suelo, para no tener que oír esa canción!

> *mi padre se me comió entero.*

La mujer volvió a quedar tendida en el suelo, como si hubiese sufrido una conmoción, y arañaba el piso con las uñas.

> *Mi hermana enterró todos mis huesos...*

Y entonces Marleenken se secó las lágrimas y se levantó:

—Voy a salir, a ver si el pájaro me da también alguna cosa a mí. —Y corrió hacia el patio.

justo al pie del enebro.

Y mientras cantaba este verso, el pájaro soltó las zapatillas.

Pío, pío, ¡nunca encontrarás
ningún pájaro tan bello!

Marleenken se las calzó, y comprobó que le iban a medida. Tan feliz se sintió, que se puso a bailar y entró dando brincos en casa y dijo:

—¡Qué pájaro tan bello! Al salir yo estaba muy triste, pero ahora: ¡Mirad lo que me ha regalado! ¡Mira, madre, qué zapatillas tan preciosas!

—¡No! ¡No! —gritó la mujer. Se puso en pie de un salto, y el cabello formaba alrededor de su cabeza una enorme corona como si estuviera en llamas—. ¡No lo aguanto más! ¡Siento como si esto fuese el fin del mundo! ¡No lo aguanto más!

Y corrió afuera hasta llegar al prado y, ¡pam! el pájaro soltó la piedra de molino encima de su cabeza, y la mujer murió aplastada bajo el enorme peso.

El padre y Marleenken oyeron el ruido y salieron afuera corriendo. En el sitio donde había golpeado a la madre la piedra de molino había humo y llamas y fuego, pero una ráfaga de viento se lo llevó todo y justo allí mismo apareció el hermano de Marleenken.

El chico cogió a su padre y a su hermana de la mano, y los tres estaban muy contentos; entraron en casa y cenaron juntos.

Tipo de cuento: «El enebro».
Fuente: Cuento escrito por Philipp Otto Runge.
Cuentos similares: Katharine M. Briggs: «El pajarillo», «La paloma blanca como la leche», «Naranja y limón», «El rosal arborescente» (*Folk Tales of Britain*).

Por su belleza, por el terror que inspira, por su perfección narrativa, este es un cuento sobresaliente. Al igual que «El pescador y su esposa» (pág. 119), lo escribió el pintor Philipp Otto Runge, y llegó a manos de los Grimm en forma manuscrita y en el dialecto bajo alemán que se hablaba en Pomerania, el Plattdeutsch.

Si comparamos esta versión con las diversas variaciones que aparecen en la antología de Katharine M. Briggs, *Folk Tales of Britain*, comprobaremos hasta qué punto Runge fue capaz de mejorar el hilo narrativo del cuento. Las versiones recogidas por Briggs son superficiales, insustanciales. Esta, en cambio, es una obra maestra.

El preludio, que evoca de forma adorable el cambio de las estaciones que se produce en paralelo con el desarrollo del embarazo de la mujer, establece un vínculo entre el bebé que lleva en su matriz y los poderes regenerativos de la naturaleza, y sobre todo con el enebro. Tras la muerte de la madre empieza la segunda parte del cuento, la historia espantosa de la madrastra y el niño, hasta la aparición del pájaro, y aquí estaríamos ante unas escenas de simple guiñol de no ser por la enorme malicia que demuestra la madre adoptiva. Los paralelismos con las tragedias griegas (Atreo dando de comer a Tiestes sus propios hijos) y con Shakespeare (Tito Andrónico dando de comer a Tamora sus propios hijos) resultan igualmente notables. La historia del padre que se come a su propio hijo puede ser sometida a muchas interpretaciones. En una ocasión, uno de mis alumnos sugirió la posibilidad de que el padre fuera consciente de la amenaza que la madrastra supone para su hijo, y entonces el padre decide buscar para su hijo una posibilidad de salvación. Pensé que era una idea muy ingeniosa.

Después del terror que se siente leyendo la primera parte de la historia, aparece un relato luminoso y brillante hasta el final. Primero no somos capaces de comprender por qué el pájaro hace todo lo que hace, pero tanto la cadena de oro como las zapatillas rojas son muy bonitas, y la escena de comedia del orfebre que sale tan deprisa de su casa que pierde una zapatilla por el camino resulta divertida. Al final regresamos al molino, y la segunda parte del cuento termina de forma convincentemente extraordinaria cuando el pájaro remonta el vuelo cargando con la enorme piedra del molino. Entonces comenzamos a entender todo lo que antecede.

El final del cuento recuerda a «El pescador y su esposa», cuando la tormenta estalla y va creciendo a medida que también crece el sentimiento de culpa y el estallido de la locura en la esposa. En este otro cuento, la tormenta es interior: el padre y Marleenken sienten placer y alegría cuando el hermano perdido reaparece. En cambio, la madrastra enloquece de pánico.

Hay un aspecto muy interesante de la narración en sí, y que es una muestra de su carácter literario, escrito. Es muy importante recordar con exactitud la secuencia de acontecimientos que se producen conforme avanza el embarazo de la esposa, y el número de aprendices que paran de afilar la rueda de molino con cada nuevo verso de la canción. Y también la manera precisa en que va creciendo el miedo que siente la madrastra con la letra de la canción del pájaro, y los regalos que este va dando. La precisión del relato tal como lo escribió Runge merece ser traducida con la máxima fidelidad, y produce su recompensa a quien escribe la nueva versión en otro idioma.

Es un auténtico privilegio contar este cuento.

$\mathcal{L}$a Bella Durmiente (o Zarzarrosa)

Éranse una vez un rey y una reina que se decían mutuamente todos los días:

—¿No sería maravilloso tener un hijo?

Sin embargo, por mucho que lo desearan, por mucho que lo pidieran en sus rezos, por mucho que tomaran medicinas especiales y alimentos especiales, no llegaba hijo alguno.

Hasta que un día, cuando la reina estaba bañándose, salió del agua una rana y dijo:

—Tu deseo te va a ser concedido. Antes de que pase un año, traerás al mundo a una niña.

Las palabras de la rana se cumplieron. Al cabo de un año la reina dio a luz a una niña, tan bonita que el rey no era capaz de contener su alegría, y ordenó que se hicieran unas grandes celebraciones a las cuales invitó no solamente a sus parientes de las familias reales de todos los países vecinos, sino también a los amigos y gente distinguida de todas partes. Entre los invitados se encontraban las Trece Hadas. El rey quiso que estuvieran presentes para que se mostraran bien dispuestas hacia su hija. Lo malo era que solo les quedaban doce bandejas de oro donde servirles la comida a las trece. Una de las Hadas tendría que quedarse en casa.

Los festejos y celebraciones duraron bastante tiempo, y terminaron con la entrega a la princesa recién nacida de los regalos de las Hadas. Una le regaló la virtud, otra le regaló la belleza, una tercera la riqueza, y así sucesivamente; le regalaron todo cuanto se podía desear.

Acababa de hacer donación de su regalo la undécima (la paciencia) cuando se oyó un estruendo en la puerta. Los guardianes trataban de impedir que entrase alguien, pero quienquiera que fuese logró que se apartaran y entró en la estancia. Se trataba del Hada número trece.

—¿De manera que te pareció que yo no era digna de ser invitada? —dijo ella dirigiéndose al rey—. ¡Menudo error cometiste! Escucha y sabrás cuál es mi respuesta para lo que considero una grave ofensa: cuando cumpla quince años, la princesa se pinchará un dedo con un huso y morirá al instante.

Dicho esto, giró sobre sus talones y se fue rápidamente.

Todo el mundo quedó conmocionado. Pero el Hada duodécima, que todavía no había hecho entrega de su regalo, dio un paso al frente y dijo:

—No puedo deshacer del todo ese deseo maligno, pero soy capaz de suavizar sus efectos. La princesa no morirá, solo se quedará dormida durante cien años.

El rey, tratando de proteger a su hija, dio orden de que quemaran todos los husos que hubiese en el reino. A medida que la princesa fue creciendo, se hizo palpable que todos los dones que las Hadas le habían regalado fructificaban en la muchacha con gran abundancia. Nadie había conocido nunca a una muchacha más amable, más bella, más lista o de carácter más dulce que ella. Todos los que la conocían la querían muchísimo.

El día en que la princesa cumplió los quince años, el rey y la reina habían salido de palacio, y la princesa se encontraba sola. Anduvo merodeando por todas partes, de habitación en habitación, mirándolas todas y cada una de ellas, bajó también a la bodega, subió a los tejados y finalmente llegó a un viejo torreón en el que no había estado nunca. Subió la escalera de caracol, que estaba muy polvorienta, y cuando llegó a lo alto encontró una puertecita en cuyo cerrojo había una llave oxidada.

Picada por la curiosidad, la princesa hizo girar la llave y la puerta se abrió. En la pequeña habitación había una mujer anciana que estaba hilando lino con un huso.

—Buenos días, señora —dijo la princesa—. ¿Puede explicarme qué está haciendo?

—Estoy hilando —respondió la anciana.

Naturalmente, esa fue la primera vez en su vida que la princesa veía hilar.

—Y ¿podría decirme qué es esa cosita que salta y da vueltas como si danzara al final del hilo? —preguntó.

La mujer se ofreció a mostrarle cómo funcionaba un huso. La princesa cogió el huso y se pinchó un dedo. Y en ese mismo instante cayó en una cama que ya estaba preparada, y se quedó profundamente dormida.

Era tan profundo aquel sueño, que se extendió por todo el palacio. El rey y la reina acababan de regresar, y tan pronto como entraron en la primera estancia se quedaron dormidos y cayeron al suelo. También sus criados y las demás personas que estaban en palacio se durmieron y fueron cayendo uno tras otro, como fichas del dominó puestas en fila, y lo mismo les ocurrió a los caballos que había en las cuadras y a los mozos que cuidaban de ellos, a las palomas del tejado y a los perros del patio. Un perro que se estaba rascando se durmió así, con la pata trasera pegada detrás de la oreja. Las moscas de la pared se durmieron también. En la cocina, incluso las llamas que asaban un buey se quedaron dormidas debajo de la res. Y una gota de sebo que estaba a punto de caer del animal que estaba siendo asado se quedó quieta donde estaba y no llegó a caer. La cocinera, que iba a darle un cachete a un mozo de la cocina, se durmió, y la mano pasó a medio palmo de la cara del chico, cuya cara se quedó congelada con la expresión que tenía cuando estaba a punto de recibir la bofetada. En el exterior, el viento dejó de soplar. No se movía ni una sola hoja. Incluso las pequeñas olas del lago se quedaron congeladas a mitad de sus movimientos, como si fuesen de cristal.

En todo el palacio y sus alrededores no se movía nada. La única excepción era un matorral de zarzarrosa. El matorral siguió creciendo y creciendo, cada año crecía más y más, hasta que llegó a los muros del palacio, y allí siguió creciendo hasta cubrirlos por completo y dejar bajo su maraña el edificio entero. Al final no se veía ni la bandera que había ondeado en el punto más alto del palacio.

La gente, por supuesto, se preguntó qué ocurría, y dónde estaban el rey, la reina y su bella hija. Pero no eran muchos los súbditos del reino que habían sido invitados al bautismo de la princesa, muy pocos los que recordaban a las trece Hadas y qué regalos ofrecieron a la princesa recién nacida. Ni, tampoco, cuál fue la maldición que le lanzó a la criatura el Hada que no había sido invitada.

Aquellos pocos que asistieron a la celebración, sin embargo, dijeron:

—Todo esto se debe a que la joven princesa se ha quedado dormida. Seguro que está ahí dentro. Y ya veréis cómo, si algún joven logra abrirse camino hasta ella y la rescata, terminará casándose con ella.

Fue pasando el tiempo y, como es natural, se acercaron a palacio algunos jóvenes: príncipes y soldados, hijos de campesinos e incluso pordioseros. Hombres de todas clases que trataron de abrirse paso por en medio de la maraña del matorral de zarzarrosa y buscar luego la puerta del palacio. Estaban todos convencidos de que en cuanto entrasen en el edificio, lograrían encontrar a la princesa, la despertarían dándole un beso, y de esta forma romperían el maleficio.

Sin embargo, ninguno de ellos lo consiguió. El matorral era extraordinariamente espeso, y sus espinas tan largas y puntiagudas que se clavaban profundamente, atravesando primero la ropa de los jóvenes y después clavándose en la piel y la carne de todos cuantos lo intentaron. Se iban quedando enganchados, y cuanto más porfiaban por librarse de las espinas, más se les clavaban, y no lograban avanzar ni un paso más, ni liberarse de aquella prisión, y al final acabaron todos muriendo atrapados en la zarzarrosa.

Al cabo de muchos, muchos años, cuando la historia de la princesa dormida ya se había olvidado casi del todo, llegó a ese país un joven príncipe. Viajaba de incógnito, y se hospedó en una modesta posada situada no lejos del palacio, y nadie supo de quién se trataba. Una noche, cuando estaban sentados varios huéspedes delante de la lumbre, el joven oyó a un anciano contar una historia. Era la historia de la gigantesca zarzarrosa, y según contaba el anciano, dentro del matorral había un palacio, y encerrada dentro del palacio había una princesa muy bella que permanecía dormida.

—Y muchos son los jóvenes que han tratado de penetrar en ese matorral espinoso —dijo el anciano—, pero no lo ha conseguido ninguno de ellos. Si os acercáis a la zarzarrosa, podréis incluso ver sus esqueletos, o al menos los fragmentos de esqueletos que se alcanzan a ver porque no están muy adentro del matorral. En cambio, a la princesa no la ha visto nadie, y hasta el día de hoy sigue dormida ahí dentro.

—¡Pues yo voy a intentarlo! —dijo el joven—. Tengo una espada muy afilada, lo suficiente como para cortar esas zarzas.

—¡No lo hagas, joven! —dijo el anciano—. En cuanto te metas en ese matorral, no habrá nada en el mundo capaz de sacarte de ahí.

Antes de que penetres tres pasos en su interior, los espinos habrán mellado toda la hoja de tu espada.

—Pues a pesar de lo que dices estoy dispuesto a intentarlo —replicó el joven—. Y no hay más discusión. Empezaré mañana por la mañana.

Y dio la casualidad de que el día siguiente por la mañana se cumplían los cien años. Eso no lo sabía el príncipe, claro está, y se puso en marcha con el corazón henchido de valor. Llegó a donde empezaba el gigantesco matorral, que no se parecía a lo que el viejo había dicho de él. Porque, además de las espinas, también mostraba muchísimas flores de color rosa, miles y miles de flores. Sí pudo, de todos modos, entrever los esqueletos de muchos jóvenes, todos ellos enganchados en lo más profundo del espesísimo matorral. Una dulce fragancia que parecía un perfume de manzanas flotaba en el aire, y al acercarse el príncipe al matorral sus ramas empezaron a abrirse para dejarle entrar, aunque luego se iban cerrando a su espalda.

Llegó así al patio, en donde dormían las palomas, y también el perro con la pata pegada a la oreja izquierda, mientras que las moscas dormían pegadas a la pared. Bajó a la cocina y encontró la cara del pinche encogida como si se preparase para recibir un cachete que estaba a punto de descargar contra él la cocinera, y en la chimenea vio unas llamas muy quietas debajo de la res que se estaba asando, de la que aún estaba a punto de caer una gota de sebo.

Recorrió muchas habitaciones y vio uno tras otro a muchísimos criados que se habían dormido en mitad de lo que estuvieran haciendo, fuera lo que fuese, y al rey y la reina que dormían en el suelo de la entrada principal, exactamente en el lugar donde habían caído.

Llegó por fin a la torre. Subió por la escalera polvorienta de caracol, encontró la puertecita, abrió el cerrojo usando la llave herrumbrosa, y la puerta se abrió. Y allí dentro, tendida en una cama, yacía la princesa más bella que el joven había visto en su vida, la más bella que jamás podría imaginar.

Se inclinó sobre ella, besó sus labios, y la Bella Durmiente abrió los ojos, soltó un breve suspiro de sorpresa, y sonrió al joven, que se enamoró de ella en aquel mismo instante.

Bajaron juntos de la torre, y comprobaron que por todas partes la gente se iba despertando. Despertaron también el rey y la reina, y se quedaron mirando atónitos a su alrededor, porque no comprendían que hubiese crecido en torno al palacio aquel gigantesco matorral espinoso. Los caballos despertaron y sacudieron los músculos y relincharon; las palomas despertaron y empezaron a volar, y despertó el perro del patio y siguió rascándose, la cocinera le pegó tal cachete al pinche que el chico pegó un grito, y la gota de sebo cayó entre las llamas y crepitó.

Y al cabo de un tiempo el príncipe se casó con la Bella Durmiente. La boda se celebró con mucha pompa, y los príncipes vivieron felices hasta el fin de sus vidas.

Tipo de cuento: ATU 410, «Bella Durmiente».
Fuente: Historia contada a los hermanos Grimm por Marie Hassenpflug.
Cuentos similares: Giambattista Basile: «El Sol, la Luna y Talía» (*The Great Fairy Tale Tradition*, ed. Jack Zipes); Italo Calvino: «El soldado napolitano» (*Cuentos populares italianos*); Jacob y Wilhelm Grimm: «El ataúd de cristal» (*Cuentos para la infancia y el hogar*); Charles Perrault: «La Bella Durmiente en el bosque» (*Cuentos de hadas completos de Charles Perrault*).

Como era de esperar, Bruno Bettelheim adopta un punto de vista totalmente freudiano para analizar este cuento. Según él, el sueño de cien años que se produce de repente y tras la inesperada pérdida de sangre no significa más que un tiempo de tranquilo crecimiento y preparación a partir del cual la persona se despertará estando ya madura para la unión sexual.

Es más, no tiene ningún sentido tratar de prevenir lo que va a ocurrirle a cada niño en el curso de su desarrollo. El rey pretende destruir todos los husos de su reino «para prevenir que se cumpla el destino y su hija sangre cuando llegue a la pubertad, a los quince años, tal como predijo el hada malvada. Sean cuales sean las precauciones que adopte el padre, la pubertad le llegará a la hija tan pronto como alcance el punto adecuado de madurez».

La interpretación que hace Bettelheim resulta convincente. Pero no sabemos a qué se debe la duradera popularidad de esta historia. Puede que sea debido a su simbolismo subyacente, o puede que resulte de la riqueza de los detalles, como la imagen de ese pobre pinche de cocina que tiene que esperar cien años a que la cocinera descargue en su cara el bofetón.

La princesa necesita cien años, y también necesita el gigantesco matorral espinoso. Con quince años no ha madurado todavía.

$\mathcal{B}$lancanieves

Cierto día de invierno, cuando caían como plumas los copos de nieve, había una reina sentada a la ventana, que tenía un marco de la más negra caoba que pueda imaginarse. Abrió la ventana para alzar la vista al cielo, y al mover la mano se pinchó, y tres gotas de sangre cayeron sobre la nieve que cubría el alféizar. Viendo lo bonita que era la combinación del rojo y el blanco, se dijo a sí misma: «Me gustaría tener un hijo tan blanco como la nieve y tan rojo como la sangre, y tan negro como el marco de esta ventana.»

Y poco después tuvo una hijita, que era tan blanca como la nieve y tan roja como la sangre y tan negra como la caoba, y la llamaron Blancanieves. La reina murió tan pronto como nació su criatura.

Un año después el rey se casó con otra mujer. Era bella, pero también orgullosa y arrogante, y no soportaba la idea de que hubiese otra mujer que fuese más bella. Tenía un espejo mágico, y todas las mañanas se ponía delante de él, miraba su reflejo y decía:

> *Espejo, mágico espejo,*
> *¿cuál es la más bella del reino?*

A lo que el espejo respondía:

> *Majestad, tú eres*
> *la más bella de todas las mujeres.*

Y ella se quedaba muy satisfecha al oírlo, pues sabía que aquel espejo solo podía decir la verdad.

Entretanto, sin embargo, Blancanieves había ido creciendo. A los siete años era tan bonita como un día de primavera, y de hecho era más bella que la reina.

De modo que un día, cuando la reina le preguntó a su espejo:

Dime espejo, mágico espejo,
¿cuál es la más bella del reino?

Esa vez el espejo respondió:

Sigues siendo bella, majestad,
pero Blancanieves lo es ahora mucho más.

La reina se espantó muchísimo al oírlo. La envidia empezó a revolverle las tripas, y su tez, hasta entonces perfecta, adquirió un color verde amarillento. A partir de entonces, cada vez que su mirada se posaba en Blancanieves notaba que el corazón se le endurecía porque se le había llenado de un odio malevolente. La envidia y el orgullo crecieron dentro de la reina como una mala hierba, y no encontraba la paz ni de día ni de noche.

Finalmente, llamó a uno de los cazadores del rey y le dijo:

—Llévate a esa niña hasta lo más profundo del bosque. No quiero volver a verla en mi vida. Antes de regresar cerciórate de que ha muerto, y trae contigo como prueba sus pulmones y su hígado.

El cazador cumplió sus órdenes. Cuando llegó con Blancanieves a un rincón muy alejado y profundo del bosque, sacó el cuchillo de monte. Pero cuando iba a clavárselo en el inocente corazón de la muchacha ella comenzó a suplicar:

—¡Perdóname la vida! ¡Te lo ruego, cazador! ¡Te prometo que huiré hacia el corazón del bosque y que nunca más volveré a casa!

Como era tan bonita, el cazador se apiadó de ella y dijo:

—Pobre niña. Sea. Vete de aquí, huye bien lejos.

«De todos modos, las fieras del bosque se la comerán muy pronto», pensó, pero su corazón sintió como si le quitaran una pesada carga de encima de solo saber que no iba a hacer falta que la matase.

En ese momento surgió de entre los matorrales un joven jabalí. El cazador lo mató, le arrancó los pulmones y el hígado, y los llevó de regreso para presentarlos ante la reina como prueba de la muerte de Blancanieves. La malvada reina ordenó al cocinero que echara sal y pimienta en los despojos, que los rebozara en harina y los friese, y se los comió sin dejar ni pizca. Y, pensó la reina, ese era el fin de Blancanieves.

Entretanto, sin embargo, Blancanieves, se había quedado sola en el bosque, y no supo al principio qué hacer. Miró a su alrededor, pero nada de lo que vio en las hojas y los arbustos le dio la menor indicación. Sintió entonces mucho miedo y salió corriendo, haciendo caso omiso de las piedras afiladas y las zarzas espinosas y los animales que saltaban a su paso. Y corrió y corrió, y justo cuando la luz del día se iba apagando y se acercaba la noche, vio una casita. Llamó a la puerta, pero no había nadie, así que entró y trató de descansar.

En esa casita todo era muy pequeño, pero también lo encontró todo muy pulcro y ordenado. Junto al fuego había una marmita con un cocido, y vio también una mesa dispuesta con un mantel tan blanco como la nieve y sobre él siete escudillas diminutas, con una rebanada de pan al lado de cada una, y siete cuchillos y siete tenedores y cucharas, y otras tantas tacitas. En el piso de arriba encontró siete camitas, todas en fila. Estaban muy bien hechas, con sábanas blancas como la nieve, y junto a cada camita había una mesilla de noche con un vasito y su cepillito de dientes.

Blancanieves tenía hambre y sed, de modo que comió un poco del cocido que estaba caliente en la marmita, cogió un pedacito de cada rebanada de pan y bebió un sorbito de vino de cada tacita. Y entonces, dándose cuenta de que estaba extenuada, fue a tumbarse a una de las camitas de arriba, pero le quedaba muy pequeña. Probó después en otra y al final encontró una que le iba a medida. Así que dijo sus oraciones, se tumbó, cerró los ojos y al cabo de un momento ya dormía.

Cuando se había hecho de noche, pasado un buen rato, llegaron los dueños de la casita. Eran siete enanitos, que se ganaban la vida en la mina, extrayendo oro de las profundidades de las montañas. Entraron y encendieron sus lámparas de minero. Y enseguida se fijaron en que las cosas no estaban tal como ellos las habían dejado.

—¡Alguien se ha sentado en mi silla!

—¡Alguien ha comido de mi escudilla!

—¡Eh, fijaos, alguien le ha dado un mordisco a mi pan!

—¡Alguien ha usado el cucharón y se ha servido un poco de cocido!

—¡Y han usado mi cuchillo!

—¡Y han usado mi tenedor!

—¡Y han bebido de mi tacita!

Se miraron boquiabiertos los unos a los otros. Miraron todos juntos hacia el techo, subieron las escaleras de puntillas, miraron sus camas, y susurraron:

—¡Alguien ha probado mi cama!

—¡Y la mía...!

—¡Y la mía...!

—¡Y la mía...!

—¡Y la mía...!

—¡Y la mía...!

—¡Eh, mirad lo que hay aquí!

El séptimo enanito había encontrado dormida en su cama a Blancanieves. Se acercaron todos de puntillas y la miraron embelesados. La luz de una de las lámparas iluminó el rostro que la muchacha había apoyado en la blanquísima almohada.

—¡Santo Cielo! ¡Qué criatura tan bella!

—¿Quién puede ser?

—¡No la despertéis! Duerme profundamente...

—¡Qué cara tan bonita!

—¿De dónde habrá venido?

—¡Es un misterio, hermanos! ¡Un misterio insondable...!

—Volvamos abajo. Tenemos que pensar qué hacemos...

Bajaron nuevamente de puntillas y se sentaron en torno a la mesa.

—Pobrecita, ¡parece estar exhausta!

—Será mejor que no la despertemos.

—Ni siquiera mañana cuando amanezca, sería muy pronto para ella.

—Tal vez haya huido de una bruja que la perseguía...

—¡Qué bobo eres! ¡Las brujas no existen!

—Me parece que es un ángel.

—Sí, supongamos que lo sea. Pero ¿dónde voy a dormir yo? Está tendida en mi cama.

Los otros seis se pusieron de acuerdo en permitirle que compartiera con ellos la cama, y que lo mejor sería que durmiese una hora en la de cada uno de los demás. Y se echaron todos a dormir.

A la mañana siguiente, cuando Blancanieves despertó y se encontró con que los siete enanitos estaban mirándola (porque ellos se habían despertado y vestido hacía un buen rato), se sintió alarmada.

—¡No te asustes, damisela!

—¡Somos amigos!

—Aunque no seamos muy guapos...

—No te haremos ningún daño.

—¡Te lo prometemos!

—Aquí estarás segura.

—Dinos, ¿cómo te llamas?

—Me llaman Blancanieves —dijo ella.

Le preguntaron de dónde había salido, cómo había encontrado el camino hasta su casita, y muchas cosas más, y ella les contó que su madrastra había intentado matarla, y que el cazador le había perdonado la vida, y que entonces ella, presa del pánico, se había puesto a correr entre matorrales y zarzales, hasta que encontró la casita.

Los enanitos se retiraron a una esquina del cuarto y se pusieron a hablar entre ellos en voz muy baja, y después volvieron al lado de ella y dijeron:

—Si te encargas de limpiar la casa...

—De barrer y fregar, ya sabes, todo eso...

—¡Y de cocinar! ¡No te olvides de cocinar!

—Sí, de cocinar, y de hacer las camas...

—Y hacer la colada...

—Y coser y tejer y remendar los calcetines...

—Entonces puedes quedarte con nosotros, y disponer de todo lo que hay en esta casa.

—¡Lo haré, y pondré en ello todo mi corazón y buena voluntad! —dijo Blancanieves.

Y así fue como llegaron a establecer este trato, y a partir de entonces Blancanieves se encargó de llevar la casa. Por las mañanas se iban todos los enanitos caminando hacia la montaña, en busca de oro y cobre y plata, y cuando al caer la noche regresaban, se encontraban la cena preparada, y la casita limpia y ordenada.

De día, naturalmente, Blancanieves se quedaba sola, y los enanitos le advirtieron:

—Ve con cuidado, porque si tu madrastra descubriese que aún vives, trataría de localizarte. ¡No abras a nadie!

Entretanto, cuando la reina se hubo comido el hígado y los pulmones que ella creía que eran de Blancanieves, se le pasó el temor que le había inspirado mirarse al espejo mágico de nuevo, y un día se miró en él y dijo:

Dime espejo, mágico espejo,
¿cuál es la más bella de todo el reino?

Y se llevó la más espantosa conmoción cuando el espejo respondió:

Majestad, sois muy hermosa,
pero lejos de aquí, en el bosque más profundo,
con los siete enanitos Blancanieves vive ahora,
y ella es la más bella del mundo.

La reina retrocedió horrorizada, pues sabía muy bien que aquel espejo no mentía nunca, y comprendió que el cazador la había engañado. ¡Blancanieves seguía viva! Todos sus pensamientos se pusieron a dar vueltas a una sola pregunta: ¿cómo podía ahora matar a Blancanieves? Si ella, que era la reina, no era la más bella del mundo entero, la envidia la atormentaría de día y de noche.

Al final se le ocurrió un plan. Se maquilló la cara hasta disfrazarse y ser irreconocible porque adoptó el aspecto de una vieja buhonera, y tan bien lo hizo que nadie habría sido capaz de reconocerla. Se fue hacia la casa de los siete enanitos y llamó a la puerta. A esa hora, ellos estaban muy lejos, trabajando en las profundidades de la mina.

Blancanieves, que estaba haciendo las camas, oyó que llamaban y abrió una ventana del piso de arriba.

—Buenos días —dijo—. ¿Qué cosas vendes?

—Bellos encajes y cintas preciosas —dijo la reina mirando hacia arriba—. ¿Quieres ver mis mercancías, muchacha? ¡Fíjate en esta, qué bonita!

Y le mostró un encaje de hilo de seda. Blancanieves vio que, en efecto, era precioso, y pensó que aquella anciana tenía una expresión honesta. No corría peligro alguno si la dejaba entrar.

Bajó corriendo, descorrió los cerrojos y se quedó embelesada mirando un corpiño de encaje.

—¿Quieres probártelo? —dijo la mujer que tenía aspecto de buhonera—. Vaya por Dios, criatura. La verdad es que necesitas que alguien cuide un poco de ti. Ven, pequeña, te apretaré el corpiño con esta cinta tan bonita.

Sin albergar la más mínima sospecha, Blancanieves permitió que la anciana fuese pasando toda la cinta por cada uno de los ojales del corpiño. Después la anciana comenzó a apretar, cada vez más fuerte, y al final el corpiño le ceñía tantísimo el pecho que no lograba ni respirar. Los ojos de Blancanieves parpadearon muy deprisa, sus labios se estremecieron, y de repente cayó sin sentido al suelo.

—No eres tan bella ahora que estás muerta —murmuró la vieja, que se alejó rápidamente de allí.

Al poco rato llegaron de regreso a casa los enanitos, porque estaba anocheciendo. Viendo que Blancanieves no respiraba se aterrorizaron. La cogieron, comprendieron muy pronto qué era lo que le pasaba, y cortaron prestamente la cinta de forma que pudiese volver a respirar. Poquito a poco ella fue recobrando el sentido y les pudo contar lo que había ocurrido.

—Seguro que sabes quién era esa buhonera, ¿no es cierto?

—¡Era la reina malvada!

—Solo podía ser ella.

—¡No la dejes entrar nunca más, pase lo que pase!

—¡Ve con cuidado, Blancanieves! ¡Ve con muchísimo cuidado!

—Recuerda, debes estar siempre en guardia.

—¡No dejes entrar a nadie, absolutamente a nadie!

Entretanto, la reina corría de regreso a palacio. En cuanto estuvo encerrada en sus habitaciones, se miró al espejo y le preguntó:

Dime espejo, mágico espejo,
¿cuál es la más bella de todo el reino?

Y el espejo respondió:

Majestad, sois muy bella,
pero los enanitos cortaron la cinta,
y devolvieron a Blancanieves la vida,
y la más bella del mundo sigue siendo ella.

Al oírlo, la reina sintió que una terrible presión le atenazaba el corazón, y la sangre estaba tan apretada en sus venas que pensó que hasta sus ojos estaban a punto de reventar.

—¿Está aún viva? ¡Vive todavía! ¡Veremos lo que pasa ahora! —dijo—. Juro que no permanecerá viva mucho tiempo.

La reina conocía las artes de la brujería. Machacó en el mortero unas hojas de hierbas extrañas, pronunció mientras tanto un sortilegio, y luego sumergió un peine en el jugo que extrajo de aquellas hierbas. Había creado un veneno mortal. Con la ayuda de otro poco de magia, cambió su aspecto por completo de manera que no se parecía en nada a la anciana de la otra vez, y emprendió el camino hacia la casa de los enanitos.

Llamó a la puerta y dijo en voz alta:

—¡Vendo toda clase de fruslerías! ¡Traigo peines y alfileres y espejos! ¡Adornos para las chicas más guapas!

Blancanieves se asomó a una ventana del piso de arriba y dijo:

—No puedo franquearte el paso. No me lo permiten. Será mejor que te vayas.

—Me parece muy bien, pequeña. No voy a cruzar siquiera el umbral —dijo la anciana—. Pero estoy segura de que a nadie le va a importar que eches una ojeada a lo que traigo. ¡Mira, a que este peine es precioso!

Y, en efecto, era un peine precioso. Y Blancanieves pensó que por echar un vistazo a las mercancías de la anciana no podía pasarle nada. Bajó corriendo y abrió la puerta.

—¡Qué bonito es tu pelo! —dijo la anciana—. ¡Negro, sedoso y abundante! Pero lo tienes muy enredado. ¡Qué barbaridad! ¿Cuánto tiempo hace que te peinaste por última vez, pequeña? ¿Qué ocurre, nadie te cuida en esta casa?

Y, mientras hablaba, deslizaba sus dedos entre los cabellos de Blancanieves.

—Anda, déjame que te desenrede un par de nudos que tienes aquí. Será fácil con este peine tan bonito. Así... Te gusta, ¿verdad? A ver, acércate un poco más.

Blancanieves obedeció, agachó la cabeza y la mujer metió el peine bien hondo en la melena de Blancanieves, y lo hizo con tanta malicia que la pobre muchacha cayó muerta sin soltar ni un grito.

—Bien, señorita. ¡Ya estás lista! ¡Veremos lo bonita que estás cuando empieces a descomponerte! —dijo la reina, y salió corriendo antes de que regresaran los enanitos.

Por suerte, ya era casi de noche, y no mucho después de que la reina se fuera dejando a la pobre Blancanieves tendida en el suelo llegaron a casa los enanitos y la descubrieron junto a la puerta.

—¡Blancanieves! ¿Qué ha ocurrido?

—¿Has visto si aún respira?

—Otra vez esa reina malvada...

—¿Qué es lo que lleva clavado en el cabello?

—¡Arráncaselo, corriendo!

—¡Y ve con cautela, podría estar envenenado!

—¡Cuidado, cuidado...!

Envolvieron el peine en un pañuelo y lo extrajeron con la mayor delicadeza, y casi en el mismo momento en que lo sacaron Blancanieves abrió los ojos y soltó un gemido.

—¡Pero qué tonta he sido, enanitos! Esta vez su aspecto era muy distinto del de la otra, y no se me ocurrió pensar que...

Le respondieron que no tenía de qué preocuparse, con tal de que no perdiese la cabeza e hiciera exactamente lo que ellos le indicaban. Es decir, que nunca abriese la puerta absolutamente a nadie.

La reina volvió a toda prisa a palacio, se quitó el disfraz, se plantó delante del espejo mágico, y dijo:

> *Dime espejo, mágico espejo,*
> *¿cuál es la más bella de todo el reino?*

Y el espejo respondió:

> *Majestad, sois muy bella,*
> *pero uno de los enanitos el peine le quitó*
> *y Blancanieves a la vida regresó.*
> *Ahora la más bella del mundo sigue siendo ella.*

La reina, al oírlo, se tambaleó y fue a dar contra la pared. La sangre manaba de su rostro, que quedó muy pálido, casi blanco, con manchas verdes y amarillentas. Se puso de nuevo en pie y le saltaban chispas de los ojos.

—¡Blancanieves va a morir! —chilló.

Se dirigió a la más secreta de sus estancias y cerró con llave la puerta a su espalda. Nadie podía entrar allí, ni siquiera sus criados. Una vez dentro, cogió un libro de hechizos y sortilegios, y utilizando el contenido de unos cuantos frascos oscuros, se dispuso a preparar una manzana envenenada. La manzana era blanca de un lado y rosa del otro; tan vistosa que al verla cualquier persona hubiese querido pegarle un buen mordisco. Pero quien cayera en la tentación, aunque apenas diese un mordisquito superficial, moriría al instante.

La reina se disfrazó por tercera vez, se metió la manzana en el bolsillo y partió rumbo a la casa de los enanitos.

Llamó a la puerta y Blancanieves asomó la cabeza por la ventana.

—No puedo dejar entrar a nadie —dijo—. No me está permitido.

—No importa, pequeña —dijo la reina, que en esta ocasión parecía una anciana campesina—. Solo pensaba que tal vez querrías una manzana. Este año he tenido una cosecha tan buena que no sé qué hacer con ellas.

—No, gracias. No puedo coger nada de nadie —dijo Blancanieves.

—Pues es una lástima —dijo la anciana—. Porque están buenísimas. Mira, yo morderé antes un trozo, para que estés tranquila.

Había utilizado tanta astucia al envenenar la manzana, que solo la parte más sonrosada tenía veneno. Y la reina, por supuesto, mordió del lado blanco, y luego le tendió la manzana a Blancanieves.

El aspecto de la fruta era tan delicioso que la pobre muchacha no pudo resistir la tentación. Estiró el brazo, cogió la manzana, y le dio un gran mordisco a la parte sonrosada, y apenas había empezado a masticar cuando de repente cayó al suelo. Estaba muerta.

La malvada reina se inclinó hacia dentro por la ventana abierta, la vio tendida en el suelo, y soltó una gran carcajada.

—¡Blanca como la nieve, roja como la sangre y negra como la caoba! ¡Y ahora, muerta del todo! Esos micos diminutos no serán ahora capaces de devolverte a la vida.

Cuando volvió a sus habitaciones, fue a buscar su espejo y preguntó:

Dime espejo, mágico espejo,
¿cuál es la más bella de todo el reino?

Y el espejo respondió:

Majestad, tú eres la más bella.

La reina soltó un profundo suspiro de satisfacción. Si cabe la posibilidad de que un corazón envidioso sepa lo que es el descanso, ese era el suyo.

Esa noche, cuando llegaron a casa, los enanitos encontraron a Blancanieves tendida en el suelo, muy quieta. No respiraba, tenía los ojos cerrados, no se movía en absoluto. Estaba muerta. Miraron a su alrededor, tratando de adivinar quién había podido matarla, pero no encontraron nada; aflojaron los lazos del corpiño, por si no podía respirar, y de nada sirvió; buscaron entre sus cabellos, por si se escondía allí un peine envenenado, y nada encontraron; la acercaron al fuego para que entrase en calor, depositaron una gotita de brandy en sus labios, la tendieron en una cama, la sentaron en una silla, y nada de lo que hicieron sirvió de nada.

Entonces comprendieron tardíamente que de hecho ya estaba muerta, la pusieron en un ataúd y se sentaron a su lado, y durante tres días no pararon de llorar. Tenían intención de enterrarla, pero su aspecto seguía siendo tan fresco y tan bello como si solo estuviese durmiendo, de modo que no consiguieron reunir fuerzas para ponerla debajo de un montículo de tierra.

Mandaron hacer un féretro de cristal, la metieron dentro de él, e inscribieron con letras de oro las palabras «PRINCESA BLANCANIEVES». Y se lo llevaron a lo alto de una montaña. Desde ese día, siempre hubo a su lado, montando guardia, uno de los enanitos. Se turnaron, y los pájaros fueron también a llorar de pena a su lado. Primero una lechuza, luego un cuervo, y al final una paloma.

Y así siguieron las cosas durante mucho, muchísimo tiempo. El cuerpo de Blancanieves se mantuvo incorrupto, y siguió siendo blanca como la nieve, roja como la sangre, negra como la caoba.

Un día, pasaba por el bosque un príncipe cazador, llegó a la casa de los enanitos y pidió que le permitieran cobijarse allí durante la noche. A la mañana siguiente, el sol centelleó en el pico de la montaña, el príncipe lo vio, y subió a ver qué provocaba ese brillo inesperado, y encontró el ataúd de cristal, leyó la inscripción de las letras doradas, y vio el cuerpo de Blancanieves.

Y dirigiéndose a los enanitos, dijo:

—Dejadme que me lleve conmigo este ataúd. Os pagaré todo lo que me pidáis.

—No queremos dinero —dijeron ellos—. No lo venderíamos ni por todo el oro del mundo.

—Entonces, por favor, dejad que me lo lleve —suplicó el príncipe—. Me he enamorado de la Princesa Blancanieves, y si no puedo verla cada día, no podré vivir. La trataré con todos los honores y todo el respeto debidos, tal como ella me los inspira y como merecería una princesa viva.

Los enanitos se reunieron a parlamentar en voz baja a cierta distancia. Luego regresaron y dijeron que se habían apiadado de él, que estaban convencidos de que él sabría tratar a Blancanieves de la manera más adecuada, y que por lo tanto le daban permiso para llevársela consigo a su reino.

El príncipe les dio las gracias, dio instrucciones a sus criados de que cogieran el ataúd con muchísimo cuidado y que lo llevaran con él. Pero cuando descendían por la ladera del monte, uno de los criados tropezó, cayó, y el ataúd experimentó una sacudida muy fuerte. Debido a eso, se soltó el pedazo de manzana que se había quedado enganchado en mitad de la garganta de Blancanieves, que no había llegado a tragárselo.

Y lentamente se fue despertando, abrió la tapa del ataúd, y se sentó allí mismo, porque estaba completamente viva de nuevo.

—¡Santo Cielo! ¿Dónde estoy? —dijo.

—¡Estás conmigo! —dijo rebosante de alegría el príncipe.

Él le contó todo lo que había ocurrido, y añadió finalmente:

—Te amo más que a nada en este mundo. Ven conmigo al castillo de mi padre y acepta ser mi esposa.

Blancanieves se enamoró de él al instante y enseguida se organizó la boda con toda pompa y magnificencia.

Entre los invitados se encontraba la malvada madrastra de Blancanieves que, después de ponerse su vestido más bonito, se acercó al espejo mágico y preguntó:

Dime espejo, mágico espejo,
¿cuál es la más bella del reino?

Y el espejo respondió:

Majestad, sigues siendo bella,
pero no hay nadie que compararse pueda a la joven reina.

La reina, horrorizada, soltó un respingo. Sintió tantísimo miedo, tantísimo pavor, que por un momento no supo qué hacer. No quería ir a la boda, y tampoco quería quedarse sin ir, pero al propio tiempo quería estar allí para poder ver a la joven reina, de manera que finalmente decidió acudir a la ceremonia. Y cuando vio a Blancanieves la reconoció al instante, y al verla quedó horrorizada. Y mientras la contemplaba permaneció temblando de pies a cabeza.

Pero hacía un buen rato que habían puesto en mitad de la lumbre un par de zapatos de hierro. Cuando ya estaban al rojo vivo, los sacaron de entre las llamas con unas pinzas largas y los depositaron en el suelo. Y forzaron a la reina malvada a meter los pies dentro de aquellos zapatos y bailar con ellos sin parar, hasta que cayó muerta.

Tipo de cuento: ATU 709, «Blancanieves».
Fuente: Esta historia se la contó a los Grimm la familia Hassenpflug.
Cuentos similares: Katharine M. Briggs: «Blancanieves» (*Folk Tales of Britain*); Italo Calvino: «Bella Venezia», «Giricoccola» (*Cuentos populares italianos*).

La fuerza gravitatoria de *Blancanieves y los siete enanitos* de Walt Disney atraerá siempre con su enorme fuerza a este cuento, a no ser que quien lo cuente decida ignorar esa versión, lo cual no es nada difícil de hacer con tal de que se atenga a la versión original de los Grimm.

Pero Disney era un excepcional narrador de cuentos, y resulta interesante comprobar de qué manera los dibujantes de los estudios Disney, trabajando bajo su dirección, no solamente pusieron el foco en un aspecto del cuento de los Grimm que sí está presente en la versión de los alemanes (me refiero a la maldad de la madrastra/reina), sino también en otro que está ausente de esa versión (hablo aquí de la singularización de los enanitos que, con sus nombres y personalidades individualizados, aportan un notable grado de comedia). Una buena máxima para cualquier contador de cuentos sería la siguiente: desarrolla cuanto puedas tus propios puntos fuertes como narrador. La empresa Disney era buenísima a la hora de crear bromas visuales y de sacar partido de los niños pequeños, siempre capaces de hechizar a todo el mundo, y en la factoría Disney eso es exactamente lo que se hace con los animales del bosque (con esos ojos tan grandes y su carácter sencillo y confiado, y sus cuerpos redondos), así como con los enanitos, que son niños pequeñitos con barba.

Soy partidario de robar todo aquello que, narrativamente hablando, funcione. Sin embargo, las cosas que funcionan en un medio pueden no funcionar nada bien en otro, y opino que, fuera de la pantalla, la caracterización individual de cada enanito no funciona. En la versión de los Grimm los enanitos no son así: son sencillamente un grupo de pequeños espíritus de la tierra, tan benévolos como anónimos. Mientras que en la versión Disney necesitan de esa Supermadre Americana representada en la película por la princesa Blancanieves, que cuida de ellos como bebés barbudos y tiene que hacerles la comida y mantener su casa limpia, en la versión Grimm son muy autosuficientes.

En ambas versiones los enanitos lloran la muerte de Blancanieves, pero no pueden resucitarla. Para esto último es necesario que se produzca un feliz accidente, la llegada del príncipe.

En la primera versión de los Grimm, la que apareció en 1812, la reina malvada era la madre de Blancanieves. Solo se convirtió en madrastra en la segunda edición, publicada en 1819, ya que en ella la madre de Blancanieves moría de parto. ¿Y qué ocurrió con el padre? Como la mayor parte de los personajes masculinos de los Grimm, está apenas abocetado, carece de personalidad y quedó por completo desaparecido a la sombra del poder de la monstruosa reina.

Rumpelstiltskin

Érase una vez un pobre molinero que tenía una hija muy bella. Un día trabó conversación con el rey, y como pretendía impresionarle, dijo:

—¿Sabéis, majestad, que mi hija es capaz de hilar paja y convertirla en oro?

—Me parece magnífico. Si tu hija es tan hábil como dices, tráela mañana al castillo y veremos de qué es realmente capaz.

Cuando condujeron a la hija del molinero ante la presencia del rey, este la llevó a una estancia que estaba llena de paja hasta el techo. Entonces le proporcionó una rueca y varios husos, y dijo:

—Ahí tienes todo lo necesario. Trabaja todo el día y toda la noche, y si mañana por la mañana no has hilado toda esa paja hasta convertirla en hilos de oro, te condenaremos a la pena de muerte.

Y dicho esto, él mismo cerró la estancia con llave, y la muchacha se quedó completamente sola allí dentro.

La pobrecilla no sabía qué hacer. Naturalmente, no era capaz de hilar paja y convertirla en oro, de manera que cuanto más tiempo transcurría en la estancia, más pánico le entraba. Y finalmente rompió a llorar.

De repente, se abrió una puerta y entró un hombrecillo.

—Buenos días, señora molinera, ¿se puede saber a qué viene toda esa llantina?

—Me han pedido que hile toda esa paja y la convierta en hilos de oro, y no sé cómo hacerlo. ¡Y si no lo hago, dicen que me van a matar!

—Ah, vaya. ¿Y qué me darías, señora molinera, si lo hago yo por ti?

—¡Te regalaré mi collar!

—Vamos a ver ese collar que dices...

Lo miró detenidamente, asintió, se lo metió en el bolsillo, y se sentó a la rueca. Comenzó a trabajar, y lo hacía a tal velocidad que la hija del molinero no lograba verle las manos. ¡Fiu, fiu, fiu!, iba girando la rueda, y al instante el primer huso quedó lleno. Luego puso el segundo, y ¡fiu, fiu fiu!, también el segundo huso se llenó. Y no paró hasta la mañana siguiente, y al amanecer ya había hilado toda la paja, y todos los husos estaban llenos de hilos de oro. Y en ese momento, sin añadir nada más, el hombrecillo se fue.

Al salir el sol el rey abrió el cerrojo, entró, se quedó maravillado, y también bastante sorprendido viendo tanto oro, pues no daba crédito a que la hija del molinero hubiera sido capaz de hacerlo. Pero aquella prueba no le bastó. La condujo a otra estancia, más grande que la anterior, y también llena de paja hasta el techo.

—¡Si no conviertes toda esa paja en hilos de oro en un día y una noche, perderás la vida! —dijo, y salió cerrando la puerta tras de sí.

De nuevo la muchacha se puso a llorar, y otra vez se abrió la puerta y apareció el hombrecillo.

—¿Qué me vas a dar si hilo toda esa paja y la convierto en oro?

—¡El anillo!

—Vamos a verlo...

Lo estudió concienzudamente y se lo guardó en el bolsillo. Y enseguida se puso a hacer girar la rueda, ¡fiu, fiu , fiu!, y continuó así todo el día y toda la noche, y al amanecer toda la paja se había convertido en hilo de oro.

El rey, al ver todo aquello, se quedó encantado, pero aún no tenía todo el oro que deseaba. Condujo a la hija del molinero a otra estancia, mayor incluso que la anterior, y que también estaba llena de paja hasta el techo, y dijo:

—Convierte en hilo de oro toda esta paja, y podrás convertirte en mi esposa.

Aunque lo que pensaba en realidad era: «No es más que la hija de un molinero, pero jamás encontraré una esposa más rica que ella.»

Cuando la muchacha se quedó sola, el hombrecillo abrió la puerta por tercera vez.

—¿Qué me vas a dar?

—¡Ya no me queda nada!

—Entonces, ¡prométeme que, cuando seas reina, me regalarás tu primer hijo!

«¿Cómo adivinar lo que ocurrirá en el futuro?», pensó ella, y le prometió al hombrecillo lo que él le había pedido.

El hombrecillo se puso a trabajar, y al amanecer del día siguiente toda la paja se había convertido en hilo de oro. Cuando el rey lo vio, cumplió su palabra, y la preciosa hija del molinero se convirtió así en reina.

Al cabo de un año trajo al mundo a un niño muy guapo. Para entonces, ella había olvidado por completo al hombrecillo, pero de repente este se presentó otra vez.

—¡Tienes que cumplir tu promesa! —le dijo.

—¡No, por favor! ¡No me pidas eso! ¡Te daré cualquier otra cosa! ¡Te daré todas las riquezas del reino!

—¿Y para qué me servirían todas esas riquezas, si puedo convertir la paja en oro? Lo que quiero es un niño recién nacido. ¡Ninguna otra cosa!

La reina se puso a llorar, y lloró y lloró tantísimo que el hombrecillo se apiadó de ella.

—De acuerdo, no llores más —dijo—. Te doy tres días. Si en tres días eres capaz de averiguar cómo me llamo, podrás quedarte con tu hijo.

La reina pasó la noche entera en vela, tratando de recordar todos los nombres que había oído en su vida. Envió a un mensajero a la ciudad, y le encomendó que preguntara por todos los nombres raros, y que tomara nota por escrito de todos ellos. Cuando el hombrecillo se presentó de nuevo ante ella, la reina dijo:

—¿Te llamas Gaspar?

—No, mi nombre no es ese.

—¿Te llamas Melchor?

—No, mi nombre no es ese.

—¿Te llamas Baltasar?

—No, mi nombre no es ese.

Siguió diciendo todos los nombres que había anotado el mensajero, y en cada ocasión el hombrecillo respondía:

—No, mi nombre no es ese.

El segundo día la reina envió al mensajero a preguntar en las zonas rurales. Seguro que en las aldeas había muchos nombres raros, y así era, en efecto. Cuando el hombrecillo se presentó de nuevo ante la reina, ella volvió a probar:

—¿Te llamas acaso Rompefrascos?

—No, ese no es mi nombre.

—¿Te llamas Patablanda?

—No, ese no es mi nombre.

—¿Te llamas Ramarrota?

Pero él siempre respondía igual:

—No, ese no es mi nombre.

La reina empezaba a desesperar. Al tercer día, sin embargo, el mensajero volvió y le contó una historia muy extraña:

—No he vuelto a oír más nombres de esos tan raros que os dije ayer, majestad, pero cuando llegué a lo alto de cierta montaña situada en lo más profundo del bosque, vi una casita. Delante de la casa ardía una pequeña hoguera, y un hombrecillo que, si lo hubieseis visto, os habría parecido de lo más absurdo. Bailaba todo el rato, ahora sobre una pierna, luego sobre la otra, dando vueltas siempre en torno al fuego, y cantaba esta canción:

¡Y el próximo día la reina sabrá
que su principito me tendrá que dar!
Agua, tierra, aire, fuego que arde sin fin,
¡nunca sabrá que soy Rumpelstiltskin!

Es fácil de imaginar lo muy complacida que se sintió la reina al oírlo.

Cuando el hombrecillo se presentó ante ella de nuevo, no paraba de frotarse las manos y de pegar brincos de alegría, e iba diciendo:

—Y ahora, Gran Señora, ¿sabéis ya cuál es mi nombre? ¡Venga, decidlo!

—¿Te llamas Tom?

—No, ese no es mi nombre.

—¿Te llamas Dick?

—No, ese no es mi nombre.

—Entonces... Veamos, ¿te llamas Harry?

—No, ese no es mi nombre.

—Bien. Me pregunto si no será que te llamas Rumpelstiltskin...

—¡Seguro que te lo ha dicho el Diablo! ¡Seguro que te lo ha dicho el Diablo! —chilló el hombrecillo. Y estaba tan furioso que dio una patada al suelo, y lo hizo tan fuerte que la pierna entera se le hundió en el entablado hasta la cintura. En ese momento, agarró con las dos manos su otro pie, dio un fuerte tirón, y partió su cuerpo en dos.

Tipo de cuento: ATU 500, «El nombre del ayudante sobrenatural».
Fuente: Dortchen Wild les contó este cuento a los Grimm.
Cuentos similares: Katharine M. Birggs: «Duffy y el Diablo», «Perifollo», «Titty Todd», «Tom Tit Tot», «Whupitty Stoorie» (*Folk Tales of Britain*).

Ninguna antología de cuentos de los Grimm estaría completa sin este cuento. Los hermanos revisaron el relato tras la primera edición, la de 1812, haciendo que la historia tuviese un desarrollo más elaborado. Por ejemplo, en la primera edición Rumpelstiltskin se limita a salir corriendo enfadado cuando la reina descubre por fin su nombre. La ingeniosa idea final que reproduzco en esta versión, con el hombrecillo rompiéndose en dos partes, solo aparece en la edición de 1819. Todos los cuentos con una estructura repetitiva suelen ser susceptibles de mayor elaboración.

El trabajo de las hilanderas era una labor casera que tuvo una enorme importancia antes de la Revolución Industrial, que acabó haciendo desaparecer esta forma de ganarse la vida. Una esposa capaz de hilar bien era muy apreciada y, al menos en este cuento, podía ser muy bien valorada incluso por parte de un rey. En inglés todavía decimos *spin a tale** cuando nos referimos a contar una historia, pese a que el trabajo de las hilanderas ha desaparecido hace ya muchísimo tiempo.

El cuento inglés «Tim Tit Tot» (incluido en *Folk Tales of Britain*), cuya protagonista es una chica sexy, codiciosa y desaseada, me parece, personalmente, una versión incluso mejor de este mismo cuento.

---

* Literalmente, «hilar la hebra». *(N. del T.)*

El pájaro de oro

Hace mucho, mucho tiempo, había un rey que detrás de palacio tenía un precioso jardín, y en ese jardín crecía un árbol que daba manzanas de oro. Cada año, cuando estaban maduras, el rey ordenaba que las contasen y numerasen. Pero un año, justo cuando acababan de contarlas, comprobaron que faltaba una. El jefe de los jardineros informó al rey, y a partir de ese momento este dio orden de que cada noche se montara guardia junto al manzano.

Tan importante consideraba la tarea, que decidió que fueran sus tres hijos los encargados de la guardia nocturna. La primera noche mandó al mayor de ellos, pero este príncipe no logró mantenerse despierto, y a medianoche ya estaba profundamente dormido. Y al día siguiente, faltaba otra manzana.

La noche siguiente envió a montar guardia al segundo de sus hijos, y el resultado no fue mucho mejor. Cuando el reloj dio las doce ya tenía los ojos muy cerrados, y a la mañana siguiente faltaba otra manzana.

Le llegó después el turno al tercero de los hijos del rey. Este no se fiaba del todo, y no quería encargar al pequeño que montara la guardia, pero el más joven de sus hijos acabó convenciéndole, y por fin el rey dijo que sí. Al igual que había ocurrido con sus hermanos, el tercero de los hijos se sentó al pie del manzano, dispuesto a mantener una prolongada vigilia, y dispuesto a combatir el sueño.

Cuando sonaron en palacio las campanadas de la medianoche, oyó por encima de su cabeza el ruido de hojas que están siendo agitadas. El ruido lo causó un pájaro de oro muy bonito que se estaba posando en una de las ramas del manzano. Brillaba tantísimo su plumaje que producía el mismo efecto que si mil luces estuvieran encendidas en el jardín. El joven príncipe apuntó con su arco y flecha al pájaro, y cuando este arrancó una manzana con el pico, el joven príncipe disparó la flecha. El pájaro se alejó a tiempo, volando muy rápidamente, pero no pudo evitar que una de sus plumas de oro fuese alcanzada, y la pluma cayó planeando despacio hasta el suelo.

A la mañana siguiente el príncipe cogió la pluma y se la llevó al rey, y le explicó lo que había ocurrido. El rey convocó una reunión de su consejo privado, todos sus miembros examinaron la pluma, y concluyeron que una pluma como esa tenía más valor que todo el reino con todas sus posesiones.

—Entonces, si tan preciosa os parece la pluma —dijo el rey—, con una sola no me basta. Las quiero todas, quiero conseguir el pájaro entero, y si no me lo conseguís, va a haber consecuencias.

De modo que el mayor de sus hijos partió en busca del pájaro, convencido de ser lo bastante listo para hallarlo y llevarlo consigo de vuelta a palacio. Apenas había caminado un ratito cuando vio a un zorro que estaba sentado al borde del bosque y desde allí le observaba. El príncipe alzó su escopeta, apuntó, y el zorro se puso a gritar:

—¡No dispares! Te voy a dar un buen consejo. ¿Verdad que andas buscando al pájaro de oro? Pues bien. Sigue este camino de ahí, y encontrarás una aldea que tiene dos posadas, una a cada lado del camino. En una de ellas verás que están encendidas todas las luces, y que te llegan desde su interior los sonidos de la gente riendo y cantando. A pesar de eso, por nada del mundo entres en ella. Dirígete a la otra, y hospédate allí, aunque no te guste su aspecto.

«¿Y a eso le llama un buen consejo? ¿Cómo podría un animal tan estúpido como este zorro darme un buen consejo?», pensó el príncipe. Y apretó el gatillo. Pero el zorro era muy ágil, y en un instante ya había desaparecido corriendo entre los matorrales, con su cola bien alta.

El príncipe siguió caminando, y al atardecer llegó a la aldea que, tal como le dijo el zorro, tenía dos posadas, una a cada lado del camino. En una brillaban las luces y se oían cánticos y risas, y la otra estaba a oscuras y tenía un aspecto muy triste.

«Sería un tonto de verdad si me hospedara en ese sitio tan lúgubre», pensó el príncipe, que se dirigió a la posada más alegre, y allí se lo pasó en grande, olvidó por completo al pájaro de oro, a su padre, y también todas las lecciones que había aprendido a lo largo de su vida.

Transcurrió un tiempo, y como el mayor de los príncipes seguía sin dar señales de vida, el segundo de los hijos del rey partió a su vez y se puso a buscar al pájaro de oro. Al igual que su hermano mayor, encontró al zorro, escuchó su consejo, no le hizo ningún caso, y se plantó ante las dos posadas. Oyó que su hermano le llamaba, y no resistió la tentación: se fue a la posada más alegre y se instaló a vivir allí, y se olvidó de todo lo que no fuera la diversión.

Siguió transcurriendo el tiempo, y el menor de los príncipes pidió permiso para salir a probar fortuna. Pero su padre tenía sus propias opiniones al respecto.

—Es inútil —le dijo al primer ministro—. El pequeño tiene incluso menos probabilidades que los otros dos hermanos de encontrar a ese pájaro de oro. Si se enfrentase a algún peligro, no sabría siquiera cómo cuidar de sí mismo. Francamente, me parece que es un poco retrasado.

A pesar de todo, el príncipe siguió pidiendo permiso, y al final el rey cedió a sus ruegos. El joven partió tal como habían hecho sus hermanos, y encontró en el mismo sitio al zorro que le observaba sentado a la orilla del bosque. El zorro le dio el mismo consejo que a ellos. Como este príncipe era un joven que tenía muy buen carácter, respondió:

—Gracias, zorro. Y no te preocupes, que no pienso hacerte el menor daño.

—No vas a lamentar tu conducta —dijo el zorro—. Mira, siéntate encima de mi lomo y te llevaré en un instante a la aldea de las dos posadas.

El príncipe hizo lo que le decía el zorro, que enseguida se puso en marcha y ascendió y bajó las laderas de las colinas, e iba tan veloz que el príncipe oía todo el rato silbar el viento por entre sus cabellos. Una vez llegaron a la aldea, el príncipe, siguiendo el consejo del zorro, se hospedó en la posada más triste y solitaria, y allí pasó una noche silenciosa y cómoda. A la mañana siguiente salió de nuevo al camino, y enseguida vio que el zorro le esperaba.

—Como has demostrado tener la suficiente sensatez como para hacer caso de lo que te dije —dijo el zorro—, te ayudaré a recorrer tu siguiente etapa. Ahora llegaremos a un castillo, cuyas murallas están vigiladas por un montón de soldados. No les prestes la menor atención. Comprobarás que están todos tumbados, durmiendo y roncando. Pasa por en medio de la tropa y entra directamente en el castillo. Una vez dentro, atraviesa todas y cada una de sus estancias hasta que llegues a la última, y allí encontrarás al pájaro de oro. Estará metido en una jaula de madera. Y al lado mismo verás que hay además otra jaula. Esta otra jaula es de oro. Pero no debes prestarle tampoco ninguna atención, forma parte del decorado. Recuerda: hagas lo que hagas, no trates jamás de sacar al pájaro de su jaula sencilla para meterlo en la jaula de oro. Porque si lo hicieras, te vas a meter en un buen lío.

Tras decir todo esto, el zorro puso la cola enhiesta, el príncipe se sentó sobre su lomo y partieron a la misma velocidad que la otra vez. Cuando llegaron al palacio, el zorro se quedó en el exterior y el príncipe entró. Todo era tal como el zorro le había contado. Cruzó sin detenerse todas las estancias, y encontró en la última al pájaro de oro, metido en una jaula de madera, y con una jaula de oro al lado. También vio las tres manzanas de oro, depositadas en el suelo. La jaula de madera era feísima; en cambio, la de oro tan preciosa que el joven príncipe pensó que aquello no era correcto y tenía que rectificar la situación, a pesar de las advertencias del zorro, y cogió al pájaro de oro, lo sacó de la jaula de madera y lo metió en la de oro.

En cuanto lo hubo hecho, el pájaro soltó un grito tan penetrante que los soldados que dormían en el exterior se despertaron de golpe, entraron corriendo, hicieron prisionero al joven príncipe y lo bajaron a las mazmorras.

A la mañana siguiente fue conducido ante el tribunal. Admitió todas sus culpas, y el juez le condenó a pena de muerte. Sin embargo, al rey de aquel país le gustó el aspecto del príncipe, y dijo que estaba dispuesto a salvarle la vida con una sola condición: que el príncipe le llevara un corcel de oro, tan rápido que fuera más veloz que el viento. En caso de que le llevara ese caballo, suspendería la ejecución de la pena de muerte y le entregaría como premio el pájaro de oro.

El príncipe partió, pero no le animaba una gran esperanza. De hecho, no tenía ni idea de dónde podía encontrar el caballo, ni por dónde debía empezar su búsqueda. Así que en realidad sintió mucha pena por sí mismo. Pero cuando se puso a caminar encontró junto al sendero a su viejo amigo el zorro.

—¿Qué te había dicho? —dijo el zorro—. Todos tus problemas vienen de que no me hicieras caso. Bueno, dejémoslo estar. Aquí me tienes, y voy a decirte qué has de hacer para encontrar al caballo dorado. Ven conmigo, y te conduciré a un castillo, y en una de las cuadras de ese castillo se encuentra el caballo que buscas. Hay allí unos cuantos palafreneros, pero todos ellos duermen fuera, y por lo tanto no te costará nada hacerte con el caballo y sacarlo de allí. Pero fíjate bien. Debes ponerle la silla de montar más fea que encuentres, a pesar de que al lado de esa verás una silla de oro. Hazlo así, porque de lo contrario te meterás en un lío.

El zorro puso muy enhiesta la cola, el príncipe se montó en él y enseguida partieron, y corrían tanto que el príncipe oía silbar el viento entre sus cabellos. Llegaron al castillo, y allí todo era tal como le había contado el zorro. El príncipe entró en la cuadra y encontró al caballo de oro. Era tan bello y brillaba tanto que tuvo que ponerse la mano en las cejas para hacerse sombra en los ojos. Y cuando buscaba una silla, le pareció absurdo ponerle a un caballo como ese una gastada silla de cuero, sobre todo porque allí al lado había una silla de oro nueva y reluciente y sin estrenar.

De modo que le puso al caballo la silla de oro, el caballo soltó un sonoro relincho, los palafreneros que dormían en las cuadras despertaron, agarraron al príncipe, y este fue sentenciado a pena de muerte. También se libró de la ejecución en este castillo gracias al rey que vivía allí. Esta vez le puso como condición que fuese al castillo de oro y rescatara a la princesa de oro que estaba encerrada allí.

Partió de nuevo el joven príncipe, no teniéndolas todas consigo tampoco esta vez, y de nuevo encontró al fiel zorro.

—No resulta fácil ayudarte —dijo el zorro—. Debería abandonarte a tus propias fuerzas, pero me das pena. Este camino en el que nos encontramos conduce directamente al castillo de oro. Llegaremos al atardecer, y cuando anochezca y esté todo tranquilo, la princesa de oro irá a darse un baño en la bañera. Lo que tienes que hacer es correr a su encuentro tan pronto como la veas, y darle un beso. En cuanto lo hayas hecho, ella te seguirá, y podrás llevarla a donde quieras. Pero no debes permitirle que se despida de sus padres. Si lo haces, todo saldrá mal.

El zorro puso la cola enhiesta, el príncipe se sentó sobre su espalda y partieron, y el viento silbó por entre los cabellos del príncipe. Llegaron muy pronto al castillo de oro, y allí todo estaba tal como lo había contado el zorro. El príncipe permaneció oculto hasta medianoche, y cuando todo el mundo dormía, la princesa se encaminó hacia el baño. El príncipe salió corriendo hacia ella y la besó, ella le dijo que estaría encantada de ir con él a donde él la llevase, pero que antes quería dar un beso de despedida a su padre y a su madre. La princesa rogó y suplicó y lloró incluso, y a pesar de que al principio él se negó a escuchar sus súplicas, la encontraba tan bonita y tan apenada que finalmente cedió.

Naturalmente, en cuanto se acercaron al lecho real, el rey despertó. Y también despertó todo el palacio. El príncipe fue capturado, arrojado al fondo de una mazmorra, y a la mañana siguiente fue conducido ante el rey.

—Tu vida no vale nada, jovencito —dijo el rey—. Y ordenaría que fueses condenado a muerte ahora mismo, pero necesito que alguien se encargue de realizar cierta tarea. Si eres capaz de hacer lo que te pido, te librarás de la muerte. Delante de mi ventana hay un monte que me impide tener grandes vistas. Te doy siete días para que saques el monte de ahí, y si lo haces, la princesa será tuya. De lo contrario, haré que te corten la cabeza.

Proporcionaron al joven príncipe una pala, y él se puso enseguida a trabajar. Cuando habían transcurrido seis días, dio unos pasos atrás para ver el resultado de todo ese trabajo, y se llevó una terrible decepción. El monte estaba igual que el primer día.

Durante el séptimo día, y a pesar de todo, siguió dando paladas hasta que empezó a atardecer. Entonces se presentó el zorro.

—Me gustaría saber por qué me tomo tanto interés por ti —dijo el zorro—. No mereces que te ayude, pero me caes en gracia. Anda, vete a dormir a la cama y yo sacaré este monte de aquí.

A la mañana siguiente, cuando el príncipe despertó y miró por la ventana, comprobó que el monte había desaparecido. Loco de alegría, corrió a ver al rey.

—¡Majestad! ¡Lo he conseguido! ¡El monte ya no está!

El rey miró por la ventana, y no pudo discutir lo que el príncipe afirmaba:

—Muy bien —dijo el rey—. Me guste o no, cumpliré mi palabra. Puedes llevarte a mi hija.

Y así fue como el príncipe y la princesa se fueron juntos de palacio, y muy pronto se reunió con ellos el fiel zorro.

—Te has llevado el mejor premio que nadie pudiera desear —dijo el zorro—, pero una princesa de oro merece cabalgar a lomos de un caballo de oro.

—¿Y cómo voy a conseguir el caballo de oro? —dijo el príncipe.

—Te diré cómo, pero confío en que esta vez me hagas caso —dijo el zorro—. Lo primero que has de hacer es llevar a la princesa ante el rey que te pidió que fueses a buscarla y se la llevaras. Cuando aparezcas con ella en su palacio habrá grandes celebraciones, y te permitirán que te quedes con el caballo de oro. Cuando veas que lo sacan de la cuadra, móntalo en ese mismo momento, estrecha la mano de todo el mundo y parte al instante. Pero hazlo de manera que puedas estrechar la mano de la princesa de oro en último lugar, y cuando estés estrechando su mano, tira de ella, súbela a lomos del caballo a tu espalda, y sal al galope en ese mismo momento. Nadie podrá alcanzarte, porque ese caballo galopa más veloz que el viento.

Ocurrió todo tal como el zorro lo había previsto, tanto la celebración como el regalo del caballo de oro, las despedidas de todos estrechando las manos y la huida al galope. El zorro les acompañó, y cuando el caballo dejó de correr y caminó al paso, el zorro dijo:

—Muy bien. Seguiste mis instrucciones. Ahora te ayudaré a que consigas el pájaro de oro. Cuando te acerques al castillo donde guardan al pájaro, deja que la princesa desmonte del caballo. Yo me encargaré de cuidar de ella mientras tú te encargas de todo lo demás. Tendrás que entrar montado a caballo en el patio, y cuando lo vean todos se alegrarán mucho e irán a buscar al pájaro de oro para entregártelo. En cuanto la jaula esté en tus manos, parte tan veloz como el viento y regresa a buscar a la princesa.

El plan funcionó a la perfección. El príncipe ya tenía ahora todos los tesoros que hubiese podido desear, de manera que se dispuso a volver a casa, pero el zorro le dijo:

—Antes de que te vayas, voy a pedirte un premio como recompensa por toda la ayuda que te he prestado.

—¡Naturalmente! —dijo el príncipe—. Y bien, ¿qué quieres?

—Cuando lleguemos al bosque, quiero que me dispares con la escopeta, me mates, y me cortes la cabeza y las patas.

—Vaya manera extraña de mostrarte mi gratitud —dijo el príncipe—. No pienso hacerlo.

—Pues si no lo haces, tendré que dejar de protegerte. Pero permíteme que te dé un último consejo; debes cuidar mucho de un par de cosas. No compres carne de ahorcado y no te sientes en el brocal de ningún pozo.

Y, dicho esto, el zorro se fue corriendo hacia el interior del bosque.

«Qué animal tan extraño, ¡menudas ideas tiene! —pensó el príncipe—. ¿A quién se le ocurriría comprar carne de ahorcado? Y en la vida me iría a sentar en el brocal de un pozo.»

Siguió su camino con la bella princesa y no pasó mucho tiempo antes de que llegaran a la aldea donde se habían quedado viviendo sus hermanos. En la aldea se había formado una gran muchedumbre que armaba mucho alboroto. Cuando preguntó qué ocurría allí, le dijeron que estaban a punto de colgar de la horca a dos hombres. El joven príncipe se abrió camino entre el gentío y comprobó que los dos reos eran sus hermanos. Al parecer, cuando se les había acabado el dinero que llevaban consigo habían empezado a cometer toda suerte de tropelías.

El joven príncipe quiso saber si había algún modo de que obtuvieran el perdón.

—Podrías comprar su libertad —le dijeron—. Pero ¿quién gastaría su dinero en ese par de desdichados?

No tuvo la menor duda. Pagó el dinero que pedían por sus vidas y así compró su libertad. Y les quitaron los grilletes a sus hermanos y ambos fueron advertidos muy seriamente de que jamás en la vida debían entrar de nuevo en esa aldea. Partieron, y tras viajar a buen paso durante toda la mañana, llegaron al bosque en donde los tres hermanos habían visto al zorro por primera vez. El sol daba mucha luz y calentaba el aire, y como bajo los árboles el fresco era muy agradable, los hermanos dijeron:

—Descansemos un ratito aquí. Y podemos ir a ese pozo que hay allí y sacar agua.

El joven príncipe estuvo de acuerdo. Olvidó la advertencia del zorro, y, sin albergar la menor sospecha, se sentó en el brocal del pozo. De golpe y porrazo, los dos hermanos mayores le empujaron, él se precipitó al fondo, y ellos se fueron de allí con la princesa, el caballo y el pájaro, y cuando llegaron a casa se los mostraron a su padre.

—¡Qué te parece, padre! —dijeron—. No traemos solo al pájaro, sino también el caballo de oro y a la princesa del castillo de oro. ¡No está mal, eh!

El rey ordenó que se hiciese una gran celebración, pero los cortesanos más atentos vieron que el caballo se negaba a comer, que el pájaro no cantaba, y que la princesa se pasaba el día llorando.

¿Y qué había ocurrido entretanto con el joven príncipe? No se ahogó en el pozo, porque estaba seco. Y no se rompió ningún hueso, porque en el fondo había una gruesa capa de musgo. Se quedó sentado, preguntándose cómo iba a poder salir de allí, y ya se le habían agotado sin éxito todas las ideas cuando apareció una vez más el fiel zorro. Saltó al fondo del pozo y le pegó al príncipe una buena regañina.

—¿Qué te había dicho? —dijo—. Imagino que era de esperar. No importa. No voy a dejarte aquí. Agárrate fuerte a mi cola.

Así lo hizo el príncipe, y unos momentos más tarde salió del pozo colgado de la cola del zorro, y una vez arriba se adecentó lo mejor que pudo.

—Todavía no estás libre de peligro —dijo el zorro—. Como tus hermanos no estaban seguros de que hubieses muerto en el pozo, el bosque está ahora mismo lleno de soldados que tienen órdenes de disparar contra ti en cuanto te avisten.

Se pusieron en marcha, y el príncipe encontró a un pordiosero y se cambió la ropa con él. Y fue así como consiguió llegar a la corte sin ser reconocido. En cuanto entró, el pájaro se puso a cantar, el caballo comenzó a comer y la bella princesa dejó de llorar.

—¿Se puede saber qué significa todo eso? —preguntó, pasmado, el rey.

—No lo sé —dijo la princesa—. Antes estaba triste, y ahora estoy alegre. Tan feliz como si acabase de llegar mi prometido.

Desafiando a los hermanos mayores, la princesa le contó al rey todo lo que había ocurrido, pese a que ellos habían amenazado con matarla si revelaba la verdad.

El rey convocó a toda la corte, y entre los cortesanos, aunque vestido con los harapos del pordiosero, se encontraba el joven príncipe. La princesa le reconoció al instante, y corrió a arrojarse en sus brazos, y los malvados hermanos mayores fueron aprehendidos y condenados a muerte. Su hermano pequeño se casó con la princesa y le nombraron heredero del rey.

¿Y qué ocurrió con el pobre zorro? Un día, muchísimo tiempo

después, el príncipe iba caminando por el bosque cuando de repente se encontró con él. Y su viejo amigo dijo:

—Ahora tienes todo cuanto pudieras desear, mientras que yo llevo muchos años en los que solo me ha acompañado la mala suerte. Y aunque te lo pedí, te negaste a dejarme libre.

Dicho esto, el zorro volvió a pedirle al príncipe que le matara y le cortara la cabeza y las patas. Y esta vez el príncipe hizo lo que él le pedía, y tan pronto lo hizo, el zorro se convirtió ni más ni menos que en el hermano de la princesa, libre al fin del maleficio que habían lanzado contra él.

Y a partir de entonces la felicidad de todos ellos fue completa.

Tipo de cuento: ATU 550, «Pájaro, Caballo y Princesa».
Fuente: Esta historia se la contó Gretchen Wild a los hermanos Grimm.
Cuentos similares: Alexander Afanasiev: «El príncipe Iván, el Pájaro de Fuego y el Zorro Plateado» (*Cuentos populares rusos*); Katharine M. Briggs: «El Rey de los Arenques» (*Folk Tales of Britain*); Andrew Lang: «La rama donde se posaba el pájaro» (*Pink Fairy Book*).

Gretchen Wild y los hermanos Grimm construyeron una narración magnífica en su versión de este cuento, que sin ese trabajo podría irse fácilmente por las ramas. Gracias a su pulcra construcción narrativa lograron algo que recuerda mucho a una de esas historias de búsqueda y salvación tan corrientes en el género del ocultismo y el esoterismo. Es una historia bastante próxima al «Himno de la perla», o «Las bodas químicas de Christian Rosenkreutz», datada en 1616. Sería sencillo superponer una interpretación de esa clase al relato que hemos visto aquí: el joven príncipe sería el individuo que emprende el viaje de búsqueda, la princesa de oro sería su otra mitad femenina; o su «ánima», por decirlo con la terminología de Jung, una segunda mitad que debe ser conquistada porque, al comienzo de la historia, está en manos de los poderes invisibles que dominan el mundo. La invisibilidad, en este caso, se debe al monte que impide la visión desde la ventana del rey, por supuesto. Cuando ese monte deja de bloquear la vista, el rey se hace sabio y entonces ya puede ver, y permite que la joven novia alcance su verdadero destino. El caballo dorado es la fuerza del propio príncipe, y no hay que ponerle una silla recargada con los colores chillones de la adulación y la falsedad, sino con la dignidad del esfuerzo auténtico y honesto. El pájaro de oro es el alma del príncipe: solo él alcanza a ver el jardín del rey, solo él puede seguirlo y obtener la victoria final. Los dos hermanos son los yoes inferiores del príncipe, y al final son derrotados por la inocente bondad del protagonista, el cual es ayudado por el zorro que es, naturalmente, la sabiduría. La sabiduría tiene una relación muy íntima con el yo del individuo que emprende la búsqueda (el zorro es hermano de la princesa), pero solo cuando la sabiduría es sacrificada puede llegar a verse cuál es su identidad real. Las manzanas de oro del jardín del rey son fragmentos de la verdad, que deberían ser donados generosamente y sin nada a cambio, pero el rey, cuyo conocimiento es limitado, las trata como si fuesen posesiones suyas que por ello deben ser contadas y numeradas, y por eso no consigue...

Y así sucesivamente. No me creo esta interpretación ni por un segundo, de la misma manera que tampoco creo en la jerga jungiana en general, pero es una interpretación posible. Como mínimo, es una lectura que se podría sostener de punta a cabo. ¿Y qué es lo que eso demuestra? ¿Que el significado precedió al cuento, el cual fue compuesto a fin de ofrecer una ilustración de ese significado, como si se tratara de una alegoría? ¿O que el cuento encajó de forma accidental en alguna clase de forma susceptible de esa interpretación?

Obviamente, creo que es más correcta la segunda hipótesis. Todas las interpretaciones de un cuento, por ingeniosas que sean, no van mucho más allá del esfuerzo por ver estructuras reconocibles en las chispas que lanza al aire el fuego. No hacen apenas ningún daño.

El campesino pobre

Érase una vez una aldea en la que todos los campesinos que vivían allí eran ricos, excepto uno de ellos, al que le pusieron de mote el Pobre. No tenía dinero ni para comprarse una vaca, algo que tanto él como su esposa anhelaban mucho.

Un día, él dijo:

—Mira, he tenido una buena idea. Nuestro primo el carpintero podría construir una ternera de madera y pintarla del mismo color que las de verdad, y así parecería auténtica. Y seguro que esa ternera crecerá y al final tendremos una vaca. ¿Qué te parece?

—Me parece una buena idea —dijo la esposa.

Dicho y hecho, fueron a ver al carpintero y le explicaron lo que querían. El carpintero tenía unas maderas de pino muy buenas, y primero dibujó y luego cortó y serró y clavó todas las piezas, y después buscó pintura de color pardo y pintó la ternera de madera, y estaba tan bien hecha que no se podía distinguir de una ternera de verdad. La hizo con la cabeza agachada, de forma que parecía estar pastando hierba, y en los ojos le puso unas pestañas muy largas.

A la mañana siguiente, cuando el pastor conducía las vacas de la aldea a pastar en los herbazales, el Pobre le llamó y dijo:

—Tengo una ternera en casa, pero acaba de nacer y todavía no camina sola. Hay que llevarla a cuestas.

—No te preocupes —dijo el pastor, que cogió la ternera, se la cargó encima, la llevó a los pastos y una vez allí la depositó en el suelo.

«No tardará mucho en corretear ella sola. ¡Con qué apetito está pastando hoy!», se dijo el pastor.

Esa tarde, a la hora de devolver las vacas a sus establos, el pastor no logró que la joven ternera diera ni un paso.

—Maldita sea —dijo en alta voz—. Te has pasado el día entero con el hocico clavado en el pasto... Seguro que ya tienes fuerzas para volver a casa caminando sobre tus patas. Te he traído para acá, pero no pienso cargar contigo todo el camino de regreso.

El Pobre estaba en el umbral de su casa, esperando que volviese su ternera. Y vio el rebaño de vacas que volvía a casa, y vio al pastor que caminaba tras ellas, pero ni señal de su ternera.

—¡Oye! —dijo el Pobre—. ¿Qué pasa con mi ternera? ¿Dónde está?

—Sigue pastando en el campo. La he llamado, pero se negaba a dar ni un paso. Y no puedo pasarme el día esperándola. Estas vacas necesitan que las ordeñen.

El pastor condujo las vacas al lugar donde las ordeñaban, y regresó después con el Pobre a los pastos, en busca de su pequeña ternera. Pero resultó que alguien había aprovechado ese rato para robarla.

—Ha sido por tu culpa —dijo el Pobre.

—¡Qué va a ser culpa mía! ¡Seguro que se ha largado por ahí!

—Tendrías que haberla traído con las demás —dijo el Pobre.

Y obligó al pastor a ir con él a ver al alcalde, que se escandalizó ante aquella negligencia por parte del pastor y le ordenó que entregara al Pobre una vaca, para compensarle por la pérdida.

Fue así como el Pobre y su esposa tuvieron por fin la vaca que habían anhelado poseer durante tanto tiempo. Se sintieron muy felices, pero no tenían forraje con el que alimentarla, ni dinero para comprarlo, y no tuvieron más remedio que hacer que la sacrificaran. Salaron la carne, curtieron la piel, que era muy bonita, por cierto, y el Pobre se fue con ella a la ciudad con la intención de vender el cuero de su vaca y comprar un ternero con el dinero obtenido.

De camino hacia la ciudad pasó ante un molino, y sentado en el suelo delante de él vio a un cuervo que tenía rotas las dos alas. El Pobre se apiadó del pájaro, lo cogió con mucho cuidado y lo envolvió con el cuero de la vaca. En el cielo se empezaban a amontonar unas nubes muy oscuras, y el viento soplaba con ráfagas más fuertes cada vez, y apenas acababa de envolver al cuervo en el cuero cuando comenzó a llover. Como no vio otro lugar donde refugiarse, el Pobre llamó a la puerta del molino.

La esposa del molinero, que estaba sola en casa, le abrió.

—¿Qué quieres? —dijo ella.

—No pretendo molestar, pero ¿le importaría que me cobijase aquí mientras dura la tormenta?

—Sí, parece que va a caer una buena... Ven, pasa. Puedes tumbarte en esa paja que hay allí.

La mujer señaló un gran montón de paja que había en un rincón, y cuando el Pobre pudo tumbarse y ponerse cómodo, ella fue a buscar un poco de pan y queso para el viajero.

—¡Muchas gracias! —dijo el Pobre.

—Puedes descansar aquí esta noche —dijo ella.

El campesino Pobre comió todo el pan y el queso y luego se tumbó y cerró los ojos, tras haber dejado el cuero a su lado. La mujer, que estaba espiándole, imaginó que el hombre estaba muy cansado, y como no se movía en absoluto, supuso que se había quedado completamente dormido.

Al poco rato se oyeron unos golpecitos muy suaves en la puerta, y la mujer fue a abrir y se llevó el dedo a los labios para imponer silencio al recién llegado. El Pobre abrió los ojos un poco, y así pudo ver que quien entraba era el cura.

—Mi marido no está —dijo ella, y el Pobre la oyó muy bien—. ¡Podemos celebrarlo!

«¿Celebrarlo? —pensó el Pobre—. Entonces, ¿cómo es que para mí no tenía más que un mendrugo y un trocito de queso?»

Con los ojos entreabiertos alcanzó a ver a la esposa del molinero que conducía al cura a la mesa, le dejaba allí sentado, y, con mucho parpadeo y muchas palabritas dulces, empezó a servirle un festín: un cerdo asado, un gran plato de ensalada y una tarta de frutas que acababa de sacar del horno, todo ello regado con el vino de una botella.

Apenas empezaba el cura a prepararse a consumir aquel banquete, y aún estaba poniéndose la servilleta bien sujeta en el cuello, cuando se oyeron unos golpes muy fuertes porque alguien estaba aporreando la puerta.

—¡Vaya por dios! —dijo la mujer—. ¡Mi esposo! ¡Anda, escóndete corriendo en el armario!

El cura salió corriendo hacia el armario y se escondió en él, rápido como una cucaracha, y la mujer metió la comida en el horno, la botella debajo de la almohada, la ensalada bajo las sábanas y el pastel debajo de la cama.

Y luego fue corriendo a la puerta.

—¡Gracias a Dios que has regresado, esposo! —exclamó—. Qué miedo tenía. ¡Menuda tormenta! ¡Parece el fin del mundo!

El molinero, sacudiéndose el agua que empapaba su ropa, entró y enseguida vio al Pobre tendido en el montón de paja.

—¿Se puede saber qué hace ese ahí? —dijo el molinero.

—Pobrecillo —dijo su esposa—, llamó a la puerta justo cuando comenzaba a llover. Ha pedido cobijo y le dije que se tumbara en la paja y le di un poco de pan y de queso.

—No me parece mal —dijo el molinero—. Pero... ¿sabes una cosa? ¡Estoy hambriento! Anda, sírveme algo de cenar.

—Cariñito mío, solo tengo pan y queso.

—Trae lo que sea, seguro que me sienta bien —dijo el molinero, que miró al campesino Pobre y alzó la voz para decirle—: ¡Eh, amigo! ¡Levántate y come otro poco conmigo!

El Pobre no necesitó que se lo dijeran otra vez. Se puso en pie de un salto, contó quién era, se sentó a la mesa con el molinero, y empezó a comer.

Al poco rato el molinero se fijó en el cuero, dentro de cual parecía estar envuelta alguna cosa, que seguía en la montaña de paja.

—¿Puede saberse qué llevas ahí? —dijo el molinero.

—Una cosa muy pero que muy especial —dijo el Pobre—. Llevo metido dentro un ser capaz de adivinar la fortuna.

—¿De verdad? —dijo el molinero—. ¿Y crees que podría adivinar mi futuro?

—Seguro —respondió el Pobre—. Pero solo puede adivinar cuatro cosas, y la quinta no la dice nunca.

—Pues venga. Pídele que adivine alguna cosa.

El Pobre fue a por el cuero, lo cogió con el mayor cuidado, y volvió a la mesa y lo puso sobre su regazo. Luego apretó con suavidad la cabeza del cuervo, e insistió con los apretujones, hasta que el pájaro finalmente graznó:

—*Crac, crac.*

—¿Entiendes lo que ha dicho?

—Pues verás —dijo el Pobre—. Ha dicho que debajo de la almohada hay una botella de vino.

—¡Qué bobada! —dijo el molinero, pero se levantó a mirar por si acaso, y encontró el vino—. ¡Asombroso! ¿Y es capaz de adivinar muchas más cosas?

El Pobre apretó otra vez la cabeza del cuervo, que graznó otra vez:

—*Crac, crac.*

—¿Y ahora qué ha dicho?

—En segundo lugar ha adivinado que en el horno hay un cerdo asado —dijo el Pobre.

—¡Cerdo asado! No me lo creo... A ver... ¡Ahí va! ¡Pero si es cierto! Menudo cochinillo. ¡Qué bien! ¿Y qué más puede adivinar?

El Pobre hizo que el cuervo dijera una nueva profecía.

—Ahora ha dicho que vas a encontrar una ensalada debajo de las sábanas.

Y el molinero también encontró la ensalada.

—¡Es increíble! —dijo—. En mi vida había visto nada parecido...

—*Crac, crac* —dijo el cuervo por cuarta vez, y el campesino Pobre interpretó sus graznidos.

—Dice que debajo de la cama hay una tarta —dijo el Pobre.

Y el molinero la sacó de allí.

—¡Que me aspen si lo entiendo! —dijo el molinero—. ¡Y pensar que no teníamos para cenar más que pan y queso! ¡Eh, esposa, qué haces ahí tan lejos, escondida en el rincón! ¡Ven a la mesa y comparte con nosotros esta comilona!

—Tengo un poco de dolor de cabeza —dijo ella—. Mejor me voy a la cama a acostarme.

Naturalmente, lo que le pasaba a la mujer es que estaba aterrorizada. Se metió en la cama y se tapó con las mantas lo mejor que pudo, no sin antes comprobar que se había llevado consigo las llaves del armario.

El molinero cogió un cuchillo grande, troceó el cochinillo asado, sirvió un par de vasos de vino, y él y el Pobre se pusieron a comer.

—¿Y dices que este adivino se guarda la quinta adivinanza para sí? —dijo el molinero.

—Exacto —dijo el Pobre.

—Y por lo general, ¿de qué trata esa quinta adivinanza?

—Bueno, de cualquier cosa, en realidad. Pero será mejor que comamos primero. Tengo la impresión de que esa quinta cosa no será nada buena.

Y cenaron los dos muy a gusto, y al final el molinero dijo:

—Y esa quinta predicción... ¿dices que no sería nada bueno? ¿Tan malo crees que podría ser lo que ha adivinado ahora?

—Mira, lo que pasa con la quinta predicción —dijo el campesino Pobre— es que se trata de una cosa de altísimo valor. Y por eso nunca la dice si antes no obtiene algo a cambio.

—Ah, caramba. ¿Y qué precio dices que pide?

—Cuatrocientos escudos.

—¡Vaya por Dios! ¿Tanto?

—Bueno, ya te lo decía, se trata de una adivinanza muy valiosa. Pero como has sido tan hospitalario, me parece que podría convencerle y conseguir que te dijera la quinta adivinanza por solo trescientos escudos.

—¿Trescientos, dices?

—Exacto.

—¿No te parece que podrías conseguir una rebaja algo mayor?

—Mira, ya tienes pruebas de lo exactas que son sus adivinanzas. No podrás decir que no ha acertado en todo lo que ha dicho...

—Es cierto. No puedo discutirlo, es así. De manera que... ¿Trescientos escudos, dices?

—Trescientos.

El molinero fue a por su bolsa y empezó a contar el dinero. Luego volvió a tomar asiento y dijo:

—Sea, pues. Y oigamos lo que tiene que decir.

El Pobre apretó la cabeza del cuervo.

—*Crac, crac* —graznó el cuervo.

—¿Y bien? —dijo el molinero.

—Vaya, vaya —dijo el Pobre—. Dice que el Diablo en persona se ha escondido dentro del armario.

—¿Cómo dices? —dijo el molinero—. Esto sí que no me lo creo.

Salió corriendo hacia el armario, trató de abrir la puerta pegándole un buen tirón a la manija, y no lo consiguió.

—¿Y puede saberse dónde está la llave del armario? ¿Dónde podría estar?

—La tengo yo —dijo la voz de la esposa del molinero desde debajo de las mantas.

—Pues quiero esa llave ahora mismo. ¡Venga ya! —dijo el molinero.

Agarró la llave, abrió el armario, y de su interior salió, corriendo como un rayo, el cura, que no se detuvo en su carrera hasta haber franqueado la puerta del molino.

El molinero se quedó con la boca completamente abierta y todos los pelos de punta. En cuanto se recuperó, corrió a la puerta del molino y la cerró con el cerrojo.

—¡Este adivino tuyo tenía razón, válgame dios! —dijo el molinero—. ¡Era el mismísimo Diablo, seguro que lo era! ¡He podido ver a ese bastardo con mis propios ojos!

Para tranquilizarse, tuvo que terminar él solo todo el vino que quedaba en la botella.

Por su parte, el Pobre se acostó en el montón de paja, y al amanecer se largó de allí con sus trescientos escudos.

Una vez de regreso en su aldea, el Pobre comenzó a gastar el dinero. Compró unas tierras de labranza, construyó una casa muy buena, y pronto los vecinos de la aldea decían:

—Seguro que llegó hasta el lugar donde cae nieve de oro. Si consigues llegar hasta allí, seguro que regresas con unas cuantas paladas de dinero.

Y con eso querían decir que no estaban nada seguros de que el Pobre hubiera conseguido todo aquel montón de dinero de una manera honrada. Por eso al final ordenaron al Pobre que se presentara ante el alcalde y explicara qué había ocurrido.

—Es fácil —dijo él—. Me llevé a la ciudad el cuero de mi ternera y lo vendí. Hay mucha demanda de cuero últimamente. Los precios han subido muchísimo.

En cuanto se lo oyeron decir, sus vecinos empezaron a sacrificar a sus vacas, a curtir las pieles, y a salir camino de la ciudad dispuestos a vender el cuero a unos precios asombrosos.

—Yo seré el primero de todos —dijo el alcalde.

Mandó a una criada a la ciudad cargada con el cuero, y con órdenes de venderlo. Consiguió que le pagaran tres escudos. A los demás aldeanos les ofrecieron precios incluso más bajos.

—¿Y qué esperáis que hagamos con tantísimo cuero? —les iba diciendo el principal comerciante de cuero que había en la ciudad—. Hoy en día apenas si hay demanda.

Como era de suponer, los aldeanos se enfurecieron con el Pobre. Fueron a ver al alcalde y le denunciaron por estafador, y poco más tarde se reunió el concejo para decidir cuál sería su destino.

—Te condenamos a morir —dijo el alcalde— por este procedimiento: te meteremos en un barril lleno de agujeros, cerraremos con clavos la tapa y te echaremos al lago.

Llamaron a un cura para que dijera una misa por su alma, y los aldeanos les dejaron solos. Por suerte, el Pobre reconoció al cura.

—Yo conseguí que salieras con bien del armario donde te habías escondido —dijo—. Ahora, tú tienes que sacarme con vida de este barril.

—Ya, claro. Ojalá pudiese hacerlo, pero...

—Me basta con que pongas el barril en pie.

El Pobre se había fijado en que había un pastor que bajaba por el camino con su rebaño de ovejas. Y como sabía que ese pastor deseaba una cosa con todo su corazón, convertirse en alcalde, el Pobre dijo a voz en grito:

—¡No! ¡Me niego a aceptarlo! ¡Me da lo mismo que me lo pida de rodillas todo el mundo! ¡Me niego!

El pastor se detuvo y preguntó:

—¿Se puede saber qué ocurre? ¿Qué es lo que te niegas a aceptar?

—Pretenden que sea alcalde —dijo el Pobre—. Y dicen que para serlo basta con que me meta en este barril. Pero no pienso hacerlo. Por mucho que insistan.

—¿En serio? —dijo el pastor—. ¿Te harán alcalde por el solo hecho de meterte dentro de este barril?

El Pobre le dio un codazo al cura, para que confirmara lo que decía, y el cura dijo:

—Sí, basta con meterse en este barril.

—Pues si no hace falta más que eso... —dijo el pastor, y se metió en el barril.

El Pobre cerró la tapa del barril con el pastor dentro, cogió el cayado del pastor y condujo el rebaño lejos de allí.

El cura habló con el concejo, dijo que ya había dicho la misa y que el barril estaba preparado. El alcalde les dijo que ya podían ejecutar la pena, y todos los miembros del concejo tumbaron el barril y lo llevaron rodando hasta el lago. Y mientras el barril rodaba y daba tumbos por el camino, desde su interior el pastor iba gritando:

—¡Seré alcalde! ¡Con mucho gusto!

Ellos pensaban que se trataba del Pobre, y le contestaban:

—¡Vaya si lo serás! ¡Pero antes tienes que echar una ojeada a todo el municipio!

Finalmente empujaron el barril para que rodara hacia las aguas del lago y regresaron todos a sus casas. El cura se quedó junto a la orilla, se quitó la sotana y trató de sacar el barril del agua para que el desdichado pastor no se ahogara, y entretanto los aldeanos se llevaron una sorpresa de aúpa cuando llegaron a la plaza y vieron que allí estaba el Pobre con un rebaño de ovejas.

—¡Eh, Pobre! ¿Y qué demonios haces tú aquí? ¿Cómo has logrado salir del barril?

—Nada más fácil —dijo él—. El barril se hundió hasta llegar al fondo del lago, y entonces le di una patada a la tapa de debajo, salí, y no os podéis imaginar lo que encontré. Los prados más bonitos, la hierba más buena, y un sol muy caliente, y corderos y más corderos, tantos que nadie sería capaz de contarlos. Por eso me quedé unos cuantos y me los traje de vuelta conmigo hasta aquí.

—¿Y aún quedan corderos?

—Muchísimos. Hay para todos.

Los aldeanos dieron media vuelta y salieron corriendo hacia el lago, dispuestos a llevarse del fondo de las aguas un rebaño para cada uno de ellos. Justo en ese momento, en el cielo había muchas nubes pequeñitas de esas que suelen llamarse corderitos, y los aldeanos creyeron que eran el reflejo de los muchos animales que había en el fondo del lago, y tan excitados estaban con la idea de tener un rebaño cada uno, que no se fijaron en que en la otra orilla el pastor, completamente empapado, daba las gracias al cura que acababa de sacarlo del agua. Y se peleaban los unos con los otros por conseguir un buen lugar desde el que sumergirse en las aguas.

—¡Primero, yo! —dijo el alcalde, y se zambulló de cabeza en el lago.

Las aguas gorgotearon conforme se iba sumergiendo, y los demás aldeanos creyeron que eso era porque el alcalde les llamaba y les decía que le siguieran, y todos saltaron tras él.

Después de ese día en la aldea no quedó nadie, y el Pobre terminó siendo el amo de todo. Devolvió sus ovejas al pastor, se nombró alcalde a sí mismo y se hizo muy rico.

Tipo de cuento: ATU 1535, «El campesino rico y el campesino pobre», e incluye un episodio del tipo 1737, «Cambiar de lugar con el Listo que está metido en el saco».

Fuente: Historias que les fueron contadas a los Grimm por la familia Hassenpflug y Dorothea Veihmann.
Cuentos similares: Alexander Afanasiev: «El cuero maravilloso» (*Cuentos populares rusos*); Katharine M. Briggs: «Jack y los Gigantes», «Corderos para todos» (*Folk Tales of Britain*).

El campesino al que en su pueblo le han puesto el mote de Pobre es el clásico tramposo. Un tipo sin escrúpulos y muy astuto, que se enfrenta a un montón de tontos. Y es evidente que en su aldea los tontos abundaban.

La pregunta es, naturalmente, ¿qué grado de castigo merecen los tontos? Dado que los aldeanos estaban dispuestos a que el Pobre muriese ahogado, morir ahogados parece que es un justo castigo para la codicia que demuestran todos ellos. En cambio, resultaba un castigo exagerado para el pastor, que no ha deseado el menor daño al Pobre. En el original, el pastor muere ahogado, y el cura se libra también de todo mal, y eso no me parecía justo. En esta versión mía, hago que el cura rescate al pastor, y así parece que el resultado en conjunto sea más adecuado.

No son frecuentes los curas en los cuentos de los Grimm, pero aparece alguno que otro, y con frecuencia su función consiste en cometer alguna maldad con la esposa de algún personaje. En el cuento titulado «Vieja Hildebrand», por ejemplo, aparece un cura que engaña a un campesino y le convence para que viaje a Italia, y mientras dura el largo viaje, el cura y la mujer del campesino se lo pasan en grande. Al final, lo pillan in fraganti y se lleva una buena y merecida paliza.

ℳilpieles

Érase una vez un rey cuya esposa de rubia melena era tan bella que en ningún lugar del mundo había ninguna mujer que se le pudiese comparar.

Y ocurrió que la reina se puso enferma, y al notar que estaba a punto de morir, le dijo al rey:

—Si después de que yo muera decidieras casarte, no lo hagas con ninguna mujer que no sea al menos tan bella como yo, o que tenga el cabello menos dorado que el mío. ¡Prométemelo!

El rey le dio su palabra, y poco después su esposa cerró los ojos y murió.

Durante mucho tiempo el rey no encontraba consuelo, y no podía ni pensar en la idea de casarse de nuevo. Pero más adelante sus consejeros dijeron:

—Majestad, no vais a poder evitarlo. El reino necesita una reina. Debéis casaros de nuevo.

Y entonces enviaron mensajeros a los lugares más lejanos con la misión de encontrar a una mujer tan bella como la primera reina. Sin embargo, la expedición no obtuvo buenos resultados. Incluso cuando encontraban a una mujer igual de bella que la reina, su cabello no era dorado. Y finalmente los mensajeros regresaron a palacio con las manos vacías.

El rey tenía una hija cuyo cabello era tan dorado como el de su madre, y que parecía que iba a convertirse un día en una mujer tan bella como la reina. El rey no había reparado en ello durante la infancia de la princesa, pero un día, poco después de que la princesa se convirtiese en una joven ya crecida, la vio justo cuando el sol se colaba por la ventana de su habitación y hacía brillar su dorada cabellera. Y, de repente, viendo que era tan bella como su madre, el rey se enamoró apasionadamente de la princesa.

Convocó entonces al consejo privado del reino y anunció:

—Por fin he encontrado a una novia. No hay en todo el reino ninguna mujer tan bella como mi hija, de modo que he decidido casarme con ella.

Ante lo cual, los consejeros se mostraron escandalizados.

—¡Eso es imposible, majestad! ¡Nuestro Señor prohíbe tal cosa! Está considerado a sus ojos como uno de los más graves pecados. Y de una cosa así no saldría ningún bien. ¡El reino entero se precipitaría hacia su ruina!

La propia muchacha también se sintió horrorizada al saber las intenciones de su padre. Con la esperanza de ganar un poco de tiempo, dijo:

—Querido padre mío, antes de casarme contigo necesito tres trajes: uno que sea tan dorado como el sol; otro tan plateado como la luna; y otro que brille como las estrellas. Además, necesitaré una capa que esté hecha de mil clases de pieles diferentes: una por cada una de las mil especies de animales que hay en el reino.

La princesa pensó que al rey le resultaría imposible obtener todo eso, y que de esta manera le impediría que llevara a cabo su malvada idea. Pero el rey estaba tan locamente enamorado que no pensaba permitir que nada le detuviera. Contrató a las hilanderas más diestras de todo el reino para que tejieran las tres clases de telas, y a los modistos más hábiles para que cortaran y cosieran los tres trajes, que debían ser todos ellos magníficos. Y, entretanto, envió a los mejores cazadores del reino a los bosques y día tras día regresaban e iban proporcionándole sus trofeos y sus diferentes pieles. Los mejores curtidores fueron cortando las mil pieles y cueros, y no pasó mucho tiempo antes de que la joven comprendiese que su padre iba a ser capaz de conseguir todo aquello que ella había puesto como condición.

Y llegó en efecto un día en que el rey le dijo:

—Querida hija mía, ya está todo dispuesto. ¡Mañana mismo nos casaremos!

Viendo que se había acabado toda esperanza, la princesa comprendió que no había otra solución que salir huyendo de palacio. Cuando estaba todo el mundo dormido, eligió tres únicas cosas de entre sus tesoros: un anillo de oro, una diminuta rueca de oro y una devanadera de oro. Dobló bien doblados los tres vestidos, hasta que cupieron los tres en una cáscara de nuez, se puso sobre los hombros la capa de las mil pieles, y se tiznó con hollín la cara y las manos.

Y luego, encomendándose a Dios, salió de palacio y empezó a caminar.

Estuvo caminando y caminando sin parar hasta que llegó a un bosque enorme. La noche iba dejando paso al amanecer, y los pájaros comenzaban a cantar. La princesa, que estaba muy cansada, encontró el tronco hueco de un árbol, y se hizo un ovillo y se echó allí a dormir.

El sol se alzó y llevaba un tiempo brillando cuando ella permanecía aún dormida. Pasó la mañana, y nada podía despertarla. Casualmente, esa mañana estaba cazando en este bosque el rey a cuyos dominios pertenecía. Como sus sabuesos captaron un olor extraño, corrieron hacia el árbol, lo rodearon y se pusieron a ladrar sin parar.

—Tiene que haber algún animal del bosque escondido ahí dentro —comentó el rey a los cazadores que le acompañaban—. Acercaos y ved qué es.

Así lo hicieron, y cuando volvieron junto al rey dijeron:

—Se trata de un animal muy extraño, majestad. Nunca habíamos visto nada igual por estos contornos. El animal está dormido, y lo más raro es que se diría que su piel está hecha de mil pieles diferentes.

—Entonces —dijo el rey—, tratad de cazar vivo a ese animal. Lo ataremos al carro y lo llevaremos al castillo.

Con muchas precauciones, por si se trataba de una fiera peligrosa, los cazadores lograron atrapar a la princesa dentro del tronco hueco donde dormía.

De repente ella se despertó y lo primero que advirtió fue que estaban arrastrándola y que la querían sacar de su refugio. Se asustó muchísimo y exclamó:

—¡No me hagáis daño! ¡Solo soy una pobre muchacha! ¡Mis padres me han abandonado y luego me perdí en el bosque!

—Pues ahora, Milpieles, te hemos encontrado nosotros —dijeron—. Eres nuestro trofeo de caza. Nos perteneces. Te llevaremos a la cocina y servirás para lavar los platos.

Una vez comprobó que no se trataba de una fiera extraña, el

rey perdió todo interés por aquella presa. Los cazadores la subieron al carro y partieron. Avanzaron a trompicones por caminos en mal estado y así siguieron hasta llegar al castillo, donde la entregaron a los criados que hacían las tareas domésticas, y ellos le dijeron que tenía que vivir en un hueco situado debajo de una escalera, un rinconcito oscuro y lleno de polvo.

—Eres una criatura extraña con todos esos pelajes tan distintos. Puedes vivir ahí —dijeron.

Tenía que trabajar en la cocina. Cargaba leña para el fuego y debía mantener las llamas bien encendidas, y también le dijeron que desplumara los pollos, lavara y pelara las verduras, y desengrasara y lavase a fondo platos y perolas, y fue así como desde el primer día Milpieles tuvo que encargarse de los trabajos más pesados. Y pasó mucho tiempo allí, trabajando de fregona. ¡Pobre princesita adorable! ¡En qué se había convertido!

Cierto día anunciaron que el rey iba a celebrar en el castillo un gran baile. Milpieles sentía curiosidad y ardía en deseos de ver el espectáculo, y preguntó al cocinero:

—¿Puedo subir a echar una ojeada? Prometo que no cruzaré el umbral, solo miraré desde el otro lado de la puerta.

—Entonces, sea —dijo el cocinero—. Pero no tardes en regresar más de media hora. Toda esa porquería no se limpia sola.

Milpieles cogió una lámpara y un balde de agua, y se fue al cubículo donde seguía viviendo. Se quitó su capa de pieles, se lavó a conciencia las manos y la cara, y eso bastó para que su belleza quedara expuesta a todas las miradas. Luego, abrió la cáscara de nuez y sacó de allí el vestido que era tan dorado como el sol, se lo puso, y enseguida subió las escaleras que conducían al gran salón de baile. Todos los criados la saludaron con profundas reverencias, todos los invitados le dirigieron amables sonrisas, y todo el mundo pensó sin asomo de duda que se trataba de una princesa.

Cuando el rey se fijó en ella, experimentó la misma sensación que si un rayo le hubiese alcanzado en pleno corazón. Jamás en la vida había visto a un ser tan bello como ella. La sacó a bailar, completamente deslumbrado, y al terminar ese baile la joven se inclinó en una breve reverencia y, de repente, se esfumó. Y lo hizo tan deprisa que nadie supo decir por dónde se había ido. El rey salió a preguntar a los guardias y centinelas. Trató de averiguar si había salido del castillo, si alguien recordaba haberla visto pasar por algún sitio.

Pero nadie sabía responder, porque ella había corrido muchísimo, y se había encaminado directamente a su diminuto cubículo. Una vez dentro, dobló y guardó el vestido, se puso su capa de pieles, se ensució la cara y las manos, y se transformó nuevamente en Milpieles, la fregona que trabajaba en la cocina del castillo.

Una vez en la cocina empezó a limpiar la ceniza, pero el cocinero le dijo:

—Deja eso para mañana. Tengo que encargarte otra cosa. Prepara una buena sopa para el rey. Yo quiero subir también a echar una ojeada al salón de baile. Pero ándate con mucho cuidado, que no se te caiga un solo pelo en la olla, porque como cometas ese error, te vas a quedar sin comida hasta nueva orden.

El cocinero subió y Milpieles comenzó a preparar una sopa de pan con toda la destreza de la que fue capaz. Cuando la tuvo lista, cogió el anillo de oro y lo introdujo en el plato de sopa que había cocinado para el rey.

Una vez terminado el baile, el rey pidió que le sirvieran su acostumbrado plato de sopa, y lo encontró tan bueno que tuvo la sensación de que era el mejor que había probado en su vida. Y cuando llegó al fondo del plato...

—¿Se puede saber qué es esto? ¡Un anillo de oro! ¿Cómo es posible que haya venido a parar a mi plato de sopa? ¡Llamad al cocinero!

El pobre cocinero, aterrado, subió corriendo, no sin gritarle a Milpieles antes de abandonar la cocina:

—¡Seguro que se te ha caído un pelo en la sopa! Ya te puedes ir preparando. No sabes la que te espera. ¡Te voy a dejar la cara llena de morados!

El cocinero se presentó ante el rey, temblando y retorciéndose las manos con el delantal.

—¿Eres tú el que ha preparado esta sopa? —dijo el rey—. Contesta, y deja de menear las manos. Y ponte un poco más derecho.

—Sí, majestad, yo la he preparado —dijo con voz muy débil el cocinero.

—No me estás diciendo la verdad —dijo el rey—. No sabe igual que todas las noches, para empezar. Está mucho más buena. Anda, dime quién ha hecho hoy la sopa.

—Lo siento mucho, majestad… Sí, bueno, la verdad es que no la he cocinado yo como siempre. Le pedí a la fregona, esa chica peluda, que la hiciera ella.

—Dile que venga a verme inmediatamente.

Cuando Milpieles se presentó, el rey dijo:

—¿Y tú, quién eres?

—Una pobre chica que no tiene padre ni madre.

—¿Y cómo llegaste a trabajar a mi castillo?

—Fui encontrada en el hueco de un árbol, señor.

—Hummm. Y dime, ¿de dónde sacaste este anillo?

—¿Un anillo? No sé de qué anillo me habláis.

El rey dedujo que era retardada mental, y le ordenó que se fuera.

Al cabo de un tiempo se organizó en el castillo otro baile, y al igual que la vez anterior Milpieles pidió permiso al cocinero para subir a mirar sin ser vista.

—De acuerdo, puedes subir —dijo él—. Pero solo te doy media hora. Regresa en cuanto pase ese rato, y cuando vuelvas quiero que cocines esa sopa de pan que le gusta tanto al rey.

Milpieles se fue corriendo al cubículo, se lavó aprisa y se puso el vestido que era plateado como la luna. Subió después al salón de baile y el rey la divisó al instante entre la muchedumbre de invitados, porque estaba bellísima, más bella incluso que la vez anterior. El rey bailó con ella, un buen rato, aunque a él le pareció que era apenas un momento, pero ella volvió a desaparecer al final de un baile.

Bajó corriendo a su cubículo, se quitó el vestido de gala, y se transformó de nuevo en Milpieles, corrió a la cocina y empezó a hacer la sopa de pan. Mientras el cocinero subía al salón a echar una ojeada al baile, ella cogió la rueca de oro en miniatura, la echó al plato, y luego sirvió la sopa encima.

Igual que la vez anterior, el rey encontró la diminuta rueca de oro, ordenó que se presentara el cocinero ante él, y el cocinero volvió a reconocer que había sido Milpieles quien había preparado aquella sopa, de modo que el rey mandó que la llevaran a su presencia.

—He de reconocer que me dejas perplejo —dijo el rey—. Cuéntame otra vez de dónde has salido.

—Del tronco hueco de un árbol, señor.

«Vaya —pensó el rey—. Esta pobre criatura no tiene ni un dedo de frente. Qué pena. A lo mejor, debajo de toda esa mugre puede que ni siquiera sea tan fea.»

Pero parecía evidente que la muchacha no tenía ni la más remota idea de dónde procedía la rueca de oro, y el rey dio órdenes de que volviese a la cocina.

Cuando el rey organizó el tercer baile, todo ocurrió como en las ocasiones anteriores. El cocinero empezaba a sospechar de Milpieles y dijo:

—Me parece que eres una bruja, bicho peludo. Siempre echas a la sopa una cosa que hace que al rey le parezca que está más buena que la que yo le preparo.

Pero como era un hombre de buen carácter, volvió a permitirle que subiese y mirase a los señores y las damas que participaban como invitados en el baile.

Ella se puso el vestido que centelleaba como las estrellas, y subió corriendo a la sala de baile. El rey no había visto jamás a una joven tan encantadora, y ordenó a la orquesta que tocara un baile muy largo, pues así pensaba tener más posibilidades de mantener con ella una larga conversación. La joven danzaba en sus brazos tan ligera como las estrellas, pero no habló apenas. Pero el rey se las arregló para deslizar en su dedo anular un anillo, sin que ella se diese cuenta.

Cuando terminó ese baile y la media hora que le habían concedido expiró, Milpieles trató de escabullirse. Hubo un leve forcejeo, porque el rey trató de retenerla, pero la joven era velocísima y logró salir corriendo sin que él pudiese impedirlo.

Cuando se refugió en el cubículo donde vivía, comprendió que no le quedaba tiempo suficiente para cambiarse el vestido. Lo que hizo fue ponerse encima de la ropa la capa de pieles, se ensució la cara y las manos, y lo hizo todo tan apresuradamente que se dejó un dedo sin ensuciar, el dedo en el que llevaba puesto el anillo del rey. Fue corriendo a la cocina, empezó a preparar la sopa y, mientras el cocinero había ido a mirar el baile, hizo como las veces anteriores, y echó la devanadera de oro en el plato donde sirvió la sopa.

Cuando el rey encontró aquella joya diminuta, ya no quiso perder el tiempo llamando al cocinero. Pidió directamente que llamaran a Milpieles. En cuanto ella compareció ante su presencia, el rey vio que uno de sus dedos estaba limpio, y que en ese dedo se encontraba el anillo que le había puesto a su pareja durante el baile.

El rey cogió esa mano, la apretó con fuerza, y mientras ella force-jeaba, tratando de librarse de la mano del rey, la piel que le cubría todo el cuerpo se le cayó de un lado y dejó al descubierto una par-te del vestido que centelleaba como las estrellas. Entonces el rey agarró la capucha de la capa que llevaba Milpieles, tiró de un extra-mo hacia atrás, y la larga melena rubia de la joven quedó al descu-bierto y se derramó sobre sus hombros. A continuación el rey le quitó del todo la capa, y todo el mundo pudo ver a la delicada prin-cesa con la que el rey había estado bailando esa tarde. Después de que le lavaran las manos y la cara, nadie dudó de que era la joven más bella que ninguno había visto en su vida.

—¡Serás mi esposa! —dijo el rey—. Y jamás nos volveremos a separar.

Poco más tarde se celebró la boda, y vivieron felices el resto de sus vidas.

Tipo de cuento: ATU 510B, «Piel de asno».
Fuente: Esta historia se la contó a los Grimm Dortchen Wild.
Cuentos similares: Giambattista Basile: «El oso» (*The Great Fairy Tale Tradition*, ed. Jack Zipes); Italo Calvino: «María la de Madera» (*Cuentos populares italianos*); Charles Perrault: «Piel de asno» (*Cuentos de hadas completos de Charles Perrault)*; Giovanni Francesco Straparola: «Tebaldo» (*The Great Fairy Tale Tradition*, ed. Jack Zipes).

Este cuento empieza magníficamente: el rey le promete a su esposa que no se casará, cuando ella muera, con nadie que sea menos hermosa que ella. Y enseguida se enamora de su propia hija... Pero a mitad de ca-mino, cuando la princesa huye de su padre, no volvemos a tener noticia de ese padre obsesionado por su propia hija; a partir de ese momento el relato cambia para convertirse en una variación sobre el mismo tema que el cuento de «Cenicienta» (pág. 143). ¿Qué pasó con el tema del incesto? Creo que un tema de carácter dramático tan intenso como ese no debería resolverse con la huida de la princesa. Es un tema que merece una mejor solución narrativa.

La versión recogida por Straparola tiene en cuenta ese fallo, y hace que el rey persiga a su hija de manera implacable. A partir de esa posibilidad, yo hubiese preferido que la historia continuase de modo diferente de la versión de los Grimm. Por ejemplo, haciendo que el buen rey de la segunda parte de la historia y su nueva pareja vivieran juntos y tuvieran un par de hijos, niño y niña. Entonces, cierto día se presentaría en palacio un comerciante con un baúl repleto de juguetes, le regalaría uno de sus juguetes al hijo de los reyes, y otro a la hija, y diría: «Decidle a vuestra madre que se acuerde de mí.» Los dos niños correrían a mostrarle a su madre los juguetes: un huso en miniatura hecho de oro, y una devanadera en miniatura, también de oro. Ella, al verlos, se sentiría turbada, ordenaría que el comerciante fuese conducido ante su presencia, pero el comerciante habría desaparecido.

Como al día siguiente era domingo, al entrar en la catedral la familia real, la reina vería al comerciante en medio de la multitud de fieles. El comerciante dirigiría una sonrisa a la reina, y no cabría entonces la menor duda: el supuesto comerciante era el padre de la reina. Y entonces, por vez primera, la reina confesaría a su esposo el rey la horrible historia que hizo que tuviese que huir de su casa y convertirse en Milpieles. Su esposo, escandalizado, daría orden de que buscaran y detuviesen al comerciante.

Aquella noche, la reina se confesaría, atenazada por la posibilidad de que en cierto modo ella tuviese la culpa de la abominable pasión lujuriosa de su padre. El cura le diría a la reina que era inocente, pero que se equivocaba al juzgar a su padre, cuyo amor por ella era puro y santo. Además, es sabido que el amor de los padres por sus hijas fue santificado por las sagradas escrituras, tal como ocurre con...

En ese preciso momento ella reconocería el timbre de la voz con la que el cura le decía todo eso, y saldría huyendo, pidiendo ayuda a gritos, pero comprobaría que la iglesia estaba del todo cerrada, y que su padre no iba a dejarla escapar. La guardia, sin embargo, al oír los gritos de la reina, forzaría las puertas del templo y entraría en la iglesia justo a tiempo de que el falso cura violase a la reina.

Por orden del rey, el malvado sería llevado al cadalso y ahorcado. Después de su muerte, le cortarían los brazos y las piernas, y así descuartizado, el cadáver sería enterrado fuera del camposanto.

Esa noche, la reina despertaría en mitad de una pesadilla, y una vez despierta notaría que unos dedos de carne real le tocaban los labios. Era el brazo derecho de su padre. Enloquecida de terror, llamaría a gritos a su esposo, pero vería que él estaba al lado de ella en la misma cama, y que un brazo estaba a punto de estrangular al rey: el brazo izquierdo de su padre ahorcado.

Solo ella misma puede ayudar a su esposo. Arrancaría el brazo que la toqueteaba a ella, lo lanzaría a las llamas de la chimenea, y después haría lo mismo con el brazo que agarraba la garganta de su esposo, y después echaría mucha más leña al fuego para asegurarse de que los dos brazos de su padre ardían hasta convertirse en cenizas.

Creo que es una historia que funcionaría muy bien.

Jorinda y Joringel

Érase una vez un castillo muy antiguo que se encontraba situado en mitad de un espeso bosque, y en ese castillo vivía sola una anciana. Todos los días, la anciana se transformaba en un gato o en una lechuza, pues aquella mujer era una bruja muy poderosa. Y por las noches volvía a adoptar la forma humana. Sabía cazar pájaros y otras presas, y las sacrificaba y asaba al fuego, y de ellas se alimentaba. Si un hombre llegaba a las cercanías del castillo y se aproximaba a menos de cien pasos de sus muros, le lanzaba un maleficio que hacía que ese hombre quedara paralizado por completo hasta que ella decidiese dejarlo libre. Sin embargo, si quien se acercaba tanto al castillo era una muchacha, la anciana la transformaba en un pájaro y la metía por la fuerza en un cesto de mimbre. Luego cogía el cesto de mimbre y lo subía a una habitación del castillo en la que tenía guardados más de siete mil pájaros, cada uno metido en un cesto.

En aquellos tiempos vivía una muchacha que se llamaba Jorinda. La gente decía que era la más bella de todo el reino. Estaba prometida con un guapo joven que se llamaba Joringel. Faltaba poco tiempo para la boda, y lo que más les gustaba a los dos era estar juntos.

Una tarde en la que deseaban estar solos, salieron a pasear por el bosque.

—Pero vayamos con cuidado, y no nos acerquemos demasiado al castillo —dijo Joringel.

La tarde era preciosa. El sol brillaba en los troncos de los árboles y arrancaba de ellos unos tonos cálidos que producían un fuerte contraste con el verde oscuro del follaje. En las ramas de los viejos abedules las tórtolas hacían oír sus arrullos. Aunque no sabía por qué, Jorinda se ponía a llorar de vez en cuando. Se sentó en un rincón iluminado directamente por el sol, soltó un suspiro, y Joringel suspiró también. Estaban tan tristes como si tuviesen la muerte muy cerca. Era tal la intensidad de las emociones que los embargaban, que no se dieron cuenta de dónde estaban, y acabaron perdiéndose y sin saber cómo volver a su pueblo.

El sol no se había puesto aún del todo, y la mitad de su circunferencia estaba debajo de los montes, y la otra mitad asomaba aún por encima de ellos cuando Joringel, tratando de encontrar el camino de regreso, apartó el ramaje de un matorral y vio que los muros del castillo se elevaban a unos pocos pasos del lugar donde se encontraban. Se llevó tal conmoción al verlos, que a punto estuvo de desmayarse. Y justo en ese mismo momento oyó que Jorinda cantaba:

> *Pajarito, lindo pajarito del círculo rojo,*
> *tú que cantas esta canción tan triste;*
> *dulce pajarito del círculo rojo,*
> *mira la dulce tórtola que...*

Pero no tuvo tiempo de terminar la canción. En ese momento Joringel oyó el canto de un ruiseñor, y comprobó horrorizado que justo en donde estaba Jorinda hacía un instante, ella había desaparecido y en su lugar se encontraba un ruiseñor posado en una rama. Es más, una lechuza de ojos muy amarillos volaba a su alrededor. Rodeó volando el ruiseñor tres veces, y ululando sin cesar: «¡U-uuh! ¡U-uuh! ¡U-uuh!»

Joringel se había convertido en piedra, y estaba paralizado. No podía moverse ni gritar, ni siquiera parpadear. Para entonces ya había casi anochecido. La lechuza se alejó volando hacia unos matorrales, fuera del alcance de la vista de Joringel, pero entonces el joven oyó un ruido de hojas y de repente la lechuza se transformó en una anciana de piel amarillenta y arrugadísima, con unos ojos muy rojos y una nariz aguileña y afilada cuya punta casi le tocaba el mentón. Iba murmurando en voz baja, se acercó, cogió al ruiseñor que seguía posado en la rama, y se lo llevó consigo.

Joringel no podía gritar ni mover un solo músculo. Y el ruiseñor y la anciana desaparecieron de su vista.

Al cabo de no mucho tiempo la anciana regresó con las manos vacías. Y con una voz afónica y rasposa dijo:

—Zachiel, cuando la luz de la luna ilumine la cesta, deja libre al chico.

Joringel notó que todos sus miembros recobraban la flexibilidad, y al poco rato pudo moverse otra vez. Y entonces se hincó de rodillas delante de la anciana y exclamó:

—¡Devuélveme a mi querida Jorinda!

—¡Jamás! —replicó la bruja—. ¡No volverá nunca a tu lado!

El joven suplicó, gritó y lloró, pero enseguida supo que ella no iba a cambiar de opinión. Ni siquiera se detuvo para escuchar sus súplicas, sino que le dejó allí, llorando.

—¿Qué va a ser de mí? —sollozó Joringel.

Se alejó del castillo y se fue andando hasta llegar a un pueblo en donde nadie le conocía. Allí le dieron trabajo de pastor, y vivió en ese pueblo durante mucho tiempo. A menudo regresaba al bosque y se quedaba mirando el castillo, pero sin acercarse nunca más de la cuenta.

Cierta noche tuvo un sueño muy extraño. Soñó que encontraba una preciosa flor de color rojo entre cuyos pétalos había una perla. En el sueño, cogía la flor y la llevaba al castillo, y allí podía abrir todas y cada una de las puertas, y también todas y cada una de las cestas de mimbre que contenían los pájaros, y para conseguirlo le bastaba tocar la puerta o la cesta con su flor roja, y al final del sueño consiguió liberar así a Jorinda.

A la mañana siguiente, cuando despertó, se puso de inmediato en marcha, dispuesto a encontrar la flor en la que había soñado. Estuvo ocho días seguidos buscándola, y el noveno día encontró una flor roja como la sangre que tenía en medio de sus pétalos una gota de rocío que era tan grande como una perla.

Arrancó la flor con sumo cuidado y partió camino del castillo. Cruzó el círculo mágico y comprobó que gracias a la flor no le pasaba nada malo, y siguió andando hasta llegar a la puerta sin que nada se lo impidiera. Envalentonado por esa circunstancia, Joringel tocó la puerta con la flor, e inmediatamente la puerta se abrió.

Entró en el castillo y vio un patio tenebroso y se quedó en medio escuchando el canto de los pájaros, que le llegaba de forma muy clara. Guiándose por esos cantos, recorrió diversas estancias hasta que se encontró en una sala muy grande donde había siete mil cestas y en cada una de ellas había un pájaro.

En aquel momento la bruja les estaba dando de comer, y cuando llegó Joringel a la enorme sala la bruja dejó de hacer lo que hacía, dio media vuelta y empezó a lanzar gritos y escupitajos furiosos contra el joven. Soltaba unas maldiciones espantosas, y de entre sus labios arrugados salían disparados esputos venenosos y repugnantes, pero ninguno de ellos alcanzó a Joringel, y aunque la vieja bruja lo intentaba, no logró arañarle con aquellas uñas que tenía, largas y afiladas como unas garras.

Él no hizo el menor caso de esos ataques, sino que fue poniendo en libertad uno tras otro a los pájaros. Pero se preguntaba cómo iba a encontrar a Jorinda en medio de tantísimas cestas. En ese momento se dio cuenta de que la bruja había cogido una cesta y se alejaba con ella hacia la puerta.

Joringel cruzó la estancia corriendo con todas sus fuerzas, tocó la cesta con su flor roja, y la cesta se abrió de golpe. Y también tocó con la flor a la bruja, y de repente todos sus poderes malignos se esfumaron. Y allí estaba Jorinda, tan bella como siempre. Y le rodeó con sus brazos y lo apretó contra sí.

Y Joringel puso a todos los demás pájaros en libertad, y él y Jorinda regresaron a casa, donde pronto contrajeron matrimonio y vivieron felices el resto de sus vidas.

Tipo de cuento: ATU 405, «Jorinda y Joringel».
Fuente: Recogido en la obra de Johann Heinrich Jung-Stilling, *Henrinch Stillings Jugend* («La junventud de Heinrich Stilling»).

Este cuento es una rareza porque no es en absoluto un cuento popular. Para empezar, se trata del único cuento de la antología de los Grimm en el que aparece una descripción de la naturaleza que no tiene ningún objetivo narrativo que transcienda la propia descripción (esas frases que hablan de que hacía una tarde preciosa...). Además, el comportamiento de los jóvenes amantes muestra tal exacerbación de los sentimientos, que solo puede pertenecer a la época literaria del romanticismo. Sencillamente, tiene poco que ver con los cuentos populares.

La fuente utilizada por los Grimm es la autobiografía de Johann Heinrich Jung (1740-1817), médico y amigo de Goethe, más conocido por el pseudónimo de Heinrich Stilling. El tema de la búsqueda de la flor en mitad del sueño recuerda a una obra arquetípica del romanticismo alemán, el *Heinrich von Ofterdingen* (1802) de Novalis. Y se trata de un tipo de imagen y de historia que estuvo de moda en aquella época. El cuento «Jorinda y Joringel» podría tener un mayor desarrollo narrativo, pero eso no haría otra cosa que alejarlo todavía más del reino de los cuentos populares para llevarlo al campo de la novela fantástica. De todos modos, cualquier cosa que uno pudiera hacer para darle más cuerpo no lograría jamás anular el sabor literario con el que nació.

El círculo rojo de la canción no es otra cosa que el ojo de la tórtola, un ave cuyo iris tiene aspecto de círculo rojo.

Seis que lograron salir adelante

Érase una vez un hombre que era muy diestro en todos los oficios. Había sido soldado en la guerra y había demostrado su valentía en combate, pero cuando la guerra terminó le mandaron a casa con tres céntimos y nada más.

—Alto ahí —dijo el hombre—. ¿Se puede saber qué clase de paga es esta? Buscaré unos cuantos amigos que me ayuden, y si encuentro a la gente adecuada el rey tendrá que vérselas conmigo, y le obligaré a que me dé todos sus tesoros.

Y así de furioso se internó en el bosque. No había caminado mucho trecho cuando se encontró con un hombre que acababa de arrancar seis árboles del suelo como si fuesen tan ligeros como espigas.

—¿Quieres ser mi criado —le dijo el soldado— y venir conmigo?

—Desde luego —respondió el hombre—, pero antes he de llevar a mi madre este montón de leña para el fuego.

Cogió uno de los árboles, lo ató con los demás, y después cargó sobre sus espaldas todo aquel montón de árboles y se los llevó a cuestas. Al cabo de un rato regresó y se fue con su nuevo amo, el cual le dijo:

—Ya verás como los dos juntos logramos salir adelante.

Apenas habían caminado un trecho cuando vieron a un cazador que, rodilla en tierra, apuntaba hacia un objetivo que ellos no alcanzaban a ver.

—Cazador —dijo el soldado—, dime, ¿contra qué estás disparando?

—A dos millas de aquí —dijo el cazador— hay una mosca que se ha posado en la rama de un roble. Voy a arrancarle el ojo izquierdo de un disparo.

—Si es así, ven conmigo —dijo el soldado—. Si vamos juntos, ya verás como logramos salir adelante.

El cazador dijo estar dispuesto a unirse al grupo y partieron los tres. Llegaron muy pronto a un lugar donde había siete molinos de viento cuyas aspas giraban y giraban sin parar, a pesar de que no había ni un soplo de viento y ni una sola hoja de los árboles se movía lo más mínimo.

—¡Fijaos en eso! ¡Qué barbaridad! —dijo el soldado—. En la vida había visto nada parecido. ¿Qué debe de estar haciendo girar esas aspas?

Siguió camino adelante con sus dos criados, y al cabo de otras dos millas encontraron a un hombre que estaba sentado en un árbol y que se cerraba uno de los orificios nasales apretándolo con un dedo y soplaba por el otro.

—Eh, ¿se puede saber qué estás haciendo? —dijo el soldado.

—No sé si sabes que a unas dos millas de aquí, camino abajo, hay siete molinos de viento. Me dedico a hacer girar todas sus aspas. Me extraña que no os hayáis fijado cuando veníais para acá.

—Pues tienes que venir conmigo —dijo el soldado—. Desde luego que nos hemos fijado. Uniendo un talento como el tuyo a los nuestros, ya verás como logramos salir adelante.

El soplador aceptó la propuesta. Siguieron su camino, y al cabo de un rato se encontraron con un hombre que estaba de pie sobre una de sus piernas. Había desenganchado de su cuerpo la otra pierna y la llevaba sujeta con la mano.

—Vaya, hombre —dijo el soldado—. Se diría que así te sientes más cómodo. Qué pasa, ¿estás descansando?

—Pues, verás. Soy un corredor. Corro muy deprisa, no tengo remedio. Si corro con las dos piernas, voy a más velocidad de lo que vuela un pájaro.

—Pues entonces ven conmigo —dijo el soldado—. Con una habilidad así, tan infrecuente, nos irás muy bien. Une fuerzas con nuestro grupo y ya verás como logramos salir adelante.

El corredor entró a formar parte del grupo. Y al poco tiempo encontraron a un hombre que llevaba el sombrero muy torcido, tan inclinado hacia un lado que el ala le tapaba del todo una oreja.

—¿Por qué te pones el sombrero así de torcido? —dijo el soldado—. Parece que seas un poco tonto.

—Tengo motivos para llevarlo así —dijo el hombre—. Si me lo

pongo derecho, vendrá de repente una helada tan fuerte que hasta los pájaros caerán muertos al suelo en pleno vuelo.

—Caramba. Un talento como ese no se puede menospreciar. Únete a nosotros y ya verás como logramos salir adelante.

Y así fue como acabó uniéndose al grupo, que no mucho más tarde llegó caminando a una ciudad cuyo rey acababa de lanzar una proclama. Quienquiera que participase en una carrera contra su hija y fuese capaz de ganarla tendría derecho a casarse con ella y a heredar el reino. Ahora bien, si perdía la carrera perdería también la cabeza.

El soldado pensó que valía la pena correr ese riesgo, de manera que fue a ver al rey y dijo:

—Acepto participar en la carrera, con una sola condición: que corra por mí uno de mis criados.

—Como quieras —dijo el rey—. Pero la condición será la misma: si pierde la carrera, tu criado perderá también la vida.

Acordaron pues las condiciones: a cada uno de los corredores les proporcionarían una jarra que deberían llenar del agua de una fuente que estaba a bastante distancia de allí, y ganaría el primero que regresara con la jarra llena. Cuando ya estaba todo a punto para dar la salida, el soldado le colocó a su criado la pierna que solía llevar sujeta con la mano y dijo:

—No frenes tu velocidad por nada del mundo. Recuerda que te estás jugando la cabeza.

El corredor y la hija del rey cogieron una jarra cada uno y partieron a la carrera. Al cabo de menos de un minuto, cuando la hija del rey apenas había empezado a correr, el corredor ya estaba tan lejos que nadie alcanzaba a divisarle. En menos que canta un gallo llegó a la fuente, llenó la jarra y dio media vuelta. Pero cuando regresaba y ya estaba a mitad de camino, le entraron ganas de hacer la siesta, de modo que se tumbó y cerró los ojos. A modo de almohada, se puso debajo de la cabeza la calavera de un caballo que estaba por allí; en realidad, de esta manera se sentía bastante incómodo, con lo cual le pareció que no iba a dormir demasiado tiempo ni tampoco a perder la carrera.

Entretanto, la hija del rey, que corría mucho más que la gente corriente, había llegado a la fuente. Llenó de agua su jarra y comenzó la carrera de vuelta a casa, y al poco rato llegó al lugar donde su contrincante se había tumbado a dormir.

«Mi rival está en mis manos», pensó la muchacha, y antes de seguir corriendo tomó la jarra del corredor y la vació.

Y la carrera y la cabeza del corredor se habrían perdido de no ser porque, casualmente, el cazador se encontraba apostado en lo alto de la muralla del castillo y desde allí, y con su vista agudísima, estaba viéndolo todo.

—¡La hija del rey no va a derrotarnos! —exclamó.

Y cargó enseguida su escopeta, apuntó, y dio de lleno en la calavera de caballo en la que el corredor había apoyado la cabeza. De repente, el corredor se despertó sobresaltado.

El corredor abrió los ojos, parpadeó, vio que su jarra estaba vacía, y que la hija del rey le había tomado delantera. No se sintió en absoluto preocupado. Corrió de vuelta a la fuente, llenó otra vez la jarra y se puso a correr de vuelta al castillo, y todavía llegó allí diez minutos antes que la hija del rey.

—Solo he tenido tiempo de estirar un poco las piernas —dijo el corredor—. A la ida ni siquiera he intentado correr.

Al rey no le hizo la menor gracia ver que su hija era derrotada por un soldado raso, y a la hija le gustó todavía menos; y entonces unieron fuerzas para encontrar juntos la manera de librarse del soldado y de todos sus compañeros. Finalmente, dijo el rey a su hija:

—¡Ah! ¡Ya lo tengo! No te preocupes. Ya verás como ninguno de estos vuelve a ver su pueblo en la vida.

»Quiero estar seguro —les dijo a los seis— de que os lo pasáis muy bien aquí. ¡Comed, bebed, divertíos!

Les condujo a una estancia cuyo piso era de hierro y cuyas puertas estaban también hechas de hierro, y con ventanas cerradas por gruesos barrotes de hierro. En medio de la habitación habían dispuesto una mesa muy grande con un espléndido festín.

—¡Entrad ahí y pasadlo en grande! —dijo el rey.

En cuanto entraron los seis, hizo que cerrasen la puerta y se asegurasen de que los cerrojos estaban bien cerrados. Luego mandó llamar al cocinero y le dijo que encendiera el fuego en la habitación situada debajo de aquella estancia, y que lo mantuviera con la llama bien viva y siguiera echándole leña hasta que el hierro de encima se pusiera al rojo vivo. El cocinero siguió sus instrucciones, y al poco rato los seis compañeros que estaban sentados a la mesa dándose un gran banquete comenzaron a notar que hacía calor. Primero pensaron que era por culpa de tanta comida, porque tragaban de todo sin parar, pero luego el calor comenzó a resultar insoportable, trataron de salir de la estancia y comprobaron entonces que los cerrojos estaban cerrados y que las ventanas tenían gruesos barrotes. Y solo en ese momento comprendieron cuáles eran las intenciones del rey: pretendía quemarlos vivos.

—Pues... ¡que lo intente! —dijo el hombre que llevaba el sombrero torcido—. Voy a provocar una helada tan fuerte que ese fuego que él ha encendido se apagará de repente.

Se puso el sombrero derecho, y al instante empezó semejante helada que el calor se desvaneció de repente, y la comida que aún quedaba en la mesa se llenó de escarcha.

El rey montó en cólera y bajó al piso de debajo para abroncar al cocinero.

—¡Creí que serías capaz de hacer un fuego que ardiera hasta derretirles!

—¡Y así lo hice, majestad! Vedlo vos mismo, sigue ardiendo con llamas muy vivas.

Cuando el rey vio que el fuego ardía perfectamente comprendió que no era nada fácil hacer frente a aquel grupo de seis hombres, y que debería aventajarles en astucia si pretendía derrotarles.

Se estrujó los sesos y al final creyó que había encontrado la manera de librarse para siempre de ellos. Llamó al soldado y le dijo:

—Eres un hombre de mundo, de modo que voy a hablarte de forma sincera y directa. Mira, dime qué te parece esta idea. Si te doy una buena cantidad de oro, ¿te olvidarías de la princesa y te largarías de aquí?

—Me parece un buen trato —dijo el soldado—. Digamos que permites que me lleve todo el oro que sea capaz de cargar él solo uno de mis criados. Si es así, le diré adiós a la princesa y nos largaremos para siempre.

—¿Uno solo de tus criados?

—Uno solo. Danos un par de semanas, y entonces regresaremos para cargar con el oro.

El rey aceptó. El soldado se fue, convocó a todos los sastres del reino y les encargó que cosieran un saco enorme entre todos ellos. Al cabo de un par de semanas habían realizado el trabajo, y enseguida el hombre fuerte del grupo, el que era capaz de cargar con varios árboles enteros a la vez, se colgó el saco al hombro y acompañó a su señor a visitar al rey.

Cuando el rey los vio llegar, dijo:

—¿Se puede saber quién es ese tipo especialísimo que lleva ese montón de lona encima de sus hombros? Santo cielo, ¡pero si es tan grande como...!

Y calló de repente porque por fin lo entendió todo. «¡Oh, no! —pensó—. Ese es el criado que va a cargar con el oro, y lo que lleva en los hombros es un saco gigantesco, y en ese saco va a caber una montaña de oro. ¡Es increíble!»

El rey ordenó a sus tesoreros que preparasen una tonelada de oro, creyendo que con eso iba a ser suficiente. Hizo falta que colaborasen todos los miembros de un batallón formado por dieciséis granaderos reales para cargar con todo ese peso. Pero el fortísimo criado del soldado lo metió con una sola mano en su saco y dijo:

—Con esto solo he llenado el fondo del saco. Poned a vuestra gente a trabajar, y que traigan más oro lo antes posible. Queremos ponernos hoy mismo en camino.

Poco a poco fueron llevando todo el tesoro del rey, y el hombre fuerte siguió metiéndolo en el saco.

—¡Ni siquiera he llenado la mitad del saco! —dijo el hombre fuerte—. Esto no son más que migajas. ¡Hay que continuar!

Procedentes de todos los rincones del reino, fueron llegando hasta siete mil carromatos cargados de oro, y el hombre fuerte los metió todos en el saco, incluyendo a los bueyes que tiraban de ellos.

—Todavía no está lleno el saco —dijo—. Pero nos tendremos que arreglar con esto. No vale la pena ser excesivamente codiciosos.

Y dicho esto, con un movimiento del brazo, cargó el saco sobre sus hombros y se largó de allí para ir a reunirse con sus compañeros.

El rey vio todo aquello atónito, y al comprender que se habían llevado toda la riqueza acumulada por su reino, perdió la paciencia y se enfureció.

—¡Lanzad a toda la caballería en pos de esa gentuza! —ordenó—. No pienso permitir este ultraje. ¡Quiero que traigáis de vuelta todo el oro que se han llevado!

Los dos mejores regimientos de su ejército salieron a galope, y pronto llegaron al lugar donde caminaban el soldado y sus criados. Y el comandante gritó:

—¡Manos arriba! Dejad en tierra ese saco de oro, y retroceded. ¡Y como no obedezcáis os vamos a cortar a tiras!

—¿Se puede saber qué quiere decir ese con tanto griterío? ¿Dice que dejemos el saco? ¿Qué nos cortarán a tiras? —dijo el soplador—. ¡A ver qué tal os lo pasáis bailando por los aires!

Y se tapó uno de los orificios nasales, sopló por el otro, y cada uno de los jinetes salió volando por los aires y empezó a dar vueltas, igual que si los dos regimientos hubieran sido alcanzados por un huracán, de modo que salieron todos disparados y lanzados por todas partes. Los unos se elevaron hacia el cielo, los otros fueron a dar con sus huesos contra los árboles, y hubo un sargento que se puso a gritar:

—¡Piedad! ¡Piedad!

El sargento era un valiente que nueve veces había recibido heridas de guerra combatiendo al servicio del rey, y ni el soplador ni sus compañeros sentían deseos de humillarle, así que permitieron que él y los demás soldados cayeran suavemente al suelo.

—Regresa ahora junto al rey y dile que envíe contra nosotros todos los regimientos que le dé la gana —dijo el soplador—. Porque voy a hacer que bailen por los aires como los vuestros.

Cuando el rey se enteró del mensaje solo dijo:

—Dejad que esos tipos se larguen. Ya he tenido más que suficiente.

Y fue así como los seis regresaron a sus casas, dividieron la fortuna en partes iguales y vivieron felices el resto de sus días.

Tipo de cuento: ATU 513ª, «Seis andando por todo el mundo».
Fuente: Historia que les contó a los Grimm Dorothea Viehmann.
Cuentos similares: Alexander Afanasiev: «Los siete Seymon» (*Cuentos populares rusos*); Italo Calvino: «Los cinco calaveras» (*Cuentos populares italianos*); Jacob y Wilhelm Grimm: «Los seis criados» (*Cuentos para la infancia y el hogar*).

Esta historia del grupo de hombres que poseen un talento especial cada uno de ellos se presta a muchas variaciones. La versión de Calvino tiene una fuerza muy singular.

También funciona muy bien esta historia en el cine, en donde abundan los guiones en los cuales se cuenta la historia de alguien que va reclutando a un equipo de especialistas con el objeto de emprender determinada tarea imposible. *Ocean's Eleven* (Steven Soderbergh, 2001) fue una versión que tuvo éxito. También es una variación que tuvo a su modo mucho éxito *The Diry Dozen* («Doce del patíbulo», Robert Aldrich, 1967). Hay una película francesa titulada *Micmacs* (Jean-Pierre Jeunet, 2009) que me parece más imaginativa y más encantadora que ninguna de las dos versiones americanas.

ℋans el Jugador

Érase una vez un hombre que se llamaba Hans y era un apasionado del juego, hasta tal punto que todos le llamaban Hans *el Jugador*. Cuando empezaba a jugar a los naipes o a los dados no podía parar, y fue así como al final perdió todas sus posesiones: las perolas y las sartenes, las mesas y las sillas, la cama y todos sus demás muebles, y al final incluso su propia casa.

Una tarde, cuando sus acreedores iban a tomar posesión de la casa, el Señor y san Pedro se presentaron ante Hans *el Jugador* y le pidieron que les diera alojamiento por esa noche.

—Adelante, bienvenidos —dijo Hans *el Jugador*—, pero vais a tener que dormir en el suelo. Ya no me queda ni una sola cama.

El Señor dijo que eso no les preocupaba, y que además llevaban su propia comida y no necesitaban que les diera de cenar. San Pedro le dio a Hans *el Jugador* tres céntimos y le pidió que fuese al panadero y comprara una hogaza de pan. Hans *el Jugador* aceptó el encargo, pero de camino a la panadería pasó delante del garito donde solía pasarse el día apostando y perdiendo todas sus posesiones con la pandilla de pícaros que se las habían ido adjudicando, y al verle pasar le dijeron:

—¡Eh, Hans! ¡Estamos en mitad de una partida! ¿Por qué no vienes y juegas con nosotros?

—No me queda nada que apostar —dijo Hans—. Y estos tres céntimos no son míos.

—¡Qué más da! Son tan buenos como si lo fuesen, si te los quieres jugar. ¡Ven, anda!

Por supuesto, no se pudo resistir. Entretanto, el Señor y san Pedro esperaban, y cuando vieron que pasaba mucho tiempo y

Hans no regresaba, salieron a buscarle. Para entonces ya no le quedaba dinero, y cuando les vio llegar Hans fingió que estaba buscando las monedas en un charco, agachado sobre el agua y revolviéndola con un palo. Pero todo eso no le iba a servir de nada, ya que el Señor sabía que las había perdido en el juego.

San Pedro le dio otros tres céntimos, y como Hans *el Jugador* sabía que ellos estaban mirándole, esta vez no las usó para hacer apuestas sino que compró pan, tal como ellos le habían pedido. Regresaron todos a casa de Hans y se sentaron en el suelo a cenar pan solo.

—¿Tienes un poco de vino en casa, Hans? —preguntó el Señor.

—Lamento decir que no me queda, Señor. Fue una de las primeras cosas que perdí en el juego. Los barriles que hay en la bodega están completamente vacíos.

—Pues baja a echar una ojeada —dijo el Señor—. Me parece que encontrarás un poco de vino.

—No lo creo. En serio, es imposible. Más de una vez he bajado y los he inclinado uno por uno, a ver si quedaba un resto. No queda ni una sola gota.

—A mí me parece que vale la pena bajar a mirarlo otra vez —insistió el Señor.

Por pura cortesía, Hans acabó bajando a la bodega, y una vez allí se quedó boquiabierto al comprobar que no es que quedara un poquito, sino que había bastante vino, que además era de una calidad excelente. Buscó algo con que sacar un poco de vino para cenar, rompió las telarañas a manotazos, agarró una jarra de cerámica que había en un estante y la llenó del todo. Luego estuvieron los tres pasándose la jarra y charlando hasta que les entró sueño, y finalmente se tumbaron a dormir encima de las tablas del suelo.

A la mañana siguiente dijo el Señor:

—Mira, Hans. Me gustaría darte tres cosas en recompensa por tu hospitalidad. ¿Qué cosas te gustarían?

El Señor había imaginado que Hans iba a pedirle que le garantizara que tendría un lugar en el cielo, pero enseguida comprobó que se equivocaba.

—Pues, Señor, agradezco vuestra generosidad. Me gustaría que me dieseis una baraja que me permitiera ganar siempre, un par de dados que ganen siempre, y también... —Y al llegar aquí titubeó un momento, hasta que al final añadió—: Me gustaría tener un árbol que dé frutos de todas las clases, y además que fuera especial en otra cosa. Que cualquier persona que trepara a este árbol no pudiese bajar hasta que yo le diera permiso.

—Ah, bueno —dijo el Señor. Y le dio una baraja y unos dados que aparecieron de repente con un simple chasquido de sus dedos.

—¿Y el árbol? —dijo Hans *el Jugador*.

—Lo tienes ahí fuera, en una maceta.

Y después de eso el Señor y san Pedro siguieron su camino.

A partir de ese día Hans volvió a jugar, más incluso de lo que había jugado hasta entonces. Ganaba todas las apuestas, y al cabo de no mucho tiempo, medio mundo le pertenecía. San Pedro seguía vigilándole, y le dijo al Señor:

—Señor, esto no puede ser. A este paso, cualquier día será el dueño del mundo entero. Hay que decirle a la Muerte que vaya por él.

Y así lo hicieron. Cuando la Muerte se presentó, Hans estaba, como de costumbre, sentado a una mesa, jugando.

—Hans —dijo la Muerte—, ha llegado la hora de que dejes de jugar. De hecho ya es hora de que abandones este mundo. Ven conmigo.

En aquel momento Hans jugaba al póquer y tenía en la mano una escalera real. Cuando notó que unos dedos huesudos le sujetaban del hombro, se volvió, miró a la Muerte y dijo:

—Ah, eres tú. Voy contigo dentro de un momentito. Mira, ¿podrías mientras tanto hacerme un favor? Verás que ahí afuera hay un árbol cargado de fruta madura. Súbete a él y recoge una buena cantidad, así nos la comeremos mientras vamos de camino.

La Muerte se subió al árbol y, naturalmente, no consiguió bajarse de él. Hans decidió dejar a la Muerte subida al árbol durante siete años, y en todo ese tiempo no murió nadie.

Finalmente, san Pedro le dijo al Señor:

—Señor, esto ya lleva durando más de la cuenta. Tenemos que ponerle algún remedio.

El Señor se mostró de acuerdo con él, y habló con Hans y le dijo que permitiese que la Muerte bajara del árbol. Hans no tuvo más remedio que obedecer, naturalmente, y en cuanto puso pie en tierra la Muerte se le acercó y lo estranguló.

Y enseguida partieron camino del otro mundo. Una vez allí, Hans se encaminó directamente a la puerta del cielo y llamó con los nudillos.

—¿Quién es? —dijo san Pedro.

—Soy yo, Hans *el Jugador*.

—Pues ya puedes largarte de aquí. Ni se te ocurra pensar que encontrarás un sitio para ti aquí arriba.

A continuación Hans *el Jugador* se dirigió a la puerta del purgatorio y llamó.

—¿Quién es?

—Soy yo, Hans *el Jugador*.

—Lárgate ahora mismo. Bastantes problemas tenemos aquí para que nos parezca bien que pase un jugador...

De manera que a Hans no le quedaba otra salida que ir al infierno. Llamó a la puerta y le abrieron al instante. No había nadie en casa más que el Diablo, acompañado de unos cuantos demonios muy feos, porque los demonios más bellos habían salido a trabajar y estaban todos en la tierra. En cuanto entró, Hans se puso a jugar. El Diablo no tenía nada que apostar, aparte de los demonios feos, que pronto fueron propiedad de Hans, pues había sacado para jugar la baraja con la que nunca perdía.

Después de ganar a los demonios feos, los mandó a todos a Hohenfurt, y les encargó que cultivasen lúpulo. Cuando el lúpulo creció, arrancaron los largos tallos de las plantas y los emplearon para encaramarse por ellos y subir hasta el cielo, y una vez allí los usaron para hacer palanca, y muy pronto los muros celestiales empezaron a tambalearse.

—Señor —dijo san Pedro al verlo—, tendremos que dejarle pasar. No nos queda otro remedio.

Y así fue como permitieron que entrase. Pero en cuanto se encontró en el cielo Hans empezó a jugar de nuevo, y bien pronto el estruendo de los gritos y las discusiones de los ciudadanos celestiales fue tal, que los ángeles no podían ni oír sus propios pensamientos.

San Pedro fue a ver de nuevo al Señor.

—Ya basta, Señor —dijo—. Tenemos que sacarle de aquí a patadas. Está volviendo loco a todo el mundo.

Fueron a por él y lo arrojaron afuera, con tal energía que Hans fue a dar con sus huesos en la tierra. El alma se le rompió en pedazos, y los diminutos trozos de su alma se esparcieron por todas partes. De hecho, en el alma de cada jugador de nuestros días hay una astilla del alma de Hans.

Tipo de cuento: ATU 330ª, «Los tres deseos del herrero».
Fuente: Simon Sechter escribió y remitió esta historia a los hermanos Grimm.

Simon Sechter, que fue el primero que registró este cuento, era compositor y profesor de música y trabajaba en Weitra, una ciudad al sur de Austria. En su libro, los Grimm lo recogieron escrito en el mismo dialecto en el cual él se lo envió:

> *Is is emohl e Mon Gewön, der hot ninx us g'spielt, und do hobernd'n'd'Leut nur in «Spielhansl» g'hoaßen, und wale r gor nit afg'hört zen spielen, se hot e san Haus und ulls vespielt.*

Una de las cosas que impulsaron inicialmente a los Grimm a coleccionar cuentos populares fue, naturalmente, su interés filológico por las múltiples variantes de la lengua alemana. Podría discutirse si en esta selección que presento en este libro debería haber escrito este cuento, así como otros, por ejemplo «El pescador y su esposa» (pág. 119) y «El enebro» (pág. 217), en algún dialecto regional del inglés, para tratar así de imitar cómo se leen en alemán. Tengo la sensación de que cualquier persona que esté interesada en esos aspectos lingüísticos preferiría sin duda echarle una ojeada al original, en lugar de leer cualquier clase de esforzada reelaboración que tratase de reproducir el efecto que el dialecto original produce en los conocedores del alemán contemporáneo. Y que lo más normal entre quienes busquen una versión escrita en inglés es que prefieran leer un inglés que no suponga ninguna clase de dificultad lingüística.

También hay que decir que este cuento tiene mucha fuerza, mucho ritmo, y un gran sentido del humor absurdo.

$\mathcal{L}$a alondra cantarina y saltarina

Érase una vez un hombre que estaba a punto de iniciar un largo viaje. Antes de partir les preguntó a sus tres hijas qué cosas querían que les trajera a su regreso. La mayor de las tres dijo que prefería perlas, la segunda pidió diamantes, y la más pequeña dijo:

—Padre mío, me gustaría que me trajeras una alondra cantarina y saltarina.

—Pues si la encuentro, te la traeré —dijo el padre.

Después dio un beso a cada una de las tres y partió. Durante su viaje compró perlas y diamantes para sus dos hijas mayores, pero por mucho que buscó en todas partes no consiguió encontrar ninguna alondra cantarina y saltarina. Este hecho le produjo mucha desazón, pues su hija menor era su preferida.

Ocurrió que un día, avanzando por un camino, entró en un bosque en mitad del cual se elevaba un espléndido castillo. Cerca del castillo crecía un árbol, y justo en la punta de su copa había una alondra que estaba cantando y saltando.

—Justo lo que yo andaba buscando —dijo el hombre, que ordenó a su criado que trepara a lo alto de la copa y atrapara a la alondra y se la entregara.

Pero cuando el criado se aproximaba al árbol, un león se encaramó por el tronco, y una vez sentado en una rama se sacudió de pies a cabeza e hizo temblar todas las hojas del árbol.

—Como alguien pretenda robarme mi alondra cantarina y saltarina —dijo el león—, me lo comeré entero.

—Te presento mis disculpas —dijo el hombre—. No sabía que ese pájaro fuese tuyo. Me gustaría ofrecerte una compensación para que disculpes mi ofensa. Te ofrezco una buena cantidad de oro si nos perdonas la vida.

—El oro no me sirve de nada —dijo el león—. Quiero que me des lo primero que salga a tu encuentro cuando llegues a tu casa. Si me prometes darme eso, te perdonaré la vida, y además te daré la alondra para tu hija.

Al principio, el hombre no quiso aceptar el trato.

—El primero que salga a mi encuentro podría ser precisamente mi hija pequeña —dijo—. Ella me quiere más que ninguna, y cuando vuelvo a casa siempre sale corriendo a abrazarme.

—¡Pero podría no ser ella la primera! —dijo el criado, que temía mucho por su propia vida—. A lo mejor sale primero uno de los perros, o el gato.

El hombre dejó que le convencieran. Cogió la alondra cantarina y saltarina, y le prometió al león que le daría lo primero que fuese a recibirle el día de su llegada a casa.

Y cuando llegó a su casa, el primer saludo que recibió fue ni más ni menos que el de su hija pequeña, que salió corriendo a darle la bienvenida, le abrazó y besó, y cuando vio que le había llevado una alondra cantarina y saltarina se volvió loca de alegría.

En cambio, su padre no podía estar contento sino que rompió a llorar.

—Hija mía —dijo—, este pájaro me ha salido carísimo. Para conseguirlo tuve que prometerle a un león que te entregaría a él, y es un león muy fiero y, en cuanto estés en su poder, te va a descuartizar y se te comerá.

Le contó a su hija con detalle todo lo que había ocurrido, y le rogó que no fuera al encuentro del león, pasara lo que pasase.

Ella trató de consolarle, diciendo:

—Padre mío. Has de cumplir tu palabra. Iré al encuentro del león y trataré de amansarle, y ya verás como regreso sana y salva.

A la mañana siguiente su padre le mostró el camino, y ella partió hacia el bosque la mar de confiada.

De hecho, aquel león era un príncipe encantado. De día, tanto él como sus cortesanos adoptaban la forma de unos leones, pero de noche se transformaban en seres humanos. Cuando la muchacha llegó al castillo ya se había ocultado el sol, y ellos la recibieron mostrándole la mayor cortesía. El príncipe era un hombre guapo, y muy pronto celebraron su boda con todo esplendor y alegría.

Debido al maleficio que habían lanzado contra él, el príncipe dormía todo el día, y permanecía felizmente despierto por las noches.

Un día, su esposo le dijo a la muchacha:

—Tu hermana mayor va a casarse mañana, y en casa de tu padre van a celebrar una gran fiesta. Si así lo deseas, mis leones te acompañarán hasta allí.

Ella respondió que sería una gran dicha reencontrarse con su padre, y así fue como partió, acompañada por los leones. Su llegada produjo una gran alegría, pues todos pensaban que hacía tiempo que había sido descuartizada y comida por el león, pero ella les explicó que no había sido así, y les contó lo guapo que era su marido, y lo bien y contentos que vivían juntos. Se quedó hasta el final de las celebraciones de la boda de su hermana y después emprendió el camino de regreso a través del bosque.

Cuando la segunda de las hijas contrajo matrimonio, volvieron a invitarla, y ella le dijo a su marido:

—No quiero ir sola esta vez. Me gustaría que me acompañases.

El león respondió que eso sería muy peligroso. Si caía sobre él un solo rayo de luz, incluso la luz de una sola vela, se convertiría en una paloma, y tendría que emprender el vuelo y vivir entre palomas durante siete años.

—¡Anda, por favor! ¡Ven conmigo! —dijo ella—. Yo te protegeré. Te prometo que voy a evitar que te roce siquiera ningún rayo de luz.

Él se dejó convencer, y partieron juntos, llevando consigo a su hijo pequeño. En casa del padre de ella habían construido una habitación especial que no tenía ninguna ventana y cuyas paredes eran muy gruesas. En el momento en que fueran a encender las velas para la boda, el príncipe iba a poder quedarse en esa habitación para garantizar su seguridad. Pero los constructores usaron para hacer la puerta una madera muy mala, y desde que la instalaron la madera comenzó a resquebrajarse; sin embargo, nadie había notado que se había producido en la madera una delgada grieta.

La boda se celebró en medio del júbilo general, y luego salió la procesión que iba desde la iglesia a la casa del padre de la novia. Ardían a ambos lados las antorchas y se encendieron muchas linternas, y cuando la procesión pasó delante de la habitación del príncipe, un único rayo de luz, tan delgado que su espesor era menor que el de un cabello, atravesó la puerta y fue a dar en él. Cuando su esposa fue a buscarle no le encontró por mucho que buscó. En la habitación no había más que una paloma blanca.

—Tengo que pasarme siete años volando por todo el mundo —dijo la paloma—. Pero cada siete pasos dejaré caer una pluma blanca y una gota de sangre, y de esta manera sabrás siempre adónde he ido. Y si sigues ese rastro, podrás salvarme.

La paloma salió volando por la puerta, y ella la siguió. Tal como él había dicho, cada siete pasos una pluma blanca y una gota de sangre marcaban el rastro de su ruta, y así ella pudo seguir a su marido.

Y siguió ese rastro muy lejos, y recorrió en pos de él el ancho mundo, alejándose cada vez más de su casa. Como no pensaba en otra cosa que no fuera seguirle, ni siquiera miró hacia los lados ni dejó ni un momento de seguirle durante los siguientes siete años. Siempre lo hizo pensando que seguramente faltaba poco para poder salvarle, pero se equivocaba. Un día, cuando continuaba caminando en pos del rastro, no cayó ninguna pluma ni ninguna gota de sangre. Alzó entonces la vista y comprobó que la paloma había desaparecido.

—Ningún ser humano podría ayudarme ahora —dijo, y se puso a trepar hasta acercarse al sol.

»Sol —le dijo—, tú que brillas sobre todos los montes, tú que lanzas tus rayos hasta el fondo de todas las grietas y hasta el último rincón de todas las cuevas, ¿has visto pasar volando a mi querida paloma blanca?

—No —dijo el sol—. No he visto a tu paloma blanca, pero te voy a dar una cajita. Ábrela cuando estés en una situación desesperada.

Después de darle las gracias al sol siguió caminando hasta que se hizo de noche y empezó a brillar la luna. Y ella se dirigió a la luna y dijo:

—Luna, tú que brillas sobre todos los campos y todos los bosques, ¿has visto pasar volando a mi querida paloma blanca?

—No —dijo la luna—. No la he visto pasar, pero te voy a dar un huevo. Y si estás desesperada, pártelo y ábrelo.

Después de darle las gracias a la luna, ella siguió su camino. Se alzó la brisa nocturna, que golpeó su rostro, y ella le dijo:

—Dime, brisa nocturna, tú que soplas por entre los árboles del mundo entero, ¿has visto pasar volando a mi querida paloma blanca?

—No —dijo la brisa nocturna—. Yo no la he visto. Pero puedo preguntárselo a los otros vientos. Tal vez alguno de ellos la haya visto.

La brisa nocturna se lo preguntó al viento del este y al viento del oeste, y ellos llegaron soplando al lado de ella y le dijeron que no habían visto a ninguna paloma; pero después llegó el viento del sur y dijo:

—Sí, yo la he visto. Es una pequeña paloma blanca, ¿no es cierto? Volaba en dirección al mar Rojo. Pero como ya han pasado siete años enteros, se ha convertido de nuevo en un león, y se está enfrentando ahora mismo con una serpiente. Pero debes ir con mucho cuidado, ya que esa serpiente es una princesa encantada.

La brisa nocturna le dijo entonces:

—Voy a darte un buen consejo. Encamínate al mar Rojo. Una vez allí, verás en su orilla derecha una bancada de juncos muy altos. Cuéntalos con cuidado, y al llegar al undécimo, córtalo y úsalo para atizar con él a la serpiente. En ese momento el león podrá derrotarla, y los dos volverán a adquirir su forma humana. Cerca de allí encontrarás a un grifo que vive a la orilla del mar Rojo. Móntate con tu amado príncipe a lomos del grifo, y él te llevará por encima de los mares hasta tu casa. Pero antes de partir hacia allí, toma esta nuez. Cuando estés volando por encima de los mares, suéltala, y entonces crecerá de repente un nogal muy grande, y así el grifo podrá descansar posándose en él. Porque si el grifo no pudiese descansar en algún sitio, no sería capaz de llevarte a tu casa. Pase lo que pase, no debes perder esta nuez, pues si la perdieses caerías al mar y morirías ahogada.

De modo que la muchacha partió hacia el mar Rojo y allí encontró todo lo que la brisa nocturna le había dicho. Contó los juncos, arrancó el undécimo, y azotó con él a la serpiente. De inmediato el león logró que la serpiente retrocediera, la dominó por completo, y tan pronto como la serpiente se rindió, tanto ella como el león recuperaron su forma humana.

Pero antes de que la esposa del león pudiera dar un solo paso, la princesa que hasta entonces era una serpiente cogió la mano del príncipe, tiró de él, y se montaron los dos a lomos del grifo, y volaron lejos de allí.

Y así fue como la pobre princesa caminante se quedó sola y abandonada una vez más. No tuvo más remedio que sentarse a llorar allí mismo. Pero al final fue capaz de hacer de tripas corazón y dijo:

—Caminaré sin parar mientras haya vientos que soplen y mientras canten los gallos, y no pararé hasta volver a encontrarle.

Y dicho esto partió. Viajó durante un largo, larguísimo trecho, hasta que llegó finalmente a un castillo en el cual el príncipe-león y la princesa-serpiente vivían juntos. Y una vez allí se enteró de que estaba a punto de celebrarse su boda.

«Dios volverá a ayudarme», se dijo, y entonces abrió la cajita que le había regalado el sol. Dentro de la cajita había un vestido que brillaba tanto como el propio sol. Se lo puso y entró en el castillo, y todo el mundo, incluso la propia novia, se quedó maravillado. En realidad, aquel vestido le gustó tanto a la novia que quiso apropiarse de él para ponérselo el día de la boda, y le preguntó si quería vendérselo.

—Puedo venderlo, pero no acepto el pago en oro ni bienes —dijo la muchacha—, sino en carne y sangre.

—¿Y se puede saber qué quieres decir con eso? —dijo la princesa.

La muchacha le pidió que le permitiese dormir en la misma habitación donde iba a pasar la noche el novio. A la princesa no le gustó nada aquella idea, pero sentía tal deseo de apropiarse del vestido que terminó aceptando. Sin embargo, le dijo al criado del príncipe que le diera al príncipe un bebedizo que lo hiciese dormir profundamente.

Esa noche, cuando el príncipe estaba completamente dormido, condujeron a la muchacha hasta aquella habitación. En cuanto cerraron la puerta, ella se sentó en la cama y susurró a su oído:

—Llevo siete años siguiendo tu rastro. He acudido al sol y a la luna, y a todos los vientos, para pedirles su ayuda, pues lo único que quería en la vida era encontrarte. Y te ayudé a vencer a la serpiente. ¿Acaso me has olvidado por completo?

El príncipe, sin embargo, estaba tan dormido que creyó que aquello no eran palabras pronunciadas en susurros, sino los silbidos del viento al pasar por entre los abedules.

Cuando amaneció, entraron a por ella y se la llevaron de allí, y ella tuvo que entregar su vestido dorado. Al comprobar que su estratagema no había servido de nada, se puso muy triste y se fue a un prado y allí se sentó a llorar. Pero entonces se acordó del huevo

que le había dado la luna. Estaba sin duda en una situación desesperada, así que lo partió y lo abrió en dos mitades.

Y de dentro del huevo salió la madre gallina con doce pollitos,
todos de oro puro. Los pollitos se pusieron a corretear y luego volvieron junto a su madre y se cobijaron bajo sus alas. La imagen que
ofrecían era la más bonita del mundo.

La muchacha se puso en pie y caminó, seguida y rodeada por la
gallina y los pollitos, cruzando el prado de un extremo a otro, hasta que de repente se abrió una ventana del castillo y se asomó a
mirar la novia. Como lo que vio le gustó muchísimo, volvió a preguntar si podía venderle la gallina y los pollitos.

—Puedo vendértelos, pero no acepto el pago en oro ni bienes
—dijo la muchacha—, sino en carne y sangre. Quiero que me permitas dormir otra vez en la misma habitación que el príncipe.

La novia aceptó el trato, y pensó que, al igual que la noche anterior, se las ingeniaría para inventar una estratagema.

Pero esta vez el príncipe le pidió a su criado que le explicara
qué eran esos murmullos y susurros que oía de noche, y el criado
confesó que la novia le había ordenado que le diese un bebedizo
que le forzara a dormir profundamente, porque aquella pobre muchacha había pedido que la dejaran dormir en su habitación.

Y el príncipe dijo:

—Pues bien. Esta noche coge ese bebedizo y tíralo por la ventana.

Al llegar la noche llevaron a la muchacha a la habitación del
príncipe, y esta vez, cuando ella comenzó a decir su historia en voz
muy baja, él reconoció al punto la voz de su querida esposa, y enseguida la abrazó.

—¡Por fin recobro la libertad! —dijo él—. Tengo la sensación
de haber estado teniendo un sueño. Creo que esa princesa me em-
brujó e hizo que me olvidara de ti. ¡Pero Dios ha querido levantar
el embrujo justo a tiempo!

Los dos salieron de puntillas del castillo, sin que nadie lo notara, porque tenían miedo de la reacción del padre de la princesa, que
era un brujo muy poderoso.

Encontraron al grifo y montaron sobre él, y el grifo partió de
inmediato para llevarlos volando a su casa. A mitad de camino,
cuando cruzaban el mar Rojo, la esposa se acordó de que debía
soltar la nuez. De repente creció bajo ellos un nogal enorme, y el

grifo se posó en el árbol y allí descansó antes de reanudar el vuelo y llevarles a casa. Al llegar encontraron a su hijo, que se había convertido en un chico alto y guapo. Y a partir de entonces vivieron felices el resto de sus días.

Tipo de cuento: ATU 425C, «La bella y la bestia».
Fuente: Esta historia se la contó a los Grimm Dortchen Wild.
Cuentos (más o menos) similares: Katharine M. Briggs: «Las tres plumas» (*Folk Tales of Britain*); Italo Calvino: «Belinda y el monstruo» (*Cuentos populares italianos*).

Al igual que ocurre con unos cuantos cuentos de los recogidos por los hermanos Grimm, nos queda aquí un interrogante sin resolver. ¿Qué es lo que significa la alondra cantarina y saltarina? ¿Y por qué razón desaparece de la historia en cuanto se la entregan a la hija pequeña del viajero? ¿Qué pasó con esa alondra tan especial? ¿Existe alguna relación entre el león (*Löwe*) y la palabra del dialecto alemán que usan los personajes para referirse a la alondra (*Löweneckerchen*, en lugar de la palabra estándar, que es *Lerche*)?

Si quisiéramos darle un poco más de papel en esta historia a la alondra (cosa que no sería muy difícil de hacer: podría acompañar a la esposa en su largo caminar, podría ser quien subiera volando a ver al sol y a la luna en lugar de la princesa, podría ser la que indujera a la princesa a mirar al prado y ver allí a la gallina y los pollitos de oro, entre otras muchas posibilidades), debería antes establecer con claridad cuál es la relación entre la esposa, el león y la alondra. Tal como está contado el cuento, faltan claves que permitan establecer esos vínculos.

La cuidadora de ocas

Érase una vez una anciana reina cuyo esposo había fallecido hacía muchos años. Tenía una hija muy bella, y cuando la hija creció la prometió con un príncipe que vivía a mucha distancia de allí. Al poco tiempo llegó el momento de la boda, y la hija debía abandonar el reino para irse a vivir al lejano país del príncipe. La anciana reina empaquetó montones de cosas diversas y costosas, el oro y la plata, las copas de cristal fino y joyas singulares de todos los tipos, todo lo que era adecuado para una dote real, pues amaba a su hija con todo su corazón.

También puso a su disposición una doncella que debía hacer el viaje con su hija y de este modo asegurarse de que llegaba sana y salva al palacio de su novio el príncipe. Cada una de ellas tenía su propia montura para el viaje. El caballo de la princesa se llamaba *Falada* y podía hablar. Cuando llegó el momento de partir, la anciana reina se fue a su habitación, cogió un cuchillo y se hizo un corte en un dedo. Dejó que tres gotas de sangre cayeran en un pañuelo blanco, y le dio ese pañuelo a su hija y dijo:

—Hija mía, guarda bien este pañuelo. Lo vas a necesitar durante el largo viaje que te espera.

La despedida fue muy triste. La princesa se guardó el pañuelo de su madre en el corpiño, y partió hacia el reino donde debía contraer matrimonio.

Cuando llevaban una hora cabalgando, la princesa sintió una sed incontenible, y miró a su doncella y dijo:

—¿Podrías bajarte del caballo, ir al arroyo y traerme llena la copa de oro que llevas en tu equipaje? Tengo muchísima sed y necesito beber enseguida.

—Ve tú misma al arroyo. Si tienes tanta sed, tiéndete en la orilla y bebe cuanto quieras. No me voy a quedar esperando, nos queda muchísimo camino.

Como tenía realmente mucha sed, la princesa hizo lo que la doncella decía. La doncella no le dejó ni siquiera coger la copa de oro.

«¡Santo Cielo!», pensó la princesa. Y al oírla, las tres gotas de sangre respondieron: «A tu madre se le rompería el corazón si se enterase de lo que ha ocurrido.»

Pero la princesa era una joven humilde. No dijo nada, bebió y montó de nuevo en su caballo. Continuaron cabalgando unas cuantas millas más, pero hacía calor, el sol lanzaba rayos ardientes por encima de sus cabezas, y al cabo de otro rato la princesa volvió a sentir muchísima sed. Cuando el camino pasó nuevamente al lado de otro arroyo, la princesa dijo:

—¿Podrías traerme agua en la copa de oro?

Ya no recordaba la respuesta tan dura que le había dado antes la doncella. Y esta vez obtuvo una respuesta más altiva incluso por parte de ella:

—Ya te he dicho que no pienso parar a esperarte. Si tienes sed, baja y ve tú misma a beber.

Nuevamente la princesa se bajó del caballo y decidió ir a beber a la orilla. Al hacerlo, se le escaparon unas lágrimas y pensó: «¡Santo Dios!»

De nuevo, las tres gotas de sangre respondieron en silencio: «¡Si tu madre lo supiera, se le rompería el corazón!»

Y cuando la princesa se tendió en la orilla para beber y dio unos sorbos, el pañuelo que llevaba en el corpiño se le cayó y se fue flotando corriente abajo. Pero ella estaba tan turbada que ni siquiera se dio cuenta de lo que ocurría. En cambio, la doncella lo vio y sonrió encantada. Porque sabía que a partir de este momento la princesa carecía de fuerza y no tenía ninguna ayuda.

Por esta razón, cuando la princesa se acercó a *Falada* y se disponía a montar de nuevo, la doncella dijo:

—¿Se puede saber qué estás haciendo? Ese ya no es tu caballo. Ahora lo voy a montar yo. Es más, ya puedes ir quitándote toda esa ropa tan bonita y dármela a mí. Ponte los harapos que visto yo. Venga, apresúrate.

La princesa no tuvo más remedio que hacer lo que la doncella le decía, y luego la doncella le hizo jurar que jamás contaría nada de lo ocurrido a la gente de la corte del reino al que se dirigían. La doncella estaba dispuesta a matarla allí mismo si la princesa no aceptaba hacer este juramento.

Pero *Falada* vio todo lo que estaba ocurriendo, y tomó buena nota de los hechos.

A partir de entonces la doncella siguió el camino a lomos de *Falada* mientras que la princesa montaba un feo rocín, y de esta manera terminaron llegando al palacio real. Cuando llegaron todo el mundo sintió mucho júbilo, y el hijo del rey corrió a recibirlas. Como es natural, creyó que su novia era la mujer que en realidad era la doncella, la ayudó a desmontar del caballo, y luego la condujo a las habitaciones reales del piso superior, mientras la verdadera princesa se quedaba esperando de pie en el patio.

El rey estaba mirando desde arriba por una ventana, la vio esperando, pensó que era muy bella, y vio que sus rasgos eran muy finos y delicados; y se fue de inmediato a las estancias reales y le preguntó a la novia de su hijo acerca de la muchacha que aguardaba de pie en el patio.

—La recogí a mitad de camino para que me hiciese compañía durante el viaje —dijo la falsa novia—. Es muy perezosa. Será mejor que alguien le encargue algún trabajo.

Pero el rey se lo pensó un momento, no se le ocurrió qué podía encargarle, y finalmente dijo:

—Bueno, podemos decirle que ayude al chico que cuida de las ocas.

Y fue así como la princesa de verdad fue a trabajar al lado de Conrad, que era el chico que estaba al cuidado de las ocas de palacio.

Poco después, la falsa novia le dijo a su futuro esposo, el hijo del rey:

—Me gustaría que me hicieses un favor.

—¡Por supuesto! —dijo el príncipe—. Me encantaría.

—Llama al matarife de los caballos y dile que le corte la cabeza al caballo en el que yo montaba cuando llegué a palacio —dijo ella—. Me ha hecho el viaje insoportable.

En realidad, lo único que pasaba es que temía que *Falada* decidiera contar la verdad acerca de lo que había ocurrido entre ella y la princesa de verdad, y lo mal que la había tratado. Cuanto más tiempo siguiera vivo *Falada*, mayor sería el riesgo de que un día decidiese contar la verdad.

Y el príncipe dio la orden, y el fiel *Falada* iba a morir decapitado muy pronto. La princesa auténtica se enteró de que se había pronunciado esa sentencia, y fue a hablar en secreto con el matarife de caballos, y sin que nadie les oyera le prometió una moneda de oro si le hacía un pequeño favor. En las murallas que cercaban la ciudad había una oscura y pequeña puerta que era la que abría cada mañana para sacar las ocas al campo. Y le preguntó al matarife si no le importaba colgar en lo alto de esa puerta la cabeza del corcel tras haberlo decapitado. Así podría ver la cabeza de *Falada* todas las mañanas cuando pasara por esa puerta guiando a las ocas.

El matarife aceptó el trato y colgó la cabeza del caballo sobre esa puerta.

A primera hora de la mañana siguiente, cuando la princesa de verdad y Conrad salieron por allí con las ocas, ella dijo al pasar:

¡Ay, pobre Falada, *colgado en lo alto!*

Y la cabeza respondió:

Princesa de dorada melena,
¡si tu madre te viera,
se le rompería el corazón!

La princesa no dijo nada más, y Conrad y ella continuaron su camino con todas las ocas. Cuando llegaron al lugar donde las dejaban comer, ella se soltó la melena, que era del mismo color que el oro puro. A Conrad le cautivó la imagen, se le acercó y trató de arrancarle un par de cabellos.

Y entonces ella dijo:

Viento poderoso, agarra el sombrero de Conrad
y llévatelo de acá para allá.
Haz que en pos de él corra sin parar,
hasta que haya podido peinarme.

Empezó a soplar un viento muy fuerte. Tanto, que se llevó el sombrero de Conrad y lo arrastró al otro lado del prado, y siguió soplando de forma que Conrad anduvo persiguiendo su sombrero de acá para allá, hasta que finalmente consiguió atraparlo. Pero en ese momento la princesa había terminado de peinarse y hacerse un moño, y Conrad ya no pudo encontrar ni un solo cabello suelto del que tirar. Y el muchacho se quedó muy fastidiado, y en todo el día ya no dijo ni una sola palabra. Al atardecer, recogieron a las ocas y se encaminaron de regreso a la ciudad.

A la mañana siguiente, cuando salían de la muralla por la oscura puerta de siempre, la muchacha dijo:

¡Ay, pobre Falada, *colgado en lo alto!*

Y la cabeza respondió:

Princesa de dorada melena,
¡si tu madre te viera,
se le rompería el corazón!

Cuando llegaron al prado, la princesa volvió a soltarse el cabello para peinárselo, y de nuevo Conrad decidió arrancarle un par de cabellos, y otra vez ella dijo:

Viento poderoso, agarra el sombrero de Conrad
y llévatelo de acá para allá.
Haz que en pos de él corra sin parar,
hasta que mi cabello termine de peinar.

De repente se puso a soplar un vendaval que arrancó el sombrero que llevaba puesto Conrad, y le hizo correr sin parar de un lado a otro del prado, y tanto tiempo le tuvo así que cuando finalmente el chico atrapó el sombrero, la muchacha ya se había peinado y hecho el moño, y tampoco esta vez tenía ni un solo cabello suelto del que él pudiese tirar. Y siguieron cuidando de las ocas hasta el atardecer.

Cuando volvieron a palacio, Conrad fue a ver al viejo rey y dijo:

—No quiero seguir cuidando de las ocas con esa chica ni un día más.

—¿Y por qué? —preguntó el rey.

—Porque se pasa el rato fastidiándome.

—¿Ah sí? Y dime, ¿qué es lo que hace que tanto te fastidia?

—Por la mañana, cuando salimos de las murallas de la ciudad, habla con la cabeza del caballo que está colgada ahí arriba y le dice: «¡Ay, pobre *Falada*, colgado ahí en lo alto!» Y entonces la cabeza le responde: «Princesa de dorada melena, ¡si tu madre te viera, se le rompería el corazón!»

Después, Conrad le dijo al rey lo que pasaba en el prado donde las ocas comían hierba, y que la muchacha era capaz de hacer que soplara un viento muy fuerte que le obligaba a pasarse horas persiguiendo su sombrero.

—Entendido —dijo el rey—. Mañana ve con ella como todos los días. Yo estaré vigilando.

A la mañana siguiente el viejo rey se envolvió en una capa y se quedó sentado al pie de la oscura puerta de la muralla, y oyó a la princesa de verdad dirigirse a la cabeza del caballo. Luego, de manera discreta, siguió a los dos pastores hasta el prado y se ocultó entre los matorrales, y desde allí vio todo lo que ocurría. Tal como le había contado Conrad, la muchacha llamó al viento y consiguió que soplara el sombrero de Conrad de acá para allá por todo el prado, y entretanto ella se soltó su preciosa melena rubia y se la peinó y luego se hizo un moño.

Tras verlo todo, el rey regresó a palacio. Por la noche, cuando la muchacha regresaba del prado, el rey la vio y pidió que la llamaran y que se presentara ante él. Y entonces le preguntó por qué hacía todas aquellas cosas.

—No puedo decirlo —dijo ella—. Es un secreto. No se lo puedo contar a nadie. Tuve que jurar que jamás diría una sola palabra. Y el trato fue que si no cumplía mi palabra, me matarían.

Por mucho que el rey porfió, tratando de convencerla de que revelara su secreto, ella siguió negándose. Lo había jurado, y no pensaba romper un juramento.

Al final, el rey dijo:

—Te diré lo que vamos a hacer. No me cuentes esa historia a mí. Cuéntasela a la estufa de hierro que hay en aquella esquina. De esta forma cumplirás tu juramento, pues no se lo dirás a nadie, pero podrás al menos quitarte ese peso de encima.

Y así fue como la princesa de verdad terminó yendo al rincón donde había una gran estufa de hierro forjado, y cuando se encontró allí comenzó a sollozar y poco a poco fue soltando todo lo que le embargaba el corazón.

—¡Pobre de mí, sola y abandonada por todo el mundo! ¡A pesar de que soy la hija de un rey! Una doncella malévola me obligó a darle mi ropa y vestirme con la de ella, y así ella ocupó mi puesto de novia real. Y ahora no me queda más remedio que llevar cada día las ocas al prado. Si mi madre se enterase de todo lo que me ha ocurrido, se le rompería el corazón.

El viejo rey se había colocado al otro extremo de la chimenea, y oyó muy bien todo lo que la muchacha decía. Al terminar, volvió a entrar y le dijo a la muchacha que le acompañara. Hizo que se vistiera con su ropa de princesa, y quedó maravillado ante su belleza deslumbrante.

Luego el viejo rey llamó a su hijo y le explicó que había sido víctima de un engaño por parte de la mujer con la que se había casado, pues no era princesa, sino una simple doncella. Y que su verdadera novia era la joven que estaba con ellos, la que había estado trabajando al cuidado de las ocas. Cuando el hijo del rey vio lo encantadora que era su auténtica novia, y supo que había tenido aquel comportamiento tan virtuoso, se sintió rebosante de alegría.

Dieron órdenes de que se celebrara una gran fiesta e invitaron a todos los cortesanos y a todos sus mejores amigos. En la cabecera de la mesa del banquete se sentó el príncipe, y le pusieron a un lado a la princesa de verdad y al otro a la falsa princesa. La doncella se quedó muy sorprendida, y no fue capaz de reconocer a la princesa, ya que iba vestida con aquella ropa digna de su rango.

Después de comer y beber, cuando todos estaban muy animados, el viejo rey le propuso un acertijo a la falsa princesa: ¿qué castigo merecería quien tratara a su amo de una forma indigna? Contó entonces toda la historia, y cuando llegó al final preguntó de nuevo:

—¿Qué sentencia merecería quien se hubiese comportado así?

—Que la desnuden —dijo la falsa novia—, que la metan en un barril que tenga todas las paredes llenas de clavos muy puntiagudos y que tiren del barril dos caballos blancos que la arrastren por todas las calles hasta morir.

—Pues esa persona eres tú —dijo el viejo rey—. Has pronunciado tu propia sentencia. Y te haremos todo eso que tú misma has dicho.

Y después de que se hubiese ejecutado la sentencia, el hijo del rey se casó con su verdadera novia, y ambos reinaron felices y en paz durante muchos años.

Tipo de cuento: ATU 533, «La cabeza parlante de caballo».
Fuente: Esta historia se la contó a los Grimm Dorothea Viehmann.
Cuentos similares: Giambattista Basile: «Los dos pasteles» (*The Great Fairy Tale Tradition*, ed. Jack Zipes); Katharine M. Briggs: «Rowald y Lilian» (*Folk Tales of Britain*).

¡Pobre *Falada*! Merecía un destino mejor. También creo que merecía tener un papel más importante en el desarrollo de la historia. Tal vez si hubiese decidido hablar antes, su ama no se hubiera enfrentado a un destino tan horrible.

Por otro lado, aunque la princesa sea tan bella y tan buena, cosa de la que nadie puede dudar, lo cierto es que a la hora de demostrar fuerza de carácter y capacidad maniobrera, le gana de largo la doncella malvada, que merecería un relato más largo. Para los narradores no resulta fácil conseguir que una víctima dócil y timorata se convierta en un personaje muy fascinante, sobre todo cuando, como en este caso, ni discute nunca ni es capaz de contraatacar a sus enemigos. Pero, en fin, esto no es una novela, sino un cuento.

El nombre Falada, escrito con elle, fue usado por el novelista alemán Rudolf Ditzen (1893-1947), autor de *Solo en Berlín* (1947), con el seudónimo Hans Fallada.

$\mathcal{P}$ieldeoso

Érase una vez un joven que se alistó en el ejército, demostró una gran valentía en combate y nunca se alejó de la primera línea de fuego, ni siquiera cuando caía sobre las tropas un diluvio de balas. Todo le fue bien mientras duró la guerra, pero cuando se firmó la paz le licenciaron. El capitán le dijo que podía irse a donde quisiera. Pero como sus padres ya habían fallecido y no tenía casa, fue a casa de sus hermanos y les preguntó si le permitían vivir con ellos mientras esperaba a que hubiese otra guerra.

Sus hermanos, no obstante, eran gente dura de corazón, y la respuesta fue:

—¿Se puede saber qué tenemos que ver nosotros con tus problemas? No te necesitamos aquí. Lárgate y cuida de ti mismo.

Al soldado no le quedaba nada más que su mosquete, así que se lo puso al hombro y se fue andando de allí. Siguiendo un camino llegó a un enorme llano poblado de extensos brezales en los que no se veía más que un aislado círculo de árboles. Se acercó allí, se sentó, y empezó a darle vueltas a su triste destino, y sintió mucha pena por sí mismo.

«No tengo dinero ni trabajo —pensó—. Lo único que sé hacer es combatir en las guerras, pero si resulta que ahora todos quieren la paz, no sirvo de nada. Seguro que acabaré muriéndome de hambre.»

De repente oyó un fuerte rumor de hojas, y cuando se dio media vuelta para ver qué pasaba, comprobó que detrás de él había un hombre muy extraño. Vestía una elegante casaca de color verde, y su aspecto era de la más absoluta respetabilidad, con una sola excepción: al final de una de sus largas piernas tenía, en lugar de un pie, una horrible pezuña de caballo.

—Sé muy bien lo que quieres —dijo—. Y podrás conseguir todo el oro y todas las tierras que desees. Con una sola condición. Debes antes demostrarme que eres en realidad muy valiente. No pienso darle mi dinero a alguien que, ante la primera señal de peligro, sale corriendo.

—Soy soldado, y mi oficio consiste en no tener miedo de nada. Podéis ponerme a prueba, si gustáis.

—De acuerdo —dijo el hombre—. Mira detrás de ti.

El soldado se dio media vuelta y vio un oso enorme que, gruñendo furioso, se lanzaba corriendo hacia él.

—Ajá —dijo el soldado—, si te pica el hocico, te lo voy a rascar. A ver si dejas de gruñir de esa manera.

Apoyó el mosquete en el hombro, apuntó al oso, y disparó. Alcanzó en pleno hocico a la fiera, y tumbó al oso de un solo disparo.

—No te falta valor, he podido comprobarlo —dijo el desconocido—. Pero aún no he terminado. Tengo que poner otra condición.

—Mientras no sea algo que me impida ir algún día al cielo —dijo el soldado, que ya sabía perfectamente quién era aquel desconocido—, di lo que sea. Pero si tengo que correr el riesgo de no obtener la salvación, olvídalo ahora mismo.

—Bueno, eso ya lo veremos —dijo el desconocido—. Te diré lo que vas a tener que hacer: durante los próximos siete años no debes lavarte ni peinarte ni cortarte las uñas ni rezar el padrenuestro. Te daré una casaca y una capa, y no podrás mudarte nunca de ropa. Si mueres durante estos siete años, serás mío, ¿queda bien entendido? Pero si te mantienes vivo, serás libre, y además serás rico durante el resto de tus días, no lo olvides.

El soldado se lo pensó unos momentos. Se había enfrentado tan a menudo a la muerte cuando combatía en el campo de batalla, que el peligro era algo a lo que estaba acostumbrado. Pero la pobreza era algo bien distinto. Sin embargo, decidió aceptar el trato que el Diablo le proponía.

El Diablo se quitó entonces la casaca verde que llevaba puesta y se la dio al soldado, diciendo:

—Cada vez que, llevando puesta esta casaca, metas la mano en el bolsillo, encontrarás mucho dinero.

Dicho esto, el Diablo desolló al oso, le dio la piel al soldado y dijo:

—Debes usar esta piel a modo de capa, todos los días, y debes dormir envuelto en ella todas las noches, y no has de usar ninguna otra cama. Además, tu nombre será Pieldeoso.

Y una vez dicho esto, el Diablo desapareció.

El soldado se puso la casaca, metió la mano en el bolsillo, y comprobó que el Diablo no le había engañado. Se colocó la piel del oso a modo de capa, y a partir de este momento comenzó a llevar una vida de vagabundo. Iba a donde le apetecía ir, hacía todo lo que quería y gastaba todo el dinero que iba encontrando en su bolsillo.

Durante un año su aspecto fue aceptable, pero al cabo de dos años comenzó a parecer un auténtico monstruo. Llevaba la cara casi completamente escondida tras una barba hirsuta y larga, tenía el cabello despeinado y lleno de nudos y enredos, sus dedos terminaban en unas uñas que parecían garras, e iba tan sucio que si echabas semillas de berro en su barba, seguro que hubieran crecido. Todos cuantos le veían se ponían a temblar de miedo o salían corriendo en dirección contraria. Pero siempre daba limosna a los pobres, pidiéndoles que rezaran por que su vida durase al menos siete años, y como siempre pagaba todo al contado, nunca tuvo problemas para encontrar un techo bajo el que cobijarse.

Cuando llevaba cuatro años rondando por el mundo, cierto día llegó a una posada. El posadero no quería permitirle entrar siquiera, e incluso se negó a permitir que se echara a dormir en la cuadra, por temor a que asustara a los caballos. Pero entonces Pieldeoso metió la mano en el bolsillo y sacó un puñado de monedas, y el posadero terminó cediendo al menos en parte, ya que le autorizó a tumbarse a dormir bajo los soportales del patio a condición de que no le mostrara a nadie el rostro.

Una noche estaba sentado completamente solo en ese lugar bajo los soportales y pensando que ojalá terminaran de una vez aquellos siete años cuando escuchó los sollozos muy tristes de alguien que estaba en la habitación de al lado. Como Pieldeoso era un hombre de buen corazón, y estaba dispuesto a prestar su ayuda a quien lo necesitara, abrió la puerta y vio a un anciano que lloraba amargamente y se llevaba las manos a la cabeza. Cuando vio a Pieldeoso, el pobre viejo se levantó a duras penas y trató de salir huyendo de la habitación, pero al oír una voz humana se detuvo y esperó hasta haber escuchado lo que ese monstruo tenía que decirle.

Pieldeoso habló con una voz templada que tranquilizó al viejo, consiguió que se sentara de nuevo y que le contara sus cuitas. Al parecer, aquel hombre había ido perdiendo poco a poco todo su dinero, y en ese momento él y sus hijas estaban a punto de morir de hambre. No podía pagar el alquiler de su casa, y temía acabar cualquier día en prisión.

—Si tu problema es el dinero —dijo Pieldeoso—, yo tengo suficiente para echarte una mano.

Llamó al posadero, pagó lo que el viejo debía, y luego cogió una bolsa de oro y la metió en el bolsillo del desdichado. Cuando el viejo comprobó que se habían terminado sus problemas para siempre, quiso agradecer el favor, pero no se le ocurrió de qué manera podía mostrar su gratitud.

—Ven a mi casa —dijo—. Conocerás a mis hijas. Todas ellas son maravillosamente bellas, y debes elegir a una de las tres y será tu esposa. No te van a rechazar cuando sepan lo que has hecho por mí. Tienes un aspecto..., bueno, por así decir pareces un poco excéntrico, pero la muchacha que elijas será capaz de convertirte en un hombre bastante más aseado.

A Pieldeoso le gustó la idea de conocer a aquellas muchachas, y acompañó al viejo a su casa. Pero en cuanto le vio, la mayor de las hijas salió chillando y corriendo. La segunda de las hijas le miró y dijo a su padre:

—¿Y pretendes que me case con un tipo como este? Ni siquiera tiene aspecto de persona. Prefiero casarme con el oso que una vez rondó la casa, seguro que te acuerdas de él, padre. A la pobre bestia le habían quitado toda la piel, e iba vestido con uniforme y guantes de húsar. Me habría acostumbrado a él antes que a este monstruo.

En cambio, la más pequeña de las hijas dijo:

—Padre mío, si te ha prestado toda la ayuda que dices, seguro que es un hombre bueno. Y si le has prometido una novia, yo te ayudaré a mantener tu palabra.

Fue una pena que la cara de Pieldeoso estuviese cubierta de una barba tan larga y de tantísima porquería, porque de no ser por eso el padre y la hija hubiesen podido comprobar toda la alegría que animó su rostro y su corazón al oír aquellas palabras. Pieldeoso se sacó un anillo de oro que llevaba, lo partió en dos, le dio a la muchacha la mitad y se guardó la otra para sí. En la suya escribió el nombre de la muchacha, y luego puso el suyo en la mitad que le dio a ella, y le pidió que guardase aquella mitad de anillo con el mayor cuidado.

—Ahora debo irme —dijo—. Me quedan otros tres años por delante. Debo seguir vagando por ahí. Si pasado ese tiempo no he regresado, considérate libre para casarte con otro, pues significará que he muerto. Espero sin embargo que reces mucho y que le pidas a Dios que me mantenga con vida.

La pobre novia se vistió de negro, y cada vez que pensaba en su novio errante los ojos se le llenaban de lágrimas. Durante los siguientes años, sus hermanas se pasaron los días tratándola con desprecio y burlándose de ella.

—Ve con cuidado —le decía su hermana mayor—. Como le des la mano, te la aplastará dentro de su garra.

—Vigila —le decía su hermana mediana—, porque a los osos les gusta el dulce. Como se fije bien, se te va a zampar entera.

—Y obedece sus órdenes —decía la mayor—. Como se ponga a gruñir, no creo que puedas resistir mucho tiempo.

—Eso sí, la boda va a ser divertida. Ya se sabe —decía la segunda— que los osos bailan muy bien.

La prometida de Pieldeoso callaba y trataba de no sentirse ofendida por todas esas pullas. Por su parte, Pieldeoso anduvo recorriendo el ancho mundo, haciendo el bien siempre que tenía una oportunidad, y dando con generosidad dinero a los pobres y pidiéndoles a cambio que rezaran por él.

Finalmente, cuando amaneció el último día del séptimo año, regresó al mismo brezal donde tuvo aquel encuentro, y de nuevo se sentó en el círculo de árboles. Enseguida oyó que aullaba un vendaval, y ante él se presentó de nuevo el Diablo, que le miró con gesto ceñudo.

—Toma tu ropa —dijo el Diablo, tirándosela a la cabeza—. Devuélveme mi casaca verde.

—No vayas tan deprisa —respondió Pieldeoso—. Antes tienes que limpiarme del todo. Quiero que me proporciones cuatro barreños grandes de agua caliente, el primero muy caliente y los siguientes con el agua cada vez más templada, y que me des cuatro clases de jabón, primero el jabón de color amarillo que se usa para fregar los suelos y luego otros menos fuertes, y el último que sea un *savon de luxe* de los que venden en París. Y quiero también varias clases de champú. Primero los que se emplean para las crines de los caballos, y luego otros más delicados, y que el último tenga perfume de lavanda. Y al final me darás una tinaja llena de agua de colonia.

Y el Diablo no tuvo más remedio que proporcionarle el agua, el jabón, y todos los productos cosméticos que le exigió, y se puso a frotar y lavar a Pieldeoso de pies a cabeza, y le cortó el pelo, se lo peinó bien peinado, le afeitó la barba y le cortó las uñas. Al final de todo el proceso, Pieldeoso recuperó por fin su imagen de soldado marcial. En realidad, tenía mucho mejor aspecto que antes.

Cuando el Diablo desapareció, sin dejar de mascullar quejas, Pieldeoso se sintió muy feliz. Se fue andando a buen paso hacia la ciudad, compró una elegante casaca de terciopelo, alquiló un carruaje tirado por cuatro caballos blancos, y se dirigió a casa de su novia, que estaba esperándole. Nadie le reconoció, por supuesto. El anciano padre de la muchacha imaginó que se trataba de un distinguido oficial de alto rango, como mínimo creyó que se trataba de un coronel, y le condujo al comedor, donde se encontraban sus tres hijas.

El soldado tomó asiento entre la mayor y la segunda, y las dos no pararon de revolotear y alborotar a su alrededor. Le sirvieron vino, escogieron los mejores pedazos de carne para servirlos en su plato, coquetearon con él y se hicieron las simpáticas, y todo el rato pensaban las dos que jamás habían visto a ningún hombre tan guapo como aquel militar. Mientras, en el otro extremo de la mesa, la menor de las hermanas ni siquiera alzaba la vista ni dijo en todo el rato una sola palabra.

Al final de la comida Pieldeoso se dirigió al padre y le pidió permiso para elegir a una de sus hijas como esposa. Las dos mayores se pusieron en pie de un salto, corrieron a sus habitaciones y se vistieron con el mejor de sus trajes de gala. Estaban las dos convencidas de que era ella la que Pieldeoso prefería.

Cuando se quedó solo con su prometida, el visitante sacó su mitad del anillo partido en dos y la echó dentro de una copa de vino. Luego alargó el brazo para pasarle a la hija pequeña esa copa. Ella bebió el vino, y cuando encontró en el fondo de la copa la mitad del anillo, notó que el corazón se ponía a latirle atropelladamente. Y sacó la otra mitad del anillo, que llevaba sujeta a una cinta colgada del cuello, y juntó las dos mitades. Y las dos mitades encajaron a la perfección.

El desconocido dijo entonces:

—Soy tu prometido, aquel al que conociste con el nombre de Pieldeoso. Y, por la gracia de Dios, he vuelto a recobrar mi forma humana.

Abrazó entonces a la novia y la besó con ternura. Y justo entonces bajaron de sus habitaciones las dos hermanas mayores vestidas con el mayor lujo, y al ver juntos a Pieldeoso con su hermana pequeña comprendieron al fin la verdad, y se pusieron locas de furia. Salieron corriendo a la calle, y una de ellas se tiró al pozo y se ahogó, y la otra se ahorcó colgándose de un árbol.

Aquella noche se oyó una llamada a la puerta. Pieldeoso fue a abrir y se encontró ante el Diablo, que iba vestido con su casaca verde.

—¿Se puede saber qué quieres? —dijo Pieldeoso.

—Solo darte las gracias. En lugar de jugar solo con tu alma, ahora puedo jugar con dos.

Tipo de cuento: ATU 361, «Pieldeoso».

Fuente: Esta historia se la contaron a los Grimm los miembros de la familia Von Hazthausen, y también la leyeron en una obra de Hans Jakob Christoffel von Grimmelhausen titulada «*Vom Ursprung des Namens Bärnhäuter*» («Los orígenes del nombre Pieldeoso»), 1670.

Cuentos similares: Katharine M. Briggs: «La capa» (*Folk Tales of Britain*); Italo Calvino: «Los calzones del Diablo» (*Cuentos populares italianos*).

Parece un trato muy curioso por parte del Diablo. Sin duda habría podido inventar formas más baratas y sencillas de hacerse con el alma del soldado. De todos modos, este soldado es un tipo piadoso y bondadoso, y tal vez no era fácil de conquistar por los procedimientos usuales del Diablo. El castigo de las dos hermanas mayores puede parecer durísimo, pero era necesario que la historia tuviese en cuenta todos los años en los que habían estado mofándose de su hermana menor.

La versión recogida por Calvino es muy completa y posee una gran fuerza. He tomado prestada de esa versión la idea de que con el agua sola no sería suficiente para quitarse de encima la suciedad acumulada a lo largo de siete años.

$\mathcal{L}$os dos compañeros de viaje

La montaña y el valle no se encuentran nunca, pero los hijos de los hombres, sean buenos o malos, se encuentran constantemente. Y así fue como el zapatero y el sastre coincidieron en una ocasión durante sus viajes. El sastre era un tipo agraciado, bajito, animoso y alegre. Vio que el zapatero caminaba hacia él por el otro lado del camino, y al deducir a qué oficio se dedicaba, viendo la bolsa con la que cargaba, empezó a cantar en son de burla una cancioncilla:

> *Cose bien esa costura y tira fuerte del hilo.*
> *Y clava luego el clavo, dale sin descanso al martillo...*

El zapatero no era una persona de las que encajan bien las bromas. Se ofendió, frunció el ceño y cerró el puño. El sastre soltó una carcajada y le ofreció su botella de licor de manzana.

—Anda, dale un traguito a la botella —dijo—. No quería ofenderte. Bebe, y así te tragarás esa ira.

El zapatero levantó la botella y vació la mitad, y poco a poco la tormenta que brillaba en sus ojos comenzó a escampar. Devolvió la botella al sastre y dijo:

—Buen traguito. La gente se mete mucho con los bebedores, pero es porque se olvidan de que a veces uno tiene muchísima sed. ¿Qué te parece, viajamos juntos un trecho?

—Me parece bien —dijo el sastre—. Solo te pido que pasemos por las ciudades más grandes. Allí no falta nunca trabajo.

—Eso mismo pensaba hacer yo. En los pueblos y sitios pequeños no te puedes ganar la vida. Además, la gente de campo prefiere ir descalza.

Y así fue como siguieron el camino los dos juntos, primero un pie y después el otro, igual que pisan los armiños en la nieve. Tenían todo el tiempo por delante, y no tenían en cambio nada que comer. Cada vez que entraban en una ciudad se ponían a buscar trabajo, y como el sastre era un hombre simpático de mejillas sonrosadas, no le costaba mucho que le hiciesen encargos, y a veces, si tenía suerte, incluso lograba que, antes de partir, la hija del dueño de la casa le diera un beso y le deseara buen viaje.

Cuando se volvía a encontrar con el zapatero, el que más dinero llevaba en el bolsillo solía ser el sastre. El zapatero, un tipo malhumorado y exigente, solía torcer entonces el gesto y decir:

—Cuanto más pícaro, más afortunado.

Ante lo cual el sastre se limitaba a partirse de risa y volver a sus tomaduras de pelo, cantando en son de guasa. Pero compartía con su compañero el dinero que había ganado. Si le quedaba en el bolsillo un par de monedas, al llegar a la posada pedía una comida sabrosa y daba puñetazos en la mesa y así hacía bailar los vasos. «Si se gana fácil, fácil se gasta», era su lema.

Después de viajar juntos algún tiempo, llegaron a un bosque enorme. Camino de la capital del reino, lo atravesaban dos caminos diferentes, pero uno de ellos les llevaría a la ciudad en dos días, mientras que el otro suponía una caminata de siete días, y se preguntaron cuál sería el más corto y cuál el largo. Para discutirlo, se sentaron al pie de un roble. No sabían si cargar con comida para solo dos días o llevar suficiente para siete.

—Siempre hay que prevenir lo peor —dijo el zapatero—. Yo me voy a llevar pan para una semana entera.

—¡Qué dices, hombre! —respondió el sastre—. ¿Para qué cargar como una bestia con tanto peso? Ni siquiera podrás disfrutar del paisaje. Yo no voy a llevar tanto pan. Confiaré en Dios, como siempre. Mi dinero vale lo mismo en verano que en invierno, pero el pan cambia mucho. Si el tiempo es húmedo, se enmohece deprisa, y si hace mucho calor se seca enseguida. Seguro que sabremos elegir el camino más corto. Tenemos muchas probabilidades de acertar, una de cada dos. Piénsalo así. Yo me llevaré pan para dos días, es más que suficiente.

Finalmente, cada uno cargó con la cantidad de pan que él había decidido, y comenzaron a caminar por el bosque. Bajo los árboles estaba todo tan fresco y silencioso como en una iglesia. No soplaba brisa, no se oía el murmullo de ningún arroyo, no cantaban los pájaros, y no había un solo rayo de sol que lograra abrirse paso por entre el denso follaje. El zapatero caminaba y no hablaba. Arrastraba los pies, porque iba cargado con el peso de todo el pan que había preparado para aguantar siete días de camino, y su rostro sombrío estaba siempre perlado de sudor.

En cambio, el sastre estaba contento como unas pascuas. Reía y cantaba y caminaba como si tuviera muelles en los pies, y cogía de vez en cuando una hoja de hierba y hacía con ella un canuto y así silbaba muy fuerte y sin parar. «Seguro que Dios debe de estar encantado al verme tan contento», pensaba.

Y así estuvieron caminando dos días. El tercer día seguían metidos en pleno bosque y, naturalmente, el sastre ya se había comido todo el pan que llevaba. Ya no estaba tan animado como antes, pero ni siquiera así se arredró en lo más mínimo. Seguía confiando en Dios y en su suerte. La tarde del tercer día empezó a sentirse hambriento, y a la mañana siguiente, cuando despertó, aún tenía más hambre. Pasó igual el cuarto día, y esa noche el sastre tuvo que sentarse y quedarse mirando sin comer la magnífica cena que se fue zampando el zapatero, al que aún le quedaba mucha comida.

El sastre le pidió que le diese una rebanada de pan, y el zapatero se rio de él y dijo:

—Hasta ahora siempre has estado riendo y cantando y haciendo el tonto. Y ya ves a lo que te ha conducido esa actitud. Te has quedado demacrado. Los pájaros que se ponen a cantar demasiado pronto cuando amanece no llegan a ver anochecer porque ya les ha cazado el halcón.

En efecto, el zapatero no demostró la menor compasión por su compañero. La quinta mañana, el pobre sastre no se tenía en pie y hablaba con una vocecilla casi inaudible. Había perdido el color sonrosado de sus mejillas, que ahora estaban completamente blancas, y en cambio tenía los ojos enrojecidos.

Entonces le dijo el zapatero:

—Te lo estás pasando realmente mal, y todo eso es por tu culpa. Mira, te voy a dar un pedazo de pan. Pero a cambio, te voy a arrancar el ojo derecho.

El pobre sastre no quería morirse de hambre y tuvo que aceptar el trato. Lloró con los dos ojos mientras todavía los tuvo, y después alzó la cabeza para que el zapatero, aquel hombre de corazón duro como las piedras, cogiera el cuchillo del pan y le sacara uno de los ojos. Y el sastre se acordó mientras de lo que solía decirle su madre una vez que le encontró en la alacena zampándose él solo un pastel:

—Come todo lo que puedas y sufre luego lo que tengas que sufrir.

Se comió la rebanada de pan que le había dado el zapatero, y que era francamente delgada, y después empezó a encontrarse algo mejor, e incluso pudo ponerse en pie; y siguió caminando y pensó que, al fin y al cabo, con el ojo izquierdo todavía le alcanzaba a ver bastante bien.

Pero el sexto día un hambre terrible volvió a asaltarle, mucho peor que el otro día. Aquella noche cayó de bruces y se quedó tendido donde había caído, y al amanecer el séptimo día estaba tan débil que ni siquiera pudo ponerse en pie. La muerte se aproximaba.

Al verle así, dijo el zapatero:

—Tendré compasión de ti. Ya veo en qué estado te encuentras, así que voy a darte otra rebanada de pan. Pero no la vas a conseguir sin pagar un precio. Todavía tienes un ojo, y me voy a quedar con él de la misma manera que me quedé con el primero.

El pobre sastre tuvo la sensación de que toda su vida no había servido para nada. ¿Qué mal había hecho para terminar de esta manera? Seguro que había ofendido gravemente a Dios, de modo que pidió perdón, y dijo al zapatero:

—Adelante, sea. Sácamelo. Pero recuerda que Dios ve todos tus actos, y habrá un momento en que te castigará por ser tan malvado. ¿Acaso no compartí contigo lo que yo tenía cuando vivíamos tiempos mejores? Cada puntada sigue a la anterior, y antes podía verlas todas y cada una de ellas muy claramente, pero sin mis ojos ya no podré seguir cosiendo, y no me quedará otro remedio que mendigar. Solo te pido una cosa. Que cuando me quede ciego no me dejes abandonado a mi suerte, porque en tal caso moriría de hambre.

Tanto hablar de Dios no conmovió al zapatero en lo más mínimo; hacía tiempo que había expulsado a Dios de su corazón. Sacó el cuchillo del pan, y con él arrancó el otro ojo del sastre, y después le dio un pedacito de pan, tendió su bastón al sastre, este agarró el extremo que le ofrecían, y a partir de entonces el zapatero guio al sastre.

Al anochecer salieron finalmente del bosque. El sastre notó el calor de los rayos del sol poniente en el rostro, pero no podía ver absolutamente nada, y por eso no se dio cuenta de que el zapatero le conducía hacia un cadalso sobre el que estaba montada una horca doble, justo al lado del sembrado junto al que caminaban. El zapatero le abandonó allí y siguió adelante, dejando solo al sastre. El pobre sastre, abrumado de cansancio, de dolor y de hambre, se dejó caer allí mismo, y se durmió enseguida.

Despertó al amanecer, temblando de frío. Sobre su cabeza colgaban de la horca un par de pecadores, y por encima de estos se habían posado sendos cuervos.

Uno de los ahorcados le dijo al otro:

—¡Eh, hermano! ¿Estás despierto?

—Sí, lo estoy —respondió el otro.

—Pues te voy a decir una cosa que vale la pena que sepas. El rocío que se posa sobre nuestros cuerpos por la noche, de día va goteando hacia la hierba del suelo. Y es un rocío que posee una virtud muy especial. Si un ciego se frotara los ojos con él, recuperaría la vista. ¿Te imaginas cuántos ciegos rondarían cada mañana este cadalso si se enterasen?

El sastre no podía dar crédito a lo que estaba oyendo. Sacó el pañuelo del bolsillo, lo apretó contra la hierba, esperó a que absorbiese toda la humedad posible y luego se frotó con él los huecos donde antes estaban sus ojos. Y, de inmediato, lo que había dicho el ahorcado se hizo realidad: en cada órbita le creció un ojo nuevo. El sol estaba a punto de salir, y el sastre vio maravillado cómo la luz se asomaba al otro lado de las montañas e iba iluminando todo el valle y la llanura que se extendía delante de él. Al fondo divisó una gran ciudad amurallada en la que se distinguían unas grandes puertas, y por encima de la muralla emergían cien torres, y el sol arrancó destellos de las esferas de oro y de las cruces que coronaban las agujas de las iglesias, y era una maravilla contemplar los centelleos en aquella mañana completamente despejada. El sastre distinguía todas y cada una de las hojas de los árboles, todos los pájaros que volaban raudos por el cielo, e incluso vio a un mosquito que revoloteaba sobre su cabeza. Pero todavía tenía que llevar a cabo la prueba más importante: sacó una aguja de su caja de costura, cortó con los dientes un trozo de hilo, enhebró la aguja y comprobó que volvía a ser capaz de hacerlo con la misma facilidad y rapidez que siempre. Su corazón pegó un brinco de alegría.

Cayó entonces de rodillas al suelo y dio gracias a Dios por su clemencia. Luego dijo sus oraciones de la mañana, y no se olvidó de rezar por los dos pobres pecadores cuyos cuerpos se balanceaban encima de él, obligados por la brisa matutina a moverse como sendos péndulos. El sastre cargó la bolsa del equipaje sobre sus hombros y continuó el camino, pero ahora lo hizo cantando y silbando como si jamás en la vida hubiese sufrido ninguna penalidad.

Lo primero con que se encontró al seguir su camino fue un bello potrillo alazán casi recién nacido, que corría de acá para allá por el prado. El sastre le agarró de las crines y trató de montar en él para entrar a caballo en la ciudad. Pero el animal le pidió que lo dejara libre y dijo:

—Soy muy joven todavía, e incluso un sastre tan flaco como tú sería para mí una carga demasiado pesada. Si tratas de montarme, me partirás la columna vertebral en dos. Espera a que crezca un poco y me haga más fuerte, y tal vez algún día podré compensarte por el favor que me haces dejándome libre ahora.

—Venga, pues, ya puedes seguir correteando —dijo el sastre—. Veo que eres un diablillo retozón. Más o menos igual que yo.

Y, dándole una palmada al potro en la grupa, el joven corcel dio una patada al aire con las patas traseras y, lleno de júbilo, salió al galope y brincando sobre setos y zanjas se alejó rápidamente.

El pobre sastre no había comido nada desde que se zampó el trocito de pan que le dio el zapatero la última vez, y de eso hacía ya un día entero.

—La luz del sol acaricia mis ojos —dijo—, pero no tengo nada que meterme en el estómago. En cuanto vea alguna cosa medio comestible... ¡Ah! ¿Y eso, qué es?

Era una cigüeña, que avanzaba pisando con cuidado por el prado. El sastre se lanzó sobre ella de un salto y logró agarrarla de una pata.

—No tengo ni idea de si tienes buen sabor —dijo el sastre—, pero lo averiguaré enseguida. Quédate quieta, que voy a cortarte la cabeza y después te voy a asar.

—¡No hagas eso, por favor! —dijo la cigüeña—. No es una buena idea. Acuérdate de que soy un ave sagrada. Soy amiga de todos, y nadie me hace jamás el menor daño. Si me salvas la vida, seguro que podré compensártelo de alguna manera tarde o temprano.

—De acuerdo, pataslargas, lárgate por ahí —dijo el sastre, y la dejó en libertad.

Aquel ave de gran tamaño se puso graciosamente en pie, agitó sus anchas alas y, con las patas colgando bajo su vientre, se alejó volando de allí.

«Me gustaría saber cuándo pondré fin a toda esta historia —se dijo el sastre—. Cada vez tengo un hambre más voraz, y cada vez me noto la tripa más y más vacía. Pues bien, lo próximo que vea, está listo.»

Justo en ese momento caminaba al lado de un estanque en el que un par de patos jovencitos se daban un baño matutino. Uno de ellos se acercó en exceso a la orilla y el sastre lo atrapó.

—¡Justo a tiempo! —dijo, y estaba a punto de retorcerle el cuello al pato cuando se oyó, desde el otro lado del estanque, un chillido fuerte y muy agudo, y la madre de los jóvenes patitos salió aleteando por entre los juncos y cruzó el estanque medio volando y medio nadando hacia él.

—¡Perdónale la vida a esta cría! —exclamó—. ¿Te imaginas lo que sentiría tu madre si alguien se dispusiera a comerte?

—Bien, bien, tranquilízate —dijo el sastre, animado por su buen carácter de siempre—. Quédate a tu cría.

Y depositó al pato en el agua.

Cuando dio media vuelta, dispuesto a continuar su camino, comprobó que tenía justo enfrente el tronco hueco de un árbol, y vio que entraban y salían de allí docenas de abejas.

—¡Miel! —dijo al instante—. ¡Menos mal! Este es el premio que merezco por haberle perdonado la vida al patito.

Pero apenas empezó a dar un primer paso hacia allí, la abeja reina salió volando del tronco.

—Como toques a los míos y destruyas nuestra colmena —dijo la abeja reina—, lo vas a lamentar. Notarás al momento diez mil agujas al rojo vivo pinchándote a la vez la piel por todo el cuerpo. Pero si nos dejas en paz y sigues tu camino sin molestarnos, algún día podremos devolverte el favor.

El sastre no encontró manera de burlar el trato que le ofrecían.

«Tres platos vacíos, y el cuarto no tiene nada que comer. ¡Menuda comilona estoy disfrutando!», pensó el sastre.

Medio a rastras, siguió el camino hacia la ciudad, con sus tripas haciendo ruidos de queja, y cuando llegó todos los relojes tocaban las doce, de modo que en la primera posada que vio había un buen almuerzo a punto. Se sentó a la mesa y devoró una gran cantidad de comida.

Cuando se sintió por fin satisfecho se dijo: «Ha llegado la hora de encontrar trabajo.»

Dio unas vueltas por la ciudad, en busca de una sastrería, y al poco tiempo consiguió un empleo. Era muy bueno en su oficio, y no pasó mucho tiempo antes de que corriese la voz de su reputación, y todos los personajes elegantes de la ciudad deseaban que el nuevo sastre fuese quien les hiciera la nueva casaca o el nuevo sobretodo. Y esa fama fue creciendo día a día.

—Más listo de lo que soy ya no seré —dijo el sastre un día—. Pero sí puedo conseguir que las cosas me vayan aún mejor.

Y alcanzó el punto culminante de su fama el día en que fue nombrado sastre real por el mismísimo monarca.

Pero en este mundo ocurren las cosas más extrañas. Justo el día en que recibió el nombramiento real, su antiguo compañero de viaje, el zapatero, había sido nombrado remendón oficial de la corte. Cuando el zapatero vio al sastre, se fijó al punto en los dos ojos muy sanos que lucían en su rostro. Se quedó tan pasmado como alarmado. Y su conciencia le descargó una dolorosa punzada. «Antes de que se vengue de mí —pensó—, voy a tenderle una trampa.»

Pero quien le tiende una trampa a alguien se arriesga a caer en ella.

Una tarde, al anochecer, el zapatero fue a ver al rey y, en tono muy humilde, dijo:

—Majestad, detesto hablar mal de la gente, pero ese hombre al que habéis nombrado sastre real anda diciendo por ahí que se siente capaz de encontrar la corona de oro que este reino perdió hace muchísimo tiempo.

—Caramba, ¿eso dice el sastre?

A la mañana siguiente el sastre fue llamado por el rey y compareció ante su presencia.

—He sabido que alardeas de que serías capaz de encontrar mi corona de oro, esa que perdí hace mucho tiempo —dijo el rey—. Pues bien, ya puedes hacer lo que andas diciendo por ahí, o, de lo contrario, deberás abandonar esta ciudad para no regresar nunca más.

«Vaya, vaya —pensó el sastre—. Ya veo que soplan malos vientos para mí. Si me pide que consiga algo imposible, no vale la pena que me quede. Lo mejor será que me vaya de esta ciudad ahora mismo.»

Preparó de nuevo su hatillo y se dirigió a una de las puertas de la ciudad. Cuando ya estaba fuera de los muros, no pudo evitar que le embargara un sentimiento de pena por tener que irse de un lugar en donde las cosas le habían ido tan bien. Siguió caminando, pensando en todo ello, y al poco rato pasó junto al estanque donde había encontrado a los patitos. Justo al llegar a la orilla, la madre del patito cuya vida había perdonado estaba cuidando de su plumaje sentada en la hierba, y al momento reconoció al sastre.

—Buenos días —dijo la madre del patito—. ¿Puede saberse qué te ocurre? Se diría que estás muy triste.

—Ay, mamá pata —dijo él—. No te sorprenderá verme así cuando te cuente todo lo que me ha pasado.

Y le contó los últimos acontecimientos de su vida.

—Pues menos mal que solo es eso —dijo la mamá pata—. La corona se encuentra en el fondo de este estanque. Bajaremos a buscarla y te la traeremos. Mientras, extiende tu pañuelo y túmbate a tomar el sol por aquí.

Llamó a sus doce patitos, y todos ellos se zambulleron de cabeza en las aguas del estanque y desaparecieron.

—Mucho cuidado ahora —dijo a sus crías—. Poneos los unos a un lado y los otros al otro...

Así lo hicieron, y de este modo ayudaron a sostener la pesada corona en equilibrio sobre su madre, que después fue nadando hasta la orilla con la corona en equilibrio sobre sus plumas, y al cabo de unos momentos la corona ya había sido depositada sobre el ancho pañuelo del sastre. ¡Qué imagen tan maravillosa! El sol hacía centellear el oro de la corona, que parecía como si estuviese cargada de cien carbunclos encendidos, rojos como rubíes.

Después de dar las gracias a los patos, el sastre cerró el pañuelo atando entre sí sus cuatro puntas, y llevó la corona al rey. Este se puso tan contento que colgó una cadena de oro al cuello del sastre.

Cuando el zapatero vio el fracaso que había obtenido su primera estratagema, decidió inventar otra. Y, en efecto, a los pocos días fue a ver al rey y dijo:

—Majestad, lamento tener que decir que el sastre ha empezado a alardear otra vez de forma desmesurada. Ahora se jacta de que es capaz de construir un modelo en miniatura del palacio, hecho de cera, tan perfecto que tendrá todas las habitaciones con todos sus detalles, tanto por dentro como por fuera.

El rey mandó llamar al sastre y le ordenó que construyera un modelo a escala que fuese así de perfecto, incluyendo todos los detalles y los muebles de cada habitación.

—Y si faltase algún detalle, aunque solo sea un clavo en una pared, haré que te encierren en una mazmorra y que pases allí el resto de tus días —dijo el rey.

«Las cosas se ponen cada vez peor —pensó el sastre—. ¿Quién sería capaz de construir una cosa así?»

Volvió a ponerse el hatillo en el hombro y partió de allí con la idea de no regresar jamás. Cuando llegó al tronco hueco de árbol donde habitaban las abejas, ya estaba tan triste que se dejó caer al lado y se sentó con la cabeza hundida entre las rodillas. Seguramente las abejas que entraban y salían avisaron de su presencia a la abeja reina, porque esta salió al poco rato y se sentó en una ramita rota que estaba al lado del sastre.

—¿Tienes tortícolis? —preguntó la abeja reina.

—Ah, hola, eres tú. No, no soy capaz de sostener la cabeza tiesa porque estoy desesperado.

Y le contó la orden que le había dado el rey. La abeja reina remontó el vuelo, mantuvo una conversación en forma de zumbidos con otras abejas, y después se posó otra vez junto al sastre.

—Anda, ya puedes regresar a la ciudad —dijo—, pero mañana ven aquí a primera hora de la mañana y trae contigo un pañuelo lo más grande que puedas. Verás como al final te saldrá todo bien.

El sastre entró nuevamente en la ciudad y se mantuvo alejado de todo el mundo. Entretanto, las abejas volaron al palacio, se colaron por sus ventanas, y anduvieron zumbando de un lado para otro fijándose en todos y cada uno de los detalles. Después salieron todas a la vez y regresaron a la colmena, y comenzaron a moldear el palacio en miniatura utilizando para ello la cera que habían guardado. Y fue tal la velocidad a la que trabajaron, que si alguien lo hubiese visto habría creído que el palacio entero crecía solo, sin que nadie lo construyera. Al atardecer ya lo habían terminado. Cuando el sastre se presentó junto al tronco hueco del árbol a la mañana siguiente, apenas podía dar crédito a lo que veía. Ahí estaba el edificio entero, desde las tejas de cerámica de la cúspide hasta los guijarros que empedraban el patio, y no faltaba ni un solo detalle, ni siquiera ninguno de los clavos de las paredes. Además, era tan blanco y delicado como un copo de nieve y, encima, olía a miel.

—¡Ay, mis queridas abejas! ¡No sabéis cuánto os lo agradezco! —dijo el sastre.

Colocó con sumo cuidado el palacio en miniatura encima del pañuelo, y lo llevó directamente a la sala del trono, procurando caminar con mucho cuidado para no tropezar ni chocar con nada durante todo el camino. Logró alcanzar el salón sin ningún percance, y una vez delante del trono abrió despacio el pañuelo y mostró aquella preciosidad al rey, que comenzó a caminar en torno al palacio de cera, observó todas sus ventanas, echó una ojeada al interior de las casetas de la guardia y admiró los detalles de la forja de las balconadas.

Le gustó tanto que su admiración no conocía límites. Decidió que colocaría la reproducción en miniatura del palacio en el salón principal, y como premio, el sastre obtuvo el regalo de una magnífica casa de piedra.

El zapatero había vuelto a ser derrotado, pero ni siquiera entonces abandonó sus deseos de revancha. Fue a ver al rey y dijo:

—Majestad, siento muchísimo tener que deciros una cosa así, pero ese sastre ha empezado otra vez con sus alardeos. Le han oído decir que, a pesar de que debajo del patio de palacio no hay ninguna reserva de agua, eso no es un problema para alguien dotado de poderes como los suyos. Y afirma que, si quisiera, sería capaz de hacer que en medio del patio brotase una fuente tan grande que de ella se alzarían columnas de agua tan altas como un hombre, y que el agua sería cristalina.

El rey hizo llamar al sastre.

—He oído decir que te jactas ahora de que serías capaz de conseguir que en mitad del patio de palacio brotara una fuente de aguas cristalinas. Si no lo consigues, la gente me tomará por tonto. Así que ya puedes ingeniártelas para que brote en el patio esa fuente de aguas cristalinas que afirmas que eres capaz de conseguir. Porque de lo contrario, lo que va a brotar es una fuente de tu sangre el día en que el verdugo real te corte la cabeza.

El pobre sastre salió corriendo por la puerta de la ciudad tan deprisa como le permitieron sus piernas. Esta vez se estaba jugando la vida, y mientras caminaba las lágrimas resbalaban incesantemente por sus mejillas.

Erró por los campos, sin tener ni la más remota idea de cómo iba a poder hacer lo que el rey le había pedido. Cuando caminaba penosamente junto a un prado muy verde, llegó galopando a su encuentro el potro al que tiempo atrás había dejado en libertad, y que ya se había convertido en un magnífico alazán fuerte y sano.

—Ha llegado el día en que voy a poder recompensarte por el favor que me hiciste —dijo el caballo—. No hace falta que me digas lo que deseas, amigo sastre. Ya sé lo que es, y puedo conseguir que eso ocurra. Monta en mi grupa ahora mismo. Soy lo bastante fuerte como para llevarte a ti y a una docena de sastres juntos.

El sastre se reanimó al punto. De un salto subió a lomos del caballo, y se agarró fuerte de su crin porque el corcel salió galopando, camino de la ciudad. La gente que rondaba por la puerta y en las calles se apartaba al verle cabalgar tan veloz. Y como si conociera el camino, el caballo se dirigió al castillo directamente. Haciendo caso omiso de los centinelas, galopó hasta llegar a la escalera que daba paso al patio, y una vez allí el caballo galopó en círculos, cada vez más rápido, con el sastre agarrado a duras penas a su crin, hasta que ¡plas! El caballo dio un último salto y fue a parar justo en el centro del patio. Y en ese mismo momento sonó un trueno muy grave y portentoso, saltaron por los aires montones de guijarros y toneladas de tierra que volaron hasta caer al otro lado de las murallas del castillo, y enseguida brotó allí una fuente cuyos chorros de agua cristalina eran tan altos como un hombre montado a caballo. Las aguas eran tan transparentes que los rayos de sol le arrancaban destellos y las gotas crearon un luminoso arcoíris.

El rey se quedó mirando asombrado aquel fenómeno extraño y maravilloso. El caballo se enderezó, el sastre se levantó también, medio tambaleándose y temblando de pies a cabeza, y el rey corrió a su lado y le abrazó ante las miradas de todos los cortesanos.

Y así fue como el sastre volvió a formar parte de los favoritos del rey, pero eso duró poco tiempo. El malvado zapatero decidió esta vez lanzar una mirada calculadora a toda la familia real. El rey tenía muchas hijas, y eran todas a cuál más bella, pero no tenía ningún hijo varón. Y era bien sabido por todos que el rey deseaba tener un sucesor que fuese varón. El zapatero se acercó al rey un día y dijo:

—Majestad, me parece que no va a gustaros lo que he de decir, pero es algo que no debe permanecer en secreto. Ese sastre insolente ha dicho por ahí que si él se lo propusiera podría conseguir que el rey tuviese un hijo, y que ese hijo varón llegaría desde el aire.

Al rey le pareció que aquella desfachatez no podía ser tolerada. Y llamó de nuevo al sastre.

—He oído decir que andas por ahí diciendo que podrías resolver mi problema sucesorio. Dices que podrías proporcionarme un hijo varón. Pues bien, te doy solo nueve días. Tráemelo antes de que transcurran esos nueve días, y si lo consigues podrás casarte con mi hija mayor.

«Sería un premio magnífico —pensó el sastre—. Y yo sería capaz de hacer un montón de cosas por obtenerlo y casarme con la princesa. Pero esas cerezas están en un sitio tan alto que no las alcanzaré jamás. Y si tratase de trepar por el árbol y avanzar por esa rama, se partiría bajo mi peso. ¿Qué puedo hacer?»

Se fue al taller, se sentó en el banco con las piernas cruzadas, y se puso a cavilar tratando de encontrar la manera de hacer lo que el rey le había pedido. Y al final comprendió que era imposible.

—Nada —dijo en voz alta—. No hay manera de lograrlo. Esta vez me iré y no volveré nunca a este lugar. Aquí no hay manera de vivir en paz.

Preparó otra vez su hatillo y partió. Cuando llegó al prado, su amiga la cigüeña caminaba despacio para acá y para allá, igual que si se tratara de un filósofo. De repente detenía sus pasos, miraba fijamente a una rana, agachaba la cabeza y se la comía de un trago.

Al ver al sastre, la cigüeña se acercó a saludarle.

—Veo que cargas con tus posesiones. ¿Qué pasa, te vas de la ciudad?

El sastre le contó cuál era su problema.

—El rey insiste en pedirme que consiga imposibles, y hasta ahora, gracias a la ayuda de mis amigos, he podido realizar las tareas que me exigía. Pero la que me ha encargado ahora excede todas mis posibilidades —dijo el sastre.

—Pues no permitas que este asunto haga que te salgan canas —dijo la cigüeña—. Nosotras, las cigüeñas, tenemos alguna experiencia en esta clase de asuntos. No me costará demasiado trabajo pescar a un joven príncipe en el pozo donde crecen. Anda, querido sastre, vuelve a tu casa, túmbate y descansa con los pies en alto. ¿Dices que te han dado nueve días de plazo? Dentro de nueve días preséntate en palacio, y me reuniré allí contigo.

El sastre se sentía mucho más animado cuando caminaba de regreso a su casa, y el día en que se habían citado fue a palacio. Justo cuando llegó oyó unos golpecitos en una ventana, y al otro lado del cristal vio a la cigüeña. El sastre abrió la ventana, la cigüeña entró, y en la punta del pico llevaba un pequeño fardo. La cigüeña caminó con mucho tiento por el suelo de mármol, se acercó a la reina, y depositó el pequeño fardo sobre su regazo. La reina lo abrió y encontró dentro un bebé precioso que levantaba sus bracitos hacia ella. Era un chico. La reina lo sostuvo en alto, lo acarició y besó, y se notaba que estaba loca de alegría.

Antes de remontar el vuelo para irse, la cigüeña cogió con el pico otro paquete que llevaba apoyado en su espalda y se lo entregó al rey. Contenía peines, espejos, cintas y de todo. Eran regalos para todas sus hijas, excepto una, la mayor. Porque el regalo para ella era su novio, el sastre.

—Me parece que me he llevado la mejor de las recompensas —dijo el sastre—. Finalmente, resulta que mi madre tenía razón. Decía siempre que quien confía en Dios no puede fallar. Si tiene suerte, claro está.

El zapatero no tuvo otro remedio que hacer los zapatos que usó el sastre para el baile de su boda real. Pero después de eso le ordenaron que abandonase la ciudad para siempre. Salió de muy mal humor y caminó arrastrando los pies camino del bosque, y pasó junto al cadalso. Al llegar a ese sitio ya estaba muy cansado, acalorado, furioso y amargado, y se tumbó allí mismo. Y estaba a punto de quedarse dormido cuando dos cuervos que estaban posados sobre las cabezas de dos ahorcados bajaron al suelo, le arrancaron un ojo cada uno al zapatero, y este enloqueció al instante, salió corriendo hacia el interior del bosque, y sin duda murió allí de hambre, ya que nadie volvió a verle nunca más.

Tipo de cuento: ATU 613, «Los dos viajeros», que continúa como ATU 554, «Los animales agradecidos».

Fuente: Esta historia se la contó a los Grimm un estudiante llamado Mein, procedente de la ciudad de Kiel.

Cuentos similares: Alexander Afanasiev: «El bien y el mal» (*Cuentos populares rusos*); Katharine M. Briggs: «El rey de los arenques» (*Folk Tales of Britain*); Italo Calvino: «Los dos muleros» (*Cuentos populares italianos*); Jacob y Wilhelm Grimm: «La abeja reina», «La liebre marina»; «La serpiente blanca» (*Cuentos para la infancia y el hogar*).

Este cuento solo apareció en la antología de los Grimm en su edición de 1843. Es una de las historias más vigorosamente narradas de todas las que ellos reunieron en su obra. Avanza sin pausa ni tropiezo alguno, y en esta versión quedan magníficamente atadas las dos historias sin que se note en ningún punto la costura. El propio sastre hubiese estado orgulloso del buen oficio demostrado en esta narración. Y también debería estar orgulloso ese estudiante llamado Mein, que es la fuente mencionada por los Grimm.

Al igual que los protagonistas de muchos cuentos populares, tiene un protagonista que es un tipo pequeño, animoso y afortunado. Como dice Jack Zipes, se trata de una clase de personajes que «proceden del mundo rural, artesanal o mercantil. Al final de la mayoría de esta clase de cuentos, sus protagonistas, sean hombres o mujeres, experimentan un salto hacia arriba en su fortuna que les permite conseguir un esposo o esposa de alcurnia, y además una gran fortuna y poder... Este acceso al poder por parte de figuras que proceden de las clases bajas queda legitimado por su industriosidad, su listeza, su don de la oportunidad y su franqueza» (*The Brothers Grimm*, pág. 114-115).

Exactamente así es este pequeño sastre, que por otro lado logra el éxito gracias, a su enorme suerte. Por lo que se refiere al zapatero, se ve que se trata de un ser malvado desde el primer momento. De ahí que al final tenga tan mala suerte. Bien merecida, por cierto.

Hans-medio-erizo

Érase una vez un campesino que tenía todo el dinero y todas las tierras que pudiera desear, pero a pesar de su riqueza echaba en falta una cosa importante. Su esposa y él no habían tenido ningún hijo. Cuando se reunía con otros campesinos en el mercado o la ciudad, a menudo se mofaban de él y le preguntaban por qué motivo su esposa no había sido nunca capaz de hacer algo tan sencillo, una cosa que su ganado hacía todos los días. ¿Acaso no sabían cómo se hacía? Al final, cierto día el hombre perdió por completo la paciencia, y cuando volvió a casa juró lo siguiente: «Tendré un hijo, aunque sea un erizo.»

Al cabo de no mucho tiempo su mujer tuvo un hijo, un chico, según era evidente viendo su mitad inferior. Sin embargo, en su mitad superior era un erizo. Cuando la mujer lo vio, se quedó horrorizada.

—¡Mira lo que has conseguido! —dijo ella—. ¡Todo ha sido por tu culpa!

—Ahora no tiene remedio —dijo el campesino—. Nos ha tocado. Habrá que bautizarlo como si fuese un chico normal y corriente, pero no sé quién querrá ser su padrino.

—Y solo podremos ponerle un nombre, «Hans-medio-erizo».

El día del bautizo, el cura comentó:

—Y no sé cómo os las vais a arreglar para lo de la cama, por cierto. No puede dormir sobre un colchón normal, lo llenaría todo de agujeros como alfilerazos.

El campesino y su esposa no tuvieron más remedio que aceptar cuánta verdad había en las palabras del cura, de modo que pusieron un buen montón de paja junto a la estufa y lo pusieron a dormir allí. La madre de la criatura no podía amamantarle. No es que no lo intentara, pero le resultaba muy doloroso. Aquella pobre criatura se pasó los días en el montón de paja junto a la estufa hasta cumplir los ocho años, y a esas alturas su padre estaba completamente harto de él. «¡Ojalá estirase la pata!», pensaba el campesino, pero Hans-medio-erizo no tuvo una muerte temprana. Se limitó a seguir tumbado en el montón de paja.

Cierto día, cuando se celebraba una feria en el pueblo, el campesino tuvo ganas de ir. Y preguntó a su esposa si quería que le trajera alguna cosa de la feria.

—Unos filetes de carne y media docena de panecillos —dijo ella.

Le hizo la misma pregunta a la criada, que pidió unas zapatillas y unas medias de fantasía. Finalmente preguntó a su hijo:

—¿Y tú, quieres alguna cosa?

—Quiero una gaita —dijo Hans-medio-erizo.

Al regresar de la feria, el campesino entregó a su esposa los filetes y los panecillos, llevó a la criada las zapatillas y las medias, y le dio a Hans-medio-erizo la gaita que el chico había pedido.

Entonces la criatura dijo:

—Padre, ve a casa del herrero y pide que le haga unos zapatos al gallo. Si logras que te lo devuelva bien herrado, partiré montado en él y no volveré nunca más a casa.

El campesino estaba contento de librarse por fin del chico, así que llevó el gallo de su hijo al herrero y consiguió que lo dejara adecuadamente calzado. Ese mismo día, Hans-medio-erizo montó a caballo sobre su gallo y se fue de casa, llevándose consigo unos cuantos cerdos a los que pensaba cuidar y dar de comer en el bosque.

Cuando llegó al bosque, clavó las espuelas en el gallo, que echó a correr y subió a lo alto de un árbol con el chico montado encima. Una vez bien instalado allí arriba, Hans-medio-erizo se dedicó a vigilar desde la altura su piara de cerdos y trató de aprender a tocar la gaita. Pasaron los años, y su padre no tenía ni idea de dónde podía estar el chico; pero los cerdos crecieron y la piara fue haciéndose más numerosa, y él tocaba la gaita cada vez mejor. En realidad, empezó a tocar una música preciosa.

Cierto día pasó el rey con su comitiva por aquel rincón del bosque. Se había perdido, le gustó mucho la música que sonaba bajo las copas de los árboles, y se detuvo a deleitarse escuchándola. Como no entendía de dónde salían esas notas, le dijo a un criado que fuese a averiguarlo. El criado dio unas cuantas vueltas y finalmente volvió junto al rey.

—No lejos de aquí, sentado en un árbol, he visto a un animal muy extraño, majestad —dijo el criado—. Desde el suelo se diría que tiene el aspecto de un gallo sobre el que se hubiese sentado un erizo. Y el que toca la gaita es el erizo.

—Pues ve allí otra vez y dile que venga —dijo el rey.

El criado se fue de nuevo al lugar donde estaba el músico, le llamó, y Hans-medio-erizo dejó de tocar y bajó al suelo. Fueron juntos a ver al rey, y Hans-medio-erizo le saludó haciendo una reverencia, y dijo:

—Majestad, ¿puedo hacer algo por vos?

—Dime cómo puedo regresar a mi reino. Me he perdido.

—Será un placer, majestad. Os mostraré el camino, pero quiero que a cambio me prometáis por escrito que me daréis lo primero que salga a recibiros cuando lleguéis a casa.

El rey se quedó mirándole y pensó: «Nada más fácil que prometer una cosa así. Como seguro que este monstruo no sabe leer, escribiré cualquier cosa y se quedará tan contento.»

Así pues, cogió pluma y papel, y garabateó unas cuantas palabras. Hans-medio-erizo cogió el papel y le indicó el camino, y el rey partió y pronto se encontró de vuelta en su reino.

Este rey tenía una hija que, en cuanto vio que regresaba su padre, salió corriendo a recibirle porque estaba loca de alegría y le dio abrazos y besos ante la puerta de la ciudad. Fue, así, la primera que el rey vio al volver a casa, y naturalmente el rey se acordó de Hans-medio-erizo y le contó a su hija que había estado a punto de tener que prometer su mano a un animal muy extraño que tocaba la gaita sentado encima de un gallo.

—Pero no debes preocuparte, hija mía —dijo—. Porque lo que escribí en el papel fue muy diferente de lo que él me pidió. Ese extraño erizo o lo que sea no sabe leer, estoy seguro.

—Mejor que así sea —dijo la hija del rey—, porque de todos modos jamás me hubiese ido con él.

Entretanto, Hans-medio-erizo siguió encantado de la vida en el bosque, cuidando de sus cerdos y tocando la gaita. Se trataba de un bosque enorme, y no mucho después pasó por allí otro rey, seguido de un montón de criados y mensajeros, y este rey también se había perdido. Al igual que el anterior rey, oyó la bella música que producía la gaita y envió a un mensajero a averiguar de dónde procedía.

El mensajero vio a Hans-medio-erizo en lo alto del árbol, tocando la gaita, y le preguntó a voz en grito que qué hacía allí.

—Estoy vigilando a mis cerdos —dijo desde el árbol Hans-medio-erizo—. ¿Deseas alguna cosa?

El mensajero se lo explicó, y Hans-medio-erizo bajó del árbol y le dijo al rey que le diría cuál era el camino de regreso a su reino si le prometía cierta recompensa. Era la misma que la vez anterior: que el rey debía darle la primera criatura que saliera a recibirle el día en que llegara a su casa. El rey dijo estar de acuerdo, y le dejó un papel firmado con su promesa.

Después, Hans-medio-erizo se adelantó por el bosque montado en su gallo, les condujo hasta el final del bosque, y allí se despidió del rey y volvió a cuidar de su piara. Fue así como el rey, para júbilo de todos sus súbditos, logró volver sano y salvo a casa. También este rey tenía una hija única, que era muy bella, y fue la primera en salir corriendo de las murallas de la ciudad para darle la bienvenida a su querido padre.

La joven abrazó al rey y lo llenó de besos, y le preguntó dónde había estado y por qué había tardado tantísimo en regresar.

—Porque nos perdimos, mi niña —dijo el rey—. Pero cuando estábamos extraviados en las profundidades del bosque nos encontramos con una extrañísima criatura: era medio erizo, medio chico, y rondaba por allí montado en un gallo y tocando una gaita. Por cierto, que tocaba la gaita maravillosamente bien, hay que reconocerlo. Pues bien, fue él quien nos mostró el camino de regreso y, verás... Tuve que prometerle que le recompensaría entregándole cualquier criatura que fuese la primera en salir a recibirme al llegar a casa. ¡Pobre hijita mía, no sabes cuánto lo lamento!

La princesa quería muchísimo a su padre y respondió que no haría nada que le impidiese cumplir su palabra. Y que en cuanto él viniese a recogerla, estaría dispuesta a irse a vivir con Hans-medio-erizo.

Entretanto, en el lejano bosque, Hans-medio-erizo cuidaba de sus cerdos. Y esos cerdos tuvieron más cerditos, y a su vez estos crecieron y tuvieron nuevas crías, y al final había tantos cerdos en aquel bosque que de un extremo a otro de la espesura no había más que cerdos sueltos correteando entre los árboles. Fue en ese momento cuando Hans-medio-erizo decidió que ya había pasado en el bosque todo el tiempo que quería vivir allí. Y envió un mensajero a su padre diciendo que era necesario que dejaran libres todas las pocilgas del reino, porque él iba a regresar y llevaría tantísimos cerdos que estaba dispuesto a regalar unos cuantos a todo aquel vecino al que le gustara la carne de cerdo.

A su padre le fastidió bastante oír aquel mensaje. Estaba convencido hasta ese momento de que Hans-medio-erizo había muerto y que nunca más oiría hablar de él. Sin embargo, a los pocos días compareció su hijo, llevando delante de sí aquella inmensa cantidad de cerdos, y la matanza que se celebró fue tremenda, tanto que los chillidos de los animales sacrificados se oyeron incluso a dos millas de distancia.

Una vez terminó el festín, Hans-medio-erizo dijo:

—Padre, mi gallo necesita calzado nuevo. Llévalo al herrero, dile que lo calce otra vez, y si lo haces me iré de aquí montado en él y no volveré nunca jamás.

De modo que el campesino hizo lo que su hijo pedía, aliviado ante la posibilidad de librarse de él para siempre.

Cuando estuvo bien calzado el gallo, Hans-medio-erizo montó sobre él de un salto y se puso en camino. Estuvo cabalgando el gallo muchísimo tiempo y llegó finalmente al reino del primero de los reyes, aquel que había decidido no cumplir su palabra. Este rey había dado órdenes muy estrictas a todo el mundo, de manera que cualquiera que viese acercarse al reino alguien que tocara la gaita y cabalgara sobre un gallo, debía dispararle un cartucho, apuñalarle, pegarle un cañonazo, tumbarle a puñetazos, hacerlo volar por los aires, estrangularlo o lo que cada uno estimara necesario, con tal de evitar que se atreviese ni siquiera a cruzar las murallas de la ciudad.

Por eso, en cuanto Hans-medio-erizo apareció en lontananza, la brigada que estaba de retén recibió la orden de salir a la carga de inmediato, con las bayonetas en ristre. Pero Hans-medio-erizo era muchísimo más veloz que los guardias. Clavó las espuelas en el gallo, que alzó de inmediato el vuelo, pasó por encima de los soldados, remontó otro poco el vuelo hasta sobrevolar la muralla y terminó posándose en la ventana del cuarto donde estaba el rey.

Se quedó en el alféizar y gritó que había ido a reclamar lo que le habían prometido, y amenazó con que si el rey trataba de escabullirse e incumplir su palabra, lo pagarían con su vida tanto él como la princesa.

El rey habló con su hija y le dijo que sería mejor que hiciese lo que Hans-medio-erizo exigía. La joven se puso un vestido blanco, y el rey, apresuradamente, ordenó que preparasen una carroza tirada por seis buenos caballos, preparó también montones de oro y plata, la concesión de varias granjas y sembrados de la mejor calidad, incluyendo varios bosques, y luego llamó a una docena de sus mejores criados para que se lo llevaran todo a Hans-medio-erizo.

Pusieron las mejores guarniciones a los caballos, se dispusieron los criados en fila a ambos lados de la carroza, y Hans-medio-erizo ocupó su puesto al lado de la princesa, con el gallo sobre sus rodillas y la gaita bien sujeta a su lado. Se despidieron y partieron enseguida. El rey temía que nunca más volvería a ver a su hija.

Pero en esto se equivocaba. Tan pronto como salieron de la ciudad, Hans-medio-erizo ordenó a la princesa que se bajara de la carroza, y les dijo a los criados que retrocedieran unos cuantos pasos y se volvieran de cara a la ciudad. Luego, cogió el vestido blanco de la princesa, lo desgarró hasta hacerlo trizas, y la pinchó por todo el cuerpo con sus púas hasta dejarla cubierta de sangre.

—Esto es lo que te has buscado por tratar de engañarme —dijo él—. Y ahora, ya te puedes largar. Vete a casa. No me sirves de nada, y no te quiero a mi lado.

Y la princesa regresó a casa con los criados, los tesoros y la carroza, deshonrada para siempre. Ella misma se lo había buscado.

Hans-medio-erizo, por su parte, cogió la gaita, saltó a lomos del gallo y se fue camino del otro reino, aquel cuyo rey se había comportado de manera tan absolutamente distinta al primer rey. Pues el segundo rey había dado órdenes de que, en cuanto llegara al reino alguien con aspecto de erizo y montado sobre un gallo, que le saludaran militarmente, le proporcionaran una escolta de caballería, salieran a darle la bienvenida los ciudadanos en masa para vitorearle y agitar banderitas en el aire, y que de esta manera tan honrosa fuese conducido a palacio.

El rey le había contado a su hija la princesa qué aspecto tenía Hans-medio-erizo, por supuesto, pero ni siquiera eso evitó que la joven, al verle, sufriese una verdadera conmoción. En cualquier caso, aquello no tenía remedio; el padre de la princesa había dado su palabra, y ella le había dado la suya al rey. Dio la bienvenida a Hans-medio-erizo, y lo hizo de todo corazón, se casaron inmediatamente, y en el banquete se sentaron juntos a la mesa.

Y después llegó la hora de ir a la cama. Él notó que su esposa tenía miedo de pincharse con las púas.

—No tengas miedo —dijo él—. Jamás en la vida te haría el menor daño.

El nuevo príncipe le pidió al rey que encendieran un buen fuego en la chimenea de la entrada, y que cuatro soldados montaran guardia junto a la puerta del dormitorio.

—En cuanto entre en esa habitación —explicó—, voy a quitarme la piel de erizo. Los soldados deben cogerla al instante y arrojarla al fuego, y quedarse vigilando hasta que toda la piel se haya convertido en cenizas.

Cuando sonaron las once de la noche en el reloj de palacio, Hans-medio-erizo entró en la habitación nupcial, se quitó la piel y la dejó al pie de la cama. Los soldados corrieron a cogerla, la sujetaron con cuidado para no pincharse y bajaron a arrojarla al fuego, y se quedaron al lado cuidando de que toda ella ardiese bien, y en cuanto se quemó la última de las púas, Hans quedó libre.

Por vez primera se tendió en la cama convertido en un ser humano. Sin embargo, todo su cuerpo estaba en carne viva, como si se hubiese chamuscado por completo, como si en realidad le hubiesen metido a él en el fuego. El rey mandó llamar de inmediato al médico real, que le cuidó con unos ungüentos y bálsamos especiales, y muy pronto su aspecto fue el de un joven normal y corriente, pero más apuesto que la mayoría. La alegría de la princesa fue incontenible.

A la mañana siguiente se levantaron los dos del lecho real, contentos y felices, y después de haber tomado el desayuno celebraron de nuevo la boda. Y con el paso del tiempo Hans-medio-erizo reemplazó en el trono al viejo rey y heredó su reino.

Años más tarde llevó a su esposa al pueblo donde él había nacido. Naturalmente, el anciano campesino no fue capaz de identificarle.

—Soy tu hijo —dijo Hans-medio-erizo.

—No, qué va. Eso no puede ser —dijo el campesino—. Tuve un hijo, es cierto, pero era igual que un erizo, estaba lleno de púas, y hace años salió a recorrer el mundo.

Hans le dijo que ese era él, precisamente. Y contó tantos detalles de su vida que el campesino quedó al final convencido del todo. Y el anciano lloró de alegría y acompañó a su hijo de vuelta a su reino.

Tipo de cuento: ATU 441, «Hans mi Erizo».
Fuente: Esta historia se la contó a los Grimm Dorothea Viehmann.
Cuentos similares: Italo Calvino: «El rey Crin» (*Cuentos populares italianos*); Giovanni Fracesco Straparola: «El príncipe cerdo» (*The Great Fairy Tale Tradition*, ed. Jack Zipes).

Este cuento es un lejano descendiente del mito de Cupido y Psyche, cosa que resulta muy evidente en las dos variantes italianas. Pero la versión de los Grimm ha adquirido un montón de detalles muy singulares, que hacen que destaque en la amplia antología que ellos recopilaron. Es la narración realizada por Dorothea Viehmann (ver la nota que sigue al cuento «La adivinanza», pág. 155), con su característica rapidez narrativa y economía de medios, la que lo hace destacar tan especialmente. Eso, y también su protagonista, tan maravillosamente absurdo, gentil, paciente y encantador, todo lo cual lo convierte sin duda en uno de los personajes más memorables de los cuentos de los hermanos Grimm.

La pequeña mortaja

Érase una vez un chiquillo de apenas siete años tan encantador y tan guapo que todos los que le conocían se quedaban prendados de él. Y su madre, por supuesto, lo quería más que a nada en el mundo. Cierto día, sin previo aviso, se puso enfermo y falleció. Nada podía consolar a su madre, que se pasaba los días y las noches llorando.

No mucho después, cuando hacía poco que lo habían enterrado, el chico comenzó a aparecerse en los sitios donde solía jugar cuando aún estaba vivo. Si su madre lloraba, él también lo hacía, y finalmente desaparecía en cuanto salía el sol.

Su madre, sin embargo, no dejaba de llorar, y una noche el niño se le apareció cubierto por el blanco sudario en el que lo había enterrado y llevando en la cabeza la corona de laurel que pusieron junto a él dentro del féretro.

El chico se sentó en la cama de su madre y dijo:

—Por favor, madre, deja de llorar. ¡Si no lo haces, jamás podré descansar y dormir! Lloras tanto que mi mortaja está mojada de tantas lágrimas como estás derramando.

La madre se llevó tal sobresalto que dejó de llorar.

La noche siguiente el chico se acercó de nuevo a la cama de su madre. Esta vez llevaba una luz en la mano.

—¡Mira, la mortaja ya está casi seca! Por fin podré descansar en la tumba.

La madre del chico rezó a Dios, le ofreció su dolor y a partir de entonces soportó la pérdida con calma y en silencio. Y el chico no volvió nunca a aparecérsele, sino que se quedó durmiendo en su cama bajo tierra.

Tipo de cuento: Sin clasificar.

Fuente: Es una historia que procede de Baviera, y los Grimm no mencionan el nombre de quién se la contó.

Véase la nota que escribo a continuación del siguiente cuento.

$\mathcal{L}$os céntimos robados

Había una vez un padre y una esposa que tenían hijos y estaban un día sentados todos a la mesa para el almuerzo, y tenían como invitado a un amigo de la familia que se encontraba de paso por allí. El reloj tocó las doce mientras estaban sentados a la mesa, y en ese preciso instante el invitado vio asomarse por la puerta a un niño cuya palidez era mortal, vestía ropas blancas como la nieve, y comenzó a entrar en la habitación. No dijo palabra ni miró a nadie, sino que cruzó el comedor y entró directamente en la habitación contigua. Al cabo de unos momentos reapareció, se mantuvo en silencio, y salió de nuevo por la primera puerta.

Al día siguiente el chico apareció de la misma manera que el anterior. Y el invitado preguntó al padre de familia quién era aquel chico tan guapo que entraba por la puerta, cruzaba el comedor y se metía en la habitación de al lado, siempre cuando daban las doce.

—No lo he visto —dijo el padre de familia—. Y no tengo ni idea de quién puede ser.

Al día siguiente, cuando el chico apareció de nuevo, el invitado señaló su presencia con el dedo, pero ni el padre ni la madre ni sus hijos lograron ver nada de nada. El invitado se puso entonces en pie, se encaminó a la puerta de la habitación contigua, la abrió un poco y vio que el chico se había sentado en el suelo y que pasaba los dedos por las grietas de las tablas que formaban el piso. Sin embargo, cuando vio al invitado observándole, el chico desapareció.

El invitado contó a la familia lo que había visto, y describió con detalle el aspecto del chico. La madre le reconoció gracias a eso y dijo:

—¡Claro! ¡Es mi hijito, que murió hace cuatro semanas!

Entraron en el cuarto contiguo, levantaron las tablas del suelo y encontraron allí debajo dos céntimos que la madre le dio a su hijo para que se los ofreciera como limosna a un mendigo. El chico, sin embargo, pensó: «Con estos céntimos podría comprarme una tarta», y escondió allí los céntimos.

Por eso no lograba encontrar la paz en la tumba, y todos los días iba a ver si lograba recuperar los céntimos. Los padres dieron las monedas al mendigo y después de eso el niño fallecido nunca más reapareció.

Tipo de cuento: ATU 769, «La tumba del chico».
Fuente: Esta historia se la contó a los Grimm Gretchen Wild.

He unido la nota a este cuento con la del anterior, «La pequeña mortaja» (pág. 359) por su evidente similaridad. «La pequeña mortaja» no ha sido clasificada en la tipología de Aarne-Thompson-Uther, y el único cuento que aparece en ese índice tipológico es el que acabo de incluir aquí, con el título de «La tumba del chico».

Los dos son cuentos muy directos y piadosos. Son historias de fantasmas en estado puro, pero no tienen la intención de provocar en el oyente escalofríos de miedo, sino que solo pretenden dar una lección moral muy sencilla. Proceden de un sistema de creencias anterior al cristianismo: los muertos merecen descansar, y los vivos pueden ayudarles a conseguir ese descanso. Un dolor excesivo por parte de los vivos carece de justificación. Hay que expiar los pecados. Y en cuanto los humanos hacen lo que tienen que hacer, el mundo sobrenatural deja de interferir en la vida.

El efecto que se produce consiste en dar a estos cuentos un carácter propio de todas las historias de fantasmas, en donde los fantasmas son «auténticos», tal como ocurre en el conocido libro *Lord Halifax's Ghost Book* (1934), o más recientemente en la obra de Peter Ackroyd *The English Ghost* (2010).

Para que estos dos cuentos fuesen completamente idénticos a los que se encuentran recogidos y estudiados en ambos libros, solo haría falta que los nombres de los personajes y los de los lugares en donde se aparecen a los vivos fuesen mencionados de forma explícita. Para completar la ilusión de verosimilitud se podría inventar la fuente que contó la historia, con una inicial en mayúscula seguida de guión, como es tradicional en los relatos de fantasmas. Algo así como: «Herr A—, que era un alto funcionario respetabilísimo, viajaba por el Ducado de H— cuando oyó contar esta historia...»

$\mathcal{L}$a ensalada de col

Érase una vez un joven cazador que un día se encaminó a la cabaña que tenía en el bosque. Estaba contento y feliz, y caminaba silbando a través de una hoja de hierba enroscada.

De repente se cruzó con una mujer muy vieja.

—Buenos días, guapo cazador —dijo ella—. Veo que estás de buen humor, mientras que yo paso hambre y sed. ¿Podrías darme unas monedas?

El cazador se apiadó de la vieja, rebuscó en el bolsillo, y le dio las monedas que llevaba encima. E iba a continuar su camino cuando la vieja le agarró muy fuerte del brazo.

—Mi buen cazador, escúchame un momento —dijo la vieja—. Como te has portado bien conmigo, voy a hacerte un regalo. Sigue adelante por este camino sin desviarte, y dentro de un rato encontrarás un árbol en cuyas ramas se han posado nueve pájaros. Verás que tienen sujeta entre todos ellos una capa, y que tiran todos con el pico para su lado con la idea de quedársela. Saca tu escopeta y dispara en medio de todos ellos. Soltarán enseguida la capa, naturalmente, y uno de los pájaros caerá muerto a tus pies. Llévate la capa, porque esa capa puede concederte algunos deseos. Póntela sobre los hombros y en cuanto lo hayas hecho bastará con que desees estar en cualquier lugar, para que inmediatamente te encuentres allí. Y coge también y lleva contigo el corazón del pájaro muerto. Después de arrancárselo del pecho, trágatelo entero. Si lo haces, cada mañana al despertar, durante todos los días de tu vida, encontrarás debajo de la almohada una moneda de oro.

El cazador dio las gracias al hada y pensó: «Vaya regalos magníficos que me ha hecho esta vieja. Confío en que lo que dice sea verdad.»

Apenas había caminado cien pasos cuando oyó una tremenda algarabía y el rumor de hojas y ramas que se agitaban violentamente justo encima de su cabeza. Alzó la vista y vio una bandada de pájaros que peleaba por un pedazo de ropa de la que tironeaban todos los pájaros con las garras y los picos, como si todos quisieran quedársela.

—Qué curioso —dijo el cazador—. La verdad es que esto es exactamente lo que la vieja dijo que ocurriría.

Sacó la escopeta, disparó al centro de la bandada de pájaros, y la mayoría salió volando lejos de allí tras piar estrepitosamente, pero uno de ellos cayó muerto al suelo, y con él cayó también la ropa. Se trataba, efectivamente, de una capa. El cazador siguió entonces con exactitud los consejos de la vieja. Abrió con el cuchillo el pecho del pájaro, le arrancó el corazón y se lo tragó entero. Después volvió a casa con la capa sobre los hombros.

A la mañana siguiente, cuando despertó, lo primero que pensó fue lo que la vieja le había prometido que iba a ocurrir. Tanteó debajo de la almohada y, en efecto, allí había una brillante moneda de oro. Y lo mismo ocurrió al día siguiente, y al otro, y al otro, y continuó así cada día al despertarse. Muy pronto había reunido un buen montón de oro, y pensó: «Esto de ir coleccionando monedas está muy bien. Pero ¿se puede saber de qué me sirven aquí? Creo que debería salir a ver mundo.»

Se despidió de sus padres, se colgó del hombro la escopeta y un hatillo, y partió de viaje. Después de caminar varios días, cuando estaba aproximándose a un bosque muy grande vio un precioso castillo que se alzaba más allá de los árboles, en medio de un ancho terreno despoblado de vegetación. Se acercó al castillo y vio que en una de las ventanas había dos personas asomadas que le estaban mirando.

Una de esas personas era una vieja, que era bruja. Y le dijo a la otra, que era su hija:

—Ese hombre que está saliendo ahora del bosque lleva consigo un gran tesoro. Hija mía, tenemos que apropiarnos de todo ese dinero, porque nosotras sabríamos sacarle mucho mejor partido que él. Resulta que este hombre se tragó entero el corazón de un pájaro, y gracias a eso encuentra cada mañana una moneda de oro debajo de la almohada.

Y le contó a su hija toda la historia del cazador y el hada, y terminó el relato con estas palabras:

—Haz exactamente lo que te voy a ordenar, o lo lamentarás toda tu vida.

Conforme el cazador se acercó más al castillo y empezó a verlas con más detalle, pensó: «Ya llevo mucho tiempo yendo de acá para allá, y tengo mucho dinero. Tal vez sería buena idea entrar en ese castillo y quedarme a descansar un par de días.»

La verdadera razón por la que decidió quedarse, por supuesto, era la belleza de la joven.

Entró en el castillo, donde la vieja y su hija le dieron la bienvenida y le cuidaron con hospitalidad. No pasó mucho tiempo sin que el cazador se enamorase de la hija de la bruja, hasta el punto de que no era capaz de pensar en ninguna otra cosa. Solo tenía ojos para ella, y se mostró dispuesto a hacer todo cuanto ella le pidiese. Estaba realmente loco por aquella joven.

Como se fijó en lo que ocurría, la vieja le dijo a su hija:

—Ya es hora de actuar. Tenemos que llegar al corazón de ese pájaro. Hay que arrebatárselo sin que él se dé cuenta.

La bruja preparó una poción y la vertió en una copa. Y le dijo a su hija que ofreciese la copa al cazador.

—Amigo mío —dijo la joven—, ¿por qué no te bebes esta copa a mi salud?

Él se la bebió de un trago, y casi de inmediato sintió tales náuseas que vomitó el corazón del pájaro. La joven le ayudó a tumbarse, tratando de ayudarle a sentirse mejor, le dijo palabras de consuelo en voz baja y cariñosa, y luego se levantó, cogió el corazón del pájaro, lo aclaró bajo el grifo de agua, y se lo tragó entero.

A partir de entonces el cazador ya no volvió a encontrar monedas de oro debajo de la almohada. No se le ocurrió pensar que ahora estaban apareciendo debajo de la almohada de la joven, y que cada mañana la bruja cogía y escondía la nueva moneda. Él estaba tan enamoradísimo de la joven que solo pensaba en estar con ella.

La bruja dijo más adelante:

—Tenemos el corazón, pero eso no basta. Deberíamos conseguir además la capa de los deseos.

—¿No podríamos dejar que él se la quedara? —dijo la hija—. Al fin y al cabo, ese pobre joven ha perdido su fortuna.

—¡No seas blandengue! —dijo la bruja—. Esa capa es valiosísima. Te aseguro que no hay muchas capas así rondando por el mundo. La quiero, y será mía.

Le dijo a su hija lo que tenía que hacer, y la amenazó muy en serio para el caso de que no la obedeciera. Por eso la joven cumplió las indicaciones de su madre. Salió a la ventana y puso cara de tristeza.

El cazador, al verla, dijo:

—¿Por qué tienes esa cara tan triste?

—Tesoro mío —dijo ella—. Ahí delante diviso el monte Granate, y en ese monte se encuentran las piedras preciosas que más me gustaría tener. Siempre que pienso en esas piedras me pongo muy triste... Porque, ¿se puede saber quién podría ir allí a cogerlas? Solo los pájaros, que son capaces de volar. Estoy convencida de que jamás habrá ningún ser humano capaz de ir tan lejos.

—Si solo te preocupa eso, déjalo en mis manos. Ya verás como recuperas pronto la alegría.

El cazador tomó la capa de los deseos, se la puso encima de los hombros, pero la estiró por un lado sobre los hombros de ella y así cupieron los dos. Y entonces deseó estar en el monte Granate. Apenas un instante después, ya estaban sentados junto a la cumbre de la montaña. Alrededor de ellos centelleaban las piedras preciosas. Eran de color rojo oscuro muy profundo, y bellísimas. Ninguno de los dos había visto jamás nada igual.

Pero la bruja había lanzado un maleficio contra el joven, y el cazador sintió mucho sueño y dijo:

—Vamos a quedarnos aquí sentados un buen rato. Estoy muy cansado, tanto que no me sostienen las piernas.

Se sentaron, él apoyó la cabeza en el regazo de ella, y al cabo de un momento empezaron a cerrársele los ojos. En cuanto ella vio que estaba profundamente dormido, cogió la capa y se la puso sobre los hombros, y luego recogió todos los granates que pudo cargar, y deseó volver a casa.

Cuando el cazador despertó y se encontró completamente solo en aquella montaña, y vio además que había desaparecido su capa de los deseos, comprendió que su amada le había engañado.

—¡No sabía —dijo— que hubiese tanta traición en el mundo!

Y se quedó tan compungido y triste que no fue capaz de dar un solo paso. No se le ocurría cómo salir de allí.

Pero resulta que esa montaña era propiedad de unos gigantes

muy feroces, unos auténticos brutos, y al poco rato el cazador oyó que tres de ellos se acercaban al lugar donde él se encontraba. Al instante se tumbó y fingió estar profundamente dormido.

El primer gigante le dio un golpecito con la punta del pie y dijo:

—¿Puede saberse qué hace este gusano durmiendo aquí?

—Aplástalo —dijo el segundo—. Eso es lo que yo haría.

Pero el tercero intervino para decir:

—No te tomes la molestia. Aquí en la cumbre no encontrará nada que comer, y de todos modos morirá en unos días. Además, si sube hasta el punto más alto del pico, las nubes se lo acabarán llevando lejos de aquí.

Le dejaron en paz y se alejaron caminando y charlando. El cazador había escuchado todo lo que habían dicho, de manera que en cuanto desaparecieron de la vista se puso en pie y ascendió hasta la punta más alta de la montaña, que estaba rodeada de nubarrones.

Se sentó en el mismísimo pico, que estaba tan lleno de piedras preciosas como el resto del monte, y las nubes al pasar le daban empujones hasta que una de ellas lo agarró y se lo montó encima. Así estuvo el cazador flotando por los aires un buen rato, en una posición muy cómoda, todo hay que decirlo, y si se asomaba al borde de la nube podía contemplar muchísimas cosas muy interesantes. La nube terminó bajando hacia tierra y posándose en ella, y depositó al cazador en el huerto de una casa. Los muros que lo cercaban eran muy altos.

La nube se elevó otra vez y le dejó en medio de las coles y las cebollas.

—¡Qué lástima que no haya ninguna fruta madura! —dijo el cazador—. Me gustaría comerme una pera, o una manzana, ¡con el hambre que tengo! Claro que puedo darle un mordisco a una de esas coles. Saber no sabrá demasiado bien, pero si como un poco me ayudará a mantenerme en pie.

En aquel huerto crecían coles de dos clases, las unas redondas y las otras de forma ahusada, y para empezar el cazador cogió unas hojas de una de estas últimas y se puso a masticarlas. No estaban nada mal de sabor, pero apenas había dado unos cuantos mordiscos a las gruesas hojas cuando comenzó a tener una sensación de lo más extraña: empezó a notar picores en diversas partes del cuerpo, y es que le estaban saliendo pelos por toda la piel. Luego la columna vertebral se inclinó hacia delante, los brazos se le fueron estirando y se convirtieron en unas patas peludas con pezuñas en los extremos, el cuello se le hizo más grueso y largo, la cara se le estiró y a los lados de la cabeza le salieron unas orejas muy largas, y todo esto fue tan rápido que, antes de que se diese cuenta de lo que ocurría, ya se había transformado en un asno.

Como es natural, a partir de ese momento encontró que las hojas de col eran mucho más sabrosas. Siguió comiendo con fruición, y luego se puso a comer hojas de una col redonda. Apenas había comido un par de hojas de esta otra clase de coles cuando notó que todo aquel extraño fenómeno volvía a producirse, pero esta vez en sentido contrario, y en menos tiempo del que hace falta para decirlo, volvió a adoptar la forma humana.

—¡Caramba! —dijo el cazador—. ¡Parece mentira! Esto me resultará útil. Servirá para recuperar lo que me pertenece.

Cogió una col ahusada y una col redonda, las guardó en el hatillo, trepó a lo alto del muro y saltó al camino. Enseguida supo dónde estaba y se dirigió al castillo en el que habitaba la bruja. Caminó varios días seguidos y finalmente llegó otra vez al castillo, y procuró no ser identificado por nadie, para lo cual se ensució la cara tiznándose de un color marrón tan oscuro, que ni su madre hubiese podido reconocerle.

Una vez terminó de enmascararse, llamó a la puerta de la bruja, y ella misma salió a abrirle.

—¿Podría pasar aquí la noche? —dijo el cazador—. Estoy rendido, y no puedo dar ni un paso más.

—¿Quién eres tú, jovencito? —dijo la bruja—. Y ¿qué te ha traído a este lugar?

—Soy un mensajero real. El rey me encargó que cuidase de las coles más deliciosas que crecen en el mundo entero. Primero tuve suerte, y las encontré, cosa nada fácil. Y las he probado y son una auténtica delicia. Pero hace calor y se han empezado a marchitar. Me parece que no llegaré a tiempo a entregárselas al rey.

Al oír hablar de esas coles tan maravillosas, la bruja sintió deseos de probarlas.

—¿No podrías darnos un poquito para que mi hija y yo las probásemos, ya que son tan buenas?

—Bueno, como he traído dos, no veo motivos para que no pueda daros una de ellas, ya que has tenido la amabilidad de alojarme en tu casa esta noche.

El cazador abrió el hatillo y le dio la col que transformaba en asno a quien comiera sus hojas. La bruja se la arrebató de las manos, corrió a la cocina, y por el camino notó que la boca se le hacía agua. Se dispuso a hervirla. Primero la cortó en trozos muy pequeños, como para hacer una ensalada de col, echó sal y un poco de mantequilla al agua y la hirvió apenas unos minutos. Olía tan bien que no pudo resistir la tentación, y antes de llevar la ensalada de col a la mesa dio un mordisquito a una hoja, luego probó otra, y en cuanto se tragó aquellos trocitos de hojas de col empezó, naturalmente, a sufrir la transformación. En apenas unos segundos se había convertido en un asno viejo y salió trotando al patio, y una vez fuera lanzó un par de coces al aire con las patas de atrás.

Después llegó la criada de la bruja. Al oler aquella ensalada de col con aroma de mantequilla no pudo resistir la tentación y le pegó un buen mordisco, como tenía por costumbre siempre que cocinaba. Y, naturalmente, le ocurrió lo mismo que a la bruja. Como ahora tenía pezuñas en lugar de manos, trató de sostener la fuente, no lo consiguió, la soltó allí mismo y salió trotando afuera.

Entretanto la hija de la bruja había estado charlando con el supuesto mensajero real.

—No entiendo por qué tardan tanto en venir a cenar —dijo ella—. ¡Con lo bien que huele!

El cazador, que no había visto la transformación de las dos mujeres, imaginó que a estas alturas ya se habría producido. Fue a la cocina, vio por la ventana que los dos asnos trotaban por el patio, aliñó bien la ensalada de col, la puso en una fuente, y la llevó a la mesa. La joven comió enseguida un buen bocado, y también se convirtió en un asno y corrió afuera.

El cazador decidió entonces lavarse bien la cara para que ahora pudieran reconocerle, agarró un cabo de cuerda y salió al patio.

—En efecto, era yo —dijo—. Os he pillado, y ahora voy a hacer que paguéis vuestra traición.

Ató a los tres asnos con la cuerda y los hizo caminar delante de él camino del castillo, pero antes de llegar pasaron junto a un molino. Llamó a la puerta.

—¿Qué quieres? —dijo el molinero.

—Traigo conmigo tres animales malhumorados y feos, y como

no me sirven de nada, quiero desprenderme de los tres. Si te los quedas y les das el trato que te voy a decir, te pagaré cualquier cosa que me pidas por hacerme este favor.

Como al molinero no le brindaban una cosa así todos los días, al instante dijo que aceptaba el trato.

—Y bien, ¿cómo quieres que trate a estos asnos? —dijo.

—Al viejo, dale unos buenos palos tres veces al día, y no le pongas comida más que una sola vez. —El asno viejo era la bruja, claro—. Al que está entre la edad del viejo y la del otro —se trataba de la criada—, le das tres veces al día de comer, y le propinas unos buenos palos una vez al día. Y como el asno más joven no es tan malo, puedes darle de comer tres veces al día, y no es necesario que le des palos ninguna vez —porque el cazador no tenía entrañas para que dieran de palos a la joven.

Después volvió a la casa de la bruja y descansó. Tres días después, pasó a verle el molinero.

—Ese asno viejo no valía para nada —dijo—. Ya está muerto. Pero los otros dos son muy tozudos, ya no sé qué hacer con ellos. Comen mucho y no sirven de nada.

—Entonces —dijo el cazador—, tal vez ya hayan tenido suficiente castigo.

Cuando los dos asnos estuvieron de vuelta en el patio de la casa de la bruja, el cazador esparció por el suelo unas cuantas hojas de col redonda, y en cuanto la comieron las dos adquirieron de nuevo la forma humana.

La hija de la bruja, que seguía siendo muy bella, se puso ante el cazador de rodillas y dijo:

—¡Perdona todo el mal que te hice! Mi madre me obligó. Yo no quería traicionarte, porque te amo con todo mi corazón. La capa de los deseos está guardada en el armario de la entrada, y para que recuperes el corazón del pájaro, beberé algo que me haga devolver y será de nuevo tuyo.

—No hace falta —dijo el cazador, porque estaba de nuevo totalmente enamorado de ella—. Guárdalo tú. No importará cuál de los dos lo tenga, porque pienso casarme contigo.

Y poco después celebraron la boda y vivieron felices el resto de sus días.

Tipo de cuento: ATU 567, «El corazón de pájaro con poderes mágicos», que continúa como ATU 566, «Los tres objetos mágicos y sus frutos maravillosos».
Fuente: Esta historia procede de Bohemia, y se la contó a los Grimm un informador desconocido.
Cuentos similares: Alexander Afanasiev: «Cuernos» (*Cuentos populares rusos*); Katharine M. Briggs: «Fortunatus» (*Folk Tales of Britain*); Italo Calvino: «El cangrejo de los huevos de oro» (*Cuentos populares italianos*).

Como ocurre a menudo en los cuentos de los Grimm, nos encontramos aquí con dos historias diferentes que en esta versión se convierten en una sola. Cuando el cazador ya ha obtenido el corazón del pájaro y la capa de los deseos, en teoría podría ponerse a vivir aventuras de todas clases. La historia de la col (que a veces se traduce como «lechuga»), capaz de transformar a quien la coma en un asno, carece de vínculo lógico con la primera parte de la historia, pero hay que admitir que aquí encajan las dos partes a la perfección.

En la versión rusa de esta historia recogida por Afanasiev, la comida (que en su caso son manzanas de dos clases) hace que le crezcan, o desaparezcan, un par de cuernos a quien coma de cada clase de manzanas. Sin duda, no es tan fastidioso como convertirse en un asno, pero sigue siendo difícil de explicar.

Lo que más me gusta del cuento es el carácter bienhumorado del cazador. Es notable que con apenas unos detalles de su comportamiento, su personalidad quede tan bien definida.

Unojito, Dosojitos y Tresojitos

Érase una vez una mujer que tenía tres hijas. Llamó a la primera Unojito, porque tenía un solo ojo, justo en medio de la frente. A la segunda la llamó Dosojitos, pues tenía dos ojos, igual que todo el mundo. Y a la pequeña la llamó Tresojitos, porque tenía tres ojos, el tercero en mitad de la frente, como su hermana mayor.

Como Dosojitos era igual que todo el mundo, su madre y sus dos hermanas no paraban de criticarla.

—Eh, tú, ¡monstruo de dos ojos! —le decían—. ¿Quién te has pensado que eres? No eres nada especial. Además, no encajas en esta familia.

La obligaban a vestirse con ropa andrajosa y para comer solo le ofrecían los restos que quedaban en la mesa cuando ellas habían terminado. Entre todas, hacían que la suya fuese una vida desdichada.

Un día, Dosojitos tuvo que salir a cuidar de la cabra. Tenía hambre, como de costumbre, porque para desayunar solo le dieron el cuenco de gachas que ellas habían comido, y para cuando se lo dejaron estaba casi vacío y no le quedó más remedio que lamer lo que había quedado pegado a sus paredes. Y, además, era la parte que se había quemado un poco. Dosojitos se sentó en la pendiente del prado y comenzó a sollozar. Cuando ya se había calmado un poco, se llevó una sorpresa porque vio que un hada de aspecto amable se le había acercado.

—¿Por qué lloras, Dosojitos? —preguntó la mujer.

—Porque tengo dos ojos como todo el mundo —contestó ella—. Por ejemplo, como tú. Mi madre y mis hermanas me odian, me dan empujones todo el día, hacen que me vista con ropa vieja, y de comer me dan solamente las migajas que quedan en la mesa. Hoy he desayunado solo los restos de gachas medio quemadas que quedaban en las paredes del cuenco.

—Pues, Dosojitos, ya puedes dejar de llorar —dijo el hada—. Te diré un secreto, y así no pasarás hambre nunca más. Bastará con que mires a la cabra y le digas:

Cabra, cabrita buena,
tráeme algo para la mesa.

»Y en cuanto se lo digas así tendrás ante ti una mesa magníficamente servida con comida de todas clases, y podrás comer todo cuanto te apetezca. Y cuando ya tengas bastante, bastará con que digas:

Cabra, cabrita buena,
ya tengo la barriga llena.

»Y entonces la mesa desaparecerá.

Dicho esto, el hada desapareció como por arte de ensalmo. Dosojitos pensó que lo mejor sería probar de hacer lo que ella le había dicho, inmediatamente, antes de que se le olvidaran aquellas palabras. Además, no podía esperar mucho. ¡Estaba hambrienta!

Cabra, cabrita buena,
tráeme algo para la mesa.

En cuanto pronunció estas palabras apareció delante de ella una mesa cubierta de un mantel blanquísimo como la nieve. En medio había un plato con un cuchillo, un tenedor y una cuchara de plata, y también una servilleta blanquísima, y hasta una silla. ¡Pero la comida...! Había de todo. Platos calientes y fríos, guisados y carne asada, verduras de todas clases, y una gran tarta de manzana, y todo estaba como si acabaran de cocinarlo en ese mismo instante.

Dosojitos no pudo esperar ni un momento. Dijo la oración más breve que conocía: «Señor, estás invitado a comer con nosotros, hoy y siempre, amén.» Y luego se sentó a la mesa y comió todo cuanto quiso. Estaba todo tan bueno que probó un poco de cada plato y, cuando ya estaba saciada, dijo:

Cabra, cabrita buena,
ya tengo la barriga llena.

Y al instante la mesa entera se esfumó.

—La verdad es que lo he disfrutado —dijo Dosojitos. Hacía muchos años que no estaba tan contenta.

Esa noche, cuando volvió a casa con la cabra, encontró en la mesa una cazuela de cerámica en la que su madre y sus hermanas le habían dejado los restos grasientos y fríos de un cocido, pero ni siquiera tocó nada. A la mañana siguiente no había para comer más que las migajas de las tostadas que ellas se habían preparado. Y tampoco quiso ni tocarlas. Las primeras veces en que ocurrió eso, sus hermanas ni se fijaron. Normalmente, no prestaban la menor atención a lo que Dosojitos hacía o dejaba de hacer, pero como aquello se repitió un día y otro día, al final acabaron dándose cuenta de que allí estaba pasando algo.

—¿Se puede saber qué le pasa a Dosojitos? No come nada de nada.

—No me extrañaría que estuviese tramando alguna cosa.

—Lo más probable es que haya conseguido que alguien le lleve comida cuando sale al campo. ¡Vaya con la vaca hambrienta!

—¡Sería típico de ella!

Llegaron a la conclusión de que lo mejor sería enterarse de lo que estaba ocurriendo, y la siguiente vez que Dosojitos tuvo que salir al prado con la cabra, Unojito dijo:

—Me parece que hoy te acompañaré. Quiero asegurarme de que estás cuidando bien de la cabra.

Dosojitos dedujo qué era lo que su hermana pretendía en realidad. Llevó la cabra al mismo prado de siempre, donde había hierba de sobra para que pastara el animal, y luego dijo:

—Ven acá, Unojito. Te voy a cantar una canción.

Unojito estaba cansada, porque la caminata hasta el prado era muchísimo más pesado que lo que ella solía hacer en tres semanas, y además el sol calentaba bastante y había hecho que le entrase modorra. Se tumbó así pues a la sombra, y Dosojitos se puso a cantar:

Unojito, ¿estás despierta?
Unojito, ¿estás dormida?

El solitario párpado de Unojito se cerró despacio, y poquito a poco se fue cerrando del todo, y al cabo de un momento se la oía roncar. Cuando ya estaba segura de que su hermana dormía, Dosojitos dijo:

Cabra, cabrita buena,
tráeme algo para la mesa.

E inmediatamente apareció la mesa mágica, y esta vez había sopa de puerros, pollo asado y fresas con nata. Dosojitos comió todo cuanto quiso de todo eso, y cuando terminó dijo:

Cabra, cabrita buena,
ya tengo la barriga llena.

Y al decir eso, la mesa se esfumó.

Dosojitos despertó a Unojito y dijo:

—¿No decías que querías ayudarme a cuidar de la cabra? ¡Pero si te has pasado el día durmiendo! Si fuese por ti, la cabra podía haber salido corriendo y partirse una pata y caído al río. Menos mal que yo vigilaba. Anda, volvamos a casa.

Regresaron a casa, y esa noche Dosojitos volvió a dejar las migajas sin tocar siquiera. Esta vez eran las migas requemadas de una torta. Tresojitos y su madre ardían en deseos de saber qué había ocurrido mientras estaban en el prado, pero lo único que Unojito pudo decir fue:

—Ni idea. Me he quedado dormida. Hacía calor.

—¡Serás inútil! —dijo su madre—. Mañana mandaré a tu hermana Tresojitos a vigilarla. Segurísimo que está ocurriendo algo.

Y así fue como a la mañana siguiente Tresojitos le dijo a Dosojitos:

—Hoy te acompaño yo. Y voy a vigilarte de cerca.

Y allá se fueron caminando con la cabra al mismo prado de siempre.

Dosojitos supo enseguida que Tresojitos se había cansado y amodorrado tanto como Unojito la vez anterior. Por eso, en cuanto llegaron al prado y vio que Tresojitos se tumbaba junto a un seto, se puso a cantar:

Tresojitos, ¿estás despierta?

Sin embargo, en lugar de cantar la continuación como la otra vez: *Tresojitos, ¿estás dormida?*, esta vez cambió la letra sin darse cuenta y lo que cantó fue:

Dosojitos, ¿estás dormida?

Y repitió:

Tresojitos, ¿estás despierta?
Dosojitos, ¿estás dormida?

Poco a poco, dos de los ojos de Tresojitos se fueron cerrando de sueño, pero el tercero no se cerró, porque la nana que había cantado Dosojitos no había inducido el sueño de ese ojo. Tresojitos dejó que se entrecerrara ese párpado, pero en realidad solo estaba fingiendo. Con ese ojo todavía podía ver muy bien.

Cuando Dosojitos creyó que su hermana ya se había dormido, cantó:

Cabra, cabrita buena,
tráeme algo para la mesa.

La mesa apareció al instante. Esta vez había sopa de remolacha, una gran tarta de carne y un delicioso pastel. Dosojitos comió y bebió encantada hasta sentirse satisfecha, y luego cantó:

Cabra, cabrita buena,
ya tengo la barriga llena.

Y la mesa desapareció.

Tresojitos lo estaba viendo todo, pero cuando Dosojitos se acercó a donde estaba su hermana para despertarla, ella cerró el tercer ojo apresuradamente.

—Anda, Tresojitos. ¡Te has pasado el día entero durmiendo! Menos mal que yo he estado despierta y vigilando todo el rato a la cabra. Ya es hora de que volvamos a casa.

Cuando llegaron a casa, Dosojitos no hizo el menor caso de los restos de comida que le habían dejado. En realidad, esa noche solo le había correspondido el agua en la que habían hervido la col.

La madre llamó aparte a Tresojitos y dijo:

—¿Y bien? ¿Qué ha pasado? ¿Lo has visto?

—Desde luego, lo he visto todo. Dosojitos trató de hacerme dormir, pero mi tercer ojo permaneció despierto. Mira, lo que hizo fue ponerse a cantar:

Cabra, cabrita buena,
tráeme algo para la mesa.

»Y en ese momento apareció una mesa llena de comida buenísima, y estuvo comiendo hasta hartarse. Y luego cantó otra vez:

Cabra, cabrita buena,
ya tengo la barriga llena.

»Y la mesa desapareció. ¡Te juro que ha sido exactamente así! Lo he visto todo. Hizo que dos de mis ojos se durmiesen, pero el otro permaneció despierto.

Cuando la madre oyó esta historia, se puso furiosa. Y pegó un tremendo berrido:

—¡Dosojitos! ¡Ven acá ahora mismo! ¿Con que te has creído que eres mejor que nosotras, eh? ¡Así que andas haciendo cosas mágicas con la cabra! ¡Y cómo te atreves! Pues te vas a arrepentir de todos esos jueguecitos. Mira y verás.

Cogió entonces el cuchillo más grande de la cocina y se lo clavó en el corazón a la cabra, y el animal cayó muerto al suelo.

Dosojitos salió corriendo de casa y no paró hasta que llegó al prado, y una vez allí rompió a llorar. Estuvo sollozando mucho rato, pensando en la pobre cabra, que nunca había hecho nada malo, y también lloró por sí misma.

De repente vio que el hada de la otra vez estaba delante de ella.

—Dime, Dosojitos, ¿por qué estás llorando?

—No lo puedo evitar —dijo la muchacha—. Mi madre le ha clavado un cuchillo a la cabra en pleno corazón y la ha matado. La pobrecita está muerta, y yo no voy a pedirle nunca más que me ponga una mesa bien servida.

—Permíteme que te dé un buen consejo —dijo el hada—. Diles

a tus hermanas que te entreguen las entrañas de la cabra y entiérralas en el jardín, no lejos de la puerta. Y eso te traerá suerte.

Y dicho esto, desapareció.

Dosojitos regresó a paso lento a su casa y al llegar dijo a sus hermanas:

—Me gustaría tener un recuerdo de la cabra. ¿Me puedo quedar con las entrañas?

—Si solo quieres eso... —dijo Unojito.

—Que se las quede —dijo Tresojitos—. A ver si de esta manera deja de andar todo el rato lloriqueando.

Dosojitos lavó con cuidado las entrañas de la cabra y después las escurrió y sacó al jardín, y cavó en la hierba y las enterró allí.

A la mañana siguiente había crecido, justo en ese mismo sitio, un bello árbol que tenías las hojas de plata, y de cuyas ramas colgaban docenas de frutas en forma de manzana, pero que eran todas de oro puro. Nadie había visto nunca un árbol tan precioso como aquel, y naturalmente nadie tenía ni idea de cómo había podido crecer allí y hacerse tan grande en una sola noche. La única que lo sabía era Dosojitos, porque se fijó en que crecía justo donde había enterrado la noche anterior las entrañas de la cabra.

En cuanto la madre vio el árbol, llamó a Unojito y dijo:

—Ya puedes estar encaramándote ahí. Bájame unos cuantos frutos de oro.

Unojito trepó al árbol, jadeando y resoplando ruidosamente, y trató de coger aquellos frutos. Pero cada vez que estaba a punto de tocar una de las manzanas de oro, la rama se ponía tiesa y la fruta quedaba lejos de su alcance. Lo probó con una primero, luego con otra de las manzanas de oro, y por mucho que lo intentara no lograba tocarlas siquiera.

—No hay modo —dijo la madre—. Es que no puede ver bien lo que hace. Tresojitos, súbete tú al árbol. Seguro que tú ves bastante mejor que ella.

Unojito bajó del árbol y Tresojitos subió a continuación, y aunque tenía mucha mejor vista, el resultado fue igual de malo que cuando lo intentó su hermana. Cada vez que alargaba el brazo para coger una manzana, la rama se movía y la alargaba, y la manzana quedaba fuera de su alcance, y al final no tuvo más remedio que abandonar.

—¿Me dejas probar a mí? —dijo Dosojitos—. A ver si tengo más suerte que ellas.

—Qué vas a poder tú, monstruillo.

—Eso mismo digo yo —dijo una de sus hermanas—. ¿Por qué crees que eres mejor que nosotras, bicho inmundo?

Dosojitos trepó al árbol, y las manzanas, en lugar de apartarse y hacer su esfuerzo imposible, se le acercaban y ponían siempre a su alcance. Así que logró atraparlas, una tras otra, hasta llenar la falda del delantal. Cuando bajó del árbol, su madre se las quitó todas, y en lugar de tratarla mejor por ser la única capaz de coger los frutos de oro, la despreció, y sus hermanas incluso la trataron peor que antes porque estaban locas de envidia y desdén.

Pasó un tiempo, y cierto día en el que se encontraban todas en el huerto, pasó por allí un joven caballero cabalgando un corcel.

—¡Corre, Dosojitos, ve a esconderte bajo ese barril. Como ese noble te vea, pensará que todas tenemos un aspecto horrible!

Y la empujaron y obligaron a meterse bajo un barril situado junto al árbol, y ella se llevó consigo las manzanas que acababa de recoger esa mañana. Las dos hermanas se apresuraron a acicalarse lo mejor posible y se pusieron al lado del árbol adoptando unas poses afectadas que ellas confundían con la mayor elegancia. Cuando el caballero se aproximó un poco más, vieron que era muy guapo y que su armadura denotaba una gran alcurnia.

—Buenas días, señoras —dijo, desmontando del caballo—. ¡Qué árbol tan espléndido! ¡De oro y plata! Si me dieseis un buen esqueje, os daría a cambio cualquier cosa que me pidierais.

—Naturalmente. El árbol es nuestro —dijo Unojito.

—Completamente nuestro —dijo Tresojitos—. Ahora mismo desgajaré una rama y os la daré.

Pero por mucho que lo intentó, el árbol se resistió como siempre, y cuando Unojito lo probó, obtuvo el mismo resultado. Por mucho que saltaran a por una rama con rapidez, la rama las esquivaba, y no conseguían ni siquiera agarrarla.

—¡Qué extraño! —dijo el caballero—. Parece curioso que, siendo como decís un árbol que os pertenece, no os permita ni siquiera sujetar una de sus ramas.

—Por supuesto que nos pertenece —dijo Unojito.

—Lo que pasa es que es un árbol tímido —dijo Tresojitos—. A lo mejor hace eso porque sabe que estáis mirando.

—Voy a probar otra vez —dijo Unojito.

Mientras conversaban, Dosojitos había levantado un poco el

barril, y, rodando por el suelo, lanzó unas cuantas manzanas de oro hacia los pies del caballero. Cuando este las vio acercarse a sus pies, dio un salto atrás, sorprendido.

—¡Eh! ¿De dónde han salido? —dijo.

—Ah. Nada. Tenemos otra hermana, pero es un poco...

—Es bastante rarita, ¿sabéis? Tiene dos ojos y...

—Preferimos que la gente no la vea. Sería una vergüenza para la familia, claro.

—Pues a mí me gustaría verla —dijo el caballero—. ¡Eh, la hermana que tiene dos ojos, que salga, esté donde esté!

Y Dosojitos levantó del todo el barril y se puso en pie. El caballero se quedó boquiabierto al ver lo bella que era aquella joven.

—¿Podrías tú darme un esqueje del árbol? —dijo el caballero.

—Pues claro que sí —dijo Dosojitos—, porque este árbol es mío.

Trepó en el árbol y, sin mayor problema, arrancó una ramita que tenía preciosas hojas de plata y unos cuantos frutos de oro, y se la dio al caballero.

—Dime, ¿qué deseas que te dé a cambio?

—Paso hambre y sed —dijo Dosojitos—, y siento pena y tristeza, todos los días, y de la mañana a la noche. Estaría muy agradecida a quien pudiese librarme de todo eso.

El caballero la levantó por la cintura, la montó en su caballo y se la llevó al castillo de su padre. Una vez allí la obsequió con bellos vestidos y le dio comida y bebida, y trató de que se sintiera siempre contenta, porque el joven se había enamorado de ella, y se casaron. Y la boda fue un acontecimiento feliz que celebró todo el reino.

Cuando Dosojitos se fue montada en la grupa de aquel caballero, sus dos hermanas se sintieron consumidas por la envidia. «Menos mal que este árbol precioso sigue siendo nuestro —pensaron—. Y con las manzanas de oro que seguirá dando, la gente lo admirará. Seguro que eso podría darnos algún día un golpe de suerte.»

Pero a la mañana siguiente comprobaron horrorizadas que el árbol había desaparecido, y con él se habían esfumado todos aquellos sueños. Entretanto, Dosojitos podía ver desde la ventana de su nuevo dormitorio el precioso árbol que crecía en el patio del castillo, porque el árbol que estaba en su antigua casa decidió largarse de allí en mitad de la primera noche, y avanzó sigilosamente hasta el castillo, y allí echó raíces y creció para poder estar siempre al lado de ella.

Dosojitos vivió mucho tiempo feliz. Muchos años después, un día llamaron a las puertas del castillo dos mendigas, y pidieron que les dieran algo de comer, pues eran muy pobres. Tanto, que solo se alimentaban de lo que la gente les daba. Es muy curioso, pero a pesar de que habían pasado tantos años, Dosojitos pudo reconocer al instante a Unojito y Tresojitos.

Tipo de cuento: ATU 511, «Un Ojo, Dos Ojos, Tres Ojos».
Fuente: Historia publicada por Theodor Peschek en el periódico *Wöchentliche Nachrichten für Freunde der Geschichte, Kunst und Galehrtheit des Mittelalters* [Semanario para los Amigos de la Historia, el Arte y el Conocimiento de la Edad Media], vol. 2, 1816.
Cuentos similares: Alexander Afanasiev: «Burenushka, la vaquita roja» (*Cuentos populares rusos*); Jacob y Wilhelm Grimm: «Cenicienta» (*Cuentos para la infancia y el hogar*).

Se trata, naturalmente, de la misma historia que cuenta «Cenicienta» (pág. 143), aunque el grado de absurdo de esta versión es muy acentuado. La presencia del hada, de la cabra, de las entrañas y del árbol lo confirma más allá de toda duda: todos ellos son aspectos que representan a la madre buena, pero ausente, que aparece en todas las variantes de «Cenicienta» de una u otra forma.

En la versión rusa recogida por Afanasiev, Dos Ojos invita a sus hermanas a que apoyen la cabeza en su regazo para que ella les pueda quitar los piojos. Un detalle de higiene que aparece también en «Los tres pelos de oro del Diablo» (pág. 181).

$\mathcal{L}$os zapatos que se rompieron de tanto bailar

Érase una vez un rey que tenía doce hijas, y cada una de ellas era más bonita que las demás. Dormían en una única habitación todas juntas, en unas camas dispuestas en fila, y cuando ya estaban en cama y bien tapadas por las mantas el rey en persona iba a cerrar la puerta del dormitorio con cerrojo. Una mañana, sin embargo, cuando abrió la puerta para llamarlas descubrió que los zapatos de todas ellas estaban rotos de tanto bailar, y nadie encontró ninguna explicación para que hubiese ocurrido una cosa así. Las princesas se negaron a dar ninguna respuesta.

El rey proclamó públicamente que quien descubriese adónde iban a bailar sus hijas por la noche, podría elegir a una de ellas y convertirla en su esposa, y con el tiempo llegar a ser rey. Ahora bien, si fracasaba en su intento al cabo de tres noches de probarlo, perdería la vida.

Al poco tiempo se presentó el príncipe de un reinado vecino y se ofreció a llevar a cabo el encargo. Fue recibido muy bien, instalado en una habitación contigua a la de las princesas, y le dijeron que debía montar guardia allí y así averiguar adónde iban a bailar. Prepararon una cama en ese cuarto, y, a fin de que le fuese todo más sencillo, aquella noche la puerta de la habitación de las princesas no fue cerrada con cerrojo por el rey.

Por desgracia, conforme empezó a avanzar la noche, el príncipe notó que los párpados le pesaban cada vez más, y terminó quedándose dormido. Y cuando despertó a la mañana siguiente, los zapatos de las princesas estaban tan destrozados como siempre. Ocurrió exactamente lo mismo la segunda noche, y también se repitió la tercera, de modo que el príncipe fue decapitado. Otros muchos probaron suerte después de él, a pesar de que sus vidas corrían mucho peligro, y todos terminaron fracasando igual que el primero.

Cierto día, un soldado pobre, herido y que ya no podía seguir formando parte del ejército como hasta entonces, había estado vagabundeando por el mundo y un día llegó a esa ciudad. Por el camino se cruzó con una anciana mendiga, y como se apiadó de ella la invitó a compartir con él el último trozo de queso y el último mendrugo que le quedaban.

—¿Vas a alguna parte? —preguntó ella.

—La verdad es que no estoy del todo seguro —dijo él, pero luego añadió—: Mira, te voy a ser sincero. ¿Sabes qué cosa me gustaría mucho? Descubrir adónde van a bailar esas princesas cuyos zapatos aparecen destrozados por las mañanas. Así podría casarme con una de ellas y terminaría siendo rey.

—Pues no es tan difícil como pudiera parecer —dijo la anciana—. Cuando vayas a acostarte, te darán una copa de vino. Pase lo que pase, no bebas ni una sola gota de ese vaso.

Dicho esto, la anciana desanudó su hatillo y sacó una capa, y dijo:

—Cuando te pongas esta capa serás invisible, y así podrás seguirlas y averiguar adónde van.

El soldado le dio las gracias y reanudó su camino, e iba pensando: «Ahora parece que esto va en serio.»

Cuando llegó a palacio fue objeto de un gran recibimiento, le condujeron a su habitación y le dieron ropa completamente nueva y elegante. Y a la hora de dormir, la mayor de las princesas le llevó una copa de vino.

Era previsor, de modo que se había sujetado un trozo de esponja debajo de la barbilla, fingió beber, y en realidad dejó que el vino resbalara hasta ir empapando la esponja, y no permitió que una sola gota penetrara entre sus labios, porque los mantuvo firmemente apretados. Después se tendió en la cama, cerró los ojos, e incluso fingió unos ronquidos para engañar a las princesas y hacer que ellas creyesen que se había dormido.

Las doce princesas le oyeron roncar, rieron satisfechas, y dijeron:

—¡Otro que va a perder la vida!

Luego se levantaron de la cama, abrieron los armarios y cómodas, se probaron primero un vestido, luego otro, se peinaron y acicalaron hasta estar todas ellas muy bonitas, y durante los preparativos estaban todas muy emocionadas y divertidas de solo pensar en lo mucho que iban a disfrutar bailando la noche entera. La única que no estaba del todo segura era la más pequeña de todas.

—Podéis reír y bromear —dijo—, pero tengo la sensación de que esta noche ocurrirá algo malo.

—¡Serás boba! —dijo la mayor—. ¡No sé por qué tienes miedo de todo! ¿No te acuerdas de toda esa cantidad de príncipes que han tratado de vigilarnos, y de que todos han fracasado? Seguro que a este desdichado soldado no hubiese hecho falta siquiera darle un bebedizo. Se hubiera dormido él solito.

Cuando ya estaban todas a punto, la mayor de las princesas se acercó de nuevo a echarle una ojeada al soldado, y como le pareció que estaba profundamente dormido, creyó que no corrían ningún riesgo. Después, la mayor de las princesas se fue a su cama, dio unos golpecitos, y al instante se abrió un gran agujero al pie de la cama, y la princesa descendió por él, y lo mismo fueron haciendo luego todas las demás princesas, y todas desaparecieron por allí. El soldado las vigilaba en secreto, y en cuanto ya no quedó ninguna en el cuarto, se puso la capa que lo hacía invisible y las siguió. Para evitar que se le escaparan, se puso a caminar tan pegado a ellas que una vez tropezó con el vestido de la última, que era la más pequeña, y ella notó que algo pasaba y preguntó en voz alta:

—¿Quién es? ¿Qué ha sido eso? Alguien le ha dado un tirón a la punta de mi vestido.

—¡Anda, no seas tonta! —dijo la mayor—. Te habrás enganchado en un clavo o alguna cosa así.

Bajaron por una escalera que les condujo a una avenida espléndida que discurría entre dos hileras de árboles. Las hojas de los árboles brillaban y lanzaban destellos como si las iluminara la luz de la luna, y parecían de plata, y al verlo el soldado pensó: «Mejor será que me lleve algo y así podré demostrar dónde hemos estado.» Y, dicho y hecho, arrancó una rama.

El crujido fue tan fuerte que la menor de las princesas volvió a llevarse un susto tremendo.

—¿No habéis oído eso? Esta noche pasa algo raro...

—Vaya tontería —dijo la mayor de las princesas—. Has oído una de las salvas que disparan los cañones para darnos la bienvenida.

La avenida plateada se convirtió en otra avenida cuyos árboles eran de oro, y después en otra cuyos árboles eran de diamantes. El soldado rompió una rama de cada una de las nuevas avenidas, y cada vez hizo semejante ruido que la menor de las princesas volvió a llevarse un gran susto, y todas las veces la mayor le explicó que solo eran los cañonazos que saludaban su llegada.

Siguieron andando. Llegaron a la orilla de un enorme lago en donde aguardaban doce botes de remos tripulados cada uno de ellos por un príncipe. Al llegar cada una de las princesas, el príncipe correspondiente se ponía en pie y tendía la mano y ayudaba a la princesa a subir a bordo. El soldado se metió en el mismo bote que la princesa más joven, sin que ni ella ni el príncipe que remaba le vieran.

—No sé por qué —dijo el príncipe—, esta noche el bote parece pesar más que de ordinario. Me cuesta mucho conseguir que avance.

—Debe de ser el calor —dijo la princesa—. Estoy sofocada.

Cuando llegaron a la otra orilla, el soldado vio que había un castillo precioso iluminado por mil linternas. Sonaba la música de trompetas y tambores. Los príncipes amarraron los botes al muelle, ayudaron a las princesas a salir de los botes, y al punto todos empezaron a bailar. El soldado bailaba en medio de todas ellas, y cada vez que una princesa alzaba una copa, el soldado bebía de ella antes de que lo hiciese la princesa. Lo cual dejó bastante perplejas a las mayores, pero solo eso. En cambio, la menor de todas se llevó otra vez un susto, y la mayor tuvo que tratar de tranquilizarla una vez más.

Estuvieron allí hasta que dieron las tres de la madrugada, pues a esa hora todas habían destrozado sus zapatos de tanto bailar y tuvieron que irse. Los príncipes volvieron a llevarlas a remo a la otra orilla, y esta vez el soldado se sentó al lado de la princesa mayor. Saltó primero que ella a tierra y corrió, adelantándose a todas, y cuando, agotadas, las princesas se metieron cada una en su cama, él ya estaba roncando en la suya.

—Estamos a salvo —dijeron ellas al verlo. Se quitaron los vestidos de fiesta, dejaron sus zapatos destrozados debajo de la cama y se echaron a dormir.

A la mañana siguiente el soldado no contó nada de nada. Quería disfrutar otra vez de la bellísima imagen de las avenidas y el castillo. La segunda noche las acompañó otra vez, y lo mismo hizo la tercera, y cada noche pasó todo lo mismo que las anteriores, y cada noche las princesas destrozaron sus zapatos de tanto bailar. La tercera noche, el soldado se llevó consigo una copa, para añadir a las otras pruebas que había ido guardando.

La mañana siguiente a la tercera de las noches era el momento señalado para que contase lo que había conseguido averiguar. Recogió las tres ramas y la copa y se presentó ante el rey. Las princesas se amontonaron al otro lado de la puerta del salón real, porque querían oír lo que el soldado decía.

—Y bien —dijo el rey—. Has tenido tres noches para averiguarlo. Dime, ¿adónde han ido mis hijas a bailar tanto tiempo que han terminado destrozando sus zapatos?

—A un castillo subterráneo, majestad —dijo el soldado—. Se encontraron con doce príncipes que las llevaron en bote de remos al otro lado de un lago.

Y contó todo lo que había ocurrido cada noche con todo detalle, y fue mostrándole al rey las ramas de los árboles de plata, de oro y de diamantes, y también le mostró la copa que se había llevado del castillo que se elevaba bajo tierra. El rey ordenó que las princesas fuesen conducidas ante su presencia.

—Imagino que ya sabéis la historia que me ha contado este hombre —dijo el rey—. Y bien, ¿ha dicho la verdad?

Las princesas no podían negarlo y tuvieron que reconocer que la historia era cierta.

—Entonces, tú lo has conseguido —dijo el rey mirando al soldado—. Dime ahora, ¿cuál de mis hijas quieres que se convierta en tu esposa?

—Mirad, majestad. Ya no soy tan joven como antes —dijo el soldado—. Supongo que debo elegir a la mayor de todas.

—Pues ella será tu esposa —dijo el rey, y la boda se celebró aquel mismo día.

El rey había prometido también que el soldado le sucedería en el trono, y así fue. En cuanto a los príncipes que bailaban con ellas en el castillo subterráneo, les lanzaron un maleficio que duró tantos días como noches habían estado bailando con las doce princesas.

Tipo de cuento: ATU 306, «Los zapatos de baile gastados».
Fuente: Esta historia se la contó a los Grimm Jenny von Droste-Hülshoff.
Cuentos similares: Alexander Afanasiev: «El baile secreto» (*Cuentos populares rusos*).

Este cuento, que también se conoce con el título de «Las doce princesas bailarinas», posee el encanto de todas las historias que cuentan las cosas maravillosas que hay en el mundo subterráneo, en especial si incluyen botes de remos, luces misteriosas, árboles de follaje maravilloso, y música y baile. Permite, por supuesto, ilustraciones magníficas. Apenas he retocado el relato excepto en el encuentro del soldado con la anciana, donde he decidido que los consejos y el regalo de la capa por parte de la mendiga sean la recompensa por la generosidad del soldado.

Hans de Hierro

Érase una vez un rey junto a cuyo castillo había un bosque inmenso en el que vivían toda clase de animales silvestres. Un día el rey ordenó a su cazador principal que fuese al bosque y cazara para él un ciervo, pero se hizo de noche y el cazador no había regresado.

—Es posible que haya sufrido un accidente —dijo el rey.

Al día siguiente ordenó a otros dos cazadores que buscasen al primero, pero tampoco estos dos regresaron.

El tercer día convocó a todos sus cazadores y dijo:

—Salid a buscar por todo el bosque, sin dejar un solo rincón, y no paréis hasta haberlos encontrado a los tres.

Sin embargo, ninguno de los cazadores regresó, ni volvió tampoco ninguno de los perros que les habían acompañado en la búsqueda. A partir de ese día, nadie volvió a atreverse a penetrar en ese bosque, que permaneció cada vez más silencioso y solitario. No se advertía allí más señal de vida que el vuelo ocasional de un águila o un halcón remontando el vuelo por encima de los árboles.

Y así continuaron las cosas durante muchos años, hasta que cierto día, un cazador al que no conocía nadie, y que venía de otro lugar, se presentó ante el rey, dijo que buscaba trabajo, y se ofreció voluntariamente a entrar en aquel peligroso bosque. No obstante, el rey no quiso darle su autorización.

—Algo muy misterioso ocurre allí dentro —dijo el rey—. Probablemente, todo él haya sido objeto de alguna clase de maleficio. Me parece que tampoco tú tendrás más éxito que todos los anteriores. Si entrases, seguramente acabarías desapareciendo, como les ocurrió a los demás.

Pero el cazador respondió:

—Estoy dispuesto a correr ese riesgo, majestad. No conozco el miedo.

Y, acompañado por su podenco, el cazador partió hacia el bosque. Al cabo de poco tiempo, el perro captó un rastro con su olfato, y empezó a seguirlo. Sin embargo, cuando apenas había correteado un poco se encontró al borde de un profundo lago y no pudo continuar el rastreo.

Entonces, un hombre desnudo asomó medio cuerpo en la superficie del agua, agarró al perro, y se lo llevó consigo hacia las profundidades del lago.

Al ver lo que estaba ocurriendo, el cazador regresó al castillo y pidió que le acompañasen tres hombres cargados de baldes, pues pretendía vaciar de agua todo el lago. Cuando ya estaba casi vacío, vieron a un hombre asilvestrado que estaba tendido en el fondo. Tenía toda la piel de color marrón herrumbroso, como si fuese todo él de hierro, y unas melenas larguísimas que le llegaban hasta las rodillas. Le agarraron y ataron bien atado, y le condujeron al castillo.

El aspecto de aquel hombre de hierro dejó boquiabierto a todo el mundo. El rey ordenó que le encerrasen en una jaula que colocaron en el patio de armas, y prohibió, bajo pena de muerte, que ningún súbdito del reino se atreviese a abrirla, y dejó la llave al cuidado de la mismísima reina. A partir de entonces, la gente pudo de nuevo entrar sin miedo en el bosque.

A la sazón, el rey tenía un hijo de ocho años. Un día, mientras el crío jugaba en el patio del castillo, se le escapó la canica de oro con la que estaba jugando y se coló dentro de la jaula por entre los barrotes.

El niño corrió a buscarla y dijo:

—Dame mi canica.

—No te la daré si no abres la puerta de la jaula —dijo el salvaje de hierro.

—No puedo abrirla —dijo el niño—. Mi padre lo ha prohibido.

Y se alejó corriendo de allí. Al día siguiente se acercó otra vez a la jaula y le pidió al salvaje que le devolviera la canica, pero él contestó:

—Abre la puerta.

Y el niño se negó otra vez.

El tercer día, como el rey había salido a cazar, el chico se acercó a la jaula y dijo:

ℋans de Hierro

—Aunque quisiera, no podría abrirla porque no tengo la llave.

—Está guardada —dijo el salvaje— bajo la almohada de tu madre. Sería para ti muy fácil ir a cogerla.

El chico estaba loco por recuperar su canica de oro, de manera que se olvidó de toda cautela y consiguió la llave. Costaba mucho abrir el cerrojo, y cuando estaba haciendo fuerzas el chico se pellizcó el dedo. Pero al final consiguió su objetivo, abrió la puerta y el hombre de hierro le dio la canica y se alejó corriendo de allí.

El chico se asustó mucho.

—¡Eh, salvaje! —gritó con todas sus fuerzas—. ¡Hombre salvaje, no huyas! ¡Me van a dar unos buenos azotes si no regresas!

El salvaje que tenía la piel de color de hierro dio media vuelta, agarró al niño por los brazos, lo montó sobre sus hombros, y a grandes zancadas se alejó hacia el bosque y penetró en él.

Cuando el rey volvió al castillo enseguida notó que la jaula estaba vacía, y al instante fue a ver a la reina y le preguntó qué había pasado. Ella no tenía ni idea de nada, y fue a buscar la llave. Y comprobó que había desaparecido. Después se dio cuenta de que su hijo no estaba por ninguna parte, le llamó, y nadie respondió. El rey y la reina enviaron a unos criados a inspeccionar el parque que rodeaba el castillo, y después a los sembrados y prados que se extendían más allá, y no lograron encontrar al chico. Entonces los padres del crío comprendieron qué había podido ocurrir, y la corte entera acabó sumida en la más profunda tristeza.

Mientras tanto, el salvaje llegó a una zona muy profunda del bosque, bajó el chico al suelo y dijo:

—No volverás a ver a tu padre ni a tu madre nunca más. Pero me has devuelto la libertad, así que yo cuidaré de ti. Me da pena tu situación. Si haces lo que te digo, todo irá bien. Tengo muchos tesoros y poseo oro en abundancia. De hecho, más que nadie en el mundo.

Recogió una buena cantidad de musgo y con él improvisó una cama para el chico, que se quedó dormido enseguida. El salvaje que tenía la piel color de hierro le condujo al día siguiente a un lugar del bosque donde manaba una fuente.

—Fíjate bien —dijo al llegar—. Esta es mi fuente dorada. Sus aguas son transparentes y luminosas, y quiero que nada impida que el arroyo que nace aquí permanezca siempre impoluto. Tienes que sentarte al lado, vigilar, y evitar que caiga en el agua ninguna cosa que la pueda mancillar. ¿Lo entiendes? Cada tarde volveré aquí a ver si has hecho lo que te digo.

El chico se sentó, y se quedó mirando la fuente y el arroyo que allí nacía. De vez en cuando, a cierta distancia de la superficie de las aguas, se acercaba nadando un pez de oro o una serpiente dorada. Y el chico se pasó todo el día vigilando que no cayese dentro del agua nada que la pudiese ensuciar. Pero cuando ya llevaba bastante rato así, el dedo que se había pillado al tratar de abrir la jaula empezó a dolerle cada vez más, y finalmente sintió la necesidad de aliviar el escozor sumergiéndolo en el agua fresca. Lo metió y volvió a sacarlo al instante, y entonces vio asustado que el dedo se había transformado en un dedo de oro. Se frotó la piel una y mil veces, pero pese a todos sus esfuerzos seguía estando tan dorada como en el primer momento.

A última hora de la tarde Hans de Hierro fue a recogerle. Enseguida miró al chico fijamente y, señalando el agua del arroyo, dijo:

—¿Se puede saber qué has hecho con el agua?

—Nada, no he hecho nada —dijo el chico, ocultando detrás de la espalda su dedo de oro para que Hans de Hierro no pudiese verlo.

Pero el hombre salvaje dijo:

—Has metido el dedo en el agua. Mira, no lo voy a tener en cuenta por esta vez. Pero mucho cuidado con dejar que nada mancille el agua nunca más.

A la mañana siguiente el chico ya estaba dispuesto a ir a vigilar la fuente. Al rato de estar sentado allí notó que el dedo volvía a dolerle, y esta vez se conformó frotándoselo en la frente. Pero lo hizo tan fuerte que uno de los cabellos se desprendió de la cabeza y tuvo la mala suerte de que se le cayó en el agua. El chico lo recuperó aprisa y corriendo, pero ya era un cabello dorado.

Cuando llegó a casa, Hans de Hierro ya estaba enterado de lo que había ocurrido.

—Has sido descuidado y se te ha caído un pelo al agua —dijo—. Y ya es la segunda vez que ocurre algo así. No voy a tenerlo en cuenta esta vez tampoco, pero si hubiese otro accidente la fuente quedaría contaminada, y en ese caso no permitiré que sigas viviendo a mi lado.

El tercer día el chico se quedó sentado junto al agua, muy pendiente de no mover el dedo por mucho dolor que sintiera. Pero el tiempo transcurría con una lentitud insoportable, y como no sabía qué hacer, se asomó al agua para mirar su reflejo en ella. Tratando de ver la imagen de sus ojos en el agua, agachó la cabeza otro poco, y como llevaba el cabello muy largo, los pelos se le cayeron hacia delante y se sumergieron las puntas en el agua. El chico levantó la cabeza de una fuerte sacudida, pero ya era tarde. Todos sus cabellos eran ahora dorados y relucían como el sol. ¡Qué miedo pasó el chico a partir de ese momento! No se le ocurrió otra solución que ponerse el pañuelo en la cabeza y sujetar debajo de él lo mejor que pudo todo el cabello para que Hans de Hierro no se enterase de lo ocurrido.

Naturalmente, sin embargo, en cuanto llegó a casa fue lo primero que el salvaje vio.

—Quítate el pañuelo —dijo.

El chico no tuvo más remedio que obedecer. La melena dorada cayó de inmediato sobre sus hombros, y esta vez ni siquiera se le ocurrió ofrecer alguna excusa.

—Estabas a prueba, y has fracasado —dijo Hans de Hierro—. No puedo permitir que sigas viviendo conmigo. No tendrás más remedio que ir vagabundeando por ahí y aprender en qué consiste ser pobre. Pero no eres un mal chico, y quiero que todo te vaya bien, y por eso voy a concederte una cosa. Si alguna vez lo pasas mal de verdad, no tienes más que penetrar en el bosque y una vez dentro, gritas: «¡Hans de Hierro!», y yo acudiré en tu ayuda. Tengo poderes muy grandes, mucho más de lo que puedes imaginarte, y el oro y la plata me sobran.

El príncipe tuvo pues que salir del bosque y a partir de entonces anduvo errando a veces por caminos ocultos y otras por caminos muy transitados, y finalmente llegó a una ciudad muy grande. Allí buscó trabajo, pero no lo encontró porque no había aprendido ningún oficio con el que ganarse la vida. Al final se encaminó al palacio que había en esa ciudad, y al llegar pidió que le dieran alguna ocupación.

La gente de palacio no sabía qué utilidad podía tener para ellos aquel chico, pero era un muchacho amable y simpático, y le permitieron que se quedara. Al final, el cocinero dijo que podía mantenerlo ocupado. Le encargó que transportara leña y agua, y que limpiara de cenizas toda la cocina.

Un día, cuando los camareros estaban muy atareados y no había ninguno libre, el cocinero dijo al chico que llevase un plato a la mesa del rey. Como el chico no quería que nadie viese que tenía el cabello de oro, no se quitó el gorro con el que siempre trabajaba. Al rey le sorprendió que se presentara ante él sin descubrirse la cabeza, como estaba mandado, y dijo:

—Muchacho, cuando vengas a servir esta mesa debes antes quitarte cualquier clase de sombrero o prenda con que te cubras la cabeza.

—Será mejor que no lo haga, majestad —dijo el chico—, porque en ese caso lo llenaría todo de caspa.

El rey ordenó que subiese el cocinero y se presentara ante él, y le riñó por haber permitido que sirviese la mesa real un chico con un problema de caspa tan acusado. Y le ordenó que prescindiera inmediatamente de sus servicios. Al cocinero, sin embargo, le dio pena el chico y consiguió que le dejaran trabajar como ayudante del jardinero, y fue así como el jardinero se quedó con el muchacho.

A partir de entonces el chico se dedicó a cosas como plantar y regar, podar y segar, y soportar el viento y la lluvia, pues trabajaba siempre a la intemperie. Cierto día de verano, estaba el chico trabajando solo en el jardín pero como hacía un calor tremendo, se quitó el sombrero para que la brisa le refrescara un poco la cabeza. En cuanto los rayos de sol alcanzaron su cabello, arrancaron de él brillos y centelleos tan intensos que algunos de los reflejos se colaron por la ventana de una habitación donde se encontraba la princesa.

Ella salió enseguida corriendo hacia la ventana para ver qué provocaba esos reflejos, vio al chico y le gritó:

—¡Tráeme un ramo de flores, chico!

Él volvió a ponerse enseguida el sombrero, recogió unas cuantas flores silvestres y las ató y formó con ellas un buen ramo. Cuando le vio subir las escaleras de palacio, el jardinero jefe le dijo:

—¿Se puede saber en qué estás pensando, chico? ¿Cómo se te ocurre llevarle a la princesa unas flores tan vulgares? Ya puedes tirar ese ramo ahora mismo, y prepara otro con flores muy especiales. Mira, en ese rosal de ahí acaban de salir muchas flores grandes de color rosa. Haz un buen ramo con ellas.

—¿Esas? No es buena idea. No tienen aroma. En cambio, las flores silvestres de mi ramo huelen maravillosamente bien. Estoy seguro de que a ella le van a gustar mucho más.

Al entrar el chico en la habitación de la princesa, ella dijo:

—¡Quítate el sombrero! No es correcto que lleves cubierta la cabeza ante mi presencia.

—Alteza real, no puedo quitármelo —dijo—. Tengo muchísima caspa.

Pero sin hacerle el menor caso, la princesa ya había agarrado el ala del sombrero y de un tirón se lo arrebató. En el mismo instante cayó sobre los hombros del chico su cabellera de oro, que era impresionante. El chico trató de salir corriendo, pero la princesa se lo impidió porque le estaba sujetando del brazo. Luego le dio al chico un puñado de monedas y permitió que se fuera. El chico se llevó aquel montón de ducados, pero como a él no le servían de nada, se dirigió al jardinero y le ofreció todas las monedas.

—Para tus hijos —dijo el chico.

Al día siguiente la princesa volvió a llamarle desde la ventana y le dijo que le subiera otro ramo de flores silvestres. Cuando el chico entró con el nuevo ramo en la habitación, la princesa le agarró el ala del sombrero al instante, pero él se lo sujetó muy fuerte a la cabeza. Ella volvió a darle unos cuantos ducados y de nuevo el chico se los entregó al jardinero, diciendo que eran para sus hijos. Y lo mismo, de principio a final, volvió a ocurrir una tercera vez al día siguiente. La princesa no pudo quitarle el sombrero, y él rechazó las monedas.

Poco tiempo después, aquel reino se vio inmerso en una guerra. El rey convocó a todos sus consejeros, y no hubo modo de que se pusieran de acuerdo sobre qué era más conveniente: si ceder a las pretensiones del enemigo o combatir contra él. El ejército del reinado rival era muy grande y muy poderoso.

El chico que trabajaba de ayudante del jardinero dijo un día:

—Ya me he hecho mayor. Si me dan un caballo, iré a la guerra y combatiré y defenderé este reino.

Otros jóvenes, al oírle, dijeron riendo:

—No te preocupes. En cuanto nos vayamos, tendrás tu caballo. Te dejaremos uno en la cuadra.

El chico, que con el paso de los años ya se había convertido en un joven, esperó a que los demás se fueran y luego se dirigió a la cuadra en busca del caballo. Lo encontró, y resultó que estaba cojo de una pata y renqueaba así: *clopeti-clap, clopeti-clap.*

Pese a todo, montó en ese caballo y salió cabalgando hacia el bosque grande y profundo, y allí estuvo viviendo durante unos días. Cuando llegó a la orilla del bosque se detuvo y gritó muy fuerte:

—¡Hans de Hierro!

Y lo repitió tres veces, y su voz resonó por todo el bosque.

Enseguida se presentó el salvaje y dijo:

—Dime, ¿qué necesitas?

—Me voy a la guerra —dijo el joven—. Necesito un buen caballo.

—Pues te voy a proporcionar un buen caballo y también otras muchas cosas.

El salvaje se metió de nuevo en el bosque y desapareció en sus profundidades. Poco después apareció un mozo de cuadras de entre los árboles. Iba tirando de las riendas de un magnífico caballo que relinchaba y daba coces y parecía indomable. Y no solo eso. Detrás del magnífico corcel apareció un regimiento de caballeros con armadura de hierro. Habían desenvainado sus espadas, que centelleaban al sol.

El joven dejó el caballo cojo al cuidado del palafrenero, montó el otro corcel y partió al frente de los caballeros. Al llegar al campo de batalla comprobaron que ya habían caído muchos de los soldados del rey, y que los demás ya estaban a punto de emprender la retirada. Por eso, el joven lanzó a su regimiento a la carga inmediatamente, y el regimiento cayó sobre el enemigo como si fuese una tormenta, y los soldados enemigos fueron cayendo uno tras otro. Ese ataque provocó la confusión entre las tropas rivales, pero el joven atacó al enemigo de forma despiadada y no hizo que su regimiento cesara en el combate hasta que todos los enemigos cayeron o huyeron en desbandada.

Concluida la batalla, el joven no regresó de inmediato a ver al rey, sino que eligió un camino que daba cierto rodeo y condujo a su regimiento de caballeros al bosque, y en cuanto llegó volvió a llamar a Hans de Hierro.

—¿Y ahora, qué quieres? —dijo el salvaje.

—Quédate con tu brioso corcel y con todos tus caballeros, y devuélveme mi caballo cojo.

Así lo hizo Hans de Hierro, y el joven regresó a ver al rey montado en el caballo cojo, que caminaba haciendo *clopeti-clap*, *clopeti-clap*.

Por su parte, el rey regresó al castillo, y en cuanto llegó salió corriendo a recibirle su hija y le felicitó por haber obtenido aquella victoria tan grandiosa.

—No tengo mérito alguno —dijo el rey—. Nos salvó un caballero desconocido que salió al rescate de nuestro ejército al frente de todo un regimiento de caballeros que se protegían con armaduras de hierro.

La princesa preguntó con insistencia acerca del caballero salvador, pero el rey no pudo decirle nada acerca de aquel soldado misterioso.

—Lo único que sé —dijo el rey— es que el enemigo, al enfrentarse a su furia, acabó poniendo los pies en polvorosa. Y tras la victoria, él y sus caballeros se fueron.

La princesa fue a ver al jardinero, le preguntó cómo estaba su ayudante, y el jardinero, riendo, respondió:

—Acaba de regresar montado en un caballo cojo —dijo—. Los demás se han estado mofando de él. «Mirad, ya viene el jinete del caballo cojitranco», dicen en cuanto él aparece. «Dinos, ¿dónde has estado escondido mientras duraba la batalla?», añaden, riéndose a carcajadas. Y ¿sabéis, majestad, qué les contesta él? «Hice más por ganar esa guerra que todos vosotros juntos. De no haber sido por mí, hubiésemos sufrido una terrible derrota.» Y cuando le oyen hablar así, los demás se parten de risa.

Más tarde, el rey dijo a su hija:

—Vamos a celebrar un gran torneo. Durará tres jornadas. Quiero que lances al aire una manzana de oro, a ver si alguno de los jinetes es capaz de atraparla al vuelo. Tal vez se presente a competir el caballero misterioso. Estas cosas ocurren a veces. Nunca se sabe.

Cuando el joven ayudante del jardinero oyó que se convocaba el torneo, salió del castillo, fue al bosque y llamó a Hans de Hierro.

—Cuéntame, ¿qué deseas esta vez?

—Ser yo el que atrape al vuelo la manzana que tire la princesa.

—Dalo por hecho —dijo Hans de Hierro—. Además, te voy a proporcionar para esas justas una armadura roja, y montarás un caballo alazán.

El día en que el torneo comenzó, el joven apareció galopando un hermoso alazán, y ocupó su puesto entre los caballeros participantes. Sin embargo, nadie le reconoció. La princesa lanzó desde la tribuna una manzana de oro hacia donde se agrupaban los contendientes, y el joven la cazó al vuelo. Y en cuanto la tuvo a buen recaudo, hizo que su caballo diese media vuelta y se alejó al galope.

Al día siguiente, Hans de Hierro le proporcionó un caballo blanco como la nieve y una armadura blanca. De nuevo el segundo día fue él quien logró atrapar la manzana al vuelo, y otra vez se alejó de allí al galope.

Esta vez el rey se enfadó de verdad.

—Como ese jinete vuelva a largarse de esta forma sin dejar siquiera su nombre a nadie —dijo—, todos los demás participantes deben salir a perseguirle, y si no acepta regresar voluntariamente, están todos autorizados a emplear las lanzas y las espadas para convencerle. No pienso tolerar un comportamiento así.

El tercer día del torneo, Hans de Hierro le proporcionó una armadura negra y un caballo negro como la noche. Y otra vez fue él quien consiguió atrapar la manzana. Pero esta vez, cuando se alejó de allí, los demás jinetes salieron a perseguirle, y uno de ellos se acercó lo suficiente como para clavarle la punta de la lanza en una pierna. Debió de atravesarla limpiamente y clavarse también en el caballo, porque este se levantó de manos de forma tan brusca que el joven jinete, mientras trataba de controlarlo, acabó perdiendo el casco, que cayó rodando al suelo. Vieron todos los demás en ese momento que el joven tenía una cabellera que brillaba como el oro. Pero no alcanzaron a ver nada más porque el joven logró sujetar bien al caballo y le hizo galopar, y finalmente consiguió huir. Los demás contendientes regresaron al castillo y le contaron lo sucedido al rey.

Al día siguiente, la princesa llamó al jardinero y le preguntó por su ayudante.

—Está podando los rosales, majestad —dijo el jardinero—. Ese joven es una persona muy extraña. Sé que ha participado en el torneo, y lo ha ganado. Lo sé porque ayer noche, cuando regresó, vino a casa y estuvo mostrándoles a mis hijos las tres manzanas de oro. Dijo que era él quien las había cazado al vuelo, pero la verdad es que no entiendo de qué manera ha podido hacerlo.

El rey ordenó que fuese llamado a su presencia. Y el joven acudió, pero sin quitarse el sombrero. La princesa se acercó a él y se lo quitó por sorpresa, y su cabellera de oro le cayó hasta los hombros. Y era tan guapo que todo el mundo se quedó asombrado.

—Dime, joven. ¿Eres tú el caballero que se ha presentado al torneo los tres días, vestido cada jornada con una armadura de diferente color y montado en un corcel a juego, y el mismo que cada día se ha llevado la manzana de oro?

—Lo soy —dijo el joven—. Y aquí están las tres manzanas. —Las mostró para que todos las vieran, y tras sacarlas de su bolsillo se las dio al rey—. Majestad, si hacen falta más pruebas, ved la herida que me hizo uno de los otros jinetes ayer, cuando salieron todos a perseguirme. Y también soy el caballero que ayudó a vuestro ejército a obtener el triunfo sobre el enemigo.

—Si eres capaz de semejantes proezas, no puedes ser el ayudante del jardinero —dijo el rey—. Dime, ¿quién es tu padre?

—Es un rey poderoso, de modo que tengo todo el oro que haga falta.

—Hummm. Entiendo. Para empezar, debo darte las gracias —dijo el rey—. Y ahora, dime. ¿Hay alguna cosa que pueda hacer por ti como muestra de gratitud?

—Sí que la hay, ciertamente —dijo el joven—. Puedes darme a tu hija por esposa.

La princesa se rio con ganas, y dijo:

—¡No se anda por las ramas! Desde el primer momento supe que no era un simple jardinero.

Y dicho esto se acercó al joven y le besó.

El padre y la madre del joven príncipe fueron a la boda real y estaban locos de felicidad, porque hacía mucho tiempo que habían abandonado toda esperanza de volver a ver con vida a su hijo.

Cuando los festejos de la boda se encontraban en pleno apogeo, de repente la música dejó de sonar. Se abrieron las puertas y entró, acompañado por un enorme grupo de cortesanos, un gran rey que se mostraba muy orgulloso de su alcurnia. Caminó a grandes zancadas hacia el joven, le dio un abrazo fuerte, y dijo:

—Soy Hans de Hierro. Un maleficio me convirtió en un salvaje, pero tú me devolviste la libertad. Tuyos serán todos mis tesoros.

Tipo de cuento: ATU 502, «El salvaje».

Fuente: Por un lado es una historia que narró la familia Hassenpflug a los Grimm; por otro lado, «*Eiserne Hans*» (Hans de Hierro) es uno de los cuentos recogidos por Freidmund von Arnim en *Hundert Mährchen im Gebirge gesammelt* («Cien cuentos de las montañas»), 1844.

A comienzos del decenio de 1990 este cuento obtuvo una gran repercusión mundial debido a la publicación del libro de Robert Bly titulado *Iron John. Una nueva visión de la masculinidad* (Plaza & Janés, 1992; Gaia Ediciones, 2011), que se constituyó en uno de los textos esenciales en el apartado «Movimiento masculino» de las secciones de autoayuda de las librerías. Según Bly, los varones contemporáneos se han ido feminizando, y las formas de vida actuales han ido alejándolos de las formas adecuadas de desarrollo de su psique. Debido a todo ello, los hombres necesitaban un nuevo modelo de masculinidad que les permitiera una iniciación adecuada a la verdadera virilidad, cosa que solo podrían proporcionarles quienes fuesen hombres auténticos, y nadie más. Esta historia, y ese hombre salvaje que es uno de sus protagonistas, proporciona según Bly el modelo necesario.

Puede que algo de todo eso se encuentre en este cuento, pero a mi modo de ver, estas cosas, para que funcionen de verdad, tienen que hacerlo de manera muy escasamente explícita. Solo así tienen alguna clase de eficacia. Si alguna cosa puede alejar a quienes oyen contar un cuento susceptible de tener toda clase de interpretaciones trascendentales es, precisamente, que alguien se precipite a explicar el sentido de la historia maravillosa que les han contado. Así que me limitaré a decir aquí que, sea cual sea su presunto significado, esta es una magnífica historia.

En las diversas versiones en lengua inglesa de esta historia, he encontrado toda clase de aliteraciones que tratan de imitar el sonido de los pasos del caballo cojo: *higgledy-hop* (D. L. Halishman, *A Guide to Folktales in the English Language*); *clippety-clop* (Ralph Mannheim, *The Penguin Complete Grimms' Tales for Young and Old*); *hobblety jig* (Margaret Hunt, *Grimm's Household Tales*); *hippety-hop* (Jack Zipes, *Brothers Grimm: The Complete Fairy Tales*) y *hobbled-clop* (David Luke, *Brothers Grimm: Selected Tales*). La version de Luke es para mí la mejor de todas, y se la robé para la mía.

Tal vez convenga añadir que, en el original alemán, el cojeo del caballo suena así: *hunkepuus*.

El monte Simeli

Éranse una vez dos hermanos, el uno rico y el otro pobre. El hermano rico, aunque tenía una gran fortuna, no ayudó nunca al pobre, que apenas lograba ganarse el sustento vendiendo grano. Las cosas le iban francamente mal, y muy a menudo su esposa y sus hijos no tenían para comer en todo el día más que un mendrugo.

En cierta ocasión, el hermano pobre caminaba empujando el carro por un camino que atravesaba el bosque, cuando vio a un lado del camino una montaña alta y rocosa. Era la primera vez que se fijaba en ese monte portentoso, y se quedó mirándolo, más que sorprendido. Y mientras lo contemplaba también vio que se aproximaban al lugar donde él se encontraba doce hombres de muy mala catadura. Ellos no se habían fijado en él, y como el hermano pobre pensó que probablemente se trataba de una banda de ladrones, empujó el carro hasta dejarlo oculto detrás de unos matorrales, y después trepó a lo alto de un árbol para que no lo encontrasen.

El grupo de hombres se fue directamente al pie de la montaña, que no se encontraba lejos de allí, y al llegar dijeron a voz en grito:

—¡Monte Semsi! ¡Monte Semsi! ¡Ábrete!

Inmediatamente, con un retumbar de rocas, se hizo en la montaña una abertura que daba paso a una enorme cueva. Los doce ladrones penetraron en la cueva, cuya abertura volvió a cerrarse en cuanto estuvieron todos dentro.

El comerciante de grano permaneció sentado en la copa del árbol preguntándose qué hacer. No llevaba mucho tiempo devanándose los sesos cuando retumbaron de nuevo las rocas, la cueva se abrió otra vez, y los hombres salieron de allí cargando sobre los hombros unos sacos muy pesados.

Cuando estaban fuera y a plena luz del día, gritaron todos a la vez:

—¡Monte Semsi! ¡Monte Semsi! ¡Ciérrate otra vez!

La entrada de la cueva quedó tan fuertemente sellada que desapareció por completo de la vista, y los doce ladrones se fueron por donde habían venido antes.

Una vez desaparecieron por completo de la vista, el pobre comerciante bajó del árbol. Sentía una enorme curiosidad por averiguar qué había dentro de las tripas de la montaña, y decidió acercarse al pie de la ladera y una vez allí gritó:

—¡Monte Semsi! ¡Monte Semsi! ¡Ábrete!

La montaña se abrió, y el hombre entró. El interior de la montaña estaba repleto de monedas de plata y oro, y de montañas enormes de perlas, rubíes, esmeraldas y diamantes. Ninguna pila de grano que hubiese visto en su vida el pobre comerciante era tan alta como aquellas montañas de piedras preciosas. Se quedó contemplando esos tesoros, pensando qué hacer, dudando si llevarse o no parte de aquel tesoro. Al final no pudo resistir la tentación y se llenó los bolsillos de monedas de oro. Pero dejó las piedras preciosas y no tocó ni una sola.

Después de cargarse de monedas cuanto pudo, miró con cuidado por si acaso alguien le había visto, salió de la montaña caminando de puntillas, y gritó:

—¡Monte Semsi! ¡Monte Semsi! ¡Ciérrate otra vez!

La montaña obedeció la orden, y el comerciante de grano volvió a casa con el carro vacío.

A partir de entonces vivió felizmente una temporada, pues tenía oro suficiente como para abastecer a su familia de pan, y además también pudo comprar para todos ellos carne y vino. E incluso tenía como para dar limosna a los pobres, y así lo hizo. De manera que vivió contento y satisfecho e hizo a los necesitados todo el bien que pudo. Cuando se le acabaron las monedas, pidió a su hermano un celemín y regresó al Monte Semsi. Una vez en la cueva, llenó el celemín de monedas de oro y, al igual que la primera vez, no tocó ninguna piedra preciosa.

Cuando quiso una tercera provisión de monedas de oro, pidió otra vez un celemín a su hermano. Esta vez el hermano rico sintió una enorme curiosidad. No lograba imaginar de dónde podía sacar su hermano pobre el dinero que le permitía que en su casa no les faltara nunca de nada, y decidió tenderle una trampa. Embreó el fondo del celemín, y cuando su hermano se lo devolvió, en el fondo del cajón de madera se había quedado pegada una moneda de oro.

Y al verla, sin esperar ni un momento fue a ver a su hermano pobre.

—¿Para qué me pediste el celemín? ¿Qué querías medir con él? —dijo.

—Trigo y cebada, lo mismo de siempre.

—Dime, entonces, ¿qué es esto, trigo o cebada? —dijo el hermano rico mostrándole la moneda—. Anda, di la verdad. Porque como no me digas exactamente lo que está pasando, ¡pienso denunciarte!

El comerciante de grano tuvo que contarle la verdad a su hermano rico. Y este, en cuanto se enteró de la existencia de un tesoro en las profundidades de una cueva situada en el Monte Semsi, enganchó el asno al carro y se dirigió hacia aquel lugar con la idea de cargar muchísimo más oro del que se había llevado su hermano, y además una buena cantidad de piedras preciosas.

En cuanto llegó a la montaña, alzó la voz y dijo muy fuerte:

—¡Monte Semsi! ¡Monte Semsi! ¡Ábrete!

La montaña se abrió y el hombre dejó el carro fuera y entró en la cueva. Durante largo rato se quedó boquiabierto contemplando aquel enorme tesoro que tenía ante sí; no se decidía por dónde empezar. Finalmente se encaminó a las joyas y se metió un puñado tras otro de piedras preciosas en los bolsillos. Pensaba ir sacándolo todo y cargando el carro poco a poco. Pero su corazón y su espíritu estaban tan ebrios por culpa de la magnitud del tesoro que había encontrado, que terminó olvidándose de lo principal. Y cuando quiso abrir la montaña y salir con su carga, dijo:

—¡Monte Simeli! ¡Monte Simeli! ¡Ábrete otra vez!

Naturalmente, el nombre del monte no era exactamente ese que él estaba pronunciando, y la montaña no se movió ni un dedo. El hermano rico comenzó a sentir miedo, y luego se puso a probar varios nombres más, uno tras otro. «¡Monte Simelo! ¡Monte Sintoni! ¡Monte Sipisapo! ¡Monte Sapipapo! ¡Monte Sinsonte!»

Y, por supuesto, ninguno de esos nombres funcionó. Cuanto más confundido se sentía, más miedo le entraba, y cuanto más miedo le entraba, más se confundía.

De esta manera fue transcurriendo el tiempo. Se rompió las uñas arañando la montaña y las rocas, pues creía que a lo mejor de esta manera sería capaz de averiguar por qué sitio exactamente se abría la cueva. Luego volvió a probar de recordar el nombre: «¡Monte Sinpaso! ¡Monte Samili! ¡Monte Salsita! ¡Monte Saleche! ¡Monte Solomito!»

Los tesoros que le llenaban los bolsillos no le servían de nada. Ni tampoco le resultaban de utilidad estando allí dentro la cuenta del banco, las propiedades inmobiliarias, las acciones y bonos en bolsa: ninguna de esas cosas le permitía salir de su encierro.

Hasta que hubo un momento en que, desde el otro lado de la montaña, le llegaron voces que decían:

—¡Monte Semsi! ¡Monte Semsi! ¡Ábrete!

¡Claro que sí! ¡Ese era el nombre que no lograba recordar! ¿Cómo había podido olvidarlo?

Y enseguida la montaña comenzó a abrirse, y vio que en el exterior, una docena de ladrones se había quedado mirándole fieramente.

—Ya te tenemos —dijo el más grandote y fiero de todos ellos—. ¡Por fin! ¿Acaso creías que no habíamos notado que ya habías entrado dos veces?

—¡No fui yo! ¡Fue mi hermano! ¡De verdad! ¡Él fue el que robó todas estas joyas! ¡Mirad! Yo solo he venido a devolverlas. ¡Os lo juro!

Pero a ellos les daba igual lo que dijera, y de nada le sirvió rogar y suplicar. Aquella mañana había entrado de una pieza en la montaña. Por la noche, salió troceado en un buen montón de pedazos.

Tipo de cuento: ATU 676, «Los cuarenta ladrones».
Fuente: Esta historia se la contó Ludowine von Haxthausen a los hermanos Grimm.
Cuentos similares: «La historia de Alí Babá y los cuarenta ladrones exterminados por una esclava» (*Las mil y una noches*); Italo Calvino: «Los trece bandidos» (*Cuentos populares italianos*).

Es evidente que esta historia es la primera mitad del conocidísimo cuento de *Las mil y una noches*. Como mínimo, esta versión procede de la traducción original francesa realizada por Antoine Galland (1646-1715), que no es exactamente la misma cosa ya que, a falta de manuscritos en lengua árabe de «Alí Babá» y de «Aladino» fechados anteriormente a la versión de Galland, los expertos sospechan que fue el propio Galland quien inventó esas historias. La versión italiana que recoge Calvino es muy similar al cuento de los Grimm.

¿Y se puede saber dónde está aquí la segunda mitad de la historia? Echo de menos que cosan de nuevo los pedazos en los que cortaron los ladrones el cuerpo del hermano, que los ladrones se escondan en las tinajas de aceite, y que la fiel esclava los haga morir en aceite hirviendo. O bien Ludowine von Haxthausen no conocía esta parte de la historia (y entonces, tampoco la conocía la fuente descubierta por Calvino), o bien alguien, tal vez los propios hermanos Grimm, decidieron que quedaba mejor el cuento sin ese final. Yo disiento de esa presunta opinión. No sería nada complicado germanizar los elementos exóticos que aparecen en la historia maravillosa de Galland, para redondear debidamente este cuento.

Heinz el Perezoso

Heinz era perezoso de nacimiento. Aunque su única ocupación consistía en llevar todos los días la cabra a pastar, por la noche, cuando llegaba a casa, no paraba de quejarse.

—Francamente —decía—, llevar la cabra al prado cada día, durante todos los días del año, es un trabajo verdaderamente diabólico. Hay trabajos en los que de vez en cuando puedes permitirte cerrar los ojos y echar una siestecita. Pero esto mío es horrible. Una maldición. Una responsabilidad tremenda. Tengo que estar vigilando a cada segundo, no vaya a ser que la cabra mordisquee los árboles más jóvenes, o que se abra paso a través de un seto y se meta en el huerto de algún vecino. O que se escape y no haya modo de volver a encontrarla. Así no hay manera de descansar ni un momento, poner los pies en una silla, dormitar, disfrutar de la vida...

Se sentó a meditar sobre su triste destino. Una meditación muy sencilla, por cierto, pues el único pensamiento que ocupaba su cabeza era el de su cansancio, absolutamente nada más. Porque solo podía dar vueltas a lo dura que era la vida que tenía que sobrellevar. Estuvo muchísimo tiempo concentrado en este tema hasta que, de golpe y porrazo, se le ocurrió una idea. Se incorporó en la silla y batió las palmas.

—¡Ya sé qué voy a hacer! —dijo—. Me casaré con Trina *la Grandota*. Ella tiene también una cabra, y podría sacar a pastar a su cabra y la mía juntas, y me ahorraría todos estos problemas. ¡Qué idea tan buena!

Y así fue como decidió ponerse en pie y caminar todo el trecho que separaba su casa de la casa de los padres de Trina *la Grandota*, y en cuanto llegó les pidió la mano de su hija, que era una chica muy buena y muy trabajadora. Ellos no se lo pensaron ni un momento y le dijeron que estaban de acuerdo, ya que llevaban bastantes años pensando de qué manera podían librarse de ella.

«Dios los cría y ellos se juntan», pensaron los padres de la chica, y dieron su consentimiento a la boda.

Fue de esta manera como Trina *la Grandota* se convirtió en la esposa de Heinz, y a partir de ese día fue ella la encargada de sacar a pastar a las dos cabras. Heinz se lo pasó en grande desde el primer momento, ya que en todo el día no tenía nada que hacer. Muy de vez en cuando acompañaba a su esposa, pero su única intención era disfrutar todavía más del hecho de no tener nada que hacer al día siguiente.

—Si no fuera por eso —decía—, no le sacaría todo el provecho a mi existencia . La variedad es la pimienta de la vida.

Lo que ocurría es que, de hecho, Trina *la Grandota* era tan perezosa como él.

—Heinz, esposo mío —dijo ella un día—. He estado pensando en una cosa.

Pensar era para ella una ocupación tan tremendamente agotadora como para él, de modo que él supo al punto qué clase de torturas había estado padeciendo su esposa, y se dispuso a escucharla con la máxima atención.

—¿Y puede saberse en qué has estado pensando? —dijo él.

—En las cabras —dijo ella—. Es terrible que cada madrugada se pongan a balar y que con tanto ruido nos despierten tan temprano.

—Tienes absolutamente toda la razón —dijo él.

—Y se me ha ocurrido que podríamos buscar a un vecino que estuviera dispuesto a cambiar su colmena por nuestras cabras. Podríamos poner la colmena en el rincón que hay al fondo del huerto, allí donde da mucho sol, y no tendríamos que preocuparnos de nada nunca más. Porque, a ver: ¿acaso tienes que sacar las abejas a pastar por el campo? Las abejas vuelan ellas solas, encuentran las flores y después regresan solitas a casa. Y no paran de hacer miel, y si tuviéramos abejas nosotros no tendríamos que hacer nada de nada.

—¿Y se te ha ocurrido todo esto a ti sola? —dijo Heinz.

—Bueno, la verdad es que sí —dijo ella con modestia.

—Pues me parece una idea extraordinaria. En serio te lo digo. Y vamos a ponerla en práctica ahora mismo. Bueno, mejor tal vez dejarlo para mañana. Y voy a decirte otra cosa —dijo él, casi con entusiasmo—: la miel tiene un sabor muchísimo más bueno que la leche de cabra.

—Y se conserva en buen estado mucho más tiempo —añadió ella.

—¡Mi adorada Trina! Si te acercas a mi silla, te voy a dar un beso.

—Bien, pero ahora no. Luego.

—Sí, de acuerdo.

A la mañana siguiente le contaron a un vecino la idea que habían tenido, y ese vecino dijo inmediatamente que estaba de acuerdo. Se llevó las cabras a su casa y les llevó la colmena hasta el huerto que había en la parte de atrás de la casa de Heinz y Trina, y la dejó instalada justo en el rincón más soleado. Y a partir de ese día las abejas trabajaron incansablemente. Cada mañana salían y entraban volando de la colmena, cada noche regresaban, e iban recogiendo néctar de las flores y llenando el panal de riquísima miel. Al cabo de un tiempo, Heinz pudo sacar una jarra llena de miel.

La colocaron en el estante que había encima de la cama. Trina estaba preocupada pensando que podía ocurrir que fueran unos ladrones y se la robaran, o que los ratones metieran el hocico y armaran un auténtico estropicio, y decidió coger una vara de avellano muy fuerte y guardarla debajo de la cama. Así, en caso de que se presentaran los ratones o los ladrones, podría cogerla sin levantarse siquiera de la cama y utilizarla para ahuyentar a unos o a otros.

A Heinz le pareció que su esposa había vuelto a tener una idea brillante. Cada vez admiraba más la capacidad que Trina estaba demostrando de adelantarse a los acontecimientos. A él, tener que pensar en cosas que aún no habían ocurrido le producía un agotamiento terrible. Además, nunca se levantaba de la cama antes del mediodía.

—Madrugar es malo porque no le sacas a la cama todo el partido posible, con lo cara que sale al comprarla —dijo.

Una mañana, estaban los dos tumbados en la cama desayunando, cuando, de repente, aunque fuera insólito, se le ocurrió una idea a él.

—¿Sabes una cosa? —dijo Heinz, dejando la tostada sobre la colcha—. Como todas las mujeres, tú eres muy glotona, y te vuelve loca todo lo dulce, no lo negarás. Y como sigas pegando esos bocados a la miel, nos vamos a quedar pronto sin nada. Te propongo una idea. ¿Por qué no cambiamos la colmena por una oca hembra que tenga muchos patitos? Convendría hacerlo antes de que nos quedemos sin miel.

—¿Una oca con patitos? —dijo Trina en son de alarma—. ¡Si todavía no he tenido ningún hijo!

—¿Y qué tiene que ver la oca con eso?

—¡Porque nuestro hijo se encargaría de la oca, naturalmente! Yo, al menos, no pienso hacerlo. ¿De dónde crees tú que podría yo sacar el tiempo para andar persiguiendo patitos?

—Vaya —dijo Heinz—. Pues no había pensado en eso. De todas formas, ¿crees que si tienes un hijo hará lo que le digas? Últimamente los críos no obedecen nunca. Se ha perdido el respeto por los padres, ¿sabes? Todo el mundo lo dice.

—Pues te voy a enseñar lo que le pasará a mi hijo como no me haga caso —dijo Trina, y sacó la vara de debajo de la cama—. Sacaré la vara y le daré unos buenos azotes. Le voy a zurrar la badana, ¿qué te habías pensado? ¡Así le voy a dar!

Y comenzó a descargar unos golpes tremendos con la vara contra el colchón, tan fuertes que saltaron volando plumas y polvo y migas de pan. Pero tuvo la desgracia de que, cuando alzó la vara por última vez, golpeó con la punta la jarra de miel que estaba en el estante de encima de la cama, y la jarra se rompió en pedazos al caer, y la miel se derramó por la pared y resbaló hasta el suelo.

—Pues ahí desapareció la oca —dijo Heinz— y todos sus patitos. Y mira que en mi opinión no habría hecho falta vigilarles gran cosa, ¿sabes? Menos mal que la jarra no me ha caído en la cabeza, por cierto. Oye, ¿has visto adónde ha ido a parar la tostada?

La encontró en el suelo, con el lado untado de mantequilla contra el piso, y la empleó para rebañar parte de la miel que seguía resbalando despacio por la pared.

—Anda, cariño —dijo Heinz—. Es lo último que queda. ¡Para ti!

—Gracias, cielo —dijo ella—. ¡Vaya susto que me he llevado!

—Lo que necesitamos ahora es un buen descanso, ¿sabes? No importa que nos levantemos un poco más tarde que de costumbre.

—Tienes razón —dijo ella con la boca llena de tostada—. Hay tiempo de sobra. Como el caracol al que invitaron a la boda. Salió temprano y se encaminó hacia allí a su paso, y llegó justo a tiempo para el bautismo del primer hijo. «Las prisas no son buenas consejeras», dijo el caracol cuando caía de lo alto del muro.

Tipo de cuento: ATU 1430, «Castillos en el aire».
Fuente: Esta historia apareció en la obra de Eucharius Eyering titulada *Proverbiorum Copia* (Muchos proverbios), 1601.
Cuentos similares: Esopo: «La lechera y la cántara» (*Fábulas completas*); Alexander Afanasiev: «Los ensueños» (*Cuentos populares rusos*); Katharine M. Briggs: «Jack el lechero» (*Folk Tales of Britain*).

Existen muchas variaciones en torno a la vieja idea de la persona que sueña despierta y especula sobre lo que va a hacer con la venta de la leche que lleva al mercado. La lechera imagina que se comprará un precioso vestido, y entonces inclina la cabeza imaginando lo elegante que va a estar, y al hacerlo vuelca la cántara que lleva encima de la cabeza y derrama así por los suelos lo que había estado soñando. Esta historia admite muchos escenarios y personajes, y a mí me gustó especialmente el cariño que sienten el uno por el otro este par de vagos redomados, y la mucha satisfacción que les produce su holgazanería.

Hans el Fuerte

Érase una vez un hombre que vivía con su esposa en un valle muy remoto, sin más compañía que su hijo pequeño. Cierto día la mujer se fue al bosque a buscar ramas de abeto para el hogar y se llevó consigo al pequeño Hans, que apenas tenía dos años de edad. Era primavera, y como al niño le gustaron mucho los colores brillantes de las flores, sin darse cuenta madre e hijo fueron internándose cada vez más en el bosque.

De repente asomaron por detrás de los matorrales unos ladrones, capturaron a madre e hijo, y se fueron con ellos hacia el corazón del bosque, hasta lugares que apenas pisaba ninguna persona inocente una sola vez al año. La pobre mujer rogó a los ladrones que les dejaran libres a los dos, pero era como hablar con una pared. Se mostraron sordos a sus ruegos y súplicas, y continuaron tirando a rastras de ella a través de zarzales y matas espinosas, y al cabo de un par de horas llegaron ante una roca enorme en la que había una puerta.

Los ladrones llamaron a la puerta, y esta se abrió. Avanzaron por un pasadizo bastante largo que desembocaba en una cueva, en la que había una hoguera encendida a un lado. De las paredes colgaban espadas y sables y otras armas igualmente mortales, cuyas hojas reflejaban con destellos las llamas del hogar. El centro de la cueva lo ocupaba una mesa negra en torno a la cual otros cuatro ladrones jugaban a los dados. El jefe de los ladrones se sentaba a la cabecera de la mesa, y se levantó al ver a la mujer y el niño, y dijo:

—Deja de llorar. No tienes nada que temer, con tal de que limpies bien todo esto. Barre el suelo y mantenlo todo limpio y ordenado, y verás que no te tratamos del todo mal.

Y mientras decía estas palabras le dio a la mujer un poco de pan y de carne, y le indicó una cama para que durmieran ella y su hijo.

Fue así como permanecieron unos cuantos años con los ladrones, y Hans creció y se convirtió en un chico bastante fuerte. Su madre le contó cuentos y le enseñó a leer gracias a un viejo libro de soldados y armaduras y caballos que encontró en un rincón de la cueva.

Al cumplir Hans los nueve años, él solito se fabricó un garrote muy grande con una gruesa rama de abeto que robó del montón de leña para el fuego del hogar. Escondió el garrote detrás de la cama y después se acercó a su madre y dijo:

—Mamá, necesito saberlo. Dime, ¿quién es mi padre?

La mujer no respondió. No quería contarle a su hijo ningún detalle de la vida que habían llevado antes de ir a parar a esa cueva, por miedo a que la nostalgia le royera el corazón, ya que sabía que los ladrones no les permitirían nunca salir de allí. Pero también es cierto que estaba destrozada pensando que su hijo Hans no vería nunca a su padre.

Aquella noche, cuando los ladrones regresaron de una de sus batidas criminales, Hans sacó el garrote, se dirigió a donde estaba el jefe y dijo:

—Quiero saber quién es mi padre. Mi madre no me lo quiere decir, por eso te lo pregunto a ti. Y como no me lo digas, te daré un porrazo que te tumbará en el suelo.

Esto provocó una sonora carcajada por parte del jefe de los ladrones, que además le dio semejante cogotazo a Hans que lo tiró y lo hizo rodar por debajo de la mesa. El chico ni siquiera soltó el menor grito de queja. Se limitó a pensar para sí: «Espera a que pasen algunos años más. Y ya puedes andarte con cuidado el día en que haya crecido un poco.»

Pasó un año y Hans sacó un día su garrote, sopló sobre su superficie para quitarle el polvo, y pensó: «En efecto, es un buen garrote, fuerte de verdad.»

A la mañana siguiente, cuando los ladrones regresaron de sus correrías, tenían ganas de beber. Vaciaron tantas jarras de vino que la cabeza empezó a darles vueltas, y se fueron amodorrando. Hans estaba esperando esa oportunidad. Cogió entonces el garrote, se plantó delante del jefe y volvió a preguntarle:

—¿Quién es mi padre?

De la misma manera que había hecho la vez anterior, el jefe le dio un tremendo cogotazo, y Hans volvió a caer al suelo. Pero esta vez se puso en pie al instante, agarró el garrote con todas sus fuerzas, y les propinó al jefe y a todos los ladrones tal paliza que los dejó doloridos e incapaces de reaccionar. Su madre, que observaba la escena desde una esquina de la cueva, se quedó pasmada ante aquella demostración de fuerza y bravura que había hecho su hijo.

Cuando Hans terminó con todos, dio media vuelta, la miró y dijo:

—Ya ves que hablo muy en serio. Quiero saber quién es mi padre.

—Pues bien, mi valiente Hans —dijo su madre—. Creo que deberíamos salir e ir a buscarle.

Mientras ella trataba de coger las llaves, que colgaban de una anilla sujeta al cinturón del jefe, Hans llenó un saco de harina de los grandes con todo el oro, la plata y las joyas que cupieron en él. Luego, con un movimiento airoso, lo alzó en el aire, se lo puso a la espalda y salió de la cueva siguiendo los pasos de su madre.

Al salir a plena luz del día y ver tantos árboles y flores, tantos pájaros y la luz del sol brillando sobre todas las cosas, Hans se quedó asombrado, lo miró todo boquiabierto, y puso una cara como si se hubiese quedado tonto de repente. Su madre, entretanto, miraba a su alrededor, tratando de encontrar el camino de regreso a su casa. Muy pronto se pusieron a caminar; y al cabo de unas cuantas horas llegaron a su casita del valle.

El padre de Hans estaba sentado en el portal, y cuando supo que aquella mujer era su esposa, y que aquel chico vivaz era su hijo, lloró de alegría, porque hacía muchísimo tiempo que los había dado por muertos.

Aunque fuese todavía un crío, Hans era más alto que su padre, al que le sacaba una cabeza, y muchísimo más fuerte que él. Cuando entraron en casa, Hans dejó el saco en el banco que había delante del hogar y enseguida se escuchó el estrépito de las tablas que se quebraban bajo aquel peso enorme. Primero se rompió el banco, luego se hundió el suelo, y el saco cayó a la bodega.

—Santo cielo, chico, ¿se puede saber qué has hecho? —dijo el padre—. ¿Piensas derribar la casa entera?

—No te preocupes por nada, padre —dijo Hans—. En ese saco hay oro y tesoros más que suficientes para construir una casa nueva.

Y, en efecto, muy pronto Hans y su padre comenzaron a edificar una nueva casa. Además, pudieron comprar muchas tierras a su alrededor, y también ganado, y crearon una granja. Cuando Hans se encargaba de andar detrás del arado y clavaba a fondo la reja en tierra, el chico empujaba tan fuerte que los bueyes casi no tenían que hacer esfuerzos para tirar de él.

Cuando empezó la primavera siguiente, Hans dijo a su padre:

—Padre, quiero ver mundo. Guarda todo el dinero y dile al herrero que me haga un bastón que pese cien libras. Partiré en cuanto lo tenga preparado.

Y así es como Hans se fue de casa en cuanto le prepararon aquel bastón tan especial y tan pesado. Se fue a buen paso y llegó muy pronto a un valle profundo, y oyó un sonido extraño y se paró para averiguar qué era. Era un ruido producido por algo que se rompía y resquebrajaba. Dio media vuelta y vio un abeto muy alto que estaban retorciendo desde el suelo hasta la copa como si se tratara de una cuerda. El que lo retorcía de esa manera era un tipo enorme que había cogido el tronco con las dos manos y le iba dando vueltas con la misma facilidad que si se tratara de un haz de juncos.

—Eh, tú —dijo Hans—. ¿Se puede saber qué estás haciendo?

—Ayer estuve cortando troncos, y ahora necesito una cuerda para atarlos bien y llevármelos.

«Eso es lo que yo estaba esperando, un tipo así —pensó Hans—. No es uno de esos alfeñiques que tanto abundan por el mundo.»

—Entonces, deja todo eso y vente conmigo. Olvídate de los troncos, que nos lo vamos a pasar muy bien.

Aquel hombre soltó el tronco retorcido. Cuando estuvo al lado de Hans este comprobó que era verdaderamente grande. Le sacaba una cabeza entera a él.

—Te llamaré Tuercepinos —dijo Hans—. Encantado de haberte conocido.

Siguieron caminando juntos y al cabo de un rato oyeron unos martilleos y unos golpes que hacían que la tierra temblase debajo de sus pies. Cuando salieron de detrás de una colina comprobaron cuál era la causa de todo aquello. Había un gigante que se encontraba frente a un acantilado, y estaba arrancando enormes rocas con la fuerza de sus manos.

—Buenos días, amigo —dijo Hans—. ¿Podrías decirme para qué arrancas esas rocas?

—Porque no consigo dormir —dijo el gigante—. Me tumbo, cierro los ojos, y al poco rato empiezan los osos y los lobos y los zorros a olisquear y rondar cerca de mí, y así no logro descansar a gusto. He decidido construir una casa, a ver si así duermo con un poco de paz y tranquilidad.

—No está mal —dijo Hans—. Pero nosotros te brindamos una idea mejor incluso. Olvida la casa, y ven a recorrer mundo conmigo y con Tuercepinos.

—¿Adónde vais?

—No lo sé. En busca de aventuras.

—Buena idea —dijo el gigante.

—Te voy a llamar Romperrocas —añadió Hans.

Al gigante le pareció bien, y los tres caminaron luego por un bosque, sembrando a su paso el terror entre todos los animales que se cruzaban con ellos. Por la noche llegaron a un castillo abandonado, y allí se tumbaron a dormir.

A la mañana siguiente Hans se levantó y salió a ver el jardín, que había sido invadido por los zarzales. Mientras miraba a su alrededor, un jabalí salió de la maleza y cargó directamente contra él, pero Hans descargó con el bastón un brutal porrazo en la cabeza del animal, que cayó muerto allí mismo. Hans se cargó el jabalí sobre los hombros y lo entró en el castillo. Sus compañeros lo ensartaron en un grueso espetón y lo asaron al fuego, y luego comieron un desayuno magnífico. Acordaron turnarse a la hora de cazar y cocinar. Dos de ellos saldrían cada día de caza, y el tercero se quedaría a cocinar. Calcularon que iban a necesitar, para alimentarse bien, nueve libras de carne diaria por cabeza.

El primer día de caza les correspondió salir a Hans y Romperrocas, y Tuercepinos se quedó en el castillo a cocinar. Y estaba este último muy atareado preparando una salsa cuando de repente apareció en la cocina un viejo arrugadísimo.

—Dame un poco de carne —dijo el anciano.

—¡Lárgate por donde has venido, gorrón! —dijo Tuercepinos—. ¿Para qué quieres carne?

El escuálido anciano reaccionó lanzándose contra Tuercepinos y atizándole semejante paliza que el otro no pudo defenderse siquiera, y acabó cayendo al suelo, con la cabeza dándole vueltas. Ni siquiera entonces dejó el viejo de atacarle. En cuanto lo tuvo en el suelo continuó dándole puñetazos y patadas, y no paró hasta que se calmó la ira que la respuesta de Tuercepinos había provocado. Jamás en la vida había visto Tuercepinos nada parecido.

Cuando los dos cazadores volvieron al castillo, Tuercepinos había empezado a recuperarse, y prefirió callar por completo respecto a lo ocurrido con el anciano; sobre todo porque no podía atribuirse grandes méritos en el enfrentamiento, del que tan mal parado había salido. «Ya veremos cómo se las apañan ellos, si vuelve de visita ese monstruo», pensó Tuercepinos.

Al día siguiente le tocó el turno de cocina a Romperrocas. Y le ocurrió lo mismo que el día anterior le había ocurrido a su amigo. Se negó a darle carne al viejo, y se llevó una paliza de las de aúpa. Cuando los cazadores volvieron al castillo, Tuercepinos se fijó bien en la cara de Romperrocas, y enseguida comprendió que había vivido una experiencia igual que la suya. Pero los dos permanecieron en silencio al respecto, y prefirieron esperar a ver qué tal se las arreglaba Hans *el Fuerte*.

Al día siguiente sus dos compañeros salieron de caza, y Hans se quedó a cocinar en el castillo. Estaba cogiendo grasa de un tarro para untar la carne del asado con ella, cuando entró en la cocina un viejo escuchimizado que le pidió un pedazo de carne para comer.

«Es un pobre diablo —pensó Hans—. Le daré un trozo de mi parte, y así los otros dos no tendrán que ver reducida su ración.» Cogió el cuchillo, cortó un buen tajo, y el anciano se la comió en un momento. En cuanto engulló toda la carne que le habían dado, el viejo pidió otro poco más. Hans, que era una persona de buen carácter, le dio otro poco, diciéndole:

—Es un buen pedazo. Con esto deberías tener más que suficiente.

Eso le sentó muy mal al viejo, que se lanzó a por él. Pero esta vez se enfrentaba a un rival de otra categoría. Sin utilizar su fuerza al máximo, Hans le soltó a las primeras de cambio un revés que dio con los huesos del viejo en el suelo. Aprovechó Hans su caída para darle una patada en la espalda, y el viejo salió despedido escaleras abajo y esta vez cayó en mitad del patio. Hans salió en su persecución, pero tropezó en un peldaño y cayó rodando, y cuando se puso en pie el viejo ya había desaparecido corriendo como una flecha hacia el bosque. Hans corrió en pos de él a toda la velocidad que le permitieron sus piernas, y le dio tiempo a ver que el viejo se escondía en una hoquedad que se formaba entre una roca y el suelo. Tomó buena nota de aquel lugar y volvió al castillo, donde tenía que seguir cuidando del asado.

Cuando los otros dos volvieron al castillo, les sorprendió encontrar tan animado a Hans. Este les contó lo ocurrido, y esta vez ellos no callaron, sino que contaron lo que les había pasado. Hans se rio de buena gana al escuchar lo de las palizas que recibieron.

—Os lo teníais merecido, por ser tan tacaños —dijo—. Y debería daros vergüenza que unos tipos tan grandes como vosotros hayáis recibido una paliza de ese mico insignificante. No importa. Vamos a darle una buena lección.

Buscaron una cuerda gruesa y un cesto grande y se encaminaron al bosque, y fueron directamente a la hoquedad donde el viejo se había escondido. Comprobaron enseguida que en realidad allí se abría en el suelo un estrecho pozo que bajaba hacia las profundidades de la tierra. Ataron el cesto con la cuerda y bajó primero metido en el cesto Hans, armado con su bastón de cien libras.

Cuando llegó al fondo del pozo Hans vio una puerta, y al abrirla lo primero que vio fue a una doncella tan adorable que parecía un cuadro hecho carne. Estaba encadenada a la pared de roca, y en su expresión se notaba una tremenda repugnancia y un horror ilimitado. Sentado junto a ella en una silla Hans vio al anciano, que acariciaba el cabello de la doncella y le tocaba las mejillas con sus huesudos dedos.

Al ver la escena completa, Hans soltó un grito y pegó al mismo tiempo un brinco hacia la puerta, y la cerró para que el viejo no pudiera escapar de allí. Luego trató de atraparle, pero el viejo pegaba saltos, rebotaba contra las paredes, y sin dejar de soltar aullidos y lanzar puñetazos, iba brincando de un lado a otro con tal agilidad que Hans no fue capaz de tocarlo siquiera. Era como tratar de pegarle a una mosca con un lápiz. Al final Hans consiguió arrinconarle, volteó su bastón por encima de la cabeza y descargó en el cuerpo del viejo un golpe tan tremendo que lo dejó tieso en el suelo.

En cuanto el viejo murió, se soltaron las cadenas de la doncella, y esta quedó liberada. Hans no podía apenas dar crédito a sus ojos. Nunca había visto a nadie tan maravilloso como ella. Y la joven dijo que era hija de un rey.

—No me sorprende —dijo Hans—. Hubiera jurado que eras una princesa. Y ahora dime, ¿cómo es que terminaste encadenada en esta cueva?

—Había un joven noble que quería casarse conmigo, y que se negaba a aceptar mi negativa —dijo la doncella—. Me parece que eso le volvió loco. Me secuestró y me encerró aquí abajo, y dejó vigilándome a ese viejo monstruoso. Pero con el tiempo el viejo empezó a mostrarse muy exigente. Ya has visto cómo me trataba. Menos mal que has venido...

—No tiene la menor importancia —dijo Hans—. Ahora lo principal es tratar de sacarte de esta cueva profunda. Tengo ahí un cesto grande, y arriba un par de compañeros que podrán izarte. Anda, métete ahí.

La ayudó a meterse en el cesto y dio un tirón a la cuerda. De inmediato los dos de arriba se pusieron a tirar de la cuerda, y al cabo de un rato el cesto bajó otra vez, vacío.

Hans no estaba completamente seguro de que sus compañeros fuesen de fiar. «Callaron respecto a las palizas que les había propinado el viejo —pensó—. Así que vete tú a saber qué piensan hacer en este momento.» En lugar de meterse en el cesto, Hans metió dentro su pesado bastón y dio unos tirones a la cuerda. Y el cesto empezó a subir, pero no había llegado ni tan solo a mitad del recorrido cuando los de arriba soltaron la cuerda y el cesto cayó, y el pesado bastón dio al chocar contra el suelo un golpe muy sonoro que retumbó en la cueva. Si Hans hubiese estado metido en el cesto, aquella caída le hubiese matado.

«Parece que he acertado —pensó Hans—. No eran nada de fiar. Pero lo importante es, ¿qué voy a hacer ahora? ¿Cómo saldré de aquí?»

Comenzó a dar vueltas, una tras otra, al pequeño espacio que había al fondo del pozo, y a cada momento se sentía un poco más desesperado. No se le ocurría cómo escapar de aquella trampa. «Qué final tan terrible sería morir aquí abajo de hambre y sed —pensó—. No creo que mi destino sea este.»

Entonces se fijó en el anillo que llevaba puesto el viejo, porque notó que brillaba y centelleaba en medio de la oscuridad. «¿Y si se tratara de un anillo mágico? —pensó—. Nunca se sabe.»

Cogió el anillo, lo sacó del dedo del muerto y se lo puso él. De inmediato notó una vibración, algo que zumbaba y revoloteaba alrededor de su cabeza. Alzó la vista y vio que volaban en torno a él más de mil diminutos espíritus del aire. Cuando ellos notaron que los miraba, le saludaron haciendo una reverencia, y el mayor de todos ellos dijo:

—Amo y señor nuestro, estamos aquí para obedecer tus órdenes. ¿Qué quieres que hagamos?

Hans se quedó sin habla, pero en cuanto se recuperó de la sorpresa dijo:

—Pues quiero que me subáis hasta lo alto de este agujero siniestro. Eso es lo que debéis hacer enseguida.

—¡Ahora mismo, señor!

Cada uno de los diminutos espíritus del aire le cogió de uno de sus cabellos, y de esta forma comenzaron a izarle. Hans tenía durante el recorrido la misma sensación que si estuviera flotando. Y en unos instantes se encontró en lo alto, sentado en el suelo del bosque y mirando aliviado a su alrededor. Naturalmente, no había ni rastro de Tuercepinos ni de Romperrocas, ni tampoco señales de la doncella.

—¿Adónde se habrán ido esos pícaros? —dijo en voz alta.

Los espíritus del aire salieron volando al instante, y a los pocos momentos regresaron lanzándose en picado hacia él desde el cielo y se quedaron flotando en el aire ante Hans como una nube de minúsculos enanitos.

—Han subido a bordo de una nave, señor —dijo el jefe de los espíritus.

—¿Tan pronto? ¿Y va con ellos la doncella?

—En efecto, señor, va con ellos. Y la han atado muy fuerte, por si se le ocurre tirarse por la borda.

—¡Ay, pobrecilla! ¡Después de todo lo que ha tenido que soportar! Pues bien, voy a dar cuenta de esos desdichados inmediatamente. ¿De qué lado está el mar?

—Hacia allí, señor.

Hans se puso en marcha, corrió con todas sus fuerzas y alcanzó la orilla muy pronto. Se puso de puntillas sobre lo alto de una duna de la playa, se hizo sombra sobre los ojos con una mano, porque el sol se estaba poniendo, y apenas logró distinguir a lo lejos la silueta de un pequeño barco de vela.

—¿Navegan en ese velero?

—Exacto, señor.

—¡Pues se van a enterar de lo que les pasa a quienes traicionan a sus amigos!

Profundamente indignado y ofendido en lo más íntimo, Hans saltó al agua, dispuesto a alcanzar a nado el velero. Y no le hubieran faltado fuerzas de haber tenido que hacerlo, pero el peso de su bastón de cien libras le hundió en el agua hasta el fondo del mar, lo cual alteró muchísimo la vida tranquila de los pulpos y las estrellas de mar.

—Blublublublu —gorgoteó Hans. Pero no pasó nada.

Se acordó finalmente del anillo mágico. Lo hizo girar con la otra mano, y de repente se vio rodeado de mil burbujitas, pues los espíritus habían obedecido y acudido a su llamada. Primero le subieron a la superficie, y después le sacaron del agua, tan deprisa que mientras arrancaba el vuelo roció el mar de montones de agua a izquierda y a derecha.

Segundos más tarde se encontraba en la cubierta del barco, y Romperrocas y Tuercepinos trataron de alejarse corriendo hacia el otro extremo del barco. Tuercepinos, como si fuese una ardilla, trepó a lo alto del palo mayor a gran velocidad, y Romperrocas intentó esconderse en la bodega en medio del cargamento. Hans fue primero a por él, lo agarró, lo sacó del escondite y le dio un buen mamporro con el bastón, y allí quedó su antiguo compañero tendido en el suelo, sin sentido. Después agarró con las dos manos el palo mayor y empezó a sacudirlo muy fuerte, hasta que Tuercepinos cayó y fue a dar de lleno en la afilada esquina del tejadillo que protegía al timonel. Luego Hans los agarró y tiró a los dos por la borda, y ese fue para ambos el final de sus días.

Después dejó libre de las amarras a la doncella.

—¿Qué rumbo hay que tomar para ir al reino de tu padre?

—Sudoeste —dijo ella.

Y Hans les pidió a los espíritus del aire que soplaran contra las velas. La brisa que provocaron era magnífica, y el velero llegó pronto a puerto, y Hans devolvió la princesa a sus padres.

Ella contó al rey y la reina lo valiente que había sido Hans, y ellos comprendieron que lo que había que hacer era autorizar que se casara con su hija. El rey y la reina estuvieron encantados de contar con un yerno como Hans, y todos ellos vivieron felices el resto de sus días.

Tipo de cuento: ATU 301, «Las tres princesas robadas».
Fuente: Esta historia se la contó a los Grimm Wilhelm Wackernagel.
Cuentos similares: Katharine M. Briggs: «El hombrecito del pelo rojo», «Tom y el gigante patoso», «Tom Hickathrift» (*Folk Tales of Britain*); Italo Calvino: «La bola dorada» (*Cuentos populares italianos*); Jacob y Wilhelm Grimm: «El gnomo» (*Cuentos para la infancia y el hogar*).

Esta es una historia construida juntando trozos de historias diversas, y esos trozos no quedan aquí demasiado bien entrelazados. Los ladrones de la cueva solo sirven para que Hans y su madre puedan huir de ellos. Tuercepinos y Romperrocas, los forzudos compañeros de viaje, jamás tienen una sola oportunidad para demostrar su especial talento y vigor; y el salvaje noble que secuestró a la princesa no es más que un intermediario que mete a la princesa en la cueva, y jamás sabemos nada más de él. ¿Acaso terminó olvidándose de la doncella? ¿Murió acaso en el desarrollo de alguna aventura? ¿No hubiese podido reaparecer al final, de modo que Hans se enfrentase con él en feroz combate, de manera que el protagonista se convirtiese en un héroe más valiente y fuerte incluso?

Habría otra alternativa. La historia podría prescindir de ese príncipe y hacer que el siniestro viejecito no solo fuera el vigilante sino que también hubiera sido el autor del secuestro. Una forma bien sencilla de resolver el problema.

Y finalmente tenemos el asunto del anillo a cuya llamada acuden los espíritus del aire. Encontrarse con algo así en las profundidades de una cueva de la que no hay escapatoria se parece mucho al efecto «Aladino».

Lo que no queda nada claro es por qué razón el viejo malvado no utiliza ese mismo anillo para dar cuenta de Hans y librarse de él.

Y podría añadir más comentarios parecidos. Un cuento así no admite tratar de introducir «mejoras». Porque enseguida se te rompe todo en pedazos inconexos.

$\mathcal{L}$a luna

Hace mucho, muchísimo tiempo, había un país cuyas noches eran todas completamente oscuras. Cuando se ponía el sol, el cielo cubría el mundo entero como si fuese un manto negrísimo, porque la luna no aparecía nunca en el firmamento, y tampoco brillaba en la oscuridad ninguna estrella. Mucho tiempo antes, cuando fue creado el mundo, también allí brillaba suavemente el cielo nocturno, y la luz de los astros permitía verse de noche, aunque solo fuera un poquito.

Cierto día, cuatro hombres que vivían en ese reino emprendieron un viaje y llegaron a un reino vecino justo cuando el sol se estaba poniendo detrás de unas montañas. Cuando el sol ya había desaparecido por completo, se quedaron los cuatro paralizados de la sorpresa al ver que una bola plateada emergía en el cielo por detrás de la copa de un gran roble, y a partir de entonces extendió por toda la tierra una suave luminosidad. Aunque no era tan brillante como el sol, daba la luz suficiente como para verse y distinguir unas cosas de las otras. Los cuatro viajeros no habían visto jamás nada parecido, de manera que detuvieron a un campesino que pasaba por allí montado en su carro y le preguntaron qué era aquello.

—¿Eso? Es la luna, qué va a ser —dijo el campesino—. La compró el alcalde. Pagó tres escudos por ella. Hay que echarle aceite todos los días y mantenerla bien limpia para que siga siempre así de brillante y luminosa. Y le pagamos un escudo diario por encargarse del trabajo.

Después de que se fuera el campesino, uno de los jóvenes viajeros dijo:

—¿Sabéis lo que pienso? Que en nuestro pueblo esta cosa que aquí llaman luna nos iría la mar de bien. Mi padre tiene en el jardín un roble grande, casi tanto como ese de ahí. Seguro que no le importaría que la colgásemos de ese roble. ¿No os parece que sería magnífico no tener que andar a tientas en cuanto se hace de noche?

—Me parece una buenísima idea —dijo el segundo viajero—. Necesitamos un carro y un caballo, y podríamos llevarnos la luna a casa. Al fin y al cabo, los de este pueblo podrían comprarse otra.

—Yo soy muy bueno a la hora de trepar a los árboles —dijo el tercero—. Voy a subir a por ella.

El cuarto joven se encargó de buscar un carro y unos caballos de tiro, el tercero trepó a lo alto del roble, taladró un agujero en la luna, pasó por allí una cuerda y tiró de ella hacia el suelo. Cuando aquella bola refulgente estuvo cargada en el carro, la cubrieron con una lona embreada para que nadie viera la luz que emitía, y partieron de regreso a su tierra.

En cuanto llegaron a casa colgaron la luna de un roble muy grande. A todo el mundo le gustó muchísimo que aquella lámpara tan grande proyectara su luz por todos los campos y se colara por todas las ventanas. Incluso los enanitos de las montañas salieron de sus cuevas porque querían verla bien, y los gnomos del bosque, vestidos con sus chaquetas rojas, salieron a bailar en los prados a la luz de la luna.

Los cuatro amigos se responsabilizaron de cuidar de la luna. La mantuvieron limpia, cuidaron de que la mecha tuviera la longitud necesaria cada noche y vigilaron que no le faltara nunca el aceite. Y se hizo una colecta por todo el pueblo, y cobraban un escudo cada semana por hacer ese trabajo.

Y así transcurrieron sus vidas hasta que envejecieron. Un día, uno de ellos comprendió que se acercaba el momento de la muerte, y llamó a su abogado y cambió el testamento. En el nuevo documento decía que, dado que una cuarta parte de la luna le pertenecía, ese pedazo debía ser enterrado en su tumba al lado de él. Y así fue como, al morir, el alcalde trepó al roble, cortó una cuarta parte de la luna con las podaderas, y aquel pedazo de luna fue metido en el ataúd. La luz del resto de la luna brilló a partir de esa noche con algo menos de intensidad, pero la gente seguía pudiendo verse de noche bastante bien.

Cuando murió el segundo, enterraron con él otra cuarta parte de la luna, y la luz por la noche se hizo todavía menos intensa. Pasó lo mismo con el tercero, y cuando murió el cuarto y fue enterrado, la noche quedó otra vez del todo oscura, y si la gente del pueblo se olvidaba de coger una lámpara cuando salía después de ponerse el sol, acababa tropezando con todo, igual que ocurría antiguamente en el pueblo.

Cuando las cuatro partes de la luna se reunieron en el mundo subterráneo, en donde siempre había reinado la más completa oscuridad, las almas de los muertos empezaron a inquietarse y a despertar de su sueño. Se llevaron una gran sorpresa al comprobar que se veía tan bien allí abajo. La luz de la luna les bastaba y sobraba porque habían tenido los ojos cerrados tanto tiempo que no hubiesen podido soportar la luz del sol. Aquel fenómeno animó mucho a todas las almas, que empezaron a salir de las tumbas y a pasárselo en grande. Jugaban a los naipes, bailaban, iban a la taberna y se emborrachaban, discutían y terminaban peleándose, sacaban palos y se atizaban mutuamente, y el jaleo que se armaba allí abajo terminó haciendo tanto estruendo que finalmente alcanzó el mismísimo cielo.

San Pedro, que vigila la puerta del cielo, pensó que se había desatado la revolución, y convocó a todos los espíritus celestiales para que unieran fuerzas, hicieran frente al Diablo y a sus tropas infernales, y los repelieran. Pero como no aparecieron los demonios ante la puerta celestial, san Pedro decidió montar en su caballo angelical, y cabalgó hasta el fondo del mundo subterráneo para comprobar personalmente qué estaba pasando allí. Y al llegar les dijo a las almas:

—¡Seréis desdichadas! ¡Ya podéis tumbaros otra vez en vuestras tumbas! Que no quede ninguna fuera. ¿No sabéis que estáis todas muertas?

Entonces vio cuál era el problema: la luna había recompuesto y unido sus cuatro partes, y allí no había modo de que nadie pudiera dormir. Descolgó la luna, la subió consigo al cielo y la puso lo más alta que pudo, donde nadie pudiera alcanzarla. Desde aquel día la luna brilla en todo el mundo, y todos los reinos, dondequiera que estén, disfrutan de su luz. Y san Pedro coge un pedacito de luna cada noche, hasta que casi no queda nada, y después le devuelve pedazo a pedazo a lo largo de un mes, y así no hay nadie que pueda olvidarse de quién es el que manda de verdad.

Pero los trocitos que va arrancando cada día no los guarda abajo, en el mundo subterráneo, sino que los mete en un armario especial que hay en el cielo. Y abajo, los muertos siguen durmiendo en plena oscuridad.

Tipo de cuento: No está clasificado.
Fuente: Esta historia aparece en la obra de Heinrich Pröhle titulada *Märchen für die Jugend* (Cuentos para jóvenes), 1854.

Wilhelm Grimm incluyó este cuento en la última de sus ediciones de los *Kinder-und Hausmärchen* [Cuentos para la infancia y el hogar], la de 1857. Es un cuento que pertenece a un estilo ligeramente distinto del de los otros. Es una especie de mito de la creación que muy pronto se convierte en una historia de humor absurdo. Tiene una fuerza irresistible, pese a que su final es tal vez demasiado brusco, cuando san Pedro se lleva la luna y la cuelga del cielo. Me parece que podría haberse desarrollado esta conclusión un poco mejor.

$\mathcal{L}$a chica de las ocas

Érase una vez una mujer muy vieja que vivía con sus ocas en un rincón solitario en medio de las montañas. Su casa estaba rodeada de un bosque muy espeso y grande. Cada mañana cogía el nudoso bastón, y con sus pasos poco ágiles se iba al bosque, donde recogía hierba para las ocas y de paso pillaba cuantos frutos silvestres encontraba en los matorrales. Después se lo cargaba todo en un saco a la espalda y lo llevaba a casa. Si se cruzaba con alguien por el camino, solía saludar con mucha amabilidad y decía:

—¡Buenos días, vecino! ¡Qué buen tiempo tenemos hoy! Cargo solo con la hierba que puedo llevar. Los pobres tenemos que llevar siempre alguna carga.

A los vecinos, sin embargo, no les gustaba nada encontrarse con ella. Cuando la veían llegar por el camino, preferían ir por otro, y si se cruzaba con ella un padre que iba caminando con su hijo, el padre solía decirle en susurros al chico:

—¡Ándate con cuidado con esa vieja! ¡Conoce muchas cosas raras, y no me extrañaría que fuese una bruja!

Cierta mañana, un joven apuesto caminaba por el bosque bajo un sol reluciente. Los pájaros cantaban, soplaba una brisa que refrescaba el aire y agitaba las hojas, y el joven se sentía animado y feliz. En toda la mañana no había visto ni una sola persona por el camino, hasta que de repente se cruzó con la vieja. Vio que llevaba una hoz y estaba agachada en tierra, cortando hierba. Ya tenía un montón de hierba cortada al lado, y también vio el joven que había llenado un par de cestas de manzanas y peras silvestres.

—¡Madre mía, querida anciana! —dijo el joven—. ¡No me dirás que vas a cargar con todo ese peso tú sola!

—No me queda otro remedio, señor —dijo ella—. Los ricos no tienen que cargar con pesos semejantes, pero los pobres tenemos un dicho que reza así: «No vuelvas la vista atrás, solo verás lo mucho que se te ha ido doblando la espalda.» Claro que, si estuvierais dispuesto a ayudarme, señor... Veo que disfrutáis de una espalda muy tiesa y de unas buenas piernas, y muy largas. Seguro que no sería para vos un peso excesivo. Mi casita está cerca, hacia allí. El bosque no permite divisarla desde aquí, pero no está nada lejos.

El joven sintió lástima de ella y dijo:

—Soy un rico de esos que dices. Mi padre es noble, debo reconocerlo, pero te voy a demostrar que también nosotros podemos llevar sobre los hombros una carga pesada. Yo llevaré por ti todo eso.

—Muchas gracias por vuestra amabilidad, señor —dijo ella—. Nos llevará apenas una hora de camino, pero seguro que no os resultará una carga muy pesada. Podríais llevar de paso las manzanas y las peras, si no os importa.

Cuando el joven escuchó eso de que la casa estaba a una hora de camino, comenzó a pensar que tal vez había sido demasiado generoso con el ofrecimiento, pero la anciana había aceptado tan deprisa que no había tenido tiempo de echarse atrás. La anciana tomó un gran pañuelo, metió toda la hierba dentro, ató los extremos, lo cargó sobre los hombros del joven, y después le dio las manzanas y las peras para que llevara las cestas con las manos.

—¿Lo veis? —dijo la anciana—. Es poca cosa.

—Bueno, pesa mucho, la verdad —dijo el joven—. ¿Seguro que esto no es más que hierba? ¡Tengo la sensación de llevar piedras! Y la fruta, ¿de verdad que es fruta? ¡Pesa horrores! Con esta carga casi no puedo respirar...

De buena gana lo hubiese vuelto a dejar todo en el suelo, pero estaba convencido de que, de haberlo hecho, la vieja se habría burlado de él. En realidad, ya le tomaba el pelo con no poca crueldad.

—¡Vaya con el caballero elegante! —iba diciendo la anciana—. ¡Cómo puede quejarse por tener que llevar el mismo peso que una pobre anciana es capaz de cargar cada día! Es muy fácil hablar. Es muy sencillo decir que también los ricos pueden llevar cargas pesadas sobre sus hombros. Vaya, vaya. Y a la hora de hacer cosas en lugar de hablar por hablar, ahora resulta que os quejáis antes de dar el primer paso. ¡Será posible! Venga, no sé qué hacéis tan parado.

¡A caminar! En marcha, porque si no lo hacéis vos, nadie va a hacerlo.

Mientras el camino fue llaneando, el joven fue al menos capaz de soportar todo aquel peso. Pero tan pronto como comenzó a serpentear el sendero cuesta arriba, a cada paso tropezaba con una piedra, y las piedras resbalaban y saltaban lejos de sus pies como si estuviesen vivas, y cada vez le costaba más esfuerzo avanzar. La frente se le iba perlando de sudor. Y las gotas le resbalaban rápidamente por la cara y la nuca, y se le colaban cuello abajo, primero muy calientes y después muy frías.

—No puedo dar ni un paso más —dijo el joven jadeando—. Necesito parar a descansar un rato.

—¡Ni pensarlo! —dijo la anciana—. Cuando lleguemos, podréis parar y descansar, pero hasta que estemos en casa debéis seguir caminando. Quién sabe, ¡si no cejáis en el empeño, a lo mejor os trae suerte!

—No lo soporto ni un momento más —gimió el joven—. ¡Esto es absurdo!

Trató de bajar la carga de los hombros, pero por motivos que se le escapaban, no había manera. El atado de hierba permanecía pegado a su espalda como si hubiese echado raíces allí. Por mucho que movió todo el cuerpo y empujó la carga a un lado y al otro, era imposible sacarse el fardo de encima. Y la anciana no paraba de reírse de él a carcajadas y pegar brincos de contento agarrada al bastón.

—Joven, no vale la pena que os enfadéis. Tenéis la cara más colorada que un pavo. Llevad la carga con paciencia, y cuando lleguemos a casa a lo mejor os doy una propina.

¿Qué podía hacer el joven? Nada que no fuera seguir avanzando tras los pasos de la anciana, tropezando constantemente, procurando no caer. Lo más extraño era que, mientras que la carga que sobrellevaba él daba la sensación de ir haciéndose más pesada a cada paso, ella se mostraba cada vez más ágil.

De repente, la anciana pegó un salto tremendo, tanto que aterrizó justo encima del fardo de hierba que él llevaba sobre sus hombros, y se quedó sentada allí encima. Aunque la anciana era flaca como un bastón, pesaba más que una rolliza campesina. Las piernas del joven se doblaban bajo semejante carga, el esfuerzo hacía que le temblaran todos los músculos, que además le dolían muchísimo, y si trataba de parar un momento para recobrar fuerzas, la anciana le azotaba con unas ortigas que hacían que le escociera la piel. El joven gruñía, sollozaba, forcejeaba por no caer al suelo, y en un momento en que estaba seguro de no poder más, cuando se sentía a punto de doblarse y caer derrumbado al suelo, el camino giró hacia un lado y al punto vio la casa de la anciana.

Cuando las ocas la vieron llegar, todas estiraron el cuello y abrieron las alas, y corrieron a recibirla haciendo sonar sus picos de alegría. Y caminando tras las ocas apareció otra anciana, que se ayudaba con un bastón. No era tan viejísima como la primera, sino que era alta, grande, y tenía la cara ancha y fea.

—¿Dónde has estado, madre? —dijo la nueva anciana a la que llegaba con el joven—. Has tardado tantísimo que temía que te hubiese ocurrido algún percance.

—Ningún percance, pequeña —dijo la anciana—. Me encontré con este joven tan amable, que se ofreció a llevar él la carga. Y, ya lo ves, cuando yo estaba cansada de caminar, ha querido llevarme incluso a mí encima de él. Hemos estado conversando tan amigablemente que el camino se nos ha hecho muy corto.

La anciana se dejó resbalar hacia el suelo, y luego cogió el fardo de hierbas y la cesta de fruta.

—¡Ya hemos llegado, señor! —dijo—. Ahora os podéis sentar por ahí y tomar un poco el fresco. Os habéis ganado un premio, y os lo voy a dar. Y tú, pequeña mía —dijo a la otra anciana—, mejor será que te retires. Anda, ve adentro. No estaría bien que permanecieras a solas junto a un joven lujurioso como este. Sé muy bien cómo son los jóvenes. No me extrañaría que se enamorase de ti.

El joven no sabía si reír o llorar oyendo todo aquello. Ni que la nueva anciana fuese treinta años más joven, sería del todo imposible que se sintiese atraído por ella.

La anciana estuvo un rato trasteando con las ocas, como si se tratara de sus hijas, y finalmente entró en la casa y desapareció. El joven se tumbó en un banco situado al pie de un manzano. Hacía una mañana preciosa. Brillaba mucho el sol, no hacía nada de frío ni soplaba demasiado viento, y a su alrededor se extendían prados enormes cubiertos de tomillo silvestre, primaveras y otras mil flores diferentes. Un arroyuelo canturreaba y brillaba bajo el sol y se deslizaba colina abajo en mitad del prado, y las ocas caminaban de acá para allá o chapoteaban en el agua.

«¡Es un sitio precioso! —pensó el joven—. Pero estoy tan cansado que ni siquiera consigo mantener los ojos abiertos. Será mejor que duerma un ratito. Y confío en que el viento no se lleve mis piernas si sopla fuerte. Las siento tan débiles como si no fuesen mías.»

De repente notó que la anciana tironeaba de uno de sus brazos.

—Despierta, despierta —decía la vieja—. No puedes quedarte aquí. Reconozco que ha sido bastante duro para ti, pero no te has muerto. Y te he traído el premio que te has ganado. ¿No te dije que iba a darte alguna cosa? No te servirían de nada el oro ni las tierras, así que te traigo otra cosa. Si la cuidas bien, te dará suerte.

Y le entregó una cajita tallada en una esmeralda cuyo interior había sido vaciado. El joven, al que el sueñecito había permitido recobrar fuerzas, se alzó sobresaltado, y agradeció el regalo a la anciana. Después reanudó el camino sin volver la vista atrás ni una sola vez ni sacar el regalo del bolsillo. Durante un buen trecho, oyó a sus espaldas la alegre algarabía de las ocas.

Pasó al menos tres días caminando por el bosque y tratando de encontrar la salida. Finalmente lo consiguió y más tarde llegó a una ciudad muy grande. La costumbre entre sus habitantes era que cuando llegaba un forastero debía ser conducido ante la presencia del rey y la reina. Así que fue conducido a palacio, y en una sala el rey y la reina estaban sentados en sus tronos.

El joven les saludó con una reverencia, y como no podía ofrecerles nada más, decidió obsequiarles con la cajita de esmeralda. La sacó del bolsillo, la abrió y se la ofreció a la reina. Ella le pidió que se la acercara un poco más para mirar qué había dentro, y en cuanto se asomó y vio lo que había dentro de ella, sufrió un desmayo y perdió por completo el sentido. Los soldados de la guardia se lanzaron hacia el joven, y estaban a punto de llevárselo a rastras hacia el calabozo cuando la reina abrió de nuevo los ojos.

—¡Dejadle libre! —exclamó la reina enseguida—. Y que todo el mundo abandone la sala del trono. ¡Inmediatamente! Quiero hablar a solas con este joven.

Cuando ya estaban solos, la reina rompió a llorar con mucha tristeza.

—¿De qué me sirve todo el esplendor de este palacio? —dijo—. Cada mañana, al despertar, me siento invadida por una pena tan grande como una inundación que anega todo mi ser. Yo tuve tres hijas, y la tercera era tan bella que todo el mundo decía que era un milagro. Era blanca como la nieve y sonrosada como la flor del manzano, y los cabellos le brillaban como los rayos del sol. Cuando lloraba, no resbalaban lágrimas por sus mejillas, sino perlas y piedras preciosas. El día en que cumplió quince años, el rey llamó a la sala del trono a sus tres hijas. Cuando la pequeña entró, no puedes imaginarte cómo se veía obligada a parpadear toda la gente... Era como si acabara de entrar el sol. El rey dijo entonces: «Hijas mías, como no sé qué día será el último día de mi vida, voy a decidir hoy mismo qué herencia vais a recibir cada una de vosotras cuando yo muera. Todas me amáis, pero la que más me ame se quedará la parte más grande de mi reino.» Las tres dijeron que era ella la que le amaba más que ninguna, pero al rey eso no le bastaba. «Quiero que me digáis exactamente cuánto me queréis —dijo—. Y así sabré calibrar el amor de cada una.» La mayor dijo: «Mi amor es tan grande como dulce es el azúcar más dulce.» La segunda dijo: «Te quiero tanto como quiero al más bonito de mis trajes.» Y, en cambio, la pequeña no dijo absolutamente nada. Al verlo, su padre le dijo: «Y tú, pequeña, ¿cuánto me quieres?» Y ella respondió: «No lo sé. No puedo comparar con nada el amor que siento por ti.» Y él insistió una y otra vez, pidiéndole que hiciera un esfuerzo por encontrar una manera de comparar su amor por él, y finalmente la hija pequeña dijo: «Por buena que esté una comida, no sabe bien hasta que le echas un poco de sal. Por eso te amo, padre, tanto como amo la sal.» Al oír estas palabras, el rey se puso furioso: «Si así es como me quieres, así recompensaré tu amor.» Y decidió entonces dividir el reino en dos partes iguales, una para cada una de las dos hijas mayores. Y ordenó que ataran a la espalda de la hija pequeña un saco de sal, y que dos criadas la acompañaran cargada de esta manera hasta las profundidades del bosque. Tanto yo como todos los demás rogamos y suplicamos al rey, pedimos clemencia, pero él no cambió de opinión. ¡Pobrecita hija mía, cuánto lloró al ser obligada a abandonar el castillo! El camino que siguió alejándose de aquí quedó sembrado de piedras preciosas. No pasó mucho tiempo antes de que el rey se arrepintiera de su decisión, y lamentándola profundamente ordenó que recorrieran el bosque de un extremo al otro y que no dejaran un rincón sin explorar. Pero su hija pequeña no fue localizada nunca. Cuando me imagino que se la han comido las fieras del bosque, el dolor que siento es insoportable. A veces me consuelo pensando que encontró refugio en una cueva, o que hay algunas personas amables que han cuidado de ella, pero... De manera que debes comprender la conmoción que he sentido al mirar dentro de la cajita de esmeralda y ver que allí dentro había una perla exactamente igual que las lágrimas de mi pequeña. Mi corazón se llevó un sobresalto y se llenó de emoción y esperanza. Dime, pues, ¿de dónde sacaste esta cajita? ¿Cómo llegó a tu poder?

El joven le contó entonces que se la dio la anciana del bosque, y que él estaba convencido de que se trataba de una bruja, porque era en todas las cosas un ser inquietante. Sin embargo, añadió el joven, él no había oído hablar jamás de la hija pequeña de los reyes. El rey y la reina decidieron enseguida organizar una expedición que debía encontrar a la anciana, pues tenían la esperanza de que ella pudiese darles alguna clase de noticias acerca de su hija menor.

Esa tarde, estaba la anciana sentada en casa, trabajando con la rueca. Iba a hacerse de noche muy pronto, y allí dentro no había más luz que el rojo encendido de un tronco que ardía en el hogar. De repente se oyó afuera una gran algarabía. Porque estaban regresando todas las ocas conducidas por la hija de la anciana, que al poco rato entró en casa. La anciana se limitó a saludarla con un leve movimiento de la cabeza, pero no dijo ni media palabra.

Su hija se sentó a su lado, cogió la rueca, y comenzó a hilar con la destreza propia de una joven. Durante las dos horas siguientes las dos mujeres estuvieron hilando sin parar, y sin que mediara una sola palabra entre las dos.

Luego oyeron un ruido afuera, junto a la ventana, y al levantar la vista las dos vieron unos ojos fieros y muy rojos que las miraban con furia. Era una vieja lechuza que ululó tres veces.

—¡Uh! ¡Uuuuuh!

—Hija mía —dijo la anciana—. Ha llegado la hora de que salgas afuera y vayas a hacer lo que tienes que hacer.

La hija salió de casa. ¿Adónde se dirigió? Cruzó el prado, bajó al valle y llegó finalmente al pie de un grupo de tres robles que crecían al lado de una fuente. La luna estaba llena, y acababa de asomarse por encima de un monte. Proyectaba tanta luz que se hubiese podido encontrar una aguja entre la hierba.

La hija se arrancó la piel tirando de ella desde el cuello, y fue tirando de toda su cara hasta quitársela del todo por la cabeza, y entonces se arrodilló junto al manantial y se lavó. Tras lavarse bien, zambulló la piel falsa que se había quitado en el agua, después la escurrió y la tendió en la hierba para que se secara y fuese emblanqueciéndose. ¡Qué transformación experimentó entonces! ¡Nadie puede haber visto nada parecido! Tras haberse quitado aquella piel oscura y la peluca encanecida, su verdadera melena cayó sobre sus hombros dejando al descubierto unos cabellos tan brillantes como si fuesen de oro líquido. Los ojos le brillaban como estrellas, y tenía unas mejillas sonrosadas como una flor de manzano recién abierta.

Sin embargo, esta joven tan bella estaba triste. Se quedó sentada junto al manantial, llorando amargamente. Las lágrimas resbalaron una tras otra por sus mejillas y cayeron a la hierba que cubría el suelo. Y allí siguió sentada rato y rato, y no se hubiese movido si no fuera porque de repente oyó un rumor de hojas en la copa de uno de los robles. Como el ciervo que se pone en guardia al oír la escopeta del cazador, se llevó un sobresalto y se puso en pie de golpe. Al mismo tiempo, una nube se cruzó en el camino de la luna y le cubrió el rostro, y en medio de la súbita oscuridad la joven se puso otra vez la piel falsa y se desvaneció de repente, como una vela apagada por el viento.

Temblando como las hojas de un álamo, regresó corriendo a la casa, donde vio que la anciana estaba esperándola de pie en el umbral.

—¡Ay, madre...!

—Calla, calla —dijo la anciana—. Ya sé qué ha pasado. Lo sé.

Llevó a la muchacha hacia dentro de la casa y echó otro tronco al hogar. Pero no siguió hilando con la rueca. Cogió en cambio una escoba y se puso a barrer.

—Tenemos que tenerlo todo bien limpio —dijo.

—¿Y se puede saber, madre, por qué? ¡Ya es muy tarde! ¿Qué está ocurriendo?

—¿No sabes la hora que es?

—No creo que haya llegado aún la medianoche. Será algo más de las once —dijo la joven.

—¿Y no te acuerdas de que se cumplen ahora mismo tres años desde el día en que viniste a mí? El tiempo se ha terminado, hija. Ya no vamos a poder seguir viviendo juntas.

—Pero, madre —dijo muy asustada la joven—. ¿Vas a echarme

de casa? ¡No es posible! ¿Adónde podría ir? No tengo amigos, no tengo un hogar propio al que regresar. He hecho siempre todo cuanto me has dicho que hiciera, siempre has dicho que estabas satisfecha de mí y de mi trabajo. ¡Por favor, no me eches!

La anciana se negó a darle ninguna explicación.

—Mi tiempo ha terminado —dijo la anciana—. Ya no puedo seguir tampoco viviendo aquí. Pero antes de dejar esta casa tengo que tenerla toda limpia y reluciente. No te interpongas y no estés tampoco preocupada. Encontrarás un techo bajo el que cobijarte, y te voy a pagar el sueldo, y lo que voy a darte te va a parecer muy bien.

—Pero, por favor, ¡dime qué está ocurriendo!

—Te lo he dicho una vez, y te lo voy a repetir: no me interrumpas, tengo mucho que hacer. Ve a tu habitación, quítate de la cara esa piel y vístete con aquel traje gris que llevabas puesto el día que viniste por primera vez. Y luego espera. Ya te llamaré.

Entretanto, el rey y la reina seguían la búsqueda de la anciana que le había dado al joven la cajita de esmeralda. El joven les acompañó, pero cuando estaban en mitad del espeso bosque él se separó de todos y tuvo que continuar la búsqueda en solitario. En cierto momento tuvo la impresión de que ya había conseguido encontrar el camino de la casa de la anciana, pero después oscureció del todo y pensó que lo mejor sería no continuar, ya que corría el riesgo de perderse del todo. Se subió a lo alto de un árbol y decidió que allí arriba, entre las ramas, estaría seguro y podría pasar tranquilamente la noche.

Pero cuando salió la luna vio que bajaba un bulto por el prado, y gracias a la brillante luz de la luna enseguida se dio cuenta de que se trataba de la hija de la anciana, la muchacha que cuidaba de las ocas, y la que reconoció enseguida. Vio que se dirigía justo al grupo de árboles donde él estaba escondido y pensó: «¡Ajajá! Como consiga capturar a una de las brujas, será bastante sencillo atrapar también a la otra.»

Entonces la pastora de las ocas se detuvo junto al manantial y se quitó la pial, y el joven estuvo a punto de caerse del árbol porque aquello era asombroso. Y cuando la rubia melena de la joven cayó sobre sus hombros y pudo contemplarla del todo a la luz de la luna, supo que era el ser más bello que había visto en toda su vida. No se atrevía ni a respirar. Pero no pudo resistir la tentación, se adelantó un poco más hacia el extremo de la rama donde se había montado, se apoyó sin darse cuenta en una ramita seca, y esta crujió, y aquel ruido sobresaltó a la muchacha. Asustada, se puso en pie, se colocó la otra piel, pasó entonces una nube delante de la luna, y ella aprovechó la oscuridad repentina para desaparecer.

El conde se bajó del árbol y corrió en pos de ella. Había recorrido solo una pequeña parte del prado cuando vio dos figuras que caminaban hacia la casa. Eran el rey y la reina, que habían divisado la luz del hogar a través de la ventana de la casita. Cuando el joven les alcanzó, les contó el milagro del que acababa de ser testigo junto al manantial, y ellos comprendieron que aquella joven debía de ser su hija.

Rebosantes de esperanza y alegría, subieron corriendo el resto de la cuesta y vieron la casita. Todas las ocas dormían con la cabeza escondida debajo del ala, y ninguna de ellas se movió. Los tres se acercaron a la ventana y vieron que la anciana estaba sentada a la rueca, hilando tranquilamente, acompañando el ademán con el que hacía girar la rueca con leves movimientos de la cabeza. La casita estaba limpísima, como si sus habitantes fuesen los hombrecillos de la niebla, cuyos pies no arrastran nunca el polvo. Sin embargo, no había ni rastro de la princesa.

Durante unos minutos, el rey y la reina se limitaron a mirar adentro, pero finalmente reunieron el valor necesario para llamar, dando unos golpecitos en la ventana.

La anciana pareció estar esperándoles. Se puso en pie y en un tono amistoso dijo:

—Entrad. Ya sé quiénes sois.

Cuando ya estaban dentro, la anciana dijo:

—Hubierais podido evitaros este viaje y toda esta pena si no hubierais expulsado injustamente de casa, hace tres años, a vuestra hija. Pero en este tiempo no le ha pasado nada malo. Ha cuidado de las ocas y lo ha hecho muy bien. No ha aprendido cosas malas, y su corazón sigue siendo puro. En cuanto a vosotros dos, creo que ya habéis padecido suficiente castigo con toda la infelicidad que habéis estado padeciendo.

Y entonces fue a la puerta de un cuarto y dijo:

—Anda, hijita mía, ya puedes salir.

Se abrió la puerta y apareció la princesa, con su vestido plateado, la rubia melena brillando y los ojos centelleando. Exactamente igual que si acabase de bajar del cielo un ángel.

La princesa se dirigió directamente hacia su madre y su padre, les abrazó a los dos, y les besó. Los reyes lloraron los dos de tanta alegría. No podían contener las lágrimas. Un par de pasos más atrás se encontraba el joven, y cuando ella le vio se le pusieron las mejillas sonrojadas como el musgo rojo, y ni ella misma sabía por qué estaba ocurriéndole eso.

—Hija mía —dijo el rey—. Ya di todo mi reino. ¿Qué podría darte a ti?

—No necesita nada —dijo la anciana—. Voy a entregarle todas las lágrimas que ha derramado por culpa de sus padres. Y cada lágrima es una perla bellísima, más que las perlas que se encuentran en el fondo del mar. Y valen mucho más que todo vuestro reino. Y, como premio por haber cuidado de las ocas, le voy a regalar esta casita.

Tras decir estas palabras, la anciana desapareció. Y enseguida se estremecieron y retumbaron las paredes de la casa, y cuando el rey, la reina y la princesa pudieron mirar a su alrededor, vieron que se había transformado en un precioso palacio. En un salón estaba servida la mesa con un banquete digno del emperador, y los criados revoloteaban por todas partes para cuidar de que todo estuviera en su sitio.

La historia no termina aquí. Lo malo es que me la contó mi abuela, y la pobre tiene menos memoria cada día que pasa, y no consigue recordar cómo termina.

Pero creo que la bella princesa se casó con el joven y vivieron felices hasta el fin de sus días. En cuanto a las ocas, tan blancas como la nieve, hay quien dice que en realidad eran muchachas que estaban al cuidado de la anciana, y es probable que recuperasen la forma humana y se quedaran en aquel palacio a vivir y servir a la joven reina. A mí, al menos, no me sorprendería nada que fuese así.

La anciana, por cierto, no era una bruja, tal como había pensado mucha gente, sino un hada cargada de buenísimas intenciones. ¿Por qué razón, entonces, trató al joven de aquella manera tan terrible cuando se cruzó con ella? ¿Quién sabe? Tal vez porque fue capaz de ver profundamente en él y notar que su carácter era ligeramente arrogante. Si fue así, no cabe duda de que la anciana supo qué hacer con ese rasgo.

Finalmente, es casi seguro que la anciana se encontraba presente cuando la princesa nació, y que fue ella quien le otorgó el don de llorar perlas en lugar de lágrimas. Estas son cosas que ya no pasan nunca. Si pasaran, los pobres se harían ricos enseguida.

Tipo de cuento: ATU 923, «Amar como la sal».
Fuente: «D'Ganshiadarin», cuento narrado en dialecto austríaco que fue recogido por Andreas Schumacher.
Cuentos similares: Katharine M. Briggs: «El rincón de los juncales», «Azúcar y sal» (*Folk Tales of Britain*); Italo Calvino: «Tan amado como la sal», «La piel de la vieja» (*Cuentos populares italianos*); William Shakespeare: *El rey Lear*.

Se trata de uno de los cuentos más sutiles y complejos de toda la antología de los Grimm. En su núcleo se encuentra la historia de la princesa que le dice a su padre que le quiere tanto como a la sal, y que por esa misma honestidad recibió un tremendo castigo. Existen muchas variaciones de esta historia, entre las que se encuentra *El rey Lear*.

Pero miremos bien lo que hace esta narración tan literaria. En lugar de arrancar con la historia de la princesa desafortunadamente sincera, esconde esa parte en un punto muy posterior del hilo narrativo, y comienza con otro personaje muy distinto: la bruja, o hada; y no cuenta un solo hecho, sino que narra con detalle cómo era su actividad corriente, qué hacía en su vida de todos los días y qué reacción provocaba ese trabajo en los demás. Cabe preguntarse: ¿es una bruja o no lo es? Los cuentos populares suelen decirlo de forma muy directa; en este cuento, en cambio, vemos cuáles son las reacciones que ella provoca en otras personas, y eso es lo que permite que la pregunta quede contestada de manera indeterminada, equívoca. El duende narrador coquetea aquí con el vanguardismo de la primera mitad del siglo XX, en donde no hay ninguna voz que posea una autoridad absoluta sobre lo narrado, y no hay visión como no sea la de cierto par de ojos concreto, y naturalmente todos los puntos de vista humanos son parciales. En este caso, el padre puede tener razón y puede no tenerla.

Después vemos al joven noble y comienzan a narrarse los acontecimientos que dan forma al relato. La anciana trata en apariencia al joven con dureza y con una brutalidad incomprensible; luego, el joven conoce a otra vieja, no tan anciana como la primera, pero feísima. La anciana termina dándole al joven una cajita que, cuando esa cajita es abierta por la reina de la primera ciudad por la que pasa el joven, hace que la reina sufra un desmayo. El narrador ha construido una historia rebosante de misterio e intriga, y todavía nos queda mucho trecho por recorrer.

Pero ahora llega por fin el meollo de la historia, narrada por la reina (y en este punto comprobamos de nuevo que el duende de la narración se espabila para asegurarse de que solo podemos conocer la historia que conoce uno de los personajes, y solo de este punto de vista): y solo entonces se nos cuenta la historia de la princesa que dijo la verdad a su padre al afirmar que a él le quería tanto como a la sal. La princesa, cuenta la reina, lloraba lágrimas que eran perlas, y en esa cajita está una de esas perlas. Es solo en este preciso momento cuando alcanzamos a ver los vínculos que el narrador ha establecido entre todos esos acontecimientos misteriosos, y a partir de ese instante la historia ya avanza rápidamente hacia el desenlace. La cuidadora de ocas se quita la piel a la luz de la luna (algo que, nuevamente, solo vemos porque lo está viendo el joven) y entonces revela su belleza hasta entonces oculta. La anciana, que trata a la joven con extrema ternura, le dice que se ponga el vestido de seda. Todos los participantes en la historia quedan al final reunidos en un mismo lugar, y la verdad queda revelada.

Y luego hay otro recordatorio de que el saber es meramente particular, individual: nos dice el narrador que aquí no acaba la historia, sino que ocurre que la mujer muy mayor que se la ha contado está perdiendo cada vez más la memoria, y que no se acuerda del final. Sin embargo, podría ser que ocurriese tal y cual cosa a continuación... Este cuento extraordinario nos muestra de qué manera cabe la posibilidad de construir una estructura compleja a partir de las bases más sencillas, y sin embargo seguir siendo perfectamente comprensible.

$\mathcal{L}$a ondina del estanque

Había una vez un molinero que vivía felizmente con su esposa. Tenían suficiente dinero y algunas tierras, y sin excesivo esfuerzo iban enriqueciéndose un poquito más cada año. Pero el infortunio alcanza a veces a gente como ellos, y tuvieron, uno tras otro, varios golpes de mala suerte, y su fortuna fue disminuyendo de poco en poco hasta que finalmente apenas si eran dueños de nada que no fuese el molino en donde vivían. El molinero vivía preocupadísimo, no conciliaba bien el sueño, y a medida que iba creciendo la ansiedad en la que vivía, se pasaba cada vez más horas de la noche dando vueltas en la cama y sin apenas dormir.

Cierto día, tras otra noche de preocupaciones incesantes, se levantó muy temprano y salió al exterior. Confiaba en que el aire fresco aliviara un poco su pesar. Estaba andando justo delante de la presa del molino cuando los primeros rayos del sol alcanzaron sus ojos, y justo en ese momento oyó que algo estaba turbando la quietud de las aguas.

Se dio la vuelta, miró, y contempló a una bella mujer que se alzaba en mitad de la superficie del estanque. Estaba apartando con sus manos delicadas el cabello que le caía sobre los hombros, pero su cabellera era tan larguísima que descendía como una cascada de seda a todo lo largo de su cuerpo, que tenía la piel muy pálida. De inmediato el molinero supo que se trataba de la ondina del estanque. Sintió tal ataque de pánico que no supo si salir corriendo o quedarse donde estaba, y mientras él dudaba la ondina habló, y en voz suave pronunció su nombre y le preguntó por qué estaba tan triste.

Al principio al molinero ni siquiera le salía la voz, pero como ella le habló en un tono dulcísimo, recuperó el ánimo y se atrevió a decirle que durante un tiempo había llegado a hacerse rico, pero que su fortuna disminuyó poco a poco y que ahora era muy pobre y no sabía qué hacer.

—No te preocupes —dijo la ondina—. Haré que seas más rico y más feliz que en toda tu vida. No tienes más que hacerme a cambio una promesa: que me darás lo que acaba de nacer en tu casa.

Solo podía tratarse de un minino o un perrito, pensó el molinero, y no le costó ningún esfuerzo prometer lo que la ondina le estaba pidiendo.

La ondina se sumergió nuevamente en las aguas del estanque, y el molinero, que ya empezaba a sentirse mucho mejor, regresó corriendo al molino; apenas había alcanzado la puerta cuando casi tropezó con la criada, la cual, con una amplísima sonrisa, dijo muy contenta:

—¡Felicidades! ¡Vuestra esposa acaba de traer al mundo a un hijo varón!

El molinero se quedó completamente paralizado, como si le hubiese alcanzado un rayo. Al instante comprendió que la ondina le había engañado. Cabizbajo y apesadumbrado, se acercó al lecho de su esposa.

—¿A qué viene esa cara tan triste? —preguntó ella—. ¿No has visto lo guapo que es nuestro hijo recién nacido?

Él explicó entonces a su mujer lo que acababa de ocurrirle en el estanque, y de qué manera la ondina le había hecho caer en la trampa que ella le había tendido.

—¡Tendría que habérmelo temido! —dijo el molinero—. No hay que confiar en esa clase de seres. Además, ¿acaso el dinero sirve de mucho? ¿Para qué queremos el oro y los tesoros que ella me ofrecía si a cambio vamos a perder a nuestro hijo? Y ahora, ¿qué podemos hacer?

Ninguno de los parientes que fueron al bautizo supo qué consejo darle al desdichado molinero.

Sin embargo, y justo en ese preciso instante, comenzó a cambiar la suerte del pobre hombre. Todas las empresas que acometía le salían bien; las cosechas que obtenía eran muy abundantes, tenía mucho grano para moler, y además el precio de la harina se mantuvo muy elevado. Daba la sensación de que no podía cometer errores por mucho que se empeñara, el dinero se iba acumulando y tenía una caja fuerte que pronto estuvo llena a reventar. No transcurrió mucho tiempo antes de que fuese más rico que nunca.

Pero no disfrutaba de su riqueza. El trato al que había llegado con la ondina le atormentaba; prefería no acercarse nunca al estanque, por si ella aparecía en la superficie de las aguas y le recordaba la deuda que había contraído con ella. Y, por supuesto, prohibió a su hijo que se aproximara jamás a las aguas.

—Y si por azar vieses que estás en la orilla —le dijo al chico—, ve con mucho cuidado y aléjate enseguida. En esas aguas habita un espíritu maligno. Bastaría que rozaras el agua para que la ondina del estanque te agarrase y tirase de ti hacia las profundidades.

Sin embargo, los años transcurrieron, la ondina no volvió a hacer acto de presencia, y poco a poco el molinero consiguió tranquilizarse.

Cuando el chico tuvo la edad adecuada, le enseñaron a cazar. Y aprendió deprisa y mostró mucho talento enseguida, y el señor del lugar le tomó a su servicio. En ese pueblo vivía a la sazón una joven bella, honrada y amable que muy pronto conquistó el corazón del joven cazador, y cuando el señor del lugar lo supo, le dio a la pareja una casita como regalo de bodas. Y allí vivieron los dos tranquila y felizmente, y los dos se querían muchísimo.

Cierto día el cazador seguía el rastro de un ciervo cuando tuvo que girar hacia un lado y, en pos del animal, salió finalmente del bosque y fue a parar a un prado. En cuanto lo tuvo a tiro y lo vio sin que nada estorbara su puntería, el cazador disparó la escopeta y derribó al ciervo de un solo tiro. El joven sintió tanta euforia al comprobar el éxito recién obtenido, que en un primer momento no se dio cuenta de cuál era el lugar en donde se encontraba. Se acercó al ciervo, le arrancó las tripas y lo desolló, y cuando hubo terminado se acercó a un estanque para lavarse las manos.

Sin él saberlo todavía, se trataba del estanque del molino de su padre. En cuanto sumergió las manos en sus aguas, la ondina emergió de las aguas con una sonrisa en los labios, le abrazó con sus brazos mojados y lo arrastró consigo tan prestamente que en un instante lo metió dentro del agua y se lo llevó al fondo.

Cuando llegó la noche y el cazador no había vuelto aún a casa, su mujer comenzó a inquietarse. Salió a buscarle, y recordando que le había contado muy a menudo el peligro que corría el cazador en caso de acercarse al estanque, dedujo lo que podía haber ocurrido. Corrió allí, encontró la bolsa de caza de su marido en la orilla misma del agua, y ya no le quedó ninguna duda. Le llamó a gritos, retorciéndose las manos de angustia, sollozó, volvió a decir el nombre de su esposo una y otra vez, pero todo fue en vano. Corrió hasta la otra orilla del estanque y desde allí volvió a llamarle a gritos, y maldijo también con todas sus fuerzas a la ondina, y no obtuvo respuesta alguna. La superficie de las aguas permanecía tan quieta como un espejo, y lo único que la joven alcanzó a ver fue el reflejo de la media luna que se había alzado en el cielo.

La pobre mujer no se apartó de la orilla del estanque. Recorrió toda su extensión, a veces corriendo, si le parecía haber visto algo que se movía, otras veces muy lentamente, para concentrarse bien en todos los detalles, tratando de escrutar los sitios más profundos, acercándose todo lo posible a la orilla, pero tampoco así vio nada. No tuvo descanso. A veces gritaba el nombre de su esposo en voz alta; otras, sollozaba; y cuando había transcurrido casi la noche entera y no le quedaban fuerzas, se dejó caer en la hierba y al instante se durmió.

Y en cuanto se quedó dormida se sumergió en un sueño. Estaba aterrada, trepando por la ladera de un monte. Las zarzas y espinos le arañaban los pies, la lluvia azotaba su rostro con la fuerza del granizo, y el vendaval agitaba de un lado para otro sus largos cabellos. Sin embargo, todo cambió en cuanto alcanzó la cumbre. Allí lucía un cielo azul y el aire era templado, y la pendiente era suave y descendía poco a poco en dirección a un prado muy verde y salpicado de flores, en medio del cual había una cabaña de madera. Bajó hasta la cabaña, abrió la puerta y encontró en ella a una anciana de pelo muy blanco que le dirigía una sonrisa muy amistosa. Y al llegar aquí, la pobre esposa del cazador despertó.

Ya había amanecido. Como no tenía nada que hacer en casa, decidió seguir el camino indicado por el sueño que había tenido. La joven sabía dónde se encontraba el monte de su sueño, y partió de inmediato hacia allí. Y conforme avanzaba, cambió de repente el tiempo y se produjo una tormenta como la que había experimentado mientras soñaba. El viento soplaba con violencia, la lluvia caía con la misma fuerza que el granizo. Sin embargo, ella hizo los esfuerzos necesarios para, pese a todo, subir por la fuerte pendiente y llegar a lo alto del monte, donde todo estaba igual que lo había visto por la noche: el cielo muy azul, el prado cubierto de flores, la cabaña, y dentro de ella la anciana de cabellos muy blancos.

—Pasa —dijo la anciana— y siéntate a mi lado. Ya veo que has sufrido alguna desgracia. De lo contrario, no habrías venido a mi cabaña.

Al escuchar esas palabras tan cariñosas, la joven se puso a sollozar, pero enseguida se recompuso y contó toda la historia.

—Tranquilízate, mujer, no te preocupes —dijo la anciana—. Puedo ayudarte. Toma este peine de oro. Espera a que salga la próxima luna llena, y esa noche ve al estanque, siéntate en la orilla, y con este peine dorado empieza a peinar tu preciosa melena negra. Y cuando hayas terminado, aguarda, y ya verás lo que ocurre.

La joven esposa volvió a casa y le pareció que los días siguientes tardaban mucho en pasar. Por fin se alzó una noche la luna llena por encima de los árboles, y enseguida fue al estanque del molino, se sentó en la hierba que crecía a la orilla y comenzó a peinarse con el peine dorado. Cuando hubo terminado dejó el peine al lado del agua y se tendió del todo en el suelo. Y casi inmediatamente las aguas se agitaron, se levantó una ola que avanzó hasta golpear la orilla, y cuando se retiró el agua, arrastró consigo el peine. Y justo en ese momento las aguas se abrieron, emergió en ese punto la cabeza del cazador, sus ojos miraron angustiados a su esposa, y ella apenas tuvo tiempo de verle un segundo porque otra ola se lo llevó de nuevo hacia las profundidades. Cuando las aguas volvieron a quedarse del todo quietas, lo único que se veía en ellas era el reflejo de la luna llena.

La joven esposa regresó a casa con el corazón rebosante de pena. Pero aquella noche volvió a tener el mismo sueño, y al día siguiente fue de nuevo a visitar a la anciana que vivía en la cabaña del prado en lo alto del monte. Y esta vez la anciana le entregó una flauta de oro.

—Espera hasta que de nuevo haya luna llena —dijo la anciana—. Y esa noche ve a la orilla con la flauta. Toca una música bonita y, en cuanto hayas terminado, deja la flauta en la hierba y espera a ver qué ocurre.

La esposa del cazador cumplió de manera exacta las instrucciones de la anciana. Tocó la flauta junto al estanque, y en cuanto depositó la flauta en la orilla, una ola se levantó, fue a romper en la orilla, y al irse se llevó consigo la flauta hacia las profundidades. Y al cabo de un momento las aguas del centro del estanque se agitaron, y después se abrieron para dejar que emergiera a la superficie la cabeza y la mitad superior del cuerpo del cazador. El joven cazador tendió los brazos hacia su esposa en un ademán desesperado, y ella le tendió a su vez los brazos, pero justo cuando sus manos estaban a punto de tocarse, las olas arrastraron al cazador hacia el fondo, y de nuevo ella se quedó sola en la orilla.

«Se me romperá el corazón de tanto dolor —pensó ella—. He vuelto a ver dos veces a mi amado esposo, pero cada vez vuelvo a perderle. ¡No lo voy a soportar!»

Pero cuando esa noche se durmió, tuvo de nuevo el mismo sueño. De manera que partió hacia la montaña una tercera vez, y la anciana la consoló.

—No te apenes más. Falta poco, pero todavía no ha terminado este sufrimiento. Debes esperar otra vez a que salga la luna llena, y esa noche deberás llevar contigo a la orilla del estanque esta rueca dorada. Cuando llegues, te sientas a la orilla y te pones a hilar, y cuando el huso ya esté lleno de hilo, suelta la rueca y espera a ver qué ocurre.

La joven esposa cumplió exactamente esas instrucciones. Cuando salió la luna llena, hiló hebras de lino hasta llenar por completo el huso, y entonces dejó la rueca dorada y se hizo a un lado. Las aguas burbujearon y se agitaron en el centro del estanque, y una ola avanzó hasta la orilla con mucha más violencia que las veces anteriores, y tras romper en la orilla se llevó consigo la rueca dorada hacia el fondo del estanque. Justo entonces surgió en mitad de las aguas otra ola, y arrastrado por el agua hacia arriba apareció primero la cabeza y la mitad superior del cuerpo del cazador, luego la otra mitad emergió también, y ya se le veía de la cabeza a los pies, y entonces dio un salto, alcanzó la orilla, cogió a su esposa de la mano, y ambos salieron de allí corriendo con todas sus fuerzas.

Sin embargo, a su espalda las aguas estaban siendo agitadas por una tremenda conmoción, y acabaron saltando fuera del estanque. Las aguas salidas de madre anegaron primero el prado de la orilla y salieron en persecución de la pareja con una violencia tremenda, y su fuerza era tan enorme que arrasó con todo, derribó árboles y arrastró matorrales corriendo en pos de ellos, y los jóvenes esposos comenzaron a temer por sus vidas. Aterrorizada, la joven llamó a la anciana con todas sus fuerzas, y al instante, ella y su esposo se transformaron en una rana y un sapo respectivamente. Las aguas les alcanzaron pero no pudieron ahogarles. Sin embargo, sí lograron separarles y arrastrarles muy lejos de allí.

Cuando bajaron las aguas de la inundación, y aquellos dos pequeños animales quedaron en tierra seca, recuperaron de nuevo sus formas humanas; pero no estaban juntos, y ninguno de los dos sabía dónde se encontraba el otro, y comprobaron ambos que estaban entre desconocidos, en un país que les resultaba extraño. De hecho, les separaban muchas montañas muy altas y muchos valles muy profundos. Para ganarse el sustento, cada uno de ellos consiguió trabajo de pastor de ovejas, y durante muchos años sacaron sus rebaños a pastar por los campos y los bosques; y todos los días de su vida cada uno de ellos sentía una terrible nostalgia y una tristeza incesante.

Cierto día, cuando volvió a lucir la primavera y el aire estaba transparente y templado, cada uno de ellos sacó su rebaño a pastar. Quiso el azar que se encaminaran el uno en dirección al otro. El cazador divisó en la distancia un rebaño de ovejas que comía hierba en la lejana ladera de un monte, y condujo su rebaño en aquella dirección, y finalmente, en el valle que se abría entre los dos, se juntaron por fin los dos esposos y sus rebaños. No fueron capaces de reconocer al otro, pero se alegraron de tener compañía en un lugar tan solitario como aquel, y a partir de ese día llevaron sus respectivos rebaños al sitio donde estaba el otro, y aunque no hablaban apenas encontraban consuelo con la simple presencia del otro.

Cierta noche, cuando en el cielo brillaba la luna llena y los rebaños estaban bien guardados, el cazador sacó del bolsillo una flauta y tocó una melodía breve y triste. Al terminar dejó la flauta en el suelo y vio que la pastora estaba llorando.

—¿Por qué lloras? —dijo él.

—Porque la luna también estaba llena —dijo ella— la noche que toqué esta misma canción con una flauta, y entonces vi que de entre las aguas surgía la cabeza de mi querido esposo...

Él la miró a los ojos, y fue como si en aquel instante hubiese caído el velo que le impedía ver, porque enseguida reconoció a su querida esposa. Y cuando ella observó el rostro de él iluminado por la luna llena, también supo que era él. Se abrazaron y besaron, y volvieron a besarse y abrazarse, y no hizo falta que la gente les preguntara nunca por qué eran tan felices. Pues vivieron el resto de sus días en plena felicidad.

Tipo de cuento: ATU 316: «La ondina del estanque».
Fuente: Relato de Moritz Haupt, incluido en *Zeitschrift für Deutsches Alterthum* [Revista de antigüedades alemanas], vol. 2, 1842.

Las ondinas, sirenas, *rusalki* y otros espíritus de las aguas, con sus variados nombres, traen siempre problemas consigo. Esta no es una excepción a la regla, pero al final resulta derrotada: la fiel esposa ama tanto al cazador que consigue derrotar a la ondina. La descripción del descubrimiento mutuo por parte de los jóvenes esposos en las escenas finales del cuento resulta muy conmovedora; y la circunstancia de que haga falta esperar una noche de luna llena, que forma parte de la fase anterior de la historia, permite que se enriquezca visual y artísticamente el relato. Además, sin esa intensa luz, los esposos no hubiesen podido reconocerse con tanta claridad.

Me gustaría saber cuál es la melodía que tocaron por turnos los esposos con la flauta. La «Canción a la luna» de Dvořák, que forma parte de su ópera *Rusalka*, encajaría muy bien en esta historia.